LE FUTUR NE TARDERA PLUS

Du même auteur

Je hais internet, Pauvert, 2018.

Jarett Kobek

Le futur ne tardera plus

roman

traduit de l'anglais (États-Unis)
par Jérôme Schmidt

Pauvert

Couverture : Nuit de Chine

Ce livre est la traduction française,
publiée pour la première fois en France,
du livre de langue anglaise :
THE FUTURE WON'T BE LONG
édité par Viking, New York.

ISBN : 978-2-720-21576-6

Dépôt legal : octobre 2022

À e. j., où qu'elle se trouve
sur ce continent américain.

SEPTEMBRE 1986

Les parents de Baby s'entretuent.
Baby déménage à New York.

Je me suis installé à New York peu de temps après que ma mère a tué mon père, ou était-ce mon père qui avait tué ma mère ? Bref, dans un nuage de sang et d'os brisés, l'un a achevé l'autre. Plusieurs semaines ont été nécessaires pour remplir la paperasse et nettoyer les dégâts.

Une fois ces tâches menées à bien, j'ai abandonné ma famille et j'ai sauté dans un bus Greyhound garé sur le parking d'une supérette de la banlieue de ma petite ville perdue du Wisconsin. Trente-six heures plus tard, j'étais arrivé en ville.

En sortant du terminal de Port Authority, un immeuble qui foutait les jetons, on n'apercevait même pas l'Empire State Building ; j'ai donc demandé à un flic comment rejoindre le fleuve. Il m'a dévisagé et a explosé d'un grand rire, tellement j'avais l'air paumé, un vrai bouseux, et m'a expliqué comment aller vers l'ouest.

J'ai arpenté la 42ᵉ Rue en plein jour. Personne ne m'a agressé. Au bout de la rue, j'ai traversé la voie rapide et me suis retrouvé sur une jetée. J'ai admiré l'Hudson. J'ai admiré le New Jersey. J'ai observé les bateaux sur le fleuve.

J'ai aperçu au loin la statue de la Liberté et ai cru en son symbolisme clinquant.

Les New-Yorkais ne pourraient jamais comprendre ce qu'était ma petite ville perdue de Trifouillis-les-Oies dans le Wisconsin. C'est une question de taille. Même à Jute-les-Bains, dans l'Ohio, ou à Traîtreville, en Pennsylvanie, il y avait des quartiers, des rues et des milliers d'habitants. Ma petite ville perdue abritait sept cents personnes, des fermiers pour la plupart.

Dans une petite ville comme celle-là, pour s'amuser et prendre du bon temps, tu ne fais que conduire, jour et nuit, nuit et jour. Tu parcours les trois blocs de Main Street dans ta bagnole, tu croises les garçons que tu connais de l'école, et tu fais semblant de vouloir baiser les nanas.

Lorsque s'est présentée la possibilité de New York, je me suis dit : « Ouais, allez. » Je suis tout à toi. Séduis-moi. Je remets mon âme à ta mystérieuse emprise. Conduis-moi jusqu'à la 241e Rue et White Plains Road. Conduis-moi jusqu'à Coney Island. Conduis-moi jusqu'à Midtown. Conduis-moi jusqu'à Morningside Heights. Conduis-moi jusqu'à Flushing, Gowanus, Wall Street. Je suis tout à toi. Je suis tout à toi. Libère-moi du joug de l'automobile !

Je pouvais marcher, enfin, je pouvais marcher. Dans le Wisconsin, il fallait rouler pendant trois bonnes heures pour aller acheter un disque, un livre, un caleçon, ou quoi que ce soit. Et cela vous amenait jusqu'à un endroit que les gens du coin appelaient une ville, un lieu où devaient vivre dix mille habitants tout au plus.

Ah les habitants, ah New York, ah tes incroyables habitants. Tes Portoricains, tes juifs, tes musulmans, tes Chinois, tes racailles d'Européens, ton petit enculé de Norman Mailer, tes mondains du nord de Manhattan, tes Afro-Américains, tes Coréens, tes Haïtiens, tes Jamaïcains, tes Italiens, tes mafieux d'Irlandais, Julian Schnabel, tes beaufs de Far Rockaway et de Staten Island. Ah New York, comme j'ai aimé tes habitants.

Ils étaient tous tellement beaux ! La plupart étaient pourtant hideux, carrément laids avec des dents dégueulasses, mais même eux étaient beaux ! Ah, j'étais au paradis.

Et tes pédés, New York, ah bon Dieu, tes pédés. Tout ce que j'espérais, c'était qu'ils se mettent à m'aimer.

J'étais gay comme un pinson, mais le Wisconsin n'avait guère offert d'opportunité à ce brave oiselet pour trouver l'amour charnel. Quel langage commun pouvais-je donc avoir avec tous ces baiseurs invétérés et ces types en cuir ?

Un jour, en dernière année de collège, j'avais commis l'erreur de sucer mon meilleur ami, Abraham. J'avais peur qu'Abe éjacule dans ma bouche, donc au dernier moment, j'avais mis sa queue sur le côté et je l'avais laissé se finir sur les draps. En guise de punition, il avait refusé de me rendre la pareille, ce qui était vraiment naze, mais il m'avait au moins branlé, ce qui était déjà ça.

Lorsque je suis rentré chez moi, j'ai réfléchi à la question. J'ai décidé que désormais je laisserais mon meilleur ami éjaculer dans ma bouche.

Le lendemain, alors qu'on m'administrait la première pipe de ma vie, la mère d'Abe est entrée dans la pièce. Elle a tout vu. Son fils, à poil, moi, à poil également, ma queue dans sa bouche, mes mains posées sur le bas de son estomac. J'ai détalé de chez eux et suis rentré chez moi à toute allure. Ni Abe ni sa mère n'en ont jamais parlé, mais cela a ruiné notre amitié, et j'ai passé le lycée à angoisser, terrorisé à l'idée de devoir quitter, couvert de honte, ma ville natale.

Je n'ai jamais rien fait de plus, si ce n'est avec quelques filles que j'ai embrassées pour sauver les apparences. Leurs langues dans ma bouche, comme des robots mous, m'offrant un intérêt abstrait mais aucun désir sexuel, aucune envie, aucun besoin.

Et puis, New York, tu es apparue, comme un homo élu reine de beauté se matérialisant devant moi, les mains sur les hanches, à m'observer, timide et presque invisible. Avec ton Meatpacking District, tes pontons de West Village et Fire Island. J'étais tout à toi, en train de hurler : « Oh, prends-moi, oui, prends-moi, prends-moi ! »

Mais avant que tout cela puisse se concrétiser, je devais trouver un endroit où dormir.

Un type de ma petite ville perdue du Wisconsin s'était installé à New York. Ce type de ma petite ville perdue du Wisconsin devait avoir trois ans de plus que moi. J'ai demandé au frère du type son numéro de téléphone.

– Fais gaffe, m'a dit son frère, on n'a pas trop de nouvelles de lui, et j'ai entendu dire qu'il vivait dans un taudis.

Un taudis, ça me semblait fabuleux. Et comme je quittais le Wisconsin, je me fichais de la facture de téléphone, alors j'ai appelé New York. Il s'appelait David.

Une fille a décroché. J'ai demandé à parler à David.

– Ça marche, mec, a-t-elle répondu, deux secondes.

J'ai attendu dix bonnes minutes. Lorsqu'il a pris le combiné, j'ai entendu sa voix aiguë et nasillarde.

– Hé, a-t-il chouiné, c'est El Gato ?

– C'est moi, ai-je dit, on se connaît, tu te souviens ?

Mais il ne se souvenait pas.

– C'est moi, ai-je continué, tu te souviens, le mec qui a battu le même jour le record du cinquante et du cent mètres course de l'école ?

– Ah ouais, toi, ce mec-là. Et pourquoi tu appelles ?

Je l'ai supplié et imploré jusqu'à ce qu'il me dise que si j'arrivais à traverser la ville, vers l'est, je pourrais dormir chez lui, et il m'a donné une adresse sur la 12e Rue. David m'a expliqué les bases pour se repérer à New York, me conseillant de localiser l'Empire State Building, puis de marcher dans sa direction. Une fois ce géant dépassé, on pouvait déterminer le nord du sud en cherchant les Twin Towers, ce qui permettait également de situer l'est et l'ouest. Cette méthode ne servait à rien pour ceux qui allaient au-dessus de la 30e Rue, mais sans déconner, a conclu David, qui va au-delà de la 30e ? Quelques débiles, peut-être, pour aller chercher de la dope.

Je suis allé de la voie rapide jusqu'à Times Square. C'était un coin sacrément chaud. Tout le monde en a entendu parler, non ? Ce lieu de sexe et de stupre qui s'est métamorphosé en un piège à touristes, un pays des merveilles à la Walt Disney. J'ai assisté à cette transformation, enfin, je vivais à New York lorsque c'est arrivé, mais tout cela se passait au-delà de la 30e Rue. Qui allait à Times Square ? À la rigueur, pour se rendre au Club USA. Mais autrement ?

En marchant sur Broadway, j'observais les magasins et les boutiques. En bon bouseux, je n'arrivais pas à gérer mon espace vital. Je bousculais les gens à une fréquence inquiétante. La plupart d'entre eux continuaient leur chemin sans se retourner. Quelques-uns m'ont envoyé me faire foutre.

Lorsque je suis arrivé à Union Square, l'endroit était en ruine, une place bondée de putes et de maquereaux, grouillante de revendeurs de drogue. Je ne comprenais pas pourquoi les types répétaient en boucle : « Du chocolat, du chocolat, du chocolat, t'as besoin de bon chocolat ? »

– Désolé, monsieur, mais je ne mange pas de sucreries.

– Qu'est-ce que t'as, connard ?

J'ai préféré me taire jusqu'à mon arrivée à la 12e Rue. Là, j'ai traversé East Village en direction d'Alphabet City. David m'avait expliqué que son appartement était dans un vieil immeuble en grès rouge situé entre l'avenue B et la C. J'ai mis un peu de temps à le trouver car le numéro n'était plus indiqué au-dessus de la porte. J'ai toqué encore et encore, mais personne n'a répondu. J'ai essayé d'ouvrir la porte et le bouton a tourné. Je suis entré.

Le lieu était dans un triste état, sale, d'un noir charbon, avec des ordures éparpillées partout et des graffitis au mur.

Les fils électriques, la plomberie et l'isolation étaient à nu. Personne à l'horizon.

– Ohé ! David ?

J'ai avancé dans la pièce, et appelé à nouveau. Un type au look punk-rock a surgi de derrière les escaliers. À part sur des pochettes de disque, à la télévision ou en photo dans des magazines, c'était la première fois que je croisais un type au look punk-rock.

– Qu'est-ce que tu cherches ? a demandé le type au look punk-rock.

– Je suis venu voir David.

– C'est qui, ce connard ?

– David, il vient de ma ville natale. Du Wisconsin. On a discuté la semaine dernière, et il m'a donné cette adresse.

– Essaye à l'étage, a dit le type au look punk-rock, mais ne choure rien.

Je suis monté à l'étage. Des objets crissaient et s'écrasaient sous mes pas. J'ai jeté un œil à l'intérieur de l'une des chambres. Je ne voyais rien. J'ai actionné un interrupteur. Rien.

– David, David, tu es où, David ?

J'ai entendu une voix faible.

– Viens par là, a répondu la voix à l'autre bout du couloir.

J'ai avancé.

– David ? ai-je répété dans la pénombre.

– Par là, a dit quelqu'un.

Je me suis dirigé vers la voix. Un jeune homme était allongé sur une pile de linge sale.

Chez nous, dans le Wisconsin, il avait été très beau. Je me souvenais de sa peau diaphane qui laissait transparaître son réseau de vaisseaux sanguins. À présent, plusieurs couches de poussière assombrissaient sa peau acnéique, estompant ses tatouages mal faits. Ses cheveux bruns dégoulinaient de graisse.

– T'es qui ? a-t-il demandé.

– David, c'est moi, tu te souviens ? Le mec qui a battu le même jour le record du cinquante et du cent mètres course ?

– Ah ouais, mec, et t'es à New York ?

Je me suis assis à ses côtés, sur une autre pile de linge sale. Je n'ai pas beaucoup parlé. Je n'avais pas anticipé cette situation. Même s'il n'avait pas vécu dans un taudis, de quoi aurions-nous pu discuter ? La seule chose que je savais de lui, c'est qu'il me faisait complètement craquer au collège. Pendant deux bonnes semaines, je m'étais branlé en pensant à sa queue dans ma bouche. Un tsunami de sperme, réel et fantasmé.

David s'affaissa, le menton contre la poitrine. Je n'avais jamais vu de camé de ma vie, et j'en ai donc conclu qu'il était seulement fatigué. Vingt minutes ont passé. Je n'en pouvais plus.

– David, ai-je dit, David, réveille-toi.

– Oh, mec, t'es encore là ? Comment t'es rentré ?

– Tu te souviens de notre discussion au téléphone ?

– Non.

– Tu m'as dit que je pouvais dormir chez toi.

– Ah ouais ?

– Ouais.

– C'est cinquante dollars la semaine.

– Cinquante dollars la semaine ?

– Ouais, tu sais, ça coûte cher, ici. Tout le monde paye ça. Faut que tu me donnes l'argent, et je le donne au proprio.

– Tu ne m'en avais pas parlé au téléphone.

Mais il était inutile de discuter. Il s'était déjà rendormi.

J'ai cherché un endroit sûr où poser mon sac. La pièce consistait principalement en deux piles de vieux matelas, autour desquels étaient disposées plusieurs tables cassées.

Quelqu'un avait recouvert les fenêtres de papier noir. Ici et là, des vêtements sales et des emballages plastique alimentaires. J'ai repoussé quelques fringues dans un coin et ai disposé mon sac sous cette pile. J'ai ensuite rassemblé quelques vieux papiers gras de gâteaux au-dessus du tout.

Dans le couloir, une voix a hurlé à travers le plancher en bois qui séparait les étages. J'ai commencé à descendre au rez-de-chaussée mais me suis arrêté car des ombres se sont mises à bouger.

– Tu sais que t'as pas besoin de le payer, hein ? David débite autant de merde qu'une chiotte bouchée. Y a pas de loyer. Pas de proprio. C'est un squat, mon chou.

Les ombres se sont approchées. Une fille, âgée d'à peu près un an de plus que moi, dix-neuf ou vingt ans, habillée d'une jupe en damier, d'horribles baskets jaunes et d'un collant noir déchiré. Ses cheveux rouges étaient ébouriffés, en pointe. Elle s'était teint quelques mèches en noir.

– Personne dans ce bouge infâme ne paye de loyer, a-t-elle dit. David veut acheter de la came. T'as l'air d'être un pigeon facile à plumer.

J'ai rougi. Un pigeon facile à plumer, moi ?

– Je m'appelle Adeline, s'est-elle présentée. Je dors ici parfois.

J'ai commencé à lui donner mon vrai nom, puis je me suis demandé pourquoi quiconque devrait le connaître. Je déménageais à New York pour les mêmes raisons que tout le monde. Pour échapper à moi-même, pour échapper au passé, à tout que je représentais auparavant.

– Tu peux m'appeler Baby Baby Baby, ai-je dit.

– Je peux juste dire Baby ?

J'ai réfléchi un instant.

– Ça marche, ai-je dit, mais juste comme surnom.

– Baby, alors.

Des pas se sont fait entendre au-dehors, montant l'escalier du perron. Deux personnes, un mec et une nana, apparemment très saouls, vacillaient dans le couloir en bas. On ne distinguait pas leurs visages. Le mec s'est mis à gueuler :

BROOOOOOOOOOOOOOOOOOOOOOOOK
LLLLLLLLLLLLLLLYNNNNNNNNNNNNNNN.
BROOOOOOOOOOOOOOOOOOOOOOOOK
LLLLLLLLLLLLLLLYNNNNNNNNNNNNNNN.
BROOOOOOOOOOOOOOOOOOOOOOOOK
LLLLLLLLLLLLLLLYNNNNNNNNNNNNNNN.
BROOOOOOOOOOOOOOOOOOOOOOOOK
LLLLLLLLLLLLLLLYNNNNNNNNNNNNNNN.
BROOOOOOOOOOOOOOOOOOOOOOOOK
LLLLLLLLLLLLLLLYNNNNNNNNNNNNNNN.
BROOOOOOOOOOOOOOOOOOOOOOOOK
LLLLLLLLLLLLLLLYNNNNNNNNNNNNNNN.
BROOOOOOOOOOOOOOOOOOOOOOOOK
LLLLLLLLLLLLLLLYNNNNNNNNNNNNNNN.
BROOOOOOOOOOOOOOOOOOOOOOOOK
LLLLLLLLLLLLLLLYNNNNNNNNNNNNNNN.
BROOOOOOOOOOOOOOOOOOOOOOOOK
LLLLLLLLLLLLLLLYNNNNNNNNNNNNNNN.
BROOOOOOOOOOOOOOOOOOOOOOOOK
LLLLLLLLLLLLLLLYNNNNNNNNNNNNNNN.

BROOOOOOOOOOOoooOOOOOOOOOookklyn.

– Je vais faire un tour, ai-je dit à Adeline. Je viens d'arriver à New York il y a quelques heures à peine.

– Va vers l'Avenue A, puis descends de deux blocs vers le sud. Il faut absolument que tu voies Tompkins Square. C'est une des huit merveilles du monde, chéri.

– J'espère qu'on se reverra.

– Peut-être, oui, a répondu Adeline. Tu sais où l'on peut me trouver.

Dans le Wisconsin, j'avais étudié des cartes de Manhattan. Je savais que si j'allais au-delà de l'Avenue C, le fleuve constituait la frontière est de la ville, ce qui aidait à se repérer. Mais j'ai paniqué et oublié ce que j'avais mémorisé. Sans l'Empire State ni les Twin Towers en vue, je me suis perdu.

Je n'avais pas fait attention en venant, trop absorbé par ma recherche. Mais désormais, en marchant dans toutes les directions, du moins me semblait-il, je voyais vraiment le quartier et, bon Dieu, ce n'était pas le New York dont j'avais rêvé. Le coin où habitait David ressemblait plus aux images d'un reportage sur Beyrouth. Près d'un quart des immeubles avait été démoli, laissant place à des terrains vagues recouverts de décombres et d'herbes hautes. L'autre quart des constructions avait été déserté, condamné ou laissé à l'abandon. Même les pavés étaient cassés et détruits, les trottoirs fissurés. Il y avait de la merde de chien partout.

Sur un des terrains vagues, on aurait dit qu'un immeuble avait explosé sur place, détruisant murs et plafonds tout en laissant le mobilier intact. Des amoncellements de portes, de meubles, de baignoires et de détritus de la vie quotidienne, le tout mêlé. Il n'y avait ni clôture ni barrière entre la rue et ces ruines.

Je venais d'une famille pauvre, mais nous faisions partie de la classe laborieuse qui vivait de ses cultures. Les habitants d'Alphabet City étaient d'une classe en dessous de ça, ils vivaient dans la rue, dans des immeubles abandonnés, sur des terrains vagues, à l'intérieur de carcasses de voitures calcinées. C'était véritablement une ville fantôme, ce qui est difficile à imaginer car maintenant toutes ces rues sont traversées par des centaines de gens à toute heure. À l'époque, les rues étaient vides. Et ceux qui se risquaient là ? Parlons-en.

Je me suis efforcé de ne rien laisser transparaître, afin de ne pas trahir mon état de choc et avoir ainsi l'air d'une victime. Les sans-abri, même pas peur. Les punks, même pas peur. Et pas plus peur de ce que mes proches auraient appelé les Espagnols. Ni des Noirs. Mes yeux bleus de petit Blanc fixés droit devant moi, j'espérais que personne ne sentirait ma peur.

Au bout d'une heure de déambulation, je suis tombé sur ce que j'ai pris pour Tompkins Square. En tout cas, c'était un square. Quel autre parc pouvait-il y avoir dans le coin ? J'ai vérifié les panneaux et, oui, c'était bien ça. Le parc ressemblait à un bidonville pour clochards, un océan de tentes et d'abris de fortune, avec autant d'habitants que ma petite ville perdue du Wisconsin.

Les gens vivaient contre les clôtures, dormaient sur des bancs ou sur un gazon famélique. Un grand groupe campait à l'intérieur d'une vaste structure en béton située du côté de la 7e Rue. Sur le côté de cette structure, une peinture murale représentait une femme en rouge entourée de symboles ésotériques, dont je ne comprenais pas la signification. Bien des mois plus tard, quelqu'un m'expliquerait que ce rectangle était une scène en plein air. La fresque, d'après cette personne, s'appelait *Billie Holiday et le Planning familial.*

Une adolescente, du genre bien bâtie et aux cheveux sales, portant des vêtements en jean rapiécés, s'est dirigée vers moi. Elle s'est arrêtée sous un arbre nu, s'est accroupie et s'est mise à uriner.

Son débit n'était pas du genre délicat, contrairement à mon modeste flux ou au doux tintement que notre société patriarcale pouvait imaginer d'une demoiselle, mais plutôt un déluge, un torrent qui éructait de son corps comme des bombes déchargées par un B-29 au-dessus d'une ville allemande anonyme.

En observant son regard vide, ses jets se déversant bruyamment dans mes oreilles, j'ai compris qu'enfin je m'étais échappé du Midwest.

Je suis retourné là où créchait David, tenant à peine sur mes jambes, bouleversé par l'étrange sentiment de connaître la liberté, l'absolu, la libération débridée. Pas les fondements à la con de l'Amérique, mais une liberté bien plus primale, la possibilité de vivre au-delà des marges. Comme on arrache la croûte d'une blessure. Le sang coule et dévoile la réalité de la vie quotidienne, ses mensonges à n'en plus finir, révèle la chair abîmée et sanglante, l'absurdité des efforts humains. On pouvait mourir, c'était dommage, mais notre mort ne compterait pas. Rien ne comptait. Rien n'avait jamais compté. Vous ne pouviez rien accomplir de conséquent. Personne de votre connaissance n'accomplirait rien de conséquent. Votre famille n'a pas plus de sens que l'air qui vous entoure. Et vous non plus. C'est ça, la liberté. C'est une adolescente en jean déchiré, agenouillée sous un arbre, pissant comme une girafe.

Une lumière bleue a envahi le ciel. Le froid est tombé. Les gens s'agglutinaient, se pressant dans la rue. *Tapettes ! Mauviettes !* ai-je pensé. Allez faire un tour au bord du lac Supérieur un matin de janvier, et vous verrez ce que c'est le froid qui vous transperce le corps à 6 heures du matin pendant que vous rameutez le bétail.

De retour chez David, la porte d'entrée était toujours déverrouillée. Je suis monté à l'étage. L'électricité était revenue et quelques rares ampoules éclairaient les pièces.

La chambre de David n'avait pas bougé, mais je pouvais désormais distinguer les taches. La pile au-dessous de laquelle j'avais caché mon sac s'était écroulée, informe. Les papiers gras avaient disparu. J'ai fouillé les vêtements, en me bouchant le nez. Mon sac avait disparu. David aussi.

J'ai attendu.

Chaque détail de ces heures nocturnes s'inscrivait au fer rouge dans mon cerveau. Des gens entraient et sortaient de l'immeuble. Des cris, des pleurs, des crises de colère. Une fille est arrivée en chantant. Ses mots bafouillés me sont restés, je me souviens encore de leur son. *Something told me it was over / when I saw you and her talking / something deep down in my soul said cry girl cry / when I saw you and her walking by.* (« Quelqu'un m'a dit que c'était fini / lorsque je t'ai vu lui parler / quelque chose de profond m'a dit pleure ma fille, pleure / lorsque je t'ai vu partir avec elle. »)

Un rire, un rire dérangeant, a explosé à un étage supérieur. J'ai pensé un instant aller voir qui riait ainsi, et pour quelle raison, mais je ne voulais pas louper David. Une fille a passé la tête par l'embrasure de la porte.

– Bobby ? a-t-elle demandé avant de m'apercevoir et de tourner les talons.

Je n'avais aucune idée de combien de temps s'était écoulé lorsque David est rentré. À ce moment-là, sa démarche hésitante en disait long. Je n'étais pas en colère, pas vraiment, puisque j'avais eu la présence d'esprit de garder mon argent sur moi. Mais il y avait de belles fringues dans ce sac. Et le sac était un cadeau de ma mère.

– Où est mon sac ?

– T'es qui ? a demandé David.

– Tu sais très bien qui je suis, espèce d'enculé de voleur, ai-je répondu. Je suis de notre petite ville perdue du Wisconsin. J'ai battu le record du cinquante et du cent mètres course de l'école.

– Ouais, ouais, ouais. C'est toi. Ouais, et comment t'es rentré ?

– Où est mon sac, David ?

– Quel sac ? a-t-il rétorqué.

David s'est laissé tomber sur une pile de matelas. Les ressorts ont couiné sous son poids, comme une petite souris prise dans un piège.

– Je veux mon sac, ai-je dit.

– Quel sac ?

– Tu sais très bien de quel putain de sac je parle.

Il s'est mis sur le côté, la tête dans la paume de la main, ses yeux embués brillant à la faible lumière de l'ampoule.

– Écoute, mec, a-t-il lancé, va te faire foutre toi et ton sac. Il n'est pas là, un point c'est tout. Tu ne vas pas te lamenter sur un truc qui a disparu. Ça ne va pas t'aider dans la vie.

Je me suis approché du lit. Son pantalon était redescendu sur ses jambes, ne tenant plus à sa taille maigrichonne. De petites écorchures recouvraient la peau entre ses doigts.

– Il y avait de belles fringues dans ce sac, ai-je repris.

– Hé ben, elles ont disparu. Si t'as besoin de fringues, vas-y, sers-toi, y en a plein ici.

J'ai serré les poings. J'allais le frapper.

Un « clic ». J'ai baissé les yeux. David tenait un petit couteau, lame pointée vers moi. Il voulait me menacer, mais il contrôlait si peu son corps que l'arme vacillait de bas en haut, comme des miettes sur l'eau. J'aurais pu le lui arracher, mais à quoi bon ?

Je me suis précipité dans le couloir, et j'ai jeté un œil dans les autres pièces, à la recherche, je suppose, d'une bagarre. Les gens étaient assis, silencieux, peut-être occupés à boire de la bière. Un rire a éclaté au deuxième étage. Un éclat de rire, puis un autre. Ha ha ha ha ho ho ho ho ho ha ha ha ha ha ha hé hé hé hé hé. Ce putain de rire.

Il y avait environ dix marches qui séparaient les deux étages. J'en ai monté la moitié avant qu'Adeline ne me tombe dessus. On s'est bousculés sans basculer dans les escaliers.

– Hé, fais gaffe, nigaud, a-t-elle lancé.

– Adeline, ai-je dit, c'est Baby.

– Oh, Baby, c'est toi. Moi, je m'en vais. Et je ne m'en retournerai jamais.

– Qui rit comme ça au deuxième ?

– Ne pose jamais de questions à propos du deuxième étage.

On s'est relevés. Elle s'est aidée de mon bras, révélant la fragilité de son corps – elle était si légère, son corps pesait si peu.

– Tu pleures ? a-t-elle demandé.

– David a vendu mes affaires. Je n'ai plus que ce que je porte.

– Cet endroit ne nous a pas porté chance, a-t-elle conclu.

Elle a commencé à descendre les escaliers. Je l'ai observée, me demandant ce que je devais dire. Je ne savais pas quoi. *T'en va pas ! Me laisse pas ici ! S'il te plaît ! Pas au milieu de tous ces inconnus !*

Adeline s'est retournée. J'ai bloqué ma respiration.

– Tu viens d'où ? a-t-elle demandé.

– Je suis juste un gars du Wisconsin, ai-je répondu, soulagé. Ne m'en tiens pas rigueur.

– Du Wisconsin. Et ton accent, il est devenu quoi, Baby ?

– Je l'ai perdu, ai-je répondu. Pour avoir l'air plus sophistiqué.

J'avais adopté le ton plat et monocorde des gens qu'on entend à la télé, mais j'étais incapable de dire si cette ruse fonctionnait. Le seul critère d'évaluation que j'avais, c'était les commentaires des autres gamins du lycée. Mais c'étaient des ploucs. On ne peut pas se fier à l'avis d'un plouc.

– T'es venu tout seul à New York ? a demandé Adeline.

Elle ne portait ni chaussures ni chaussettes. Elle était pieds nus. J'ai frissonné à l'idée que ses doigts de pied traînent ainsi dans les débris.

– Qu'est-ce que t'as fait de tes pompes jaunes ?

– Laisse tomber, a-t-elle dit. Viens avec moi si tu veux.

– Où ?

– Dans mon dortoir. J'ai un lit simple, mais il y en a un autre de libre. Tu peux dormir là-bas quelque temps.

– Super, ai-je répondu, mais où sont tes chaussures ?

Parfois, on est traversé par des intuitions, des parcelles de vérités qui sont de pures inspirations. Je savais que ses chaussures étaient au deuxième étage.

– Elles sont en haut. Je les ai laissées chez Bobby.

– Qui est Bobby ? ai-je demandé.

– Bobby, c'est, enfin, je pensais que c'était, mon mec. Là, il est à l'étage en train de défoncer une fille. Il s'y est mis juste devant moi, Baby. À la défoncer. J'ai laissé mes chaussures.

– Attends-moi ici.

Je me suis mis à monter les escaliers. Adeline m'a retenu par le bras.

– Ça ne vaut pas le coup, a-t-elle lancé. Il va te tuer.

J'ai émis un petit bruit moqueur, comme un rire de cinéma.

– Je bossais dans la ferme de mon père, ai-je dit. J'ai vu plus de morts que tu ne peux imaginer.

– S'il te plaît, a-t-elle dit. Maman Chérie est pleine aux as. Elle nage dans le blé. Je peux m'en offrir d'autres.

Je l'ai repoussée et suis monté au deuxième étage. Le décor était le même qu'au premier. Mêmes pièces. Même désordre et même décadence. J'ai localisé Bobby aux sons qu'il émettait à défoncer quelqu'un, le gémissement suraigu et énervant d'une femelle mêlé aux grognements d'un mâle. Je suis entré dans la chambre, ai allumé la lumière et, effectivement, il y avait bien une nana assise sur un mec.

– C'est toi Bobby ?

– Qu'est-ce que tu branles ici ? Casse-toi, bordel.

La fille a sauté sur ses pieds. C'était la nana qui avait passé sa tête dans l'embrasure de la chambre de David. Pendant un moment, Bobby est resté allongé ainsi, totalement à poil, sa queue dure et luisante. Il était aussi maigre et sale que David, mais plus vieux. Il devait avoir une trentaine d'années. On voyait tout de suite qu'il était plus bas dans l'échelle sociale qu'Adeline.

– Je suis venu chercher les pompes d'Adeline.

– T'es défoncé, ou quoi ?

Je me suis penché pour prendre les chaussures. Bobby a bondi du lit.

– Ne t'approche plus d'Adeline, l'ai-je averti.

– Ou sinon ? a-t-il demandé.

– Mieux vaut que tu ne le saches jamais.

– Je vais te dire ce qui va se passer, moi, mec. Je vais finir de baiser cette pute et demain, je vais chercher Adeline, et je vais la baiser aussi. Et aucune tapette de Bon Samaritain à la con de Westchester ne m'en empêchera.

Encore une vision. Au-delà de la saleté et des drogues, j'ai aperçu Bobby en collégien complexé portant un t-shirt noir floqué au nom du groupe de rock Sugarloaf, priant pour ne pas se faire remarquer par les autres garçons plus forts et plus vicieux, faisant profil bas jusqu'à ce qu'il puisse quitter l'école et sa famille. J'aurais bien évidemment dû sympathiser avec lui, j'aurais dû être à ses côtés, aux côtés de ce gamin bizarre habité par la peur. Mais j'avais battu le record du cinquante et du cent mètres course de l'école. J'étais sportif de nature. Les gens m'aimaient. J'étais populaire. Bobby vivait à New York depuis trop longtemps, enfermé dans son petit paradis égalitaire d'héroïnomane. Il ne se souvenait plus de ses années lycée. Il avait oublié que la vie obéissait à une hiérarchie naturelle. Personne ne m'avait jamais traité de tapette.

Les rides de son visage aplati ressemblaient à la cartographie de ma honte. Le Wisconsin, ma famille, mon père, ma mère, ma ville natale, mon meilleur ami au lycée, sa mère, ce squat horrible, le désir pour des garçons qui ne savaient pas que tu existais, faire du mal à des filles qui, elles, t'avaient remarqué, David, mon sac volatilisé, se sentir si seul, comme si personne ne pourrait jamais m'aimer.

J'ai frappé Bobby jusqu'à ce que mes mains n'en puissent plus. Puis je lui ai donné des coups de pied.

Il a roulé par terre, dans une mare de sang et de morve. La fille le dévisageait. L'instant d'avant, elle s'envoyait en l'air avec lui, et là, il s'était effondré dans sa propre arrogance.

– Viens chercher Adeline demain, et tu verras, ai-je dit. Tu sais ce qui t'attend.

J'ai ramassé une nouvelle fois la paire de chaussures jaunes, glissant loin dans chacune les doigts de ma main gauche, maculés de mon propre sang aux jointures, là où la peau gonflée s'était déchirée.

Adeline m'attendait en bas des escaliers, debout dans cette étrange position, la jambe gauche enroulée autour de la droite, les bras croisés.

– J'ai tes pompes, ai-je dit.

Elle les a prises. Ses yeux se sont écarquillés. Elle a lâché les chaussures et m'a saisi les mains.

– C'est Bobby qui t'a fait ça ? a-t-elle demandé.
– C'est moi qui ai fait ça à Bobby.
Adeline s'est assise sur la dernière marche pour nouer ses lacets. J'ai pensé au fait que c'était étrange que les chaussures existent, que nous vivions dans un monde de chaussures, et que leur dimension esthétique était souvent opposée à leur fonction protectrice.
– Suis-moi, a dit Adeline.
Elle s'est précipitée au rez-de-chaussée. À la porte d'entrée, je me suis retourné une dernière fois sur cet enfer sur terre. J'avais perdu plusieurs semaines dans le Wisconsin à rêver que cet endroit devienne mon chez-moi.
– Bonne chance, bande d'empaffés, ai-je crié dans le couloir vide. Et n'oubliez pas de m'envoyer une carte postale, sales connards !
– Baby, a dit Adeline, pas besoin d'en faire trop.

Sur la 12e Rue, les lampadaires ne fonctionnaient pas. Avec tous ces terrains vagues et ces immeubles abandonnés, j'ai découvert un nouveau type de pénombre, celle d'une ville plongée dans le noir. Un clochard se tenait devant une poubelle en fil de fer. Il la remplissait de débris qu'il avait ramassés, faisant tomber les détritus d'un sac qu'il agitait au-dessus de la poubelle.
– Hé, lui ai-je lancé, vous avez trouvé ce sac où ?
– Ta gueule, a-t-il répondu.
– Je peux te le racheter ?
– Cinq dollars pour toi, Dracula.
Je me suis retourné pour compter les billets. Adeline avait continué de marcher sans se rendre compte que je m'étais arrêté. Elle a remarqué que je n'étais plus à ses côtés et a fait marche arrière. J'ai pris cinq billets et les ai tendus au clochard.
– Toi en premier, ai-je dit. T'inquiète pas, je ne vais pas t'arnaquer. Je suis un pigeon facile à plumer.
– Prends-le, a-t-il répondu.

Il m'a lancé le sac et a saisi l'argent.

– Tu as trouvé ça où ? ai-je demandé.

– Dans une poubelle sur l'Avenue C.

Bien évidemment, aucun de mes vêtements n'était encore dans le sac. Des taches récentes recouvraient l'intérieur comme l'extérieur, le tout agrémenté d'une persistante odeur d'urine.

– Qu'est-ce que tu fous ? a demandé Adeline. Pourquoi tu achètes ce truc ?

– Ma mère m'a offert ce sac, ai-je dit. Tu as une machine à laver ?

– Il y en a une dans les parties communes, au troisième étage.

On a fait le trajet inverse de celui qui m'avait amené chez David. Sur la Deuxième Avenue, il y avait un théâtre au coin de la rue. L'affiche annonçait : J'AI LA FILLE QU'IL TE FAUT ! FRANKENSTEIN, LA COMÉDIE MUSICALE.

– Tu as vu cette pièce ? ai-je demandé à Adeline.

– Non, pourquoi j'irais voir ça ? a-t-elle éructé. C'est vulgaire, Baby. Mais tu sais, un ami d'ami vit juste au-dessus. C'est un artiste, David Wojnarowicz. Tu connais son travail ?

– Non.

– C'est *très** sinistre.

Nous avons traversé la Deuxième Avenue. Un nombre étonnant de femmes peuplaient le bloc suivant, debout, seules, maquillées comme des voitures volées et portant des robes indécentes. Quelques-unes parlaient à des hommes, de vieux types aux sourcils broussailleux.

– On vient de passer à travers le rideau d'une zone de prostitution, a expliqué Adeline. NYU, l'université de New York, construit des logements sur la Troisième Avenue, ce qui a obligé les putes à déménager. Le ruissellement les a amenées ici, chéri.

---

* Les mots en italique suivis d'un astérisque sont en français dans le texte. *(N.d.T.)*

Les prostituées n'étaient pas glamour et la plupart avaient l'air triste, mais cela ressemblait déjà plus au New York de mes fantasmes. Crade et louche, mais pas aussi désespéré, vide et cruel qu'Alphabet City. Des prostituées ! Des putes ! Je n'en revenais pas. Les paillettes de leurs robes me remontaient le moral, me redonnant de l'énergie pour continuer ma balade.

– C'est si loin que ça ? ai-je demandé.

– On arrive bientôt, a-t-elle répondu.

– Adeline, il y a de quoi manger chez toi ? Ou il vaut mieux que je m'achète quelque chose avant de monter ? Je crève de faim.

– Mes colocs ont toujours un truc à grignoter au frigo, a-t-elle répondu.

Nous avons traversé Union Square. Je n'en connaissais pas encore le nom. Nous avons coupé par le parc, passant à côté d'une statue équestre de George Washington. L'épée du premier président avait disparu. Et aussi la bride de son cheval. Sa main gauche ne se refermait plus sur rien. Une inscription à la peinture noire barrait le piédestal, deux grosses lettres rebondies : SD.

– Tu vois cet immeuble ? a demandé Adeline.

Elle désignait le plus étroit et le plus haut des immeubles du côté ouest du parc. Son toit était en cuivre vert. Chaque étage disposait de trois fenêtres donnant sur le parc.

– C'est mon logement étudiant, a dit Adeline. Pas tout : Parsons n'occupe que les étages trois à sept. Je vis au cinquième.

En arrivant au pied de l'immeuble, j'ai lu les mots gravés sur toute la longueur de sa porte en marbre : BANK OF THE METROPOLIS. L'adresse était 31 Union Square West, à côté du numéro 33, l'immeuble où Valerie Solanas avait tiré des balles de 32 mm dans le torse d'Andy Warhol. Mais je ne connaissais rien d'Andy. Pas encore.

Adeline a franchi la première porte, s'arrêtant dans l'entrée. Derrière une vitre, un vieil homme fatigué se tenait assis à un bureau de fortune. Il ne faisait rien, ne disait rien. Il s'est contenté de soupirer, d'actionner l'ouverture de la deuxième porte et d'adresser un petit signe à Adeline, avant de revenir à son poste de télévision en noir et blanc.

Le hall était petit, avec un escalier à l'arrière. Il y avait deux ascenseurs. Nous avons pris celui de gauche.

– C'est la première fois que je prends un ascenseur, ai-je avoué.

– Et tu trouves ça comment, Baby ?

– Ça a l'air plus rapide à la télévision.

La porte d'entrée de son logement donnait sur un grand espace poussiéreux, moitié salon, moitié cuisine. Les plaques de cuisson étaient graisseuses, recouvertes de saletés accumulées par des années de friture et de négligence. Un petit couloir menait à une salle de bains et à deux chambres séparées. Tous les murs étaient blancs.

La chambre d'Adeline était au début du couloir. La deuxième chambre, au fond, était occupée par des Sud-Coréennes, Sun-Yoon et Jae-Hwa. Elles avaient adopté un nom américain, respectivement Jane et Sally. C'était à Jane de faire le ménage dans le logement, mais certains endroits étaient juste trop vieux. Même la moquette était couverte de taches de moisissure. Que faire contre des décennies de décrépitude urbaine ?

– Bienvenue au 5B, a dit Adeline.

Nous sommes entrés dans sa petite chambre. Au sol, rien que du lino. Adeline avait recouvert les murs d'images et de photos. Des gens célèbres, des clichés de mode, des reproductions bon marché. Une affiche de *La Mariée du vent* de Max Ernst. Je ne l'ai pas reconnue. Une autre annonçant des concerts de Siouxsie and the Banshees au Hollywood Palladium, les 6 et 7 juin. Une guirlande de Noël fixée autour de la fenêtre diffusait une lumière tamisée.

Au centre de la pièce se tenait une échelle qui s'élevait bien à trois mètres de hauteur avant de disparaître dans un long espace oblong et sombre. Je m'y suis hissé et ai passé ma tête à travers le trou. Le plafond était à un mètre au-dessus de ma tête. Deux matelas, sans sommiers, étaient disposés de chaque côté, enfoncés dans d'étranges caisses en bois.

Les gens vivaient donc ainsi, s'endormant à trois mètres du sol.

– Pose ton sac, a dit Adeline. On va te trouver à manger.

Je me suis assis sur le canapé à moitié défoncé de la pièce commune, et l'ai regardée placer de la viande sur un bout de pain d'allure louche. J'ai remarqué le contour irrégulier de ses ongles de pied, recouverts d'un vernis noir écaillé.

Sun-Yoon est sortie de sa chambre.

– Jane, a dit Adeline, je te présente mon ami Baby.

– Hello, ai-je lancé.

Sun-Yoon n'a pas répondu. Le pot de moutarde a fait un bruit de pet en s'ouvrant.

– Baby va s'installer ici un petit moment, le temps de trouver un appartement. Il est arrivé ce soir du Wisconsin.

– Salut, a dit Sun-Yoon.

Elle a fermé la porte de la salle de bains derrière elle, puis a fait couler l'eau de la douche.

– La nourriture de Sun-Yoon est sacrée, ici, a dit Adeline. Sally et elle se plaignent souvent au responsable de mes tendances de pique-assiette.

Assis sur les coussins dans la chambre d'Adeline, occupé à me sustenter goulûment, je me suis rendu compte que je n'avais rien mangé depuis ma descente du bus. Adeline m'a tendu un verre.

– C'est quoi ? ai-je demandé.

– De l'alcool, Baby. Que veux-tu que ce soit d'autre ?

Je l'ai descendu comme si c'était du Coca-Cola. Le breuvage me brûlait la gorge. L'alcool fait rapidement son effet, mais je ne sais jamais quand cela commence. Ce qui me semblait dingue était la taille minuscule de sa chambre. Il n'y avait pas d'endroit où ranger ses habits, Parsons avait donc installé une armoire. Avec le vieux bureau, elle occupait la moitié de l'espace utilisable.

L'armoire me faisait flipper.

On a discuté, sans s'arrêter.

Adeline m'a raconté qu'elle venait de Pasadena, non loin de Los Angeles. Je lui ai demandé si sa famille travaillait dans le cinéma. Elle a rigolé et m'a répondu que non, son père était un chirurgien-dentiste connu du coin. Il avait investi beaucoup, et bien, dans l'immobilier. Il avait des patients célèbres. J'ai glapi, lui demandant qui il avait soigné, mais Adeline ne se rappelait rien d'autre que la fois où son père avait posé un bridge sur l'incisive inférieure gauche de Jason Robards, deux fois lauréat des Oscars. Quelques jours plus tard, son père était mort à son cabinet, victime d'une attaque cardiaque, laissant Adeline seule avec sa mère.

– Il y a un mois, je suis tombée sur M. Robards, a dit Adeline. Il ne vit pas loin, dans le Connecticut. Il ne savait foutrement pas qui j'étais, mais je lui ai parlé de papa. Comme il était gêné, il m'a offert une glace chez Serendipity. C'était tellement kitsch.

Après la mort de son mari, la mère d'Adeline avait noyé son chagrin dans une période d'excès démesurés. Je lui ai demandé des détails, curieux de voir à quoi s'apparentait la décadence d'une quadragénaire, mais Adeline a esquivé, prétendant que c'était de l'histoire ancienne. Sa mère ne s'était calmée que récemment et s'était installée dans une routine d'alcoolique tranquille et confortable.

– Mère est devenue une ivrogne fréquentable, a dit Adeline, un peu comme Myrna Loy dans *L'Introuvable*. Sauf que Mère est bien plus âgée que Myrna au moment où Myrna rencontre William Powell. C'est un peu triste.

– Pourquoi tu n'as pas de coloc ?

– Mère et moi nous sommes arrangées, a-t-elle répondu. Je suis allée voir le Dr Jacobs, son psy. Je lui ai expliqué que je deviendrais dingue si j'avais un coloc. Et ce bon docteur m'a fait une ordonnance expliquant que j'étais atteinte d'une maladie mentale inconnue qui m'obligeait à vivre seule.

Un peu honteux de ne pas avoir de bonne histoire ni de période de folie ou d'excès à raconter, je lui ai parlé de la vie à la ferme. De toutes ces vies creuses du beau milieu du continent américain. J'avais l'impression qu'Adeline n'avait jamais connu que la Californie et New York, enjambant le grand vide des États-Unis, ne se confrontant jamais aux visages débiles et vides des citoyens de ce pays.

À travers la vitre, j'ai aperçu ma première aube new-yorkaise. Adeline a tiré le store en plastique bon marché, et seule la lumière de la guirlande d'une autre saison nous éclairait encore.

– Il est l'heure d'aller se coucher, a-t-elle dit.

– Adeline, ai-je demandé, pourquoi m'as-tu invité chez toi ?

– Tu es un marin sans port d'attache.

– Mais tu n'as pas d'attentes, n'est-ce pas ?

– Des attentes ?

– Tu sais bien, ai-je dit. Des attentes.

Elle s'est penchée vers moi. Je me suis raidi, craignant d'avoir commis un impair. Je ne voulais pas qu'elle me vire d'ici, pas maintenant, alors qu'elle avait été si gentille.

– Baby, a-t-elle demandé, tu ne préfères pas les hommes ?

Mon sac était encore posé sur le lino, à côté de ses chaussures jaunes. Il y avait de beaux vêtements dans ce sac.

– Si, ai-je répondu.

C'était la première fois que je l'avouais à voix haute.

– Alors pourquoi devrais-je avoir des attentes ?

– Mais comment tu as su ?

– Tu brouilles correctement les pistes, a dit Adeline, mais ça ne marchera pas ici. Cette ville est plus pédé que n'importe quelle autre ville au monde. Prends le lit inoccupé et demain, on ira te faire couper les cheveux et t'acheter des fringues dignes de ce nom.

– Qu'est-ce qu'ils ont, mes cheveux ? ai-je demandé, mais Adeline avait déjà commencé à escalader l'échelle, me laissant sans réponse.

OCTOBRE 1986

Baby apprend une chose ou deux sur la vie new-yorkaise

Le lendemain matin, Adeline a ouvert les rideaux en grand, et j'ai jeté un œil au-dehors, en direction de Mays et des autres magasins situés du côté sud du parc. Les tours Zeckendorf s'élevaient au-dessus du décor.

Je me suis bel et bien fait couper les cheveux, soit dit en passant. Adeline était à la manœuvre. Je m'étais caché pendant des années sous une coupe au bol, brave petit péquenaud sans histoires. Adeline a rafraîchi mon rideau de cheveux blonds, exposant mon ossature et la forme globale de ma tête.

Pour les vêtements, nous sommes partis en pèlerinage autour de l'immeuble et avons accepté toutes les nippes proposées en guise d'aumône par les étudiants en mode. Ces cadeaux m'ont permis de tenir les premiers jours, jusqu'au lundi suivant, lorsque Adeline a débarqué dans la chambre avec plusieurs gros sacs, m'assurant qu'elle avait été se servir à l'Armée du salut de la Quatrième Avenue. J'ai fouillé parmi les chemises et les pantalons trop impeccables, remarquant pour moi-même que quelqu'un avait oublié d'enlever les étiquettes de Macy's et de Saks.

Six jours plus tôt, j'étais encore un bouseux perché sur ses hautes cannes, un plouc qui sentait le fumier. En me regardant dans le miroir, avec ces nouvelles fringues et ma coupe de cheveux encore fraîche, je me suis trouvé sacrément sexy. Et, bon, il faut l'avouer, carrément gay. Je pouvais le lire sur mes lèvres et l'implantation de mes cheveux, dans la tension des muscles de mon visage. Bon Dieu, comment avais-je pu penser m'en cacher ? J'étais tellement homo.

Nous n'avons jamais reparlé du gamin qu'Adeline avait sauvé d'un squat d'Alphabet City, de ce garçon qui était devenu *persona non grata*, vague cousin attardé qui aurait émigré vers un asile de campagne victorien.

Les semaines passaient. J'errais dans New York, l'énergie folle de la ville transperçait mes os. Le sol vibrait, résonnait des milliards de pas qui m'avaient précédé, de tous ces siècles de personnes s'y frayant un chemin, la ville respirait au rythme irrégulier des battements de cœur de millions de voitures et de camions, de ses piétons braillards, de ses vendeurs de rue et de ses rabatteurs. Sa clameur et son grondement envahissaient mon sang, transformaient ma marche. Adieu, démarche pataude : j'avançais désormais aussi vite qu'une ombre, glissant sur le sol.

J'allais où Adeline me disait d'aller. Je ne disais jamais non. Vernissages, projections, musées. Je me souviens d'un film que nous sommes allés voir ensemble, *Peggy Sue s'est mariée*, au cinéma Quad, une comédie décalée à propos d'une femme prenant part au vingt-cinquième anniversaire de sa classe de lycée, réalisée par Francis Ford Coppola.

Comme ce genre de film est cousu de fil blanc, Peggy Sue y est couronnée reine de la soirée. Elle fait une crise d'angoisse au moment de son couronnement et s'évanouit, sombrant dans les ténèbres. Lorsqu'elle reprend conscience, elle découvre qu'elle est retournée dans le passé et est bloquée à l'époque de son lycée, condamnée à revivre les horreurs de ces années.

Au début du film, Peggy Sue est une adulte indépendante qui a décidé de reprendre sa vie en main en divorçant de son mari infidèle. Jusqu'au générique, elle subit à nouveau les humiliations de son adolescence, car l'intelligence d'une femme accomplie ne peut rien contre les erreurs de la jeunesse. Peggy Sue retombe dans ses attitudes de jeune fille, finit par se réveiller dans le présent et reste avec son homme. Adeline a détesté la fin, qu'elle a trouvée antiféministe, mais pour moi, c'était le postulat du film qui était horrible, l'idée que l'univers pouvait vous enlever votre vie actuelle et vous renvoyer dans le passé.

On a également vu *Le Parrain* au Film Forum situé au croisement de Watts Street et de la Sixième Avenue, un long fantasme de cinéaste signé du même réalisateur. Le scénario était très simple. Marlon Brando, le porte-flambeau de tous les jeunes motards, dirige les Corleone, une famille de pédés honteux. Tous les vauriens de Marlon doivent suivre l'aîné, un James Caan poilu et ultra-butch qui s'excite à travers le domaine familial tel un taureau en rut. Al Pacino se découvre un penchant sévère pour ce mode de vie après qu'un capitaine de police dominant et grisonnant lui apprend à respecter le bâton et le fouet. Al pète un câble et se défoule sur tous les cons qu'il croise. C'était mieux que *Peggy Sue s'est mariée*.

Adeline connaissait tout le monde, et était invitée à de nombreuses fêtes. Dans East Village, West Village, à Greenwich Village, Alphabet City, SoHo, dans l'Upper East Side, à Battery Park, ou même en banlieue. On n'en manquait pas une.

Les seules fêtes qui ne me plaisaient guère étaient celles que les gens de Parsons organisaient. Adeline n'arrivait pas à se contrôler. Chaque fois qu'elle croisait un camarade de classe gay, elle nous poussait dans les bras l'un de l'autre.

– Mais, Baby, vous avez tellement de choses en commun. Imagine vos discussions !

Oui, c'était vrai, pensais-je, mais je n'y arrivais vraiment pas, à l'époque. Et en plus, à une fête ? Qui veut coucher avec quelqu'un rencontré à une fête ?

C'était une question inutile, car Adeline en était la preuve même. La justification répétée de nos sorties était son désir de trouver des compagnons de couche à son goût. En réalité, malgré les heures qu'elle passait à flirter et à danser, elle finissait rarement avec quelqu'un. Ce qui m'a amené à réfléchir à la différence entre l'idée que les gens se font d'eux-mêmes et ce qu'ils sont réellement, ce large fossé entre les aspirations humaines et les étranges traits de personnalité que rien ne peut effacer.

Quelques rares chanceux arrivaient à leurs fins et avaient l'honneur de s'abandonner aux mystères de ses orifices. Dans ces cas-là, je squattais le canapé du salon.

Par stratégie de survie, je me suis lié d'amitié avec Sally et Jane. En tout cas, j'ai essayé. Jane n'était jamais chaleureuse avec moi, même si elle semblait apprécier mes vaines tentatives pour l'aider à nettoyer l'appartement. Sally et moi nous entendions plutôt bien, malgré la barrière linguistique, et elle me faisait souvent à manger. Aucune d'entre elles ne se plaignait à la patronne des lieux.

Le type avec qui Adeline est restée le plus longtemps prétendait venir de Santiago, et il parlait avec un fort accent. Un jour, j'ai traversé le parc avec lui pour aller faire des courses chez l'épicier du coin. Un gamin mexicain était derrière le comptoir et a essayé de parler au type de Santiago. *En español.* Rien, pas la moindre réponse, le regard du type de Santiago était vide, ne reconnaissant même pas la langue utilisée.

Nous sommes revenus à pied en parlant baseball, des Mets, dont il était tombé amoureux en regardant les World Series, et de Bill Buckner qui leur avait été un cadeau envoyé par Tío Dios. Je me suis dit que j'allais en parler à Adeline, mais pourquoi se prendre la tête ? Je savais qu'il ne durerait pas beaucoup plus de quelques semaines.

Quant à moi, j'étais trop coincé, trop effrayé à l'idée de toute promiscuité. Je pensais bien que cela viendrait, d'une manière ou d'une autre, sûrement, mais je venais seulement d'admettre mon besoin d'autres hommes et de leurs corps. Je m'imaginais des décennies à venir de sexes en érection. Mes plaisirs étaient désormais simples. J'étais l'ami bizarre d'Adeline, le type silencieux qui restait à ses côtés tandis qu'elle dénonçait Jeff Koons à ses camarades de classe. Cela me suffisait de riveter mon regard sur leurs corps glorieux, d'écouter leurs dialogues banals et de profiter de cette sorte d'extraordinaire.

Je me nourrissais de l'humanité, des gens.

Comme cet homme du dixième étage. Cet être glorieux peut à lui seul décrire la ville de New York en cet an de grâce 1986.

À quoi ressemblait-il ? Corpulent, mais pas gros. Grand, avec un bouc grisonnant. Portant souvent un chapeau ridicule. Je l'espionnais à l'occasion, surtout dans l'ascenseur, mais ne lui avais jamais accordé aucune importance particulière. Il avait juste l'air d'être l'un de ces nombreux adultes qui ne se satisfaisaient pas que quatre étages entiers de leur immeuble soient sous le joug d'une invasion d'étudiants drogués et dépravés.

Un jour, Adeline m'a montré l'homme du dixième étage alors qu'il passait sous le portique. Elle m'a murmuré :

– Tu vois ce gars ? Il s'appelle Thomas M. Disch. Tu ne dois pas connaître son œuvre. J'ai cru comprendre qu'il écrivait de la science-fiction. Des trucs étranges, tu vois ? Avec des robots et des vaisseaux spatiaux.

De la science-fiction.

Parmi ses nombreux défauts, mon père avait été un fan invétéré du genre pendant la majeure partie de sa vie. Des piles de livres de poche pourrissaient dans la cave, des livres jaunissants qu'il avait essayé de me convaincre de lire. J'avais refusé. Le mieux que j'avais pu faire, c'était de lire *La Fraternité de l'Anneau*. Ce qui lui avait littéralement brisé le cœur, car mon vieux était un puriste qui croyait en la division stricte des genres littéraires.

Un jour, il avait déserté la maison familiale pour se rendre en voiture à MiniCon, une convention de science-fiction à Minneapolis. L'invité d'honneur était un écrivain du nom de Spider Robinson. Mon père adorait ses livres, et tous ceux que j'avais tenus en main se déroulaient dans un étrange saloon logé quelque part dans l'espace. Lorsque mon père était revenu à la maison, il n'avait pas pu s'empêcher de tout nous raconter dans les détails. Les écrivains qu'il avait rencontrés, les livres qu'ils lui avaient signés, les conférences auxquelles il avait participé. On en avait plus qu'assez de l'écouter. Spider Robinson, quel nom à la con quand même.

Je me suis lancé dans une quête solitaire, celle de surveiller du coin de l'œil Thomas M. Disch, à imaginer que j'avais sûrement dû voir ses ouvrages dans la bibliothèque de mon père. Mais c'était un vœu pieux, j'en suis certain, je le confondais sans doute avec Gordon R. Dickson dans l'espoir de trouver une connexion avec mon père décédé.

J'ai aperçu Thomas M. Disch à trois ou quatre reprises, cinq au grand maximum. Lors d'une de ces occasions, il était en pleine dispute avec un autre homme. J'avais déjà aperçu ce type dans le coin, bien plus que Thomas M. Disch en fait. À l'intonation de leur voix et à leurs postures, j'ai compris qu'ils étaient partis dans le genre de disputes complexes qu'avaient mes parents lorsqu'il n'y avait rien à la télévision et qu'ils n'avaient d'autre choix que de se retrouver face à face.

Une querelle d'amoureux. Nous y voilà. Un écrivain de science-fiction homosexuel qui vivait tout en haut d'Union Square. Un écrivain de science-fiction homosexuel en couple. Maintenant, j'avais vraiment envie de parler avec Thomas M. Disch, et cela n'avait plus rien à voir avec mon père. Je voulais coincer Thomas M. Disch dans l'ascenseur et lui demander : « Comment ? Comment ? COMMENT ? COMMENT ? »

Comment est-ce que vous vivez ainsi, comment avez-vous appris cela, comment êtes-vous devenu un écrivain homosexuel parlant de robots ? Comment avez-vous réussi à garder votre petit ami si longtemps ?

Mais j'étais trop timide.

Alors j'ai opté pour la deuxième solution, je suis allé au croisement de Broadway et de la 12e Rue, jusqu'au magasin que j'avais aperçu en arrivant le premier soir à New York. Au-dessus de ses grandes vitrines trônaient des panneaux rouges barrés de grandes lettres blanches : LIBRAIRIE STRAND. TREIZE KILOMÈTRES DE LIVRES. Et entre les panneaux, écrit en plus petit, en noir : ON ACHÈTE VOS BIBLIOTHÈQUES et LIVRES D'OCCASION, RARES ET NOUVEAUX.

Tandis que j'admirais la librairie depuis le trottoir d'en face, un petit homme juché sur un vieux vélo est passé devant moi, un ghetto blaster attaché par des fils à son panier. Le son de casserole de son appareil hurlait au-dessus du bruit des voitures : *Yeah, heard about your Polaroids / that's what I call obscene / tricks with fruit / it's kind of cute / I bet you keep the pussy clean*. (« Oui, j'ai vu tes instantanés / je trouve ça dévergondé / des trucs avec des fruits / c'est plutôt mimi / je parie que tu gardes ta chatte propre. »)

Je suis à l'origine d'une théorie baroque selon laquelle Strand est, d'une manière inexplicable, un microcosme qui reflète en miniature l'expérience sociale de cette ville. Ces dernières années, ils ont refait l'endroit, désormais aussi propret qu'une garderie, et ont même dégagé le premier étage. À titre comparatif, dans les années 1970, Patti Smith y a vécu comme une clocharde.

En 1986, c'était un endroit ravagé, dévasté et complètement sens dessus dessous. Lorsqu'on en poussait la porte, on devait présenter son sac à un vieux comptoir en bois situé sur la droite, doté de casiers sales et tenu par la personne la moins agréable de tout l'immeuble. Après être passé devant ce Cerbère des temps modernes, on se perdait dans le rez-de-chaussée rempli du sol au plafond, errant sous les néons verdâtres, examinant des livres serrés sur des étagères de métal gris, rangés de façon si arbitraire qu'on y séparait « Fiction » de « Littérature ». Le sous-sol consistait en un labyrinthe de grands formats vendus à moitié prix, et de tous les livres étranges qu'on n'avait pas pu mettre au rez-de-chaussée.

Un petit rayon science-fiction occupait le coin le plus excentré du rez-de-chaussée, entre les rayons fiction et sociologie. Surtout du poche, et rangé sans aucune cohérence, avec des vieux livres balancés en vrac en espérant qu'un quelconque loser passerait par là, à la recherche de sa dose d'elfes exotiques et de space opera.

Comme moi. C'était moi, ce loser.

Entre Mercedes Lackey et Ted Sturgeon, j'ai trouvé une réimpression du début des années 1970 de *Camp de concentration* de Thomas M. Disch. Sous le titre, et son bandeau (LE ROMAN DE SCIENCE-FICTION LE PLUS CÉLÈBRE DE CES DERNIÈRES ANNÉES), on trouvait la peinture d'un homme torse nu qui s'ouvrait les entrailles de ses propres mains.

Le prix était inscrit au stylo à l'intérieur de la couverture. Deux dollars. J'ai slalomé entre les nouveaux riches qui papillonnaient autour des tables de l'entrée et me suis dirigé vers la caisse, un long bureau installé en parallèle de Broadway.

– Suivant ! a crié une fille aux cheveux roux.

Je lui ai tendu le livre, et elle a éclaté de rire en l'apercevant.

– Ça a l'air horrible, a-t-elle dit.

– C'est pour un ami, ai-je répondu. Je préfère Hemingway.

– Bien évidemment. Cela fera deux dollars et dix-sept cents.

NOVEMBRE 1986

Adeline fait découvrir à Baby la marijuana, cette divinité profane de Californie

Tous les habitants du Wisconsin ne cessaient de dire qu'ils se défonçaient, mais à part quelques écarts de conduite lors de voyages scolaires, je n'avais jamais vu quelqu'un fumer de l'herbe. Je m'étais déjà drogué avant d'aller à New York, mais je n'avais jamais été totalement défoncé, je n'avais jamais connu cette expansion et cette contraction du temps si typiques de plusieurs semaines passées à fumer.

Adeline, par contre, était originaire de Californie. Elle avait grandi avec la marijuana, cette divinité profane locale. À Pasadena, à Los Angeles, dans tout le Golden State, l'herbe était un rituel social. Adeline avait passé les quatre années de son lycée privé à la con défoncée. Elle n'avait pas beaucoup fumé à la fac. Elle disait que ce n'était pas une drogue particulièrement intéressante, et qu'elle préférait les hallucinogènes ou les stimulants.

Mais, finalement, sans pouvoir faire marche arrière, Adeline avait écopé d'un cours qu'elle détestait.

– C'est terrible, Baby. Ça m'ennuie. Toutes ces conneries dérivées de la French Theory.

Elle perdait des heures devant sa feuille blanche à batailler avec ses crayons charbonneux, incapable de tracer ne serait-ce qu'une ligne, même pas une pauvre tache. Elle s'énervait toute seule en gesticulant, annonçant son intention de se défoncer puis de dessiner ce qui lui passerait par le cerveau. Même si le travail ainsi effectué serait de mauvaise qualité, c'était toujours mieux que de rendre copie blanche.

– Cette prof n'osera jamais mettre une note rédhibitoire à un devoir fini, a dit Adeline.

Elle a quitté la pièce, pour revenir vingt minutes plus tard.

– Tu en as trouvé ? ai-je demandé en essayant de masquer mon excitation.

– À ton avis, qu'est-ce que je suis partie faire ?

– Je peux voir ?

Elle a sorti une cinquantaine de grammes. De la skunk, mais je n'y connaissais rien.

– On y va ? a-t-elle fait.

J'ai acquiescé.

– J'ai acheté des feuilles à rouler chez l'épicier. C'est vraiment dingue à quel point on régresse en enfance à la moindre contrariété, non ?

Elle m'a expliqué comment inhaler, puis m'a calmé lorsque j'ai fait une quinte de toux après que la chaleur a envahi mes poumons. On riait et on se roulait par terre sur le tapis sale. Ma peau me picotait, comme si des milliers de petites aiguilles métalliques rebondissaient sur l'élasticité de ma chair.

– Et ton dessin ?

– Oh... Ha ha ha ha. Ouais. Ouais. Oh... Ha ha ! Je devrais dessiner des portraits de Bela Lugosi.

– C'est qui ?

– Mais, Baby, c'est Dracula ! Avec sa cape et ses crocs ? 1931 ? Universal Pictures ? Un film de Tod Browning ? Il ne boit pas de vin ? Chéri, dans ton ignorance, tu es tellement philistin !

– C'est le sujet du devoir ?

– Qu'elle aille se faire foutre, ma prof et son devoir de merde.

Elle a passé sa main sur la feuille de papier, laissant derrière elle une traînée de taches noires et de lignes mal esquissées.

– Il y a plusieurs librairies sur Hollywood Boulevard dédiées au cinéma. Larry Edmunds, Pickwick, Book City. Tu peux y trouver plein de livres sur le sujet. Il y a un endroit pas mal aussi, à Pasadena. L'âge d'or du film n'a pas disparu de Los Angeles, peu importe la crasse, si tu sais où chercher.

Je n'arrivais pas à déterminer une quelconque forme dans les dessins d'Adeline, mais j'en fouillais tout de même chaque détail, laissant mon esprit dériver.

– Pourquoi tu parles comme ça ? ai-je demandé.

– C'est-à-dire ?

– Comme si tu venais du passé. Tu ne peux pas revivre le passé.

– Je ne peux pas revivre le passé ? Bien sûr que si. Parce que, Baby, je suis une imposture. Mon accent est aussi affecté que le tien. C'est juste un manque de confiance en soi, chéri.

Sally est sortie de sa chambre. Nous avons éclaté de rire.

– Il venait vraiment de Santiago ?

– C'est ce qu'il prétendait.

– Et vous les reconnaîtrez à leurs fruits.

– Qu'est-ce que cela signifie ? a demandé Adeline.

– C'est un truc que j'ai entendu.

Adeline a dessiné dix portraits de Bela Lugosi. Je me suis endormi avec la dalle, trop défoncé pour descendre l'échelle. Au petit matin, Adeline était déjà partie en cours. Je me suis levé difficilement. Mon argent fondait à vue d'œil, et il allait falloir que je trouve un travail rapidement. Rien que d'y penser, cela me rendait malade.

Vers 15 heures, Adeline est revenue, auréolée de succès.

– Les Belas ont convaincu tout le monde, a-t-elle annoncé. Je pense que ce sera ma meilleure note du semestre.

Il nous restait toute l'herbe. On pouvait la donner ou la fumer. Adeline a roulé un joint. J'ai essayé de l'aider, mais je n'arrivais pas à faire un aussi beau joint de Californien, la clope se désintégrant à mi-parcours. On a fumé puis on est partis marcher au hasard. New York paraissait différent. Ce qui nous entourait n'était pas devenu magique, mais subtilement changé. Des nuages pourpres flottaient dans le ciel noir, comme éclairés par une luminosité inexplicable.

Puis on était tout simplement défoncés. Adeline a peut-être racheté de l'herbe. Ce qui était chose aisée, car le parc était peuplé de dealers. Il s'est mis à neiger. De l'autre côté de la vitre, je distinguais nettement chaque flocon. Je voyais au-delà du parc, jusqu'au fleuve, mais sans l'apercevoir, je le sentais juste, ce fleuve qui sinuait au beau milieu des angles aigus de la ville, et derrière lui Brooklyn, au cœur battant, une tout autre ville qui était la même ville. Un coin paumé où nous n'étions allés qu'à deux reprises, par la ligne L, jusqu'à Canarsie. Un gamin polonais du département de design à Parsons y vivait avec sa famille. Il avait organisé quelques soirées. Adeline avait insisté pour que nous nous y rendions. J'avais vu une étudiante en illustration blonde vomir dans le jardin. Je visualisais cette maison modeste à un étage, dont les murs vibraient de l'autre côté de la rivière.

Puis on était tout simplement défoncés. Adeline a travaillé à ses projets et lu les livres obligatoires pour ses cours. Elle avait un exemplaire de *L'Histoire de l'œil* de George Bataille. Je lui ai demandé de quoi cela parlait. Elle m'a raconté. J'ai tout de suite oublié.

– Cela va bientôt changer, a dit Adeline. On passe aux futuristes ensuite.

Puis on était tout simplement défoncés. J'ai regardé la télévision avec Sally tandis que Jane se moquait de nous. Je n'avais pas allumé la télévision depuis que j'étais parti du Wisconsin. Il y avait une série, *Alf*, avec une sorte de monstre extraterrestre poilu et orange à gros nez, qui aimait manger les chats et atterrissait dans une famille moyenne. Je me suis demandé si Thomas M. Disch regardait *Alf*. Puis une autre série, *Les Craquantes*, avec ses quatre nonagénaires retraitées chaudes comme la braise face à toute cette chair défraîchie et fossilisée de Floride. Ensuite un film, *Starman*. Mon préféré. Aucune idée de quoi cela pouvait bien parler. Puis on était tout simplement défoncés. J'ai arrêté la télévision. Adeline a continué à lire.

On a fini l'herbe. Adeline en avait assez, et j'en avais assez. Une semaine à fumer, et mon cerveau ressemblait à une éponge desséchée. Puis on n'était plus défoncés.

Je me suis rendu au Rockefeller Center. Les ouvriers étaient occupés à installer le sapin de Noël. Il n'était pas encore allumé. Personne ne faisait de patin sur la glace. Je pensais que cette balade me rafraîchirait les idées, avec le vent froid qui transperçait mes fringues absurdes et mes cheveux blonds.

J'ai envisagé de prendre le métro jusqu'en bas de Manhattan, mais j'ai fini par rentrer à pied. Broadway, entre la 40e Rue et Union Square, ressemblait à un no man's land, surtout de nuit. J'étais seul, si ce n'était les sans-abri et les vagabonds professionnels. Tout était fermé, même les boutiques.

De retour à Union Square, je me suis dirigé vers le sud, afin de vérifier si la chambre d'Adeline était illuminée. C'était le cas. Je ne voulais pas la voir, je ne voulais croiser personne. J'ai descendu University Place jusqu'à Washington Square. Les étudiants de NYU squattaient le parc, en compagnie des revendeurs de drogue, des tentes, des punks et des junkies. Je me suis assis sur un banc, en pensant à ce type du nom de Peter. On avait été au lycée ensemble.

Il était mort en dernière année, victime d'une maladie jamais diagnostiquée : il était né avec des trous dans ses poumons mal formés. On n'était pas proches, mais le lycée était petit, et tout le monde se connaissait. Et puis j'étais un sportif. Les gens voulaient tous être pote avec moi. Peter était un type que je croisais, avec qui je discutais et que je saluais. Et il est mort.

À quoi aurait ressemblé sa vie s'il n'était pas mort ? Comment aurait-il fini ? Comme ses parents, supposais-je, le long désarroi suivant sa jeunesse se serait terminé lorsqu'il serait devenu un homme marié, avec des enfants et un boulot qu'il ne supportait pas, à se lever chaque matin brûlé par un reflux acide tout en avalant son café, puis s'endormant avec un autre soubresaut causé par une lampée de whisky bon marché. Peter était un brave type, un gars simple. Tout cela était au-delà de ce qu'il pouvait imaginer. Adeline, Union Square, Washington Square, Alphabet City, les gamins polonais de Canarsie qui allaient en cours à Parsons, des types qui prétendaient venir de Santiago, des étudiants en dessin vêtus de justaucorps roses incapables de tenir l'alcool, la crise de panique de voyageuse temporelle de Peggy Sue, trois semaines passées à fumer de l'herbe sans autre raison qu'une apathie générale. J'avais passé deux mois entiers à New York convaincu d'être dans mon bon droit, par l'absolue nécessité d'être là, mais pouvais-je avoir tort ? Et si New York n'était qu'une autre variation de la même merde ?

Un couple de sans-abri a commencé à se disputer, la femme battait l'homme, qui pleurait des larmes de crocodile alcoolique. J'ai pensé à pousser plus au sud, peut-être même jusqu'à Battery Park, mais j'ai changé d'avis : il valait mieux rentrer.

Au 31 Union Square West, le portier m'a ouvert. Il s'appelait Bill. Il devait avoir cinquante-cinq ans, peut-être un peu plus. Il portait toujours une casquette de baseball et un blouson d'aviateur en cuir brun. Comme tous les portiers du 31 Union Square West, il était noir. Peu d'habitants de l'immeuble étaient noirs, y compris parmi les étudiants.

Un jour, Adeline et moi étions défoncés, et on est partis chercher une connerie à manger. Elle avait ses règles. Bill nous a arrêtés alors que nous nous apprêtions à sortir :

– Vous allez où ?

– Chez l'épicier, ai-je répondu.

– Pourquoi ?

– Pour acheter des bonbons, a dit Adeline.

– Pas besoin de manger des bonbons, a dit Bill. Vous êtes déjà bien assez délicieuse comme ça.

J'ai ouvert la porte du 5B. Adeline s'est assise à table et a farfouillé parmi divers papiers. Elle était mal fagotée. Pantalon de survêtement gris, que je ne lui avais jamais vu porter, et gros sweat en laine noire. Elle avait installé son tourne-disque dans la pièce commune, et le volume était si fort qu'il faisait trembler les murs : *Let's sway / you could look into my eyes / let's sway under the moonlight / this serious moonlight*. (« Dansons / tu pourrais me regarder dans les yeux / dansons au clair de lune / ce clair de lune sérieux. »)

– Baby !

Adeline a baissé la musique.

– Baby, a demandé Adeline, tu étais passé où ?

DÉCEMBRE 1986

Baby parle avec Thomas M. Disch

Présenté comme le journal intime de son protagoniste, *Camp de concentration* de Thomas M. Disch se déroule sur une année entière. Louis Sacchetti est emprisonné pour dissidence par le président Robert McNamara durant la guerre du Vietnam. Peu après le début du roman, Sacchetti est transféré dans une prison secrète du nom de Camp Archimède, aux mains de scientifiques à la solde de l'armée américaine.

Contrairement à Sacchetti, les autres prisonniers d'Archimède sont là en raison de leur intellect inférieur à la normale. À leur arrivée, ces malheureux se voient inoculer une forme expérimentale de syphilis. En plus des symptômes classiques de la petite vérole, cette variante de la maladie est beaucoup plus brutale et passe quasi instantanément au stade trois de son développement, détruisant les structures internes du cerveau.

Et à la fin ? Ses victimes ont tout à coup un QI de génie. Elles connaissent une explosion immédiate de créativité et d'activité cérébrale. D'anciens voleurs à la tire et joueurs de cartes deviennent de grands scientifiques ou dramaturges. L'un d'eux, du nom de Mordecai Washington, développe une fascination intarissable pour l'alchimie médiévale.

Le livre était bien loin de la version d'Adeline, avec ses robots et ses vaisseaux spatiaux, et tout aussi loin de la merde que s'enfilait mon père par rations quotidiennes.

Lorsque vous lisez un ouvrage comme *Camp de concentration*, vous avez envie de courir dans les rues, d'agresser des passants, de les prendre par le col, d'essayer de les secouer pour les débarrasser de leur sénilité, la bave aux lèvres, de hurler : VOUS SAVEZ CE QUE THOMAS M. DISCH A ÉCRIT ? IL A ÉCRIT *CAMP DE CONCENTRATION* ET A RÉUSSI ON NE SAIT COMMENT À ÉVITER DE FINIR EMPRISONNÉ ! ÉCOUTEZ-MOI, VOUS M'ENTENDEZ ? THOMAS M. DISCH A ÉCRIT CE TRUC TOTALEMENT INCROYABLE ! IL Y A DES SECRETS RÉVÉLÉS DANS CES LIVRES QUI VONT VOUS CHANGER LA VIE ! COMMENT LA VIE POURRAIT-ELLE ÊTRE NORMALE APRÈS CELA ?

Un matin de début décembre, alors que j'étais sorti chercher du café pour Adeline et moi, j'essayais du mieux possible de ne pas penser à Noël. Que ferais-je pendant les fêtes ? J'ai plissé les yeux à moitié, comme si la pression permettrait d'évacuer mes pensées, et suis passé devant la vieille statue croulante de Lincoln, distrait un instant, comme toujours, par la vue de ce Grand Émancipateur en toge.

Près de l'entrée du 31 Union Square West, j'ai aperçu Thomas M. Disch passer la première porte. Je me suis empressé de le rattraper, le café dégoulinant sur mes mains. Je ne sais pas pourquoi, sûrement pour prendre l'ascenseur avec lui. Ce que j'ai réussi à faire. Je suis entré et me suis placé aux côtés de Thomas M. Disch. J'ai de nouveau remarqué à quel point il était imposant, dans tous les sens du terme.

Il a appuyé sur le bouton « 10 ».

– Quel étage ? m'a-t-il demandé.

– Cinquième, ai-je dit.

L'ascenseur s'est mis à monter lentement, en couinant et en sifflant. J'ai dévisagé Thomas M. Disch.

– Qu'est-ce qu'il y a ? a-t-il repris.

– Désolé. C'est juste que j'ai adoré *Camp de concentration*. Je l'ai lu il y a quelques semaines. Je crois que c'est mon livre préféré.

– Vous en avez lu beaucoup ? a demandé Thomas M. Disch.

– Non, ai-je admis.

L'ascenseur a atteint le cinquième étage, s'arrêtant un peu trop haut, avant de se réajuster au bon niveau. La porte s'est ouverte. J'ai hésité.

– Écoutez, a dit Thomas M. Disch, vous pouvez monter avec moi au dixième. Je répondrai à toutes vos questions, mais rien de plus. Vous ne pourrez pas entrer chez moi.

La porte s'est refermée. Nous avons continué notre ascension.

– Eh bien ? a demandé Thomas M. Disch. Ne vous ratez pas. C'est l'occasion.

Je voulais lui demander comment c'était d'être gay, savoir si son homosexualité avait affecté son livre, si cela avait nui à sa carrière, si c'était vrai qu'il y avait beaucoup de gays chez les écrivains de science-fiction, comment sa vie était, comment il avait réussi à se faire publier, comment il avait vécu ça, ce que ça faisait d'avoir une partie de ses pensées encapsulées dans de petits objets semblables à des briques flottant dans le monde entier, sans qu'il puisse rien y faire.

Mais je n'ai pas réussi. Mon visage s'est empourpré. Je me suis senti rougir.

– Désolé, ai-je dit.

– Pas de souci, a-t-il répondu. Pas grave du tout. Personne ne pose jamais de bonnes questions.

L'ascenseur s'est arrêté au dixième. À ce moment précis, Thomas M. Disch a appuyé sur le bouton « 5 ». Il est sorti de l'ascenseur, puis s'est retourné pour bloquer la porte du pied.

– Vous avez l'air moins pire que les gens de votre âge, a dit Thomas M. Disch, alors je vais vous donner un conseil que j'aurais aimé qu'on me donne lorsque j'étais jeune et stupide. Cela ne vous dérange pas ?

– Non, allez-y.

Il a retiré son énorme chapeau et m'a regardé droit dans les yeux. Thomas M. Disch me faisait face, ruminant et pensif. Il a toussé légèrement.

Puis il a dit :

– Personne ne nous dirige. Il n'y a pas d'autorité centrale. Il y a des gens qui peuvent vous tuer, d'autres qui peuvent vous emprisonner, d'autres encore qui peuvent vous ruiner. C'est très différent d'un dirigeant. C'est très différent de quelqu'un qui contrôlerait tout. On passe toute sa vie à croire dans le mythe de la maîtrise humaine, celle de ses parents, de ses professeurs, de ses politiciens, à accepter l'idée qu'il existe une hiérarchie entre les individus qui ont travaillé dur, bien agi, pris les bonnes décisions et ont été récompensés pour leurs efforts. On pense qu'il existe un ordre naturel dans lequel nous sommes distingués pour nos mérites individuels, que les plus talentueux et les plus intelligents sont au-dessus de nous. C'est de la merde en barre. Les gens au-dessus de nous sont des crétins, aussi débiles et ineptes que les autres. La classe dirigeante est simplement plus mesquine et plus cruelle que nous autres troglodytes. Si j'étais vous, j'arrêterais de perdre mon temps avec des romans mineurs parlant de syphilis expérimentale et je m'intéresserais à la façon dont les choses fonctionnent véritablement. J'abandonnerais tout espoir en un hypothétique Petit Père Blanc des Peuples qui vous sauverait de vous-même. J'arrêterais de prétendre que notre gouvernement et notre société possèdent la capacité de gérer tous les défis existentiels en cours. C'est faux. Personne ne sauve personne. Tout le monde se débat. Rien ne fonctionne. L'existence est un film d'horreur. Même ceux que vous aimez se révéleront être de sales connards comme les autres. Ce monde est pourri. Et peut-être vaut-il mieux faire partie de ceux qui en profitent.

Thomas M. Disch a retiré son pied. La porte de l'ascenseur s'est refermée. La chaleur du café me brûlait les mains à travers les gobelets en plastique.

Vingt et un ans plus tard, il s'ouvrait la tête en deux en se faisant sauter la cervelle. Il vivait toujours au dixième étage. Il avait appuyé sur la gâchette un 4 Juillet.

1er JANVIER 1987

Adeline rencontre son nouveau mec

On venait juste d'entrer de plain-pied dans l'année 1987, dans un appartement situé dans East Village, au beau milieu de cris et de cornes de brume. Un mauvais chanteur s'essayait à « Auld Lang Syne ». Je me demandais ce qu'il en était de la dope, s'il n'y avait pas quelque part un pochon avec un peu de cocaïne vintage millésimée 1986. Baby s'est penché vers moi : « Adeline, regarde ça, Kurt Vonnegut vient vers nous. » Je n'avais pas la moindre idée de ce que Baby voulait dire. « Allez, tu sais bien, ce type qui parle toujours de Kurt Vonnegut. » Pas plus clair.

– Écoute, Baby, ai-je dit, ce type a surtout l'air très enquiquineur.

On a commencé à discuter avec une fille qui était partie en vacances en Floride avec sa famille, et venait tout juste de rentrer par avion.

– Le Sunshine State, a-t-elle commenté, c'est l'enfer du *white trash*, ouais, mais la météo est meilleure qu'ici.

– Les habitants de la côte Est n'y connaissent rien en grand froid, a dit Baby. Allez faire un tour dans le Midwest. Le lac Supérieur, ça, ça va te geler les tétons.

– Je ne suis pas sûre d'aimer ça, ai-je répondu.

L'appartement était plongé dans le noir et ressemblait à un coupe-gorge. Les gens dansaient et discutaient sous une boule à facettes, éclairés par quelques rares lasers. C'était l'une de ces fêtes atroces où l'odeur pestilentielle et aigre de l'alcool suintait par les pores de tous les participants. Elle était tellement forte qu'elle parvenait jusqu'à mes narines et, mes chéris, j'étais cuitée.

– Vous êtes rentrés chez vous pour Noël ? a demandé la fille.

– On est restés en ville, ai-je dit. Je ne m'imaginais pas retourner en Californie. Je viens juste de débarquer à New York. Tout le monde est mort, en Californie. M-O-R-T. Comme Mortifié. Plus mort que mort. Le plus mort du mort de la mort.

– C'est clair, a commenté une voix derrière nous, avec un ton si grave que mes os ont frissonné.

Baby a grimacé. « Clair », a répété la voix. Un jeune homme du même âge que moi est apparu. On n'aurait pas pu imaginer qu'une telle voix provienne d'un corps si fluet. Il était du genre néo-rétro, avec un manteau de style edouardien doté de couleurs pastel eighties. Un néoromantique égaré au mauvais moment dans le mauvais pays. Ses cheveux étaient brun rat et effilés. Je n'aurais pas été étonnée d'apprendre que sa mère lui servait de barbier.

– Excusez-moi mais on est en pleine discussion alcoolisée, ai-je dit. À tout hasard, quel est votre nom ?

– On s'est rencontrés le mois dernier, a-t-il répondu. Vous êtes Adeline. Je me souviens très bien de vous. Pourquoi pas vous ?

– Adeline a la pire mémoire qui soit, a dit Baby, sans vraiment aider.

– Ne vous souciez pas de ce jeune homosexuel antipathique, ai-je repris. Et déclinez votre nom.

Il a prononcé un mot, mais un cri en provenance de l'autre bout de la pièce a couvert le vacarme ambiant. La musique s'est arrêtée, suivie d'un silence et de cris étouffés. Je me suis frayé un chemin à travers la foule de corps infects jusqu'au lieu du crime.

Là, sous la lumière pourpre, deux types à l'air pitoyable se battaient. Ce n'était pas des boxeurs professionnels. Bras, jambes, coups de tête, coups de pied, uppercuts : rien n'allait. L'un saignait du front.

– Quel spectacle grotesque, n'est-ce pas ? ai-je demandé à Baby, mais il n'était plus là.

– Du calme, du calme, du calme, a lancé le garçon anonyme derrière moi.

Les deux protagonistes ont été virés *manu militari*. Depuis la fenêtre, j'ai regardé s'ils continuaient leur bagarre dans la rue, mais ils se sont enlacés sur le bitume, en pleurs peut-être à cause de la nature douloureuse de l'existence, avant de se diriger bras dessus bras dessous vers Greenwich Village, entonnant une version très approximative du « We Will Rock You » de Queen.

Le genre humain, ai-je pensé, ne cessera jamais de nous surprendre.

Le type aux cheveux effilochés s'appelait Kevin. Nous n'avons pas épargné notre salive, mais malheureusement pour évoquer les romans de Kurt Vonnegut, *Le Pianiste déchaîné* et *Gibier de potence*, que je n'avais pas lus. J'ai glissé à Kevin que j'avais feuilleté *Le Petit Déjeuner des champions*, ce qui était un pur mensonge, et Kevin a commenté : « Oh, tout le monde a lu ce bouquin-là. Pour vraiment comprendre Vonnegut, il faut lire les autres ! » J'ai fait les gros yeux, peut-être un peu trop outrageusement, en guise de réponse.

J'ai invité Kevin chez nous. Au niveau de la 9e Rue, Baby m'a prise à part : « Adeline, pas lui ! », mais je l'ai fait taire à coups de *pssscht* et de *tscchht*. De son côté, Kevin semblait pas mal se moquer de notre petite querelle, totalement absorbé par la façon dont ses chaussures claquaient sur le bitume.

De retour au 31 Union Square West, notre bonne vieille Bank of the Metropolis, le pauvre Baby a dû encore une fois s'exiler sur le canapé. Kevin a monté l'échelle, s'est hissé dans mon lit, a retiré ses vêtements, puis les miens, et nous nous sommes envoyés en l'air.

Attention, lecteur, aurait-ce été une nuit ordinaire dans la vie de votre narratrice, notre vonnegutien en herbe aurait détalé dès les premiers rayons du soleil et ne serait jamais réapparu. Mais c'était le Nouvel An. L'esprit de Noël a eu raison de moi.

Kevin exsudait un certain attrait. Il s'était endormi intégralement nu, à l'exception d'une vieille chaussette grise à un pied. Son torse dénudé couvert de petites touffes de poils se levait et s'abaissait en rythme, un petit cliquetis s'échappant de sa gorge à chaque expiration.

On pouvait voir dans ce garçon toute l'immaturité de son âge, lui qui était mal fagoté, mal coiffé et doté d'une conversation bien fade. Mais parfois, cette réalité acnéique peut se transformer en argument irréfutable. Et l'on finit conquise.

N'est-ce pas là un bel exemple de compassion envers la gaucherie qui accompagne le fait d'être un mâle ?

Voilà comment, voyez-vous, j'ai fini avec mon deuxième mec de fac.

FÉVRIER 1987

Suzanne nous rend visite

Le téléphone qui sonne un vendredi matin de février à 7 heures, descendre l'échelle dans un état d'alerte mi-conscient, répondre à la voix hystérique d'une mère en état d'ébriété.

– Adeliiiiiiine, a dit Mère. Tu ne devineras jamais où je suis.

– Où ? ai-je demandé, lasse.

– Au terminal international de JFK ! J'ai pris le vol de nuit !

– Et qu'est-ce que tu fais là, en fait ?

– Adeliiiine. Je suis à New York pour toute la semaine. Je ne pouvais pas manquer Noël et ne pas t'offrir tes cadeaux ! Je t'ai même apporté ceux de Dahlia et Charles !

– Tu es ici ? À New York ?

– Oui, chérie. Et pendant cette semaine, je vais parler avec l'accent niouyorkais ! Ouaiche ! Tu habites dans quelle rue ? Tlonte-trois & tlois ?

– Tu as bu ? ai-je demandé.

– Oh, juste quelques whiskys soda en plemièle classe, a-t-elle répondu.

– Maman. Arrête, s'il te plaît. Je n'en peux plus.

– Adeliiiiine, a repris Mère. Je récupère mon bagage et je saute dans une voiture pour Manhattan. Je vais loger au Plaza ! Tu me rejoins pour déjeuner, hein ?

– Comme tu veux. À quelle heure ?

– Miiiidiiiiii, Adeliiiiine. Je t'attendrai dans le haaaaaall !

– À tout à l'heure, ai-je conclu en raccrochant.

Entrer à la Parsons School for Design constituait bien évidemment une échappatoire afin de laisser derrière moi Mère, Dahlia et son horrible mari, Charles, d'oublier Los Angeles et son immensité, d'oublier la Crossroad School for the Arts and Science et les idées de génie de son fondateur, Paul Cummins. Je suis presque certaine que dans un endroit reculé de mon inconscient le plus primaire et ridicule, alors que je recevais les courriers m'indiquant mon acceptation dans diverses écoles, une voix en moi m'avait soufflé : « Adeline, ma chérie, réfléchis un peu. Quatre mille huit cent soixante-deux kilomètres, ça fait vraiment looooooooin de chez toi. »

Mais cette petite voix n'avait pas pris en compte la terrible réalité de Mère.

Malgré sa vie largement dépravée, cette femme se levait chaque matin en s'accommodant de ses gueules de bois quotidiennes. Après s'être tartiné le visage de rouge à lèvres et de blush, elle se traînait jusqu'à son travail pour y superviser les affaires courantes de sa vie diurne.

Nous ne nous étions enrichies qu'après la mort de Papa. L'argent, cette grande barrière qui s'érigeait devant tant de rêves, n'avait rien arrangé. Mère pouvait débarquer sans prévenir à tout moment. Mon seul étonnement, c'était qu'elle ait attendu aussi longtemps.

J'ai imaginé des scénarios pour la dissuader de revenir, ai envisagé de faire une descente alcoolisée dans des bouges comme Ray's ou le Pyramid, puis me suis ravisée. Mère aurait trouvé le côté trash totalement charmant, tellement authentique, aurait adoré leurs jeans rapiécés et leurs seringues infectées. Elle se serait exclamée de ravissement devant le slogan de *Newsday* affiché sur la devanture du Ray's : VÉRITÉ, JUSTICE ET COMICS.

La nuit précédente, j'avais fini de lire des épreuves non corrigées du nouveau roman de Bret Easton Ellis, *Les Lois de l'attraction*. J'étais tombée dessus chez Strand, au beau milieu d'une pile de romans et de livres sans intérêt.

Souvent, lorsqu'on commence un livre, les événements de notre propre vie semblent se calquer sur ce monde fictionnel. *Les Lois de l'attraction* défilaient dans ma tête comme les images floues et saccadées d'un Kinetoscope. Une scène dans laquelle Paul Denton reçoit un appel depuis New York de sa mère, qui a envie de croquer elle-même la Grosse Pomme.

Je suis remontée en haut de l'échelle. Baby était dans l'autre lit, sa forme inanimée peu dérangée par la sonnerie du téléphone. Quel bonheur connaît l'ignorant, me suis-je dit. Quel plaisir absolu.

Peut-être devrait-il m'accompagner au Plaza. Mais Mère aimerait Baby. C'était évident. Et si Baby s'accrochait à elle ? Et si elle revenait juste pour le voir, lui ?

Le plafond couvert de peinture blanche. Des moteurs vrombissant dans le parc, le son des klaxons, les voix des passants. Le tissu qui glisse sur mes jambes et mes bras. L'haleine du matin dans ma bouche, la langue pâteuse. Des odeurs nocives, les pots d'échappement, les poubelles. Et une autre, en plus.

Celle de Kevin.

– Pourquoi est-ce que je dois la rencontrer ? a demandé Kevin.

– Tu vas l'idolâtrer vraiment, ai-je dit. Elle a toutes les qualités que tu peux imaginer.

Nous étions à l'arrière du taxi qui nous conduisait au Plaza. On pouvait médire de Kevin, et Dieu savait combien Baby aimait ça, mais au moins, on pouvait compter sur lui.

– Mais tu avais prévu quoi ? Qu'est-ce que tu pouvais bien avoir de plus intéressant à faire ? ai-je demandé.

– Réviser, a-t-il dit. J'ai un examen lundi.

Kevin était à NYU et finissait son année. Je ne me souvenais juste pas du tout de ce qu'il étudiait. La littérature, sûrement, ou une autre connerie du genre.

J'ai posé la main derrière sa tête. J'étais tombée amoureuse de sa coupe de cheveux.

– Mais keski s'passe alors, ai-je lancé avec un accent ouvrier prononcé. D'puis quand t'ramènes tes basques en cours, cap'taine ?

– Mes notes sont bien meilleures que tu ne penses, a-t-il répondu.

Nous sommes descendus du taxi au niveau de la statue de William Tecumseh Sherman sur sa monture et de la Niké ailée. Nous avons filé à travers les voitures, profitant d'une accalmie éphémère.

Nulle trace de Mère dans le hall. Après avoir exploré un peu, nous l'avons dénichée à l'intérieur d'Oak Room où elle dégustait un alcool fin.

Mon arrivée soudaine a provoqué chez elle un cri strident, du genre qu'on associe plutôt à un énorme oiseau de proie :

– Adeliiiiiiiiiiiiine !

Elle m'a prise entre ses griffes, avalant sa fille dans une étreinte étouffante.

Mère a reculé pour regarder Kevin. Elle avait eu une nouvelle opération au visage. Peut-être un lifting des paupières. Sa peau bronzée était trop orange, trop foncée, trop proche du même visage inhumain qu'affichaient toutes les femmes d'un certain âge et d'un certain standing à Los Angeles. Le visage de ma mère me manquait, maintenant que son sourire avait été détruit par une décennie de chirurgie esthétique.

Elle voulait trouver un salon de thé, mais j'ai insisté pour que nous nous rendions dans un endroit plus authentiquement niouyorkais. Une petite pizzeria sur la Cinquième

Avenue, où la sauce tomate rappelait le rouge pétant du tailleur de Mère.

– Adeliiiiiine, a-t-elle dit en s'empiffrant, c'est à New York qu'on mange la meilleure pizza au monde !

– Bien sûr, maman.

– Keviiiiin. Comment connais-tu Adeliiiiine ?

– On s'est rencontrés, genre, à une soirée, ai-je répondu.

– Au Nouvel An, a précisé Kevin.

– Pas besoin d'en dire plus, lui ai-je murmuré.

Il a ignoré ma remarque, a parlé de la fête, de comment nous nous étions rencontrés, depuis combien de temps nous étions ensemble et autres broutilles du même acabit. Le timbre de sa voix grave me rendait quasiment dingue.

– Vous avez déjà lu Vonnegut ? a-t-il demandé à Mère.

– Non, a-t-elle répondu. Mais le père d'Adeliiiiiine était ami avec le producteur de l'adaptation cinéma d'*Abattoir 45* ! Tu te souviens de Jennings Lang, non, Adeliiiiine ?

– Mmmh, non, je ne crois pas…

– Il est mort l'an dernier !

– D'accord.

– Je vous envie, a dit Kevin à Mère. Adeline et moi avons découvert tous ses livres au même moment, lorsque sa carrière en était au stade final. Mais vous êtes assez âgée pour avoir vécu la sortie de chacun d'entre eux, et connu le dialogue qui existait entre l'auteur et son public.

Il aurait aussi bien pu se peindre un crucifix dans le dos, plonger dans un bain de sang de mouton et ensuite se précipiter dans la fosse aux lions. Mère s'est braquée, son sourire s'évanouissant aussitôt. Elle n'était plus du tout enjouée. Évoquer son âge ! Le faux pas absolu.

Ayant prouvé sa valeur, Kevin s'est joint à tous les rendez-vous qui s'en sont suivis. Notre drôle de trio a fait le tour du MET, du FAO Schwarz, du Muséum d'histoire naturelle, du nord et du sud de Manhattan. À un moment, tandis que

Kevin se soulageait dans des toilettes publiques, Mère m'a demandé pourquoi il était si présent, et je lui ai répondu, avec un sourire aussi mielleux et écœurant que possible : « Mais, maman, je suis amoureuse quoi ! »

FÉVRIER 1987

Suzanne rentre chez elle

Le jour où Mère est repartie, Baby et moi étions dans la pièce commune, lui à table et moi sur le canapé.

– Tu es contente qu'elle soit partie ? m'a-t-il demandé.

– Ce n'est pas qu'elle ne va pas me manquer, ai-je répondu. Mais elle est juste fatigante. Toutes ces manières théâtrales. Papa l'a rencontrée dans un café de Wilshire Boulevard. Elle se payait des cours de théâtre avec les pourboires. Elle a étudié auprès des meilleurs l'art de tout ramener à elle.

– Pourquoi as-tu voulu que Kevin la rencontre ? Pourquoi pas moi ? a-t-il demandé.

En parlant de gens fatigants. Combien de fois Baby m'avait-il posé cette question et combien de fois lui avais-je expliqué que ce n'était pas une histoire de préférence mais bien de pragmatisme ? Je réfléchissais à comment tourner cette énième réponse différemment, lorsque mes pensées ont été interrompues par la sonnerie de l'interphone.

– Oui ? ai-je demandé en maintenant le bouton de l'interphone.

– Votre mère est en bas, a annoncé le portier.

– Adeliiiiiiine, c'est moiiiiiii ! a geint ma mère, comme fatiguée et distante.

– Faites-la monter. Alors là, jeune homme, ai-je dit à Baby, tu vas comprendre ton malheur maintenant que ton rêve devient réalité.

Il y a toujours une loooooongue période entre le moment où l'on raccroche l'interphone et celui où l'invité arrive en chair et en os. C'est un moment de vide pur, sans aucun intérêt, qui existe en dehors de l'univers temporel classique. Il est impossible à combler, et tout individu qui se comporte avec nonchalance en attendant un invité est, au mieux, un menteur invétéré. Personne n'est calme ou détendu dans cette zone liminaire. Tout le monde attend, pétri d'angoisse.

Mère. Frappant à la porte.

– Adeliiiiiine !

Je l'imaginais de l'autre côté du battant, à examiner le chambranle bleu, la moquette grise, l'étrange découpe du couloir, perdue dans ses pensées, découvrant où son argent était parti.

– Salut, maman, ai-je lancé, avec un sourire fatigué.

– Adeliiiiiine ! a-t-elle dit en poussant la porte et en m'avalant dans ses bras. Je ne pouvais pas manquer de voir où tu habitais ! Kevin est là, n'est-ce pas ?

– Non, ai-je répondu. Il n'est pas là.

– Ah génial ! a-t-elle dit. On va passer du temps entre filles !

– Maman, ai-je répondu. Je ne suis pas seule quoi. Je vais te présenter Baby.

Le monde s'est écroulé.

Baby a grimacé, conscient de l'étrange silence et de ce temps soudainement suspendu. J'avais peur qu'il la trouve totalement ridicule, avec sa peau burinée et son chapeau outrancier. Bien évidemment, c'est tout le contraire qui s'est produit. C'était une des choses que j'aimais chez Baby. Il n'était jamais cruel.

– Bonjour ? a-t-il dit à Mère.

– Et vous êtes qui ? a-t-elle balbutié.

– Maman, ai-je précisé. C'est Baby. Il n'a pas de toit. Je l'ai accueilli ici. Il vit, genre, avec moi.

– Bien sûr, bien sûr. J'ai besoin de m'asseoir.

Elle s'est installée sur le canapé.

– Baby, a-t-elle dit. De quelle région viens-tu ?

Baby a commencé à parler sans s'arrêter du Wisconsin et de l'horrible petite ville dont il était originaire, occupé à soliloquer sur la Rust Belt, ou la Dust Belt ou la Must Belt, avec tout ce fromage, ces fermes et ces produits laitiers, à propos de la différence entre l'élevage de poulets et l'élevage de vaches, et à quel point les gens du Wisconsin n'appelaient jamais les choses par leur vrai nom.

Mon regard flottait dans le vide, naviguant à vue dans toute la pièce, essayant d'éviter le visage trop tiré de Mère, submergé par trop de sentiments refrénés.

Elle s'est levée et a lancé :

– Adeliiiiiiine, Baby va attendre ici pendant que tu me montres ta chaaaaaaambre.

Mère a scruté l'échelle, les deux lits jumeaux, le bureau, le dressing, les oreillers froissés, la décoration bon marché, les dessins, la guirlande de Noël, la lampe à huile que j'avais achetée la semaine précédente. Elle était allumée, avec ses gouttes d'huile coulant le long d'une copie acceptable d'Athéna Parthénos.

– C'est teeeeeeeellement mignon, Adeliiiiiine ! s'est-elle exclamée. Mais cet ami, ce Baby, d'où sort-il ?

– D'un squat de East Village.

– Comme dans un film ! Et il est seul dans la vie ?

– Il ne parle pas beaucoup de son passé, ai-je dit.

– C'est une bonne chose, ça, mon ange ! Ne l'abandonne pas ! Mais, Adeliiiiine !

– Oui ? ai-je demandé.

– Je sais que tu ne veux pas connaître mon avis ! Mais écoute-moi ! Un ou deux amis gays, ça va, toutes les femmes en ont, mais n'en fais pas une habitude ! Aucun garçon n'aime les filles à pédés !

Baby et moi l'avons raccompagnée, de l'ascenseur jusqu'au portique d'entrée. Elle avait demandé à la limousine, une Lincoln noire conduite par un chauffeur moyen-oriental, de l'attendre devant l'entrée.

Elle m'a prise dans ses bras pour me dire au revoir et a fait de même avec Baby en disant :

– Tellement heureuse de vous avoir rencontré ! Teeeeeellement heureuse qu'Adeline ait croisé votre chemin !

Mère s'est glissée à l'arrière de la voiture, a baissé la vitre, nous a fait un petit signe de la main tout en hurlant un au revoir grinçant comme le cri d'un ptérodactyle. La voiture a démarré en direction de Union Square West, avant de disparaître complètement. J'ai fondu en larmes.

Je n'en revenais pas, je n'en revenais pas que Baby ait pu être témoin de tout ça. Il m'a prise dans ses bras, me serrant fort et, Dieu lui pardonne, Baby a fondu en larmes à son tour.

– Pourquoi est-ce que tu pleures ? ai-je demandé.

– Je ne sais pas, a-t-il dit.

Quelques passants nous dévisageaient, et je me demandais si c'était à cause de mon allure improbable, de mes larmes et du look de bouseux de Baby. Un quadragénaire habillé en beige de la tête aux pieds s'est approché et nous a dit :

– Ne vous en faites pas, on passe tous par là. Vous allez surmonter ça à deux. Cela arrive. Ne le vivez pas mal.

– On passe tous par quoi ? ai-je demandé.

– Pourquoi pleurez-vous ? a-t-il répondu.

– Aucune idée. Une raison obscure liée à ma mère.

– Oh.

– Pourquoi ? a demandé Baby. Que s'est-il passé ?

– Vous n'êtes pas au courant ?

– Non, a répondu Baby.

– Il est mort, a dit l'homme. Pour de bon.

– Qui est mort ? ai-je demandé.

– Andy Warhol. Andy est bel et bien mort. À l'hôpital, ce matin.

MARS 1987

Adeline et Baby vont voir Freddy 3 : Les griffes du cauchemar

Baby, disais-je, tu n'as jamais remarqué que les mormons ont tendance à ne jamais fermer la bouche ? Je pense que c'est parce que leurs dents énormes sont trop grosses pour leurs lèvres toutes fines.

– Je n'ai jamais rencontré de mormon, a dit Baby.

– Oh, Baby, il faut que tu viennes dans l'Ouest. C'est une épidémie là-bas.

Nous étions en train de revenir sur Union Square après être allés voir un film au Gramercy Theatre.

Nous avions hésité à aller voir *Les Fraises sauvages* de Bergman, qui était projeté à la suite de *Sonate d'automne* au Thalia SoHo, et *Angel Heart* passait à Movieland sur la Huitième Avenue, mais je l'avais vu avec Kevin. Après discussion, nous balancions entre *Evil Dead 2* au RKO Art Greewich ou *Freddy 3* au Gramercy.

Baby militait pour *Les Fraises sauvages* car « tout ce qu'on va voir est vraiment bas du front. Pour une fois, on ne peut pas tenter un film d'art et d'essai ? ». Je l'ai convaincu du contraire en arguant que « les films d'horreur sont les films artistiques des années 1980. Tout le monde est couvert de sang. Les seuls films valables sont ceux avec des hommes qui ont des tronçonneuses ou des pinces coupantes en guise de mains. *Les Fraises sauvages*, c'est du passé, si ennuuuuuyeux. C'est le portrait d'un vieil homme mourant ».

Je suspectais Baby de ne pas avoir aimé *Freddy 3*, mais il n'a rien dit. Pour ma part, j'ai trouvé le dénouement très efficace. Après deux films dans lesquels Freddy Krueger avait mis la misère aux rêves de milliers d'adolescents, ce troisième épisode prenait la tangente par rapport à l'arc narratif principal. Un groupe de jeunes suicidaires découvraient qu'ils pouvaient eux aussi modeler leurs rêves nocturnes, s'ils acceptaient le concept de rêve à l'état lucide. Ils y arrivaient avec plus ou moins de succès, mais le point commun de leurs efforts ensommeillés était une transformation de leur nature d'êtres mal adaptés en fantasmes adolescents hyper évolués.

Ce qui serait le cas, non, si des adolescents devaient affronter un monstre tout droit sorti de leurs rêves ? Ils n'imagineraient pas des solutions pratiques, mais construiraient plutôt des réponses innocentes mieux adaptées aux défis de leur vie au lycée. Dans le troisième épisode, le binoclard du groupe sort de son état de semi-invalide et se met à hurler : « JE SUIS LE MAÎTRE DE LA MAGIE ! » tandis que des éclats de lumière verte jaillissent de ses mains.

– Il faut qu'on trouve quelque chose, a dit Baby après le film, en passant devant Gramercy Park. Il nous faut de nouvelles occupations.

– Est-ce qu'on n'irait pas à plus de soirées ? ai-je demandé.

– J'en ai marre de toujours voir la même quarantaine de personnes. J'ai besoin de nouveauté.

– Ce dont tu as besoin, c'est de tirer un bon coup. Il n'est pas normal, pour un jeune homme de ton âge, de ne point goûter à la chair. Tu pourrais découvrir le monde mystérieux de la sexualité humaine.

À travers les portes fermées, j'ai jeté un regard vers la statue qui trônait au centre du parc. Edwin Booth. Je ne m'étais jamais frayé à l'intérieur, car le parc était une résidence privée qui nécessitait une clé pour y entrer, et je ne savais donc pas réellement à quoi ressemblait cette statue. Mais imaginez, mes chéris. Votre frère tire à bout portant sur le Président préféré des États-Unis, et votre destin, à travers les tumultes de la société et les aléas de la célébrité, est d'être immortalisé dans l'espace vert le plus exclusif de Manhattan. Bienvenue à New York.

– Je te l'ai déjà dit mille fois, a dit Baby. Je ne suis pas comme toi. Je ne peux pas coucher avec n'importe qui.

– Baby, tu es à deux doigts de me traiter de salope.

MARS 1987

Deuxième Avenue, numéro 84

À mon réveil au point du jour, je me suis purifiée des souillures de la nuit. Mon premier cours faisait partie de ceux que j'avais appris à détester, un sujet parfaitement absurde intitulé « Histoire de l'art : perspectives mondiales ».

Ce qui était le pire, ce n'était pas mon professeur, mais les autres élèves, leurs questions et leurs aspirations profondes. Étant en première année, j'étais coincée dans le formol de la légende autour de l'année d'intégration à Parsons, à devoir faire avec la populace enivrée de sa liberté nouvelle et des excès possibles.

Mes chéris, vous devez me croire lorsque je vous dis que dans un tel environnement intellectuel, votre Adeline préférée a pu entendre poser des questions douteuses, auxquelles on a répondu en exposant des théories encore plus fumeuses. Mes camarades de classe m'ont rendue folle. Vraiment.

Mais, ma vieille, me disais-je, sois patiente avec ces gens et leurs aspirations. Tu es différente. Tu possèdes des avantages dont cette plèbe n'a pas conscience. Tu es diplômée de la Crossroads School for the Arts and Sciences.

Crossroads était une expérience éducative inédite née dans les années 1970. Empestant l'encens, la menthe et une sacrée dose de haschisch, un groupe d'éducateurs et de parents du même genre s'étaient regroupés dans l'ombre de la guerre du Vietnam pour chercher de nouvelles méthodes d'éducation qui ne fourniraient pas en chair fraîche les rouages du complexe militaro-industriel. L'objectif était le développement de l'individu en tant qu'individu à part entière.

Lorsque la petite Adeline avait intégré la communauté, les ambitions hallucinées des hippies avaient fait place à l'institutionnalisation propre aux eighties. Les vagues successives de cocaïne, de culture de la célébrité et de l'argent roi avaient remodelé la génération étudiante. La vision libertaire était moins vivante et plus difficile à expliquer à l'ère de ce brave Ronnie Reagan.

Cela restait tout de même une bonne école, qui m'avait sauvée des oubliettes de l'esprit borné de Pasadena. Le corps professoral évitait les pantomimes de Johnny Law, nous traitait comme des adultes et encourageait notre sens critique. Nous avions le droit d'être bêtement nous-mêmes, courant dans tous les sens, laissant parler notre folie. Le lundi, on fumait des drogues innombrables, le mardi, on lisait *Gens de Dublin*, le mercredi, c'était école buissonnière, le jeudi, on préparait des cookies aux céréales, le vendredi, on s'allongeait sur un tapis aux côtés de Jim Hosney à écouter *The Kinks Are the Village Green Preservation Society*.

L'expérience avait conféré à votre humble narratrice à la fois la malchance et le bonheur d'opérer ses transformations psychologiques de post-adolescence bieeeeeeeen avant de recevoir son diplôme de fin de lycée. Cela avait été un moment compliqué pour elle de se retrouver en classe au beau milieu de jeunes lesbiennes fraîchement assumées qui découvraient l'injustice du monde, et de garçons grotesques passant leur temps à dessiner, dessiner et redessiner à l'infini des images de Batman en train de se faire frapper par Superman.

À l'heure du déjeuner, j'ai appelé Kevin depuis une cabine du deuxième étage, afin de lui demander s'il voulait qu'on se retrouve. Il m'a répondu que l'idée lui semblait divine et j'ai proposé de passer chez lui après les cours.

Il m'avait donné les clés de son appartement, situé au croisement de la Deuxième Avenue et de la 10e Rue, juste en face de la vieille église. J'ai monté les deux étages, fascinée, comme toujours, par le carrelage en mosaïque ébréché et poussiéreux de l'escalier.

– Kevin ? ai-je appelé en mettant un pied dans son appartement. Êtes-vous en votre humble demeure, mon cher ?

Mais il n'était pas là pour accueillir d'éventuels visiteurs. Il avait dû faire un tour en bas pour récupérer sa dose quotidienne de cigarettes ou autres futilités. Je me suis assise sur le futon dans ce qui était censé constituer son salon.

Il n'avait pas de télévision, ce qui était agréable car je ne supportais pas ce genre d'équipements, et ses murs abritaient quelques affiches, dont la plus visible était un grand rectangle rouge dédié à *Jules et Jim*. Il y avait des livres, des tonnes de livres et de disques qui se déversaient depuis la chambre, éclaboussant jusqu'aux murs du salon et de la cuisine attenante.

Lorsque Kevin est revenu, il tenait à la main un sac en papier contenant un pack de bières.

– Je ne pensais pas que tu serais déjà là, a-t-il dit. Tu ne sortais pas à 7 heures ?

– Jour de congé, mon cher, ai-je répondu.

– Tu veux de la Schlitz ? a-t-il demandé. Ça a rendu le Milwaukee populaire.

Nous avons passé les quatre heures suivantes sur son futon, à descendre trois cannettes chacun de ce breuvage sans goût. Je ne pourrais pas dire ce que nous nous sommes dit, d'un côté comme de l'autre, mais je me souviens avoir pensé à quel point la vie pouvait être étrange, à finir ainsi affalée dans l'appartement délabré de son petit ami, un type étrange qu'on connaît à peine, et à faire comme si ce n'était pas le plus étrange des mondes possibles, comme si nos actions étaient parfaitement normales.

Au bout d'un moment, ma tête bourdonnait autant que la ruche la plus fréquentée de tout Boston. Kevin m'a enfourchée, sa langue plongée dans ma bouche, sa main douce et fine sur mon ventre.

– J'aimerais, chéri, mais je ne peux vraiment pas. C'est la nouvelle lune.

– Et alors ? a-t-il demandé, soupirant d'impatience, se rallongeant à mes côtés. On s'en fout pas mal de l'astrologie, non ?

– Pas mon vagin. C'est le mauvais moment du mois, mon vieux, ai-je dit. C'est la mer Rouge, plus bas. Je saigne comme un vieux dinosaure.

– Le sang ne me fait pas peur, a-t-il dit.

– Chéri, ai-je répondu, personne ne t'a demandé de jouer les Moïse.

On est partis faire un tour. New York m'était encore assez nouveau pour que je puisse déambuler sans but dans les petites ruelles de East Village et ne jamais m'y ennuyer. La Schlitz m'avait tellement tourné la tête que lorsque nous sommes passés devant St. Mark's Bar et sa fresque ridicule des Rolling Stones, j'ai chanté les paroles d'un pauvre tube, en prenant ma plus belle voix de baryton mâle : « *Cuz I know what it meaaaaans, to walk along the lonely street of dreaaaaams, here I go again on my owwwwwwnnn…* » (« Car je sais ce que cela veut diiiiiiire, de marcher le long du boulevard déserté de nos rêêêêêêêves, et je repars toute seeeeeeeeule… »)

Kevin était mortifié. Je l'avais mis mal à l'aise devant les poivrots et les dealers. Il nous avait conduits jusqu'en haut de la 5ᵉ Rue, puis nous avions tourné à gauche sur la Deuxième Avenue, en nous faufilant entre les crottes de chien.

– Tu as vu ça, a-t-il demandé en désignant une fenêtre sans rideaux au premier étage d'un immeuble banal.

Une veste de smoking était accrochée à un mannequin, recouverte d'un vieux plastique sale. Le style de la veste ressemblait à une très très vieille moquette, comme si elle avait été coupée à l'époque de l'administration Nixon. À côté de la veste, au centre de la vitre, était accroché un sigle en néon éteint : LOCATION DE COSTUMES, avec le « MES » cassé et près de tomber à terre.

– C'est un endroit légendaire, a commenté Kevin. Personne ne sait vraiment ce qu'il s'y est passé. Quelque chose de terrible. On m'a dit que la femme qui s'occupait de ce magasin de smokings s'est fait violer et tuer. Tu vois la poussière sur la vitre ? C'est de la poudre à empreintes digitales déposée par la police, lorsqu'ils ont cherché à identifier le coupable.

Le rez-de-chaussée était couvert de verre brisé, avec deux portes de chaque côté. Du côté de la porte droite, dotée du numéro 84, il y avait une pancarte en verre foncé, couverte de lettres rouges : ENTRÉE RÉSERVÉE AUX HOMMES, LOCATION DE COSTUMES.

– Je suppose que sa famille est propriétaire de l'immeuble, a dit Kevin. Ils ont laissé ça en l'état. Certains prétendent que c'est hanté. Tu as déjà rencontré Tony le Métis ? Il affirme qu'un fantôme habite là.

Cette nuit-là, de retour au 31 Union Square West, notre bonne vieille Bank of the Metropolis, j'ai essayé de m'endormir en écoutant attentivement le souffle de Baby. Les seules choses que j'avais en tête, c'était le smoking et le sigle en néon.

J'ai zappé mon cours pour me rendre à la bibliothèque sur la 42ᵉ Rue. Je n'avais aucune idée de comment c'était organisé, et j'ai donc demandé à une employée comment procéder. Elle m'a conseillé de chercher l'adresse dans leur index du *Times*. Ce que j'ai évidemment fait, mes chéris, mais en vain. J'ai demandé à nouveau de l'aide. Elle m'a demandé l'adresse, est partie puis est revenue, avant de repartir et de revenir. Elle m'a alors tendu un bout de papier avec les mots « NEW YORK TIMES » inscrits dessus, ainsi qu'une date juste en dessous. 14 janvier 1974.

La bibliothécaire m'a envoyée à la salle des microfilms. Une autre, plus désagréable que la première, a retrouvé le bon microfilm et m'a rapidement expliqué comment utiliser cette machine ridicule.

J'ai passé en revue page après page, m'arrêtant parfois sur les publicités de l'époque plus que sur les articles, jusqu'à tomber, par chance, sur la brève que je cherchais, page 37.

FAITS-DIVERS

Extrait des registres de police :

Le corps nu d'une femme de quarante ans, propriétaire d'un atelier de confection du Lower East Side, a été retrouvé sans vie et ensanglanté. La victime, Helen Sopolsky, résidait sur la Deuxième Avenue, au numéro 84, près de la 5e Rue. Son atelier était situé à l'étage du bâtiment. Le motif de cette agression n'a pas été déterminé pour le moment…

Je suis retournée voir la première bibliothécaire.

– Vous n'avez rien de plus ? ai-je demandé.

– Non, rien d'autre. Mais vous pouvez regarder dans les autres journaux.

AVRIL 1987

Adeline découvre la situation professionnelle de Baby

Je ne m'étais jamais intéressée aux activités auxquelles Baby prenait part tandis que je m'adonnais à mes prérogatives d'étudiante d'une excellence folle, mais votre femme-à-tout-faire a déniché les preuves formelles que son meilleur ami n'avait pas, dirons-nous, une vie sociale très riche. De petites choses, comme revenir de cours en soirée et constater que les chaussures de Baby n'avaient pas bougé depuis le soir précédent. Un air généralisé de léthargie totale barrant son visage.

Peu après l'Incident de la Deuxième Avenue, numéro 84, tout a changé. J'ai commencé à noter des indices et des signes d'une vie de Baby au-delà du confinement de notre petit foyer.

Baby disparaissait des nuits entières. Dans le monde extérieur ! Lorsqu'il revenait à la maison, bien après minuit, il éludait les questions sur ses activités en entonnant de petites chansonnettes.

– J'ai traîné. De-ci, de-là, de-là, de-ci.

Ce subterfuge abstrait n'avait fait qu'augmenter ma curiosité malsaine quant aux aventures de Baby dans la Grosse Pomme Pourrie.

Je me suis dit qu'il fallait passer à l'action. J'ai décidé que j'attendrais mon prochain jour de congé, jeudi, pour partir comme toujours vers 13 heures, et me cacher juste au-dehors.

Le jour venu, je suis partie sur le tard, trouvant une excuse bidon, affirmant que je n'arrivais pas à trouver le bouquin nécessaire pour mes cours. Une fois sortie, je me suis assise dans le parc, dissimulée derrière une fontaine. Une heure s'est écoulée. Où était donc passé Baby ?

Alors que je m'enfonçais lentement dans le désespoir, Baby est apparu sur le pas de la porte.

Je l'ai suivi de loin sur la 14e Rue, passant devant le Palladium. Quel être naïf était Baby, incapable qu'il était de s'imaginer victime de complots ou de machinations, déambulant sans but dans les rues de sa démarche si familière.

Il a tourné sur la Troisième Avenue, dépassé Disco Donuts et, à mon grand étonnement, est passé sous une pancarte « VARIETY PHOTOPLAYS », s'est arrêté devant le guichet et a discuté avec la personne qui officiait derrière la vitre.

Nous étions passés devant le Variety des milliers de fois. J'avais admiré le rose pâle et le patin de son vieux néon, et étais toujours amusée par les affiches racoleuses accrochées au-dessus de l'entrée et posées sur les présentoirs, mais je n'aurais jamais imaginé un jour fréquenter un tel établissement. Pourtant, Baby, avec un air d'innocent à qui l'on donnerait le bon Dieu sans confession, y est entré !

J'ai repris mes esprits. Au guichet, j'ai lancé un regard furtif au type louche qui opérait de l'autre côté de la vitre.

– Une personne, merci, ai-je dit.

– Vous êtes sûre de ne pas vous être trompée ? a-t-il demandé.

– Du tout, mon vieux, ai-je répondu. Je n'ai jamais été aussi sûre de moi.

– Vous ne ressemblez pas vraiment aux filles qui viennent ici, a-t-il dit.

– C'est tout à fait exact, ai-je dit, et je ne crois pas non plus penser comme elles.

J'ai glissé deux dollars sous la vitre. Il m'a tendu un ticket en échange. Un autre type barrait l'entrée, une clope au bec.

– Qu'est-ce qu'il y a en ce moment ? ai-je demandé au deuxième type en essayant de ne pas fixer bêtement la forme très étrange de ses oreilles.

– Qu'est-ce que j'en sais, ma belle ? Aucune idée.

Les escaliers qui partaient des deux côtés de l'entrée menaient tous deux à un balcon qui dominait les portes du cinéma. Au vu de la peinture bleue écaillée des murs, je me suis dit que Baby avait dû se contenter du rez-de-chaussée.

Derrière les lourdes portes, on entrait dans une antichambre peuplée de vieux distributeurs automatiques. J'ai avancé dans un deuxième couloir jusqu'à une salle de cinéma étonnamment éclairée. Il n'y avait pas beaucoup de sièges, cent cinquante tout au plus, divisés en trois sections. Et la même peinture bleue.

J'ai filé vers un siège au fond de la salle, à côté de l'allée.

C'était un film pornographique. Une femme blanche penchée en avant se faisait prendre par-derrière par un homme blanc, tandis que le visage de l'actrice se pressait en rythme sur le pubis d'une autre femme blanche. Comme le film devait dater de la fin des années 1960, ses images avaient un petit intérêt sociologique. Des traces archéologiques de coupes de cheveux, d'un maquillage ou de types corporels totalement disparus depuis. La projection du film était altérée par des défauts de pellicule, comme si on l'avait joué sans discontinuer depuis le jour de sa sortie.

Une fois mes yeux adaptés à la pénombre, oh mes chers lecteurs, j'ai enfin pu apercevoir les autres clients, et j'ai vite compris que dans ce cinéma, on ne faisait pas que regarder, mais aussi pomper et défoncer, comme dans ce genre d'établissements new-yorkais, datant de l'époque dorée d'avant l'épidémie de sida, dont j'avais entendu parler à voix basse.

Beaucoup d'hommes se masturbaient dans leurs fauteuils, formant un doux chuintement semblable à celui des battements d'un millier de ventilateurs. Des grognements descendaient du balcon.

Il y avait deux portes en bas de la salle, qui donnaient sur chaque côté de l'écran. Des hommes entraient et sortaient, parfois à deux, parfois seuls. J'ai imaginé que derrière se trouvaient les toilettes.

Mais où était Baby ?

En plein milieu d'une scène, le film a changé. Adieu la pornographie, place à un beau western des années 1950 en noir et blanc, avec Gregory Peck dans le rôle de Jimmy Ringo. Le film a commencé à sa troisième bobine, sûrement au milieu de l'intrigue. Le public, trop occupé par différentes modalités de plaisir, n'y faisait pas attention. Les ventilateurs accrochés au plafond tournaient à toute vitesse.

Un pistolero plein de bravache a voulu défier Jimmy Ringo, afin de régler un contentieux.

– Pourquoi est-ce que je devrais accepter ? a demandé Gregory Peck.

– Je suis sûr qu'ils rallongent le whisky à l'eau chez Mac, a dit le péquenaud.

– Alors c'est toi le con si t'en bois, non ? a répondu Gregory Peck.

– Et toi, t'es pas très poli, si ?

À l'extrême gauche de la salle, un homme était penché par-dessus une rangée de sièges, avec un autre type derrière lui, ahanant à chaque mouvement, le devant de ses jambes claquant bruyamment contre les fesses du premier.

Je m'étais déjà tellement habituée aux rivières de chair coulant de chaque côté des sièges que je n'avais même pas remarqué qu'un vieil homme, de soixante ou soixante-dix ans, s'était installé à mes côtés. Seul le son de la braguette qu'il baissait m'a extirpée de cette expérience cinématographique.

Vous vous doutez que son pénis était sorti, non ?

– Salut, a-t-il lancé.

– Rangez-moi cet horrible machin tout de suite, ai-je dit. Vous devriez avoir honte.

– T'es tellement jolie, a-t-il dit, à la lumière de la salle de projection.

– Monsieur, ai-je hurlé le plus fort possible. Veuillez décamper ! Un peu de décence, je vous prie, et allez voir aux toilettes, je suis certaine que vous trouverez assez de dégénérés pour vous soulager de la manière la plus adéquate possible !

Que Dieu soit loué, car l'idiot m'a écoutée, et alors qu'il remontait sa braguette, il est tombé nez à nez avec un bolide blond. Baby Baby Baby. Une pluie de coups de poing. Le vieil homme pathétique s'est écroulé au beau milieu du sperme et des taches de soda.

– Baby ! Arrête ! Assez !

Baby était encore occupé à tabasser le type lorsque les lumières de la salle se sont rallumées, révélant une ménagerie de vieux dégueulasses relevant la tête par-dessus les sièges ou sortant à toute allure des toilettes. Un type a séparé Baby de mon agresseur, lui a dit qu'il était viré et ne pourrait pas revenir, et nous sommes donc rentrés ensemble à la maison. Baby ne m'a pas adressé un mot tandis que je lui présentais mes plus plates excuses, et il a refusé de me parler pendant plusieurs jours, délaissant même son lit situé à côté du mien.

Mais, comme les Grecs anciens l'avaient bien compris à la grande époque de malencontreuses transgressions, le silence de trop d'heures n'adoucit pas les mœurs.

Nous avons peu à peu renoué avec le dialogue, même si nous évitions au début le sujet du Variety Photoplays. Lorsque Baby et moi avons commencé à en rire, je lui ai demandé de but en blanc ce qu'il pouvait bien faire dans ce trou à rats.

– J'avais besoin d'argent, a-t-il dit. Donc j'ai été chercher un boulot.

– Dans ce paradis de la pompe et de la défonce ?

– C'était le côté attrayant, a dit Baby. La baise effrénée, Adeline, c'est tellement étrange, mais il y a finalement quelque chose de très beau dans le fait que deux hommes se retrouvent ensemble pour s'envoyer en l'air de manière anonyme.

– Baby, dis-moi, s'il te plaît, que tu n'as pas eu de rapport sexuel avec ces hommes.

Au moment même où j'ai prononcé ces mots, je les ai regrettés.

– Et si c'était le cas ? a-t-il demandé.

– Je me rongerais les sangs. L'hédonisme de ce genre est mort avec le disco.

– Ne t'inquiète pas. J'ai passé ma vie à entendre que baiser tuait. J'ai retenu la leçon.

Baby ayant des relations sexuelles avec un client du Variety, cela aurait été comme si mon monde s'écroulait.

Je ne prenais aucun plaisir à son abstinence, qui était plus triste que de se faire sucer dans des chiottes. Figurez-vous notre Baby aussi excité qu'un coq bouseux, à se cacher dans les sombres recoins du Variety Photoplays, trop apeuré, trop timide, trop coincé et trop obsédé par, je suppose, la monogamie. Trop honteux pour se laisser pomper par un vieux pédé jamais sorti du placard du Lower East Side.

J'ai laissé le sujet de côté, résolue à reprendre la main sur les étranges mésaventures sexuelles de Baby. Je me suis souvenue des mains gonflées et rouges de Baby le soir de notre rencontre.

AVRIL 1987

Adeline convainc Baby et Kevin de baiser ensemble

Un soir, j'étais chez Kevin à discuter avec le bougre de tout et de rien, soit, comme toujours, une longue digression eeeeeeeemmerdante à propos de la littérature. Kevin faisait de son mieux, dans les limites du possible, en me saoulant à propos des livres qu'il aimait et que je ne lirais sûrement jamais.

– C'est vraiment pervers, a dit Kevin. Tom Ripley a une histoire d'amour avec Frank, un type vraiment beaucoup plus jeune. À un moment, Ripley se travestit et va dans un bar gay.

– Mais grands dieux, qui est donc ce Tom Ripley ? ai-je demandé.

– Adeliiiiiiiine, a dit Kevin, sur un ton qui me rappelait étrangement Mère. Tu sais bien qui est Tom Ripley, non ?

Il a continué à brasser de l'air – Tom Ripley par-ci, Tom Ripley par-là, et Tom Ripley blabla, récitant un lot incroyable de conneries sur un type du nom de Dickie Greenleaf. Je faisais les cent pas dans son appartement, simulant l'intérêt, examinant les piles de livres amoncelés le long des plinthes et entassés sur chaque surface plane.

Je suis tombée sur *Queer*, de William S. Burroughs.

– Et ça, c'est quoi ? ai-je demandé en tendant l'exemplaire à Kevin.

– Oh, ç'a été publié il y a un an ou deux tout au plus.

– Chéri, pourquoi est-ce que tu lis ça ?

– Je n'aime pas Burroughs, a dit Kevin, mais tout le monde parle de lui, donc je me suis forcé à lire quelques-uns de ses livres. *Junky* est pas mal. *Queer*, c'est mon préféré.

– Et pourtant tu es quand même un bouffeur de chattes, ai-je fait remarquer. Pourquoi te soucier des queers ?

– C'est débile de penser comme ça. On est bien tous un peu bisexuels.

– Ne compte pas sur moi pour faire partie de ces gens-là, ai-je répondu.

– Je suis certain que tu as déjà été attirée par des femmes, a repris Kevin. La plupart des filles désirent en secret d'autres filles. Tout le monde est attiré par tout le monde. Et j'ai déjà été attiré par des hommes.

– Ah bon ?

– Bien sûr. Qui ne l'a pas été ?

Mon petit stratagème diabolique est né à ce moment-là. J'avais confiance en son succès car depuis longtemps déjà, je suspectais que l'hostilité de Baby envers Kevin n'était pas seulement due à leurs divergences de personnalité. Les seules interrogations qui me taraudaient étaient celles de tout bon journaliste : qui, quoi, où, quand, comment et pourquoi ?

Juste après, la rumeur a circulé qu'une fille très populaire dénommée Luanna Potrero organisait une grosse fête le week-end suivant, une atroce soirée à thème. Le genre « Dress code : comme dans une université banale ». J'ai informé Kevin et Baby que je rêvais d'y aller, comme si j'étais totalement à fond sur le sujet, tout en précisant que je ne comptais absolument pas m'y rendre en la compagnie de l'autre, mais qu'il fallait se forcer, vu que tout le monde était au courant, alors on était tous les trois destinés à y aller ensemble.

Les soirées à thème sont d'un ennui mortel. J'ai toujours refusé de participer à ces justifications narrativisées ridicules. Pour la fête de Luanna, j'ai pris dans mon dressing une robe en vinyle rose très échancrée, coiffé mes cheveux n'importe comment, ajouté du maquillage jaune et bleu au-dessus de mes yeux avec un mascara ultra-épais. J'avais un look de diiiiiiingue.

Baby prenait cette fête très au sérieux, voulant à tout prix passer pour une sainte-nitouche. Il a choisi le même accoutrement que lors de notre première rencontre, près d'un an auparavant, avec le lettrage blanc de son horrible sweat rouge titrant INDIANA.

– Pourquoi tu ne brûles pas ces vieux trucs ? ai-je demandé.

– Je suis sentimental, a répondu Baby.

Kevin nous a retrouvés en bas de notre bonne vieille Bank of the Metropolis. Lui aussi semblait avoir été touché par l'esprit de cette fête, tiré à quatre épingles comme un étudiant d'école privée.

– Mon frère est à Yale, a-t-il dit. Il se sape comme ça à peu près tous les jours.

L'appartement de Luanna Potrero n'était pas très éloigné du nôtre ; elle habitait un studio vers la Neuvième Avenue, à côté d'University Place. Devant l'immeuble en brique rouge, j'ai aperçu un groupe de filles de Parsons. Nous les avons rejointes dans l'ascenseur, montant tout en haut dans un silence de plomb.

Quatrième étage, au beau milieu de la fête. Un cliché cauchemardesque de l'Amérique déformée par l'œil new-yorkais, comme on en voit à la télévision. Toutes les modes grotesques et les symboles culturels absurdes du pays réunis en un seul lieu, poussés à la caricature par les étudiants en art de la grande ville.

Kevin est allé faire un tour dans la salle de bains, où Luanna avait installé packs de glace et bières dans la baignoire. D'un grand geste théâtral, il en a retiré des bouteilles.

J'ai vidé la mienne comme un Bédouin tombant enfin sur une oasis.

Le présupposé de la soirée à thème était notre supériorité par rapport aux Américains vivant au-delà de Manhattan. C'était vraiment ironique, car ce qui était censé nous distinguer de la plèbe ne faisait que démontrer cruellement à quel point nous étions liés à la Bête triomphante.

J'étais certaine que dans l'un des quarante-huit autres États, une gamine organisait une soirée « Dress code : comme à New York », et qu'une blondasse d'un bled de fermiers avait décidé de tout donner et de se faire belle, et que le costume qu'elle aurait dessiné serait identique à celui que je portais à l'instant présent.

Luanna papillonnait et se déhanchait sur la piste de danse improvisée, et je l'enviais, me demandais comment elle arrivait à être aussi détendue. La chanson devait dater d'un an, « Kiss » de Prince, et racontait comment Prince voulait une fille dotée d'aucune autre qualité spécifique que celle de lui avaler goulûment les lèvres.

Pour ma part, je n'étais pas très portée sur la danse. Lorsque Luanna a arrêté de se trémousser, je suis allée lui parler.

– La bière, c'est bon pour les prolos, chérie, ai-je commencé. Où est-ce que tu gardes les trucs d'adulte ?

– Tu veux dire, la coke ? a-t-elle demandé.

– Pas tout de suite, ai-je dit. Je parle de l'alcool, tu as de la tequila ?

– J'ai de la José Cuervo cachée dans ma chambre, genre sous mon lit. Mais ne bois pas tout, j'en voudrai un peu plus tard.

Et me voilà à quatre pattes, à fouiller sous le lit d'une main. Une scène que je n'aurais jamais imaginée en montant dans l'avion à l'aéroport de L.A.

J'ai saoulé Kevin et Baby à grand renfort de shots, en essayant de les amener à cet état quasi mystique de la révélation tequila où les bouffons deviennent à la fois incroyablement ivres et superbement sobres, et où chaque buveur devient, pour un instant fugace, une incarnation de Cary Grant. Je voulais que ces deux-là soient complètement faits.

J'ai gardé la bouteille dans un sac Donna Karan acheté quelques mois plus tôt, servant un nouveau shot aux garçons toutes les demi-heures. Il n'a pas fallu beaucoup attendre avant que l'alcool leur monte à la tête et la leur fasse tourner. Baby s'est mis à danser, et étrangement, même dans cet état second, il avait le sens du rythme. Kevin, imbibé par ce liquide fielleux, m'a amenée dans un recoin sombre et a commencé à me peloter comme un lycéen au drive-in.

Lorsque tous deux ont commencé à tituber sans pouvoir tenir debout, je les ai rassemblés, ai salué Luanna Potrero, et ai poussé les deux joyeux lurons dehors. Baby chantait une version délicieusement délirante et fausse de « Time After Time » de Cindy Lauper.

La porte de l'ascenseur s'est ouverte et nous nous sommes traînés dehors.

– Je rentre chez moi, a dit Kevin. Je suis trop bourré. Je ne vais pas supporter Union Square.

– Jeune homme, ai-je dit, tu viens avec nous. Et je ne tolérerai aucune protestation !

De retour dans notre appartement du 31 Union Square West, Baby s'est assis à table, tandis que Kevin et moi, sur le canapé. Baby et Kevin se sont mis à parler, sans aucune raison apparente, de basketball. Je n'écoutais pas leurs divagations, qui tournaient autour des Bulls et des Knicks, et essayais de trouver un moyen de profiter de leur humeur bonhomme pour les manipuler, mais je ne trouvais pas comment. J'ai décidé de m'en remettre à une technique bien plus simple.

– Baby, ai-je dit, ne te force pas à rester debout à cause de nous. Kevin ne va pas dormir ici, donc tu peux aller te coucher. Je vais bientôt te rejoindre.

Baby s'est dirigé vers les toilettes, oubliant de fermer la porte derrière lui. On entendait le son minéral de son urine se déversant dans la cuvette. Il nous a souhaité bonne nuit avant d'aller se coucher.

– Je ne voulais rien dire tant qu'il était là, a dit Kevin, la tête en arrière sur le canapé. Mais pourquoi tu m'as fait venir ici si tu ne veux pas que je reste ?

– Ne te cache pas derrière un prétexte, mon vieux, ai-je répondu.

Je lui ai expliqué mon plan.

J'ai balayé ses protestations, suggérant qu'il n'était qu'un bourgeois confit dans sa petite morale, un prude qui s'ignorait, qu'il était tout sauf les héros littéraires qu'il admirait, lui demandant même s'il pouvait bien comprendre la littérature s'il n'agissait pas comme un personnage des susdits livres. Mais il résistait. J'ai donc posé cette question :

– Ça n'a donc aucune importance pour toi ?

– Comment peux-tu me demander ça ?

– Si ça en avait, tu le ferais, ai-je assuré.

– Mais comment ?

– Tu n'as qu'à te lever, ouvrir la porte, grimper l'échelle et te glisser dans le lit derrière lui. Une fois là-haut, je suppose que tu sauras quoi faire. Les principes de base restent les mêmes. Vas-y et fais-lui plaisir. Tu as envie, non ? Alors lâche-toi.

– Tu ne seras pas jalouse ? a demandé Kevin.

– Pas le moins du monde, l'ai-je rassuré.

On a retourné le sujet dans tous les sens.

– Soit tu y vas, soit tu peux partir. Il va bientôt s'endormir. Ta fenêtre de tir pour profiter des plaisirs homoérotiques va bientôt se refermer.

– D'accord, a finalement lâché Kevin en se levant.

Pour la première fois, j'ai dû rester exilée sur le canapé.

En me réveillant, j'ai découvert Baby devant moi, une large grimace barrant son visage, la tête à l'envers lui donnant un horrible double menton. Cher lecteur, votre amie Adeline n'aime pas particulièrement voir quiconque depuis ce point de vue, et encore moins une personne que l'on a gavée d'alcool fort et des performances de son petit ami.

– Ça fait combien de temps que tu me regardes dans cette position ? ai-je demandé.

– Dans les dix minutes.

– S'il te plaît, pour le bien de tout le monde à l'avenir, essaye d'éviter ce genre de trucs flippants.

Je me suis relevée, le corps endolori. Ce qui était étrange, car j'avais été sage comme une image la nuit précédente, trempant à peine mes lèvres de nonne dans cet alcool du Malin. Peut-être était-ce la résonance télépathique et psychique de Baby. Ou simplement l'épuisement d'avoir mené à bien mon petit plan. Voire le simple inconfort d'avoir dormi sur un futon.

– Alors ? ai-je demandé à Baby.

– Alors, a-t-il répété.

– Kevin ?

– Parti. Avant mon réveil.

– Et ce brave garçon n'a rien dit ? Ou laissé un petit mot ?

– Il s'est fait la malle, a répliqué Baby, au premier rayon de soleil.

– Boulot, boulot, boulot. C'était bien ?

– Domaine privé, m'a répondu Baby. Je ne crois pas vouloir en parler.

– C'est ton choix, ai-je lancé en allant aux toilettes.

Je me suis ensuite traînée à la cuisine, pour voir si mes colocs sud-coréennes avaient du café, ce qui était le cas, ai-je constaté en tombant sur des grains solubles. J'ai fait chauffer de l'eau dans la bouilloire et servi deux tasses. J'en avais préparé une pour Baby, mais il s'était rendormi sur le canapé.

Au milieu de ma seconde tasse, j'ai remarqué que mes clés étaient sur la table, mais le trousseau semblait moins fourni que d'habitude. J'ai examiné l'anneau : il manquait deux clés. Celles de Kevin, retirées. Par lui, ai-je supposé.

Je ne suis pas du genre morbide. J'évite de voir des symboles dans ma vie quotidienne, mais ici le sous-entendu semblait clair. Je lui ai téléphoné. Personne n'a décroché.

Le soir même, à une heure où je pensais qu'il n'avait aucun rendez-vous, je me suis rendue chez lui. J'ai sonné. Pas de réponse. Encore. Pas de réponse. Une troisième fois, looooooooonguement. Pas de réponse.

Mes doigts ont appuyé sur la sonnette de tous les autres appartements. Une voix chancelante s'est élevée du haut-parleur. J'ai répondu par un borborygme en faux accent anglais. La porte s'est ouverte.

J'ai monté les escaliers jusqu'à l'étage de Kevin, et, devant sa porte, j'ai frappé jusqu'à épuisement.

– Kevin, ai-je crié. Réponds, au moins une fois ! Tu ne pourras pas te cacher pour toujours !

Aucune réponse. Je me sentais totalement idiote, comme une femme des années 1950 qui aurait découvert que son voisin l'avait mise enceinte.

J'ai fini par décider que le comportement de Kevin était à ranger du côté des mystères de l'être humain. J'en apprenais tous les jours. Orchestrer un rapport sexuel entre son petit ami et d'autres hommes n'était peut-être pas le meilleur moyen de stabiliser une relation. Qu'est-ce que cela pouvait bien me faire ? La ville débordait de garçons, et mon super meilleur ami avait croqué le fruit de l'Arbre de la Connaissance.

De retour chez moi, Baby a continué à refuser toute discussion. Je l'ai harcelé, chatouillé au niveau des côtes, riant comme une maniaque, jusqu'à ce qu'il concède :

– D'accord, d'accord, je vais te dire une chose, mais juste une, d'accord ?

– Parle donc, mon cher enfant, ai-je dit.

– Ce qui m'a vraiment étonné, a dit Baby, c'était la chaleur que ça dégageait. Ça m'a brûlé la main.

J'ai poussé un petit cri, étonnée et amusée.

– Oh mon Dieu ! ai-je dit. Baby, tu me fais mourir de rire, vraiment ! Tu as enfin sauté le pas !

MAI 1987

Adeline et Baby s'installent sur la 7e Rue Est

La vie a continué son petit train-train, comme à son bon vouloir, comme il se doit. Le joli mois de mai a pointé le bout de son nez, avec ses journées plus douces et ses habits plus échancrés. Mes projets de fin d'année arrivaient à leur terme, tous consacrés à l'Incident de la Deuxième Avenue, numéro 84.

La scène de crime imaginaire, le moment de solitude absolue, d'impuissance, sans avoir personne pour vous soutenir, où l'on meurt violée à New York lors de l'*annus horribilis* de 1974, celui d'Helen Sopolsky apparaissant une seule fois dans le *Times*, celui de sa famille quittant la boutique sans rien toucher, monument commémoratif dominant East Village, comme un reproche à cette ville pleine d'indifférence, à cet endroit qui laisse mourir ses citoyennes dans des circonstances atroces, ce monstre urbain qui a permis au tueur de partir libre, avec l'enquête en cours, jamais arrêté, un symbole se moquant ouvertement de l'idée même de justice. J'ai décroché les meilleures notes.

Ayant choisi de ne pas suivre de cours estivaux, j'ai reçu un courrier administratif m'indiquant que je devais quitter mon dortoir à la fin du premier semestre. Pauvre Baby !

Il venait tout juste de décrocher un emploi stable dans un cinéma respectable autour de la 20e Rue Ouest, et maintenant, comme souvent, comme il se doit, à son bon vouloir, la vie lui a fondu dessus, exigeant qu'il abandonne son foyer.

Je n'avais aucune intention de quitter la ville et je lui ai suggéré que nous tentions notre chance en prenant un appartement dans East Village.

– Adeline, a-t-il dit, je ne suis pas certain de pouvoir payer ma part de loyer.

– Arrête de faire ta sainte-nitouche avec les deniers, ai-je dit. Tu payeras ce que tu peux et Mère réglera le reste.

Comme toujours dans les entreprises immobilières, ce n'était pas le bon moment. Adieu l'époque où deux cent cinquante mètres carrés se négociaient à 300 dollars le mois. L'argent n'était pas un problème en soi, mais j'aimais plutôt l'idée de mener la vie dure aux propriétaires sans cœur de New York.

Baby n'aimait pas cela, et je l'ai donc mis de côté dans cette quête, cherchant des appartements dans les pages du *Village Voice* consacrées au sujet, jusqu'à tomber sur un grand appartement de la 7e Rue, entre la Deuxième Avenue et Cooper Square, juste en face de chez McSorley's. Un deux-pièces, au deuxième étage sans ascenseur. Le propriétaire, un Napolitain du nom de Stefano, m'a indiqué que l'appartement bénéficiait d'un loyer arrêté, mais je n'avais aucune idée de ce que cela impliquait. 700 dollars par mois. Il n'y avait pas de sonnette en bas, les invités devraient crier pour indiquer leur présence depuis la rue.

Il était temps de dire adieu au 31 Union Square West, à Sun-Yoon et à Jae-Hwa, aux étudiants que nous avions croisés dans les ascenseurs, aux habitants qui ne supportaient plus le moindre souffle de notre part, à notre point de vue sur Union Square et à la lente édification des tours Zeckendorf, à notre bonne vieille Bank of the Metropolis.

L'école voulait que l'on suive une certaine procédure avant de quitter un appartement, mais j'étais née avec une cuillère d'argent dans la bouche et je me sentais exempte de ce genre de contingences. Sally et Jane pouvaient bien s'en occuper. Je voulais déguerpir le plus vite possible, bien avant les autres étudiants, voulant à tout prix éviter d'assister à l'humiliation de ces artistes en devenir chargeant leurs chaînes stéréos à l'arrière du break de leurs parents.

– Cela va me manquer, a dit Baby.

Le nouvel appartement était décrépit jusqu'à l'absurde, avec un vieux cabinet de toilette caché dans un placard et une baignoire dans la cuisine. Je le trouvais absooooooolument charmant, une manière idéale de vivre loin de toute protection. Pas de parents, pas de dortoir, pas de règles, rien. Dites-moi, cher lecteur, quel étrange animal voudrait que son premier appartement ait de la classe ?

Avec Baby qui passait ses journées au cinéma, j'ai pu éclore comme une fleur, folle comme une guêpe, libre comme l'air. Imaginez-vous, je me suis inventé un nouveau rôle. J'ai passé l'été en tant que meilleure maîtresse de maison de East Village.

J'ai trouvé nos lits, notre canapé, nos lampes, nos affiches, nos dessins. J'ai même déniché un chat, un maine coon énorme que j'avais nommé Capitaine Jenks de la Sellerie de la Marine.

À St. Mark's Place, j'ai acheté un exemplaire de *Liege & Lief*, un terrible album folkeux doté d'une magnifique pochette dépliable représentant différentes figures anglaises traditionnelles. Une image du Burryman, une sorte de Golem écossais, m'émerveillait chaque fois.

Des amis passaient chez nous, principalement des garçons et des filles de l'école. On se défonçait, principalement à l'alcool, parfois à la marijuana. Baby s'était même fait des amis au boulot, dont un ou deux n'étaient pas atroces. Ils passaient également, et les garçons parlaient jusqu'à plus soif de Leonard Cohen et de Trotski.

Bref, on était chez nous.

JUIN 1987

Spider-Man se marie

Un ami de Parsons, Jeremy Winterbloss, nous a rendu visite. C'était rare, car il était très pris par son stage chez Marvel Comics.

– Demain, ça va être de la folie, a-t-il dit. Je dois aller au Shea Stadium.

– Pour quelle raison ?

– Ils ont décidé de marier Spider-Man avant le match. Stan Lee célébrera l'union. Tous les stagiaires doivent s'assurer que les personnages costumés ne meurent pas de chaud. Moi, je m'occupe de l'Incroyable Hulk.

Cela faisait partie d'une grande campagne promotionnelle au cours de laquelle Spider-Man épousait sa petite amie de longue date, une rousse pulpeuse du nom de Mary Jane Watson, qui était réduite à dire des phrases ineptes telles que : « Vas-y, Tiger, tu as décroché le jackpot ! » ou : « Prends ça dans les dents, Gwendolyn ! Cette fois, c'est Mary Jane la championne ! »

Le mariage avait eu lieu dans l'*Amazing Spider-Man Annual #21*, ainsi que dans l'extrait publié dans le journal. Le tout était lié à un match de baseball. Ne me demandez pas pourquoi, les chéris. J'ai lu tout Debord, et pourtant je ne comprends toujours pas le capitalisme moderne.

– Un truc cool, par contre, a dit Jeremy, c'est qu'ils organisent une fête Spider-Man au Tunnel. Tu y es déjà allée ?

– Non, pas encore, ai-je répondu.

– Tu ne veux pas venir ?

Jeremy a ouvert son sac en toile et en a sorti un épais carton rose. Une invitation à la fête, avec un horrible petit dessin de Spider-Man coiffé d'un haut-de-forme, la main droite tournoyant dans une toile d'araignée, la main gauche accrochée à la taille de Mary Jane. Et cette précision importante : « Valable pour deux personnes ».

– J'en ai volé quelques-unes au boulot, a commenté Jeremy. Tom DeFalco n'y verra que du feu. Tu devrais venir pour voir Captain America se bâfrer de pièce montée.

Baby et moi avons choisi méticuleusement notre accoutrement. Branché mais pas trop excentrique, afin de ne pas jurer au beau milieu d'individus dont le gagne-pain impliquait de dessiner Spider-Man en train de frapper Doc Octopus.

À 10 heures pétantes, nous avons hélé un taxi, sortant au croisement de la 27e Rue et de la Douzième Avenue. Je me suis frayé un chemin à travers la foule bavant d'excitation qui se massait derrière le cordon en velours.

Baby craignait que les escogriffes de la sécurité nous demandent nos pièces d'identité, vu que nous étions encore mineurs, mais j'ai éclaté de rire devant cet incorrigible ingénu : « Honnêtement, Baby, tu es fait d'eau, d'os et de sang comme tout le monde ! Nous sommes spécialement invités à entrer dans ce gouffre de l'enfer. Ils n'oseraient pas nous en empêcher. »

Le videur ne nous a même pas adressé la parole.

Les propriétaires du lieu avaient recyclé un ancien tunnel pour trains industriels qui traversait un hangar, et l'avaient transformé en une grande piste de danse minimaliste, avec poutres et fils apparents. Le tunnel devait mesurer quasiment tout un pâté de maisons new-yorkais. On pouvait aller jusqu'à son extrémité, passer ses doigts à travers la grille métallique et observer les voies ferrées disparaître dans la pénombre. Des coursives dominaient le décor et desservaient des pièces séparées, dotées chacune d'un design particulier. Les toilettes, si l'on pouvait les appeler ainsi, consistaient en des pissotières unisexes à la lumière crue, endroits bien peu glamour avalant le grand déferlement des fluides humains dans tout son horrible sans-gêne, avec des choses sortant des corps, et d'autres y entrant.

– Adeline, a murmuré Baby, qu'est-ce que c'est que cet endroit ?

L'invitation précisait que le mariage de Spider-Man en lui-même aurait lieu au Tunnel Basement, un club-dans-le-club réservé aux VIP. Nous en avons trouvé l'entrée et montré à nouveau notre invitation.

Nous étions désormais sous terre, dans une salle sombre dotée d'une scène minuscule faisant face à une piste de danse tout aussi ridicule, pressés contre les corps les plus dégoûtants que l'esprit de l'homme puisse concevoir. Pas la moindre trace de Jeremy Winterbloss à l'horizon.

Et la chose la plus étrange, cher lecteur ? Des superhéros se déchaînant sur la piste, entourés par une foule d'hommes frustes et de femmes encore moins gâtées par la vie. Si l'on se plaît à imaginer une vision de l'au-delà où l'élite serait punie, il suffisait d'observer l'Incroyable Hulk en train de se déhancher au Tunnel.

– Il nous faut de l'alcool fort, ai-je dit.

Baby s'est éclipsé, laissant votre bonne vieille Adeline perdue dans ses pensées, le regard torve, à observer la piste de danse, ruminant une fois de plus ses choix existentiels.

Après la disparation de Kevin, j'avais perdu peu à peu goût aux fêtes diverses, aux boîtes de nuit, à la monotonie sans fin de la musique et du mouvement des corps. J'avais de plus en plus la sensation que cette partie de ma vie tendait vers une fin peu glorieuse. Spider-Man entama un pas de danse en ligne.

Un quadra uuuuuuultra-flippant a voulu engager la conversation, se présentant comme encreur pour Marvel.

– Mais au nom de la Sainte-Trinité et du Prophète, ai-je demandé, qu'est-ce donc qu'un encreur ?

Il s'est lancé dans un long monologue sur le travail artistique d'un dénommé Herb Trimpe.

À l'autre bout de la pièce, Baby discutait avec ce qui devait être une autre créature de Marvel. En m'approchant d'eux, j'ai immédiatement compris mon erreur.

Il était engagé dans une discussion fiévreuse avec un très jeune homme portant un manteau multicolore.

– Oh, juste, j'adore les comics, disait le jeune homme. J'adoooooore la fantasy et la science-fiction, tout ce genre de trucs ! Tu as déjà vu ce vieux soap opera, *Dark Shadows* ?

– Ah je suis content que tu sois là, m'a lancé Baby. Je te présente Michael. Il bosse dans l'événementiel.

– Comment vas-tu, ma belle ? a demandé Michael. J'adooooore ta petite robe !

Cher lecteur, j'espère que vous avez remarqué la présence non désirée de ce garçon bien peu aimable. Il s'appelait Michael Alig. Avant la fin de ce livre, lui et un ami auront éclaté la tête d'un dealer du nom d'Angel, lui auront fait avaler du Destop et laissé son corps pourrir dans une baignoire pendant plus d'une semaine, avant de découper le cadavre et de l'embarquer dans une grosse caisse qu'ils jetteront dans l'Hudson.

AOÛT 1987

Adeline tombe sur Kevin au Kiev

Me voilà, aussi désespérée qu'un Irlandais sans le sou à la Saint-Patrick, en train de sortir du Kiev, un restaurant polonais situé au croisement de la 7e Rue et de la Deuxième Avenue, après avoir avalé une montagne de pierogis dans l'arrière-salle et échoué à me plonger dans *Esclaves de New York*.

Ma concentration avait été atomisée par une vieille femme gâteuse qui n'arrêtait pas de hurler sur la serveuse, et cette dernière, une vieille babouchka ukrainienne à qui on ne la faisait pas, lui hurlait dessus en retour. J'ai fini mon déjeuner et ai payé la note à la caisse.

En sortant, je suis tombée sur Kevin.

Chaque moment dramatique de ma vie semble coïncider avec mes douleurs menstruelles. Comment peut-on décrire des vagues de douleur créées par quelque chose se tordant à l'intérieur de soi dans tous les sens afin de sortir ? J'avais beaucoup souffert en début de journée, mais cette douleur avait été légèrement contrebalancée par le gonflement de ma poitrine. C'était pour oublier tout cela que je m'étais rendue au Kiev, en quête d'un peu de réconfort.

La montée d'adrénaline causée par l'apparition de Kevin a réveillé toutes mes crampes, me terrassant de tout leur poids et de toute leur force.

– Mon cher, ai-je dit, en essayant de ne pas grimacer. Étonnant de te croiser ici, à nouveau sur la Deuxième Avenue.

– Je pensais que tu serais en Californie, a-t-il répondu.

– C'est d'un tel ennui, là-bas. Et puis, je ne pouvais pas laisser Baby tout seul.

Vous vous doutez bien que Kevin est devenu cramoisi, non ?

– On a pris un appartement, ai-je continué. Vers McSorley's.

– C'est pas mal, a-t-il dit. J'y suis allé quelques fois.

– Tu veux vraiment discuter de la nourriture chez McSorley's ?

– De quoi veux-tu qu'on parle, franchement ?

Croyez-le ou non, mais j'ai eu un petit serrement au cœur, différent des douleurs de mon bas-ventre, comme si mon corps voulait m'informer que Kevin lui avait manqué, que je m'étais trop vite débarrassée de lui, et que j'avais réprimé mes émotions.

– J'aimerais te poser des questions sur ton petit tour de prestidigitateur.

– À quoi bon ? a-t-il demandé.

– Tu ne m'as jamais recontactée. Je me suis inquiétée.

– Il n'y avait rien de plus à dire.

Mes mains dans ses horribles cheveux, sa façon de passer ses jambes sur les miennes lorsque nous dormions ensemble, les taches de rousseur sur ses doigts.

– Tu veux te poser quelque part ? ai-je demandé. Pour discuter, bien sûr.

– J'ai déjà commis cette erreur une fois, a-t-il dit. Pas deux.

– Quelle erreur ?

– Je ne pense pas que tu te sois jamais souciée de moi, a dit Kevin. Tu ne me connais pas. Tu ne voulais pas me connaître. J'étais comme un personnage dans une série télé diffusée dans ton esprit. Tu es mauvaise, et pire que ça, tu es un mauvais coup.

– On peut en parler.

– Tu ne peux pas revivre le passé, a répondu Kevin.

– Je ne peux pas revivre le passé ? Bien sûr que si.

FÉVRIER 1988

Baby et Adeline vont à Pasadena

J'ai beaucoup appris à Hollywood, mais surtout à ne rien rejeter par principe. Comme, par exemple, se faire enculer. Au début, c'est une sensation vraiment désagréable, une vraie douleur, mais avec un peu de travail sur soi, on entre dans un monde de plaisirs nouveaux, et on en demande *encore, encore, ENCORE* plus ! Jaime est celui qui m'a initié à cet art érotique, qui m'a bien démonté, et les rues d'Hollywood en étaient le décor, un cadre programmatique qui décidait de la vie de Jaime.

Notre terrible automne 1987 avait été marqué par la dépression nerveuse d'Adeline, la laissant dans un état où elle était dominée par la paranoïa et ses instincts les plus primaires. Chaque soir, en rentrant chez nous, je la retrouvais à fumer cigarette sur cigarette, entourée de touffes de cheveux qu'elle s'arrachait du crâne.

Son obsession pour le numéro 84 de la Deuxième Avenue s'était muée en véritable folie. Elle avait découvert qu'à la fin du XIXe l'immeuble avait été reconverti en foyer pour femmes sans-abri. « Les démunies ». Adeline y voyait un lien évident, comme si une force maligne avait traversé les siècles et tourmentait les femmes à travers cet endroit.

Elle publiait le contenu de sa recherche dans un zine, un journal photocopié sur lequel elle travaillait de manière obsessionnelle. Elle avait passé des semaines à faire et à refaire la mise en page, déplaçant les sections comme autant de pièces de puzzle, espérant ainsi trouver la configuration qui lui permettrait enfin de résoudre ce mystère et de se sortir du monde qui l'avait aspirée.

Son titre ? ROBES DE SOIRÉES EN FEU.

Et le sujet de ses discussions ? Son approche du dialogue, les thématiques récurrentes, l'absurde, la persécution imaginaire ? Ne me lancez pas là-dessus ou je ne vais plus en finir.

Lorsque la période de Noël a pointé le bout de son nez, j'ai demandé une trêve. Je lui ai suggéré d'aller à Los Angeles et à Pasadena, la mystérieuse. Adeline ne s'y résolvait pas, jusqu'à ce que je la supplie d'y aller pour ma propre santé mentale, en lui expliquant que c'était moi, et non elle, qui avait surtout besoin de voir la côte Ouest. Que c'était moi, en non elle, qui ne pourrait supporter l'hiver new-yorkais. « Pourquoi n'allons-nous pas chez ta mère ? »

Cela impliquait d'abandonner mon boulot, mais j'en trouverais bien un autre. La classe dirigeante de cette ville appréciait qu'un blanc-bec s'adonne à la servilité. C'était là une des terribles vérités de la vie : mon petit cul blanc passerait toujours avant un gamin noir ou new-yorkoricain.

Le 1er février, nous avons embarqué dans un avion à Kennedy Airport et avons traversé l'Amérique, Capitaine à mes pieds, son cerveau félin assommé par un cinquième de Valium, tandis que j'en avalais les quatre autres, transporté par le médicament dans un état de léthargie frustrant.

Je me suis réveillé à trente mille pieds au-dessus de la surface terrestre, observant à travers le hublot le tapis épais de nuages, au-dessous desquels s'étalait le cœur de l'Amérique. Je n'avais aucune idée d'où nous pouvions bien être, mais j'étais absolument certain que nous devions survoler la maison où j'étais né.

Nous avons atterri. La mère d'Adeline nous attendait, à côté de sa Mercedes décapotable garée devant la sortie.

– Adeline, a-t-elle crié. Adeline, par ici !

Elle aurait pu rester silencieuse. Son allure suffisait à l'identifier. Personne n'aurait pu ignorer son énorme chapeau bleu criard orné de fleurs orange.

– Baby ! a crié la mère d'Adeline, me sautant dans les bras.

Sa trop longue étreinte m'a mis mal à l'aise. Je l'ai laissée faire autant qu'elle le voulait.

– Oh mon Dieu, qu'il est chou ce petit chat !

Mon cerveau en tambouille n'arrivait pas à comprendre Los Angeles. Panneaux publicitaires, autoroutes à dix voies, tunnels, files continues de voitures, des heures sur le bitume, l'odeur pestilentielle qui flottait, la pollution, épaisse, qui gênait la visibilité, les palmiers anémiques courbés au-dessus des routes. Cela durait sans fin, le film se déroulant devant mes yeux comme une mauvaise vidéo d'artiste. La mère d'Adeline slalomait dans le trafic, abusant du klaxon, marmonnant d'exaspération à propos des autres conducteurs.

– Je suis tellement contente que vous soyez là. Baby, appelle-moi par mon prénom, Suzanne, tu veux bien ?

– Avec plaisir, ai-je dit.

– Parle-moi de New York, a dit Suzanne. Ton école, tous les garçons que tu as rencontrés, ton appartement, tout ce que tu as vu. Et donne bien tous les détails !

– Je sais pas trop ce que tu veux savoir, a répondu Adeline. Mais, en gros, je peux te parler de l'école et de, genre, tout ça. C'est naze. Et la ville ? Naze aussi. Et les mecs ? C'est encore pire.

Je gloussais sur la banquette arrière, comme chaque fois qu'Adeline parlait sans son faux accent aristo.

– Tu peux faire la tête autant que tu veux, a dit Suzanne, moi je vais parler avec Baby. Alors, Baby, tu aimes New York ?

– C'est la plus belle ville au monde.

– Pasadena ne joue pas dans la même catégorie, a-t-elle concédé. Mais peut-être y trouveras-tu quelque chose ou quelqu'un que tu aimeras autant.

Leur maison était située dans une allée donnant sur South Orange Grove Boulevard. Un haut mur végétal cachait la construction depuis la rue. Si les jardins des autres maisons donnaient dans l'ostentatoire, les constructions étaient plutôt classiques. Le genre de maisons que l'on trouve dans toutes les villes américaines dotées d'un quartier un tant soit peu bourgeois.

La maison d'Adeline était la plus clinquante, une sorte de monstruosité grise nouveau riche, un gigantesque rectangle barré de fenêtres de faux style italien baroque et d'autres ornements hasardeux. Dans le Midwest, on pouvait voir des maisons comme celle de Suzanne, mais uniquement si on commettait l'erreur de plonger notre nez dans un livre de Booth Tarkington. Et il n'existait assurément rien de la sorte à New York.

Notre première mission a été de libérer Capitaine. Suzanne, ou un de ses employés de maison, avait acheté de la litière et des croquettes. Nous avons ouvert la cage de Capitaine. Le chat géant s'est étiré au-dehors et a humé l'air. Je l'ai pris dans mes bras, les quatre fers en l'air, pour lui montrer que nous avions disposé de la litière dans un coin et que sa nourriture était à la cuisine. Il n'a pas eu l'air d'apprécier, et il a détalé.

– On avait un chien, a précisé Suzanne. Il s'appelait Brownie, un berger allemand croisé. Tu te souviens combien tu l'aimais, Adeline ? Tu l'appelais No-No. Mais je n'ai vraiment plus le temps de m'occuper d'un animal. Ce ne serait pas bon pour lui.

Ma chambre à l'étage, à deux pièces de celle d'Adeline, exsudait une effrayante odeur d'antiseptique, avec son bois trop bien poli, sans la moindre trace de poussière, le lit trop bien préparé, trop parfait. J'ai testé le matelas, très moelleux par rapport à ceux du 31, Union Square West et de la 7e Rue Ouest, et lorsque je me suis allongé pour m'y reposer, je n'ai pas réussi à m'endormir dans le silence caractéristique de Pasadena.

Chaque pièce du rez-de-chaussée donnait au moins sur deux autres. J'ai suivi l'écho des voix jusqu'à tomber sur Adeline et Suzanne assises devant une cheminée dans le salon, entourées de canapés.

– On était en train de discuter ! a dit Suzanne. Mais j'ai un rendez-vous à l'autre bout de la ville. Et tu sais à quel point cela peut mal rouler à cette heure-ci. Il y a de quoi manger au réfrigérateur.

Elle m'a saisi par l'épaule, ses ongles enfoncés dans ma peau, puis a remonté l'escalier.

Il y avait beaucoup d'étagères, mais peu de livres. Surtout des objets en céramique, des plantes et des disques. Énormément de disques. Une étagère abritait une flopée de portraits de famille. Les photographies m'ennuyaient toujours, et je n'aimais guère penser à la famille, mais je n'avais jamais vu le père d'Adeline et j'ai donc examiné la collection de plus près.

Et tout à coup, je suis tombé dessus.

– Adeline, ai-je crié. Putain, c'est quoi ce truc ?

Elle s'est approchée de moi, presque comme un robot, regardant ce que je tenais entre les mains : un cadre argenté abritant un portrait d'Adeline, de Suzanne, d'un homme que je tenais pour le père d'Adeline, de la sœur d'Adeline, de Dahlia, et d'un jeune blondinet anonyme. Sur la photo, Adeline devait avoir dix ans tout au plus.

Ce qui m'avait coupé le souffle, et fait frissonner de bas en haut, c'était qu'au-delà du look différent de l'époque le jeune blondinet aurait pu être mon frère jumeau.

– À ton avis ? a-t-elle dit. C'est une photo de famille.

– Mais c'est qui ce mec, putain ? ai-je demandé.

– Emil, mon frère.

– Tu n'as pas de frère.

– Avant, si.

Une histoire tragique s'est ensuivie. Emil, son frère, né homosexuel et théâtral, avec un penchant pour les vieux films et les comédies de vaudeville, hors de propos dans le Los Angeles des années 1970, hantant le Silent Movie Theater. Et un petit scandale. Emil arrêté en train de se prostituer auprès des michetons de Selma Avenue, lors d'un contrôle de routine. Son nom dans le *Pasadena Star-News*, avec la reproduction de sa photo prise en garde à vue sur laquelle, pour Dieu sait quelle raison, il portait un smoking blanc. Miné par la honte, tourmenté par la culpabilité, révélé dans sa vérité nue, il s'était jeté du Colorado Street Bridge, mourant en contrebas dans l'Arroyo Seco.

– Alors, que voulais-tu que je fasse, a demandé Adeline, lorsque je suis tombée sur toi, avec ta gueule d'agneau prêt à être dévoré par les loups ?

FÉVRIER 1988

Suzanne change la vie de Baby

Suzanne s'est assise à la table de la cuisine. Adeline se baladait dans la propriété. La cuisine était telle une caverne, un îlot gigantesque planté au beau milieu, avec des ustensiles pendant du plafond.

– Baby ! s'est écriée Suzanne. Exactement la personne que je voulais voir !

– Je suis très fatigué, ai-je dit.

– C'est le décalage horaire. Ça va passer. Ça arrive à tout le monde. Tu veux un petit déjeuner ? Il y a des céréales, et je peux aussi te préparer des œufs.

– Partons sur les céréales.

Elle a placé le bol devant moi. Des flocons d'avoine flottaient dans le lait entier, cela changeait des mixtures abominables de mon enfance, à base de sucre et de chocolat. Suzanne s'est installée à mes côtés, son regard braqué sur moi me mettant mal à l'aise, comme si elle attendait que je me bâfre et que le lait dégouline de mon menton.

– Baby, a-t-elle dit, tu penses parfois à la fac ?

J'ai lâché ma cuillère dans le lait.

Si je pensais parfois à la fac ? Si je pensais parfois à la fac ?

Vivre avec Adeline, c'était comme être assis dans les tribunes d'une grande compétition sportive, et observer son équipe tout écraser sur son passage. Tandis qu'elle devenait une adulte, une intellectuelle, quelqu'un doté d'un avenir, je me contentais des prix de consolation de l'autodidacte, d'une éducation rapiécée à coups de vidéos d'art européen trash, de fringues de récup et de livres de poche de science-fiction.

– Tu savais que le père d'Adeline avait fait dentaire à NYU ?

– Adeline adore garder ses petits secrets, ai-je dit.

– On a une grande histoire d'amour avec cette université, dans la famille. Tu as passé le test SAT ?

– Pas le SAT, mais le ACT.

– Tu as donc bien passé les tests d'admission ?

– Oui, ai-je dit.

– Et tu as réussi ?

– Oui.

– Et au lycée, tu avais quelles notes ?

– Très bonnes.

C'était la vérité, mais mes prouesses académiques avaient-elles vraiment été acquises au mérite ? Lorsqu'on était un bon athlète, on avait tendance à être plus apprécié. Plus vite je courais, meilleures étaient mes notes. J'avais fini tout en haut du classement.

– J'ai appelé NYU ce matin, a repris Suzanne. La date limite de dépôt des dossiers est passée depuis longtemps, mais j'ai demandé s'il n'y avait pas moyen de te repêcher au vu de ton excellence et de la somme d'argent dont notre famille a fait don à la faculté. Ils doivent faxer un dossier de candidature à mon bureau. Il faut que tu donnes tes relevés de notes du lycée, ainsi que deux lettres de recommandation. Le père d'Adeline était très ami avec l'un des pontes de l'université et va donc t'en écrire une. Il faut que tu en demandes une autre à un de tes anciens profs, et on verra si on peut te faire admettre là-bas.

– On peut vraiment faire ça ? ai-je demandé.
– Faire quoi ?
– Passer outre à la date limite ?
– Le seul intérêt d'être riche, a dit Suzanne, c'est de ne pas se soucier des petits détails qui nous ruinent la vie. Autrement, quel serait l'intérêt de gagner de l'argent ?

MARS 1988

Stacie

Une nuit, j'étais allongé au lit, au-dessus des couvertures, à finir *Là-bas*, un roman français de l'auteur décadent Joris-Karl Huysmans, que j'avais découvert via « Le Molosse » de HP Lovecraft. Avant de quitter New York, j'étais allé dans plusieurs librairies pour voir s'ils vendaient du Huysmans.

Un libraire bien informé de Strand s'était souvenu que Dover Books en avait publié plusieurs. J'étais descendu jusqu'au 180 Varick Street, adresse du Dover Bookstore, et, bien sûr, au huitième étage, au beau milieu des étagères en métal gris, se trouvaient nombre d'exemplaires d'*À rebours* et de *Là-bas*.

Ce dernier livre raconte l'histoire d'un esthète parisien au XIXe siècle. L'ennui le pousse à étudier le Moyen Âge, et surtout le personnage de Gilles de Rais, un noble seigneur, compatriote de Jeanne d'Arc, qui avait aidé à bouter les Anglais hors de France. Une fois la guerre finie, la soif de sang de Gilles n'avait pas disparu, et il s'était adonné à une période de débauche outrageuse. Alchimie, rites sexuels indicibles, démonologie. Tout cela pour finir par tuer des centaines d'enfants et jeter leurs ossements dans ses fosses.

Le protagoniste de Huysmans suit ainsi son sujet jusqu'à son basculement, s'immergeant dans un monde de satanisme à la française, avec une scène finale d'orgie lors d'une messe noire organisée à quelques pas de Notre-Dame.

Un grand rire aigu a retenti depuis la chambre d'Adeline. J'ai suivi l'onde sonore. Une fille blonde et Adeline étaient assises par terre, comme des ados d'une série télé, à ricaner entre elles. Capitaine était étalé sur les genoux de la blonde, le ventre offert aux caresses.

– Tu te souviens de Rebecca, la grosse de terminale ? Eh bien, elle a perdu tous ses kilos en trop ! On dirait genre un mannequin maintenant. On m'a dit qu'elle sortait avec Rob Lowe.

– Chérie, il y a toujours une greluche qui sort avec Rob Lowe. C'est une constante de ce monde.

J'ai toussé légèrement pour m'annoncer et suis entré dans la pièce.

– Stacie, a dit Adeline, je te présente Baby.

– Baby ? a demandé Stacie. Quel drôle de nom !

C'était toujours étonnant de voir les monceaux de conneries sur lesquels on pouvait tomber lorsqu'on était chez quelqu'un. Suzanne avait gardé toutes ses photos, tous ses vieux Polaroid, tous ses portraits couverts de taches de café, tous ses dessins griffonnés. Cette manie ne s'arrêtait pas aux albums de photos et aux cadres. On tombait tout le temps nez à nez avec des images aux quatre coins de la maison.

– C'est son nom, a dit Adeline. Quel drôle de nom « Stacie », non ?

– Je peux me défendre tout seul, l'ai-je coupée.

– Je ne m'en fais pas pour toi, a rétorqué Adeline. Mais pour elle. Et si tu te mettais à la frapper ?

– Mais pourquoi est-ce qu'il voudrait me frapper ? a demandé Stacie.

Les clichés les plus intéressants dataient de l'adolescence d'Adeline. Des photos de collégienne puis de lycéenne, habillée dans un style punk vraiment tardif, virant vers le protogoth. Habillée uniquement en noir, avec des bottes noires, du rouge à lèvres noir, de l'eye-liner noir, du mascara noir, les cheveux teints en noir et étrangement coiffés, comme autant de mèches rebiquant au hasard, sans raison ni cohérence.

Certaines de ces photos avaient été prises à Crossroads, ou comme j'aimais dire, le Lycée des Tarés, au beau milieu d'une bande de *freaks*.

Une fois à Pasadena, j'avais demandé à Adeline pourquoi nous n'avions pas passé de temps avec ses mutants d'amis. Ils étaient tous partis, avait-elle répondu. Tout le monde était à la fac. Ou mort.

Stacie n'était pas de ce groupe-là, et Adeline la connaissait depuis l'école primaire. Avant tout le reste, avant la mort de son père, avant le maquillage noir.

Une Californienne d'un genre vraiment à part. Trop parfaite et trop lisse, comme si elle passait des heures dans la salle de bains chaque matin, debout devant son miroir comme un petit bureaucrate fasciste, à effacer toute trace d'un quelconque défaut. Son visage était presque irréel, comme si elle n'existait pas, comme si elle était un hologramme projeté depuis une autre dimension dans notre univers familier.

– Baby a une certaine appétence pour la violence, sous ses formes les plus extrêmes, a déclaré Adeline. On ne dirait pas, comme ça.

Après avoir tabassé un retraité à Variety, je m'étais résolu à ne plus user de ma force, un vœu pieux qui avait tenu neuf mois, jusqu'à ce que je roue de coups ce connard de Staten Island qui avait dit à Adeline qu'il pouvait sentir sa chatte à distance.

Être soupe au lait était vraiment embarrassant, car cela illustrait ma conviction que la meilleure solution à tout problème était de trouver le type le plus imposant aux alentours et de le tabasser jusqu'à ce qu'il supplie d'arrêter.

– Qu'est-ce que vous avez envie de faire ce soir ? a demandé Stacie. On va danser ou un truc du genre ?

– Oh oui ! ai-je crié.

– Et on va où ?

– Au Marilyn's ? a proposé Adeline.

– Marilyn's, c'est tellement ringue quoi. On est adultes, maintenant. C'est un truc de gamins.

– Je n'y suis pas allée depuis des lustres.

– Tout le monde peut y entrer. Tu piges ce que ça veut dire ?

– Allez, allons-y, a insisté Adeline. On n'a même pas besoin de prendre la voiture. On peut y aller à pied.

– On est trop vieilles pour Marilyn's, a insisté Stacie. Tu ne peux pas revivre le passé.

– Je ne peux pas revivre le passé ? a demandé Adeline. Bien sûr que si.

Je me suis changé tandis qu'Adeline et Stacie s'allumaient un joint. L'odeur entêtante est montée jusque dans ma chambre. J'ai couru jusqu'à celle d'Adeline.

– Adeline ! Et si ta mère reconnaît l'odeur ?

– Qui craint le grand méchant joint, c'est pas nous, c'est pas nous. Ne flippe pas, Baby.

Elle avait raison. Pourquoi Suzanne s'en soucierait ? Suzanne ne se souciait de rien. Elle devait sûrement danser à poil sur les plages de Malibu tandis que les enceintes des breaks garés autour passaient « Mockingbird » à fond, fumant de la dope et se faisant démonter par des surfeurs. En mon for intérieur, je n'étais rien d'autre qu'un bouseux, un bouffeur de maïs. Je ne serais jamais sophistiqué. Je n'y arriverais jamais. J'ai tiré quelques lattes sur le joint, laissant la fumée envahir mon cerveau.

Les quinze premières minutes de notre balade nous ont amenés à traverser un petit paradis de bourgeoisie, avec des pelouses verdoyantes et des maisons magnifiques. Tout à coup, arrivés à une intersection quelconque, Adeline a tourné les talons.

– Tu vas où ? a demandé Stacie.

– Tu sais bien, a répondu Adeline.

– Oh.

Nous avons suivi Adeline dans une longue rue, avant de nous arrêter devant un petit immeuble modeste à deux étages. Les lumières étaient allumées. On pouvait apercevoir le salon : deux enfants y jouaient, occupés à se pourchasser.

– Qu'est-ce qu'on fout ici ? ai-je demandé.

– C'est là où j'ai grandi, a dit Adeline. Mère a acheté la maison actuelle il y a quatre ans environ. Papa n'aurait jamais accepté de vivre dans un endroit aussi vulgaire.

– Ce n'est pas si horrible, a commenté Stacie.

– C'est vulgaire, a répété Adeline.

Nous sommes revenus sur nos pas, de retour à l'intersection, puis sommes entrés dans un quartier d'affaires. Les rues s'élargissaient, le trafic était plus dense, les arbres plus rares, les immeubles plus laids.

À regarder Stacie et à l'écouter parler, je n'aurais pas imaginé que la moindre pensée puisse lui passer par le crâne, à moins qu'on n'en force l'entrée par un coup de fusil. Et pourtant, alors qu'elle traversait Colorado Boulevard, à l'ombre d'un clocher en béton, elle nous a expliqué qu'elle avait décidé de poursuivre des études de lettres classiques, avec grec ancien pour spécialité.

– Pourquoi lettres classiques ? ai-je demandé.

– Ben, parce que, genre, je pensais avoir envie de faire de la politique internationale, mais à l'USC, l'université de Californie du Sud, il faut suivre des cours spéciaux, tu vois le truc ? Et un de ces cours, c'était l'histoire de la philo, et donc, ben, on s'est mis à lire du Platon, truc de dingue, et on en est arrivé au *Banquet*. Et là, taré, mais c'était le truc le plus drôle et le plus intéressant que j'aie jamais lu, tu vois ? Alors j'ai lu d'autres trucs sur les Grecs, genre, masse quoi.

– Et les Romains ? a demandé Adeline.

– Les Romains, pas trop, a dit Stacie. Je les aime pas vraiment, vraiment.

Un store violet encadrait l'entrée, affichant en grosses lettres blanches : MARILYN'S BACK STREET. On y accédait depuis l'arrière d'un petit centre commercial. Nous avons fait le tour du bloc, traversant un parking peuplé d'une foule d'ados. Ils criaient et rigolaient. Ils étaient différents des ados new-yorkais, qui jouaient les durs d'un simple regard. Ici, les gamins étaient détendus. Des visages doux, des corps doux, des yeux doux. J'aurais pu les racketter facilement.

Le club était plongé dans la pénombre, avec son décor d'un autre temps qui rappelait la fin des années 1970. Et bondé, bourré, blindé, rempli jusqu'à la gueule par tous les adolescents vivant à moins de trente kilomètres de là. L'insécurité hormonale flottait dans l'air. On entendait presque les boutons d'acné éclater.

Après la fête de mariage de Spider-Man, j'étais retourné au Tunnel. À trois reprises. Sans Adeline. Michael Alig organisait des soirées au sous-sol. La meilleure, c'était celle du Larry Tee's Celebrity Club. J'avais adoré l'ambiance, entre cirque itinérant et foire aux atrocités. Je ne voulais pas l'admettre, mais même si j'adorais l'ambiance des fêtes de Michael, je préférais quand même le Tunnel habituel. Le sous-sol, c'était une performance artistique à part entière. À l'étage, de la danse, juste ça. Je pouvais y perdre tous mes repères, plongé dans le rythme de la musique et son caractère physique.

Adeline s'est adossée à un mur, le regard rivé sur la piste de danse, dévisageant ces pauvres gamins qui devaient pour la plupart être de six ans ses cadets. Elle s'est allumé une clope.

– Pourquoi on est venus ici ? a-t-elle demandé.

– C'est toi qui as insisté ! a lancé Stacie.

Le DJ a passé « Faith », de George Michael.

– J'adore cette chanson, ai-je hurlé. Allez, viens, on danse !

Adeline ne voulait pas. Stacie, si. Et nous voilà partis, tous les deux, du haut de nos vingt ans, à nous trémousser comme des idiots au beau milieu d'une horde de lycéens. Ce qui se passe dans un club n'est jamais très important, mais au Marilyn's Back Street, on profitait d'une insouciance encore plus grande puisque nous ne verrions plus jamais tous ces gens autour de nous. Et même si cela arrivait, quelle importance ? C'était des petits cons de lycéens ! De Pasadena ! J'ai dansé encore plus fort, plus vite, grisé par l'anonymat.

Une chanson a commencé, que j'avais déjà entendue, « No New Tale to Tell », de Love and Rockets, avec ses paroles très sexy : « *You cannot go against nature / because when you do / go against nature / it's part of nature too.* » (« Tu ne peux pas aller contre ta nature / parce que lorsque tu / vas contre ta nature / cela fait aussi partie de la nature. ») Solo de flûte. Les ados agitaient leurs bras en l'air et sautaient comme des dératés. Moi aussi. Stacie également.

Je lui ai crié :

– Je suis claqué !

– Moi aussi !

En nage, les habits collant à la peau. Stacie m'a pris par la main et m'a tiré hors de la piste. On ne trouvait plus Adeline. Nous sommes sortis sur le parking. Adeline était appuyée contre une El Camino grise, occupée à fumer.

– Qu'est-ce que tu fous là, genre ? a demandé Stacie.

– Je n'en pouvais plus, quoi, a-t-elle dit. J'ai préféré discuter avec les gamins.

– Et qu'est-ce qu'ils t'ont dit ? ai-je demandé.

– Absolument rien, a répondu Adeline. Les gamins ne disent jamais rien. C'est toujours comme ça.

Nous sommes rentrés à la maison à pied.

– Tu sais, a repris Stacie, cette chanson a raison, tu sais. Il n'y a vraiment plus rien de nouveau à raconter. Genre, tu te souviens, le truc dont je te parlais juste avant, *Le Banquet* ?

C'est, genre, une énorme orgie gay, avec tous ces intellos athéniens qui se bourrent la gueule avec Socrate, à discuter de l'amour, et bien sûr, genre, certains sont vraiment physiques, et d'autres bien plus, genre, éthérés, quoi, et à la fin, il y a ce beau gosse d'Athènes, Alcibiade, qui se pointe à la fête, et, genre, il est énervé quoi, parce qu'il sait pas comment, genre, enculer Socrate. Donc sa définition, ben, c'est l'opposé d'une définition, c'est juste, genre, une liste de toutes les choses que Socrate affirme connaître, mais dont il saura, en vrai, jamais rien. Genre, il baisera jamais avec Alcibiade.

– Gééééénial, a dit Adeline.

Elle est montée à l'étage pour se coucher.

– C'est pas facile pour elle, depuis quelques mois, ai-je commenté.

– Adeline est toujours comme ça, a répliqué Stacie. Elle est dépressive.

Ensemble dans la cuisine, on s'est fait des sandwichs au cheddar et au jambon. On s'est assis sous la lumière pâle, nos tabourets baignant dans cet îlot de lumière, à discuter de tout et de rien. Capitaine s'est invité, nous lançant un regard de travers avant de visiter le garde-manger. Je l'ai entendu gratter dans sa litière.

– Et pourquoi *Le Banquet*, ai-je demandé, t'a donné envie de faire lettres classiques ?

– C'est la définition de l'amour par Socrate, tu vois, genre, l'amour platonique ? Si tu lis ça entre les lignes, ce qu'il dit, tu vois c'est que l'amour, c'est, genre, juste de l'amitié, et que l'amitié, tu vois, ça nourrit l'amour de la bonté. Et, genre, j'ai kiffé ça, tu vois ? Genre, j'ai kiffé l'idée que quelque part, dans une autre culture, on valorisait l'amitié. Qu'il y avait un bouquin qui te disait que c'était cool d'avoir des amis.

MARS 1988

Baby rêve

Dans les premiers rêves, je pensais que je m'adressais à mon image dans un miroir. Et au fur et à mesure, j'ai compris que je rêvais en fait d'Emil, comme si son fantôme hantait mes nuits.

Un rêve en particulier revenait tout le temps. Emil dans le salon, sur le canapé, regardant la télévision. J'arrivais derrière lui, attiré par le bruit de cet écran débile.

Emil se retournait.

– Ah, c'est toi, disait-il.

– Oui, c'est moi, répondais-je.

– Ou est-ce que c'est moi ?

– Ou est-ce que tu es moi ?

Je m'asseyais à côté d'Emil. On regardait la télévision ensemble. Emil m'expliquait que l'émission parlait de l'enfer et du paradis, et que c'était filmé sur place.

– Tout le monde s'intéresse à l'au-delà, à notre époque, disait-il. C'est une bonne idée de faire un documentaire sur le sujet.

– Ouais.

– Tu veux voir où je suis ? Ils ont tourné juste devant mon appartement.

– Je ne crois pas au paradis.
– Qui a dit que c'était au paradis ?
– Je ne crois pas plus à l'enfer.
– Et si l'enfer croit en toi ?
Je me réveillais tout à coup, en nage. Chaque nuit.

AVRIL 1988

Baby, Adeline et Stacie vont au Scream

Stacie a appelé pour nous suggérer d'aller au Scream, un club du côté de Los Angeles. J'ai demandé à Adeline d'accepter. Cela faisait près de deux mois que nous étions à Pasadena, et je n'avais toujours pas vu Hollywood. Pas même le panneau !

– Tu ne vas pas aimer, a dit Adeline. Hollywood est encore plus cradingue que New York. C'est à l'est d'Éden et à l'ouest de la déchetterie.

– Je veux voir le Walk of Fame, ai-je insisté.

– Grands dieux. Tu plaisantes, j'espère.

– Adeline ! Je veux voir La La Land !

Stacie est arrivée. On s'est défoncés. Elles ont décidé que c'était à moi de nous conduire en ville, même si mon permis n'était, au mieux, qu'à moitié valide. Adeline voulait prendre la 134 jusqu'à la 2, mais Stacie a insisté pour prendre la 110, une route terrifiante, avec ses voies étroites et tout le monde qui dépassait la vitesse autorisée de soixante kilomètres à l'heure. La pénombre de la nouvelle lune n'arrangeait rien, et j'ai failli avoir un accident à trois ou quatre reprises. Prenant des tournants au cordeau, m'engageant dans des tunnels sombres.

Et, enfin, après le dernier virage, on est arrivés.

Une forêt grandissante de gratte-ciel anémiques et une humanité en kit qui s'étalait à l'infini. J'avais vu New York, j'avais vécu à New York, j'avais aimé New York. Rien n'est comparable à l'horizon des gratte-ciel de Manhattan. Rien n'est aussi impressionnant que New York.

Mais Los Angeles ! Ces lumières !

– Putain, a lâché Adeline, mes règles sont censées tomber demain, mais là elles arrivent à fond.

– Tu as pris des serviettes ? a demandé Stacie.

Nous sommes sortis à Wilshire, roulant au travers de zones vides peuplées seulement d'immeubles de bureaux, de centres commerciaux et de sans-abri. Stacie m'a demandé de me garer.

– Où est le panneau Hollywood ? ai-je lancé, alors que nous commencions à marcher.

– Du calme, a dit Adeline. On ira le voir, genre, en partant du club. Ce truc est là depuis des dizaines d'années, il ne va pas disparaître aujourd'hui quoi.

Vers le club, la foule semblait se densifier à chaque mètre, étrange file de petites fourmis s'agglutinant jusqu'à un énorme bâtiment en béton, monolithe imposant décoré d'angelots Art déco tenant épées et torches dans leurs mains recroquevillées. L'entrée consistait en une porte métallique de deux étages de haut, surmontée par une horloge délicatement dessinée. Une large inscription s'étalait sur l'immeuble, juste au-dessus de la porte : TOUT CE QUE VOUS VOULEZ QUE LES HOMMES FASSENT POUR VOUS, FAITES-LE DE MÊME POUR EUX.

– Et vous les reconnaîtrez à leurs fruits.

Nous sommes entrés, pour arriver dans un joli hall doté, à l'arrière, d'un grand escalier recouvert d'un tapis rouge. Deux volées de marches déversaient de la musique assourdissante de chaque côté. Des gens en peuplaient chaque marche, debout, discutant, fumant, buvant. Des rockeurs, des mods, des rockab', des punks, des gothiques, des *freaks*, des dingos, des losers.

– On se retrouve tout à l'heure, ai-je dit.

Une boucle rythmique, comme autant de vagues s'écrasant sur le rivage, faisant trembler la terre ferme. J'ai suivi son onde jusqu'à une pièce sombre. Un type famélique avec des oreilles géantes était derrière le micro, occupé à jouer de la guitare et à chanter, avec une jolie fille derrière les claviers et deux autres mecs à la basse et à la batterie. La voix émanant du type étrange était grave, rauque, irritante.

Difficile de voir ce qui pouvait bien s'y passer. Le public semblait danser étrangement au rythme de ce bourdonnement. Certains semblent pouvoir danser sur tout. La chanson s'est achevée. Les gens ont applaudi.

– Une chanson de mariage ! Une chanson de mariage !

– La chanson de mariage ? a demandé le chanteur, avec un accent prononcé.

– Oui ! a crié un type dans le public.

– La chanson de mariage.

– Qu'est-ce que c'est ? a demandé le bassiste, avec le même accent.

– Une chanson de mariage. N'importe laquelle. « White Wedding », peut-être ? Ça vous branche ? Rock and roll.

– Un mariage rock and roll, a dit le bassiste.

– D'accord, héhé, bon d'accord, a dit le chanteur.

– Je peux avoir plus de basse dans le retour ? Jouable ?

– C'est notre tube.

Guitare lente et sombre. Batterie accélérée. Basse. Clavier loin derrière. De plus en plus de gens qui dansent. Un type sexy, à côté de moi, crépusculaire, chemise blanche étroite, vieux jean déchiré, cheveux longs, bonnet sur la tête. Il évoluait avec aisance, seul dans son monde. Et j'ai vite flashé sur lui. Nous, nus, en train de baiser, ma queue dans ses mains, sa queue dans ma bouche, en train de jouir chacun à notre manière, l'extrémité de nos queues l'une contre l'autre, de la sueur coulant de sa poitrine vers ma bouche, des grognements.

– OK, bon, a dit le chanteur, on va vous faire « Marry Me ». La chanson de mariage. Enfin, la chanson de mariage classique quoi. À la demande du public.

Plus rapide encore. Le type sexy dansait en agitant ses bras d'une manière qui aurait dû paraître idiote. Mais il évoluait avec grâce. Perfection.

– « Some Velvet Morning », a dit le chanteur.

Je me suis rapproché. Le type sexy ne me voyait pas, occupé à danser, de plus en plus rapidement à chaque couplet. Et lentement durant le refrain : *Learn from us, very much, look at us, but do not touch, Phaedra is my name*. (« Apprends de nous, beaucoup, regarde-nous, mais sans toucher, on m'appelle Phèdre. »)

La chanson s'est achevée. J'ai saisi ma chance.

– Comment s'appelle le groupe ? ai-je demandé.

– These Immortal Souls, a-t-il répondu. Le chanteur était dans The Birthday Party, avant.

– The Birthday Party ? ai-je voulu continuer, mais une nouvelle chanson a démarré, et il s'est remis à danser.

Un mouvement de foule nous a séparés. Je me suis traîné jusqu'au hall d'entrée. Encore plus de gens squattaient les escaliers, éteignant leur cigarette sur le tapis, faisaient grincer leurs talons contre le tissu. Un couple goth, en bas des marches, se galochait, leurs langues serpentant depuis leurs bouches grandes ouvertes, elle en train de sucer la sienne, lui en train de lécher. Je les ai observés, gêné pour eux, avant de me diriger vers une autre salle plongée dans la pénombre, d'où sortait une musique d'un autre style.

Vidéos projetées sur les murs. Violence, vice, haine, mort. Le tout très cartoonesque, détaché de la souffrance réelle. Beaucoup de crânes. Le DJ passait « Just Like Heaven », et le public chantait en chœur, une véritable messe inversée. Au fond, au diable les conventions. J'ai dansé de concert, durant onze chansons de suite, dont je n'ai reconnu aucune. L'une d'entre elles était interprétée par un chanteur survolté. *How about a nice cold hug before mommy comes home?* (« Ça te dirait un petit câlin froid avant que maman ne rentre à la maison ? »)

J'ai arrêté de me déhancher, pour m'abriter dans un coin de la salle. Retrouver mon souffle. Adeline, seule, fumait une cigarette.

– Baby, a lâché Adeline.

– Je suis claqué, ai-je dit. Où est Stacie ?

– En train de danser.

– Et toi ?

– Oh, Baby, a-t-elle dit de sa voix réservée à New York, tu aurais meilleure veine de me voir monter au septième ciel avec un bande de matous dans mon sillage que de me surprendre à danser sur du Bauhaus. Surtout au milieu de cette plèbe peuplée de hooligans.

– Je dois aller aux toilettes, ai-je dit. Tu veux partir bientôt ?

– Je m'en fiche. Ça m'est égal.

De retour dans le hall, à la recherche des toilettes, le couple goth était encore tout à son affaire. Je me suis arrêté à nouveau, fasciné par cette scène abstraite, comme au Variety Photoplays. Comment la sexualité humaine pouvait-elle se manifester aussi publiquement ? Je n'arrivais pas à comprendre.

Une main m'a caressé le dos. Je me suis retourné, m'attendant à trouver une des deux filles, mais c'était le type sexy de tout à l'heure. Il était encore plus beau à la lumière.

– Hé, a-t-il lancé, tu étais parti où ? On était en train de parler.

– Désolé, ai-je dit.

– Pourquoi tu es parti ?

– Je ne sais pas trop.

Il m'a lancé un grand sourire, avec de belles dents.

– Je m'appelle Jaime.

Le DJ a lancé « Ballroom Blitz », et les lumières se sont rallumées, dévoilant les ordures accumulées durant toute la soirée, des débris de rockeurs abandonnés dans une salle de bal datant de l'ère du jazz. Stacie ne voulait pas aller dormir, et j'avais promis à Jaime de le raccompagner, et en plus je n'avais toujours pas vu Hollywood. Discussion alcoolisée, sans queue ni tête, défoncé.

J'ai accepté de nous conduire à Santa Monica, jusqu'à la plage. Nous avons pris la 10 tout du long, le trafic s'étant volatilisé à cette heure-là. J'ai accéléré jusqu'à faire du cent soixante à l'heure, dopé par l'odeur de Jaime qui emplissait l'habitacle, trop excité pour me soucier de la police, de mon permis de conduire pourri ou de mon cerveau retourné.

– Vous connaissez cette chanson ? a demandé Jaime en chantant de sa belle voix grave et puissante les paroles. *I would go out tonight, but I haven't got a stitch to wear*. (« Je sortirais bien ce soir, mais je n'ai rien à me mettre. »)

Personne n'a répondu. Jaime ne s'en est pas rendu compte.

– Donc, bon, a dit Stacie, la théorie des Formes, c'est l'idée que, genre, tu vois, tout là-haut, il y a un endroit qui s'appelle le plan des formes et que, genre, tout ce qu'on voit dans notre monde de mortels est une copie minorée de formes idéalisées de trucs qui sont, tu vois, sur le plan des formes. Donc si tu regardes une table, tu vois, c'est la version minorée de la forme d'une table, ce qui, donc, explique pourquoi y a des tables bien, et d'autres merdiques. Parce que y a des tables, tu vois, qui sont de meilleures copies de la forme de la table. Donc, en fait, je pense, hein, que quelque part, y a un Baby ou un Jaime ou une Stacie, une version plus parfaite de nous-mêmes qui est juste, genre, dans le monde des formes. Donc toi t'es juste une mauvaise copie, comme un faux sac Gucci, de ton identité parfaite.

Adeline nous a fait passer par un petit parc longeant la plage. Jaime courait devant nous, à même le sable, tout en ôtant sa chemise. Il faisait trop sombre pour apercevoir son corps, mais je pouvais le sentir, envoyant par pulsations des signaux radio au récepteur qu'était ma queue.

– Tu penses qu'il est gay ? ai-je demandé à Adeline.

– Mon petit doigt m'a dit un jour que tout le monde était bi. Mais il n'y a qu'une seule façon de le savoir.

Jaime dans l'eau, pantalon remonté, torse nu. L'ombre de la jetée derrière lui. J'ai enlevé mes chaussures à toute allure et remonté mon pantalon, les vagues aux chevilles.

– C'est la première fois, ai-je dit, que je mets les pieds dans le Pacifique.

– Avec ma famille, on venait tout le temps ici, a-t-il répondu. Ma sœur et moi, on adore la grande roue. Ça doit bien faire, genre, cinq ans que je n'y étais pas allé.

À quoi bon ? À quoi bon, putain ? On allait tous mourir un jour. Il n'y aurait aucune trace de moi ou de Jaime ou d'Adeline ou de Stacie ou de quiconque de notre entourage, on ne serait rien d'autre que de la bouffe pour vers de terre, un monticule de cendres. La race humaine aura disparu, atomisée dans l'univers, et la planète également. Qu'est-ce que signifierait ma honte à ce moment-là ? À quoi cela rimait de ne pas faire ce dont on avait envie quand on en avait envie ?

– Tu me vois ? ai-je demandé.

– Pas bien, a répondu Jaime.

– Il fait un peu plus jour, ai-je dit. Le soleil se lève.

Je me suis approché de lui en essayant de ne pas frissonner.

– Et maintenant ? Tu vois mieux ?

– Un peu, a-t-il dit.

– Et là ?

– Carrément.

J'ai tendu ma main jusqu'à sa joue, mes doigts rêches sous son menton, attirant son visage vers le mien, m'introduisant dans sa bouche, nos langues s'enroulant l'une contre l'autre, une douce explosion d'agrumes de saphir d'étoiles de chair de désir de sueur de miel de langueur. Mes mains sur son corps, sa peau tremblante, le parcourant de haut en bas.

– Tu veux venir chez moi ? ai-je demandé, une fois que nous nous sommes détachés.

– C'est où, chez toi ?

– Pasadena, ai-je répondu.

Il a acquiescé. J'ai acquiescé.

Stacie était sur le rivage à moitié endormie. Adeline était assise sur le coffre de la voiture, occupée à fumer ses cigarettes, à observer les immeubles de l'autre côté de la rue.

– C'est comme regarder dix chaînes de télé en simultané, a-t-elle déclaré. Des mauvaises émissions. Les gens sont tellement ennuyeux.

– Allons-y, ai-je dit.

– Tu ne veux plus voir Hollywood ? a-t-elle demandé. Le panneau n'attend que toi.

– Non, c'est bon.

J'ai reconnu la route du retour, prenant la 10 pour ensuite s'engager dans la 110 qui entrait à toute allure dans Pasadena, ne demandant à Adeline que le détail de l'adresse de sa maison. Alors que je m'arrêtais devant le garage, le soleil levant a coloré le ciel d'une explosion de rose. Suzanne n'était pas chez elle.

– Vous vivez ici, genre ? a demandé Jaime.

– Pour le moment, a précisé Adeline.

Stacie s'est écroulée sur un canapé. Jaime et moi sommes montés dans ma chambre.

AVRIL 1988

Suzanne illustre les méfaits de l'alcool

Le grand ménage de printemps d'Adeline était aussi inévitable qu'un enterrement. Au revoir la photo encadrée de Groucho Marx, le poster de Marlene Dietrich dans *Blonde Vénus*, les livres peuplant les étagères. Un résumé de l'histoire d'Hollywood mis en carton et jeté au loin.

– J'en ai marre de tous ces trucs, a dit Adeline. Vraiment des gamineries.

– Mais il y a bien quelque chose que tu as envie de garder ? ai-je demandé.

– Quelques livres, peut-être, mais je ne sais pas, à quoi bon ? À quoi ça sert ?

– Quand même, dis-moi, quel est ton livre préféré ?

Elle s'est assise par terre, adossée au lit, et a ouvert l'un des cartons. Réalité circulaire du bibliophile, alors qu'elle fouillait dans les livres, j'ai aperçu un ouvrage que j'achèterais, des années plus tard. *Masters of Menace*, une biographie croisée de Peter Lorre et Sydney Greenstreet. Je l'ai encore chez moi. Et je ne l'ai pas encore ouvert.

Adeline en a retiré un énorme poche abîmé. Sa couverture rouge était recouverte de publicités en noir et blanc.

En lettres vertes s'affichait le titre : *Classiques du film d'horreur*. Par William K. Everson.

– Celui-là, a dit Adeline. Il a beaucoup compté pour moi.

– Je peux le lire ?

– Je pense, oui, a-t-elle répondu. Fais-en ce que tu veux. Ça part à la poubelle, de toute façon.

À dire vrai, cela ne m'intéressait pas. J'avais toujours trouvé que l'intérêt d'Adeline pour les films d'horreur constituait l'aspect le moins intéressant de sa personnalité. Mais il y aurait bien un moment où l'énormité de ce grand nettoyage lui deviendrait évidente, lorsqu'elle connaîtrait la nostalgie insatiable de ses vieux objets.

J'ai emporté le livre dans ma chambre, pensant à Jaime et me demandant si je devais ou non lui téléphoner. Nous ne nous étions pas rappelés depuis quelques jours. Je pensais à lui en permanence, son doux sourire, son feulement lorsqu'il dormait, son calme surnaturel.

Pas de réponse. Je ne savais toujours pas où il vivait. Quelque part à Hollywood. Je supposais qu'il vivait seul. Ou qu'il avait une ligne téléphonique à lui.

Sentant son odeur dans les draps, j'ai pensé à me branler, mais il était encore tôt. Je préférais jouir juste avant de m'endormir, après la montée quotidienne d'hormones. Mon orgasme n'en était que plus intense.

J'ai lu *Classiques du film d'horreur*. Les premiers chapitres étaient les meilleurs, et traitaient des films muets et de ceux des années 1930. Lugosi dans *Les Morts Vivants*, Boris Karloff dans *Frankenstein*, et tant de photographies tirées du chef-d'œuvre de 1932 de Tod Browning, *Freaks : La Monstrueuse Parade*.

Ce dernier film a véhiculé toute l'étendue des déformations humaines connues. Les sœurs siamoises, l'homme-tronc, les nains. Trois bouleversantes fillettes à tête d'épingle, microcéphales, avec leurs petits corps et leurs crânes allongés, les cheveux rasés à l'exception d'une petite touffe au sommet, coiffure inversée de la tonsure monastique.

Le reste du livre était ennuyeux. Le code Hayes avait détruit le principe du film d'horreur. Je feuilletais les dernières pages, à propos de *L'Exorciste*, lorsque j'ai entendu la porte d'entrée s'ouvrir dans un grand bruit.

BAAAAM !

J'ai couru dans le couloir et suis tombé sur Adeline.

– Il y a encore eu un tremblement de terre ? ai-je demandé.

Au rez-de-chaussée, quelqu'un a hurlé à en glacer le sang :

– ADDDDDDDDDDDELLLLLIIIIINNNNNNNNNEEEEEEEEEEEEEEEEE ! ADDDDDDDDDDDELLLLLIIIIINNNNNNNNNEEEEEEEEEEEEEEEEE !

– Oh non, a dit Adeline.

Suzanne était étalée par terre, une robe de soirée noire remontée au-dessus de la taille, une chaussure à son pied, l'autre par terre. L'un de ses talons avait cédé. Un quinquagénaire était penché au-dessus d'elle, vêtu d'un jean, d'un blouson noir et de mocassins. Sa chemise était largement ouverte, dévoilant son poitrail, les ravages du soleil et des taches de rousseur.

Ses dents étaient toutes plus parfaites les unes que les autres. D'un blanc éclatant.

– Votre maman a un peu trop bu, a-t-il commenté.

– Apparemment, a dit Adeline.

– Je vais la monter à l'étage, a repris l'homme.

– Non, a répondu Adeline. Pas question.

– Adeliiiiine, a grogné Suzanne. Adeliiiine.

Mes parents avaient leurs démons, mais aucun ne se vautrait autant dans le pathétique, ou dans l'ivresse.

– Vous feriez mieux d'y aller, a dit Adeline. On va s'occuper de ma mère.

– Adeliiiiine, noooon.

– Ce n'est pas comme si cette dame avait envie que je parte.

– Comment vous appelez-vous ? a demandé Adeline.

– Appelez-moi Stu, a-t-il dit. Je suis un ami. Je vais la coucher à l'étage.

– Hors de question. Vous ne monterez pas.

Stu s'est penché en avant afin de redresser Suzanne en susurrant à son oreille, mais ses efforts étaient vains. Chaque fois qu'il la prenait, elle glissait à nouveau, comme s'il avait tenté de retenir de l'eau entre ses mains.

– Vous feriez mieux d'y aller, a répété Adeline.

– Je ne bouge pas d'ici.

– Baby, a-t-elle dit.

Une odeur pestilentielle d'alcool émanait de Suzanne, et exsudait de Stu. Je ne connaissais pas l'âge de Suzanne. Peut-être cinquante ans. J'espérais vraiment ne pas devenir comme elle à son âge.

– Il faut partir, ai-je dit à Stu.

– T'es qui, toi, connard ? a-t-il demandé.

– Je suis celui qui va vous faire partir.

– Bien sûr, chérie, a-t-il répondu. Tu n'as pas peur de te casser un ongle ?

Ça devenait intéressant. Je n'ai pas senti la même montée de colère instantanée qui m'avait submergé lors de mes dernières altercations, mais une personne tourmentée peut gérer les explosions de rage comme un métronome bien réglé. Il suffit d'ouvrir ces réservoirs profondément enfouis, emplis de misère et de souvenirs. Pensez à votre passé, et votre colère montera. Vos mains se changeront en poings prêts au combat, et vous saisirez un quinqua du nom de Stu, lui enfoncerez le crâne dans le mur, le soulèverez par son pantalon de jeune et l'enverrez dans le jardin tête la première.

– Je ne touche plus à Stu, ai-je annoncé. Je pourrais lui donner quelques coups de plus, mais à quoi bon ?

– Même si j'y prendrais mon pied, a dit Adeline, je ne suis pas certaine qu'il en vaille la peine.

J'ai hissé Suzanne sur mon épaule et l'ai installée sur un canapé. J'avais peur qu'elle ne s'étouffe dans son vomi. Adeline m'a assuré que sa mère était une vétérane accomplie de cette guerre si particulière, et qu'en bon soldat elle ne mourrait pas dans son sommeil.

Peu convaincu, je me suis assis à ses côtés. Adeline est montée. Suzanne était éveillée, le regard vague et abruti par l'alcool.

– Salut, a-t-elle dit.

– Salut, ai-je répondu.

– J'ai bu trop de bourbon.

– Ça en a l'air, oui.

– Je vais dormir, je crois.

– Super.

– Bonne nuit, Emil.

– Bonne nuit.

J'ai retrouvé Adeline assise par terre dans sa chambre, occupée à écouter un disque que je n'ai pas reconnu. Voir sa mère dans un tel état. Voir Adeline, la voir devant Suzanne.

– Je ne veux pas devenir comme elle, a-t-elle dit.

– Pas de risque, ai-je répondu.

Je me suis allongé à son côté, le tapis froid contre ma peau, mes bras autour d'elle. Nous n'avons pas parlé. Je l'ai serrée ainsi jusqu'à ce qu'elle s'endorme, le visage contre mon torse. Le disque est arrivé à la fin. J'ai éteint la platine et posé une couverture sur Adeline.

Jaime ne répondait pas. Où était-il passé ? Il ne m'appartenait pas. Et je ne voulais pas qu'il m'appartienne. Mais je voulais qu'il soit avec moi, là, maintenant. J'aurais tout donné pour l'entendre parler de toutes ces idioties qu'il adorait. Le skate, Donjons & Dragons, la bière ou n'importe quoi.

Je me suis branlé.

MAI 1988

Baby entre à NYU

Puis est arrivé le moment d'entrer à NYU.

MAI 1988

Adeline prend une décision

J'étais au rez-de-chaussée, occupé à regarder une VHS des *Années coup de cœur*, une série télévisée sur un collégien en 1968. Le principe, c'était que le gamin, Kevin, racontait l'histoire depuis une époque du futur non précisée, mais sûrement 1988. C'était une excuse pour que les Baby Boomers puissent bassiner tout le monde avec l'Excellence irréfutable des années 1960.

Cet épisode en particulier tournait autour des histoires de cœur de Kevin avec une petite fille de onze ans du nom de Winnie Cooper, qui portait des bas résille et des bottes sixties, ainsi que son frère aîné, Brian, un ado de dix-neuf ans incroyablement sexy. Il était présenté comme l'archétype du rebelle américain de l'après-guerre, mais quiconque doté d'un minimum de culture gay repérait que Brian était de notre côté. Kevin bandait dur pour Brian, le décrivant « en sueur, huileux et travaillant de ses mains… Quel bonhomme ! ».

Brian va faire la guerre au Vietnam. Et comme tous ceux qui partent au Vietnam dans un film ou une série, Brian revient dans un cercueil. Kevin retrouve Winnie qui se cache dans les bois. Elle a le regard perdu face à l'absurdité existentielle du monde. Kevin profite de son désarroi et de sa douleur. Kevin lui arrache un baiser. Fin de l'épisode.

Clic. Clac. Un bruit s'est fait entendre au-dessus de la musique de la série. Clic. Clac. Clic. Clac. Clic. Clac. Clic. Clac. Générique de fin. J'ai mis la cassette en pause. Je suis monté à l'étage. Clic. Clac. Cela venait de la chambre d'Adeline. Sa porte était entrouverte. Clic. Clac. Je l'ai ouverte, un peu, pour jeter un œil à l'intérieur.

Elle était assise sur le lit en position du lotus, jambes pliées, la main gauche en direction du sol. Clic. Clac. Dans sa main droite, un jouet d'enfant. Deux boules en plastique suspendues à distance égale sur une corde, avec une poignée au milieu. Clic. Clac. D'un mouvement vertical, les boules se heurtaient à l'horizontale. Ces chocs les renvoyaient dans la direction opposée à leur mouvement initial, où elles se heurtaient à nouveau, à une autre hauteur, répétant ainsi le processus. Clic. Clac.

Adeline avait les yeux clos. Les boules continuaient leur manège. Clic. Clac. En haut, elles se heurtaient. Clic. En bas, elles se heurtaient. Clac. Comme un train lancé sur des rails.

J'ai regardé un autre épisode des *Années coup de cœur*. Clic. Clac. La famille de Winnie Cooper a enterré son frère. Clic. Kevin est venu à la veillée mortuaire. Clac. La dernière fois qu'il avait vu Winnie Cooper, ils s'étaient embrassés dans la forêt. Clic. Sa projection future conclut que son adolescence était en proie aux forces les plus puissantes de la condition humaine, Éros et Thanatos, l'amour et la mort. Clac.

Je me suis endormi. Je ne me rappelle plus combien de temps.

Adeline m'a donné un coup de pied. La télévision était éteinte. *Les Années coup de cœur* étaient finies.

– Baby, a-t-elle soufflé. Baby, réveille-toi.

– Qu'est-ce qu'il y a ? ai-je demandé.

– J'en ai marre d'aller mal, a-t-elle dit. Marre d'être au bord de la crise de nerfs. Marre de lutter tout le temps. Je rentre à New York.

– Quand ? ai-je demandé.

– Dès que possible

– Et moi ?

– Reste, si tu veux.

– Mais pour quelle raison ?

– Tu sais bien pourquoi.

– Oui, c'est vrai.

Suzanne n'est pas rentrée avant 22 heures, ce soir-là. Elles se sont disputées. Adeline a fait ses valises.

Je me suis assis pour lire, l'esprit occupé par Jaime. Je l'ai appelé pour lui expliquer la situation et lui demander ce que je devais faire. J'aurais voulu que Jaime hurle, supplie, me demande de rester en Californie avec lui, de ne surtout pas partir.

– C'est toi qui vois, a-t-il dit. Tu me manqueras si tu pars.

– Mais tu penses que je devrais faire quoi ? ai-je demandé.

– C'est toi qui vois.

On a raccroché. Quelqu'un a toqué doucement à la porte.

– Entrez, ai-je dit.

Suzanne. C'était la première fois qu'elle entrait dans ma chambre.

– Elle me déteste, a-t-elle dit.

– Personne ne vous déteste.

– Si, a dit Suzanne.

Je me demandais ce que ça pouvait bien faire d'avoir une telle mère, quelqu'un qui était prêt à conspirer avec votre meilleur ami. Elle sentait l'alcool.

– Où est-ce que je me suis trompée ? a demandé Suzanne.

– C'est dur d'être un bon parent, ai-je dit. Vous êtes bien mieux que les miens.

JUILLET 1988

Baby rencontre les amis de Jaime

Tandis qu'Adeline était à New York, Suzanne s'est faite plus rare. Sans l'excuse de la fiction familiale, la maison se résumait à une sorte d'entrepôt hors de prix pour ses biens divers. On ne se croisait que rarement, lorsqu'elle avait besoin de se changer. Elle me donnait de l'argent pour mes dépenses.

Mon seul contact humain était avec les employées de maison. Elles passaient par intermittence, deux femmes adorables, Maria et Rosalita. Elles parlaient à peine anglais. Et je parlais à peine espagnol. Lorsqu'elles ont compris que je ne faisais pas partie de la famille d'Adeline, elles ont commencé à se moquer de moi, gentiment et avec tact. Elles préparaient de drôles de plats et me balançaient une assiette en disant : « Mange ! Mange ! » Et je leur servais un *gracias* peu convaincant.

Jaime passait cinq nuits par semaine sur place. Je venais le chercher à Hollywood et le ramenais à Pasadena. Nous n'allions nulle part et ne voyions personne. Il s'asseyait chez Suzanne, me racontait des anecdotes sur son enfance, ses journées à Venice Beach, comment les Guns N' Roses avaient joué à une soirée étudiante d'UCLA, l'université de

Californie à Los Angeles, avant de devenir célèbres, à quel point il détestait tout ce bordel autour de Sunset Strip.

Et on baisait. On baisait dans toutes les pièces. Même dans celles dont j'ignorais l'existence. On avait sûrement inventé ces endroits, ils existaient afin que nous puissions assouvir notre désir. De vieilles chambres abandonnées remplies de détritus. Dans la cuisine. Dans le salon. Dans la buanderie. Dans le jardin à l'arrière de la maison. Dans celui de devant.

Il ne parlait pas de sa famille, se contentant de dire qu'elle vivait près de Pasadena, à côté de Highland Park, un nom que j'avais déjà aperçu sur un panneau en passant sur la 110.

Cela a duré ainsi pendant des mois.

Une nuit, après avoir baisé, dans les bras l'un de l'autre, je lui ai demandé pourquoi il ne me présentait pas ses amis. Ni ne m'invitait chez lui.

– Tu sais, t'aimerais vraiment pas, mec, a-t-il dit. C'est pas ton genre, vraiment.

Comment Jaime pouvait-il connaître mon genre ? ai-je rétorqué. Je ne pouvais pas laisser passer ça. Lassé par cette dispute, il a soupiré en disant que je pouvais passer chez lui. Et rencontrer ses amis. J'ai demandé quand. Il a répondu, demain.

– Vraiment ? ai-je demandé. T'es sûr ?

– Grave.

Je l'ai attiré à nouveau contre moi. Peau contre peau, sans même baiser, ce moment électrique d'un corps contre un autre. Nous nous sommes étreints ainsi pendant des heures.

Vers midi, je l'ai ramené au croisement d'Hollywood et Vermont. Il m'a dit de revenir au même endroit un peu plus tard, vers 18 heures. Il m'a donné son adresse.

– Juste une chose, a-t-il dit. Il faut juste que tu te souviennes qu'on ne peut pas, genre, être démonstratifs, d'accord ? Pas devant mes amis.

– Ah.

– Tu dois me dire oui, d'accord ? Ils ne sont, genre, pas au courant. Je ne leur ai rien dit. Je veux. Je veux vraiment leur dire, hein.

– D'accord, ai-je répondu.

J'ai dérivé dans les rues en suivant mon instinct. Il est facile de ne pas se perdre à Los Angeles, comme à New York, car les deux villes sont construites sur d'énormes grilles de perpendiculaires. J'ai remonté Sunset, dépassé Marlboro Man, et me suis garé à Tower Records. Tout autour des façades du bâtiment étaient disposées des reproductions immenses de pochettes d'album. La seule que j'ai reconnue était *Bad* de Michael Jackson.

Tower était une brocante qui ne vendait qu'un seul type de produit. De la musique pop au moment même où les CD se mettaient à remplacer les vinyles. Les CD étaient vendus dans des cartons allongés, les boîtiers en plastique occupant à peu près un tiers de la largeur. Deux cartons étaient disposés côte à côte, recréant ainsi la forme d'un disque vinyle et permettant aux disquaires de ne pas avoir à s'équiper de nouvelles étagères.

Au sein de ce bâtiment rouge et jaune pisseux, il était facile de voir quelle école avait gagné. Il y avait des CD sur à peu près toute la surface des étagères. Tower se transformait à vue d'œil.

Deux filles étaient à l'entrée, toutes deux arborant un maquillage outrancier et parlant fort, les cheveux incroyablement longs, des stéréotypes absolus qui n'auraient dû exister qu'à la télévision.

– J'ai entendu dire qu'il avait bossé, genre, là, a dit l'une d'elles.

– Nan ?

– Si, tu sais, quand ils n'avaient plus de thunes. Genre, il dormait sous l'escalier parce qu'il n'avait plus d'appart, tu vois.

Les albums vendus chez Tower étaient tous grotesques. Du rock post-ado déjà éculé. Qui tournaient autour du cul et des filles.

Après avoir laissé tomber l'affaire, j'ai été me balader sur Sunset, finissant par me poser chez Duke's où je suis resté assis trop longtemps, à manger et à boire tout en me perdant dans *LA Weekly*. Je lisais toutes les annonces de concerts, fasciné et choqué par l'étendue de l'ambition humaine, par les milliers de groupes jouant chaque semaine. Qui arriverait à être connu ? Étaient-ils bons ? Quelle folie que celle de cette jeunesse, quelle folie que celle de l'Amérique, quelle folie de suivre un rêve impossible ! En regardant ces noms listés les uns après les autres, j'ai compris tout à coup que ces groupes faisaient partie des classes défavorisées, de celles qui n'avaient pas les opportunités d'Adeline. De gens qui faisaient au mieux avec leur talent marginal, espérant que cette étincelle donnerait une petite flamme et leur permettrait de se transcender socialement. Pourquoi les gens tentaient-ils de le faire ? Pourquoi les gens font-ils quoi que ce soit, en fait ?

Deux heures plus tard, mon serveur a commencé à faire les tables. Il était presque 18 heures. J'ai laissé un pourboire et suis retourné à ma voiture.

Je me suis arrêté à une station-service sur LaBrea, et ai demandé ma route. Le pompiste m'a expliqué comment me repérer, finissant chaque phrase par un *hihan !*.

– Wilton ? C'est bien après la voie rapide au niveau d'Hollywood, *hihan !*.

– Merci, ai-je dit.

– Bonne route, *hihan !*.

Jaime vivait sur Franklin Avenue. Les autres maisons du quartier étaient en bon état, mais chez lui, on voyait que c'était une location. De la peinture écaillée, une voie de garage fissurée, des herbes folles. Des années de négligence et de mauvais entretien par un propriétaire qui s'en fichait.

J'ai sonné à la porte. Une fille m'a répondu.

– Salut, ai-je dit. Jaime est là ?

– Ouais, il est là.

Elle s'est arrêtée, silencieuse. Elle ne me regardait même pas, le regard perdu vers l'horizon, en direction de quelque chose situé derrière moi. J'ai souri. Elle n'a pas fait de même.

– Je peux entrer ?

– Entrer ? a-t-elle demandé.

– Oui, ai-je dit. Entrer et voir Jaime.

– Ah ouais, bien sûr, entre.

Elle s'est effacée. J'ai pénétré dans ce qui ressemblait à un vestibule d'un artisan californien. Des détritus partout. Des fauteuils en skaï éventrés, leur mousse dégueulant à l'arrière des coussins. Des jouets cassés. Une grande fissure qui courait le long d'un mur.

J'étais debout, un peu coincé, avec un sourire idiot.

– Où est la chambre de Jaime ? ai-je demandé.

– Ah, sa chambre.

– Oui, sa chambre. La chambre de Jaime ?

– La chambre de Jaime est après la cuisine.

Quel est le terme allemand pour désigner ce moment où vous découvrez votre amant dans sa chambre, torse nu, accroché à une vieille guitare acoustique, entouré de deux garçons d'à peu près votre âge, dans le même accoutrement ? Quel est le terme, hein ?

– Salut, ai-je lancé.

– Hé mec, a dit Jaime. T'as trouvé. Génial.

– Ouais, ai-je répondu.

– Baby, a-t-il dit, je te présente Tommy et Raoul.

Tommy et Raoul, très sales et tirés à quatre épingles, comme s'ils avaient passé la majeure partie de leur vie à peaufiner leur apparence avant de se rouler dans la poussière, incarnaient parfaitement un certain Hollywood.

– Salut, mec, a dit Raoul.

– Salut, mon pote, a dit Tommy.

La chambre de Jaime était spartiate. Un vieux bureau et un lit pliable, qui sortait du mur, avec Jaime assis à son bout. Tommy et Raoul étaient sur des chaises pliantes. Des saletés par terre : détritus, vieux emballages de sucreries et cannettes de soda vides. Le linge sale de Jaime était sur le bureau.

– Vous faites quoi ? ai-je demandé. Faut que j'enlève aussi ma chemise ?

Ils ont tous éclaté de rire, avec leurs grands yeux ronds. Pas à cause de la blague.

– Hein ? ai-je demandé.

– Rien, mec, a dit Jaime. T'inquiète.

– Il se passe un truc, ai-je dit.

Ils ont à nouveau éclaté de rire. Une rage sourde commençait à monter.

– On a gobé, juste, a dit Jaime. Rien de grave.

– Gobé ?

– Un acide, mec, a-t-il dit. Tu sais, gober un acide ?

La conversation s'est interrompue lorsque les doigts de Jaime ont glissé deux petits buvards sur ma langue. L'acide se nommait Montagne Magique. Jaime m'a montré l'emballage orné d'une image répétée de montagne, les rayons de l'Œil de la Providence dardant à son sommet. Il avait un goût de produit chimique.

– On a gobé il y a trente minutes, a précisé Raoul.

Il s'est ensuivi une période d'angoisse atroce, à attendre les effets. Je m'étais infligé moi-même cette situation. Les heures suivantes étaient inévitables, aux prises avec la drogue.

Un autre goût dans la bouche, une sécheresse écœurante. À vomir. Une traînée de sueur froide a coulé sous mon aisselle gauche.

– Je vais aller voir le jardin, ai-je dit.

Trop d'arbres. Un citronnier à l'arrière du jardin semblait s'adresser à moi. Je ne savais pas pourquoi. Les citrons vibraient. Je ne pouvais pas regarder les feuilles sans éviter les éclairs qui en sortaient, leur forme se tordant. Il n'y avait pas de gazon au sol. Juste de la terre, des trous et de petits monticules couverts de traces de pied. Quelque chose semblait se passer à l'étage.

– Hé, a lancé Jaime. Ça va ?

– Bon Dieu ! ai-je crié.

– Du calme, mec, tout va bien.

– Comment tu es arrivé ici ? ai-je demandé. Je ne t'ai pas entendu.

– Je suis là depuis quelques minutes, à te regarder.

– Comment tu vas, toi ?

– Ça commence à monter, là, a-t-il dit. J'en ai pris des milliers de fois. C'est à la fois toujours pareil et toujours différent.

Raoul a joué un morceau sur la guitare de Jaime, sa voix s'élevant par la fenêtre ouverte. *It was Staggerlee and Billy / Two men who gambled late / Staggerlee swore he threw seven / Billy swore that he threw eight / Staggerlee said Billy / Oh please don't take my life / I've got three hungry children / and a very sickly wife.* (« C'est l'histoire de Staggerlee et Billy / Deux types qui aimaient jouer tard / Staggerlee a annoncé sept / Billy a juré qu'il avait fait huit / Staggerlee a fait Billy / Je te supplie de pas m'tuer / J'ai trois enfants à nourrir / Et une femme sur son lit d'mort. »)

Sur ce dernier mot, ma tête s'est mise à tourner. La voix de Raoul m'entourait, épaisse comme un sirop, molle comme de la mélasse.

Wiiiiiiiiiiiiiiife. Je n'étais plus dans le jardin, j'étais dans la chambre de Jaime.

– Pourquoi ça monte aussi vite ?

Staggerlee he went down to the devil / and he leaned up on his shelf / he said come out here Mr. Devil / I'm gonna rule hell by myself / well the devil called his demons around him / Lord, let's climb this wall / He said here's a bad man, Staggerlee / and he's going to kill us all. (« Staggerlee est allé voir le diable / et il s'est penché sur son comptoir / il a dit, viens par ici Monsieur l'Diable / Je vais m'occuper de l'Enfer / Alors le

Diable a appelé ses démons / Bon Dieu, on se tire / Il dit : c'est un salaud, ce Staggerlee / Il va tous nous buter. »)

De la lumière orange a embrasé la chambre, comme une flamme invisible qui nous aurait tous mis en feu. Ma mâchoire était douloureuse, je n'arrivais pas à desserrer les dents.

– Jaime, pourquoi est-ce que tout a pris feu ?

– Quoi ? a-t-il répondu.

Il était en feu. Son visage était démoniaque.

– Mec, a-t-il dit, t'as pas l'air bien. Viens, on va se promener au grand air.

Lui et moi, côte à côte, à errer sur Hollywood Boulevard. J'apercevais les panneaux, quand même, et marcher me faisait du bien car cela m'évitait de bloquer sur quelque chose, de faire une fixette. Mon cerveau était à plat, totalement idiot. Je voulais exprimer des choses, mais rien ne sortait, en tout cas pas de la bonne façon. Je voulais expliquer à Jaime ce que je voyais.

– Mec, a-t-il dit, faut que tu arrêtes.

– Arrêter quoi ?

– Mec, t'arrêtes pas de dire : *Hihan ! Hihan !* Ça me rend dingue.

– *Hihan* ?

– Ouais, tu dis *Hihan*. T'arrêtes pas de répéter *hihan*.

– En riant ou en pleurant ?

Debout sur un pont surplombant la voie rapide, à regarder les voitures passer. Je pouvais lire dans les esprits des conducteurs. La femme qui conduit une voiture rouge trompe son mari. Le chauffeur routier est un meurtrier. Le taxi avançait tout seul, sans aucune présence, personne derrière le volant. Je les entendais réfléchir. « Y a quoi à manger ce soir ? » « Je me demande s'il m'aime encore ? » « Est-ce que j'aurai une promotion au boulot ? » « Comment je vais payer mon emprunt ? » « Va falloir tuer cette sale pute. » Vaisseaux sombres, les phares des voitures envoyant des lueurs vertes et ambrées.

– Arrête, a dit Jaime.

Les gens dans la rue. Je ne les connais pas. Qui suis-je ? Ont-ils aussi peur de moi que moi d'eux ? Quelqu'un est passé devant nous, avec un chien à deux têtes au bout de la laisse.

Jaime n'arrêtait pas de parler, mais ses mots étaient silencieux, comme des bulles de BD vides, l'air écrivant des lettres lumineuses qui se désintégraient avant que je puisse les lire. Plongeant comme autant de pâtes alphabet dans une soupe au niveau du sol. Se dissolvant.

– Tu m'écoutes ?

– Quoi ?

– Mec j'étais mec je disais que je peux mec je peux voir, tu sais, la structure du monde. Je peux voir qui tire les ficelles mec. C'est pas Dieu. Y a pas de Dieu. Dieu c'est la structure. On est la structure mec. Est-ce qu'on est Dieu ?

Chaque pâté de maisons était une descente dans un monde de misère, comme un long tunnel, la perte de l'ego, la perte de soi, jusqu'à arriver au panneau suivant. Le monde redevenait plus clair, entier, dans une fanfare de cloches. BRONSON, GOWER, EL CENTRO, VISTA DEL MAR, ARGYLE.

Des étoiles au sol, des noms que je ne pouvais lire. Je me suis arrêté afin de tenter de remettre les lettres en place.

– C'est écrit quoi ? ai-je demandé à Jaime. C'est pas marqué Staggerlee ?

– Non, a-t-il répondu. C'est Tod Browning.

– Tod Browning ? Je suis sur Tod Browning là ?

VINE.

– Je suis sur Hollywood et Vine ! Je suis sur Hollywood et Vine ! Je suis sur Hollywood et Vine ! IL Y A DES PUTAINS DE BONNES FRINGUES ICI.

Les immeubles entonnaient des chansons. Les lampadaires également. Je voyais le contrebas du boulevard, avec un feu ardent à son extrémité, au-delà du château, au-delà de ses palmiers mystiques. Je pouvais voir à travers un immeuble, de l'autre côté. Je lisais un nom. ANGELYNE. L'image d'une femme, seins lourds, blonde, lèvres rougeoyantes, lunettes noires futuristes. La bouche grande ouverte, l'immeuble parlait à travers Angelyne, ses seins se soulevant, quatre mots en tout. À quelle heure l'amour ?

La ville brûlait, je la sentais brûler. Jaime m'a pris la main et m'a tiré vers les flammes. J'ai poussé un cri strident. Dans les flammes, je pouvais le voir, je voyais le monstre de Frankenstein écrasant Hollywood, lançant des éclairs de son cou, détruisant les immeubles. Je pouvais, je pouvais, je pouvais. Je regardais les gens autour de moi, pour voir s'ils pouvaient voir, mais je ne voyais plus Jaime, les seuls que j'apercevais, c'était les microcéphales de *Freaks : La Monstrueuse Parade*. Je voulais voir des célébrités à Hollywood, mais ô grands dieux, pas celles-là. Les petites filles microcéphales dansaient dans leurs robes roses fleuries, leurs grandes bouches comme autant de gouffres noirs ornés de petites dents jaunes et pourries, me faisant de grands signes et m'appelant par mon nom, même si elles ne disaient pas mon nom, elles hurlaient juste : *HIHAN HIHAN*.

Le noir, juste sous une statue charbonneuse. Mes yeux n'arrivaient pas à faire le point, mais j'ai décrypté ces mots. ÉRIGÉE EN MÉMOIRE DE RUDOLPH VALENTINO 1895-1926.

– On est où ? ai-je demandé à Jaime.

– Mec, t'étais en train de flipper, là. Alors je t'ai amené ici. Y a personne dans ce parc la nuit.

– Il est quelle heure ? ai-je dit.

– Presque le matin, mec. Tu peux voir le soleil se lever.

– Le ciel n'a pas la bonne couleur. Rien ne va dans cette couleur. Pourquoi mon froc est trempé ?

– Tu t'es pissé dessus.

– Et mes pompes sont passées où ?

On est retournés vers chez lui. La fluidité de mes pensées est revenue tandis que l'impact physique de la drogue s'amenuisait. Des traînées, de la couleur, des visions distordues. Mais c'était presque plaisant, maintenant, j'arrivais à en contrôler les effets, plutôt que de me laisser contrôler par la drogue.

– Je peux entrer ? ai-je demandé au croisement de Wilton et Hollywood.

– Ce n'est pas une bonne idée, a-t-il dit.

– Pourquoi ?

– T'arrives pas à gérer.

– Oh.

– Désolé, c'est comme ça.

AOÛT 1988

Baby appelle Adeline

J'ai appelé Adeline.
– Je rentre, ai-je dit.
– Je t'attends, a-t-elle répondu.

AOÛT 1988

Adeline reçoit une leçon malvenue à propos de la vraie nature de l'État policier

À mon grand étonnement, Baby était allé inscrire son humble personne à l'université de New York. Il avait émergé de la côte Ouest à la fin du mois d'août, plongeant tête la première dans la vie universitaire. Orientation, inscription aux cours, achat de livres. Je lui ai demandé comment il pouvait bien s'offrir une telle éducation.

Baby m'a expliqué qu'il avait été éligible à une aide particulière. Ses notes au lycée étaient exceptionnelles, ses revenus inexistants. NYU lui avait donc offert une bourse au mérite.

– Un petit tour de manège à l'œil, a-t-il précisé.

– Tu as bien raison, ai-je dit. Ne paye jamais quoi que ce soit.

Après avoir perdu son temps avec Jaime et un peu trop réfléchi aux notions bien naïves de l'amour pur, le retour de Baby arrivait un peu tard.

Deux semaines auparavant, il aurait été en place, les pieds dans la boue, au moment même où le monde changeait, alors que la ville se métamorphosait dans une offrande sacrificielle sanguinaire, fabrique satanique au service des promoteurs immobiliers.

Deux semaines auparavant, et il aurait été présent lors des émeutes de Tompkins Square.

Le Lower East Side, dont les frontières incluaient traditionnellement East Village, avait passé la majeure partie des années 1970 et le début de la décennie suivante comme dépotoir couvert de crachats et de foutre, un cliché grotesque et décadent de la vie des drogués. L'héroïne était reine, substance incontournable.

Au milieu des années 1980, son règne était disputé par le crack, alors en plein coup de force. La criminalité et la sécurité étaient à présent au cœur des discussions.

En conséquence, les quartiers aussi étaient en train de changer. Cela avait commencé avec l'explosion artistique de East Village, tel un phare prêt à guider la première vague de la gentrification. Pour être honnête, des gens qui ressemblaient étrangement à votre chère Adeline. Des suiveurs sublimes ou des dilettantes délicieux. Pourtant, la majeure partie de cette première cohorte gardait un respect sain pour cette saleté dans laquelle ils aimaient se rouler et danser.

Ils étaient venus s'y installer car le quartier était sale, car il était intéressant. Ils ne voulaient pas en changer l'équilibre, même si c'est exactement ce qu'ils ont fait.

Après la première vague est arrivée la deuxième. En 1986, les soucis sont apparus. Au croisement de la 9e Rue et de l'Avenue B, un ancien immeuble avait été converti en lofts de luxe. L'immeuble Christodora.

D'autres constructions de East Village avaient connu le même triste destin, mais pour des raisons mystérieuses, les autres rénovations n'avaient pas été sujettes à débat.

Christodora. Proposer un nouveau type de luxe à de nouvelles classes d'habitants, au prix de Downtown Manhattan, au croisement de Tompkins Square, c'était comme signer la déclaration d'une loooooongue guerre à venir.

Les résidents clandestins du parc passaient leur journée à pisser, chier, baiser, se taper dessus, boire, se piquer, fumer des cailloux de cocaïne, brûler des ordures, mourir. Tout cela en plein jour, sous les yeux des habitants de Christodora, devant le jardin de ces lofts à la mode.

Les classes propriétaires aiment se plaindre. Elles existent uniquement pour donner voix à leur mécontentement. Je connais ma race, mes chéris.

Les autorités municipales ont senti monter la Grande Pression Blanche. Il fallait agir. Pour la première fois dans l'histoire récente, on a instauré un couvre-feu, pour le parc. La ville a tranché pour une heure du matin.

À 21 heures, le 6 août 1988, une brigade de police s'est massée autour du périmètre du parc. Cavalerie, infanterie, artillerie légère, hélicoptères. L'arrivée progressive de ces troupes constituait un avertissement évident. Le message implicite, c'était que si quelqu'un se révélait assez idiot pour rester dans le périmètre délimité après l'heure du couvre-feu, on ne ferait pas de quartier. La police s'apprêtait à vous offrir la rouste de votre vie.

Une heure du matin est arrivée. Les habitants de Tompkins Square ne voulaient pas bouger. Ils se sont rassemblés pour faire face aux forces de l'ordre.

Ce qui s'est ensuivi est une scène qui symbolise bien toute la délicatesse et l'extrême raffinement que l'on associe naturellement avec le travail de la police en milieu urbain.

Des flics déchaînés, provoquant et lançant des assauts, massés dans toutes les rues donnant sur le parc, remontant la 7e Rue, pourchassant les gens à travers St. Mark's, dévalant l'Avenue A. Frappant des civils, tabassant les photographes du *Times*, rouant de coups de matraque les journalistes du *Daily News*.

Cette nuit-là, votre humble narratrice n'était pas au courant du drame qui se jouait, et tentait d'oublier la lourde chaleur de l'été en faisant courir ses doigts sur un vieil exemplaire de *Sang et stupre au lycée* de Kathy Acker. Difficile de relire ce livre au beau milieu de la cacophonie des hélicoptères et des sirènes de police.

J'ai abandonné ma tâche pour aller voir ce qui se passait en bas, m'engageant dans la 7e Rue. Des gens passaient en courant en direction de Cooper Square. Une jeune femme baignait dans son sang noirci. J'ai demandé à un homme ce qui se passait.

– Les flics sont en train de nous buter à Tompkins Park !

Une petite voix m'a dit : Moi, tu es plus curieuse qu'un chat à Noël. Moi, a-t-elle ajouté, tu dois absolument entamer ce voyage vers cette terre de douleur.

Je voulais voir, mais je n'allais pas vraiment apprécier si les flics me butaient à Tompkins Square. Je me suis changée dans un style neutre. Habillée simplement, l'air conservateur, blouson sur les épaules et pantalon bien coupé, j'incarnais la personne de bien. Sous la veste, j'avais passé un vieux t-shirt bouffé aux mites, acheté à un groupe de death rock de Los Angeles : The Castration Squad.

Une foule importante remontait la 7e Rue, le visage et le crâne ouverts, de la sueur se mêlant au sang, les habits en vrac. Au niveau de la Première Avenue, j'ai compris que je ne pouvais pas m'approcher plus. La garde montée bloquait tout accès.

Continuer jusqu'à la 6e Rue, puis descendre vers l'Avenue A, au cœur de l'action, à l'intersection même où un tsunami de punks, de *skins*, de *freaks* et de sans-abri s'écrasait sur le rivage d'uniformes bleus. Les gens qui hurlent, crient, insultent les policiers. Du sang coagulé sur le bitume. Des sifflets stridents, des chevaux au galop. Des hélicoptères au-dessus des têtes, des motos pétaradantes dans un nuage de poussière, des spots de lumière balayant l'avenue. Des chants. Des hommes sur les toits, occupés à balancer des M-80. Bouteilles, cannettes. Violence déversée depuis le ciel. Je me suis mise de côté, observant la police corriger et punir des troupeaux d'individus désarmés. Quatre flics ont balancé une femme frêle contre la sortie du métro, la rouant de coups de pied, écrasant son visage sur les briques. D'autres montaient la garde, s'assurant que personne ne vienne la sauver. Un prêtre catholique a tenté une médiation, soulignant ainsi la relation entre la religion et l'État. « Venez à moi, disait-il avec un fort accent irlandais, et vous saurez dans vos cœurs que la violence n'est pas la solution, n'est-ce pas ? » Un homme est tombé de son vélo sous les coups de matraque. Un trou dans le crâne, les os brisés.

Perdue au beau milieu du sang et des explosions, j'ai tourné les talons et heurté un officier de police esseulé. Il devait avoir mon âge, à un ou deux ans près.

Matraque en main, chemise bleue, badge doré, casque antiémeute. Il m'a dévisagée. « Alors c'est donc ça, ai-je pensé, la mort. » Je lui ai lancé mon regard le plus implorant et soumis, pensant qu'il préférerait baiser une si jolie jeune femme plutôt que d'en ravager la beauté. Il a baissé sa matraque avant de partir en courant dans la direction opposée.

Les flics n'arrivaient pas à dépasser la 6e Rue. Pas plus que les habitants du coin. La ligne de front a tenu, malgré les têtes fracassées pendant des heures.

Au lever du jour, la police a reçu l'ordre d'abandonner ses positions et de laisser le parc aux gens qu'ils avaient évacués.

Réfléchissez-y un peu, cher lecteur, d'accord ?

En ce mois d'août de l'an de grâce 1988, le New York Police Department, ce NYPD tant redouté, n'a pas réussi à accomplir sa mission élémentaire de foutre une rouste à une bande de traîne-savates et de clochards. Il n'a pas réussi à prendre le contrôle d'un parc d'une dizaine d'ares. Sa force largement supérieure a dû battre en retraite face à la résistance des classes les plus basses et les plus désarmées de notre société.

Réalisez, maintenant, que treize ans plus tard, Mohamed Atta et ses sinistres complices ont écrasé leurs avions sur le World Trade Center. Des flics à chaque coin de rue, une ville totalement en état de siège. Sans aucun effort. Sans la moindre résistance ou protestation.

Le changement a débuté à Tompkins Square. C'était un tournant.

Les foules en sang ont repris possession du parc. Un contingent scélérat a fait irruption à Christodora, ravageant l'entrée, fracassant les pots de fleurs, brisant les vitres de la porte d'entrée, tout en criant : « À mort les yuppies de merde ! »

Je suis rentrée chez moi, ahurie, les habits souillés par le sang de mes contemporains.

AOÛT 1988

Adeline rencontre Daniel Rakowitz

Peu après avoir reçu cette leçon malvenue sur la vraie nature de l'État policier, j'ai rencontré un sans-abri revendeur d'herbe du nom de Daniel Rakowitz lors d'une manifestation pour la justice qui se tenait au parc.

À la fin de l'année 1989, cher lecteur, Rakowitz aura assassiné Monika Beerle, sa colocataire suisse, également danseuse au Billy's Topless. Il aura démembré son cadavre, retiré la peau de ses os, caché son crâne dans une consigne du terminal de Port Authority, et préparé un ragoût avec sa chair qu'il offrira aux sans-abri de Tompkins Square.

Les gens ont de ces vies.

OCTOBRE 1988

Минерва

J'ai commencé à m'intéresser à un personnage étrange de Parsons, une jeune étudiante des Beaux-Arts du nom de Минерва. Sa réputation voulait qu'elle soit une anarchiste bon teint.

Durant ses deux premières années d'études, Минерва avait produit des œuvres clairement figuratives, qui devaient beaucoup à Francis Bacon et aux influences néo-expressionnistes.

Au retour des vacances d'été de 1988, elle avait découvert le didactisme, oubliant les éléments picturaux pour se concentrer sur la représentation de messages en simili-police de machine à écrire.

Beaucoup d'étudiants en art prennent ce genre de tournant, mais le travail de Минерва dégageait une qualité bien à part. La plupart des gamins de troisième année se lancent dans des aphorismes malins. FAISONS TOUS COMME SI NOUS ÉTIONS DES OUVRIERS. LORSQUE LES BOMBES TOMBERONT, PERSONNE NE SE SOUVIENDRA QUI TU AS BAISÉ. LE SEUL TRUC GAY ICI, C'EST LA DANSE.

Les toiles de Минерва étaient blanc gypse et couvertes de déclarations en grosses lettres noires. Les mots utilisés étaient grossiers, la langue maniérée. Ma préférée était une toile d'un mètre sur un mètre cinquante annonçant :

PUISSIEZ-VOUS CHIER DANS VOS BITES, ENCULÉS !

Ou encore :

PLACE À LA CHATTE DE LA PRINCESSE PUTRIDE !

J'ai vu cette dernière toile se faire en temps réel, lente parthénogenèse de quatre heures de dessin en studio. Une petite blondinette russe, portant une vieille veste en jean dégueulasse et un pantalon en cuir déchiré, occupée à peindre des obscénités. Oh, mes chéris, Минерва était divine.

Alors qu'elle rangeait son matériel, je lui ai demandé si elle voulait faire un tour.

– Putain de bordel de merde, a-t-elle répondu. Quoi tu crois ? Ma vie être telle chierie que rien j'ai à faire ?

– Ma chère, ai-je dit. Je pensais juste que ce serait amusant d'aller boire un verre ensemble.

– Alcool, hein ? Putain, pourquoi pas, ma belle ? Allons boire jusque sécrétions souillent notre entrejambe !

Nous avons atterri au Continental Divide, sur la Troisième Avenue, un restaurant-bar récemment redécoré dans un style qu'on pourrait décrire comme dinosaure chic. Des peintures de trois mètres de haut représentant des scènes tout droit sorties d'*Un million d'années avant J.-C.*, mais sans Raquel Welch et ses semblables. Des ptérodactyles hurlants qui ne pouvaient que rappeler Mère, des Tyrannosaurus Rex faisant des malheurs, des petits dioramas pédants placés dans des alcôves. Au-dessus du bar, une étagère accueillait des jouets. Godzilla, le dinosaure des *Pierrafeu*, un brontosaure.

– Tu aimes Parsons ? ai-je demandé. Comment ton boulot récent y est accueilli ?

– Rien à battre la fac, eux aller se faire enculer à sec, a répondu Минерва. Des connards qui comprennent rien à rien. Ou veulent pas. Eux aller se faire foutre. Mais ça coûte un bras la connerie de diplôme. Et j'aime New York, même si c'était bien mieux il y a dix ans.

– Tous les gens qui habitent ici se plaignent que la ville était mieux il y a dix ans. Ou à une période indéterminée avant leur arrivée, l'un ou l'autre. Mais ce n'est jamais mieux, franchement. C'est juste toujours pareil.

À ce moment précis, mes chéris, cet horrible type est entré dans le bar. J'avais eu une histoire avec lui deux ans plus tôt environ. À l'époque, lorsqu'il suppliait votre humble servante de lui administrer quantité de branlettes, comme s'il était un grand de ce monde, cet individu était du genre *beaucoup très** chic. Depuis, il s'était laissé pousser les cheveux et portait un t-shirt Megadeth. Megadeth !

– Ma douce, serait-ce une insulte grave de partir d'ici ? ai-je demandé à Минерва. Quelqu'un que j'avais l'habitude de fréquenter de bien trop près alors qu'il était perdu dans les affres de l'orgasme vient juste de ternir la radiance de cet établissement. Je n'habite qu'à une rue d'ici.

– Pas problème, a-t-elle dit.

En traversant St. Mark's, Минерва m'a montré du doigt une peinture qui ornait le plus grand immeuble au nord de la place. « Tu vois ce truc ? » a-t-elle demandé. Sur un fond d'un noir pur, un dessin d'un bleu pétant esquissait la tête d'un jeune homme, la cigarette accrochée aux lèvres démesurément pulpeuses, les cheveux tracés à la peinture blanche. Un patch bleu recouvrait son œil droit. Et peint en bas, en lettres manuscrites rouges, le mot « GRINGO ».

– J'ai déjà vu ce visage, ai-je dit.

– C'est dans film intitulé *Gringo*, a-t-elle commenté. Générique, bon marché. Un connard du coin joue Gringo, c'est enculé de junkie du quartier. Toi l'as peut-être vu sur son skate ? Une amie taille une pipe à lui. Elle adore les stars.

Très peu pour moi. Lui aller se faire enculer. Mais cette peinture. Elle dévisage nous, à l'entrée de Village, elle jauge existences de nous. Impossible soutenir son regard. Toi as lu *Gatsby le Magnifique* au lycée ?

On nous en avait imposé la lecture à Crossroads, mais j'avais regardé une adaptation cinéma à la télévision, et fait semblant de l'avoir lu en m'inspirant de la prestation catastrophique de Robert Redford.

– Mais bien sûr, ma chère, ai-je dit.

– Moi, a repris Минерва, pense Gringo c'est Cyclope de Docteur T.J. Eckleburg dans vallée des cendres. Gringo voit tout. Gringo sait tout. Si Gringo disparaître, East Village disparaître. Tout fini quand plus de Gringo. Docteur T.J. Eckleburg est seule bonne chose de fiction capitaliste à la con. Dieu être judéo-chrétien ? Ou être vide sur quoi prolétariat ouvrier se projette ?

Baby n'était pas à la maison, car c'était l'heure où il était soit en cours soit occupé à travailler au cinéma du 80, St. Mark's.

– Coloc ? a demandé Минерва.

– Il n'est pas là.

– Étudiant ?

– À NYU.

– Putain de NYU. J'ai beaucoup histoires sur NYU. Uniquement vrais enfoirés.

J'ai proposé à manger à Минерва, mais elle a refusé.

– New York, il y a dix ans, ça être vraie ville, a-t-elle dit. Depuis, plus que connards de merde. Toi et moi, on est rien.

FÉVRIER 1989

Baby invite Adeline chez Bret Easton Ellis

Nos vacances d'été n'incluaient pas un passage par la Californie. Mère a appelé à plusieurs reprises, mais elle n'avait pas grand-chose à dire, jouant encore des non-dits et des silences lourds de sens de ma disparition.

Baby faisait beaucoup la fête, et me régalait de contes urbains à propos de Mykul Tronn, Magenta, Brandywine, Oliver Twisted et autres drag-queens baroques ou clubbeurs post-adolescents, qu'il rencontrait dans des endroits poisseux noyés dans la sueur et autres lieux de perdition.

– Profites-en au maximum, avais-je dit. Vive la tournée des grands-ducs. Seulement, essaye de ne pas amener ce grand cirque avec toi dans notre appartement.

J'en étais arrivée à l'évidente conclusion qu'Adeline et boîtes de nuit constituaient les deux extrémités opposées d'un même aimant. Les membres s'agitant de manière ridicule, les bouches ouvertes et les visages grimaçants, la joie dégoûtante de ces gens qui étaient teeeeeellement heureux d'être là, à ce moment précis, à s'agiter et à se trémousser. Certaines choses en ce bas monde n'étaient pas faites pour votre serviteure.

C'est donc avec une réelle surprise que j'ai décroché notre téléphone Mickey à 1 h 47 du matin en cette nuit du mois de février : Baby était à l'autre bout du fil et me priait de le retrouver dans un appartement appartenant à un manant quelconque rencontré au Palladium.

– Baby, ai-je dit, tu ne t'attends tout de même pas à ce que je mette le nez dehors à cette heure de la nuit ? Il caille !

– Écoute-moi bien, a-t-il répondu.

Si les lignes téléphoniques avaient pu transmettre des odeurs, j'aurais parié que c'était celle d'une haleine chargée d'alcool.

– Je suis à quelques rues de chez nous, a-t-il continué. Tu ne regretteras pas d'être venue. Promis.

– Sans façon, ai-je dit. Je suis en pleine lecture. Et puis, tu sais, moi, les fêtards...

– Adeline, a insisté Baby. Est-ce que je te demande souvent ce genre de choses ? Depuis quand n'avons-nous pas passé un moment ensemble ?

Une voix grinçait derrière lui. Du verre cassé. La clameur d'un petit groupe.

– Tu es avec Queen Rex ce soir ? ai-je demandé.

– Non, a dit Baby. Je ne t'aurais pas appelée si elle était là.

– Dacodac, ai-je soupiré. Donne l'adresse ?

– 114, 13e Rue Est, entre la Troisième et la Quatrième Avenue.

– Quel appartement ?

– 2D. Il y a un portier. Il t'ouvrira.

– Un portier ? Grands dieux, Baby. Chez quelle sorte de personnage t'es-tu fourré ?

– Ramène-toi, a-t-il dit. Tu ne le regretteras pas.

– Le doute m'habite.

Je me suis donné du cœur à l'ouvrage avec deux lampées d'une tequila ultra bon marché. Je n'avais pas envie d'avaler ce genre d'élixir maudit, mais un sixième sens bien caché au fond de mes tripes me disait que ma survie ne passerait que par ce genre d'intoxication sévère.

La tequila était un reste datant du dernier passage de Jeremy Winterbloss. Il avait prétexté vouloir me prêter quelques bandes dessinées, mais était surtout venu pour s'abandonner à l'ivresse et se plaindre de sa vie amoureuse. « Les filles de mon école ne s'intéressent pas à moi, avait-il dit. Ou peut-être ne suis-je pas intéressé par elles.

– Quel genre de filles cherches-tu ? avais-je demandé.

– Je n'en sais rien. Une qui semble savoir à peu près où elle va dans sa vie ?

Il m'avait proposé deux livres d'occasion : *Watchmen*, d'Alan Moore et Dave Gibbons, et *The Dark Knight Returns* de Frank Miller. Tous deux publiés chez DC Comics.

– Tu n'es pas plutôt de la famille Marvel ? avais-je demandé.

Jeremy avait transformé son stage en poste à temps partiel chez Larry Hama, l'auteur de *G.I. Joe*.

– Peut-être, avait-il répondu. Mais Marvel ne pourra jamais publier un livre comme *Watchmen*. Notre culture d'entreprise ne récompense pas l'excellence. À part Larry, le seul bon scénariste que nous avons, c'est une femme, Ann Nocenti, qui fait *Daredevil*. Et la plupart des employés détestent ce qu'elle fait.

– Parce que c'est une femme ? avais-je demandé.

– Parce qu'elle est brillante, avait-il répondu.

Tandis que je remontais la Troisième Avenue, la tequila brûlait dans mon ventre. J'ai admiré un chantier. Un nouveau dortoir pour NYU. C'était l'époque où l'université passait son temps à construire de nouveaux dortoirs sur l'avenue.

J'avais demandé à Baby comment il vivait le fait de se retrouver lié à une organisation dont le but affiché était de transformer intégralement notre quartier.

– Pour être honnête, avait-il répondu, je n'ai pas réfléchi à cette question.

Arrivée à l'entrée du 114, 13e Rue Est, j'ai indiqué au portier que j'étais attendue à l'appartement 2D. C'était l'un de ces petits personnages qui se croyait important et ne pouvait s'empêcher de conduire son activité avec une gravité surjouée, ce genre d'employés qui se comportaient en propriétaires. Il ne voulait pas me laisser monter. Il a insisté pour appeler l'appartement.

Un ivrogne a répondu, bafouillant, ouais, bien sûr, fais-la monter.

J'ai attendu l'ascenseur, adossée à un mur de briques. À l'arrière de l'entrée, derrière une véranda, se trouvait un joli jardin bien entretenu. Un jardin privé dans East Village. Quel chic. Quelle divine idée.

La porte de l'appartement était ouverte. Des exclamations et des volutes de fumée s'en échappaient. Je n'ai même pas toqué, me glissant dans l'étroit couloir, dépassant un cabinet de travail improvisé.

C'était un studio d'une seule pièce, presque un loft. Très peu de décorations, haut de plafond comme tous les immeubles d'avant-guerre. Murs blancs. Peu de mobilier, le strict minimum. Un bureau doté d'une machine à écrire Olivetti. Un futon était replié contre le mur.

Trois drag-queens étaient occupées à faire des acrobaties. Une farandole de collants colorés, de boas en plume et de maquillage si outrageux que même votre serviteure n'aurait pas osé. Deux sur le plancher, à quatre pattes, tandis que la troisième était installée sur leurs dos, un pied sur chacune. Celle qui dominait la scène beuglait une chanson de Dean Martin, évoquant un monde ouateux au cœur de l'hiver. « Le monde est votre boule de neige, voyons comme il change ! »

Un petit cercle de sept personnes entourait cette pyramide humaine, chacune tenant une cigarette ou un verre. Baby et ses amis sortaient du lot. Ils étaient plus jeunes que les autres, l'air naïf et stupide. Baby portait un étrange pantalon lamé et une chemise brillante dorée, tandis que ses camarades arboraient des combis moulantes à pois verts et rouges qui soulignaient leurs chaussettes blanches et leurs baskets montantes noires.

– Adeline ! a crié Baby.

On s'est embrassés. Ses yeux injectés confirmaient mon soupçon qu'il planait bien au-dessus terre.

– Hééééé bien, le pe-pe-pe-tit spec-spec-sp-ec-tacle a co-co-o-commencé, ai-je dit. C'est-c'est-c'est p-p-p-pour ça que-que-que t-t-t-tu m'as in-in-invitée ?

– Tu peux arrêter, s'il te plaît ? m'a demandé Baby. C'est vraiment pénible.

– Dé-dé-dé-dé-solée, ai-je dit.

– Bref. Il faut absolument que tu rencontres le type qui vit ici. Il était juste là, avec sa copine. L'actrice Jayne Dennis, ça te dit quelque chose ?

– Du tout, ai-je répondu.

– Elle joue dans *Des jours et des vies*, a dit Baby. Ah le voilà !

Un jeune homme d'allure banale est sorti des toilettes, les manches de son costume remontées au-dessus des poignets. Sa chemise était largement déboutonnée, dévoilant son maillot de corps. Une tache ornait son ventre. Il ne portait ni chaussures ni chaussettes.

– Viens, a dit Baby, en me tirant à travers la pièce.

Nous nous sommes arrêtés devant l'homme qui nous a dévisagés, l'air perdu et ahuri. Il avait fait la fête toute la nuit. Peut-être plusieurs nuits d'affilée. Peut-être sans dormir. Peut-être ne dormait-il jamais. Peut-être ne savait-il pas que l'on pouvait dormir.

– Je te présente mon amie Adeline, a dit Baby dans sa direction. Elle aussi vient de Los Angeles.

– Salut, a lancé le type.

Je m'étais fait avoir par le costume, et je m'étais trompée. Ce n'était pas un homme. Tout juste un post-ado de notre âge, peut-être un peu plus âgé. Un gamin comme tous les hommes de ma vie, comme tous ces enfants.

– Adeline, a dit Baby, je te présente Bret.

– À quel lycée tu étais ? ai-je demandé, reconnaissant immédiatement un des nôtres, un bien-né qui avait vécu dans les salles cossues d'établissements privés.

– Buckey, a dit Bret.

– Tu me dis quelque chose, lui ai-je lancé. Tu connaissais George Whitney ?

– Je suis ami avec son frère aîné, Timothy. Tu étais à Buckley aussi ?

– Non, j'étais à Crossroads.

Rien ne titillait plus la snobinarde qui sommeillait en moi que quelqu'un qui avait payé pour suivre une éducation traditionnelle, restes d'une époque où les hommes de bien, les ingénieurs de Caltech et de Stanford, décrochaient leur diplôme pour aller construire des missiles chez Lockheed.

– Qu'est-ce que tu fais, là ? a sifflé Baby.

– Baby, ai-je répondu. À ton avis, combien de pauvres types du genre ai-je rencontrés dans ma courte vie ? Timothy Whitney ! J'administrais des branlettes à son petit frère !

L'un des amis de Baby avait grimpé sur le comptoir de la cuisine. Un autre avait allumé l'énorme chaîne hi-fi qui dégueulait un remix techno de « My Prerogative » de Bobby Brown. L'ami de Baby dansait sans sembler se soucier aucunement du rythme, esquissant une version imbibée d'un cha-cha avec quelques mouvements de rock.

Baby m'a tirée dans un coin, vers le lit.

– Tu n'as pas compris, a dit Baby. Ce n'est pas n'importe qui, Adeline. C'est Bret Easton Ellis.

– Quoi ? ai-je demandé.

– C'est pour ça que je t'ai invitée ici.

– Quoi ? ai-je répété.

– Regarde ! a dit Baby en désignant les étagères zigzaguant au-dessus du lit, où se trouvaient de multiples éditions des livres écrits par Bret Easton Ellis. Des versions traduites. *Menos que cero. Moins que zéro.*

– Il est tellement jeune.

– Ne t'inquiète pas, a dit Baby. Il est trop fait, je pense, pour mal le prendre. Je suis dans le même état, et je me fiche pas mal des petits affronts de ce genre. Va lui reparler.

– Je vais attendre une bonne occasion, maintenant.

Mais l'occasion ne s'est pas présentée avant un long moment. Les yeux de votre serviteure ont été témoins de l'agitation de nombre de corps humains dans un grand nuage de plaisir.

De grands moments de discussions sans intérêt, aussi, beaucoup de tubes radio tirés du Top 200, et bien trop de cet atroce rire de fêtard qui pousse toujours à se demander ce qui cloche chez l'autre, puis ce qui cloche chez tous les gens présents.

Au moins deux tiers des personnes présentes ne savaient pas que ce Bret Easton Ellis était un écrivain. C'était juste le propriétaire des lieux. Le dernier tiers ne cessait de lui servir des phrases insipides. « Tu es vraiment allé à Bennington ? » « C'est chouette d'être écrivain ? » « En vrai, à quoi il ressemble, Robert Downey Jr ? » « Où est-ce que tu déniches toutes tes idées de livres ? »

Ils lui posaient toutes ces questions en avalant son alcool puis, avant qu'il puisse répondre, hurlaient des phrases débiles du genre : « Mon père est allé à Bennington ! » « J'ai toujours voulu écrire ! » « Il paraît que c'est un connard ! » « J'ai tellement d'idées dingues, mais je ne sais juste pas quoi en faire. Je peux t'en dire quelques-unes ? »

Voilà à quoi ressemblait notre célébrité des lettres, entourée par les accoutrements les plus tendance des eighties américaines. Un loft Downtown, une énorme chaîne hi-fi, une cuisine immaculée dotée d'un réfrigérateur en acier, l'immanquable machine à écrire Olivetti, un poster de la comédie musicale *Les Misérables*, des étagères remplies de sa propre œuvre, un costume trop bien coupé.

Je le jure sur la tête de votre serviteure, je ne comprenais pas pourquoi il s'en était donné la peine. L'asphyxie au plastique n'avait rien à envier au fait de se chier dessus sous le coup d'un *delirium tremens* en implorant les dieux de la dope pour une piqûre d'héroïne salutaire. Il avait l'air si seul.

Le jeune auteur est sorti sur le balcon. J'ai évité une drag-queen qui s'était écroulée à ses pieds, et l'ai suivi au-dehors.

– M'accorderiez-vous du feu ? ai-je demandé.

– Pas d'objection, a répondu Bret Easton Ellis.

– Je ne veux pas t'ennuyer, ai-je dit en lui rendant son briquet. Mais j'adore *Les Lois de l'attraction*. C'est à crever.

– C'était donc toi, a dit Bret Easton Ellis. Tu sais que Tom Cruise habite dans cet immeuble.

– Et ? ai-je demandé.

– Tu ne trouves pas cela intéressant que Tom Cruise vive dans cet immeuble ?

– Pas particulièrement, non.

Tous les appartements de son immeuble qui donnaient vers l'est bénéficiaient d'un balcon, mais aucun n'était de la taille de la véranda de Bret Easton Ellis.

– Un soir, a continué Bret Easton Ellis, j'observais deux bandes se battre dans la rue. L'une était armée de chaînes. L'autre avait un type en bagnole. Le gars a essayé de foncer sur ceux qui avaient des chaînes. C'était assez formidable. Tu as déjà dîné chez Cave Canem ?

– Non, ai-je dit.

– C'est juste en face du Lismar Lounge. Avant, c'était un sauna très connu, Club Baths. Il y avait des perroquets et des palmiers à l'intérieur. La municipalité a voulu le fermer, à cause du sida. Mon amie Hayne Suthon a racheté l'immeuble et a ouvert un restaurant. Elle a gardé le décor original, en enlevant les taches de sperme. Ils servent des plats romains authentiques, de 79 après Jésus-Christ. C'est très yuppie.

– Je connais Cave Canem. Pas du tout mon style.

– Je suis allé à l'ouverture, a dit Bret Easton Ellis. Tu as vraiment aimé *Les Lois* ? Le *Voice Literary Supplement* en a fait une chronique très dure.

– C'est génial. Même s'il a les mêmes faiblesses que *Moins que zéro*.

– Quelles faiblesses ?

– Tu fais preuve d'un puritanisme tout américain, ai-je dit. Tu crois en la vénalité, au fait que les gens s'adonnent au sexe et à la drogue avec honte, comme si notre planète Terre tournait en fonction de ce que nos braves congénères de vingt-cinq ans s'enfoncent dans les orifices. Mais pas de problème, tu sais, le monde a aussi besoin de pères-la-morale.

– Une de ces folles a de la cocaïne, a dit Bret Easton Ellis. Tu peux aller aux chiottes et t'enfoncer quelques jolies lignes de coke dans les orifices.

– Pourquoi pas.

MARS 1989

Une fiesta radicale au QG anar

J'ai teint mes cheveux en rose, façon Tish et Snooky, puis les ai fait couper couper couper à la Marilyn Monroe par « Mark, le coiffeur ouvert tous les jours jusqu'à minuit ». Le même soir un peu plus tard, Минерва a fait irruption chez nous.

– Gros changement, a-t-elle annoncé.

– George Herbert Walker Bush est notre président. Il va falloir s'habituer à cette nouvelle époque, ai-je dit en m'admirant dans le miroir. Comme toute chose, cela passera.

Elle s'est assise sur mon lit, discutant tandis que je me préparais.

– Intéressant à savoir, à propos de New York, quand on est fille brillante comme toi, a-t-elle dit. Je pense que les Américains pas avoir idée à quel point Oncle Sam exporte sa haine dans monde entier. Les Russes détestent les Noirs car Hollywood déteste les Noirs. Ronald Reagan adorait foutre Nègres en cage. À New York, j'ai compris race être mythe. Les Темнокожий sont pas différents. Certains horribles, bien sûr, mais tous les adolescents mâles sont ça aussi, non ? Quand être écrit hymne glorieux et Hosannas par mâle priapique de dix-sept ans ? Et, moi, je trouve quelques-uns très attirants.

– Je croyais que tu étais lesbienne, ai-je fait remarquer.

– C'est une phase, a dit Минерва. Plus de nuits au Cubbyhole. Bouffer assez de chattes pour vie entière.

– Tu cherches un mec ? ai-je demandé.

– Hé, a dit Минерва, peut-être que mec cherche moi.

J'ai passé une robe noire, avec une veste et des gants de la même couleur. Puis un châle à imprimé panthère autour du cou. Attaché des chaînes à mes poignets, comme des bracelets. Juste au-dessus du sein droit, placé des boucles de ceinture comme des médailles militaires.

– Ça suffit comme ça, ai-je dit en me regardant dans le miroir, comme toujours inquiète d'avoir encore alourdi mon postérieur. Partons explorer cette nuit encore jeune.

Un air de révolution flottait dans l'air, des nuages de pollen libérés par les tourbillons de la révolte. Минерва, réalisant mon soudain intérêt, m'a proposé de l'accompagner à une fiesta radicale au QG anarchiste.

Sur le chemin, ma stalinienne préférée m'a posé des questions à propos de Californie-la-coco, se demandant si la région était plus agréable que New York.

– Le temps est génial, ai-je dit. Mais L.A., c'est l'ennui.

– Et San Francisco ? a-t-elle demandé.

– Je n'y suis allée qu'à trois reprises, ma chère, au lycée. Les gens y semblent un peu perdus.

– Putain de bordel, a-t-elle dit. Je me demander où passer la fin de mes diplômes. Autrement, problème de visa.

Le QG anarchiste se résumait à une grande pièce peinte en noir et parsemée de traînées rouges, un endroit peu confortable installé au sous-sol d'un immeuble mal tenu de la 9e Rue. Les gens y étaient assis sur des canapés affaissés et des chaises en métal.

Certains étaient des intellectuels ouvertement radicaux, qui passaient leur vie à lire et à relire Bakounine. D'autres des barbus à l'allure étrange, survivance des sixties. Une bonne partie était des drogués, piquant du nez dans une défonce psychoactive. Le reste, c'était des gamins lookés punk comme les grands médias pouvaient l'imaginer. Ils m'énervaient. Vraiment.

Nous occupions deux places libres sur un canapé dont les ressorts cassés me rentraient dans la chair. Juste à côté de votre serviteure se trouvait une femme plus âgée, une bouteille de schnaps sortant de la poche de son manteau.

– Sont en retard, a dit Минерва en regardant sa montre Swatch. Putains d'anars.

Un vieil homme avec une casquette des Yankees a débuté la réunion. Nous sommes ici, a-t-il dit, pour discuter et savoir si l'inculpation de plusieurs officiers de police signifie une réelle différence ou non.

– On attend les procès ! a dit la vieille femme, du schnaps moussant dans sa bouche grande ouverte. Assez parlé ! Je veux savoir ce qu'on va faire !

– Au moins, il y en a qui sont inculpés, non ?

Sifflets et cris.

Le fan des Yankees a expliqué que la ville proposait un dédommagement financier aux victimes du Soulèvement, moins de 15 000 dollars chaque fois.

– C'est une honte ! a hurlé la femme.

Elle n'était pas la seule. Les membres du public se sont mis à éructer tout ce qui passait à travers leur cerveau débile.

Derrière nous, un jeune homme a pris la parole avec un accent affirmé. Du New Jersey. Pas spécialement fort, mais très reconnaissable.

– Le problème, tel que je le conçois, a-t-il dit, c'est que nous étions en sursis. Tout le Lower East Side vit dans une illusion totale, celle que nous pouvions continuer à vivre en toute impunité, que nous pouvions faire ce que nous voulions, comme si notre mode de vie pouvait continuer ainsi perpétuellement. On a eu tort. On ne peut pas tricher et s'en sortir à tout jamais. Ils vont nous grignoter, petit à petit, avec le temps. Si vous pensez que c'est la fin, vous vous trompez. Cela va continuer jusqu'à ce que chaque pauvre soit expulsé de la ville, jusqu'à ce qu'ils transforment Manhattan en quelque chose que nous ne reconnaîtrons plus. On est foutus. Discuter de révolution dans un sous-sol de East Village, ça équivaut à se tourner les pouces. Les pauvres se font toujours écraser car nous sommes victimes de la nature humaine. On préfère se quereller entre nous plutôt que d'affronter les riches. La seule raison pour laquelle les riches le sont, à mon avis, c'est qu'ils n'ont pas de surmoi. Ils font comme bon leur semble. Ils disent aux pauvres de sauter d'une falaise, et les pauvres leur demandent : « Depuis quelle hauteur ? » Ce que j'aime dans ce quartier, c'est que nous avons dépassé notre surmoi. Nous devons canaliser cette énergie et la transformer en action politique à part entière.

– Putain de Jon de Lee, a chuchoté Минерва. Du groupe Inverted Bloody Crosses.

– Tu le connais ? ai-je murmuré en retour.

– Bien sûr.

– Tu aurais la gentillesse de me le présenter ?

Les discours se sont terminés. Toujours les mêmes énervements recyclés. Минерва et moi avons remonté la 9e Rue, dans le vent glacial de cette fin de mois de mars, et je me suis ainsi retrouvée à discuter avec Jon de Lee, lui me dévisageant, et j'ai pensé, oh grands dieux, quel adorable ruffian ! Je lui ai demandé s'il avait une petite amie, et il a éclaté de rire. Je lui ai demandé pourquoi il trouvait ça drôle et il m'a répondu : je joue dans un groupe. Je suis anarchiste. Les membres d'un groupe anarchiste n'ont pas de petite amie. Ils ne croient pas à ce genre de relations. Je lui ai fait remarquer que ça sonnait comme une pauvre excuse machiste. Il m'a demandé ce que j'avais prévu pour le jour suivant.

Et c'est ainsi que j'ai fini par sortir avec mon troisième et dernier petit ami de l'époque de la fac.

MARS 1989

Adeline a trois rancards

S'asseoir sur une banquette au Jones Diner, en compagnie de Jon de Lee. L'observer manger un cheeseburger deluxe à un dollar cinquante, mes doigts picorant distraitement ses frites baignant dans la graisse.

La seule fois où j'avais daigné franchir la porte de cet établissement, c'était le soir de la mort de Jean-Michel Basquiat, cinq jours après l'émeute sanglante de Tompkins Square. La rumeur du décès de l'artiste s'était répandue par téléphone, surtout parmi les étudiants les plus assidus de Parsons. Quelqu'un avait déclaré que notre héros local était mort d'une overdose dans son loft de Great Jones Street.

Une poignée d'entre nous s'étaient dirigés vers l'immeuble en question. Le cadavre avait été retiré depuis longtemps, sûrement en état de putréfaction dans une morgue quelconque, à subir l'autopsie d'un médecin légiste. Il ne restait plus rien d'autre que quelques accros au crack. Alors que nous étions dans la rue, une étrange passante ne cessait de soliloquer sur le fait qu'une ancienne star du rock, Bucky Wunderlick, vivait dans ce quartier à la Grande Époque des Années 1960.

– La musique de Bucky, c'est une tuerie. Encore maintenant, a-t-elle dit. Vous connaissez ses Mountain Tapes ? Les gens pensent qu'il est devenu fou parce qu'il s'est converti à l'islam pendant quelque temps et a produit des albums pénibles comme *Abu Dharr's Tears*, mais c'était juste une passade. Ses trucs récents ne sont pas religieux. Le dernier est assez dingo. Bucky semble être très remonté contre la NASA.

L'un de nos doux dingos a alors suggéré d'aller dîner au Jones Diner. C'est donc là que l'Élite de Parsons a passé la nuit durant laquelle Jean-Michel a abandonné son ombre. Nous nous sommes empiffrés de la nourriture la plus grotesque possible, à seulement quelques dizaines de mètres du lieu d'où son cadavre était embarqué sur une civière.

Savez-vous pourquoi, cher lecteur, Jon de Lee avait décidé de m'inviter dans ce territoire hostile ? La réponse est très simple. C'était notre troisième rancard. Et cet endroit servait, selon lui, des mets délicieux.

– Donc, tu es riche, c'est ça ? a-t-il demandé.

– Ma famille est à l'aise, ai-je répondu.

– Et maman te donne de l'argent ?

– On peut dire ça comme ça.

– Pour quoi, les études, les fringues et les courses ?

– On peut dire ça comme ça.

– Donc, en vrai, a-t-il continué, tu fais partie de ces bourgeoises qui pensent que East Village est un lieu qu'on peut gentrifier sans se poser plus de questions.

– Quelle jolie façon de résumer les choses, ai-je dit. Chéri, un homme dont le nom assumé est Jon de Lee ne devrait guère s'occuper de la paille dans l'œil de son voisin. Ce n'est pas comme si tu étais né sur les terres hostiles des Pêcheurs. Red Bank, ce n'est pas non plus le Lower East Side.

– Je suis né dans une famille ouvrière, a-t-il dit. C'est logique que je me retrouve dans un autre quartier ouvrier. Je connais ces gens. Je ne les vois pas comme une faune locale exotique.

Notre premier rendez-vous, si l'on peut appeler ça ainsi, avait eu lieu un mardi soir : Jon de Lee m'avait invitée au concert incontournable de son groupe, qui jouait au Pyramid Club.

The Inverted Bloody Crosses partageait l'affiche avec Collapsed, Bold & Nausea. Je ne connaissais absolument pas. J'avais toutefois persuadé Baby de m'y accompagner. « Tu t'es transformée en groupie, maintenant ? » avait-il demandé.

The Inverted Bloody Crosses étaient horribles, mais correctement horribles, proposant signes et signifiants de la colère post-soulèvement. Des discours, *sans musique**, à propos des flics, des riches, de la guerre contre la classe ouvrière défavorisée. Le tout déclamé par Jon de Lee. Chanteur et premier guitariste. Lors des courts intervalles entre ses tirades interminables, le groupe éructait de courtes déflagrations bruitistes. Jon m'a plus tard expliqué que les Crosses faisaient du trashcore, conjecturant à propos des sous-genres et de leurs particularités. J'ai arrêté d'écouter ses babillages.

– Alors, a dit Baby, tu vas baiser avec ce type, tout ça parce que tu as été le voir en concert ?

– Épargne-moi tes jugements, ai-je dit. Seul Jésus-Christ le Miséricordieux connaît le détail de tes aventures au Pyramid.

– Adeline, a dit Baby. Tu ne peux pas revivre le passé.

– Je ne peux pas revivre le passé ? ai-je demandé. Bien sûr que si.

Une fois la musique finie, Baby a voulu partir. J'ai protesté, mais lorsque nous sommes sortis sur l'Avenue A, je ne pouvais que le remercier de ce désir de disparition. Le public était pathétique, et j'en faisais activement partie, avec toutes ces groupies entourant les groupes, prêtes à tout pour discuter avec les musiciens. *Mais ce sont censés être des punks !* ai-je pensé. *Les punks devraient n'en avoir rien à foutre de ces conneries de rockeurs machos.*

– Ici, ils servent les meilleurs cheeseburgers de New York, a dit Jon Lee. Gras, bien juteux et bon marché.

– Il faut croire, ai-je dit.

J'aimais le décor du *diner*. Les murs et le skaï étaient d'un vert digne d'une clinique à avortements, avec une grande pièce centrale, un comptoir agrémenté de tabourets et cinq banquettes. À travers la vitre en demi-cercle, on apercevait le vide du croisement entre Great Jones et Lafayette, point de vue idéal sur le parking.

Lorsque Jon de Lee a émis l'idée d'un deuxième rendez-vous, j'ai refusé d'aller de nouveau à un concert, insistant pour faire plutôt quelque chose tous les deux, comme deux camarades passant du temps ensemble. Le concept l'a laissé perplexe :

– N'est-ce pas un artefact bourgeois censé renforcer le mythe de l'évidence naturelle du mariage ?

– Peut-être, ai-je dit. Mais c'est tout de même ce qu'on va faire.

Il m'a invitée à une promenade urbaine. Nous nous sommes ainsi retrouvés à déambuler sans but et à discuter. Il me servait toujours ses conneries pontifiantes, bien évidemment, ses diatribes sur la guerre contre les pauvres, sur le pouvoir policier, sur les dérives de l'État. Mais il a aussi parlé de sa famille et de sa jeunesse.

Il ne s'appelait pas Jon de Lee. C'était son *nom de guerre**. Il était né sous le patronyme de Jonah Lieber, gamin juif né dans le comté de Monmouth.

– Mes parents, a-t-il expliqué, ont divorcé avant ma naissance. J'ai grandi seul avec ma mère et ma sœur. Mon frère ne vivait pas avec nous. Mon père avait disparu, mais il s'acquittait d'une pension. Côté école, tout s'est bien passé jusqu'au collège et ma bar-mitsva. Après, j'ai commencé à noter des différences entre moi et les autres. Ils étaient trop provinciaux, trop New Jersey, je crois. Ou alors je ne l'étais pas assez. Je me suis toujours totalement tapé de leurs chaînes en or. J'ai abandonné le lycée et suis parti à New York. Et j'habite dans le Lower East Side depuis.

– Tu t'exprimes bien, ai-je dit. Pour un type déscolarisé aussi tôt.

– Pourquoi un intellectuel devrait-il passer par une éducation académique ? Aux États-Unis, il y a toujours eu une tradition de libres-penseurs.

– Tu ne crois pas à l'Amérique. Tu es un anarchiste.

– La cohérence à tout prix est le farfadet des esprits étriqués. Je crois au rêve américain.

– Qu'est-ce qu'un farfadet ? ai-je demandé.

– Comme Puck, tu sais, dans *Le Songe d'une nuit d'été*.

– Jamais vu, ai-je menti. Ou lu.

– C'est pas mal, a dit Jon de Lee. Je préfère *La Tempête*. On a écrit une chanson sur Caliban, « Dildo Lies Bleeding ». Caliban échoue sur l'East River et devient héroïnomane à Alphabet City. J'ai eu cette idée après avoir lu *Le Pont* de Hart Crane. Il y a un passage à propos d'Edgar Allan Poe qui prend le métro, et je me suis dit, putain, c'est tellement ça. Parce que Edgar Allan Poe avait vraiment la gueule d'un pervers au visage cireux.

On est arrivés à Wall Street.

– De toute ma vie à New York, ai-je dit, je n'étais jamais venue ici.

– Il n'y a rien d'intéressant dans le coin, a-t-il déclaré. Juste des sales cons accrochés à leur téléphone de poche.

Une statue de George Washington était clouée devant la Réserve fédérale. Le père fondateur de notre Nation sur un piédestal, avec une allure un peu trop élégante. Des gouttes de sang séché entouraient la statue. Les cadavres pourrissants de petits animaux jonchaient le bitume.

– Mais quel enfer ont donc vécu ces pauvres choses ? ai-je dit.

– Tu n'avais jamais vu ça ? a demandé Jon de Lee. Il y a une secte à Flatbush. Ils pensent que les pères fondateurs sont des démons vaudous. Un truc de ce genre, en tout cas. Difficile de comprendre. Maintenant que tu sais, tu vas remarquer ce genre de saloperies un peu partout.

J'ai accepté un troisième rancard, mais en insistant pour que Jon m'y nourrisse. D'où le Jones Diner. D'où cette vision d'horreur de Jon de Lee avalant un cheeseburger deluxe.

– Mais qu'est-ce que tu fous à la fac, alors ? a-t-il demandé en tapant sur le cul d'une bouteille de ketchup.

– C'est dans l'ordre des choses, ai-je dit en jouant à fond mon rôle social. Les gens de mon extraction sont destinés à aller en fac.

– Mais tu es une artiste, non ? a-t-il demandé.

– Quelque chose de ce genre.

– Tu ne veux rien manger ?

– Je mange tes frites, ai-je dit. Ça me suffit.

– J'espère que tu n'es pas du genre à jouer l'anorexique. Certains des habitants de mon quartier ne peuvent pas se payer à manger, ils n'ont pas le luxe de s'affamer.

– Oh, Jon, ne peut-on pas simplement leur donner de la brioche ?

Une fois le repas terminé, nous sommes partis en direction de l'est. Je lui ai montré le numéro 84 de la Deuxième Avenue. Et ai parlé de l'existence de *Robes de soirée à louer*. Il connaissait l'histoire.

– Sa famille vit toujours sur place, a-t-il dit. J'ai déjà parlé avec une fille de là-bas, sa sœur je crois. C'est pas facile, je n'ai pas osé en demander plus. Je connais quelqu'un qui y a même aperçu un fantôme.

– Tony le Métis ? ai-je demandé.

– Non, c'était Spacer.

À ce moment environ, j'ai décidé que je l'emmènerais faire un tour de mon boudoir, mais sa condition d'anarchiste me travaillait. Je n'entretenais pas une passion particulière pour la monogamie, mais j'avais une certaine fierté.

– Mon cher, ton ethos et ton appétence envers l'absence utopique de propriété te rendent-ils inéligible à tout engagement ?

Je lui ai posé la question juste avant d'arriver au vieux portail en acier du cimetière de Marble Hill. Un groupe de sans-abri avaient trouvé refuge au beau milieu des restes des défunts. Ils faisaient brûler du bois dans des barils. Quelques tentes avaient été montées, sûrement pleines de seringues et de pipes en verre.

– Je n'ai pas dit ça.

– Si, exactement. Le soir de notre rencontre.

– Je dis aussi beaucoup de conneries.

MARS 1989

Adeline et Jon ont une relation sexuelle

Lorsqu'on souffre d'une longue maladie sans fin, on peut perdre tout souvenir de la santé.

Comme moi. J'en suis le premier exemple. Je n'avais aucune idée d'à quel point j'étais malade, jusqu'à ce que l'on m'administre la cure.

Réfléchissez aux nombreuses relations sexuelles survenues lors de ma courte vie avec de jeunes lourdauds, des garçons idiots aux corps maladroits. La sexualité sans charge érotique, comme une faveur accordée à un ami.

Cher lecteur, ne vous y méprenez pas. Votre vieille copine Adeline n'était pas l'une de ces nombreuses nymphettes désespérées, condamnées à forniquer comme un lapin en n'atteignant jamais le plaisir. Il y a eu des moments de joie, des exemples précis de plaisir réel. Des doigts qui se crispent et des langues qui se tordent. Des orgasmes nerveux. C'est arrivé. Je ne saurais le nier.

La baise avec les garçons ne rimait pas avec possibilité. Une sorte de masturbation amicale, un soulagement physique semi-mutuel.

Les souvenirs de ces rencontres passées se sont évanouis, effacés, une fois que Jon et moi avons enfin expérimenté l'essentiel.

Avec Jon, tout était communication, un dialogue entre deux corps, des impulsions électriques courant sur des fils de chair et d'os. Des mots qu'on ne saurait prononcer, des mots qu'on ne peut qu'entendre. La peau devenait peau qui redevenait peau.

Nous faisions l'amour et nous couchions ensemble et nous faisions l'amour et nous couchions ensemble. Mais, cher lecteur, une fois de plus, je vous en implore. Ne vous méprenez pas. Je ne suis pas une petite cruche. Je ne suis pas une princesse naïve. On a baisé, baisé, baisé, baisé, baisé, baisé. On a baisé au beau milieu des effluves de nos corps, on a baisé bercés par nos odeurs, noyés dans leur senteur musquée, dans l'explosion de cette floraison de chair. Draps, vêtements, âmes et serviettes souillés. Baisé jusqu'à ce que ma chatte s'assèche et qu'elle soit rougie par le frottement, baisé jusqu'à ce que Capitaine quitte ma chambre en miaulant de désagrément, ses pattes grises griffant le bois, baisé jusqu'à ce que les érections quotidiennes de Jon se dissipent, incapable de passer un troisième ou quatrième préservatif, baisé jusqu'à ce que mes règles arrivent, ne nous arrêtant que jusqu'à une diminution du flux, puis baisant jusqu'à ce que la queue de Jon devienne rouge sang, baisé jusqu'à ce que nos corps célestes tournent sur leurs axes et se perdent dans les paradis, jusqu'à ce que le lit se casse, jusqu'à ce que tout l'immeuble soit saturé de nos orgones. Notre baise était une vague incessante, une sainte explosion de géométrie folle, une mer d'exclamation.

Entre ces sessions, Jon proférait des analyses marxistes à la mords-moi-le-nœud, du genre :

– Ce que j'admire chez vous les femmes, et la raison pour laquelle j'éprouve tant de passion pour vous, c'est l'effort que vous dédiez à la sexualité.

– Qu'est-ce que tu veux dire par là, mon vieux ? ai-je demandé.

– Regarde hier, quand je n'ai pas réussi à passer la capote, tu as utilisé ta main et ta bouche. J'ai essayé de ne pas faire le parallèle, mais c'était plus fort que moi, j'avais l'impression d'être le patron d'une usine et que tu en étais la cheville ouvrière. Comme si je t'interdisais l'accès aux moyens de production, car tu ne profiterais pas des fruits de ton travail.

– Ce n'est pas un boulot, ai-je dit.

– C'est quoi, un don ?

– J'ai déjà donné dans le don, ai-je soupiré. Ce n'était pas du tout un don. Tu es trop un mec, mec. Tu ne comprendras jamais.

Bret Easton Ellis a appelé alors que nous baisions, laissant un message sur notre répondeur relativement défectueux. « Adeline, a dit la machine. C'est Bret Easton Ellis. Désolé de t'appeler aussi tard. J'ai une soirée Uptown, mais Jayne ne peut pas venir. Je me demandais, tu ne voudrais pas m'y accompagner ? C'est open bar, bien sûr. Jay McInerney sera là, et c'est un expert des cocktails à la pastèque. Rappelle si tu as ce message avant 19 heures. Merci. C'est Bret Easton Ellis. »

J'étais amoureuse. J'avais même utilisé le terme, l'avais prononcé devant Jon, et l'avais entendu le répéter. Et l'amour surpasse tout. Ou fait passer la journée. Je n'ai pas rappelé Bret Easton Ellis. Dommage, mais je ne pouvais pas abandonner Jon. Pas avec tout ce qu'il nous restait à faire.

J'imaginais Bret Easton Ellis, inquiet de sa position sociale, l'enfant terrible de son milieu, téléphonant à une jeune femme baisée par un punk du New Jersey, un type habitant entre les avenues C et D dans un squat, qui vivait en dehors de l'économie capitaliste.

Les deux hommes vivaient sur la même île, séparés d'un kilomètre à peine. À dire vrai, ils auraient pu vivre sur deux planètes totalement différentes.

AVRIL 1989

Minerva ♥ Jeremy

Jeremy a téléphoné un après-midi pour me demander si j'étais libre. Il voulait passer dire bonjour. Je lui ai dit que j'en serais très heureuse. J'ai appelé Минерва. Je lui ai proposé de passer.

En entrant, Jeremy m'a tendu un court essai. *The Hepcats Jive Talk Dictionary*, vendu au prix de 25 cents, publié en 1945. Sur la couverture, une femme et son copain avaient entamé un jitterburg anémique, sa robe tourbillonnant bieeeeeen au-dessus du genou, révélant un bout de lingerie ultra-provocant.

– Sapristi, qu'est-ce que c'est que ça ? ai-je demandé.

– J'ai trouvé ça à un salon de la bande dessinée, à Long Island, a-t-il dit. Un bon quart des définitions sont en fait des insultes envers les Noirs. Et ça, Adeline, ça fait partie de toutes les saloperies que j'ai entendues toute ma vie. Je n'ai pas besoin de dictionnaire pour ce genre de terminologies. Je me suis dit que ça pourrait te plaire.

– Tu sous-entends que j'ai besoin de m'améliorer en insultes racistes ? Et que dois-je faire avec ce brave lexique des bas-fonds ? Organiser une manifestation du Ku Klux Klan ?

– Je voulais juste dire que tu aimes les mots étranges, a-t-il dit.

Минерва a crié mon nom depuis dehors, son accent rugueux répercuté sur les immeubles de la 7e Rue Est. Je suis descendue la chercher et l'ai fait entrer.

Je l'ai présentée à Jeremy. Le silence était total, comme si nous avions été téléportés dans une dimension vide et mystérieuse.

– Jeremy travaille chez Marvel Comics, ai-je expliqué.

– Marvel ? a demandé Минерва. Comment va Red Ghost ? Il entraîne ses singes toujours ?

– Comment tu connais Red Ghost ? a demandé Jeremy Winterbloss.

Parfois, ce n'est pas plus compliqué que ça.

Ils sont repartis, ensemble, à faire des plans pour le lendemain.

Cher lecteur, laissez-moi éviter toute mauvaise interprétation. Parmi tous ceux qui passent et repassent dans ce livre, soyez certain que Jeremy Winterbloss et Минерва constituent un couple qui ne souffrira d'aucune tribulation négative gratuite. Ils resteront connectés jusqu'à ce que leurs corps deviennent poussière.

MAI 1989

Adeline tombe malade

La nuit suivant la fin du trimestre universitaire de printemps, Baby est revenu d'une orgie effrénée de *clubbing*, tremblant et suintant d'une sueur maladive. J'ai exigé de savoir quelle drogue avait pu le plonger dans un état si cauchemardesque, mais il m'a assuré qu'il était sobre.

Ce n'était pas la drogue, juste la maladie. « Bien sûr, ai-je pensé, il va attraper la mort dans ces clubs, à se frotter à tous ces gens. C'est le pire incubateur de germes. » Mais, songez, mes chéris, que votre vieille amie Adeline qui porte tous les malheurs du monde était tellement distraite qu'elle n'avait même pas pensé au sida. Elle avait imaginé une maladie banale, comme ces grippes virulentes qui traînent.

Baby brûlait d'une fièvre intense. Puis est arrivée la congestion, la morve qui coule et d'épaisses mucosités. Il a perdu la voix.

J'ai endossé le rôle de Florence Nightingale, à jouer les infirmières auprès de lui, à essuyer son front brûlant avec des linges glacés. Jamais je n'ai imaginé pouvoir être moi-même éligible à ce fléau. Je me pensais comme physiquement impénétrable, une sentinelle hors de portée des flèches d'Apollon. J'avais atteint les sommets de l'aveuglement.

Il a guéri tout seul le dixième jour, comme par miracle, alors que ses cours du trimestre d'été commençaient le jour suivant.

Le lendemain, alors qu'il était parti à la fac, j'ai commencé à avoir exactement les mêmes symptômes. De façon simultanée. Plus de voix, expectoration massive et épisodes fiévreux délirants.

Le Patient Zéro était trop occupé par ses études pour vraiment s'occuper de moi, donc il a préféré téléphoner à Jon et dire :

– Jon, si tu aimes ta promise, tu devrais venir faire un tour dans notre nid d'amour.

L'un des chanteurs de trashcore les plus connus du Lower East Side, dans lequel j'avais investi affections et affectations, s'est donc retrouvé à mon chevet pendant de longues journées à supporter mes pénibles jérémiades.

Malheureusement, il avait beau faire, aucune de ses tendres veillées ne m'aidait. Au septième jour, il a dit :

– Personne ne déteste plus le corps médical que moi, mais il faut que tu ailles voir un médecin.

– Je ne sais pas comment on fait, ai-je répondu. Je n'ai jamais pris rendez-vous chez un médecin.

– Tu veux que j'appelle ta mère pour me renseigner sur ta mutuelle ?

– Non, pas Mère ! ai-je lancé. Juste un médecin, s'il te plaît.

Il m'a pris rendez-vous. Il a dormi à mes côtés durant cette nuit enfiévrée.

Le médecin en question était une femme d'une petite cinquantaine d'années, aux cheveux teints couleur auburn, très raides. Elle m'a demandé depuis combien de temps j'étais malade, ce à quoi j'ai répondu avec une grande franchise.

– Mais qu'est-ce que vous avez donc tous ? a-t-elle demandé. Il faut que vous perdiez un bras avant d'appeler à l'aide ?

Elle m'a prescrit une semaine d'antibiotiques. Jon a été chercher les médicaments.

– Tu n'as pas mieux à faire ? ai-je demandé.

– Je suis absolument certain que je suis là où il faut, a-t-il dit.

Au sixième jour de prise, les antibiotiques avaient résorbé l'infection. Au septième jour, j'espérais pouvoir me reposer comme Dieu Tout-Puissant, mais cela s'est révélé impossible. Une irritation vaginale m'a privée de cette douce paix. Uriner ne se faisait pas sans une douleur lancinante. Au huitième jour, les pertes ont débuté. Quel plaisir d'être dotée d'un corps !

On n'avait pas baisé depuis que j'étais tombée malade, et cela faisait donc trois semaines que nous vivions dans l'abstinence forcée. Jon était tel un animal en mal de chair fraîche, en chasse, se plaignant vaguement de voir son été ruiné.

J'étais trop honteuse pour lui expliquer à quel point c'était impossible. Qu'offrir à l'homme que vous aimez ? « Désolée, Jim chéri, mais à cet instant précis, mon vagin excrète des choux à la crème. Cette terrible réalité rend toute la région plutôt inhospitalière eu égard à ton appareil génital ! »

J'ai appelé Минерва pour lui demander si elle pouvait m'accompagner chez le médecin.

– Problème ? a-t-elle demandé. Champignon ? C'est rien. Docteur va résoudre problème.

Mais pouvait-elle venir avec moi ?

– OK, pourquoi pas ? Découvrir médecine américaine. Bonne excuse. Winterbloss veut aller voir *Batman*.

Le même médecin que la dernière fois est entrée dans le cabinet. J'avais peur qu'elle ait oublié votre serviteure, alors j'ai lancé :

– Docteur, j'espère que vous aurez remarqué que j'ai pris rendez-vous très vite cette fois-ci !

– Qu'est-ce qui ne va pas aujourd'hui ? a-t-elle demandé.

– Elle a champignon à chatte, a dit Минерва.
– C'est ça, ai-je dit. J'ai des pertes.
– Mademoiselle, a dit le médecin, je crois sincèrement que les femmes en savent bien plus sur leurs propres corps que quiconque. Si vous dites que c'est une mycose vaginale, je vous crois. Je pourrais faire des prélèvements et des analyses, mais j'ai l'impression que cela ne fera que confirmer ce que vous me dites. Je vous demande donc, est-ce que vous voulez faire tous ces examens, ou juste que je vous prescrive un traitement ?
– Le traitement, s'il vous plaît, ai-je dit. Je ne supporterai pas plus longtemps cette irritation horrible.
Elle m'a prescrit un traitement d'une semaine de soins locaux. Et en aucun cas ne devais-je céder aux sirènes de la sexualité.
– Docteur, ai-je demandé, qu'est-ce que je dis à mon fiancé ?
– La vérité.
Jon avait déjà dû voir plus d'infections que je ne pouvais l'imaginer, vu qu'il venait d'un milieu de junkies et de camés, deux groupes d'individus peu connus pour leur santé éclatante.
J'avais pourtant tendance à me considérer comme une oasis de pureté dans la folie de son existence. Je ne suis pas une sainte-nitouche, et je n'ai pas peur des horribles sécrétions de mon corps, mais on finit toujours par se résoudre à la réalité des choses. Le féminisme et l'acceptation du corps ne font pas le poids face à une bonne mycose vaginale.
J'ai donc feinté, dissimulé, administré des doses démentielles de sexe oral. À la fin de la semaine, tout signe d'infection avait disparu. Terrifiée à l'idée que ces taches blanches ne réapparaissent sur mes sous-vêtements, j'ai tenu Jon à distance sept jours de plus.

AOÛT 1989

Daniel Rakowitz

Le 19 août à 18 h 30, à Gramercy Park, une canalisation souterraine d'évacuation de chaleur a explosé. Un geyser d'eau brûlante haut d'une trentaine de mètres a jailli, avec force boue et vapeur, volant au-dessus de la ville, explosant des vitres, détruisant des voitures, souillant le parc. La statue d'Edwin Booth recouverte par la fange souterraine de Manhattan.

Si j'avais mis le nez dehors, et que je m'étais frayé un chemin jusqu'à Cooper Square, j'aurais aperçu en regardant vers le nord un nuage de vapeur s'élever au-dessus de la ville tel un djinn furibard menaçant Bagdad. Mais c'était une nuit bruineuse à New York, et il faisait particulièrement lourd. Je me suis refusé à sortir de chez moi.

À peu près au même moment, Daniel Rakowitz assassinait sauvagement la danseuse suisse Monika Beerle dans un immeuble en ruine au coin de l'Avenue C et de la 9e Rue.

Une des théories prétend que Beerle, dont on ignore si elle avait des soucis d'addiction, a invité Rakowitz à s'installer chez elle. D'autres disent que c'était chez Rakowitz, qu'il avait proposé à Beerle d'emménager, et qu'elle payait le loyer et avait mis le bail à son nom. Peu importait, le fait est qu'après une cohabitation assez courte Beerle avait voulu que Rakowitz fasse ses valises – ciao, mon vieux, et ne reviens surtout pas.

Qui aurait pu lui en vouloir ? Rakowitz devait être invivable. Le mec passait la majeure partie de ses journées à traîner autour de Tompkins Square, à manifester pour la légalisation de la marijuana, sombrant de plus en plus dans la folie, affirmant à qui voulait l'entendre qu'il était le Nouveau Seigneur Révélé, un dieu vivant dont les fidèles dirigeraient bientôt l'Amérique.

Le magasin situé au 335, 9e Rue Est abritait le Temple de La Vraie Lumière Intérieure. N'importe qui pouvait assister à la messe dominicale et se voyait offrir une dose gratuite de DPT, de la dipropyltryptamine, un hallucinogène légal. La seule condition pour recevoir ce saint sacrement était d'accepter de subir une logorrhée à propos de la véritable nature du Christ, et autres imbécillités à propos de l'incarnation divine dans l'acide lysergique.

Une histoire racontait la visite de Rakowitz au temple. Lorsqu'il avait aperçu la devanture étrange, avait-il admiré ses tons jaune pétant et rouge vif ? S'était-il arrêté pour observer le contre-plaqué qui recouvrait la vitrine ? Et si c'était le cas, avait-il remarqué le large mandala qui y était peint ? Avait-il lu les mots en dessous : « Le Psychédélique est le Créateur » ? Lorsqu'il avait poussé la porte, avait-il vu le champignon magique dessiné au-dessus de l'adresse ? Et ses pieds avaient-ils foulé en ces temps anciens la pelouse des filles de Manna-Hata ?

Rakowitz pérorait devant le petit groupe de croyants fervents. Antéchrist, animaux morts, 696, révoltes fascistes, l'endroit exact où se trouvait l'âme chez l'humain.

Le monologue était devenu si sombre que des adhérents de l'église l'avaient sorti pour vérifier qu'il ne portait pas d'armes dans son sac. Et qu'avaient-ils trouvé ? Son coq de compagnie, dénommé Rooster, ainsi qu'une édition allemande de *Mein Kampf*.

Donc imaginez Beerle passer deux semaines dans un petit deux-pièces en ruine en compagnie de cette charmante créature. Elle avait opté pour la meilleure décision en informant Daniel qu'il devait partir car sa sœur allait bientôt arriver de Suisse.

Rakowitz, défoncé à la marijuana et tripant au LSD, avait frappé Beerle à la gorge. Peut-être était-ce la cause de sa mort. Si cela n'avait pas suffi, il l'avait de toute façon étranglée avec une corde. Il avait traîné son corps dans la salle de bains pour le larder de coups de couteau.

Pendant une semaine, les morceaux du cadavre de Beerle avaient reposé dans la baignoire.

Puis étaient passés un certain nombre de gens. Certains avaient aperçu la tête de Monika sur la cuisinière, où Rakowitz la faisait mijoter. Sylvia ou Shawn, ses colocs insupportables ? Ou Crazy Dave, le concierge de l'immeuble ? Voire d'autres ?

Une rumeur voulait que Rakowitz ait cuisiné le cerveau de Beerle, puis en ait mangé une partie. Une autre disait qu'il avait fait mijoter sa chair dans une soupe, puis avait servi la pitance aux sans-abri du parc.

Peut-être cela soulève-t-il la question de savoir pourquoi quiconque pouvait accepter de la soupe de la part d'un fou comme Rakowitz. Malgré tous ses défauts, il était du genre charitable. Il avait coutume de préparer de larges repas pour ces campements de démunis.

Les portions laissées de côté du corps de Beerle ont dû finir dans les toilettes, ses déchets se perdant dans les égouts. Une semaine après le meurtre, les rumeurs allaient bon train dans le quartier.

Jon avait toujours des connaissances en commun. Il était toujours au courant des histoires qui couraient. Nous étions au Snakepit, de l'autre côté du parc. J'avais acheté une ceinture décadente à motif de pentagramme. Alors que nous partions du café, un adolescent sale et drogué, portant un jean déchiré et un sweat taché, est sorti en titubant de Tompkins et a appelé Jon par son prénom. Nous avons attendu qu'il traverse la rue. Il s'est adressé à Jon comme si je n'existais pas.

– T'as entendu ce truc de dingue, mec ? a-t-il râlé. Ce putain de truc avec Daniel, tu sais ?

– Ouais, a répondu Jon de Lee. On m'a dit.

– Attends, ai-je dit. Quel Daniel ?

– Daniel et son putain de poulet, a repris le drogué. Il était au parc tout à l'heure, à délirer toutes ses conneries comme quoi il était une putain de divinité. Un type a dit : « Et Dieu a le droit de prendre la vie ? » Et l'autre lui répond : « Bien sûr. J'en ai décidé ainsi. »

– Daniel est un putain de dingo, a dit Jon de Lee. Mais je ne pense pas qu'il l'ait tuée.

– T'as entendu parler de la soupe, mec ?

– Ouais, a dit Jon. Tout le monde ne parle que de ça.

– Moi, on ne m'a rien dit, ai-je répété.

– Laisse tomber, a dit Jon.

– Tu la connaissais, Jon ? a demandé le gamin.

– Je l'ai déjà vue dans le quartier.

Lorsque le drogué est parti en titubant, j'ai insisté auprès de Jon, et lorsqu'il a résisté, j'ai encore plus insisté. Il m'a raconté l'histoire, ce qu'on savait dans le quartier, ce qu'on ne savait pas, qui avait vu quoi, qui avait mangé quoi. Je n'en revenais pas.

– Le mec avec le coq ? Vraiment ? ai-je demandé.

– Hé ouais, a dit Jon.

– Et la fille ?

– Elle s'appelait Monika.

– Et pourquoi personne n'a appelé les flics ?

– Arrête d'être aussi petite-bourgeoise, a-t-il rétorqué. Ces porcs n'arrêtent pas de nous tabasser et de nous harceler chaque jour. Qui leur fait encore confiance ? Tu vis dans quel monde ?

L'affrontement déjà oublié, et l'attention des médias portée sur un autre sujet, la municipalité avait décidé de mettre les bouchées doubles dans le quartier.

Presque chaque semaine, la police faisait des descentes chez les sans-abri de Tompkins Square, qui s'étaient réunis sous le nom de Tent City. Une routine, en somme. La police débarquait, détruisait les abris, arrêtait quelques manifestants, puis battait en retraite. Les sans-abri revenaient et se reconstruisaient un toit. À la prochaine, monsieur l'agent.

Les squatteurs connaissaient le même sort. On avait fini par s'habituer à la présence massive de policiers tentant d'évacuer les résidents des immeubles les plus en ruine.

Des collectifs avaient décidé de fortifier les constructions afin d'empêcher l'intrusion des forces de l'ordre, ce qui avait eu pour conséquence de créer de véritables scènes de guerre. Des policiers casqués au volant de déblayeuses, affrontant des punks armés de bouteilles en verre et de pétards. Les flics en sortaient presque toujours vainqueurs. Des centaines de personnes ont perdu leur foyer.

– On vit ici pour ne pas subir la répression de l'État policier, disait Jon. On est en guerre contre ce gouvernement. On ne peut pas faire confiance à la police. Si ces histoires sont vraies, alors les gens du quartier vont s'en occuper. À leur manière.

– Et ça veut dire quoi ? ai-je demandé.

– À ton avis ?

J'ai traîné dans le coin durant les jours suivants, à la recherche d'indices concernant le meurtre, Daniel Rakowitz ou Monika Beerle. J'ai entendu des gens discuter entre eux, ouvertement, des détails du crime.

– Il lui a coupé la tête d'un coup et l'a foutue sur la gazinière ! Crazy Dave a tout vu.

On disait qu'avant de passer à l'acte Rakowitz n'arrêtait pas de déclarer aux habitants du parc qu'il allait tuer Beerle. Ce jour-là, il a joint le geste à la parole, puis est revenu dans le parc pour en parler. Lorsqu'il a découpé le corps en morceaux, il l'a également raconté. Tout le monde savait ce qui se passait. Un quartier entier avait décidé de s'en moquer, de manière collective. Toujours la même histoire. Une femme morte dans le Lower East Side. Encore une robe de soirée à louer.

J'ai demandé à Jon de me conduire à l'immeuble de Rakowitz. Je voulais le voir, lui ai-je expliqué, par simple curiosité morbide, un besoin malsain de frissons.

– Jon, ai-je chouiné, je veux être exposée à la véritable brutalité du capitaliiiiiiiisme.

Quelqu'un avait vandalisé l'entrée :

700 Club E. 9e Rue Est
Patrie des « Fine Young Cannibals »
Elle m'a rendu dingue, alors je l'ai butée !

– Cela ne va pas continuer comme ça, a dit Jon. Il va se passer quelque chose.

Il n'aurait pas pu deviner que ce serait votre serviteure qui n'allait pas laisser les choses continuer ainsi. Quand nous nous sommes dit au revoir, je suis rentrée chez moi et ai appelé le poste de police du 9e district. J'ai expliqué, calmement, de façon rationnelle, qu'un meurtre avait eu lieu au 700, 9e Rue Est. J'ai indiqué le nom de la victime, ainsi que celui du meurtrier. J'ai décrit Daniel Rakowitz. J'ai demandé ce qu'ils comptaient faire.

– Je ne peux pas vous dire, madame, a dit l'homme à l'autre bout du fil. Nous allons étudier le sujet.

Il a raccroché.

J'avais pu voir les policiers du même district tabasser jusqu'au sang les citoyens du quartier, mais je pensais qu'avec un meurtre ils feraient tout de même un peu d'efforts.

Les jours ont passé. Rien n'a bougé. Les rumeurs couraient dans tous les sens. Était-ce possible, vraiment, de faire confiance à quelqu'un ? Les gens s'en fichaient. Les flics s'en fichaient. Qui s'intéressait à Monika Beerle ?

Plus tard, on a appris que d'autres personnes avaient tenté d'alerter la police, mais que les autorités connaissaient Rakowitz et le prenaient pour un fou inoffensif. Les policiers n'avaient pas pris les rumeurs au sérieux. Ou peut-être ne se souciaient-ils pas de Beerle, une strip-teaseuse morte de plus dans un quartier déjà submergé par les cadavres. Qui aurait pu suivre le dossier ? Une rumeur affirmait même que Rakowitz leur servait d'indic.

Les histoires comme celle de la mort de Beerle perdent de leur caractère atroce, deviennent amusantes, se fondent petit à petit dans l'histoire d'un quartier. Encore un truc diiiiiiingue qui s'est passé dans cet endroit de diiiiiingues.

Les cours ont repris. Je m'en fichais pas mal. Les semaines ont passé.

Un jour, j'ai croisé Rakowitz qui marchait vers moi, descendant de St. Mark's. Il portait son ensemble en jean.

Un reflux gastrique m'a brûlé l'œsophage. J'ai bondi sur la voie, manquant de me faire écraser par un livreur de Coca. En sécurité depuis l'autre côté de la rue, je l'ai observé passer devant moi, perdu dans ses pensées.

Et, tout à coup, comme ça, à la fin du mois de septembre, la police l'a arrêté et lui a demandé s'il avait tué Beerle. Il a tout de suite avoué. Ils lui ont demandé où se trouvait son cadavre. Rakowitz les a amenés à Port Authority, où il avait un casier de consigne. À l'intérieur se trouvait un sac de l'armée. Et dedans, un seau en plastique. Avec le crâne de Beerle, ses os et une bonne dose de litière pour chat.

Jon est passé me voir pour m'apprendre la nouvelle. J'étais allongée en travers du lit, plongée dans la lecture d'un *People Magazine* que quelqu'un avait laissé traîner à Parsons. Ne me demandez pas pourquoi je l'avais rapporté chez moi. Aucune idée.

– Je me suis dit que tu serais soulagée, a-t-il dit.

– Ça ne l'empêche pas d'être morte, ai-je répondu. Ça ne change rien.

Baby était dans la cuisine. C'était lui qui avait entendu Jon s'annoncer en criant depuis le trottoir et qui était descendu lui ouvrir.

– Écoute, a dit Jon. Tu veux le voir ?

– Voir quoi ?

– L'appartement, a-t-il dit.

Je n'aurais pas dû, mais j'y suis allée quand même. J'ai dit oui. Nous avons descendu quelques rues, traversant le parc et sa dernière version de Tent City. Il y avait encore plus de monde qu'à l'habitude. Tout le monde se fichait de la mort de Monika Beerle. Tout le monde se fichait de la folie de Daniel Rakowitz. C'est à peu près à ce moment qu'une sensation m'a envahie, comme émergeant du béton de New York. Enfin je comprenais que la vie n'était pas un jeu où celui qui avait assez de talent s'en sortait toujours vainqueur.

Le graffiti était toujours sur la porte d'entrée de l'immeuble. J'étais trop perturbée pour me demander pourquoi la porte n'était pas fermée. Nous avons gravi plusieurs étages avant d'atteindre l'appartement. Quelqu'un avait écrit sur la porte de Rakowitz : « IL RESTE DE LA SOUPE ? » et « BIENVENUE DANS LA DEMEURE DU REJETON D'ED CHARLIE GEIN MANSON ». Des bouquets de fleurs étaient collés au ruban du périmètre de la police.

Un mois plus tard, le *Village Voice* a publié six pages à propos du crime. Intitulé « Sanguinement vôtre », il était l'œuvre de Max Cantor, l'acteur qui jouait Bobby dans *Dirty Dancing*.

Le matériau provenait principalement d'entretiens avec Sylvia et Shawn, et confirmait les pires rumeurs. Ils ne vivaient pas sur place, mais Sylvia avait vu la tête de Beerle sur la gazinière. Elle avait refusé de dénoncer Rakowitz. Par amitié.

– Jon, ai-je dit. Je n'y arrive pas, là. Je pensais pouvoir, mais non en fait.

– Attends ici, a-t-il dit. Je vais faire le tour.

Il a ouvert la porte et disparu à l'intérieur. Pendant une fraction de seconde, j'ai vu l'appartement. Un de ces taudis habituels de East Village.

1988, 1989, 1990

Quelques bricoles qui sont arrivées à Baby durant sa dépression, racontées dans le désordre

Et puis il y a eu ce jour où Baby est allé à une fête nocturne au Cave Canem. Il était revenu de Californie avec la preuve irréfutable qu'il faisait un très mauvais gay, et qu'il devait apprendre à être meilleur en société. Le moment était venu, avait-il conclu, de fréquenter d'autres hommes, d'apprendre à évoluer au beau milieu de ceux qui célébraient au grand jour leur tapette-attitude. Des hommes qui n'avaient pas peur de leurs désirs et ne vivaient pas cachés.

Comme telle était sa volonté, Baby a résolu le problème de la manière la plus radicale possible.

Il a appelé Michael Alig.

Cave Canem était situé sur la Première Avenue, près du croisement avec la 2e Rue, juste à côté des Pompes funèbres Ortiz. Vers 4 h 30 du matin, Baby a suivi une foule d'hommes à l'intérieur, descendant au sous-sol, où une piste de danse était située juste à côté d'une piscine d'un mètre de profondeur. Baby se demandait si les fausses colonnes grecques du décor étaient de style dorique, ionique ou corinthien.

Le DJ a passé un vieux tube. Pour la première fois de sa vie, Baby en a écouté les paroles : *Some boys take a beautiful girl / and hide her away from the rest of the world / I want to be the one to walk in the sun.* (« Certains garçons choisissent une jolie fille / Et partent se cacher du reste du monde / Moi je veux être celle qui marche dans les rayons du soleil. »)

Interprétant mal les paroles, Baby imaginait que la chanteuse était dotée d'un superpouvoir qui lui permettait de marcher pieds nus sur la surface en fusion du soleil.

– Baaaaaaaaaby, a crié Michael Alig. Qu'est-ce que tu fiches là ? Tu n'as pas l'air génial !

Alig portait un bikini tout droit sorti d'un catalogue de vente par correspondance des années 1960. Son visage était recouvert d'un maquillage jaune éclatant.

– Je ne me sens pas génial, non, a dit Baby. La Californie m'a brisé le cœur.

– Grands dieux, a dit Michael Alig. Quelle chouineuse ! Tu es venu ici pour tirer la tronche ? Je pensais que les filles voulaient s'amuser, moi !

Il a tendu un cachet à Baby.

– Tiens, prends ça. C'est rose, c'est génial !

– Qu'est-ce que c'est ? a demandé Baby.

– On s'en fout, non ? C'est le petit secret des mères au foyer.

Baby a avalé le cachet, poudreux comme de l'aspirine, raclant la gorge avant de descendre vers l'estomac.

– Ici, il y a des gens qui comptent vraiment ! a dit Michael Alig. Pas des boudeurs du bout ! Je reviens te voir dès que la drogue a fait son effet, ma choupette, et on verra bien si tu es plus détendu !

Les gens entraient de plus en plus nombreux, le volume de la musique augmentait. Baby était adossé au bord de la piste. Une fille s'est approchée, tout sourire, et l'a salué. Il ne se souvenait plus de qui elle était. Il l'a dévisagée longuement.

– On se connaît ? a-t-il demandé.

– On ne s'est jamais parlé, a-t-elle dit, mais on suit le même cours de philo.

– Oh, mais oui. Oui, oui, oui. Tu es au premier rang. Je suis toujours au fond.

– Qu'est-ce que tu fais ici ? a-t-elle demandé. Tu n'as pas cours bientôt ?

– Et toi ?

– Si, a-t-elle répondu, mais je suis une mauvaise élève. Je vais redoubler.

Elle s'appelait Regina. Dans les clubs, elle préférait Queen Rex, un *nom de guerre** que lui avait attribué Michael Alig. Elle a expliqué à Baby que le nom du club, Cave Canem, venait du latin et signifiait « Attention au chien ». Dix ans plus tôt, l'immeuble avait abrité un sauna gay mythique au décor de paradis tropical. La municipalité en avait demandé la fermeture en plein dans l'époque où ils pensaient que le sida était un cancer transmissible. La nouvelle propriétaire des lieux, Hayne Suthon, était native de La Nouvelle-Orléans et avait convaincu sa famille d'acheter tout l'immeuble. L'excuse avait été que diriger un restaurant permettrait à Suthon de s'établir et de se responsabiliser, de devenir une citoyenne modèle. Le rêve avait été de courte durée. Hayne a rempli la piscine et ouvert ses portes à Michael Alig et à ses fêtes.

– Comment tu connais Michael ? a demandé Queen Rex.

– On s'est rencontrés il y a quelque temps, a dit Baby.

– Comment ça se fait que je ne t'aie jamais vu ici ?

– Je n'étais pas à New York. Et toi, d'où tu connais Michael ?

– Oh, je fais partie de ses Club Kids, a dit Queen Rex.

– C'est quoi ? a demandé Baby.

– Tu n'as pas lu cet article du *New York Times* ? Michael a fait la couverture. On est tous ses marionnettes. Tu sors d'où ?

– Los Angeles.

– Blague, re-blague et triple blague, a plaisanté Queen Rex.

Elle a convaincu Baby de danser avec elle. Durant le deuxième titre, un morceau rapide qui parlait de cul, la drogue a commencé à faire son effet. Les gens n'avaient jamais été aussi beaux. La musique, aussi bonne. Les murs du sauna exsudaient une lumière magnifique.

Encore plus de nouveaux arrivants, d'un genre différent cette fois. Des gens exubérants qui n'arrêtaient pas de hurler : « Michael ! Michael ! Michael ! » À travers les bras en mouvements au-dessus de la piste de danse, Baby apercevait toutes ces personnes massées autour d'Alig, comme s'il était le Christ entouré de ses disciples. « Il doit être vraiment connu, maintenant, a pensé Baby. Mais pourquoi est-ce qu'il a pris le temps de me rappeler alors ? »

Queen Rex a pris Baby dans ses bras. Baby a fait de même, une embrassade franche, sans malentendu.

La musique, les lumières et les murs romains ont fusionné tout à coup en un souffle explosif. Baby était si heureux d'être venu au Cave Canem, que Michael Alig l'y ait invité. Très heureux aussi d'avoir rencontré Queen Rex. Ou Regina. Peu importait. L'appellerait-il Regina en cours ? Sûrement.

Les gens se débarrassaient de leurs fringues et sautaient dans la piscine. Des images spectrales passaient devant les yeux de Baby. Il savait que c'était la drogue, mais il imaginait aussi qu'il émanait une sorte de résonance psychique datant de l'époque du sauna, avec tous ces gens plongeant dans la piscine, où seule l'eau saumâtre se posait en barrière entre leurs embrassades, étrange bal érotique ensorcelant qui réveillait les fantômes du vieux New York, de cette époque où les hommes baisaient sans crainte du lendemain, lorsque sa sexualité n'équivalait pas encore à la mort.

– Pourquoi est-ce qu'ils font ça ? a demandé Baby à Queen Rex.

– Il faut bien faire quelque chose…

– Mais ils n'ont pas peur ? a-t-il demandé. Ils se fichent du sida ?

– Personne ne baise plus, a dit Queen Rex. C'est tellement has been. Tout sauf le sexe. Je vais plonger dans la piscine. Tu m'accompagnes ?

– Juste une minute alors.

Queen Rex s'est débarrassée de son étrange costume en cuir. Elle a sauté dans l'eau. Ses mains se sont collées au corps d'un homme. Un couple se frottait l'un contre l'autre. Baby est resté en retrait, à un mètre de tout le monde, le cerveau carburant à fond, tout à son détachement. « Les années 1980, c'est la décennie de la peur, a-t-il pensé. Mais les années 1980 sont presque finies. Est-ce que les années 1990 vont ressembler à ça ? Des gens défoncés occupés à presque baiser dans des piscines dégueulasses ? »

– Baby ! a crié une voix à côté de lui.

Michael Alig. Le haut du bikini disparu, les cheveux et la peau trempés. Son maquillage dégoulinait sur son visage.

– Baby, a dit Michael Alig, quel genre de sale chienne vient à une soirée piscine et refuse de se mouiller ?

– Je suis un clébard enragé, a répondu Baby, j'ai peur de l'eau. Je suis ce genre de chienne, oui. *Cave canem*.

– C'est tellement dingue, a dit Michael Alig, parce que moi je suis un vrai enragé et je n'ai peur de rien.

Michael Alig a sauté sur Baby. Alors qu'ils plongeaient tous deux dans le liquide tiède, Baby voulait se fâcher, essayait de faire remonter sa rage, mais c'était comme si un mur dans son cerveau bloquait les récepteurs chimiques responsables de ses émotions négatives. Il n'était pas en colère. Il était heureux, heureux d'être touché, heureux d'être plongé dans un liquide, heureux de ses fringues trempées, heureux que Michael Alig tente de lui mettre la tête sous l'eau, heureux que les gens le touchent et qu'ils soient heureux.

– Qui suis-je ? a-t-il hurlé en sautant hors de l'eau.

– Tu es Baby Baby Baby, a dit quelqu'un. Tu es un chien enragé ! Aboie, ma belle !

Et Baby s'est mis à aboyer, à saisir le corps doux d'un homme à côté de lui, un adonis du Lower East Side à la peau lisse et humide. Ils se sont embrassés, et la tête de Baby a explosé en vagues de plaisir qui lui électrisaient la langue, le corps tendu entièrement vers cet instant, comme si son érection était la seule constante dans cet univers en changement constant, une sainte érection comme celle qui affolait le pantalon de Walt Whitman en ce mois de mars de l'an 1855, comme si Baby était parti vers une cinquième dimension et observait le temps, comme si ses particules élémentaires n'étaient pas nouvellement configurées, mais avaient toujours été présentes depuis le Big Bang, collées à cet homme, dans cette piscine, dans cette ville, avec toute cette magnifique humanité autour de lui, à écouter cette chanson atroce qui était la meilleure jamais enregistrée, « *Don't stand in the corner waiting for the chance, make your own music, start your own dance* » (« Ne reste pas dans ton coin à attendre qu'on vienne te chercher, fais ta musique, crée ta danse »), c'était d'ailleurs la seule chanson jamais enregistrée.

– Oh, s'il te plaît, a murmuré Baby dans la bouche humide de son dieu grec, n'arrête jamais. N'arrête surtout jamais.

Et il y a eu cette fois où Michael Alig et Michael Musto, le chroniqueur mondain du *Village Voice*, ont assisté au festival *Dark Shadows* de 1988, au Vista International Hotel, juste en dessous des deux tours du World Trade Center.

Quelque temps après, Michael Alig a appelé Baby, furieux que Musto, qui avait négocié pour lui-même un accès au foyer des artistes, ait laissé Alig avec le tout-venant, la lie de la société. La plupart des membres du public étaient incroyablement laids et repoussants. De vieux hommes et de vieilles femmes poilus qui n'avaient pas changé de style depuis des siècles.

– Et je te jure que c'est vrai, a dit Alig, Musto a réussi à se frayer un chemin jusqu'à Jonathan Frid ! Ce bâtard a même été déjeuner avec lui !

– C'est qui, Jonathan Frid ? a demandé Baby.

– Non mais je rêve ! Tu ne connais donc rien ? C'est l'acteur qui a joué Barnabas Collins !

Quelques semaines plus tôt, Michael Musto était allé au Tunnel, afin de traîner avec les Club Kids et leur poser des questions sur l'histoire de la civilisation occidentale. Qui était Homère ? Richard Nixon ? Nietzsche ? Qui avait écrit *Guerre et Paix* ? Qui était le vice-président ? La plupart d'entre eux ne connaissaient pas les réponses. Cela n'étonnait pas Baby. Il avait passé assez de temps au milieu de la petite bande déjantée d'Alig pour savoir que ce n'étaient pas des flèches.

Tandis que Michael Alig les observait, Musto a demandé à Baby ce qu'il pensait de Baudelaire. Baby lui a parlé du poète français pendant un petit bout de temps, reprenant de mémoire la présentation du livre qui était faite en quatrième de couverture de l'édition américaine des *Fleurs du mal*.

– Tu sais, a dit Baby, Baudelaire, c'est très bien, mais franchement, je préfère Rimbaud.

Baby avait cherché l'édition suivante du *Village Voice*, impatient de lire la chronique de Musto, qui était intitulée « La Dolce Musto ». Le chroniqueur dédiait quelques lignes à ses quiz impromptus, critiquant le réveil de la fête au sud de Manhattan, sous-entendant que c'était l'œuvre des esprits les moins brillants de New York. Nulle mention du discours de Baby à propos du symbolisme français.

Michael Alig avait lu la même page et avait téléphoné, couinant dans l'oreille de Baby :

– T'as vu ? T'as vu quel sale type c'est ? C'est le pire sidéen de toute la ville !

Le principe du *clubbing*, ou en tout cas l'un de ses principes, était de se faire remarquer par Michael Musto, d'être ainsi validé par le baromètre vivant de la vie intellectuelle new-yorkaise. Musto avait adopté le style décadent des chroniqueurs mondains à la Hedda Hopper, mais en avait subverti le genre en y ajoutant énormément de références gays, donnant autant d'importance aux figures de cette interzone qu'aux véritables célébrités. Des drag-queens telles que

Lady Bunny et LaHoma van Zandt se retrouvaient au même niveau que Marlon Brando et Madonna.

Musto avait parlé d'Alig à plusieurs occasions, et son nom apparaissait ainsi aux côtés de Burt Reynolds et de Jack Nicholson. Et dans son papier, qui aurait pu dire qui était le plus important d'entre eux ? Tout le monde était mis en avant. Tout le monde comptait.

– Qui est Barnabas Collins ? a demandé Baby.

– C'est un putain de vampire ! a crié Michael Alig. C'est le putain de sommet de ce putain de film ! Personne ne mate *Dark Shadows* en 1988 pour ce putain de Quentin Collins, si ? Tu n'écoutes donc jamais rien ?

Lorsqu'il parlait avec Michael Alig, Baby ne se concentrait pas sur les mots, mais sur ce qui était sous-entendu. Il analysait chaque inflexion vocale, chaque changement d'humeur, bien décidé à tout faire pour résoudre ce grand mystère. *Pourquoi Michael s'intéresse-t-il à moi ? Je ne suis rien ni personne. Il a la ville à ses pieds.*

Et puis il y a eu cette fois où Alig lui a avoué avoir grandi en Indiana, à South Bend. Cette localité était sensiblement plus grande que la petite ville perdue du Wisconsin de Baby, mais les deux bourgades avaient beaucoup plus d'éléments en commun qu'aucune ne pouvait avoir avec New York. Les deux hommes étaient les produits de ce grand rien qu'on nommait le Midwest américain.

Michael Alig avait fui l'emprise de South Bend en s'inscrivant à des études d'architecte à Fordham University. Il avait vite abandonné au cours du premier semestre, trop absorbé par l'attrait de la culture club, et décrochant une place au vestiaire de Danceteria. La suite était connue de tous.

– D'accord, a dit Baby. Donc, c'est le vampire.

Alig a raccroché, encore furieux.

Le mardi suivant, Baby a acheté la nouvelle édition du *Voice*. Michael Musto consacrait la moitié de sa chronique au Dark Shadows Festival. Il y relatait ses discussions privées avec les stars. Pas de mention de son déjeuner avec Jonathan Frid, par contre.

Pas un mot non plus sur Michael Alig. Baby imaginait son ami en train de scruter la chronique, outragé, cherchant une âme charitable sur laquelle s'épancher.

J'espère que ce ne sera pas moi, a pensé Baby. J'espère qu'il appellera Magenta.

Et il y a eu cette fois où Queen Rex et Baby ont pris un taxi pour se rendre au Chelsea Hotel, dans l'idée d'aller voir une drag-queen du nom de Christina.

– Tu connais vraiment Christina ? a demandé Queen Rex.

– Je suis allé à son anniversaire au Tunnel, a dit Baby.

– Elle est dingue. Dingue mais étrangement douce. Je l'aime bien. Ne mentionne pas sa fête d'anniversaire.

Queen Rex a sonné pour entrer au Chelsea. Baby l'a laissée prendre les commandes, se forçant à ne pas examiner les œuvres qui couvraient chaque centimètre des couloirs de l'entrée. Queen Rex s'est adressée au réceptionniste assis derrière un box vitré.

– On est venus voir Christina, a-t-elle annoncé. Chambre 323.

– Pas de souci. Prenez l'ascenseur.

Queen Rex a toqué à la porte de Christina. Baby se demandait pourquoi il avait demandé à venir au Chelsea Hotel à 23 h 57, un mercredi. Ils avaient cours le lendemain.

Regina se fichait pas mal des cours, ce qui constituait un grand mystère, au vu de la précarité de ses liens avec l'université.

Au début, Regina avait joué les aristos, traitant NYU comme une institution qui ne méritait pas la moindre considération de sa part, comme si l'école ne constituait qu'une expérience de plus dans laquelle elle était tombée par hasard, telle une grande dame tout droit sortie des premiers textes de Francis Scott Fitzgerald. Cette illusion a duré quelque temps, flottant légèrement au sein du palais mémoriel de Baby, jusqu'à disparaître sous l'accumulation de trop d'incongruités et d'inconsistances.

Exemple : Regina affirmait vivre Uptown. Tout le monde pensait que c'était dans l'Upper West Side, mais elle a révélé un jour qu'elle logeait à Washington Heights. Exemple : l'accent new-yorkais filtrant parfois de sa voix bien posée. Exemple : elle parlait de son lycée d'une manière qui faisait tout de suite imaginer un établissement privé hors de prix, mais Baby avait lu dans le *New York Times* un article qui décrivait Midwood comme l'un des meilleurs lycées publics. Exemple : ses vêtements dataient tous de deux saisons précédentes, un style que tout le monde croyait voulu, jusqu'à ce que Brandywine remarque qu'elle n'avait jamais vu Regina porter un habit neuf.

Baby a sommé Regina de lui dire la vérité. Elle a avoué qu'elle pouvait se payer ses études à NYU via un savant mélange de prêt étudiant et de salaire gagné en tant que serveuse chez Primola. Baby ne comprenait pas. « Je suis celui à qui on a tout donné, pensait Baby, alors pourquoi gâche-t-elle tout ? »

De l'autre côté de la porte, une voix étouffée :

– Oh, oui.

Serrures ouvertes et sécurité enlevée. La porte s'est ouverte, dévoilant Christina, coiffée d'une grande perruque blonde, en minijupe bleue moulante et bas déchirés. La description rapide de son accoutrement ne rendait pas honneur au plus important : le corps ravagé de Christina. Son visage bouffi caché derrière un amoncellement de rouge à lèvres et de mascara, son gros bide tendant le tissu, la forme des testicules trop visible, ses dents cassées, son regard de poisson mort à travers des yeux à peine entrouverts.

– O, O, O, Regina, c'est bien toi ?

– Hé, Christina, a dit Queen Rex. Je voulais te présenter mon ami Baby.

– O, O, n'est-il pas mignon ? On en mangerait, non ?

L'accent de Christina était forcé, version la moins convaincante possible d'un accent allemand, une voix lente qui émanait de son ton grave ultra-masculin de stentor. Baby avait rencontré pas mal de drag-queens, et leurs voix couvraient tout le spectre sonore, même si aucune ne ressemblait à celle de Christina.

– Son appartement est vraiment magnifique, n'est-ce pas ? a fait remarquer Queen Rex.

Baby aurait pu penser à une myriade de mots pour désigner le dépotoir rempli de débris qui lui tenait lieu de studio, mais il n'aurait cependant pas utilisé le terme « magnifique ».

– Ah oui, a dit Baby, très sympa.

– O, O, O, je t'ai déjà parlé de cette femme qui vit au-dessus ? C'est un véritable insecte électronique, tu sais, vraiment, on dirait une créature extraterrestre. O, O. Tu veux boire quelque chose, Baby ? Vraiment, dis-moi.

Christina a claudiqué jusqu'à la cuisine, boitant sur sa jambe gauche, appuyée à une canne noire.

– O, O, Baby, a dit Christina. Viens par ici et sers-toi un verre.

Elle lui a tendu une tasse sale barrée du mot « OPIUM » en épais lettrage. Queen Rex était debout à côté d'un synthétiseur électronique, occupée à observer les peintures accrochées au mur.

– Il faut que tu voies ça, a dit Queen Rex. Elles sont tellement géniales. Tu as fait ça toute seule, Christina ?

– Elles ne se sont pas faites toutes seules, en tout cas, hein, Regina ?

Le mot sur la tasse a poussé Baby à en conclure que Christina était l'une de ces drag-queens accros à l'héroïne. Sa façon de manger ses mots, ses pupilles dilatées, sa dégradation physique, le manque omniprésent.

Ses peintures témoignaient de beaucoup de talent et d'une aptitude pour le dessin qu'on n'aurait pas imaginée chez une droguée feignant un mauvais accent teuton depuis le deuxième étage du Chelsea Hotel. Chaque dessin consistait en une représentation idéalisée de l'artiste. Sur l'un d'entre eux, Christina ressemblait à une ingénue des années 1950, élégante dans une longue robe noire. Sur un autre, elle s'était représentée d'un simple trait, alanguie sur la chaussée devant son immeuble.

Sa meilleure toile revisitait l'étiquette du gin Beefeater. Au lieu du Yeoman Warder, Christina s'était représentée en drag-queen exubérante, devant la Tour de Londres. Baby avait déjà vu ce dessin, accroché à un mur du sous-sol du Tunnel. Lors de sa fête d'anniversaire.

– C'est génial, a dit Baby. J'adore le clin d'œil.

– O, O, O, O. C'est mon gin préféré, vraiment. Tu es déjà allé à Londres ? C'est plein de miséreux, et le monde se porterait mieux si les nazis avaient fait le boulot et rasé l'endroit sous les bombes.

Le téléviseur de Christina, planté au beau milieu de la pièce, était renversé sur le côté. L'image en noir et blanc était diffusée à la verticale. Aucun son n'en sortait, mais l'écran fonctionnait, gris bleuté et neigeux, bloqué sur Channel 13, diffusant des vues du pont de Brooklyn.

– O, O, O, la télé n'est pas dingue ? Mais vraiment, hein, je vais t'expliquer. Ça parle de la façon dont on est tous maltraités, et là, le pont part sur la gauche, tu vois, vraiment.

Baby a enlevé quelques magazines de mode qui occupaient une chaise en métal pour s'y asseoir. Cela faisait déjà longtemps qu'il avait appris à se servir de son verre comme bouclier. En observant avec minutie les acteurs d'un dialogue, et en plaçant intelligemment son verre lors de moments clés, on pouvait passer toute une soirée sans piper mot.

Baby a inspecté un vinyle tout blanc accroché au mur. « NICO. BEHIND THE IRON CURTAIN. » Christina s'était dessinée sur la pochette.

– C'est pareil qu'avec beaucoup d'avions de ligne, tu sais. En parlant de film, mets ça dans l'oreille gauche, et laisse l'autre de côté, avec le Walkman, tu peux regarder le film de l'anniversaire aussi, t'auras plus à te taper les réponses classiques à ces nanas qui te demandent : « Mais comment faire pour que ce gamin enlève ça de sa tête et écoute ces instructions très importantes ? » Tu sais, les instructions qu'elle connaît déjà par cœur. Et la nana revient vers toi et continue : « Oh, il faut enlever ça pendant le décollage. » Et toi : « O, je ne savais pas du tout, excusez-moi. » Ce genre de conneries, c'est vraiment tout ce qui arrive de pire. O, le hollandais est une méthode de transmission pour un film pour les gens qui lisent en pyramides triangulaires, ce qui n'est pas trop le cas en ce moment.

Après que Christina a expliqué son idée pour faire sauter New York avec l'aide de son précédent propriétaire, Queen Rex a proposé qu'elle et Baby s'en aillent. Christina les a accompagnés jusqu'à l'ascenseur.

– O, cet ascenseur est celui où Sid Vicious est mort. Non, non, son fantôme monte toujours dedans. Et le seul endroit où je l'ai déjà croisé, c'était là. Il se pointait pour essayer de me violer et me sucer les tétons. Et il continue, hein. Il n'est pas là, dans cet ascenseur, faut dire qu'après tout il s'est fait tellement de blé avec son blé. Plein de gens se font du blé sur le film. Enfin, tu vois, moi, je suis morte. O, O, O, je t'ai raconté la fois où j'ai croisé le fantôme d'Andy Warhol ?

Une fois dehors, sur la 23e Rue, Baby avait sept questions à poser à propos de Christina, mais avant de pouvoir en formuler une, Regina l'a pris dans ses bras.

– Baby, a-t-elle demandé, je peux dormir chez toi ce soir ?

– Je ne sais pas si Adeline sera d'accord.

– Si je me mets dans un petit coin ? a demandé Regina. Silencieuse et invisible.

– Je ne sais pas.

– Ça m'aiderait beaucoup, a dit Regina. Comme ça, je peux me lever et aller directement à l'école demain. Autrement, il faut que je prenne le train jusqu'à chez moi, et même chose demain matin.

Arrivés au niveau de la 7e Rue, l'appartement n'était pas éclairé. Adeline avait déjà exprimé son profond mécontentement quant au fait que Baby ramène des amis fêtards en général, et Regina en particulier.

– Tu ne peux pas garder ces créatures dans leur habitat naturel ? avait-elle demandé. Pourquoi est-ce que tu dois toujours ramener ton atroce pique-nique à notre table distinguée ?

Regina et Baby se sont faufilés à l'intérieur, plongé dans la pénombre. La porte d'Adeline était fermée. Baby a dit à Regina de le suivre dans sa chambre. Ils ont dormi ensemble, les bras de Baby enlaçant Regina.

Et il y a eu cette fois où Baby a rencontré Loretta Hogg, un réceptionniste prénommé Dean qui était devenu pas mal à la mode auprès des gens qui comptaient. Parmi toutes les personnalités du monde de la nuit, Loretta Hogg se distinguait en sortant chaque soir avec un postiche de nez de cochon. Associé à ses longs cheveux filasse, il perturbait pas mal Baby.

Il y eut cette fois où, au Red Zone, Loretta Hogg était restée assise toute une nuit sur une table avec une pomme dans la bouche.

Et il y a eu cette fois où Baby a pris de l'ectasy au The World, un club de la 2e Rue Est, pas loin de l'Avenue C. La drogue lui a vite fait un effet bœuf, transperçant son cerveau de vagues inhabituelles, différentes de d'habitude. Aucune sensation de bonheur inspirée par les gens autour de lui. À la place, une peur intense, une angoisse démesurée. Il s'est rappelé avoir lu que la définition de la panique était la sensation de se sentir perdu dans une forêt plongée dans la pénombre, une peur inventée par le Grand Dieu Pan. Pan-ique.

Se frayant un chemin vers la sortie, Baby a bousculé le videur, un ami de Michael Alig du nom de James St. James.

– Attention, chéri !

À plusieurs rues de là, loin du club, Baby continuait d'entendre l'écho de la piste de danse. Synthés et rythmes lourds. Cymbales et claquements de mains. Hanté par la musique house.

Broadway, puis la 4e Rue Ouest. Baby s'est traîné jusqu'à Washington Park, s'est assis sur un banc près du monolithe rouge que constituait la Bibliothèque Bobst de NYU. L'immeuble lui évoquait sa relation avec l'université. Un sentiment d'appartenance rassurant, assez intense pour le laisser dans un état contemplatif.

Los Angeles. Jaime, oui mais quelque chose d'autre, aussi, une sorte de réminiscence oubliée des heures perdues de son trip sous acide. Une portion inconnue de sa vie perdue, disparue. Qu'avait-il pu bien faire ? Cela lui avait coûté le garçon qu'il aimait. Un cœur brisé. Autre chose s'était-il cassé ? Des parties de son âme, durant ce moment sans moi propre.

Le sol du parc était sale, couvert de détritus et peuplé d'un mélange de sans-abri et de criminels. On essayait de vendre de la drogue à Baby. Fumette, fumette, fumette. Il les a ignorés, continuant son chemin jusqu'à l'arche en marbre blanc. Il n'avait jamais remarqué que sa statuaire représentait par deux fois George Washington. Du sang souillait les pieds des deux statues, avec des os de poulets étalés tout autour.

Baby a pris par le côté ouest de l'arche, où il est tombé sur une entrée grande ouverte, avec de la lumière à l'intérieur. Ce n'était pas le moment d'hésiter. Il s'est engouffré dedans.

Le luminaire industriel projetait des ombres à l'intérieur des murs en brique. Un escalier en colimaçon était situé à l'autre extrémité de l'espace. Baby est monté, son corps se fondant dans les pierres et le béton, les briques respirant de concert avec lui. Plus haut, plus haut, plus haut.

Il est arrivé à un grenier. Rempli de débris. Trop sombre pour y voir quoi que ce soit. Baby a continué son ascension, jusqu'à apercevoir une trappe au-dessus de lui. Il en a poussé l'ouverture et a atterri tout en haut de l'arche, donnant vers le sud et les aberrations architecturales du World Trade Center.

Vers le nord, tout au long de la Cinquième Avenue, les immeubles fusionnaient avec la ligne d'horizon. Depuis la rue, les astuces de la perspective interdisaient au marcheur d'imaginer la véritable hauteur de l'arche. Baby en avait compris la réalité par atmosphère interposée, sept étages plus haut, le vent lui sifflant à travers les oreilles.

Il s'est assis, dos collé au marbre, les yeux fermés. Des traînées de lumière virevoltaient dans la pénombre et son corps frissonnait contre la pierre. S'il se concentrait, des formes naissaient de ces lumières, comme autant de corps célestes. Un peu plus tôt dans la journée il avait lu un poème de Robert Lowell, « Skunk Hour ».

Le narrateur prend sa voiture pour aller au sommet de la colline du centre-ville, matant les amoureux dans leurs voitures. Il ne va pas bien. À la radio passe la chanson « Careless Love ». « Je sens mon cerveau malade dans chacune de mes cellules, comme si ma main essayait de l'étrangler. » Puis, comme le professeur de Baby l'avait fait remarquer, le poème cite Milton : « Je suis mon propre enfer. » Personne aux alentours. Amour ô amour, ô amour intrépide.

Baby a jeté un coup d'œil sur le côté de l'arche. Les lampadaires vacillaient, comme s'ils étaient éclairés au gaz. Il y avait des milliers d'esprits, silhouettes tremblantes qui erraient dans le parc. « Qu'est-ce que c'est ? s'est demandé Baby. Des fantômes ? Est-ce qu'Emil est parmi eux ? »

Descendre l'escalier en colimaçon avec prudence. Être encore trop défoncé pour rentrer chez soi et se coltiner Adeline. Arrivé en bas, ressortir du bâtiment. Le parc était revenu à la normale. La lumière glauque des luminaires électriques urbains. Aucun fantôme frissonnant, seulement les débris de l'humanité. Les morts de faim, les dealers.

Baby a entonné une chanson de Patti Smith, « Pissing in a River ». Il ne se souvenait pas des paroles. Les mots lui semblaient étranges, improvisés, erronés et tristes. *Mes voyelles sont lourdes, ânonnées. Quelle porte te tendrai-je ? Chéri, je ne sais pas. Qu'est-ce que je peux ajouter pour que tu te décides à rester ?*

James St. James veillait toujours sur l'entrée. Baby le connaissait un peu, depuis que Michael Alig les avait présentés. Il avait expliqué que James était un vieux de la vieille, l'une de ces figures désabusées des starlettes du milieu des années 1980. En quête de reconnaissance et fier de pouvoir montrer qu'on peut apprendre de nouveaux tours à un vieux singe, Jimmy était devenu un Club Kid. Michael Alig avait assuré à Baby que tout le monde se fichait, enfin presque, que James soit si vieux.

– Chéri, tu es parti en courant tout à l'heure ! a dit James à Baby. Tu étais passé où ?

– Washington Square, a dit Baby.

– C'est plein de vieux clodos dégueulasses là-bas ! Tu as loupé Brooke Shields. Je l'ai personnellement escortée jusqu'au carré VIP ! Et tu sais ce qu'elle a fait ? Elle m'a demandé mon adresse ! Elle veut m'envoyer un cadeau ! Tu te rends compte à quel point elle est fabuleuse ?

À l'intérieur, Queen Rex était plantée sous une boule à facettes et un vitrail en forme de paon.

– Tu étais passé où ?

– J'ai fait un tour dehors, a dit Baby. Je n'en pouvais plus.

Un quadra s'est approché avec une caméra. Il a embrassé Queen Rex sur la joue, l'appelant : « Regina ! Regina ! Regina ! »

– Baby, tu connais Nelson ?

– Je l'ai déjà croisé par ici.

– Baby, je te présente Nelson Sullivan. C'est un ami de Christina.

– Oh, a dit Nelson, c'est vrai, j'adore Christina.

– Nelson est un Club Kid !

– Je suis plutôt un Club Parent, a plaisanté Nelson. Bon, ciao, les filles, je vais à l'étage.

Presque 4 heures du matin. Queen Rex a pris le bras d'une drag-queen surnommée LaHoma van Zandt, une blonde très maigre. Elle était belle. Baby l'a dévisagée, se demandant si elle était naturellement aussi belle, ou si la drogue modifiait sa perception. La plus belle des drag-queens. LaHoma van Zandt. Baby était suspendu à ses lèvres, d'où sortaient des mots prononcés avec un accent sirupeux du Sud.

– Allons à Robots, a proposé LaHoma. C'est à moins d'une rue d'ici !

D'autres ont suivi, dont Nelson Sullivan et James St. James. À part Nelson, tout le monde était ivre ou défoncé, occupé à hurler dans les rues. LaHoma portait une petite robe jaune moulante et avançait sur ses hauts talons en bois.

– C'est tellement dingue ! criait-elle. Tellement drôle !

Save the Robots était situé derrière une vitrine de l'Avenue B. LaHoma a toqué à la porte grise. Le judas de la porte a coulissé. LaHoma a fourré son visage dans l'ouverture. Le videur a laissé entrer tout le monde, malgré ses réserves quant à la présence de la caméra de Nelson Sullivan.

– Tu tournes quelque chose ? a demandé Baby.

– Jour et nuit, a répondu Nelson. Il y a tellement de gens beaux ici à Downtown, je ne voudrais pas en louper un seul.

Jeudi, lorsque Baby est sorti avec Regina. Vendredi, aujourd'hui. Heureusement, il n'y avait pas cours ce matin-là. Dormir tout l'après-midi. Baby est descendu au sous-sol, observant le décor brut aux tuyaux apparents, tout autour de la piste de danse vide, recouverte de sable. Il était encore tôt. Les gens arriveraient jusqu'à 8 heures du matin. Le vide du sous-sol, le vide d'une vitrine de boutique, comme révélant avec cette lucidité propre à la drogue la nature des années 1980. Rien à voir avec l'âge d'or du disco et le Studio 54, cette époque où les propriétaires transformaient leurs décors en œuvres oniriques. À l'époque, l'idée était de faire sortir les gens de leur propre conscience, de les transporter dans d'autres mondes.

Save the Robots, The World, Tunnel, Mars, Red Zone, Limelight. Consciemment élaborés pour abriter les échos et les réminiscences de leurs précédents occupants. Un vieux hangar. Un tunnel ferroviaire. Cela faisait partie de l'intérêt de ces lieux, savoir que la danse et ses espaces n'existaient que dans les failles du capitalisme. Une nouvelle culture se nourrissant d'un cadavre en décomposition.

Et il y a eu cette fois où Michael Alig a organisé une fête au McDonald's de Times Square. En fait, l'invitation donnait rendez-vous au Burger King situé sur l'autre trottoir, mais la direction avait refusé d'accueillir cette fête mythique. Michael Alig avait improvisé, offrant un millier de dollars aux employés de chez McDonald's et plaçant quelques pauvres hères devant le Burger King afin de rediriger son public à la nouvelle adresse.

Baby a convaincu Adeline de l'accompagner, balayant presque toutes ses objections en insistant sur le fait que, pour une fois, la fête n'avait pas lieu dans un club.

– Je ne pense même pas qu'il y aura de la musique, a dit Baby. McDonald's ne va pas exploser ses haut-parleurs.

– Ça me botte ! Épatant ! a lancé Adeline. Vive la bamboche.

Jeremy Winterbloss, l'ami d'Adeline, lui avait offert une copie d'un dictionnaire des mots populaires des années 1940. Adeline en avait avalé le contenu et tourmentait Baby de ses expressions depuis deux semaines déjà.

– Je ne sais pas ce que ça veut dire, tu viens ou pas ?

– Ne te fais pas tant de bile, Baby. Bien sûr que je viens.

– Tout va comme sur des roulettes ?

– Faisons péter la cuirasse, a-t-elle dit. Ultra roulettes. Tout roule, Baby.

Baby et Adeline se sont préparés. Baby ne comprenait pas pourquoi Adeline insistait pour se faire belle. Elle avait un mec. Elle détestait la faune du monde de la nuit. Qui avait-elle à impressionner ?

Ils ont fumé de l'herbe et pris un taxi au croisement de la 46e Rue et Broadway. En arrivant au Burger King, une foule de fêtards traversait la rue. Baby et Adeline les ont suivis, persuadés que ces gens savaient ce qu'ils faisaient.

Dans les années qui allaient suivre, le monde du *clubbing* deviendrait le vivier de la haute couture, le règne de l'argent détruisant toute l'inventivité de ces accoutrements. En observant la foule naviguer au beau milieu de Times Square, Baby ne pouvait s'empêcher de remarquer l'état dépenaillé des habits de chacun. On aurait dit des déguisements d'Halloween. Perruques mal fichues et maquillage outrancier. C'était tellement bas de gamme.

Le rez-de-chaussée du McDonald's était tout petit, avec seulement un comptoir et l'espace nécessaire pour faire la queue. La salle à l'étage était accessible via un escalier situé juste à droite. Baby a compris que c'était bien là que se tenait la fête de Michael Alig lorsqu'il a remarqué le videur et le cordon en velours barrant l'accès à l'escalier. Baby n'imaginait même pas la honte de se voir refuser l'entrée d'un McDonald's.

– Si ce type ne nous laisse pas entrer, a lancé une voix dans la foule, je vais le plier en deux et le fister. À bien y réfléchir, maintenant que je le vois mieux, je le fisterai même si on entre.

Personne n'a été retoqué. Ils étaient parfaitement dans l'esprit du moment. Baby tenait la main d'Adeline, la tirant en haut de l'escalier afin de s'assurer qu'elle ne se perde pas dans la foule.

Baby a aperçu James St. James, Michael Musto avec une veste en fourrure à imprimé vache, Nelson Sullivan et sa caméra, Michael Alig avec le visage peinturluré de pois bleus et rouges, le petit ami de Michael Alig, DJ Keoki, qui portait une veste argentée horrible et un chapeau ridicule barré des lettres brillantes « KEOKI », Julie Jewels du magazine *Project X*, Christopher Robin, Olympia maquillée comme Marie-Antoinette, et toute une flopée de gens dont Baby se souvenait parfois du nom.

– Ce bouge m'en bouche un coin, a dit Adeline. Vise un peu toutes ces jolies pépés et ces tantouzes. Il doit bien y avoir dans les trois cents têtes de pipe ! Et que du beau monde.

Regina n'était pas là. Obligation familiale. Elle avait appelé pour s'en plaindre. Baby s'en fichait. Comme ça, il pouvait inviter Adeline.

Ils ont abordé James St. James.

– Salut, chéri !

– Jimmy, je te présente ma coloc, Adeline.

– Oh, mais elle est fabuleuse !

– Le zig est un vrai embobelineur, a dit Adeline. Demande à cette tantine s'il s'en jette derrière la cravate, et, si oui, offre-t-il de la chnouf ?

– Hein ? a demandé James St. James.

– Laisse tomber, a dit Baby. C'est trop compliqué à expliquer. Dis-moi, tu as quelque chose, Jimmy ?

Ils ont fini avec deux cachets d'ecstasy. Un pour Baby. L'autre pour Adeline. Baby s'est posé un instant la question de la pertinence de gober dans un McDonald's mal éclairé, à Times Square. D'un autre côté, l'effet de l'herbe s'estompait.

Michael Alig a monté l'escalier, les bras chargés de nourriture. Tout le monde hurlait. Michael ! Michael ! Michael ! Michael ! Il s'est juché sur une table et a jeté de la nourriture dans la foule, tel un Antéchrist distribuant des miches de pain empoisonnées. Les gens se grimpaient les uns sur les autres, se débattant, prêts à tout pour un cheeseburger, un big mac et des frites.

Mais c'était si chouette, vraiment, d'être au milieu de tous ces gens. Tous connaissaient Baby. Certains mieux que d'autres, mais il les connaissait et ils le connaissaient. Il y avait quelque chose de génial là-dedans, le fait d'être reconnu et accepté, de faire partie d'un grand tout. Adeline souriait, riait, le touchait. Baby pensait : « Oh, mais c'est la première fois qu'elle prend de l'ectasy. » Les choses avaient-elles changé si vite que cela ? Comment se faisait-il qu'il ait découvert une drogue avant Adeline ?

– Je ne sais pas pourquoi, Baby, a dit Adeline, mais je crois bien que je comprends ton attirance pour cette foule plébéienne. Ils sont tellement charmants, avec leur petit carnaval grotesque.

Michael Alig et ses Club Kids étaient passés par une phase où ils faisaient le tour de la ville avec des sifflets autour du cou et soufflaient dedans sans discontinuer une fois en club. Baby était arrivé à la fin de cette mode et était bien heureux de ne pas avoir à supporter cela plus longtemps. Ce son le rendait dingue. Mais là, au McDonald's, les sifflets étaient de retour, assourdissants.

Juste avant l'émeute pour la nourriture, Baby et Adeline avaient commencé à discuter avec Kenny Kenny et Armand. Kenny Kenny avait fait videur dans à peu près tous les clubs de la ville. Sa tête était intégralement rasée, si ce n'était une petite touffe rouge cachée sous un chapeau argenté. En apercevant cette touffe, Baby a senti une montée d'angoisse, se rappelant les sœurs du film de Tod Browning, *Freaks : La Monstrueuse Parade*.

Adeline a parlé avec Kenny Kenny et Armand pendant plusieurs minutes, tous quatre assis sur une banquette du fast-food. Baby ne suivait pas tout. De l'autre côté du restaurant, la foule entonnait « Joyeux anniversaire ». Mais de quel anniversaire parlait-on ? Armand a commencé à parler de Louise Brooks à Adeline. Baby les a coupés, aussi poliment que possible, afin de réorienter la conversation vers un sujet plus intéressant. Mais en parlant, il se trouvait encore plus ennuyeux qu'Adeline, comme s'il pouvait se voir depuis l'extérieur, à s'observer ennuyer son public, voulant s'arrêter mais étant incapable de le faire.

– Bon, d'accord, il faut que tu comprennes, a dit Baby, que Thomas M. Disch…

– Ah non, pas lui ! a répliqué Adeline. Je n'avais pas repensé à ce sale type et à ses sales bouquins depuis notre bonne vieille Bank of the Metropolis !

– Breeef, a dit Baby, Thomas M. Disch est l'un des meilleurs écrivains issus de la nouvelle vague de la science-fiction. Son meilleur bouquin est sûrement *Les Génocides*, ça parle d'une invasion d'arbres géants extraterrestres qui colonisent chaque centimètre de la planète. La plupart des êtres humains sont morts, et ceux qui sont encore en vie sont pourchassés par des machines mangeuses de chair. Breeef, le roman suit le dernier groupe de survivants, une communauté bien flippante de culs-bénits qui suivent un patriarche taré, Noé ou Lot, au choix, et tout le bouquin est très biblique, mais façon gay. Tout se déroule quasiment sous la terre, là où les gens se protègent des machines en se cachant dans des caves et en devenant, en gros, des vers qui vivent au beau milieu des racines des plantes. Et aussi, j'avais oublié, les plantes sont plus ou moins comestibles.

– Ça finit comment ? a demandé Armand.

Le visage d'Armand. Baby n'arrivait pas à s'arrêter. Il devait lui répondre.

– Mal. Tout le monde meurt. Les plantes servent en fait de nourriture pour une race d'êtres qui n'apparaissent jamais dans le livre. Ils utilisent la Terre comme un vaste terrain agricole.

– Chéri, a dit Armand, c'est l'histoire la plus chiante que j'aie jamais entendue.

– Mais on s'en tape, non ? a demandé Kenny Kenny. En fait, je veux dire, des livres ? Qui lit ? Qui s'intéresse à ça ? On est à une fête et tu nous parles de livres ?

Adeline s'est relevée afin de les laisser partir. Michael Alig était derrière, occupé à nous observer, son sourcil froncé déformant les pois peints.

– J'ai entendu ta charmante petite histoire, a dit Michael Alig. Ça m'a rappelé *Dark Shadows*. Je t'ai déjà parlé du Léviathan ?

BATAILLE DE BOUFFE. Une mêlée s'est formée, et de la nourriture a volé dans toutes les directions. Adeline a lancé un big mac de l'autre côté de la pièce, qui a atterri sur le visage d'une drag-queen. La drag-queen a tourné les talons pour comprendre d'où provenait ce missile, mais alors qu'elle essayait d'en retracer la trajectoire, un autre hamburger a atterri sur son nez. Les frites volaient en tous sens, comme des flèches à la bataille d'Azincourt.

Tout le monde a dû détaler, de peur que les flics ne soient appelés à la rescousse. Michael Alig a hurlé qu'ils ne pouvaient pas appeler la police, vraiment pas, vu qu'ils avaient un accord. Mais tout le monde était gay, habillé en drag-queen, défoncé. Personne n'avait envie de voir les flics débarquer.

Et il y a eu cette fois où Baby s'est mis à remarquer le nombre de femmes chauves dans les clubs. *Mais pourquoi se rasent-elles toutes la tête ?*

Et il y a eu cette fois où Michael Alig lui a expliqué comment devenir le maître du monde.

– Arrête de faire ta petite conne, a-t-il dit. Ferme ta gueule et écoute-moi putain ! Pense à Andy Warhol. Qu'est-ce qu'a fait Andy lorsqu'on lui a refusé l'entrée du grand monde ? Il a dit : « On s'en tape », non ? Et il a regardé autour de lui, pour voir ce qu'il avait sous la main, et ce n'était qu'une bande de putains de tapettes, de drag-queens, de défoncés au speed, et Andy a décidé, ces pédés, je vais en faire le centre du monde. Maintenant, c'est là que ça se passe. Il n'y a rien d'intéressant dans la vraie Amérique, celle où les gens se tuent à la tâche, vivent en banlieue, pondent des bébés hétéros et possèdent des bagnoles d'une laideur repoussante. Le centre du monde, c'est ici, sur la 47e Rue, dans ce putain d'immeuble de merde habité par ces putains de gens dégueulasses ! C'est le reste du monde qui constitue l'extérieur. Et Andy avait raison. Personne ne doit être obligé de passer toute sa vie en position de victime ! Tout le monde peut changer le monde. Il faut juste décider que ce qui est cool, c'est toi, que tu es le truc le plus fabuleux qui soit, et le dire aux autres. Et le répéter encore et encore, putain ! Au début, ils vont rigoler, parce que les gens hideux et débiles adorent se moquer des autres, mais si tu continues à le répéter, un jour ou l'autre, ils vont venir vers toi, et cette fois ils ne riront plus. Parce que si quelque chose est vrai dans ce putain de monde, c'est que personne ne veut rester à la porte de la fête. Ils vont te demander des invitations. Ils vont vouloir tes drogues. Ils vont vouloir baiser des beaux gosses. Et tu seras celui avec les invitations, celui avec les drogues, et ce sera dans la bouche de ton mec qu'ils vont essayer de glisser leur langue. Tu auras tout le pouvoir entre tes mains. Tu diras oui ou non. Tu décideras qui peut entrer et qui est aussi repoussant que de la vieille pâtée pour clébard. C'est comme ça que tu deviens le maître de ce putain de monde ! C'est aussi simple que ça. L'Amérique, c'est le premier club qui ait existé. Ça demande juste un peu de temps, un peu de patience, et un bon videur à l'entrée.

Et il y a eu cette fois où Adeline a décroché son diplôme des Beaux-Arts à Parsons. Baby lui a demandé si elle avait pensé à inviter Suzanne.

– Mère ne fait pas partie de ce monde, a dit Adeline.

– Elle paye toutes les factures, a fait remarquer Baby. Je crois qu'il n'y aurait pas plus terrible que de ne pas se faire inviter à la cérémonie de remise des diplômes de sa fille.

– Mais pourquoi est-ce que tu prends toujours sa défense ? a demandé Adeline.

– J'ai vécu avec elle pendant presque une année, a dit Baby.

Ne me parle pas de Mère.

Le jour venu, Adeline n'est pas allée à la cérémonie d'ouverture. Elle voulait marquer l'occasion à sa manière, décidant que la meilleure façon de célébrer ce moment était d'avaler de l'ectasy et de regarder un bon vieux film. Pour cette petite fête, elle a convié son amie russe rebelle, Minerva. Et Baby.

Ce dernier avait remarqué, contrarié et silencieux, que le rejet d'Adeline envers ses amis ne s'appliquait pas aux moments où elle désirait se défoncer. Tout à coup, le milieu du *clubbing* devenait absolument épatant.

Baby a récupéré quatre cachets d'ectasy, en offrant un à Adeline et un à Minerva, et en en prenant deux lui-même. Récemment, il avait augmenté ses doses. La raison de cette augmentation remontait à la fois où il avait avalé un punch à l'ecstasy au Limelight. Les responsables de la soirée utilisaient ce fameux mélange pour attirer les clients, écrasant nombre de cachets dans du jus de fruits coupé d'eau. Offert à tous. Baby avait fini en surchauffe, comprenant tout à coup qu'il n'y avait aucune raison d'en croquer avec parcimonie. L'ectasy n'était pas le LSD. Il n'avait pas à en avoir peur.

Malgré son manque de connaissance concernant la série télévisuelle dont était tiré le film, Adeline avait décidé qu'ils devaient voir *Darkside : Les contes de la nuit noire*. Elle avait lu que Debbie Harry, la chanteuse de feu Blondie, y tenait l'affiche. Ce casting avait suffi à la convaincre.

Le film était diffusé au Showcase, sur la 34e Rue. Le cinéma était récent, et consistait en un immeuble squatté abritant trois écrans. Durant les premiers mois de sa vie à New York, Baby y avait accompagné Adeline à une projection de *Star Trek 4 : Retour sur Terre*, en format luxueux de 70 mm. Baby n'avait aucun souvenir de ce film, si ce n'était les visages vieillissants des protagonistes et de vagues images de grosses baleines flottant dans l'espace.

Diffusé dans l'une des salles au sous-sol, *Darkside : Les contes de la nuit noire* était incroyablement mauvais, même pour un film d'horreur. Un film fourre-tout, commençant son histoire improbable avec Debbie Harry menant la vie d'une brave épouse de banlieue. Mais derrière les apparences, Debbie Harry est une sorcière qui garde un enfant de huit ans en cage dans la cuisine. Elle veut organiser un dîner, et alors qu'elle est tout à la préparation, on comprend que l'enfant sera le plat principal.

Elle offre au garçon un livre intitulé *Contes de la nuit noire*. Étonnée de constater qu'il ne s'intéresse pas au livre, elle dit au gamin que ce livre était son préféré lorsqu'elle était petite. Poussé par l'énergie des condamnés, l'enfant propose à Debbie Harry de lui lire les histoires du livre. Elle accepte immédiatement. Baby ne comprenait vraiment pas pourquoi. Le livre est le sien, elle le lit depuis des dizaines d'années. Pourquoi est-ce que cela pourrait l'intéresser ? Et en plus, le gamin ne sait quasiment pas parler. Son élocution est plate.

Chacun des trois contes est présenté dans un court-métrage à part. Le premier raconte l'histoire d'une momie ramenée à la vie par des opportunistes. Le deuxième suit un tueur à gages embauché pour assassiner un chat. Le troisième, un homme qui assiste à un meurtre commis par une gargouille puis passe un accord avec la créature pour qu'elle ne le tue pas à son tour.

La drogue empêchait Baby de suivre les scénarios de manière linéaire. Des images survenaient au hasard par flashs, sans rapport entre elles. La tête de la momie décapitée et brûlée dans un grand feu. Le sourire de la gargouille.

Le visage d'un vieil homme couvert de sang. Un mariage interracial. Des zombies.

Une grimace du vieil homme, derrière le faux sang, a rappelé à Baby la fois où il avait rencontré Quentin Crisp au Tunnel. Crisp était l'auteur d'un livre intitulé *Le Fonctionnaire du nu*, une autobiographie de sa vie de drag-queen flamboyante à Londres pendant la Seconde Guerre mondiale. Grâce aux hasards du destin, il avait fini sa vie comme la figure la plus âgée du monde du *clubbing*.

Baby et Crisp avaient discuté pendant près d'une heure.

– Tu sais, mon mignon, avait dit Crisp, qu'à l'époque du Studio 54 l'arrière-petit-fils d'Abraham Lincoln sautait dans un train depuis la Virginie pour s'abandonner aux excès de la fête ici ? Tout est absolument vrai. Plusieurs sources me l'ont confirmé. Il s'appelait Robert Todd Lincoln Beckwith, mais tout le monde l'appelait Bud. Bud ! Bud Lincoln ! Ce n'est pas charmant, franchement ? C'était un horrible vieillard, victime d'une maladie dégénérative qui lui avait ôté la capacité de marcher. Un adorable jeune étudiant l'amenait dans sa chaise roulante, et il passait la nuit à discuter avec Liz Taylor et Mick Jagger. Ils étaient fascinés. Ça ne t'aurait pas fait pareil, à toi ? Lorsque l'heure était venue de retourner à son hôtel, il choisissait un assortiment de jolis jeunes gens. Des garçons, des filles, des travestis, des pédés, des hétéros. Toutes ces différences importaient peu à l'honorable progéniture de ce brave Abe. Bud les ramenait à l'hôtel et les faisait baiser tous ensemble. Il se contentait de regarder, car avec les années le pauvre moineau de ce vieillard ne pouvait plus guère siffloter. On m'a raconté les histoires les plus folles sur son visage, cette surface ridée de vieillard qui se déformait tandis que les corps nubiles s'abandonnaient avec luxure dans les bras d'Aphrodite. Le pauvre vieux est mort il y a quelques années. Comme quoi tout arrive, non, mon mignon ? Même au sein des familles les plus respectables.

Le film s'est achevé. Le trio a quitté le cinéma. Minerva, qui n'aimait pas Baby, a préféré partir, laissant les colocataires seuls au beau milieu de la lumière du jour. Adeline était complètement paumée, l'ectasy la réduisant à un état de semi-fou rire, à s'extasier devant le parking vide de l'autre côté de la rue.

– Tu as aimé le film ? a demandé Baby.

– Oh, Baby, a dit Adeline. On va dire que c'est ton état qui te pousse à me poser une telle question. Je pensais qu'on avait un accord. Pas de questions débiles après avoir vu un film !

– Allons voir le mausolée de Grant, a proposé Baby.

– Vraiment ? Ça se trouve où ?

– *Uptown*, assez loin. Il faut qu'on aille à Penn Station et qu'on prenne une ligne locale.

Ils ont remonté la Première Avenue jusqu'à la 125e Rue, et sont sortis à la station aérienne. En descendant le long escalier, Baby était complètement perdu, incapable de trouver la bonne direction. Absurdité de la drogue. On apercevait les cimes vertes de Riverside Park, mais son cerveau a mis du temps pour en tirer des conclusions cognitives logiques. Adeline n'était d'aucune aide, sifflotant dans son coin, la tête penchée au-dessus du métal rouillé.

– Oh, waouh, c'est tellement beau, a-t-elle dit. C'est l'œuvre de l'homme, mais ça fait combien de temps que c'est là ? C'est ancien ?

Baby lui a pris la main.

Comme tous les espaces verts de New York, Riverside Park était un havre pour les sans-abri et les drogués. Certains piquaient du nez, d'autres titubaient sur place, un pas en avant, deux pas en arrière.

Le dôme du mausolée de Grant perçait à travers la canopée. Baby et Adeline ont fait le tour du granit en ruine, couvert de restes de pipes à crack et de bouteilles cassées. Deux grandes statues d'aigle en gardaient l'entrée, le bec ébréché.

L'entrée était gratuite. À l'intérieur, il n'y avait rien d'autre qu'une rotonde ouverte aux visiteurs, d'où ils pouvaient admirer, en contrebas, le sarcophage de Grant et son épouse. Une poignée de visiteurs traînaient par là, touristes silencieux au regard apeuré. Ils étaient venus pour voir les ossements en décomposition d'un président américain historique, le plus grand général du XIXe siècle du pays, et étaient tombés sur un parc couvert de graffitis et d'excréments humains.

Depuis la salle principale, Adeline a observé minutieusement le porphyre rouge du sarcophage, poli par les années, réfléchissant la lumière basse.

– Mec, a-t-elle dit, c'est, genre, taré, mais je n'arrive pas à lire les noms. Je ne vois que ma tête.

Ulysses S. Grant, qui avait été bien loin d'imaginer l'avilissement de l'arrière-petit-fils de son commandant en chef, un vieillard allant à New York pour se perdre au beau milieu des corps cocaïnés et nubiles du XXe siècle. Nous, citoyens de New York, sommes telles des baleines de l'espace, havres de plaisir et de débauche, queues et chattes et poudres et liquides de provenances inconnues. Ulysses S. Grant, dix-huitième président des États-Unis, vous ne pouviez pas imaginer à quelle sombre fin Bud Lincoln allait utiliser la renommée de son patronyme. Impossible pour vous d'imaginer les désirs charnels de Bud Lincoln, ceux de ses nuits disco.

– Et voilà, a conclu Adeline, je n'ai rien appris de plus sur Grant.

– C'était un sacré ivrogne, a dit Baby. Tu ne veux pas acheter un livre à la boutique de souvenirs ?

– Il y a une boutique de souvenirs ? a-t-elle demandé.

– L'étagère à l'entrée.

Aucun livre n'y était en vente. Adeline a acheté plusieurs boîtes de reproductions de monnaie confédérée. Un dollar la liasse.

Ils ont quitté le mausolée, direction le nord, à travers le parc. Adeline a ouvert un paquet de faux billets, fouillant dedans.

Elle a tendu à Baby un billet de cent dollars. Il voyait le billet en négatif, juste la forme et pas le contexte. Une série de lignes gravées. Baby ne comprenait pas ce que les images étaient censées représenter.

– Qu'est-ce que c'est ?

– Le charme sudiste dans toute sa splendeur, a-t-elle dit. Ils mettaient des esclaves sur leurs billets. Les trois bons nègres à monsieur Tom qui récoltent le coton.

– Pourquoi Jon n'est pas là ? a demandé Baby.

– Pose-lui toi-même la question, a répondu Adeline. Je suis certaine qu'il te servira une réponse absolument fascinante.

Elle a accéléré le pas, s'éloignant un peu au-devant de Baby. Combien d'années s'étaient passées depuis la Californie ? Deux ? Quand Baby s'était-il aventuré dans la nature pour la dernière fois ? Le bleu du ciel. Le blanc des nuages. Le mausolée de Grant. Grant, le Grand Ivrogne, le président déchu. Grant, qui comprenait la faiblesse humaine, la complaisance et les drogues. Peut-être aurait-il même pu éprouver de la sympathie pour Bud Lincoln ? Était-il vraiment surprenant que sa tombe attire au final des illuminés de la fumette ? Son corps les attirait, aimant puissant envers les âmes brisées et les fous. Le saint patron de l'addiction. Le dieu ancien des drogues.

Des vagues émergeant de la construction, le dôme perçant la stratosphère, lançant des signaux d'énergie vers l'espace intersidéral intouchable. Résurgence hypercinétique d'Ulysses S. Grant et de son épouse bien-aimée, Julia, les os de leurs cadavres disposés ainsi afin d'amplifier la transmission des messages jusqu'aux baleines spatiales. Venez nous voir, nous conquérir, faire de nous des esclaves. Dégagez ce monde vil. Aucun homme ou aucune femme n'est fait pour cela. Épargnez-nous la connaissance du mal que nous causons. Nous abdiquons, nous abdiquons. Nous sommes Bobby E. Lee. Nous rendons les armes.

– Baby ! Viens donc par ici !

Adeline s'était arrêtée sur le chemin au niveau d'une petite urne blanche juchée sur un piédestal.

– Lis voir ce qui est écrit dessus, a-t-elle dit.

EN MÉMOIRE D'UN ENFANT CHÉRI
ST. CLAIRE POLLOCK
DÉCÉDÉ LE 15 JUILLET 1797
EN SA CINQUIÈME ANNÉE

Et il y a eu cette fois où Christina a organisé sa fête d'anniversaire dans le sous-sol du Tunnel. Michael Alig a appelé Baby pour l'inviter.

– Mais pourquoi veux-tu que je vienne ? a demandé Baby. Je ne connais même pas Christina !

– Oh, mais arrête, a dit Michael Alig. On s'en fiche ! Personne ne connaît personne dans ces soirées-là.

Le faible nombre d'invités a convaincu Baby qu'il avait été attiré ici pour remplir la salle. Le sous-sol du Tunnel n'avait pas changé. Cela se résumait toujours à une flopée de tables sales et de mobilier hideux installé dans un espace incompatible avec toute présence humaine.

Christina était assise sous une douche de lumière, en robe rouge et bas. Sur une peinture derrière elle, on pouvait lire : « BEEFEATER ». Baby s'était saoulé dans le taxi qui remontait la 27e Rue, avalant quatre mignonnettes à l'arrière. Autant qu'il pouvait en juger, Christina avait accepté de se produire, de chanter quelques titres et, pour une raison inconnue, une fois que la soirée avait commencé, n'avait plus voulu faire quoi que ce soit, si ce n'était rester assise et bouder. Nelson Sullivan papillonnait autour d'elle, sa caméra filmant en alternance Christina et le public.

Les gens demandaient à Christina de chanter « Jumpin' Jack Flash ». Une drag-queen surnommée Hapi Phace a pris le micro, délivrant une sorte de sketch un peu pourri à propos d'une comparse du nom de Taboo. On a apporté un gâteau d'anniversaire, sur lequel était écrit : « JOYEUX ANNIVERSAIRE, CHRISTIAN ».

Une drag-queen que Baby ne reconnaissait pas s'est emparée du micro. Blouson en cuir noir sur une robe noire, lunettes noires, coupe post-punk avec les cheveux teints et rasés. Elle expliquait que les fesses de Christina étaient toutes deux tatouées avec un M de chaque côté, et que lorsque Christina se penchait en avant, son cul formait « MOM », pour « Mère ». Christina a demandé à la drag-queen à quel point elle voulait devenir la nouvelle Madonna. Lâchant le microphone par terre, la drag-queen a lancé :

– Chérie, je ne veux pas être la nouvelle Madonna : je le suis déjà.

Quelques autres cris demandant « Jumpin' Jack Flash ». Lady Bunny au micro, demandant la chanson. Christina ne réagissait pas.

Baby a détourné le regard. Quand il a posé à nouveau ses yeux sur elle, Christina avait un marteau à la main. Puis Keoki le lui a retiré. Puis Christina a redemandé le marteau. La drag-queen sans nom le lui a rendu. Tout le monde s'est mis à chanter joyeux anniversaire, tandis que d'autres hurlaient à Christina de manger le gâteau.

La drag-queen sans nom a pris le gâteau et l'a apporté devant Christina. Elle lui a écrasé la pâtisserie sur le visage. De la crème sur toute la perruque, Christina avait le marteau, mais elle ne l'a pas utilisé. Imperturbable, assise, le gâteau dégoulinant sur le visage. Le marteau en main. Nelson Sullivan filmait la scène.

– Tu aimes la fête, alors ? a demandé Michael Alig. Ce n'est pas génial ? Quel drame !

– Je n'étais pas préparé à ça, a dit Baby.

– Ah mais quelle *drama queen* ! Tout le monde s'éclate ! Ne sois pas si nerveuse !

Et il y a eu cette fois où Michael Alig a présenté Baby à sa mère, dont l'accent européen rappelait celui de Christina.

– Baby, a-t-elle dit, tout le monde est le *baby* de quelqu'un ! Même toi, Baby ! Michael est mon *baby* !

Cette présentation a eu lieu sur la piste de danse du Mars. La mère de Michael Alig avait pris l'avion depuis l'Indiana.

– *Baby*, a-t-elle demandé, est-ce que tu as un peu de sucrette pour le nez de Mère ?

Et il y a eu cette fois où Baby et Queen Rex sont partis assister au tournage d'un porno dans un hangar près du croisement entre la Neuvième Avenue et Little West 12e Rue, vraiment tout près de chez Nelson Sullivan.

L'intérieur du hangar avait été transformé en boucherie industrielle. Le film était un porno de genre. Uniquement du bondage et de la domination. Pas de sexe.

Une femme rousse, avec des marques visibles sur le corps. Un homme en surpoids qui la déshabille. L'un des assistants de production a soufflé à Baby et à Regina que c'était le treizième épisode d'une série intitulée *Le Marteau des sorcières*, adaptée librement du *Malleus Maleficarum*, un manuel de chasse aux sorcières publié en 1486. Les auteurs, Heinrich Kramer et Jacob Sprenger, y décrivent l'utilité d'employer certaines méthodes de torture et autres techniques afin d'évaluer la familiarité d'un suspect avec cet art secret. Les producteurs du *Marteau des sorcières* avaient modifié ces méthodes pour les rendre moins extrêmes, assujettissant les actrices à des versions adaptées de ces supplices historiques.

Au-delà d'un vieillissement prématuré dû à l'abus de drogue, la fille rousse semblait être du même âge qu'Adeline. Tous les quatre ans, la ville accueillait une nouvelle fournée de réalisateurs en herbe, d'écrivains en herbe, d'artistes en herbe, de mannequins en herbe, d'actrices en herbe. Baby habitait New York depuis assez longtemps pour découvrir une deuxième vague d'aspirants. Il y avait toujours assez de chair fraîche, assez de jeunes femmes et hommes prêts à se dégrader au nom du commerce ou de l'art, assez de drogue et d'oubli, assez d'idiotie et de naïveté, assez de matière première pour faire tourner les rouages de la grande machine.

L'homme en surpoids a administré à la femme une version moderne de la vis à oreilles, puis a voulu évaluer ses capacités de flottaison en la plongeant dans un réservoir d'eau. Après quelques autres tests d'endurance de ce genre, le tournage s'est conclu sur le fait que la femme était bien une sorcière. L'assistant a informé Baby qu'ils brûleraient l'actrice en post-prod.

Dans la rue, au-dehors, Queen Rex et Baby se sont allumé des cigarettes KOOL.

– Ça fait des années, s'est lamenté Baby, que je n'ai pas baisé ! Des siècles ! Je suis un mec jeune et beau qui hante des clubs remplis d'ivrognes et de drogués ! Pourquoi est-ce que je ne baise pas plus ?

– Bienvenue dans le nouveau monde, a commenté Queen Rex.

– Je veux absolument me faire baiser ce soir, a-t-il dit. Je me fous d'où et comment ! Allons danser et trouvons un imbécile heureux ! Autrement, je vais exploser sur place !

– Allons au Palladium. Il y a toujours de la chair fraîche qui a envie de faire des conneries.

En remontant la 14e Rue, Baby a admiré le 31 Union Square West en espérant, sans pouvoir le formuler, qu'il pourrait un jour revenir dans cet immeuble.

Il n'y avait pas de file d'attente au Palladium. Baby n'a reconnu personne. Le club était tellement has been, mais cela faisait son charme. C'était un territoire connu, sans enjeu. Regina a proposé de zapper le club et d'aller à l'étage, chez Julian's Billiards. Baby a acquiescé. Regina lui a dit qu'elle plaisantait.

Regina est partie chercher des verres, laissant Baby seul adossé au mur. Il avait envie de sexe. Envie de baiser. Envie de démonter quelqu'un. Envie de se faire démonter. Il avait envie de se donner à fond avec quelqu'un.

Deux gamins se sont approchés de lui.

– Tu connais Michael Alig ? a demandé celui qui portait une chemise en popeline blanche, ses cheveux décolorés pendant sous un chapeau melon en plastique rouge.

– Michael qui ? a demandé Baby.

– Bien sûr qu'il connaît Michael, a commenté l'autre. C'est Baby Baby Baby ! Un vrai Club Kid !

– Fabuleux, a dit le premier. Je m'appelle Polly.

– Et moi, c'est Esther. Comment ça va, Baby ?

– Je... j'attends quelqu'un, a répondu Baby.

– Chéri, tu attends Michael ? Il est ici ?

– Non, a dit Baby. J'attends Queen Rex.

– Oh, mon Dieu, Queen Rex ? Fabuleux ! Je veux absolument la rencontrer.

Le *clubbing*. Les gens les plus autocentrés de la planète interprétant leur existence comme si la vie était une scène sans fin, comme si tout était performance. Ces gens étaient tellement coupés du réel qu'ils étaient tous persuadés d'avoir un public secret qui les regardait continuellement.

À New York, au sein du milieu autoproclamé de Downtown, tout était fabuleux. Tout était toujours fabuleux.

Regina est revenue, visiblement dégoûtée par Polly et Esther, lisant avec mépris les inscriptions en lettres noires qui barraient leurs sacs à dos identiques : « L'ALCOOL TUE » et « STOP À LA CORRUPTION ».

– Qui sont ces gens ? a-t-elle demandé à Baby.

– Je ne suis pas certain, a dit Baby, mais ils m'ont reconnu. Et ils voulaient savoir si Michael était là.

– Ils t'ont reconnu ? Pourquoi est-ce qu'on te reconnaîtrait ?

– L'article dans *Project X*, je suppose, a répondu Baby.

– Ils ont publié un article sur toi dans *Project X* ?

– Bon Dieu, Regina, c'est moi qui ai écrit l'article, a dit Baby. C'était ma première publication ! Tout le monde l'a lu. Même Adeline. Pas toi ?

– J'avais cours, a dit Regina.

– Ces gamins n'ont aucune idée de qui tu es, a dit Baby. Tu es un vrai mystère pour eux.

– Il faut bien que quelque chose reste mystérieux, dans ce monde de merde, a commenté Regina.

Polly et Esther ont convaincu Baby de les rejoindre sur la piste. Il a résisté, car il ne voulait pas être vu avec eux, avant de se dire que ce n'était pas bien grave. C'était le Palladium. Personne ne le saurait. Il a tenté de se mettre au rythme, mais Polly et Esther étaient collés à lui, lancés dans une danse atroce. Sans aucune grâce, agitant leurs bras, faisant fi de la musique, mimant de manière inappropriée le *voguing*, faisant tout pour choquer.

Baby a laissé tomber et rejoint Regina. Elle était assise à table, occupée à boire un Cape Cod. Polly et Esther sont revenus de la piste de danse. D'un air exagérément indigné, Regina s'est levée pour partir.

Baby a pris sur lui. Ils n'étaient pas mignons, mais ils n'étaient pas non plus hideux. Il leur a demandé où ils vivaient. Un appartement sur la 11e Rue. Il leur a proposé d'y aller. Ils ont accepté. Ils ont dit : tu penses que tu pourrais appeler Michael ? Baby a répondu : hé bien, oui, peut-être, mais allons chez vous d'abord, il y aura bien un téléphone là-bas, non ?

Chez eux, Baby a demandé à Polly et à Esther de se déshabiller. Ils ont tout de suite obtempéré. Cela devait donc ressembler à cela, la vie de Michael. Amener des gens au bord d'une falaise, et les faire sauter au premier ordre.

– On fait ça dans votre lit ? a demandé Baby.

– On peut faire ça ici, par terre, a dit Polly.

– Où tu veux, a dit Esther.

– À quoi bon le lit ? a dit Baby. Vous avez un peu de sucrette pour le nez de Mère ?

Polly et Esther se sont mis à genoux, leurs bouches autour du pénis de Baby. Puis la bouche d'Esther sur les testicules de Baby. Puis la bouche d'Esther sur le pénis de Baby. Puis la bouche de Polly sur les testicules d'Esther. Puis la bouche de Baby sur le pénis de Polly. Puis Baby a mis Esther à quatre pattes. Puis Polly a retrouvé du lubrifiant dans l'armoire à pharmacie de la salle de bains. Puis Baby a enduit son pénis de lubrifiant. Puis le pénis de Baby s'est collé à l'anus d'Esther. Puis le pénis de Baby était à l'intérieur du rectum d'Esther. Puis Baby a dit à Polly de mettre sa bouche sur le pénis d'Esther. Puis Baby a dit à Polly de se mettre derrière Esther. Puis Polly a mis du lubrifiant sur son pénis. Puis le pénis de Polly était collé à l'anus d'Esther. Puis le pénis de Polly était à l'intérieur du rectum d'Esther. Puis le pénis de Baby était dans la bouche d'Esther. Puis Baby a renversé Polly en avant. Puis le pénis de Baby était collé à l'anus de Polly. Puis le pénis de Baby était à l'intérieur du rectum de Polly. Puis la bouche d'Esther était autour du pénis de Polly. Puis Polly a crié. Puis Esther a gémi. Puis la main de Baby était sur le pénis d'Esther. Puis le pénis de Baby était à l'intérieur du rectum d'Esther. Puis la langue de Polly était collée à l'anus de Baby. Puis la langue de Polly était à l'intérieur du rectum de Baby. Puis Baby a gémi. Puis Baby a pensé à James Boswell, à ses journaux intimes qui détaillaient ses innombrables rencontres avec des prostitués dans des lieux publics, du besoin de Boswell d'éjaculer après avoir assisté à des pendaisons publiques. « Même les plus grands écrivains anglais du XVIIIe n'avaient pas connu une telle décadence, pensait Baby. Le XXe siècle a démocratisé la débauche. » Puis le pénis de Baby a évacué son sperme dans le rectum d'Esther. Puis Baby a dit à Polly et à Esther de mettre leur pénis dans la bouche l'un de l'autre. Puis le pénis de Polly a évacué son sperme dans la bouche d'Esther.

Puis le pénis d'Esther a évacué son sperme dans la bouche de Polly. Puis Esther a recraché le sperme de Polly sur le ventre de Polly. Puis Esther a sucé le sperme de Polly en le ravalant.

Baby était allongé sur le plancher souillé. *J'espère que je ne vais pas choper le sida.*

Esther s'est retourné, du sperme coulant de son gland jusqu'à l'intérieur de sa cuisse.

– Tu appelles Michael ? a demandé Esther.

– Non, a dit Baby. Absolument pas. Pas là. Jamais. Surtout pas pour vous.

Et il y a eu cette fois où Christina a fait une overdose au Chelsea Hotel. Une rumeur voulait qu'elle ait appelé Nelson Sullivan pour lui demander de filmer sa mort. Nelson avait refusé. Cinq jours plus tard, l'odeur de son cadavre en putréfaction avait obligé la direction à forcer sa porte. La forme humaine était dans un état de décomposition si avancé que la police avait dû prélever son empreinte dentaire pour l'identifier.

Une autre rumeur circulait, à propos d'une performance qui avait eu lieu peu avant l'overdose. Christina était sur scène au Pyramid, torse nu, et chantait « I'll Keep It with Mine », une chanson de Bob Dylan enregistrée par Nico. *I can't help it if you might think I am odd / If I say I'm not loving you for what you are / But for what you're not.* (« Je n'y peux rien si tu penses que je suis bizarre / Si je te dis que je ne t'aime pas pour ce que tu es / Mais pour ce que tu n'es pas. »)

Un membre du public n'avait pas apprécié son interprétation. Il l'avait sifflée et insultée.

Christina avait pris le pied de micro et le lui avait balancé à la figure. On disait qu'elle lui avait arraché un œil. Baby n'y croyait pas. Trop violent. Beaucoup affirmaient qu'elle allait être inculpée pour tentative de meurtre.

Elle a fait son overdose au mois de juin. Tout le monde disait que Nelson Sullivan était au bout du rouleau. Baby n'a jamais eu l'occasion de lui parler de Christina. Le 4 juillet, Sullivan est mort d'une crise cardiaque. Il avait quarante et un ans.

Et il y a eu cette fois où le Limelight avait demandé à Michael Alig d'organiser une soirée du mercredi intitulée Disco 2000. Comme la roue avait tourné ! Baby se souvenait de la fois où Michael Alig avait été viré du Limelight car il devait sept cents dollars à quelqu'un.

Le propriétaire du Limelight s'appelait Peter Gatien, un Canadien quadragénaire qui portait un bandeau sur l'œil gauche. Il avait dirigé plusieurs clubs avec succès dans d'autres villes, avant de racheter une église de style gothique au croisement de la Sixième Avenue et de la 20e Rue. Les précédents clubs de Gatien s'étaient tous appelés Limelight. L'église a hérité du même patronyme. Inauguré en 1983, le club avait connu quelques années médiocres avant de devenir définitivement has been.

Gatien s'est tourné vers Michael Alig. Vas-y, a-t-il dit, tu es l'un des jeunes qui font le plus parler d'eux. Je te donne la pire soirée, celle du mercredi. Et je finance.

– J'ai enfin tout ce que j'ai toujours voulu ! a dit Michael Alig. Mes rêves deviennent réalité !

Michael Alig a disparu, tout absorbé par sa première qui devait avoir lieu à la fin du mois d'août. Les rumeurs allaient bon train. Un truc en costume, le club transformé en carnaval, comme le Larry Tee's Celebrity Club, mais à une tout autre échelle. Sans le côté gaminerie. Ça serait différent. Très strict. Quelque chose d'ultime.

Le jour de l'ouverture, Baby a reçu un appel visant à s'assurer qu'il viendrait bien.

– Je ne manquerais ça pour rien au monde, Michael, a dit Baby. Regina vient aussi. Tout le monde sera là.

– Même cette pouffiasse de Musto a dit qu'il venait, a ajouté Michael Alig. J'espère qu'il ne va pas tout gâcher !

– Tout va bien se passer, a dit Baby. Fais-moi confiance.

– Oh, a dit Michael Alig, mais qu'est-ce que tu en sais ? Pourquoi est-ce que je devrais te faire confiance ? Tu n'es personne !

Baby a appelé Queen Rex. Sa mère a répondu à la place. Baby ne connaissait pas la maman de Regina, mais il lui avait déjà parlé au téléphone de nombreuses fois.

– *¿Aló?*

– *Hola*, a dit Baby. *¿Regina es allí?*

– *¿Quién es?*

– *Es Bebé.*

– Baby, a dit la mère de Regina, en éclatant de rire. Baby ! Baby !

Des enfants hurlaient derrière elle.

– *Baby, Regina no es home. Regina es... es... à... à... disco !*

– *Gracias, Mami*, a-t-il dit en raccrochant.

Baby a avalé deux cachets d'ectasy. Il a fouillé dans son armoire pour prendre toutes les ceintures qu'il possédait. Il a demandé à Adeline s'il pouvait également lui emprunter les siennes.

– Pour quelle raison ?

– Je veux me faire un costume, a dit Baby. Pour l'ouverture de Disco 2000.

– Tu es défoncé ? a-t-elle demandé.

– Oui.

– À l'ectasy ?

– Oui.

– J'aimerais que tu puisses monter sur le rocher sur lequel était juché Moïse et contempler ce que tu es devenu. Quelque chose a mal tourné. Tu n'es plus le jeune éphèbe que j'ai connu.

– Les temps changent, a-t-il dit. Tu ne peux pas revivre le passé.

– Et pourquoi on ne pourrait pas revivre le passé ? a demandé Adeline. Bien sûr que si.

Baby a commencé par enfiler une couche de vêtements noirs, avant d'attacher des ceintures tout autour de ses bras, ses jambes et sa poitrine. Dans le miroir, le résultat était meilleur qu'il ne l'avait imaginé. Il ressemblait à une Momie Arc-en-Ciel.

– J'espère que ça ne fait pas trop Leigh Bowery, s'est-il dit à lui-même.

Baby a pris un taxi jusqu'à la 20e Rue. Kenny Kenny était à l'entrée. Baby a coupé la file d'attente. Le Limelight avait été complètement refait. Michael Alig avait loué des singes vivants, installés dans l'entrée, qui chiaient et hurlaient dans leur cage. James St. James était lui aussi en cage, arborant un maquillage outrancier, avec un sigle au-dessus de la tête : « ATTENTION : NE PAS NOURRIR L'ENFANT DE LA DROGUE. » Il criait en demandant une dose ! Juste une dose ! N'importe quelle dose !

Et il y avait les personnages costumés. Clara la Poulette Déjantée, une énorme volaille jaune qui n'aimait rien tant que danser en décalage avec le rythme, pousser les gens autour d'elle avec ses caddies volés dans un supermarché ou les prendre par les couilles. Hans Ulrich, le chien très cuir. I.C. l'ours. Des panneaux manuscrits précisaient les noms de ces créatures.

– Baby ! J'adore ton costume !

– Regina ! Chérie !

Ils se sont embrassés.

– Ce n'est pas magnifique, franchement ? a-t-elle demandé.

– Je suis vraiment, vraiment, vraiment défoncé là, a répondu Baby. Est-ce aussi dingue que ça en a l'air ?

– Qu'est-ce que t'as pris ?

– De l'ecstasy, rien de mieux, non ?

– Une fille là-bas a de la kéta. Je n'en ai jamais essayé, et toi ? C'est absolument à la mode. Tous ces gamins disent que c'est divin. Tu veux que j'aille nous en chercher ?

– Vas-y, fais-toi plaisir, a dit Baby. Je n'aime pas mélanger les molécules. Il faut que je trouve Michael.

– Il est à l'étage, a dit Queen Rex.

Baby a traversé le club. Michael devait être content de la foule. Baby a contourné un groupe de six ou sept jeunes. L'un d'eux l'a saisi par le bras.

– Baby ! a fait une voix de femme.

Il a dévisagé la femme. Elle était petite, avec une longue perruque argentée, de grosses bottes noires hideuses, une ceinture noire épaisse et un bikini camouflage. Il a soupiré, désireux de ne pas avoir à se coltiner une nouvelle groupie.

Depuis qu'il avait écrit plusieurs articles pour *Project X*, Baby bénéficiait de plus en plus d'exposition. Il détestait cela. Chéri, disait James St. James, c'est la rançon de la gloire ! Baby ne voulait pas de la gloire. Il aimait juste écrire.

– Hellooooo, a-t-il répondu.

– Baby, c'est moi, a dit la fille.

– Mais encore ?

– Moi, Baby. Jae-Hwa, Sally.

Baby a scruté son visage. Sous le maquillage, sous la perruque, sous le bikini, sous l'argenté. Il l'a reconnue. Cela devait faire quatre ans, depuis le printemps 1987. À l'époque, elle était habillée très strict, sans style particulier. Pantalon en toile, sweat rose et coupe de cheveux maison.

– Sally ! Mais qu'est-ce que tu fais ici ? a demandé Baby.

– Je suis une vraie Club Kid. L'ecsta coule dans mon sang. Ne m'appelle plus Sally. Maintenant, c'est Sigh.

– Sigh ? a demandé Baby.

– C'est mon nouveau patronyme américain, a-t-elle dit. J'ai lu tes articles.

Baby a demandé à Sigh si elle avait décroché son diplôme. Non, elle ne passerait même pas l'examen. Elle avait été virée de Parsons en première année. Elle était tombée dans le *clubbing* et sortait tous les soirs, sans bosser le moins du monde.

Il fallait rendre ses dossiers lors de la dernière semaine de cours. Désespérée, Sigh avait fouillé de fond en comble les locaux de Parsons sur la Cinquième Avenue, et était tombée sur une pile de dessins au sous-sol. Elle avait volé les pièces et les avait présentées pour son diplôme. Son arnaque aurait pu marcher, sauf qu'un des membres du jury se trouvait être la personne dont elle avait volé le boulot. « Ce sont mes dessins », avait-il dit.

– Ouais, on s'en fout, mon père est riche, moi je vais continuer à faire la fête, avait-elle répondu.

Ils ont dansé ensemble pendant un moment. La drogue rendait la musique meilleure. Comme toujours.

Baby a dit au revoir à Sigh, conscient qu'ils se recroiseraient obligatoirement. Elle exsudait cette aura intangible de ceux qui vivent au rythme du club. L'aura d'un enfant indigo. Certaines personnes étaient faites pour cette vie-là. Mais Sally ? Qui l'aurait cru ? Il avait hâte de le dire à Adeline.

D'autres gens l'ont reconnu, l'arrêtant pour lui parler. Des baisers soufflés, des embrassades et des félicitations pour dire à quel point il était fabuleux avec ses ceintures.

Dans la Chapelle, sous les vitraux, Michael Alig tenait salon, entouré de Michael Musto, LaHoma, Peter Gatien et d'une bande de jeunes que Baby ne reconnaissait pas. Gatien, réduit au bandeau noir angoissant sur son œil gauche, s'est tourné vers Baby.

– Le public n'est pas vraiment comme je le voulais, a dit Michael Alig, mais on n'en est pas loin. On va y arriver. C'est mon heure de gloire, Peter. J'en suis certain. Ça va être énorme. Personne ne pourra me l'enlever ! Pas même toi !

Et puis il y a eu cette fois où Baby est allé tout seul au Red Zone. Un samedi soir. Baby avait pris deux cachets d'ectasy avant de monter dans un taxi, direction 54e Rue Ouest.

En sortant de la voiture, il était tombé sur ce type très beau. Le type a souri à Baby. Baby a souri en retour. Ils ont parlé. Le type s'appelait Erik. Baby a expliqué à Erik qu'il avait écouté un album des Shangri Las, leur best-of, un disque acheté pour deux dollars à l'Armée du salut. « Oh mon Dieu, pensait Baby, pourquoi est-ce que je ne peux pas fermer ma putain de gueule bordel de putain de merde ? »

– Il y a quelques titres évidents, a dit Baby, comme, hmm, « Remember » et « Leader of the Pack », mais celle que je préfère, c'est « Past, Present and Future ». Ce n'est même pas vraiment une chanson, plutôt un long monologue adressé à un garçon anonyme qui raconte son évolution en trois temps durant le morceau. Mais là où elle déchire, et où ça te fait super bander, c'est quand la chanteuse annonce au garçon, à deux reprises : « Ça ne se reproduira plus jamais. » C'est la finalité de tout ça. C'est la malédiction des relations. C'est cette putain de condition humaine. C'est terrible. C'est tellement triste de penser à ces nanas.

Erik a tendu la main pour caresser le visage de Baby, ses doigts effleurant son menton, le pouce sur sa fossette.

– Je peux être celle que tu veux, si tu me dis que c'est bien, a dit Erik.

Et voilà Baby, c'est-à-dire moi, moi-même, là, après tant de nuits, de nouveau sur la route de ma personnalité.

JANVIER 1991

Adeline revient d'un voyage avec Jon

Jon m'a déposée devant mes quartiers de la 7e Rue. Nous avons échangé quelques plaisanteries. Il est reparti en voiture pour le New Jersey. J'ai ouvert la porte d'en bas. Au coin de la rue, un ivrogne vomissait ses tripes dans l'égout. New York City. Chez moi.

En montant les escaliers, j'imaginais Baby et Erik totalement insouciants, ivres de bonheur d'avoir tout l'espace à eux et s'adonnant à un carnaval échevelé d'acrobaties homosexuelles. J'espérais juste qu'ils avaient eu le temps d'émerger de tout ce stupre afin de nettoyer semence et lubrifiants.

L'appartement était intact, tel que je l'avais quitté. Imaginez ma surprise, mes chéris. Capitaine s'est frotté contre mes jambes. Des ronronnements comme je n'y avais jamais eu droit. J'ai déposé mes bagages sur le sol de la cuisine et me suis penchée afin de le caresser, heureuse de cet accueil.

– Baby ? ai-je crié. Baby ? Tu es là ?

Mon lit ne montrait aucun indice de démontage en règle. Je m'y suis allongée. Capitaine s'est hissé à mes côtés, la patte gauche et la tête sur mon ventre.

Je n'ai pas eu droit à plus de dix minutes de paix. La porte d'entrée s'est ouverte. Je me suis souvenue de mes bagages, et alors que je m'apprêtais à avertir Baby afin qu'il ne trébuche pas dessus, le son le plus terrifiant de ma vie d'adulte a retenti : « Adeliiiiiiiiiiiiiiiiine ! Adeliiiiiiiiiiiiiiine ! »

Un nœud immédiat à l'estomac, une décharge de stress, choquée. Je voulais me cacher, mais où ? J'ai ravalé ma salive et me suis traînée jusqu'à la cuisine.

Elle était là. Déglingo du ciboulot. Défoncée et cinglée. Mère. Baby était à côté d'elle, trousseau de clés en main, la bouche déformée par la gêne.

– Mère, ai-je dit, mais qu'est-ce que tu fais là ?

– Adeliiiiiiiine ! a-t-elle répété, son horrible nouvelle coupe de cheveux lui arrondissant trop la tête. Je n'avais pas de nouvelles depuis tellement longtemps ! J'ai décidé de venir te voir ! Baby a été adorable et m'a accueillie ! Je suis tellement contente de te voir !

Elle a jeté ses griffes sur mon dos. Trop choquée, trop horrifiée pour répondre quoi que ce soit. Trop effarée pour la repousser.

– Je n'attends rien d'elle, ai-je dit à Baby, mais de toi, j'espérais un peu plus de manières. Un minimum de loyauté.

– Adeliiiiiiiine, a dit Mère. N'en veux pas à Baby ! Je l'ai coincé dans la rue ! Qu'est-ce qu'il pouvait faire ?

– J'ai bien quelques idées, ai-je dit. Beaucoup d'idées, même.

– Adeliiiiiiiiiine, a dit Mère. Ta voix est étrange !

– Où loges-tu ? ai-je demandé. Plaza ?

– Bien sûr, Adeliiiiiiiine !

– Je rentre tout juste d'un long voyage, ai-je dit. Je te retrouve demain à 16 heures, à l'accueil de l'hôtel. Sois à l'heure. Je ne monterai pas une expédition spéciale pour te traquer jusqu'au bar.

– Mais, Adeliiiiiine, a dit Mère, je pensais qu'on dînerait ensemble aujourd'hui !

– Impossible. Il faut que tu partes. Demain. 16 heures. Accueil du Plaza.

Elle a décampé. Non sans quelques protestations passives-agressives, insistant pour que Baby la raccompagne en bas. Il s'est exécuté. Je me suis appuyée sur le comptoir de la cuisine. J'ai entendu le bruit de ses pas qui remontaient.

– Comment c'était, Graceland ? a-t-il demandé, tout sourire.

– Vulgaire, ai-je dit. Bordel, pourquoi as-tu laissé entrer Mère chez nous ?

– Elle m'a littéralement sauté dessus dans la rue. Je suis le premier à en être choqué. Je n'ai pas eu le temps de réfléchir. Tu sais comment elle peut être.

De retour dans ma chambre, allongée sur le lit. Je revenais du Sud pleine de bonnes résolutions, placide après avoir consacré les cinq dernières heures de route à repasser mes nouvelles expériences, fatiguée par le trajet, comme nettoyée de tous mes poisons mentaux. Aussi vierge qu'une feuille blanche.

Et tout cela avait été gâché, ruiné, volé par Mère, cet esprit malin tout droit débarqué du passé, encre tachant le papier. J'avais parcouru trois mille kilomètres, changé ma façon de penser.

Et pourtant, personne ne peut changer car il y a toujours quelqu'un qui vient nous rappeler à notre ancienne identité. Trop de changements, trop de transitions pour devenir une nouvelle personne, et cette personne y perd sa propre identité. On devient son unité de mesure.

J'ai sorti *Liege & Lief*, un album de Fairport Convention. J'ai calé le diamant sur le deuxième morceau. « Reynardine ». Un son éthéré de guitare égrenée, la voix spectrale de Sandy Denny s'élevant par transmission protoplasmique. J'avais écouté des milliers de fois ce morceau et ne savais pas ce que racontaient les paroles. Pas la moindre idée. Je me suis endormie en lisant *Le Cornet acoustique* de Leonora Carrington.

La malchance est une qualité que tout un chacun peut se plaire à cultiver. Durant les tristes journées qui ont précédé le départ de Jeremy Winterbloss et Минерва pour le nord de la Californie, j'étais occupée à traînasser sur la Cinquième Avenue, le cerveau embrumé de souvenirs brouillasseux de Blackberry Lane. Une voix a crié mon nom. C'était Luanna Potrero.

Nous avons échangé quelques politesses. Elle avait passé son examen un an avant moi et avait atterri dans le monde de l'illustration, travaillant pour des magazines à Midtown. Je lui ai demandé la grille de tarifs. Elle m'a assuré que c'était fantastique.

– Je peux te faire bosser, a-t-elle dit. J'ai plus de demandes que je ne peux en honorer.

Je l'ai prise dans mes bras, enfonçant mes doigts dans ses excès de chair, et l'ai remerciée chaleureusement. Je lui ai promis d'y réfléchir, ce qui n'était que prétexte et dissimulation.

Le soir même, cher lecteur, j'ai décroché mon auguste combiné téléphonique pour informer Luanna que je n'allais pas faire la fine bouche.

Peut-être en êtes-vous étonné. Cette chère vieille Adeline n'avait-elle pas la ceinture bien garnie ?

Pensez un peu à cette longue période qui suit l'obtention d'un diplôme, ravagée par l'angoisse. Je lisais dans mon avenir mieux que Nostradamus. J'allais me retrouver avec un diplôme des Beaux-Arts et une famille fort dispendieuse côté monétaire.

Ces deux maladies combinées produisent typiquement quelque dénouement malheureux. Un mariage atroce. Une addiction quelconque. Une maison de campagne à New Canaan. Un suicide à la Francesca Woodman.

Alors j'ai accepté, bien sûr, évidemment qu'Adeline était prête à revoir ses standards. Elle ferait ce travail avec plaisir.

Luanna disposait d'un studio aux alentours de la 20e Rue Ouest, où elle et un groupe d'illustrateurs sans cesse différents produisaient des créations à une vitesse éclair. Ils n'avaient pas de style précis.

Mon travail a commencé à être publié dans la presse.

Elle s'était chargée de tout : discuter avec les rédacteurs en chef, s'occuper des factures, prendre son pourcentage. Notre accord était à géométrie variable. Si j'avais voulu disparaître une semaine entière pour devenir une de ces Californiennes rêvant du vieux Sud, je n'avais qu'à appeler mon amie et la tenir au courant.

La paye était suffisante pour que je puisse couper quelques ponts avec Mère et ses réservoirs sans fond de lucre poisseux. Mais ne vous méprenez pas : votre fidèle amie ne se gênait pas pour prendre sa part du gâteau familial.

Une année avant sa mort, papa était parti voir ses avocats et autres notaires afin de formaliser des versements à la fois pour Dahlia et moi. Sauf incompétence de la part des gestionnaires de fortune, nous étions assurées d'avoir de l'argent pour le restant de nos jours.

Mais ce n'était pas l'argent de Mère. C'était toute l'idée. Grand Dieu Tout-Puissant, j'étais enfin libre.

D'où, bien évidemment, cette visite impromptue de sa part. Mère était passablement bouleversée d'apprendre que sans le goutte-à-goutte de ses liquidités, je ne lui étais guère plus inféodée.

D'où le piège, mes chéris.

Le lendemain, j'ai sauté dans un taxi pour me rendre à Central Park. Le conducteur m'a déposée au niveau de la statue de William Tecumseh Sherman. La dernière fois que j'avais posé mon regard sur le général, il était d'une couleur rouille pisseuse. Là, il était couvert de feuilles d'or qui brillaient sous le soleil de cette fin d'après-midi d'hiver. Je ne comprenais pas pourquoi les instances de Central Park avaient transformé Sherman et sa Victoire ailée en icônes disco.

Mes règles m'étaient tombées dessus. Le stress de Mère avait affolé mon flux de sang. J'avais passé la matinée terrassée par des crampes, à chier mes tripes.

Bien sûr, elle n'était pas à l'accueil du Plaza. Malgré ma promesse, je suis partie en expédition et l'ai trouvée en train de s'imbiber au bar.

– Adeliiiiiiiiiiine, a-t-elle dit. Prends un verre avec ta mère.

– Tu en as déjà bu combien ? ai-je demandé.

– Seulement trois pour le moment, a-t-elle répondu.

– Au diable la raison. Pourquoi pas.

J'ai commandé une vodka tonic. Je suppose qu'il existe une sorte de symétrie dans tout cela. Que Mère était folle ! Elle ne voyait rien d'étrange à cette scène, au fait de se retrouver en train de dûment s'arsouiller en compagnie de son étrangère de fille au bar de l'hôtel.

– Je t'ai déjà raconté mon premier séjour au Plaza ? Cela devait être en 1970, a commencé Mère. Ton père et moi avions pris l'avion pour New York. Je ne connaissais rien de la ville, mais ton père avait insisté pour que nous allions au Plaza ! Le meilleur pour ma chérie, il avait dit ! Ton père devait voir quelqu'un à l'université. Ne me demande pas pourquoi ! Son rendez-vous terminé, nous sommes allés au Madison Square Garden et on a vu Blind Faith. Tu te souviens de Blind Faith, non, Adeliiiiiiiine ? C'était ton album préféré quand tu étais toute petite. Tu nous l'as fait jouuuuer et joooooouuuuuer. Tu pleurais chaque fois qu'on éteignait la musique !

Nous n'avons pas besoin d'être amies, mais pas non plus d'être ennemies. La faute à l'alcool.

– Adeliiiiiine, a-t-elle continué, pourquoi tu ne veux pas me présenter Jon ?

Il fallait toujours faire confiance à Mère pour appuyer là où cela fait mal.

– Tu peux déjà t'estimer heureuse d'être en ma compagnie, Mère, ai-je dit.

– Mais, Adeliiiiiiine, a-t-elle dit, tu sais bien que ça m'intéresse ! Baby m'a dit que c'était un beau jeune homme ! Bien mieux que ce nul de Kevin !

– Quand as-tu trouvé le temps de parler de Jon avec Baby ? ai-je demandé.

– Il y a beaucoup de marches dans l'escalier, a-t-elle rétorqué. Et j'avais bu quelques verres, ce qui a rallongé le voyage.

– Mère. Tu ne dois jamais revenir. Tu le sais, n'est-ce pas ? Arrête de penser que nous avons un quelconque lien. Nous ne sommes même pas de simples connaissances. C'est fini.

– Adeliiiiiiiine, a-t-elle gémi, j'espère que tu ne penses pas ce que tu dis !

– Tu as énormément de choses à faire. Tu vis à Los Angeles. Moi à New York. C'est très loin. Passe ton affection sur Dahlia. Elle sera toujours là pour toi.

– Mais Dahlia est tellement ennuuuuuuyeuuuuuuse ! a dit Mère.

Je suis partie. Elle a commandé deux Greyhound, en précisant bien au barman de saler le rebord des verres.

J'ai imposé une règle de base pour le répondeur commun. On s'en était dotés pour une raison, avais-je rappelé à Baby, donc mieux valait s'en servir. Tout appel devait être filtré. Les gens pouvaient annoncer leur identité via le haut-parleur. Si ce n'était ni Mère ni un autre être maléfique, nous pouvions répondre. Autrement, on laisserait cette horrible femme babiller dans le vide.

Des appels hebdomadaires de Los Angeles nous parvenaient invariablement à des heures absurdes, Mère étant trop beurrée pour comprendre le principe du décalage horaire. Elle avait développé un large éventail de nouvelles excuses pour justifier ses appels. Chaque message semblait exister dans un espace isolé de ses précédents appels.

– Qui sait, disait Baby, peut-être qu'elle ne se souvient de rien.

Au noble art de l'offense, elle était une des meilleures expertes. Son premier message exprimait son intérêt pour ma vie amoureuse. Le suivant évoquait sa confusion devant un courrier qui m'était adressé et proposait des conseils financiers et des cartes de crédit. Lors d'un autre appel, elle parlait de sa rencontre avec d'anciennes amies du lycée lors d'une soirée. Elles lui avaient demandé de mes nouvelles. Elle n'avait pas su quoi répondre. Pouvais-je la rappeler et lui dire ce qu'il fallait qu'elle réponde afin que ces rencontres soient moins gênantes ? Elle en serait bien heureuse.

Le pire, cher lecteur, c'était qu'elle se convainquait chaque fois que j'étais revenue à Los Angeles avec la seule intention de vandaliser sa maison.

– Adeliiiiiiiine, chuintait-elle, je ne sais pas pourquoi tu en veux autant à ta pauvre mère, mais très bien, si tu veux être comme ça, continue. Par contre, je ne veux pas que tu viennes chez nous pour tout casser. Ne crois pas pouvoir détruire les affaires des gens comme ça ! Ce n'est pas biiiiiien, Adeliiiiiiiine ! C'est totalement immature !

AVRIL 1991

David Wojnarowicz

Mes chéris, ne croyez pas le moindre interstice d'instant qu'Adeline ne sait pas à quel point vous considérez la politique comme eeeeeennuyeuse.

Je suis d'accord avec vous, mon vieux, et mes yeux se révulsent chaque fois qu'une créature néfaste commence à déblatérer et déblatérer et déblatérer à propos du vainqueur d'une élection, ou des horreurs du Congrès, ou de la dernière cruauté infligée à un pauvre hère par le pouvoir municipal. Je ne suis pas un nabab baveux de la négativité. Je me fiche pas mal de brailler contre le bourreau. Les petites misères constituent le fondement de l'existence des autres, glu collant ensemble les feuilles ennuyeuses de leur existence. Mais pas chez moi.

Alors, vous allez m'écouter, n'est-ce pas, et me faire confiance, non, si je me mets à vous conter un bout de l'ultraviolence qui a traversé l'histoire de notre bonne vieille Amérique ? C'est de la bonne, de la politique comme on aime.

Je veux parler des trois ou quatre années durant lesquelles East Village a accueilli l'un des plus glorieux guerriers de ce que l'on a appelé la guerre des Cultures. La triste période finale de David Wojnarowicz.

On peut penser ce que l'on veut de l'homme, et nombreux sont ceux qui ont souligné ses saillies occasionnelles sur le territoire de la cruauté, mais Wojnarowicz s'est réveillé un jour embourbé dans un Jahannam que je ne souhaiterais même pas à mon pire ennemi. Ce qui l'a rendu remarquable, et m'a réconciliée avec lui, c'est l'élégance dont il a fait preuve après avoir été jeté tête la première dans cet enfer.

Tout commence, je suppose, par la mort de l'amant de Wojnarowicz, Peter Hujar. Un artiste de East Village de plus à mourir du sida. À cette époque, tous ceux qui comptaient un tant soit peu semblaient mourir de cette maladie, et l'Amérique, étant ce qu'elle est, a politisé la maladie à grand renfort de ses plus belles valeurs traditionnelles, l'hypocrisie et la bigoterie.

Une sous-espèce du primate humain pensait que le virus avait été envoyé directement du royaume des anges, petit cadeau de YHWH à destination des sybarites sodomites des Nouvelles Gomorrhes des États-Unis. Et pourquoi pas ?

Les victimes de la maladie constituaient des cibles faciles pour faire un carton politique. Des pauvres, des homosexuels et des drogués. Avec un excès de mélanine.

Pour autant que je m'en souvienne, la grande colère de Wojnarowicz devant la mort de Hujar, devant celle de tant d'amis et d'amants, a atteint son sommet lorsqu'il s'est fait tester positif à son tour. Positivement condamné.

Il avait toujours été en colère. Maintenant, il était furieux. Son travail a muté en celui d'un survivant qui savait qu'il ne pourrait à son tour pas survivre.

Un peu plus tard, Wojnarowicz a publié un essai pour accompagner le catalogue d'une exposition de l'Artists Space à Tribeca. Un texte violent qui attaquait frontalement quelques personnalités politiques anti-homosexuels. Ses cibles, fort heureusement, ne sont plus que de vagues fantômes grisonnants dans la mémoire collective. Ce sont désormais de vieux mâles blancs décédés. Je ne les nommerai point.

Cette exposition en particulier, intitulée *Témoins : contre notre disparition*, avait notamment été financée par le National Endowment for the Arts. Lorsque le directeur de cette organisation avait lu le texte de Wojnarowciz, il avait décidé de retirer son soutien financier.

Fureur immédiate. Controverse immédiate. Scandale immédiat. M. Wojnarowicz s'est retrouvé sous les projecteurs. Il ne l'avait pas anticipé, ni désiré. Mais il y était. L'homme au centre des attentions, le symbole de la cause homosexuelle.

À la suite de toutes ces protestations, le NEA a dû revenir sur ses pas et faire machine arrière en versant à nouveau le financement, à condition que l'argent ne serve pas à la production du catalogue. D'autres sources de lucre poisseux sont entrées en jeu. L'exposition a bien eu lieu.

Wojnarowicz est devenu une figure reconnue dans tout le pays, son nom apparaissait dans à peu près tous les grands et tous les petits journaux, son essai était discuté à la télévision. À l'époque, les forces réactionnaires aimaient s'acharner sur des boucs émissaires. Ça tombait bien. Il était connu, gay et ses lymphocytes T s'étaient fait la malle. Totalement, absolument, volontairement choquant.

Une organisation du nom de l'American Family Association, dirigée par le révérend Donald Wildmon, a découvert que le NEA finançait une exposition de Wojnarowicz à Normal, dans l'Illinois : *Langues de feu*.

La décision d'organiser l'exposition avait été prise bien avant la controverse d'Artists Space. L'argent était déjà versé. Impossible de faire marche arrière.

Le catalogue de l'exposition a atterri dans les mains avides de Wildmon.

En réponse, il a signé sa propre tribune intitulée : « Vos impôts ont aidé à financer ces “œuvres d'art”. » Dans cette publication tout en nuances, Wildmon faisait figurer quelques détails de l'œuvre de Wojnarowicz, délicatement choisis pour souligner tout rapport avec l'homosexualité ou la drogue. Des milliers d'exemplaires de ce texte ont été envoyés à tous les élus du Congrès et aux médias.

Fureur immédiate. Controverse immédiate. Scandale immédiat. Wojnarowicz est devenu encore plus connu, et a été le sujet de plus de reportages encore.

Souviens-toi, cher lecteur, que nous parlons de l'un des nôtres, d'un citoyen de East Village. Malgré toutes ses qualités, la scène artistique transgressive n'était pas le creuset de personnes dotées d'une grande aisance en société. Personne, par exemple, n'aurait pu accuser Nick Zedd de suinter la politesse et de s'exprimer trop brillamment.

Wojnarowicz était différent.

Lorsqu'il s'est retrouvé confronté à cette situation inédite, il a réagi de la manière la moins attendue. Il a traîné Wildmon et l'American Family Association en justice. Plus inattendu encore, il a remporté le procès et a réussi à bloquer la diffusion du texte diffamatoire. Même s'il n'a touché qu'un dollar de dommages et intérêts, sa victoire était importante.

Sa popularité a encore grandi. Nouveaux reportages. Omniprésence dans les médias. Là encore, il a su briller. Wojnarowicz pouvait s'exprimer sans prêter le flanc à la critique, savait parler de son travail tout en donnant l'impression qu'il n'avait rien fait de mal, que ses aspirations artistiques étaient tout à fait légitimes.

Durant tout ce temps, l'homme était mourant. Son seul recours possible consistait à gober des pilules d'AZT en espérant que le traitement ne serait pas pire que la maladie elle-même. Son corps se rebellait, et lui était constamment sous le feu des médias à mener un combat que des milliers d'autres auraient dû mener avant lui.

J'ai lu des articles dans le *Times*, dans le *Village Voice*, dans des kiosques, dans des magazines, j'ai regardé PBS, écouté NPR. Je me tenais au courant et avais même pensé le contacter. Il ne vivait qu'à six rues de chez moi. Mais j'étais intimidée. Par sa façon de parler, par sa maladie, par la situation. Je n'ai jamais eu une piètre opinion de moi-même, mais qu'aurait pu dire cette pauvre Adeline à Wojnarowicz ?

Un ancien ami de Parsons, un Turc sans foi ni loi du nom de Nayip Otağalu, s'était lié d'amitié avec l'artiste plusieurs années plus tôt. Je ne pourrais préciser la nature de leur relation. Nayip racontait deux ou trois choses à propos de Wojnarowicz, à la fois légères et qui le rendaient plus humain, mais le Turc avait disparu après la première année d'études, semblant n'avoir jamais émergé des folles semaines des vacances d'été. Sûrement bloqué à tout jamais à Gaziantep.

Jon connaissait Wojnarowicz, mais ils n'étaient pas amis. Au début des années 1980, ils s'étaient battus à mains nues devant l'entrée du Pyramid Club. Le groupe de Jon à l'époque, Ligature Lycanthropee, était programmé en même temps que 3 Teens Kill 4, le groupe d'avant-expérimental de Wojnarowicz. Il y avait eu une dispute en coulisses à propos du temps alloué à chaque groupe. À la façon dont Jon se remémorait l'incident, j'en avais déduit fort aisément que ce petit échange de boxe n'avait pas fini en sa faveur.

Étant tous deux des piliers de East Village, ils avaient de nombreux amis en commun. La rumeur concernant l'état de santé fragile de l'artiste est remontée aux oreilles de Jon.

Wojnarowicz était de plus en plus malade. On se demandait combien de temps il lui restait. Sentant que son heure était proche, j'ai demandé à Jon s'il pourrait m'organiser un rendez-vous avec lui.

La sonnerie stridente de notre téléphone.

J'étais occupée à lire une vieille édition de *Ride the Pink Horse* de Dorothy B. Hughes. Un des livres de Baby. Malgré mon aversion pour la littérature policière et son rejeton le roman noir, j'avais trouvé le titre merveilleusement suggestif.

Plus important encore, je devais rendre à *Playboy* un dessin de George Bush au volant d'une Jeep Cherokee dans un ghetto américain. Je n'en pouvais plus de procrastiner et c'est ainsi, mes chéris, que je me suis retrouvée à lire les aventures de Sailor à Sante Fe, à l'heure des fêtes, pour oublier l'angoisse.

Je me suis levée en fixant le répondeur. Le téléphone Mickey représentait le personnage comme il était à l'origine de son apparition dans les dessins animés noir et blanc. Les yeux ronds, en bermuda.

La machine s'est mise en route. C'était Jon.

– Adeline, tu es là ?

– Mon cher, bien sûr que je suis là, ai-je répondu en prenant le combiné des mains de Mickey. Et toi, où es-tu ?

– Aucune importance, a-t-il répondu. Tu veux toujours rencontrer Wojnarowicz ?

C'était étrange d'entendre ce nom prononcé à voix haute, très différent de la manière dont cela sonnait dans mon cerveau.

– Indubitablement, ai-je répondu.

– Tu ne pourras plus dire que je ne fais jamais rien pour toi, a dit Jon. Rendez-vous à 19 heures ce soir. Il vit juste au-dessus du cinéma, au croisement de la 12e Rue et de la Deuxième Avenue.

– Je sais où il habite, ai-je dit. Merci, mon chou.

Angoisse et émerveillement. Je ne savais pas quoi dire. Allais-je me retrouver assise à l'observer sans dire mot, en espérant que l'artiste ferait son petit numéro, comme un animal en mal de friandises ? Et plus compliqué encore, comment m'habiller ?

Lorsque l'heure est arrivée, j'avais passé en revue plusieurs tenues avant de jeter mon dévolu sur un ensemble noir bien modeste. Récemment, tous mes vêtements étaient de ce style. J'étais devenue conservatrice, reléguant au vestiaire la décoloration de mes cheveux et mes collants déchirés. Je ne m'habillais plus en kaléidoscope psychédélique. J'aurais pu passer pour l'assistante d'un avocat, à courir de déposition en déposition, percluse du genre d'angoisses de cœur qui surviennent lorsque votre supérieur ne vous rappelle pas après votre dernier flirt.

J'ai remonté la Deuxième Avenue. J'ai jeté un œil à l'immeuble de Kevin, essayant de transpercer les briques de ma vision à rayons X. Avait-il gardé la même adresse ? Les œuvres de Kilgore Trout constituaient-elles toujours sa référence incontournable ?

Le Second Avenue Theater n'avait rouvert en tant que cinéma que depuis quelques semaines. J'avais réussi à convaincre Baby et Eric de m'accompagner à une projection de *Scènes de ménage dans un centre commercial*, dans la salle principale, sorte de cinéma yiddish fin de siècle doté d'un plafond à la beauté époustouflante. Je n'avais plus aucun souvenir du film, à part que cela se passait dans le monolithe du Beverly Center, un centre commercial de Los Angeles qui aurait fort bien pu être dessiné par Albert Speer, et dans le parking duquel j'avais autrefois administré une branlette à George Whitney.

Les affiches annonçaient : RENDEZ-VOUS AU PARADIS, FANTASIA, SUPERSTAR : LA VIE D'ANDY WARHOL, MR. & MRS BRIDGE, MISTER JOHNSON, FESTIVAL D'ANIMATION BRITANNIQUE.

À l'entrée de l'immeuble, un vieil homme élégant à lunettes et à la crinière brune était planté devant la porte. Je ne l'avais pas remarqué, jusqu'à ce que je me penche sur les sonnettes pour essayer de comprendre sur laquelle je devais appuyer.

– Vous êtes Adeline ? a-t-il demandé.

– Exactement.

– Désolé de vous avoir fait venir jusqu'ici, a-t-il dit, mais David est trop malade pour vous recevoir. Il est sincèrement navré, mais il ne peut vous accueillir.

– Je comprends parfaitement, ai-je dit. Passez-lui le bonjour. Et dites-lui qu'il est au plus profond de mon cœur.

– Promis, a dit l'homme avant de rentrer dans l'immeuble.

Je suis restée quelques instants devant, à attendre, au cas où il redescendrait pour me dire que ce n'était qu'une mauvaise plaisanterie, un test pour voir si j'étais à la hauteur. « Votre patience, dirait-il, est une vertu précieuse. »

Cinq minutes ont passé. Je ne m'étais jamais sentie aussi mal. Car au final, j'avais la sensation chevillée au corps que l'on ne m'y inviterait jamais plus. Je déteste être exclue.

J'ai réagi comme je le fais toujours lorsque ce monde ne veut plus de moi. Je suis allée au cinéma. *Superstar : La vie d'Andy Warhol*.

C'était très cliché d'aller voir un film à propos d'un artiste new-yorkais après s'être fait rejeter par un artiste, mais les autres films avaient l'air horribles. Même *Fantasia*. Ce nouveau riche de Walt Disney à la sauce Stravinsky. Beurk.

J'ai tenu toute l'heure et demie du film sur Warhol, litanie d'entretiens et de séquences d'époque, censée alimenter le portrait *beaucoup banal** d'un homme et de sa petite cour de drag-queens défoncées au speed.

Je n'y ai pas appris la moindre chose, mais les plans du film incluaient invariablement des images du 31, Union Square West, ce qui m'a plongée dans la nostalgie de notre bonne vieille Bank of the Metropolis et du jour où Warhol était mort, moi seule dans la rue, à pleurer à cause de Mère. Tous ces gens se massant devant un immeuble que l'homme n'avait plus utilisé depuis des années. La condition humaine, ai-je pensé, nous étonnera toujours.

J'ai redescendu la Deuxième Avenue, dépassant le Kiev, puis la 6e Rue. Je n'avais pas le cœur à rentrer chez moi et à raconter ma mésaventure à Baby, ni à téléphoner à Jon pour l'informer que ses efforts n'avaient pas payé. Que j'avais été dépossédée par une maladie.

Vous imaginez bien que ce n'était que pur égoïsme. Si je me sentais ainsi chaque fois qu'on me disait non, alors comment avait dû être la vie de Wojnarowicz ? Il avait trente-trois ans et chaque jour le rapprochait un peu plus de la tombe.

Combien de personnes comme lui existaient ? Des milliers ? Des millions ? Des dizaines de milliers réparties dans tous les coins de la ville, rendues folles par ce poison déguisé en médicament, avalé de peur de ne rien faire. Nous cachions les malades dans des lits d'hôpitaux, dans des appartements condamnés, dans des maisons, dans les quartiers les plus démunis. J'aurais voulu allumer un feu sur le toit de tous les immeubles où un pauvre hère était mort de cette maladie. La ville s'illuminerait, enflammée, bûcher funéraire de toute une culture.

Tous ces gens tristes. J'imagine que la plupart sont morts désormais.

J'ai atterri en face du 84, Deuxième Avenue. LOCATION DE ROBES DE SOIRÉE. Helen Sopolsky.

L'humiliation de l'expérience humaine, celle d'être enfermée dans un corps. Il n'y avait pas de bonne manière de mourir. Ce mannequin ensuqué, avec son smoking pourrissant, d'un style devenant plus ringard chaque année. Les vrais artistes de New York n'étaient ni Warhol, ni Wojnarowicz, mais la famille et les amis anonymes d'Helen Sopolsky.

J'avais toujours imaginé devenir l'une des bienheureuses élues recevant une grâce spirituelle de la part de cet immeuble, une des rares à apercevoir un fantôme s'agiter derrière le mannequin. Ce n'est pas arrivé. Et cela n'arriverait jamais.

JUIN 1991

Stacie visite New York

Stacie avait téléphoné le matin suivant la fin des hostilités dans le golfe Persique. L'opération Tempête du désert était finie.

Menée par le président George Herbert Walker Bush, cette escapade militaire visait le dictateur irakien Saddam Hussein, qui avait envahi le pays arabe du Koweït.

Votre chère Adeline avait été l'une des premières Américaines à apprendre l'invasion menée par Hussein. J'avais passé la nuit à travailler sur une illustration complexe, la télévision rediffusant le *Saturday Night Live* avec Quincy Jones, lorsque l'écran est devenu bleu électrique, barré de ces mots : « FLASH INFOS SPÉCIAL. »

Vu que cela tombait au beau milieu d'une émission comique connue pour sa satire de l'actualité de ce monde, j'ai pensé que c'était encore un mauvais gag, mais j'ai vite compris que c'était du sérieux. Pas d'images, juste la voix esseulée de celui qui devait encore traîner à minuit quarante-cinq dans le studio, annonçant l'invasion du Koweït par l'Irak.

Stacie m'avait dit qu'elle disposait d'un mois de liberté au début de l'été, et me demandait si elle pouvait rester chez nous une semaine. Mais bien sûr, ma chérie, ai-je dit, fais comme bon te semble.

Les télévisions, les radios et les journaux vantaient la supériorité militaire américaine, mais ce n'avait pas été une Bonne Vieille Guerre où tous les citoyens s'étaient serré la ceinture dans un esprit de sacrifice unanime. Ce n'était même pas le Vietnam, lorsqu'on envoyait les classes les plus pauvres et défavorisées des États-Unis se faire massacrer par des indépendantistes. La guerre était devenue un jeu vidéo en temps réel à l'échelle du monde, au cours duquel nous avions déployé des milliards de dollars d'armement sur une bande de Bédouins analphabètes.

Ces affrontements étaient très impopulaires dans notre quartier. Les punks et hippies du coin défilaient dans les rues, bras dessus bras dessous, en criant : « Pas de sang pour le pétrole ! » D'autres manifestations ont surgi, simultanément, spontanément. À New York, vers San Francisco, dans toutes les villes du pays.

Chaque manifestation exposait les failles idéologiques de la gauche américaine.

En général, les Tyrans du Pouvoir se fichaient pas mal des cris d'orfraie des pédés de San Francisco à propos de sujets, pouvait-on penser, que les pédés de San Francisco maîtrisaient un tant soit peu. Comme une décennie entière de gays tués par le virus. Pourquoi, alors, nos Maîtres de l'Ombre s'intéresseraient-ils tout à coup à leur avis sur des sujets, pouvait-on penser, que les pédés de San Francisco ne maîtrisaient absolument pas ?

À part dans les régions les plus libérales de l'Amérique, le pays était balayé par une vague de chauvinisme. Les masses populaires arboraient fièrement des t-shirts affichant « TEMPÊTE DU DÉSERT » et « BYE BYE SADDAM HUSSEIN », « LA TEMPÊTE CONTINUERA TANT QUE NORMAN SCHWARZKOPF LE VOUDRA BIEN ! » et « SOYEZ PATRIOTE, SOUTENEZ VOTRE BOUCLIER À SCUDS ! ».

Ce petit rituel sanglant a duré quatre mois, jusqu'à ce que nos militaires n'aient plus de chair arabe à se mettre sous la dent. Lorsque Stacie est arrivée, on ne se souvenait guère plus de la guerre du Golfe que du dernier dîner dominical. Les vagues indices restants consistaient en quelques rubans jaunes, chancres syphilitiques apparus au plus haut de la crise, symboles de soutien aux troupes qui devaient désormais survivre à la pollution de l'air.

Stacie n'était jamais venue à New York, un petit détail qu'elle avait omis de préciser avant de monter dans l'avion. Si j'avais su, je l'aurais attendue à l'aéroport. Mais je m'étais contentée de lui donner les indications de base pour le métro, en lui précisant la ligne et la direction à prendre.

Elle s'en est cependant sortie, arrivant à la 7e Rue avec une énorme valise et me faisant de grands signes de la main dans la rue. J'ai sorti la tête par la fenêtre.

– Je descends ! ai-je dit.

– Dépêche-toi ! a-t-elle crié. Il faut que je pisse !

Un imbécile avait laissé un carton vide sur les escaliers du deuxième étage. J'ai trébuché dessus, mais ai réussi à me rattraper avant de m'écraser contre le mur. J'ai ouvert grande la porte. Stacie m'a prise dans ses bras.

– Les toilettes sont au fond, ai-je expliqué. Et il faut se laver les mains dans l'évier de la cuisine.

– Beurk.

Elle m'a demandé si elle pouvait se reposer un peu. Je l'ai installée dans mon boudoir. Elle s'est tout de suite endormie.

J'avais averti Baby de son arrivée, et l'avais prié de rentrer à la maison le plus tôt possible. Je n'avais aucune idée de ce que je pouvais bien faire avec cette créature venue s'échouer chez nous. Le retour d'un visage surgissant de mon passé californien ne faisait pas partie de mes activités préférées.

Je me suis assise à la table de la cuisine, avec mes documents de travail. La serrure de la porte s'est ouverte.

– Où est Stacie ? a demandé Baby.

– Elle dort. Et toi, ça va ?

– Les cours, mon mec, voir des films, lire, écrire. Les cinq piliers de la vie.

– Salaaam Aleikoum, ai-je répondu. Et on fait quoi d'elle ?

– Aucune idée. Je suis devenu un ermite, quasiment. Demande-lui ce qu'elle a envie de faire quand elle se réveillera.

– Baby, tu ne m'aides pas vraiment là.

Peu après qu'il a refermé la porte de sa chambre, le rythme mélodique de ses doigts sur sa machine à écrire s'est fait entendre. Lorsque nous nous étions connus, Baby tapait avec deux doigts seulement, mais avec le temps, il était devenu bien plus adroit. Le bruit ressemblait à celui de chevaux cavalant dans du sable, à un petit tremblement de terre, à des vagues s'écrasant sur la plage, à une visite inopinée de Neptune.

Stacie a émergé, les yeux rougis, bâillant.

– Qu'est-ce que c'est que ce boucan ?

– Baby, ai-je dit.

– Il est là ?

– Là-bas, ai-je répondu en désignant la porte.

– Baby ! a-t-elle crié en se précipitant dans la pièce.

Leurs ombres, sur le mur, ont formé une embrassade exagérée. Je me demandais si Baby était content de voir Stacie, ou si ce n'était que du chiqué. Il ne savait pas dire non.

Je suis retournée dans ma chambre, et ai réussi à travailler vingt minutes avant que Baby et Stacie ne m'interrompent.

– Change-toi, a lancé Stacie. On sort !

– Et en quoi ma tenue ne va pas ? ai-je demandé.

– On va au Limelight, a dit Baby.

– On est obligés ?

– Baby dit que c'est, genre, le top, a expliqué Stacie.

S'il y avait bien une raison objective d'applaudir l'influence d'Erik, le nouveau petit ami de Baby, c'était à quel point il avait réussi à convaincre Baby de moins s'intéresser à Michael Alig. Cela faisait plus de huit mois qu'il n'avait pas mis un pied dans le monde de la nuit.

Baby a singé la façon dont les Club Kids seraient sûrement habillés, enfilant un pantalon argent et une chemise chatoyante chinés à bas prix.

J'ai refusé de me changer. Le choix se résumait à ressembler à un clerc de notaire, ou à un clerc de notaire qui aurait essayé de s'accaparer la culture club.

Nous sommes partis à pied. J'ai parlé de Jon à Stacie. Baby lui a parlé d'Erik. Nous avons demandé à Stacie si elle avait quelqu'un.

– Il y avait ce type, mais tu vois, en fait, c'était un vrai enculé, a-t-elle dit.

À la suite de leur inévitable séparation, elle s'était inscrite en thèse de philosophie à l'université d'Irvine. Elle avait passé les deux dernières années à lire.

Le videur du Limelight a reconnu Baby mais a fait une tête méprisante devant l'allure de *mi amigo*. La tenue de Baby était complètement ringarde, vu qu'il avait changé de vie. Tous les jeunes mecs à la mode portaient désormais des vêtements bien plus coûteux et complexes. Baby avait l'air aussi branché qu'un quadra en costume de lin.

Stacie n'a eu aucun souci. Aucun capitaliste digne de ce nom ne refuse l'entrée à une fille à moitié à poil. Seul l'âge peut dévaluer la valeur de la chair humaine.

– Je peux te laisser entrer, a dit le videur à Baby, mais juste parce que je sais qui tu as été. Mais la vraie question, c'est qui es-tu maintenant ? La distance entre ces deux états peut être soit minime, soit celle entre deux mondes totalement différents. Et comment veux-tu que je sache ? Là, tu viens en fripes.

– Mon Dieu, ai-je lancé, fatiguée par le débat. Laissez-le entrer. C'est ce que vous finirez par faire. À quoi bon faire traîner ? Ouvrez cette putain de porte.

– D'accord, a dit le videur. Il peut entrer. Mais pas toi. Pas fringuée comme ça.

– Mais pourquoi elle ne peut pas ? a demandé Baby.

– On dirait un flic.

Baby s'est retourné vers moi, me scrutant de la tête aux pieds, ses yeux s'arrêtant sur l'ourlet de ma jupe.

– Vous deux, entrez, ai-je dit. J'ai du boulot à la maison.

– Mais je suis venue pour te voir ! a dit Stacie.

– On se verra demain, ma belle, ai-je dit. Baby est un bien meilleur cavalier pour la vie nocturne. Dès qu'il fait nuit, je deviens ennuyeuse.

On espère toujours que les autres vont protester lorsqu'on est exclu d'un groupe. Mais en un coup de cuillère à pot, Baby et Stacie ont disparu à l'intérieur de l'église.

Le videur m'a dit :

– T'es vraiment mignonne, tu sais, mais fais quelque chose quant à tes fringues. On dirait que tu débarques de Staten Island.

– Mon cher, quelle coïncidence, ai-je dit. Je viens de là.

– Dommage, a-t-il dit. Les pires saloperies viennent de Staten Island.

– Vous savez ce qu'on dit, non ?

– Non, a dit le videur.

– Et vous ne le saurez donc jamais, ai-je lancé en tournant les talons et en m'enfonçant dans la nuit noire.

J'ai sauté dans un taxi. Le conducteur était d'origine arménienne. Comme à Los Angeles.

D'après l'humble expérience de votre modeste serviteure, les chauffeurs de taxi du monde entier ont l'insigne habitude de flirter avec les jeunes femmes démunies qui se hissent à bord de leur voiture. Je m'attendais donc à cela.

Mais Papik Topalian n'était pas de ce bois-là. Je lui ai indiqué mon adresse. Nous avons roulé en silence, profitant d'un moment de zénitude dans le trafic de Manhattan, l'une de ces étincelles de beauté qui ne prennent feu que dans la pénombre, lorsque les rues sont vides et qu'un véhicule peut passer de nombreux carrefours sans la moindre once d'hésitation. Les feux verts sont comme des flèches indiquant de continuer à avancer. Plus vite ! Plus vite !

New York est à son avantage lorsqu'on la traverse. Lorsqu'on quitte la ville, qu'on y entre, ou qu'on la parcourt en son sein. Ce sont là les meilleurs moments.

Notre appartement m'a apporté le réconfort du plus doux des havres. Que s'était-il passé durant toutes ces années ? Pourquoi étais-je habillée comme un clerc de notaire ? Pourquoi étais-je si soulagée d'avoir évité cette fête ?

Peut-être, ai-je pensé en mon for intérieur, devrais-je faire de la stupidité mon nouveau loisir. Peut-être devrais-je devenir l'une de ces horribles personnes coincées dans une perpétuelle adolescence, heureuses de sauter dans tous les sens dans des endroits pourris, de taper dans leurs mains, d'écouter de la musique atroce et de sourire comme un enfant pris la main dans le pot de confiture. Ne serait-ce pas là la panacée ? Ne serait-ce pas divin ?

J'ai fouillé la chambre de Baby pour voir s'il ne restait pas un peu de cannabis. Rien. Qu'il était devenu ennuyeux ! Presque autant que votre chère Adeline. C'était là peut-être le dénominateur commun aux personnes en couple.

Je me suis écroulée sur mon lit. Capitaine s'est allongé sur ma poitrine, ronronnant avec toute la force de son corps trop grand. J'ai regardé fixement le plafond, et au-delà, pensant à Stacie. Sa tête de morue me ramenait à Los Angeles. Parmi tous mes amis de là-bas, elle était la seule à avoir rencontré Emil. Je ne voyais pas qui à part Stacie et ma famille aurait pu témoigner de l'existence passée de mon frère. J'imaginais ce qu'aurait été sa vie s'il ne s'était pas donné la mort en sautant dans l'Arroyo Seco. Il aurait pu être heureux, j'en étais certaine, s'il se l'était autorisé. Non pas que ma propre vie se résumait à un joyeux feu d'artifice. La seule chose importante que j'avais apprise à New York, c'était à supporter l'inévitable cruauté de la vie en modulant la perception que j'en avais. Des personnes souffrant de handicaps lourds menaient des existences plaisantes. Des invalides appréciaient chaque jour de leur vie. Pourquoi pas moi ? Pourquoi pas Emil ?

Stacie m'a sortie de mon sommeil profond vers 5 heures du matin en se glissant dans mon lit. Elle empestait un mélange de sueur âcre, de fumée de cigarette et d'alcool. Une fragrance humaine qui exsudait de chaque centimètre carré du Limelight. L'odeur de la dépravation.

– Mmmh, ai-je grogné, garde un peu de décence.

– Fais-moi de la place, a-t-elle dit en me poussant.

– Où est Baby ? ai-je demandé.

– Défoncé, sûrement dans sa chambre, je pense, a répondu Stacie. Il a pris beaucoup de drogues. Moi aussi.

– Pas d'*after-hours* ?

– Trop claqués. Trop de décalage horaire. Trop de coke. Tu as déjà pris de la kéta ?

– Non, ai-je dit.

– On en a pris ce soir.

– Et c'était comment ? ai-je demandé.

– Intéressant. Tu sais, on n'a rien qui ressemble à, genre, le Disco 2000 ou le Limelight en Californie. Je pensais qu'on était branchés car on était nées à Hollywood, mais bordel, nada, on n'est rien, tu vois ? On n'a rien comme le Disco 2000. Tu sais qu'à la fin de la soirée ils ont un spectacle de *freaks* où les gens se foutent à poil pour cinquante dollars, avec ce mec qui pisse dans une bouteille et la boit ensuite ? Et cette nana amputée qui enlève sa jambe et se met à danser autour de sa prothèse ? J'étais genre : « Baby, en quoi c'est drôle ? » Et il me disait : « Stacie, fais-toi un rail de plus, et tu comprendras », et tu sais, en fait, il avait raison. C'était génial.

– On peut dormir, peut-être ? ai-je demandé. Je suis claquée.

– Bien sûr, a-t-elle dit. Enfin, j'espère. Parce que moi je suis peut-être trop défoncée pour dormir.

Ses mouvements me tenaient éveillée, ses longues jambes bronzées s'entrechoquaient contre moi tandis qu'elle bâillait, exaspérée, en tirant les draps à elle. Elle courait aux toilettes toutes les quarante minutes, son corps devant expulser en urgence toutes ces toxines bien peu catholiques.

Nous ne nous sommes pas rendormies avant 8 heures du matin. En loques. Je me suis réveillée à midi.

En fin de journée, nous étions assis dans la chambre de Baby, à discuter de *Pump Up the Volume*, un film que nous avions étonnamment vu tous les cinq.

Moi-même, Baby, Erik, Stacie et Jon. Nous formions ce fameux quintette.

Le plus étonnant, c'était Jon. Il n'allait jamais au cinéma, encore moins pour des films hollywoodiens. Et encore moins pour des acteurs comme Christian Slater.

Pump Up the Volume raconte l'histoire d'un lycéen d'Arizona. Sous le nom de guerre de Harry-la-trique, il anime une station de radio pirate. Il diffuse des idées révolutionnaires à la petite semaine auprès de ses camarades. Ces enfants de la grande banlieue s'ennuient dans leur vie, s'ennuient à l'école, s'ennuient en Amérique, s'ennuient ensemble, s'ennuient tout court. Ils se rangent derrière cet animateur anonyme et son message. La société leur tombe dessus à bras raccourcis. Les professeurs, le principal, les flics. Pleurs et lamentations.

– Quelle connerie, a dit Jon en descendant un shot de tequila. Encore une vision bourgeoise de la rébellion et de la jeunesse.

– Peut-être, mais moi j'ai aimé, ai-je dit.

– T'aimes tout, a dit Baby.

– Depuis toujours, a rajouté Stacie.

– Même si on retire tous ses fantastiques clichés et son formalisme à ce scénario en trois actes, il reste quelque chose d'incroyablement attirant dans l'idée que Christian Slater installe une station radio dans le sous-sol de ses parents. On ne voit pas ça souvent dans un film, on entre rarement dans la vie privée, avec des réalités déconnectées construites par des outsiders à la seule force de leur volonté, le tout avec goût et par laisser-faire.

– J'ai bien aimé, a dit Erik, ses longs cheveux bruns descendant jusqu'aux épaules.

– Lui aussi, il aime tout, a commenté Baby.

– Mais pourquoi tu as aimé ? a demandé Stacie.

Erik était l'un de ces types totalement fous mais fonctionnels. Ils gardent leur emploi et évoluent dans le monde quotidien sans difficulté, tandis que leur vie intérieure est traversée de pensées divergentes. Ces gens prennent toujours leur temps avant de dévoiler l'étendue de leur folie, après que l'autre a été totalement aspiré dans leur sphère d'influence.

– C'est juste une allégorie chrétienne, non ? a demandé Erik. C'est la Crucifixion, sans la Résurrection. Ou peut-être est-ce juste Jésus après son retour, lorsqu'il se relève de la Mort et qu'il est totalement différent. Peut-être Harry-la-trique est le Christ ressuscité des années 1990.

– Non, mais vous nous faites marcher ou quoi ? a demandé Baby.

– Réfléchis-y, a dit Erik. Il prêche un message qui remet en cause les autorités en place. Il fraye avec la fange de la société. Il accomplit des miracles, il bénit l'âme banlieusarde. Sa chute est un massacre ritualisé. Personne ne m'écoute jamais, mais c'est vrai, Harry-la-trique est le nouveau Jésus.

– Oh, Erik… ai-je dit.

La bouteille de tequila était finie. Je suis partie à la cuisine pour voir s'il en restait. Baby m'a suivie. J'ai fouillé dans tous les placards, à la recherche des restes d'une précédente débauche.

– Plus rien, a-t-il dit. À sec, pire que le désert.

– Je vais aller en acheter.

– Attends-moi. Je viens avec toi.

Nous avons laissé Erik, Stacie et Jon ensemble.

– Quelle fine équipe, ai-je glissé à Baby en descendant l'escalier. Une belle bande de bras cassés.

Chez l'épicier, nous avons hésité entre différentes marques de tequila et de vodka, avant de prendre une de chacune. Les moins chères possible. Vingt dollars au total.

J'ai salué l'homme derrière le comptoir. Je ne savais pas s'il avait fini par nous apprécier, mais au moins devait-il nous reconnaître. On lui rendait visite presque quotidiennement.

– Qu'est-ce que voulait donc dire Erik ? Le *Nuevo Cristo* ? ai-je demandé.

– J'ai appris à ne rien anticiper de ce qui peut sortir de la bouche d'Erik, a dit Baby. Je devrais m'inquiéter de ce truc sur Christian Slater ? Et si c'était un signe avant-coureur de révélation christique ?

Erik était dans la cuisine, occupé à lire *Le papier peint jaune* en édition de poche. J'avais peur qu'il en découvre la signification secrète. Encore une allégorie chrétienne selon laquelle le protagoniste de Gilman était en fait une version féminine et psychotique d'un Christ du XIXe siècle.

– Salut, a dit Erik.

– Où sont Stacie et Jon ? ai-je demandé.

– Toujours dans la chambre de Baby, a-t-il répondu en désignant la porte ouverte.

J'ai sorti la bouteille de tequila. En arrivant vers la porte de la chambre de Baby, j'ai entendu Stacie dire :

– Tu sais, c'est genre, bon, ce que tu dis, à propos de ta musique, tu vois, comme quoi ça ne peut plus te contenter, et que tu te demandes, genre, si un truc a changé, quoi, si vous êtes tous à côté de la plaque, parce que tu penses pas que le hardcore va passer les années 1990, genre, l'étincelle est éteinte, quoi ? Ce que tu décris, vraiment, c'est une expérience que Kierkegaard appelle la transition de l'esthétique à l'éthique, ce qui veut dire que, bon, le moment où on est obligé de choisir entre le bien et le mal, pas d'un point de vue absolu, hein, mais qu'on est forcé à, genre, comprendre qu'il y a un choix et qu'il faut se décider. La personnalité esthétique est du genre passive, alors que celle qui est éthique est un individu qui cherche activement le sens actuel, réel. Réussir l'éthique, c'est pas choisir entre le mal et le bien, mais plutôt se préparer à la nécessité de ce choix, tu vois ? Et ça veut pas dire que l'éthique ne peut plus être esthétique juste que, tu vois, tu passes au niveau supérieur de toute cette expérience.

Baby s'est approché derrière moi.

– Grands dieux, ai-je soufflé. On se croirait au lycée. Et Jon est ce putain de Ian Covington. Déjà-vu à tous les étages.

– Tu as peut-être raison, a dit Jon. C'est une super façon de voir les choses. T'as l'air maligne.

– Qui est ce putain de Ian Covington ? a demandé Baby.

– Un de mes mecs de l'époque, ai-je dit. Stacie l'a démonté.

– Je comprends totalement ce qui se passe, a dit Stacie. On m'a déjà dit que je lisais bien les gens hyper sensibles, tu vois. Et je sais que tu es hyper hyper sensible. T'es un artiste, tu vois. J'admire les artistes.

– Ce n'est pas le passé, a dit Baby. Tu ne peux pas revivre le passé.

– En quoi tu ne peux pas revivre le passé ? ai-je demandé. Bien sûr que si.

– Difficile d'être créatif, a dit Jon.

– Pourquoi tu n'entres pas dans la chambre pour les interrompre ? a demandé Baby.

– Je devrais, ai-je dit. Vraiment. Mais c'est plutôt marrant, mon chou. Je ne suis pas jalouse. Je ne l'ai jamais été, sauf avec toi.

– Et vous les reconnaîtrez à leurs fruits, a dit Baby.

JANVIER 1992

Baby tabasse Jon dans la rue

Jon a démonté Stacie, et l'a fait monter au septième ciel, mais durant de nombreux mois cette infamie était un secret bien enfoui qui nous a hantés comme le communisme ou le scénario d'un mauvais roman gothique.

Leur accouplement débridé a eu lieu le dernier jour du séjour de Stacie, quelques heures avant qu'elle ne saute dans un taxi et disparaisse de nos vies.

Cet après-midi-là, j'étais passé à la maison pour déposer quelques livres entre la fin des cours et le boulot, et étais tombé sur ce petit duo. Ils attendaient, selon eux, Adeline. Ils m'ont salué, tout sourire, l'air innocent et angélique. Du rouge aux joues. La moiteur d'ébats sexuels flottait dans tout l'appartement. Mais que pouvais-je dire ? Je n'avais pas le moindre commencement de preuve. Je n'allais pas renifler leurs draps, non ?

Des mois plus tard, un soir de janvier, l'univers a révélé sa nature fractale, m'aspirant dans le trou noir quantique de ce rendez-vous illicite.

J'étais rentré chez nous avec l'espoir de me remettre à l'écriture. En ouvrant la porte et en entrant, j'avais aperçu le vieux blouson en jean de Jon posé sur une chaise de la cuisine. La porte de la chambre d'Adeline était fermée. Je m'étais dit qu'ils étaient au lit, tout à leur doucereuse sexualité hétérosexuelle.

Je me suis mis à écrire, à taper sur la machine, à frapper les touches, à entrer dans le voile enveloppant de la musique de mes doigts sur la machine. Le texte s'intitulait « Aussi sûr que œuf et œuf font un ». Une histoire de réalité alternative, avec un point de départ historique débutant par la victoire britannique contre les rebelles durant l'Insurrection américaine.

Pas d'États-Unis, pas de Constitution, pas de Déclaration des droits. L'achat de la Louisiane avait bien lieu, mais faisait partie du traité d'Amiens. Plus de guerre en 1812. William Wilberforce et Thomas Clarkson mettaient un terme à l'esclavage via l'Empire, l'abolissant totalement en 1833, évitant ainsi la guerre de Sécession, sauvant ainsi la vie de 600 000 soldats potentiels. La puissance brute de ces forces vives supplémentaires se mélangeait avec l'ingénuité britannique, provoquant une réaction volatile qui déclenchait une révolution scientifique et technologique massive. Chaque avancée majeure de notre XXe siècle avait lieu avant la mort de la reine Victoria.

Tout cela semblait bien beau, je l'avoue, mais il y avait aussi des côtés négatifs. Le système de castes britannique se solidifiait via l'Amérique, prenant de nouvelles formes dérangeantes.

Par un contrat social inconscient, tous les colonisés portaient sur eux un œuf frais de poule. Les distinctions sociales se faisaient par l'épaisseur de la coquille, sa couleur, sa taille et son aspect visuel.

La distinction par la coquille était un incontournable de la vie moderne. Dans le cadre des programmes d'aide sociale de Sa Majesté, chaque individu recevait un poulet de base, offrant une vie de petits œufs rabougris aux classes pauvres. La classe moyenne supérieure était coincée dans la quête constante de nouvelles poules, espérant dénicher de nouvelles innovations. De nouvelles races apparaissaient quotidiennement. Un marché parallèle d'accessoires était ouvert aux individus dont le désir n'était pas uniquement le luxe mais aussi la personnalisation. Un des accessoires indispensables était le cube blanc opaque qui diffusait sans cesse de la lumière, permettant de mettre en valeur les belles courbes de l'œuf et accentuant son tachetage.

Le continent nord-américain était peu avancé en expertise des œufs. L'Empire occidental britannique regorgeait d'experts en poulaille.

Je n'étais pas allé plus loin dans mon écriture lorsque la voix d'Adeline a transpercé le bruit de ma machine à écrire. Elle avait l'air totalement furieuse, hurlant :

– Mais barre-toi, putain ! Barre-toi, putain ! Barre-toi, putain ! Barre-toi, putain ! Barre-toi, putain ! Barre-toi, putain !

La porte d'entrée a claqué.

J'ai passé la tête dans la cuisine. Adeline était debout devant la baignoire, le visage aussi rouge que ses cheveux.

– Qu'est-ce qu'il s'est passé ? ai-je demandé.

– Oh, rien d'intéressant, a-t-elle dit. En gros, Jon a baisé mon amie d'enfance.

– Hein ?

– Stacie, a-t-elle précisé. Il a baisé Stacie. Lorsqu'elle est venue ici.

– Hein ?

– T'as besoin d'une photo encadrée, c'est ça ? a demandé Adeline. Jon a démonté Stacie.

Mon esprit a commencé à flotter au-dessus de mon corps, retenu par un cordon ombilical invisible, un tendron argenté ectoplasmique. Je me suis regardé ouvrir la porte d'entrée. Descendre quatre à quatre l'escalier.

Jon marchait en direction de la Deuxième Avenue, comme perdu dans ses souvenirs de transgression. Un livre à la main droite, la veste sur l'épaule gauche. Il a entendu mon pas rapide, s'est retourné, m'a aperçu et s'est mis à détaler. Adeline est sortie en hurlant, mais j'étais trop pris dans ma folie pour comprendre ce qu'elle disait.

Il a tourné au coin de la rue, devant le Kiev. Je l'ai pourchassé, brisant la chaîne composée par les mains unies d'un couple d'amoureux, repoussant l'homme contre la vitrine du restaurant.

– T'as intérêt à courir, ai-je crié. Je vais te défoncer la gueule.

Jon a traversé à toute allure la Deuxième Avenue. Je l'ai suivi en courant, me fichant bien du trafic. Ma fureur aurait pu repousser l'acier, briser le béton.

– Mais casse-toi ! a-t-il crié.

– Tu ne vas pas me semer ! Sale connard ! J'étais le meilleur coureur de cent mètres de mon lycée !

Il a tourné sur la 6e Rue, atteignant une vitesse élevée alors qu'il slalomait devant les restaurants indiens, ignorant les rabatteurs bangladais qui lui proposaient vin à volonté à l'intérieur.

Jon s'est débarrassé de sa veste et de son livre, espérant ainsi alléger sa charge, mais la veste s'est emmêlée dans ses jambes. Il s'est écroulé sur le trottoir, juste devant l'entrée du Shah Bag. Le front en sang, il est resté à terre, l'air ahuri.

Les décorations de Noël du Shag Bag éclairaient son corps. Cela faisait partie des habitudes commerciales de toutes les échoppes indiennes de la 6e Rue de garder ces décorations toute l'année. Debout au-dessus de Jon, j'ai réalisé qu'il avait réussi à tomber dans la pénombre des fêtes à la seule période où ces illuminations étaient appropriées.

J'ai pris son livre. Un grand format de *Defiant Pose*, de Stewart Home.

Jon s'est relevé du plat des mains, comme un enfant qui serait tombé tête la première.

Utilisant *Defiant Pose* comme une arme de circonstance, je lui ai frappé la tête de toutes mes forces. L'ouvrage était léger, seulement cent soixante-sept pages, mais le chanteur de The Inverted Bloody Crosses était déjà atteint par sa chute, et un pauvre petit premier roman a suffi à lui donner le coup de grâce.

Il s'est écroulé de toute sa longueur sur le bitume.

Un serveur est sorti du Shah Bag. J'avais déjà mangé là à plusieurs reprises. Il a dévisagé Jon, puis moi, et a fini par cracher par terre.

Puis il y a eu la fois où j'ai défoncé la gueule de Jon.

Et j'ai gardé son livre.

FÉVRIER 1992

Baby reçoit une lettre de Parker Brickley

J'avais Erik, j'avais NYU, j'avais Adeline, et j'avais le début de ma carrière d'écrivain de science-fiction, un sous-genre littéraire qui tenait encore la route à l'époque.

Lors de ma deuxième année, j'avais suivi un cours sur la Belle Époque avec un professeur du nom de Jindrich Zezula. Lors de la dernière semaine de cours, je m'étais assis devant ma machine à écrire avec la ferme intention de finir mon devoir de fin de semestre à propos d'Émile Zola.

Quatre heures plus tard, en relevant le nez du clavier, j'avais juste écrit la première moitié d'une nouvelle exceptionnellement bancale. Deux mille mots comme autant d'excréments grossiers déversés sur la langue anglaise. J'en ai détruit toute trace.

Il y a eu d'autres tentatives du genre. Impossible de m'arrêter. Les idées se bousculaient au portillon de mon cerveau, mais l'écriture ne venait pas aussi naturellement. L'écriture était un travail, l'écriture demandait un savoir-faire. J'ai passé l'année à baiser avec Erik et à pondre des nouvelles d'une nullité consternante.

Après avoir commis vingt-sept de ces crimes contre l'humanité, j'ai atteint une cohérence inédite, un équilibre en termes de construction et d'écriture. La langue ne barrait plus le chemin de l'intention. Tout à mon arrogance, j'ai commencé à envoyer mes manuscrits.

Mon premier client a été Gardner Dozois, de *Isaac Asimov's Science Fiction Magazine*. Intitulée « Héroïne des masses », la nouvelle pillait éhontément le concept de *The Rise and Fall of Ziggy Stardust and the Spiders from Mars* de David Bowie. Le temps qu'elle soit publiée, je ne pouvais déjà même plus la relire, ne voulant pas faire face à sa fougueuse naïveté de jeunesse.

C'est la vie. Parfois, vos parents meurent dans des circonstances terribles qui vous obligent à changer de ville. Parfois votre frère saute depuis le Colorado Bridge à Pasadena. Et parfois vous entrez dans le monde littéraire avec la douteuse eschatologie pop d'un extraterrestre poussant la chansonnette dans un groupe post-post-post-post-post-post-post-post-post-post-post-post-post-post-post-post-post-post-post glam sur la scène du Pyramid Club, un livre prophétique dans la main droite, une vieille seringue dégueulasse pendant à sa veine céphalique.

Puis il y a eu cette fois où j'explorais les rayons de Strand et où je suis tombé sur une biographie de Johnny Appleseed, un pionnier qui avait planté des pommiers dans tout le Middle West américain. En plus de sa contribution agricole, Appleseed était un fervent défenseur d'Emanuel Swedenbrog, un mystique radical prônant l'amour libre qui était monté au paradis au XVIIIe siècle et était revenu sur terre empli de savoir sacré.

J'avais grandi bercé par les mythes entourant l'homme qui avait planté ces arbres, mais n'aurait-il pas plutôt planté d'autres types de graines durant tout ce temps ? Et si son véritable but avait été de promouvoir des doctrines à propos de l'union transcendantale avec le Christ à travers la sexualité débridée ?

J'ai écrit un texte intitulé « Le soleil qui dort trop longtemps ». Un cousin lointain de Swedenborg, au XXIVe siècle, auquel je n'avais même pas jugé bon de donner un nom. Je l'avais appelé Swedenborg 2.

Comme son homonyme, Swedenborg monte au paradis, mais il fait ce voyage en se faisant enlever par les extraterrestres. Les extraterrestres l'examinent. Le dissèquent. Lui font passer une batterie de tests. Le torturent. Lorsque les extraterrestres ont épuisé la palette de leurs abus possibles, leur technologie avancée leur permet de reconstruire le corps de Swedenborg 2.

Durant cette reconstruction, ils implantent dans le cerveau de Swedenborg une nanotechnologie leur permettant de le suivre dans toute la galaxie. Malheureusement pour toutes les forces en présence, l'implantation est prévue le jour du premier anniversaire de la mort d'ΩΩΩΩΩ.

ΩΩΩΩΩ est l'ami de ΦΦΦΦΦ. ΦΦΦΦΦ est le technicien chargé d'implanter la nanotechnologie dans le cerveau de Swedenborg 2. Quelques heures avant l'opération, ΦΦΦΦΦ se met la tête à l'envers. Et ΦΦΦΦΦ salope le boulot.

Swedenborg revient sur terre. Il découvre qu'il peut accomplir des miracles. Il guérit les malades. Il ressuscite les morts. Il transforme l'eau en vin. Il pratique l'exorcisme dans des porcheries.

Il ne peut également pas s'empêcher de parler. Il déblatère sans s'arrêter à propos de son enlèvement par des extraterrestres, qu'il confond avec le paradis, et crée une nouvelle religion basée sur une sexualité débridée et infinie. Cette sainte glossolalie du cul est une autre conséquence de l'implant installé dans le cortex cingulaire antérieur gauche de Swedenborg 2, et qui provoque une érection perpétuelle chez le nouveau messie. Sa queue devient objet de vénération, une sainte offrande céleste.

À l'aube du XXVe siècle, Darius 2C Danko, un Nuevo-Swedenborgien, se balade dans la galaxie à bord d'un vaisseau bringuebalant. Sa mission ? Planter des pommiers de l'espace et prêcher la bonne parole de la perversité polymorphe. L'histoire suit ses pérégrinations, dressant une allégorie un peu lourde de figures politiques américaines bien connues. J'y ai ajouté également un emballage mystique à la mords-moi-le-nœud, esquissant un parallèle entre Appleseed et la divinité grecque Bacchus, trouvant un écho à ce dieu dans la propagation de la végétation et de l'amour pour tous.

J'ai envoyé la nouvelle à *The Magazine of Fantasy and Science Fiction*. Le rédacteur en chef, Edward L. Ferman, m'a renvoyé une lettre signalant la validation du texte et m'informant qu'il serait publié dans l'édition de juillet 1991. Des mois plus tard, j'ai reçu un paquet contenant un chèque et mes exemplaires auteur.

Pour une fois, l'illustration de couverture n'était pas un désastre complet. La tête d'une panthère à moitié translucide calquée sur un paysage montagneux. J'ai ouvert le sommaire. J'étais coincé entre « Moiteur d'automne » de Nancy Springer et « Pan Man » d'Elizabeth Engstrom.

Ils avaient changé mon titre.

J'étais désormais l'auteur de « Johnny Cyberseed ».

Mis à part cette faute de goût, les gens ont adoré l'histoire. Le magazine m'a fait suivre des lettres de félicitations et autres encouragements de la part des lecteurs. Leurs mots dégoulinants m'ont persuadé que la plupart de mes lecteurs devaient être de grands solitaires. Gentils, mais seuls.

Au mois de février, une lettre de Parker Brickley m'est parvenue. Agent littéraire travaillant chez William Morris, il avait essayé en vain de trouver mon contact téléphonique. C'était impossible : j'étais une de ces créatures invisibles de East Village vivant sous un pseudonyme et écrivant sous un autre.

Les bureaux de Brickley étaient du côté d'Uptown. Je l'ai rappelé. Il m'a invité à déjeuner.

Aussi simple que cela. Il suffisait d'écrire. Même si les rédacteurs en chef changeaient vos titres. Même si le monde vous pensait responsable de ce « Johnny Cyberseed ».

La vie était douce. Trop. J'avais oublié que l'existence humaine était une houle ondulant de haut en bas dans le temps et l'espace, et que la roue de la fortune ne cesse de tourner. En bien ou en mal, le changement survenait toujours.

MARS 1992

Patrick Geoffrois

Baby, a dit Adeline, tu sais que je suis tombée sur Jon, sur la Première Avenue ? Rien que de voir sa sale gueule m'a fait monter dans les tours, et je lui ai lancé le sang de mes règles.

– Tu as lancé tes règles à ton ex ? ai-je demandé.

– Oui, a-t-elle confirmé. Mais j'ai raté la cible, et mon lancer a atterri à ses pieds. Jon n'a pas bougé, il n'a pas compris ce que je venais de faire. Je le lui ai bien expliqué. Et je lui ai même dit que j'avais visé sa tête de con.

– Mais comment as-tu pu faire ça ? Je pensais que tu utilisais des serviettes réutilisables.

– Chéri, ne savais-tu donc pas que je me suis mise à la cup Keeper, il y a quelques mois ? Je l'ai achetée chez Magickal Childe.

– Pas au courant.

– C'est bien plus efficace. J'utilise mon sang pour alimenter les plantes.

Après la fin de son histoire avec Jon de Lee, Adeline s'était lancée dans de nouveaux hobbies. Elle s'était débarrassée de ses habits de femme mûre et stable pour devenir, si je peux dire ainsi, une punk sur le retour. Elle avait teint ses cheveux en violet, rasé chaque côté de sa tête et portait des quantités déraisonnables de vêtements en jean. On parlait beaucoup de l'anarchisme comme seule philosophie politique viable. Elle avait remisé ses disques de Steeleye Span et son 45 tours *You Made me Realize*, pour se mettre au punk des premières années, comme *(I'm) Stranded* de The Saints ou *Germfree Adolescents* de X-Ray Spex.

L'album qu'elle écoutait le plus était *Legacy Brutality* de The Misfits. J'étais avec elle lorsqu'elle l'avait acheté. Si j'avais su, je l'en aurais empêchée.

Mais je ne savais pas encore que j'allais vivre des mois au son bourrin du New Jersey grâce à Glenn Danzig, né Azalone. Impossible de compter le nombre de têtes de lecture qu'Adeline a détruites en écoutant ce disque, mais je sais bien à quel point elle a usé ma patience. Toute ma patience.

Côté vie sociale, elle s'est amourachée d'un taré de Français du nom de Patrick Geoffrois, un arnaqueur à la petite semaine qui officiait derrière une table devant l'agence Twardoski Travel, à St. Mark's. C'était une figure du quartier depuis des années, disant la bonne aventure aux passants, lisant dans les lignes de la main ou tirant le tarot.

Geoffrois était l'un de ces personnages des rues impossibles à ignorer, un grand escogriffe aux yeux bleus perçants, sans dents, les cheveux blonds plaqués en arrière jusqu'aux épaules, habillé tout en noir avec toute sorte de quincaillerie allant du pentagramme aux, ironie suprême, croix inversées.

Adeline a fait sa connaissance comme chaque fois qu'elle commet une erreur : à cause d'une cristallisation à la fois intellectuelle et émotionnelle, de la pure folie.

Au mois de février, le visage de l'individu en question est apparu en couverture de *Newsday*, un cliché ringard sur lequel il arborait le pommeau d'une épée au niveau de l'œil gauche. Sous ce visage inquiétant était inscrite l'accroche de une : « LA SECTE S'AGRANDIT. »

Il était à nouveau question de Daniel Rakowitz. Même si deux années avaient passé, le procureur général de Manhattan et la section du NYPD dédiée aux crimes occultes avaient conclu que Rakowitz avait tué Monika Beerle sur ordre de Geoffrois, comme sacrifice humain en l'honneur de Choronzon ou du duc Focalor. La folie sataniste à la sauce new-yorkaise, avec fuites dans la presse et inspecteurs pérorant à propos du démon, avec leur accent tout droit sorti des Rocheuses.

Personne ne contestait que Geoffrois était occultiste. Mais il y avait occultisme et occultisme.

Quiconque avait vécu dans le Lower East Side plus de quinze jours d'affilée savait bien qui était Geoffrois. Un escroc de bas étage, un artiste de rue pitoyable comme tant d'autres qui essayait de gratter quelques pièces. S'il avait été à la tête d'une secte et s'il avait pu facilement s'en remettre à des forces surnaturelles, pourquoi aurait-il passé toutes ces années à se les geler et à mendier à St. Mark's ?

Lorsque Adeline a découvert la couverture de *Newsday*, elle est montée d'une rue pour retrouver le Français derrière sa table pliante, tranquillement assis et vaquant à ses occupations habituelles. Elle ne m'a jamais détaillé la nature de leur première conversation.

Je ne peux que l'imaginer.

Un ancien drogué reconverti en magicien lui racontant avec son accent français une quelconque bizarrerie occulte qui troublait les tréfonds de sa psychée, traitant Rakowitz d'imposteur. Adeline expliquant toute l'histoire de la boutique « Location de robes de soirée » et la violence inhérente à la vie urbaine, essayant de débattre sur le règne de la cruauté et du meurtre à New York, demandant au spécialiste autoproclamé de la magie noire de l'aider à décrypter le sens caché de cette coïncidence.

Adeline s'est mise à aller à l'appartement de Geoffrois sur la 11e Rue, où il vivait avec sa femme et la dernière fille de celle-ci. Ma colocataire revenait de ces salons la tête pleine d'idées bizarres à propos des forces qui sous-tendaient l'univers. Elle s'est mise à lire Aleister Crowley. *Journal d'un drogué. Magick, théorie et pratique.*

Par pure curiosité mal placée, j'ai ouvert son exemplaire du *Livre des Lois*. Cela empestait l'Aube de l'Éternité, mâtinée de Magick égypto-partouzarde.

Me souvenant de l'incursion de Geoffrois dans le monde des tabloïds, j'ai remarqué un passage dans lequel Crowley suggérait que le Sacrifice Humain est un Acte Nécessaire à l'Achèvement de la Volonté de tout un chacun. C'était ce genre de livre dans lequel tous les mots étaient en majuscules. On ne parlait pas de volonté chez Crowley. Juste de Volonté. Il était ce genre d'Écrivain.

Si l'intérêt d'Adeline pouvait sembler idiot, que pouvait-elle faire d'autre ? Se lancer dans une litanie dégradante de coups d'un soir ? Reconquérir son ex qui l'avait trompée ?

MARS 1992

Baby et Erik vont voir En quatrième vitesse

Theatre 80 diffusait *En quatrième vitesse*, un film de 1955 réalisé par Robert Aldrich. J'ai invité Adeline et Erik. Il a accepté. Elle a décliné.

– Pourquoi, Baby, a-t-elle répondu, ne te dis-tu pas que j'ai déjà vu ce film un million de fois ? C'est le meilleur film qui parle de Los Angeles ! Attends-toi à du lourd. Il s'appelait Albert Dekker. C'est l'une de ces vedettes hollywoodiennes au destin *très tragique** mortes dans d'atroces circonstances. Je ne vais pas tout te raconter tant que tu n'as pas vu le film, parce que autrement tu vas passer la projection à penser à sa mort, et tu ne pourras plus te concentrer sur autre chose. Et sais-tu que c'est le meilleur film américain des années 1950 ? Je me sentirais tellement mal si je te détournais de l'intrigue.

Adapté d'un horrible roman de Mickey Spillane, *En quatrième vitesse* met en scène Ralph Meeker dans le rôle de Mike Hammer. Le film s'ouvre avec Meeker en voiture qui manque de renverser une auto-stoppeuse totalement perdue. Elle est jeune, nue et belle comme une starlette. Une étrange histoire commence alors, convoquant tous les pièges classiques du film noir.

L'originalité du personnage, c'est que Mike Hammer et la ville de Los Angeles sont comme jumeaux. Hammer est le héros le plus amoral et dingo qui soit, l'antihéros noir par excellence. Un privé déjanté qui utilise sa secrétaire, avec qui il entretient des relations intimes, comme appât pour les maris volages dans les enquêtes pour divorce.

Los Angeles se pose comme miroir de Hammer. On fait le tour de tous les coupe-gorges, tous les hangars et autres casses automobiles. Le film a été tourné dans des décors réels. Le dialogue précise même les vraies adresses.

Albert Dekker incarnait un vieux médecin très étrange. Chaque fois que je le voyais à l'écran, je me demandais comment il était mort.

Le film s'est achevé, et Erik et moi sommes allés au Yaffa Café, nous installant à une table entourée de banquettes en velours rouge. J'ai pensé à Ralph Meeker, à son air abruti.

J'ai incliné le menu pour observer les autres clients. Ils étaient tous tellement gothiques. Les tables étaient remplies de gamins des autres quartiers ou de Long Island, fringués en noir, les visages dégoulinant de khôl et de rouge à lèvres gras, d'ongles peints en noir qui plongeaient leur bout de pita dans du houmous.

– Cet endroit est blindé de gamins flippants, ai-je noté.

– Ne sois pas si négatif, a dit Erik.

Notre serveuse avait l'air défoncé. J'étais persuadé qu'elle n'avait pas bien noté notre commande, mais j'ai préféré ne pas le lui faire remarquer.

– Tu as aimé le film, a dit Erik.

– Oui, pourquoi ça ne serait pas le cas ? ai-je demandé.

– J'en ai marre de tout ce nihilisme. C'est tellement ringard. Notre culture est bloquée dans cette boucle misérable depuis quarante ans déjà. Je suis peut-être trop Verseau, mais je trouve que toutes ces histoires qu'on nous rabâche sont totalement fausses. On ne vit pas dans une spirale de mort. Les choses ont tendance à s'améliorer, mais tout le monde fait comme si ce n'était pas le cas. *En quatrième vitesse*, c'est un film où il faut avoir peur de tout. Du monde qui peut mourir à tout moment, à cause de l'idiotie ou de la mesquinerie des gens. Pourquoi il n'existe pas de films qui parlent des gens bien ?

– Sûrement parce que la plupart des gens ne le sont pas.

– Quelle connerie, a dit Erik. Combien de gens mauvais as-tu déjà rencontrés ? Deux ? Allez, trois ? Sur combien de milliers. La plupart des gens sont bien. La plupart respectent les autres. On dilapide nos vies à ne prêter attention qu'aux mauvais, à ceux qui n'honorent pas le contrat social. Je ne me plains pas. Je suis juste fatigué de tous ces films et livres déprimants, et j'en ai assez de m'entendre répéter que la planète est au bord du précipice. Je crois en l'humanité, je crois en notre avenir, je crois au fait qu'on va trouver des solutions. Je crois qu'on sera encore là dans dix mille ans, et qu'il n'y a pas à s'en faire tant que ça.

Au moins ne parlait-il pas de Jésus.

Je ne pouvais pas m'empêcher de penser que nous n'allions absolument pas ensemble. Il était trop gentil. Peut-être avais-je passé trop de temps à New York. Peut-être la vie à la ferme enlève-t-elle toute illusion quant au caractère sacré de la vie. Comment une personne pouvait-elle regarder l'histoire de l'humanité et en ressortir un tant soit peu optimiste ? Notre planète était un sac à merde tourbillonnant infecté de créatures insignifiantes que l'évolution avait amenées à des sommets de cruauté.

D'un autre côté, j'étais assis au sous-sol d'un café dans la ville la plus géniale du monde, entouré de gamins fringués comme s'ils venaient de baiser avec Bela Lugosi. Mon magnifique petit ami rayonnait de rêves à propos de la bonté humaine.

Je savais qu'il ne fallait pas gâcher ce moment. Si je pouvais encore connaître ce genre de spasmes de bonheur, il restait peut-être de l'espoir. Peut-être y avait-il un moyen pour ne pas détruire notre planète. Peut-être Erik avait-il raison. Je l'espérais. Et encore aujourd'hui. J'espère toujours qu'Erik a raison.

Il m'a raccompagné chez moi, mais il ne pouvait pas dormir ici. Il avait un nouveau boulot à Midtown. Cela faisait des années qu'il allait de poste en poste, abandonnant son boulot tous les seize mois en moyenne. Il venait d'être embauché dans un cabinet d'avocats.

Avant de nous embrasser, nous avons observé la rue autour de nous. Un des désavantages de vivre si près de McSorley's. Depuis cent trente-huit ans, le bar attirait un certain type de clientèle. Je me fichais pas mal d'être insulté, mais je n'avais pas envie de tabasser un ivrogne tête brûlée alors que tout ce dont j'avais envie, c'était d'un baiser de bonne nuit.

Adeline était dans la cuisine, occupée à préparer des ramen et des œufs durs. Une nouvelle passion. Cela faisait sept ans que je la connaissais, et je ne l'avais jamais vue faire des courses.

– Baby, a-t-elle dit. Tu as aimé ?

– Renversant.

– Tu veux que je te parle d'Albert Dekker ?

– Bien sûr.

– Ils l'ont trouvé sur Normandie Street, entre Hollywood et Franklin. Sa fiancée n'avait pas de nouvelles depuis plusieurs jours. Elle a réagi comme beaucoup auraient fait. Elle a trouvé un moyen de s'introduire chez lui. Une fois à l'intérieur, elle a découvert le cadavre de Dekker nu, agenouillé dans la baignoire. Une corde attachée à son cou et reliée au pommeau de douche. Des ceintures en cuir autour du corps. Les mains menottées. Quelqu'un avait pris un rouge à lèvres et écrit sur tout son corps. « Pédé », « Je vais te sucer », « Suceur de bites ». Quelqu'un avait dessiné un vagin sur son estomac. Cela faisait plusieurs jours qu'il était là. La putréfaction avait débuté. Et des objets de valeur avaient disparu. Et tu sais le plus dingue ? Même avec tous ces indices, la mort a été classée comme accidentelle. Un suicide potentiel.

AVRIL 1992

Encore un peu de Patrick Geoffrois et sa cacophonie

J'étais plongé dans la traduction malheureusement mal exécutée de *L'Astragale*, d'Albertine Sarrazin, lorsque quelqu'un a crié le nom d'Adeline au-dehors. Nous vivions dans le même immeuble depuis 1987. Le propriétaire n'avait toujours pas daigné installer une sonnette.

Elle a dévalé l'escalier, pour le remonter quelques instants plus tard. Ses bottes tapaient lourdement sur le sol de la cuisine. Elle a toqué à la porte de ma chambre.

– Ouais ? ai-je demandé.

– Baby, Patrick est en bas. Tu viens te balader avec nous ?

– Sans moi, ai-je dit.

– Jeune homme, a-t-elle rétorqué, ne refuse pas aussi vite. Tu n'as vraiment pas la moindre idée de l'expérience que cela constitue. Tu fais ton coincé. Ne deviens pas un de ces esprits étriqués.

Expérience. Le mot magique. J'étais habité par une certitude folle et naïve que chaque expérience vécue par un écrivain dans sa vie pouvait enrichir plus tard son œuvre. La bêtise et la folie de l'humanité transformées par quelque alchimie en terreau littéraire. Si Adeline voulait que je me promène avec le sorcier, alors même cela pourrait être transformé.

Geoffrois nous attendait sur le trottoir, devant l'immeuble, adossé à une voiture en stationnement. Son visage émacié ressemblait à un masque de fantôme éclairé par un lampadaire, entouré d'un halo de cheveux blancs, tandis que ses habits étaient comme à l'habitude. Ses huit points d'intérêt étaient recouverts de breloques tape-à-l'œil.

– Patrick, a dit Adeline, je te présente Baby.

– Moi aussi j'ai un bébé, a-t-il dit. Mais ma femme et ma fille ne sont pas à la maison. Je pensais montrer à Adeline les forces démoniaques qui traînent dans tout East Village.

– Je t'ai déjà vu lire les cartes sur St. Mark's, ai-je dit, avec tes doigts qui courent sur les paumes de main de la foire aux atrocités du New Jersey.

– Même les porcs ont un destin, a dit Patrick Geoffrois. Ça peut être l'abattoir, mais ça reste un destin.

Geoffrois s'est dégagé de la voiture et a pris vers l'est. Adeline s'est mise à trottiner à ses côtés. Étant la troisième roue désignée de la soirée, je les suivais, pouvant ainsi observer à mon aise le corps frêle de notre guide. Il nageait totalement dans ses habits. Un vrai adepte d'Ulysses S. Grant.

Leur conversation allait bien au-delà de mes capacités de compréhension. Elle tournait autour de Crowley et du rituel du Rubis Étoilé. J'écoutais, décidé à les comprendre, mais les détails ne voulaient rien dire pour moi.

Geoffrois discourait à tort et à travers sur la nécessité de préparer la chambre de cérémonie, de l'importance du cérémonial dans cette science du changement.

Adeline le prenait très au sérieux, répondant à sa façon, la voix empreinte de gravité. J'ai réalisé que je ne savais absolument pas si Adeline croyait ou non en Dieu.

Un moment typiquement américain. On peut connaître la personnalité publique de quelqu'un mieux que la sienne, mais ne rien savoir exactement de ses pensées intérieures.

Il n'existe aucune façon de découvrir si, en leur for intérieur, ils croient en l'existence d'un être intangible qui intègre infini et éternité.

Geoffrois a hurlé :

– Les sorcières vont être lâchées à New York ! Des hommes et des femmes vont mourir, les animaux vont recouvrer la vie. Des pénis sculptés dans du bois d'olivier vont propager la sagesse de Satan. Des samouraïs en tout genre vont prendre le pouvoir à Brooklyn ! D'énormes mouches vertes vont sortir de la bouche des enfants.

– De quoi tu parles ? ai-je demandé.

– Du destin de New York. La vengeance qu'elle va subir.

– Cette ville n'a pas assez souffert ?

– Elle n'a pas encore commencé à souffrir, a dit Geoffrois. La souffrance qu'elle a connue est comme une goutte d'eau dans l'océan. Une pandémie va s'abattre sur elle, et les hérétiques vont ratonner les boursicoteurs avec du fenouil et de la sauge, et leurs tiges brûleront comme de l'acier en fusion.

Il a continué ainsi à déblatérer jusqu'en bas de la 7e Rue, ne s'arrêtant que devant les appartements McKinley. Placé dans la lumière qui passait entre les deux ailes de la construction, Geoffrois a expliqué que son espace négatif était une représentation intentionnelle de La Maison Dieu, ou La Tour, le seizième atout du Major Arcana. New York, a-t-il ajouté, est une ville qui compte trop de tours. La ruine les guette. Toujours faire attention à La Tour, lorsqu'elle apparaît lors d'une consultation. C'est la plus sinistre des prédictions.

Nous avons traversé l'Avenue A. Le parc était fermé, entouré de barrières enchaînées de trois mètres de haut, à la suite des émeutes qui avaient eu lieu lors du Memorial Day.

Les manifestations les plus récentes n'avaient été aucunement aussi intenses que celles qui avaient détruit la capacité d'Adeline à croire en la vie urbaine, même si elles avaient obéi aux lois du genre. Incendies dans les rues, jets de bouteilles, militants nudistes au regard fou hurlant contre l'Ordre Nouveau, bennes à ordures transformées en barricades.

Les autorités municipales étaient désormais convaincues que la topographie même de Tompkins Square était mauvaise en soi. Ils soupçonnaient chacune de ses parties d'être l'un des rouages d'une grande machinerie qui aurait voulu manipuler les esprits humains et les élever contre la civilisation. Les reliques sacrées de Robert Moses transmettrices des énergies du chaos.

Un mois après les émeutes de Memorial Day, plusieurs centaines de policiers ont sécurisé le périmètre du parc tandis que les cloches de St. Brigid sonnaient. Les sans-abri sont sortis de leurs tanières, des barrières ont été installées. On a annoncé des rénovations, sans aucune date fixe précisant l'achèvement des travaux.

La première destruction a été réservée au kiosque à musique, rasé entièrement. Ils avaient repeint par-dessus le portrait de Billie Holiday deux années après mon installation à New York, mais j'imaginais qu'elle avait dû elle aussi partir en poussière, les paroles de « Strange Fruit » sortant encore de sa bouche.

Un des rouages centraux de la transformation du parc était l'omniprésence de la police. Tompkins Square était sous surveillance jour et nuit. Mais c'était East Village. Les premiers mois avaient été une simple démonstration de force de leur part, un spectacle à l'intention du maire et des médias, suivi par l'inévitable baisse des effectifs alloués à cet effet.

Des brèches sont apparues au beau milieu du périmètre sécurisé. Ces entrées ne plaisaient pas aux anarchistes. S'introduire en douce dans un parc ne promettait pas de mise en scène politique. Pourquoi s'agiter si le public était absent ?

Adeline et Geoffrois se sont glissés par un trou qui donnait sur la 7e Rue. Je me suis accroupi pour les suivre, en espérant ne pas déchirer mes vêtements.

Geoffrois a trébuché. Je cherchais l'espace vide laissé par le kiosque à musique. En passant devant les ruines, je me suis dit que c'était une vraie leçon en termes de contrôle des révoltes. Créer des distractions symboliques, une imagerie sur laquelle les révoltés pouvaient concentrer leurs idées. Puis détruire ce symbole. Et en ignorer le contenu.

Geoffrois et Adeline ont couru sous le portique en brique situé près de la 10e Rue, s'arrêtant à côté d'un monument qui ressemblait à une tombe démesurée. Tout y avait été vandalisé. Les graffitis recouvraient les inscriptions. La tête de lion de la fontaine avait été brisée et volée. Le bassin avait explosé sous les feux d'artifice.

– C'est l'objet le plus mystique de New York, a dit Geoffrois. Érigé en mémoire d'un désastre, celui du *General Slocum*. Un navire qui a pris feu. Mille morts. C'est ce qu'on a raconté à l'époque, mais c'était un mensonge afin de cacher la vérité derrière tout cela. Cette stèle a été construite à l'intersection d'au moins cinq lignes telluriques qui sous-tendent les énergies économiques de la ville. C'est le cœur de tout l'argent new-yorkais !

– Et pourquoi est-ce que ça a l'air aussi dégueulasse ? ai-je demandé.

– Les secrets ancestraux sont partis avec les gardiens de la flamme. Lorsque Churchill l'a éteinte, le savoir a disparu. Seuls les adeptes en connaissent la vérité. Si ce mémorial disparaît, alors toute l'économie de New York va aussi se dissiper. Ciao, Wall Street. Ciao, le Dow Jones. C'est pour cela que les écureuils et les oiseaux se retrouvent là. Ils sentent la puissance. Les animaux sont des récepteurs très forts. J'ai déjà vécu dans le corps d'un oiseau, et mes yeux voyaient à travers les siens. J'ai vu mon double et je n'étais pas mort.

Il s'est éloigné de nous, en direction de l'Avenue A.

– N'est-il pas tout bonnement fascinant ? a demandé Adeline.

– En toute honnêteté, je suis émerveillé.

J'aurais pu être en train d'écrire. J'aurais pu être en train d'envoyer mon mec au septième ciel. Au lieu de cela, je suivais un nécromancien dans un parc abandonné.

J'avais passé trop de temps à New York, trop de temps avec ceux qui en habitaient les rues, avec ses fous, avec ses déséquilibrés, ses charlatans, ses révolutionnaires en devenir. Je me souviens du temps où je pouvais encore être fasciné par les élucubrations de tous les prêcheurs de rue qui en voulaient à Ronald Reagan. Mais je savais désormais que c'était juste n'importe quoi. Uniquement la conséquence des drogues qu'ils consommaient, de leurs problèmes psychologiques lourds.

Je suis retombé sur Adeline et Patrick sous la canopée recouverte de graffitis de la fontaine de la Tempérance, avec le mot « CHARITÉ » inscrit au-dessus d'eux, la statue en zinc dépourvue de bras, comme la déesse amputée d'un panthéon oublié. Geoffrois était au-dessus de la fontaine, mains grandes ouvertes, doigts écartés. Derrière ses paupières tombantes, ses yeux étaient révulsés.

– Il s'apprête à jeter un sort, a murmuré Adeline. Il a besoin de toute sa concentration.

– Un sort ? Pour de vrai ?

– Laisse-toi aller, a-t-elle soufflé. Rien ne va se passer. Rien ne se passe jamais. C'est juste ton être qui se transforme psychologiquement.

Geoffrois a grogné et levé les bras au-dessus de la tête. Il a écarté les jambes, et sa tête est partie en arrière, créant un X avec son corps. Il a hurlé. J'avais peur qu'on se fasse remarquer. Les flics étaient censés être tout autour de nous.

Il a ensuite baissé les bras en direction de la fontaine.

– Force du feu, force de la lumière, a-t-il commencé. Voici le corps astral. Les dieux égyptiens vivent sur le plan astral. Il y a des symboles alchimiques ici. Avec la force de la lumière, on peut voyager partout. Tout est possible. Esprit du feu, souviens-toi ! Gibil, esprit du feu, souviens-toi !

Gibra, esprit des flammes, souviens-toi ! Oh Dieu du feu, fils tout-puissant d'Anu, le plus terrifiant de tous tes frères, montre-toi ! Apparais, oh Dieu du feu, Gibil, dans toute ta majesté, dévore tous mes ennemis ! Apparais, oh dieu du feu, Girra, dans toute ta puissance et brûle les sorciers qui me persécutent ! GIBIL GASHRU UMUNA YANDURU TUSHTE YESH SHIR ILLANINU MA YALKI ! GISHBAR LA ZI IA IA ZI DINGIR GIR A KANPA ! Apparais, fils du disque de feu d'Anu !

J'ai préféré partir. Ni Adeline ni Geoffrois n'y ont prêté la moindre attention. J'ai traversé le paysage vide et lunaire pour revenir sur terre via un trou dans la clôture.

La police ne m'a pas vu. Personne ne m'a vu.

MAI 1992

Baby découvre la ville natale d'Erik

Erik m'a demandé de l'accompagner dans sa ville natale. Je voulais crier : « Non, surtout pas, pas là, jamais ! »

– Chéri, a dit Erik, je veux te présenter ma mère.

Mon amoureux m'a supplié. J'ai résisté. Il a insisté. J'ai refusé. La pression barométrique a tout à coup baissé. Un orage s'est annoncé à l'horizon. J'ai accepté. J'ai dit que c'était bon. J'ai acquiescé. J'étais prêt à me rendre à Narberth, Pennsylvanie.

On s'est décidé pour un week-end de la mi-mai, après la fin de mon semestre. Qui correspondait également à la fin de mes études à NYU. Le diplôme était pour bientôt.

J'ai préféré rester discret quant à l'imminence de cet événement, évitant ainsi toutes les conversations à propos de sa signification possible, dans le refus absolu de me rendre à la cérémonie. Je n'avais aucune appétence envers les discours qui sentaient bon la piété américaine.

Et je ne me faisais pas à l'idée de cette cérémonie typique.

Trois semaines avant la cérémonie de remise des diplômes, une septuagénaire habitant Yonkers, du nom de Stella G. Maychick, a perdu le contrôle de son Oldsmobile Delta 88 et s'est écrasée dans l'entrée ouest de Washington Square

Park. Mme Maychick a blessé vingt-sept personnes et causé cinq morts. L'une des victimes était un étudiant de NYU, dont le corps a été retrouvé sous les gravats des tombes de vingt mille autres macchabées.

L'université débutait toujours les festivités à Washington Square. Impossible de trouver un nouveau lieu.

J'imaginais Dr. L. Jay Oliva, la présidente de notre université, entamer son discours avec les bêtises habituelles qui sont servies à chaque enterrement, chaque tragédie, chaque mort inattendue. *Ne jamais oublier. Un monde meilleur. Toujours se souvenir. Amis très chers. Souvenirs communs. Essayer de continuer.*

De la merde en barre. Seul le temps peut aider à soigner les blessures de la mort. Année après année, jusqu'à ce que nos synapses oublient la sensation de la douleur.

Mes dernières nuits dans la peau d'un étudiant ont été consacrées à écrire un essai sur Don Quichotte et un autre consacré aux représentations étrusques de Lucrèce. Une fois ces petits textes achevés, un sentiment d'accomplissement m'a envahi. J'avais passé quatre années dans le cocon de NYU. C'était derrière moi. Il était temps de naître à nouveau.

Ce vendredi-là, Erik et moi avons slalomé au beau milieu du labyrinthe de Port Authority avant de nous hisser dans un vieux bus déglingué Greyhound, au rez-de-chaussée. Je n'avais pas quitté le centre-ville de New York depuis près de quatre ans.

J'avais décidé de vivre pleinement ce week-end hors de la Grosse Pomme. Notre relation avait besoin d'un peu de temps passé ensemble. D'un espace neutre loin de New York. J'avais bien compris qu'il fallait qu'Erik et moi ayons une discussion à propos de ma production littéraire.

Il n'était absolument pas au courant de mes nouvelles, de mes publications, et de tous les efforts que j'y consacrais.

Non pas que je ne veuille pas lui en parler, mais j'avais honte qu'il y ait une chose dans ma vie qui comptait vraiment.

J'avais honte d'avoir accompli quelque chose. Devant les faiblesses de mon écriture et l'esthétique atroce des revues de science-fiction, je n'avais jamais évoqué mes succès relatifs.

À la publication de mon cinquième texte, je trouvais cela plus simple de faire comme si c'était le travail de quelqu'un d'autre.

Désormais, il n'était plus possible de prétendre le contraire. J'avais fait la connaissance de Parker Brickley. Les glapissements de sa voix d'enfant au téléphone ne m'avaient pas préparé à rencontrer un homme entre deux âges, barbu, aspiré dans les affres des débuts de la calvitie masculine.

Il avait insisté pour que nous déjeunions à l'étage de Sardi. Tout y était grotesque, mais j'ai adoré Parker. Tout de suite. C'était l'homme le plus obscène que j'avais jamais rencontré.

– Putain de bordel de merde, je ne sais pas ce qui a pu se passer, avait dit Parker, mais il y a un truc dans ta façon d'écrire qui m'a foutu la trique direct. T'es un putain de pédé et tu dois sûrement être persuadé d'en savoir bien plus sur la géographie de la teub que moi. Mais tu n'en reviendrais pas de toutes les saloperies qui peuvent traverser l'esprit d'un pervers hétéro. Quand je lis tes textes, j'ai l'impression de me branler le prépuce avec de la coke et que six putes vont la lécher sur ma bite. Putain de Johnny Cyberseed, c'est comme juter pendant que tu chies. J'adore. J'ai pas mal d'auteurs de littérature, mais y a que la science-fiction qui me booste le tissu érectile. J'échange cinq Jane Smiley contre toi. Alors ne joue pas avec moi. Ne me dis pas que t'es le genre de nana à se faire inviter par le mec mais qui ne baissera pas la culotte. Je veux voir ton gros cul juteux et tes cuisses bien tendres. Dévoile-moi tous les secrets de ta petite chatte. Dis-moi que tu as un putain de manuscrit sous le coude. File-moi quelque chose, mon pote, file-moi un bon texte d'enculé que je peux ramener à William Morris pour leur fourrer bien profond dans leur cul merdeux.

Un roman, c'était un engagement. Un roman, c'était permanent. Un roman, c'était un point de non-retour. Un roman, c'était incontournable. Un roman, c'était le passé qui s'inscrivait à jamais dans le futur.

– Oui, ai-je dit, j'ai un manuscrit. Je l'ai fini au mois de mars.

– Putain de bordel de merde, a dit Parker. Je vais t'arroser toutes les nanas que je rencontre, façon douche dorée, et leur dire que c'est de l'eau sacrée hindoue qui sort tout droit du Gange. Je vais t'expliquer un truc, Baby. T'es pas juste un bon écrivain. T'es pas juste un petit prodige de East Village. T'es pas juste un petit nouveau. T'as tout ce qu'il faut, où il faut, et t'es beau gosse. T'es une belle petite tapette. T'as tout pour plaire. Tu pourrais me donner envie de me faire enfiler. On se pomperait et on se lécherait le cul jusqu'à ce que le soleil se mette en feu. Je peux me faire des millions avec ta petite gueule. Balance tes textes, et on y va ! D'accord ? Maintenant qu'on est bien profond à l'intérieur, que nos teubs se frottent de chaque côté du vagin, que nos scrotums sont bien serrés et sont devenus les points névralgiques de nos corps. Maintenant que tous les feux sont au vert. Maintenant, on va se faire du bien.

J'ai pris le manuscrit dans mon sac à dos et le lui ai déposé sur la table.

Parker a rappelé le lendemain. Il avait adoré. Il m'a dit de ne pas en changer une virgule.

Il a décidé de pousser le livre auprès de nombreux éditeurs qu'il connaissait personnellement, que des gros. Il fallait trouver la bonne maison, disait-il. Il voulait quelqu'un qui puisse atteindre un lectorat au-delà de la littérature de genre.

Trois semaines avant la cérémonie de remise des diplômes, Parker m'a rappelé à nouveau, et comme Apollonios de Tyane, il a prêché la sainte parole.

– Harcourt, Brace et tous les petits enculés du genre. Michael Kandel te veut. Tu devrais être fier. C'est le type qui a traduit Stanislaw Lem, quand même. Il te publierait en grand format. Ces gars-là flairent la bonne affaire. Ils veulent te bouffer. Ils veulent boire ton foutre. Leur avance n'est pas dingue, mais c'est mieux que ce que tu auras ailleurs. Fais-moi confiance, Baby. T'as un billet aller sur le Brickley Express. Je suis tout amour et fureur atomique. On ne peut jamais savoir à quoi s'attendre avec Parker. Je ne m'arrêterai que quand j'aurai baisé chaque trou et que les traces de mes enfants possibles joncheront le sol. On a du boulot devant nous pour les prochains mois. Bienvenue dans la cour des grands, gamin, bienvenue dans l'enfer sur terre des négociations avec les éditeurs, les correcteurs, les commerciaux et les directeurs artistiques. T'as intérêt à sortir et à profiter de ton petit lopin de East Village. T'as intérêt à ramener ces souvenirs chez toi, parce que plus rien ne sera jamais comme avant. Et quand tu seras vieux et que mon cadavre sera en putréfaction, bouffé par les vers, t'auras intérêt à te souvenir de mon nom. T'auras intérêt à te souvenir que c'est Parker Brickley qui t'a offert ce putain de cadeau à la con.

J'ai signé le contrat au bureau de Parker, vers la 50e Rue Ouest. Je n'en ai parlé à personne. Même pas à Adeline.

Plus tard, dans le même bureau, il m'a tendu le chèque d'avance. J'ai regardé le bout de papier. C'est impossible de comprendre la force occulte et réelle d'être publié. Si vous pouvez imaginer les leviers qui s'actionnent, c'est comme si on vous payait pour vous adonner à vos fantasmes les plus louches, à votre propre folie. Votre dépravation assumée. Et l'argent tombe.

Deux ivrognes sont montés dans le Greyhound. Ils parlaient de leur liberté conditionnelle, de leurs amis qui étaient en liberté conditionnelle et de ceux qui étaient retournés en taule. Je me suis levé pour leur demander s'ils pouvaient parler un peu moins fort. Ils se sont excusés. Je me suis rassis auprès d'Erik.

– Je déteste demander aux gens de baisser le ton, ai-je dit.

– Je n'en reviens pas que tu leur aies demandé, a-t-il répondu. J'aurais tellement peur.

– Qu'est-ce qui peut arriver, au pire ?

On est sortis au terminal Greyhound de Philadelphie, un immeuble sans âme peuplé de pauvres hères qui ressemblaient tous à ceux qui hantaient Port Authority. Je me demandais si la même scène se déroulait dans chaque station de bus du pays, avec les mêmes acteurs qui faisaient leur apparition en simultané dans chaque endroit.

Philadelphie s'est limité à sortir de la station de bus et à traverser la rue pour atteindre l'entrée du métro. Mystifié par un transport en commun qui n'était pas celui de New York et de sa métropole, j'ai suivi Erik consciencieusement. Il m'a guidé jusqu'à la bonne voie.

La ville a disparu derrière nous et le train s'est engagé en cette fin d'après-midi dans la verdure de la banlieue. J'avais la nausée à cause des néons fluorescents.

En arrivant à Narberth, il faisait déjà nuit. Nous sommes sortis de la station pour pénétrer dans le vide mortifère de la rue principale typique de la province américaine.

– On n'est pas loin, a dit Erik.

Erik avait oublié de préciser que sa mère n'avait aucune idée de son orientation sexuelle. Ce petit oubli n'a été abordé que lorsque nous avons monté l'escalier qui nous emmenait jusqu'au perron de la maison de son enfance.

Il m'a informé que nous devions faire semblant, c'est-à-dire ne pas s'effleurer, car elle était choquée par les hétéros et leurs signes d'affection, donc il ne fallait même pas envisager de montrer le moindre amour homosexuel. Nous pouvions partager la même couche, mais il fallait faire comme si j'allais dormir par terre. Sa chambre fermait à clé.

Erik a sonné, puis toqué, puis appelé sa mère.

– Tu n'as pas la clé ? ai-je demandé.

– D'habitude, si. Mais les serrures ont été changées le mois dernier.

La maison consistait en trois pièces bâties en bois. La chambre de sa mère était à côté de la nôtre, séparée par une simple cloison. Adieu, rêves de doux ébats banlieusards.

Nous avons tout de même réussi à nous sucer. J'étais un amant du genre calme. Erik était différent. Il éjaculait toujours avec bruit, ululant comme un homme des cavernes en rut. Notre accouplement l'a donc poussé dans les derniers retranchements de sa volonté. Un territoire où il aurait pu prendre des leçons auprès de Patrick Geoffrois.

Le samedi matin, nous nous sommes réveillés avec le soleil, une chaude lumière embrasant le lit. J'entendais la mère d'Erik s'agiter dans la cuisine.

– Elle prépare le petit-déjeuner ? ai-je demandé.

– Je pense, oui, a-t-il dit. Elle adore faire à manger pour les autres.

Elle avait préparé un festin. Œufs, crêpes, fruits, toasts, céréales. Je n'avais pas aussi bien mangé depuis des années. J'ai tout dévoré en observant Erik et sa mère, ressentant de la douceur chez eux deux. Elle l'adorait. Je me demandais sincèrement pourquoi il ne lui avait pas confié son inclination pour les hommes.

– J'ai vu que vous dormiez par terre, a-t-elle dit. Pourquoi ? Vous ne saviez pas que le canapé se dépliait ?

– Baby a des problèmes de dos, a dit Erik. Il préfère les surfaces dures.

– C'est vrai, ai-je dit. À New York, je dors sur une planche en bois. Tout ce qui est trop mou, cela me bloque ce satané dos pour la journée.

– Merci de ne pas dire de gros mots, a dit sa mère. C'est vulgaire, et je ne veux pas entendre ça chez moi.

Erik a appelé sa meilleure amie du lycée, Liz. Il lui a dit de passer. Cette perspective m'angoissait, de peur de passer une soirée avec quelqu'un que je ne connaissais pas. Mais nous n'avions pas de voiture à disposition et Narberth était un trou.

Liz est arrivée vers 20 heures. Elle s'est précipitée dans la maison pour sauter au cou d'Erik, le visage ravi de le retrouver. Je me suis dit : « Est-ce qu'il existe une Adeline pour chaque pédé ? » Ou peut-être était-elle sa Regina ?

La mère d'Erik a embrassé Liz. Ils ont discutaillé pendant une bonne heure. Liz parlait de sa vie, de tout ce qui lui était arrivé l'année précédente. Du fait d'être mère. Son fils avait trois ans. Le père était parti depuis longtemps. Elle était retournée chez ses parents. Lorsque Erik avait appelé, ils étaient si contents de l'entendre qu'ils s'étaient proposés pour garder l'enfant.

Nous sommes partis de chez Erik. La voiture de Liz, une vieille Ford Maverick des années 1970, était garée devant. Mon père avait eu ce même modèle, vert émeraude, avant que la transmission ne casse. Il avait donné l'épave pour rien.

Je me suis juché à l'arrière, au beau milieu de tas d'emballages de Wendy's ou de Burger King.

– Désolé pour tout ce cirque, a-t-elle dit. Les enfants…

– Bien sûr, pas de problème, l'ai-je rassurée.

– Je n'ai jamais vu ton fils, a dit Erik. Tu ne veux pas aller lui dire bonjour ?

– Oh, bon Dieu, non, a-t-elle répondu. Il y a une fête à Ardmore, et je ne sors jamais.

Et puis il y a eu la fois où Liz, Erik et moi sommes allés à une fête à Ardmore. La fête se tenait dans une vieille maison victorienne décrépie qui occupait un grand terrain vide. Dès que nous sommes entrés, Erik et Liz m'ont abandonné.

J'ai traîné, à observer les visages. Où que l'on soit sur terre, les gens sont toujours les mêmes. Ceux qui sont visiblement tarés, les dragueurs, les alcoolos, les collants, les plantes vertes. Ils pouvaient être exportés de Pennsylvanie pour être installés en Arizona. Personne n'aurait vu la différence.

Tout le monde était âgé. Pas croulants, pas même quadragénaires, mais plus vieux que je ne l'aurais imaginé. Ils avaient cinq ans de plus que moi, au moins, et se comportaient comme des adolescents. Se roulant des pelles devant leurs camarades, fumant des bongs d'une taille absurde, avalant la bière au tonneau.

La vie les avait abîmés, ils croulaient sous le poids des déceptions de leurs années perdues, comme s'ils savaient que ces blessures ne cicatriseraient jamais. Comme si les décennies à venir seraient tout aussi tragiques. Comme si, en silence, tous avaient décidé que l'avenir ne consisterait qu'en une lente descente dans le monde banal d'un nihilisme à la petite semaine.

J'étais bien plus habitué au nihilisme grandiloquent. Après tout, je fréquentais Michael Alig.

Je suis allé aux toilettes, marchant sur un homme et une femme torse nu, allongés sur un futon coincé entre la baignoire et les W-C. Les mains de la femme essayaient de cacher ses seins pendants.

– Ferme cette putain de porte, a dit l'homme.

– Je dois me soulager, ai-je dit.

– Quoi ?

– Je dois me soulager.

– Il a besoin de pisser, a précisé la femme.

– Ne vous inquiétez pas, je n'en mettrai pas à côté.

Il y avait des gouttes de vomi tout autour de la cuvette.

Michael Alig. Il était sûrement à New York, totalement défoncé, à hurler, sauter et danser. Entouré de femmes qui se fichaient bien de montrer leurs seins. Ces femmes, celles avec Michael, se dénudaient à la moindre occasion. Elles enfonçaient le visage d'inconnus contre leurs poitrines. C'était leur conception de l'amusement.

Dans le salon, trois mecs dégueulasses étaient assis par terre devant une télévision. Ils jouaient à un jeu vidéo sur une console Nintendo qui ne ressemblait pas du tout à mon souvenir d'adolescence. Le jeu était bien *Super Mario Bros.*, mais les graphiques étaient trop beaux pour *Super Mario Bros.*, et, en plus, depuis quand Mario se trimbalait sur un dragon vert ?

– C'est quel jeu ? ai-je demandé.

– *Super Mario World.*

– Et c'est sur Nintendo ?

– Super Nintendo.

– C'est une Super Nintendo ?

– Tu débarques ou quoi ?

– J'habite New York.

– C'est du 16-bit.

– Ah.

Une nouvelle Nintendo avec un nouveau Mario. Ils avaient même changé les bonus. Une plume sortait des briques ornées d'un point d'interrogation. Si Mario récupérait la plume, il endossait une cape qui lui permettait de voler. Mario pouvait voler. Je n'avais pas souvent joué à la Nintendo, mais j'avais perdu des heures chez des amis à les observer jouer au jeu original de *Super Mario Bros*. De longues discussions philosophiques à propos de la signification et de la fonction du Minus World, et s'il présageait ou non la présence d'autres secrets cachés dans le jeu. Cela semblait infini, comme si, en tapant sur la bonne combinaison de boutons au bon endroit, nous découvririons une nouvelle vie encore inconnue de tous. Je restais souvent tard, à regarder mes amis s'acharner sur *Ghost'n'Goblins*, à battre le Diable uniquement pour découvrir que la conclusion réelle du jeu était au bout d'une autre quête. Les gens jouaient à *Metroid* dans des fêtes à Brooklyn, dans une quête désespérée pour décrocher la meilleure fin, celle où Samus fait tomber le costard pour enfiler un bikini.

Une Super Nintendo. S'ils avaient sorti un nouveau *Super Mario Bros.*, alors il y avait sûrement un nouveau *Legend of Zelda*.

Tout changeait. Je me sentais tellement vieux, putain.

Erik était au sous-sol, ivre, rieur, occupé à jouer au ping-pong. Une foule observait le match. Les gens prenaient des paris. La plupart avaient un billet sur son adversaire, un gamin épais et gras. Je ne savais pas du tout qu'Erik jouait au ping-pong. J'apprenais de nouvelles choses à chaque instant.

Liz nous a guidés, très alcoolisée, dans les rues qui séparaient la fête de la maison d'Erik. Elle parlait à toute allure, demandait à Erik des nouvelles de camarades du lycée. Elle dissertait sur l'injustice du monde, sur la façon dont ceux qui avaient quitté la région grâce à leurs parents et à leur argent avaient pu réussir.

– Cela ne m'impressionne pas, disait-elle. Cela ne m'impressionne vraiment pas.

Nous sommes rentrés chez Erik vers 3 heures du matin. Nous nous sommes glissés dans le lit. J'étais très allumé. Erik était complètement fait. J'ai enlevé sa chemise et son pantalon.

Les rayons de la lune transperçaient la fenêtre. Les pupilles totalement dilatées, j'ai fait le tour de la chambre d'Erik. Sa mère n'avait jamais rien touché. Les seules choses ajoutées cette dernière décennie devaient être des objets qu'Erik avait ramenés chez lui, utilisant l'espace pour stocker des choses. De vieux objets rajoutés à de vieux objets rajoutés à de vieux objets. Comme des couches accumulées de peaux mortes.

Je me suis endormi en réalisant que je n'avais toujours pas parlé à Erik de mon roman. Il fallait que je le fasse dès le lendemain avant de revenir ensemble à New York. Je profiterais du voyage en train. Ou dans le Greyhound. Mais il fallait que je le fasse.

J'ai rêvé de la maison de mes parents. Cela commençait dans leur chambre à coucher. Je parlais à ma mère de leur armoire noire. Puis je descendais au sous-sol, où il y avait un trou par terre. Mon père et moi nous penchions dessus et trouvions Capitaine enroulé avec un autre chat.

Malgré nos efforts, impossible de les en faire sortir.

La mère d'Erik nous dévisageait au-dessus du lit. Nous, enlacés l'un à l'autre. Moi en sous-vêtements, Erik entièrement nu. Mon visage collé à sa nuque. La plus gay des visions. Elle hurlait, encore et encore.

Il a tenté de la calmer. Cela ne fonctionnait pas. Elle m'a intimé de partir. La femme qui m'avait préparé un si bon petit déjeuner s'était transformée en un monstre froid. J'ai récupéré mes affaires au plus vite. Je ne voyageais jamais avec grand-chose.

Si la vie est un cycle, alors seules les pires choses se répètent. Au moins, je n'avais pas sa bite dans ma bouche.

Je me suis assis sur le perron, à attendre Erik plus d'une heure. J'étais parti avec un exemplaire de *Lincoln's Dreams* de Connie Willis. J'ai essayé de le débuter, mais avec les cris étouffés à l'intérieur, je n'arrivais pas à me concentrer.

La porte s'est ouverte. Erik était habillé comme hier. Il ne portait pas de sac de voyage.

– Tu devrais y aller, a-t-il dit. Je te rejoindrai à New York plus tard dans la soirée.

– Ne reste pas, ai-je dit. Viens avec moi.

– C'est ma mère…

– S'il te plaît, ai-je dit. Cela ne sert à rien de rester.

– Je t'appellerai en arrivant à New York.

– Je ne sais même pas où prendre le train.

– Va dans cette direction et demande à un passant, tout le monde sait où c'est.

Il est rentré. Pas d'au revoir. J'ai marché jusqu'à la gare. Narbeth était minuscule. Le soleil, le chant des oiseaux, le calme du dimanche matin. Le voyage en train était simple, tout comme le changement au terminal Greyhound. Un bus attendait. C'était tellement simple. Tout était simple.

Erik et moi ne nous sommes plus jamais parlé. Je l'ai appelé, encore et encore et encore et encore. Il n'a jamais répondu. Il ne m'a jamais rappelé.

JUILLET 1992

David Wojnarowicz est mort

David Wojnarowicz est mort. Fou, délirant, brillant, abattu par la maladie et son traitement. J'ai lu sa nécro dans le *Times*. Encore un putain de pédé génial et baisé de la tête qui disparaissait. Je l'ai appris à Adeline.

Elle n'a pas réagi.

Ce soir-là, elle a toqué à ma chambre.

– Patrick aussi est infecté, a-t-elle dit. Trop d'héroïne.

– Bon Dieu, j'espère que tu ne couches pas avec lui, ai-je dit.

– Je t'en prie, ne sois pas dégoûtant, a-t-elle répondu.

JUILLET 1992

Baby va à Disco 2000

Je suis retourné au Limelight. J'ai appelé Regina, Miss Queen Rex, que je n'avais pas vue depuis des mois, en lui disant, *Sister*, je suis baisé, et je suis seul, et je suis désolé d'avoir fait passer ma vie amoureuse avant toi, mais voilà, je suis là à t'appeler, je vais bientôt être un auteur publié, et je suis seul, et je suis nul en amour. Allons à Disco 2000. Allons voir Michael Alig et James St. James et Kenny Kenny et Kabuki Sunshine et Jodi Jingles et Sebastian Jr et Armen Ra et Sister Dimension et Astro Erle.

Elle a dit oui, bien sûr, de toute façon je comptais y aller.

J'ai refusé de m'habiller comme un Club Kid. J'avais décroché tout ce dont je rêvais et compris que tout cela ne signifiait absolument rien. J'étais devenu un yuppie.

Une fois l'avance touchée, je m'étais rendu à un événement organisé au magasin hommes de Bloomingdale's, avec la participation exceptionnelle de M. Robert Gieve, représentant officiel de Son Altesse Royale le prince de Galles. J'ai claqué des milliers de dollars dans un costume à fines rayures noires Gieves & Hawkes. Je me fichais totalement de l'argent.

J'ai passé ce costume avant d'aller au Limelight. Pour parachever le tout, je suis passé chez Duane Reade afin d'acheter leur après-rasage le moins cher. Je me suis aspergé du liquide bleuté. Je sentais le vinaigre balsamique et l'alcool à 90 degrés. J'étais prêt pour Disco 2000.

Lors de ma première nuit de retour là-bas, j'ai observé un homme pisser dans une bouteille, avant de boire sa propre urine. Le public a applaudi. J'ai vu une amputée enlever sa prothèse et se l'insérer dans le vagin. Le public a applaudi. Des paumés du Bronx ou du Queens sont montés sur scène. Ils se déshabillaient pour cinquante dollars. Le public a applaudi. Je regardais la chute de Rome, et c'était un putain de spectacle.

Queen Rex m'a initié à la kétamine, un anesthésique vétérinaire. Sur le paquet était écrit : « POUR LES CHATS ET LES PRIMATES SOUS-HUMAINS UNIQUEMENT. » On aurait dit un message écrit en lettres de néon fluorescentes, un avertissement à l'intention des défoncés de tous les pays. La drogue détruit les cerveaux et ravage les âmes.

Dans la chapelle de cette ancienne église, alors que Donald Trump et son garde du corps jouaient au pinochle, je me suis fait des rails sur la clé d'appartement de Regina. La kétamine était comme de l'eau, claire, elle déconnectait et annihilait toutes les sensations, nous forçait à utiliser nos sens cachés afin de comprendre ce que pouvaient bien nous dire les cinq sens habituels. Le corps était emprisonné sur place, l'âme autre part. Des éclairs passaient d'un espace à l'autre. J'étais d'un côté du club à un moment. Puis, l'instant d'après, de l'autre, avec aucun souvenir de la distance parcourue. Des visions mentales intermittentes me transperçaient la tête, aperçus inconscients d'un autre monde. Je vivais la vie d'autres gens, de la naissance à la mort, je me voyais dans un futur proche, puis dans le passé. Je touchais à l'éternité et me roulais dans l'infini. Des blagues totalement idiotes devenaient très drôles. *Toc, toc, toc, qui c'est ? Terry. Terry quoi ? Terry lipimpon sur le chihuahua. Ha. Ha. Ha. Ha. Ha. Ha. Ha. Ha. Ha. Ha. Ha. Ha. Ha. Ha.*

Lorsque j'ai senti la descente commencer, j'ai pris un rail de cocaïne. Lorsque j'ai senti la descente de cocaïne commencer, j'ai repris de la cocaïne. Lorsque j'ai senti de nouveau la descente de cocaïne reprendre, j'ai fumé de l'herbe.

Michael me traitait comme un roi. Regina lui avait appris la bonne nouvelle concernant le roman. Je le soupçonnais également d'avoir remarqué la qualité de mon costume. Michael sentait l'argent comme un cochon truffier. Je suis devenu populaire auprès des nouveaux Club Kids.

La plupart des anciens habitués avaient disparu. Remplacés par de plus jeunes, de plus frais, de plus idiots. Ils auraient suivi Michael dans les flammes de l'enfer s'il leur avait dit qu'il y avait une fête là-bas.

Il m'a pris à part, les yeux déformés par les drogues, pour me dire :

– Dis donc, mon chéri, de quoi parle ton bouquin ?

De quoi parlait mon livre ?

Il s'intitulait *Coincé entre Jupiter et une bouteille*, un nom que j'avais trouvé après avoir passé tout ce temps à côté d'Erik, nus tous les deux, à écouter un album de Bob Dylan du nom de *Street Legal*.

– Je n'ai jamais compris ce qu'il voulait dire, avait dit Erik. Quand il chante qu'elle est coincée entre Jupiter et une bouteille.

– Tu as tort, avais-je répondu. Elle dit qu'elle est déchirée entre Jupiter et Apollon.

– Cela fait près de dix ans que j'écoute cette chanson. Je connais les paroles.

– Essaie à nouveau.

Au troisième passage, Erik avait admis que j'avais raison. Alors, oui, j'avais donné à mon roman le nom de la charmante erreur de mon petit ami. Car je l'aimais.

L'histoire se déroule en l'an 2043, à New York. Le héros est un ancien flic devenu détective privé du nom de Lucy Lucatto. Pour une raison inexpliquée, les années 2010 ont été marquées par le fait que les parents donnaient à leur progéniture mâle des prénoms typiquement féminins. Et leurs filles récoltaient des prénoms typiquement masculins. Lucy est ainsi embauché par une femme fatale prénommée Bruce, avec pour mission de suivre son mari dans les bas-fonds new-yorkais.

J'avais beaucoup puisé dans ma propre expérience, reproduisant des quasi-verbatim de ma vie la nuit. J'avais même inventé un personnage à partir de Michael. Michelle Gila. La seule différence notable entre Michael et Michelle, c'était que Michelle s'était injecté un code génétique provenant d'ADN d'éléphant. À cause de cette opération pirate, le roi des clubs avait désormais une grande tête de chair grise et une énorme trompe à la place du nez. Imaginez les palanquées, les montagnes de drogues qu'on pouvait sniffer avec un tel organe.

Le livre était né d'un éclair d'inspiration. La science-fiction commençait à me lasser, et j'avais l'impression d'avoir fait le tour du genre non pas seulement en tant qu'écrivain, mais aussi en tant que lecteur. Il ne restait plus beaucoup de bons livres à découvrir. Je m'étais tourné vers le roman policier, vers le roman noir, vers le sous-genre du roman de privé, et avais passé des mois à fouiller parmi les vieux poches. Mon auteur favori était Horace McCoy, auteur de *On abat bien les chevaux* et d'*Adieu la vie, adieu l'amour*. La prose du deuxième titre me transperçait le cerveau comme un crochet dans un banc de poissons. Aucune échappatoire possible. Je suis passé à Hammett et à Chandler. Puis j'ai découvert Ross MacDonald et les derniers Archer.

Après *La Belle au bois dormant*, j'ai décidé de ne plus jamais écrire de science-fiction au sens classique du terme. Dans mon épiphanie, j'ai compris que le goût amer du roman noir, sa lumière nocturne, pouvait se marier parfaitement avec un moule de science-fiction poussé à l'extrême, et que le tiraillement entre ces deux genres ridicules pourrait masquer les défauts de chacun.

Et je pensais que cette juxtaposition permettrait à l'auteur d'être drôle. J'étais trop peu sûr de moi pour me passer de l'humour. J'avais besoin d'être drôle.

De quoi parlait le livre ?

– De toi, Michael, ai-je répondu. J'ai écrit un livre juste sur toi.

– Fabuleux ! J'ai attendu toute ma vie qu'on écrive sur moi ! Enfin, putain ! Mais j'avais toujours pensé que ce serait un cador du genre de Dominick Dunne ou Kittey Kelley ! Mais je ne vais pas faire ma difficile !

AOÛT 1992

L'anniversaire de Baby

Pour mon anniversaire, j'ai invité Adeline au Limelight, en sachant pertinemment qu'elle refuserait. Elle a refusé. J'ai dit bon, d'accord. J'ai appelé Regina et Parker Brickley.

Le jour béni de mon anniversaire tombait une nuit où le Limelight accueillait Lord Michael et son Future Schock. Une folie techno avec un public de va-nu-pieds. Beaucoup de gens préféraient éviter, mais pas moi. Je trouvais cela magnifique qu'une foule d'Italiens baisés de la caisse en provenance de Staten Island se rassemblent ainsi, gobent de l'ecstasy et mettent leur machisme de côté. Des troupeaux de jeunes mecs torse nu, suant, dansant et s'embrassant, approchant de l'amour physique grâce à la stimulation chimique au niveau de leurs synapses de la sérotonine.

Parker observait les yeux écarquillés les femmes défoncées, les faisceaux des lasers braqués sur leurs gros culs aussi déformés que leur accent, regardait les filles se déhancher dans leurs fringues obscènes.

– Si je n'étais pas agent, a lancé Parker, j'aimerais être un putain de Victor Frankenstein des temps modernes. Je prendrais les jambes de celle-ci, les nibards de l'autre et le visage de la troisième pour les coudre tous ensemble. Ça ferait la nana parfaite.

– C'est pas un peu trop *Rocky Horror Picture Show* ? a demandé Queen Rex.

– Jamais eu le temps de mater cette connerie à pédés, a répondu Parker. Ah mais, qu'est-ce que c'est là-bas ? La plus belle des créatures. Mate-moi ce cul. Je vais voir si ça lui dit, de juter sur ma gueule.

Un Léviathan aspiré dans la marée humaine. Nul cri, ni signe visible de violence. Peut-être Parker avait-il déniché ce qu'il voulait. Peut-être une fille avait-elle juté sur sa gueule.

Comme Parker ne revenait pas, je me suis adonné aux préceptes de ma nouvelle religion, l'intoxication pour mon anniversaire. Regina a fouillé dans son sac, et en a sorti une petite fiole de kétamine, un miroir de poche, un billet d'un dollar et une vieille carte de crédit.

J'avais commencé à redouter que les effets dissociatifs de la kétamine n'aient débordé sur le reste de mon existence. Hors du club, dans ma vie quotidienne, j'avais pris l'habitude de l'irréalité de l'existence humaine.

J'avais perdu la capacité de comprendre celle-ci et je n'en croyais désormais plus mes yeux. Les grandes rues de Manhattan étaient hantées. L'Empire State Building était un monolithe de pure confusion. Un voile ouateux enveloppait chaque instant. Rien n'était réel. La vie semblait bien frêle. Je me sentais frêle.

C'était peut-être la dépression. Erik me manquait.

La kétamine est montée dans mes narines. Je l'ai sniffée sur la piste de danse, au beau milieu d'un festival de corps et de membres. L'effet n'était pas très fort, et j'ai décidé d'aller vers la chapelle.

Je ne suis jamais arrivé à destination. J'ai été avalé par un monde nimbé d'une lumière spectrale.

Un univers supérieur aux couleurs arc-en-ciel. Pas de frontière entre mon corps et la lumière, le plaisir des couleurs.

J'aurais pu rester ainsi à tout jamais, et cela a duré des heures, des jours, des mois et des années avant que les ombres des gens ne surgissent. Les contours de leurs corps étaient flous, comme vaporeux, et ils s'adressaient à moi même s'ils ne pouvaient pas parler. On aurait dit des extraterrestres dépourvus de la capacité d'émettre le moindre son qui auraient développé des moyens de communication à partir des hautes fréquences de la lumière. Cela m'a pris plusieurs semaines, mais j'ai fini par comprendre leur langage.

Je voyais ce qu'ils voulaient dire : je te trouve obscène, souillé, et, surtout, ordinaire. Ton argent te permet d'acheter ce que tu veux. D'après ce qu'on en sait, Judas était la victime. Il a gagné plus de blé que le Christ. Pour vingt, tu t'envoies en l'air, pour dix, tu as de la bonne came, et pour trois, tu peux être mort un week-end entier.

Lorsque j'ai émergé à nouveau dans la basse matérialité de notre univers, j'étais aux toilettes du Limelight, le regard fixé sur la cuvette. Des gens se faisaient démonter dans la cabine d'à côté. Les grognements, le souffle court, le va-et-vient. Des bruits d'avant le début de l'Histoire. Une inscription au mur des toilettes brillait : « STANDARD AMÉRICAIN ».

James St. James m'a dit qu'il avait vu le fantôme d'Andy Warhol sur la 47e Rue.

– Tu me crois, n'est-ce pas, mon chéri ? Je connaissais bien Andy. Je reconnaîtrais sa façon de marcher entre toutes !

Regina et moi sommes partis tôt, vers 2 h 15 du matin. Nous souffrions tous deux de maux de tête. Elle m'a demandé si elle pouvait dormir chez moi. D'habitude, j'aurais refusé, mais les drogues qui s'étaient emparées de mon cerveau abolissaient toute volonté de résistance. Elle aurait pu me demander de me frapper la tête contre un poteau du Manhattan Bridge, et je me serais exécuté, m'explosant le crâne contre le granite néoclassique.

Nous avons descendu Broadway.

– Mon premier jour à New York, ai-je dit, j'ai pris ce chemin. De Times Square à East Village, en passant par Broadway.

– Tu m'as déjà raconté, a dit Regina. Tu crois vraiment que Dinkins ne peut pas battre Giuliani, toi ?

– Je ne supporte pas la politique, ai-je répondu. Pourquoi tu me poses des questions là-dessus ?

– Il y a trente minutes, tu étais dans le carré privé à hurler que New York allait devenir la patrie d'un Quatrième Reich. Tu as expliqué à un type de Tompkinsville et à sa nana blonde décolorée que Giuliani allait devenir leur nouveau *Führer*.

Certaines personnes préféraient se défoncer pour baiser à tout-va comme un Minotaure en rut et se réveiller la gueule dans le caniveau.

– Arrête, ai-je dit. Je ne te crois pas.

– Même si tu es ultra défoncé à la kéta, a dit Regina, tu ferais mieux de ne pas parler politique. Surtout avec des *clubbers*.

– Évitons le sujet, alors.

Je lui ai parlé de ce monde de lumière spectrale. Des ombres des autres. De leur méthode de communication. De leur langage.

– Est-ce que je t'ai parlé de *Begotten* ? a-t-elle demandé.

– Non.

– Un soir, on était tous chez Michael et Keoki, et Michael a lancé ce film, *Begotten*. Je déteste les films d'horreur, mais j'étais trop défoncée. Incapable de partir. J'ai dit, Michael, tu veux pas plutôt mettre *I Love Lucy* ? Il a crié, en disant qu'on était chez lui. On regarderait ce qui lui chantait. Le film a commencé, et tu sais, c'est en noir et blanc, et putain, Baby, je ne captais rien du tout, mais au début, il y a ce monstre assis sur une chaise qui s'éventre totalement. Le son, oh mon Dieu, le son… Le monstre fourre sa main en lui et en ressort les intestins. J'ai entendu une voix dans ce son et je me suis dit que c'était la voix de Dieu, le créateur, ce grand homme, qui s'adressait à moi à travers ce film de tarés. À l'écran, je te jure, c'était le Saint-Esprit.

– Et qu'est-ce qu'il a dit ?

– Il a dit : « Arrête de faire semblant. Je suis le cœur intact et l'enclume oubliée. Celle qui se décide à m'attaquer devra forger mon acier inaltérable. » J'étais sous champi, avec toute la pièce qui brillait et ces drag-queens s'extasiant à propos de Vivienne Westwood, et voilà que Dieu me parle dans un film.

Nous sommes arrivés à la 7e Rue. Il n'était même pas 3 heures du matin. Quelques poussières de kétamine et un peu de cocaïne. Nous avons monté les escaliers.

Adeline était dans sa chambre, porte ouverte, courbée sur son bureau, occupée à dessiner. J'ai fait un petit signe. Elle m'a répondu. Regina a fait un signe à son tour. Adeline lui a répondu.

Regina et moi avons discuté dans la cuisine, en parlant à bas volume et en fouillant dans le frigo. Nous avons décidé qu'il était impossible d'avaler quelque chose. On serait bien mieux au Kiev, avec tous les autres vampires et créatures nocturnes. Un restaurant rempli de personnes trop défoncées et trop éclatées pour faire autre chose que humer l'odeur des *latke*, blinis au fromage et autres *challah*.

On s'est assis sur mon lit. Regina m'a dit qu'elle regardait souvent des films de Gene Kelly sur Channel 13. Elle adorait les sous-entendus des séquences chorégraphiées, comment chaque scène contenait une révélation cachée à propos de l'état mental de Kelly. Et en plus, Cyd Charisse avait les plus belles jambes que Regina ait jamais vues, des jambes qui ressemblaient à l'idéal des jambes, des jambes qui sentaient le paradis, des jambes qui inspiraient pensées viles et héroïques.

Le téléphone a sonné.

Je suis allé dans la cuisine, où était installé le répondeur, et j'ai attendu à côté. Adeline est sortie de sa chambre pour s'installer derrière. Je pensais que cela pouvait être Parker, m'appelant afin de me conter son exploit ou son échec. Je me demandais pourquoi Adeline s'intéressait à Parker.

Mais Adeline ne le connaissait même pas. Elle n'était pas au courant que j'avais signé un contrat d'édition. Ce n'était pas comme pour Erik. Ce n'était pas une question de honte. Je voulais attendre. Je voulais l'aspect dramatique, définitif, lui mettre le livre sous les yeux et lui dire, voilà. C'est l'accomplissement dans ma vie.

J'avais fantasmé sa réaction. La joie lorsqu'elle aurait compris. La gloire que je ressentirais lorsqu'elle en aurait approuvé la nature. Comme si j'étais enfin devenu la personne qu'elle avait toujours eue devant elle, l'intellectuel new-yorkais caché dans la carcasse mal dégrossie d'un gamin du Middle West bouseux. Tout cela, c'était pour elle. C'était pour elle que j'avais pensé pour la première fois me mettre à l'écriture. Pour elle que je rêvais d'être quelqu'un d'autre que mon passé. Sans elle, je serais mort lors des six premiers mois à New York. J'aurais tapiné pour de l'héroïne et j'aurais crevé du sida sur une jetée de Christopher Street. Elle serait toujours ma meilleure amie. Je me souviendrais toujours de l'époque où elle était ma seule amie.

Le répondeur a décroché et diffusé le message d'accueil. Puis un bip.

– Adeline, a marmonné le haut-parleur, c'est ta mère à l'appareil. Je pensais vendre la maison. J'ai vu un endroit à Pacific Palisades, le week-end dernier, il est trop beau. Dahlia l'a vu aussi, et elle a adoré. Charles ne pouvait pas venir, mais je suis certaine qu'il adorerait. Mais, Adeline, je n'oserais pas vendre la maison sans ta permission. Je sais à quel point tu y tiens. Appelle-moi quand tu peux, Adeline, parce que je dois faire une offre très vite. Une maison, ça n'attend pas. Tiens-moi au courant.

Elle a raccroché.

– Mère est une vraie folle furieuse, a commenté Adeline.

Le téléphone a sonné à nouveau. Suzanne adorait laisser plusieurs messages.

– Ce message n'est pas pour Adeline, a diffusé le répondeur. Va dans ta chambre. Ce message est pour Baby. Baby, je m'attends qu'Adeline se comporte mal. Elle n'a jamais été correcte. Je pensais que toi et moi, on avait un accord. Tu sais bien à quel point le diplôme d'Adeline compte pour moi, et tu sais aussi qu'elle n'a prévenu personne, et tu as fait la même chose. Tu ne te doutes pas à quel point je voulais être là ? Pourquoi autrement aurais-je payé pour tes études ? Dahlia ne sert à rien. Adeline a toujours été une peste. Elle m'a toujours détestée. Je pensais qu'avec toi, au moins, je serais invitée à la cérémonie. Mais je me fais des idées, bien sûr. Rien ne se passe comme je l'aurais voulu, jamais. Rien de bon ne m'arrive.

Le regard rivé par terre, sur le plancher brut, je n'osais pas regarder Adeline.

– Sors, a dit Adeline. Sors d'ici. Et pars avec ta droguée d'amie. Repasse demain prendre tes affaires.

Les yeux exorbités, le visage rouge. La bouche tordue. Je ne l'avais jamais vue ainsi. Même avec Jon.

– On peut en discuter ? ai-je supplié.

– Casse-toi de mon putain d'appartement.

Quelque chose a bougé derrière moi. Regina. Debout, depuis je ne savais combien de temps.

– Comment as-tu pu ne pas lui dire ? a demandé Regina.

– On dirait que je suis la seule à ne pas avoir été informée de la charité mal ordonnée de Mère, a dit Adeline. Sors d'ici, Regina. Prends tes pompes et sors et attends-le dehors. Vu comme je me sens à ce moment précis, je ne peux pas garantir ta sécurité.

Adeline n'avait jamais compris la population indigène de New York. Elle avait passé sa vie avec des émigrés d'autres villes. Regina était une New-Yorkaise pur jus. Regina était Queen Rex de Washington Heights. Peu importait la vague de douleur et de ressentiment qui submergeait Adeline, si elle déconnait avec Regina, elle se retrouverait avec les bras et les jambes en moins.

– S'il te plaît, ai-je dit à Regina. Fais comme elle te demande. J'arrive. S'il te plaît.

Regina a pris ses chaussures et son manteau, est passée en trombe dans la cuisine et a claqué la porte, descendant lourdement les escaliers.

– Je ne veux pas partir, ai-je dit.

– Tu n'as pas le choix, a dit Adeline. La date de péremption est dépassée depuis longtemps. Tu as tout gâché.

– On se connaît depuis tellement longtemps, ai-je dit. Tu es ma meilleure amie.

– Tu ne peux pas revivre le passé, a-t-elle dit.

– Comment ça je ne peux pas revivre le passé ? Bien sûr que si.

J'ai fourré quelques habits dans mon sac à dos, en plaçant mes manuscrits non publiés au fond. J'ai fait le tour de la pièce du regard. Je savais depuis toujours que cela finirait de cette manière.

Adeline était toujours dans la cuisine.

– Je t'appellerai pour convenir d'une heure, ai-je dit. Je ne peux pas tout prendre maintenant.

– D'accord, mais cette semaine. Après dimanche, je change de numéro de téléphone.

– Cela doit vraiment finir comme ça ? ai-je demandé.

– Tu sais bien que oui, a-t-elle répondu.

Alors que j'étais à la moitié de l'escalier, j'ai réalisé que je ne perdais pas qu'Adeline, mais aussi Capitaine. Adeline ne me laisserait jamais partir avec. Je ne lui avais même pas dit au revoir.

Regina m'attendait en bas.

– Je n'ai jamais aimé cette connasse, a-t-elle dit.

– Je ne veux pas en parler.

– On fait quoi ? a-t-elle demandé.

– Je vais aller au coin de la rue. J'ai toujours rêvé de passer une nuit au Sunshine Hotel.

Regina connaissait l'endroit, sa réputation, que c'était le pire trou à rats et qu'il abritait la lie de l'humanité. Elle ne voulait pas que j'y dorme. Refus catégorique. J'avais de l'argent, a-t-elle dit, pourquoi ne pas prendre un vrai hôtel ? Je ne le méritais pas, ai-je dit. Je devais souffrir, être puni. Car Adeline avait raison. C'est débile, a dit Regina. Elle m'a forcé à dormir chez elle. Avec sa famille.

On a pris la ligne L jusqu'à la Huitième Avenue, puis la liaison locale de la A, jusqu'au nord de l'île. On a émergé des entrailles de la terre. Il était 5 heures du matin. La pire heure dans la vie de New York. Ce moment entre chien et loup. Aucune vie dans la rue, juste le silence mortifère de ma première rencontre avec l'église de Fort Washington Collegiate, un bâtiment bas datant du début du siècle. J'essayais de comprendre comment cela avait pu être installé là, à Manhattan, pourquoi il semblait si esseulé au beau milieu de tous ces immeubles résidentiels. On aurait dit une maison, une petite bâtisse californienne modeste. J'essayais de comprendre, en vain.

C'était comme si personne ne vivait là. Comme si l'apocalypse avait frappé, et que Regina et moi étions les seuls survivants.

FÉVRIER 1993

Adeline quitte la Grosse Pomme Pourrie

Soyons bien clair. Je n'ai pas fui New York à cause de mon ancien colocataire. Notre indicible séparation a causé un bouleversement terrible, mais votre bonne vieille Adeline n'a pas bougé, résolue à ne pas laisser du terrain dans cette épreuve. J'aurais dû partir en hurlant comme un animal blessé. J'ai préféré m'en remettre au grand vice qu'est l'obstination, et ai dû souffrir des réactions en chaîne qui se sont manifestées à travers mes cycles menstruels.

J'en veux pour preuve, mes chéris, l'arrivée de mes règles. On ne parle pas de quelques jours de retard, voire de quelques semaines, mais de deux bons mois. Si l'on mettait de côté toute idée d'un miracle absolu, une grossesse était totalement inenvisageable. J'avais pratiqué avec dévotion l'art mortifère du célibat depuis près d'une année.

Le tsunami cramoisi tant attendu a enfin déferlé, suivi d'un flux très inégal, comme si un Poltergeist s'était logé en moi, jouant d'un robinet imaginaire. Ouvert, fermé, ouvert, fermé, ouvert, fermé.

Au bout de trois semaines de cette triste farce, alors que je présumais que j'avais atteint un sursis, je me suis retrouvée noyée dans le sang, tachant tous mes sous-vêtements et la plupart de mes pantalons tandis que j'implorais Jésus-Christ de préparer mon lit de mort.

Mes règles m'ont oubliée lorsque Bush a quitté la présidence, et je n'ai cessé de saigner que lorsque Papa Bill Clinton a pris les clés du Bureau ovale de ce royaume usurpé.

À cette époque-là, j'ai découvert la malheureuse vérité du corps humain. On peut passer des années à connaître toutes sortes de maladies et de souffrances, on ne peut jamais se préparer aux pires extrémités auxquelles la chair peut vous mener. Il n'y a pas de limites en termes de cicatrices et de blessures dans ce vieux monde, mes chéris, et nos organes savent si bien nous trahir.

Je mélange sûrement les mois, mais je pourrais jurer que mon odyssée cramoisie a fini le jour précis où j'ai quitté l'appartement et remonté vers Cooper Square, les flocons de neige virevoltant autour de ma chevelure rousse.

En arrivant au coin de la 7e Rue Ouest, j'ai croisé une vague d'exode en provenance des contrées méridionales, une litanie de gens, dont beaucoup arboraient un nez couvert de cendres noires.

– Grands dieux, que se passe-t-il ? ai-je demandé à une femme.

– Y a eu une explosion, a-t-elle répondu. Au World Trade Center. Évacuation générale.

26 février 1993. Durant quelques heures de pure naïveté, le monde est resté accroché à l'espoir que cette explosion n'avait pas été causée par une bombe, que c'était peut-être un étrange accident mécanique.

C'était là le matériau de bien des rêves. Boum ! Réfléchissez un peu, mes chéris, et souvenez-vous que la décennie 1990 a été marquée par des attaques terroristes de style islamiste contre le World Trade Center, et par la guerre à sens unique des États-Unis d'Amérique contre l'Irak. L'histoire se répète toujours.

J'avais longtemps été très douée pour feindre le dédain envers la réalité du monde qui m'entourait, pour adopter la moue hautaine d'un jeune licencié en droit embarqué en panier à salade pour un séjour à l'ombre, mais durant la semaine qui a suivi, cet attentat à la bombe s'est emparé de mon esprit et s'est frayé un chemin trèèèèèèèèèès profondément dans ma conscience.

Évoluer dans les rues de la ville me semblait impossible. Je sursautais comme un cabri aux accélérations des voitures, tressaillais au moindre cri, une nausée me nouant l'estomac, m'attendant à chaque instant à être la victime d'un drame terrible et inconnu.

C'est alors que les rêves ont débuté.

Être coincée, errer dans un sous-sol détruit, perdue dans des immeubles de bureaux enfumés, rêver de voitures qui explosent, de ma peau ravagée par des éclats métalliques, de flammes, de mon corps tronqué, mutilé, avec de larges trous dans ma chair, amputé et s'agitant sur place comme un poisson hors de l'eau.

J'étais restée en contact avec Минерва. Nous nous adonnions toutes les quelques semaines à l'art consommé de la discussion téléphonique. Elle me suggérait, *ad infinitum*, de m'installer dans la baie de San Francisco. « San Francisco, c'est de la merde, disait-elle, mais pas même goût. Va découvrir amertume de découverte nouvelle ville. »

Ruminant le sujet intérieurement, j'en étais arrivée à l'idée qu'il fallait vivre dans l'instant présent. Les rêves, me disais-je, sont un signe. New York t'abrutit et fait de toi un zombie. Tout ce que tu y aimais s'est fait la malle. Adeline, il est temps de changer d'horizon.

J'ai mis l'appartement qui avait été mon chez-moi pendant six ans en sous-location. Le sous-locataire était une connaissance de Luanna, natif d'un lieu sauvage éloigné de Manhattan. Nous ne nous sommes jamais rencontrés. Luanna s'est occupée des détails, en échange d'une commission.

À quoi bon s'embêter ? Que ces locataires anonymes ravagent le lieu. Qu'ils incendient l'immeuble. Tous les objets de valeur ou de cœur avaient trouvé refuge dans un garde-meuble situé sur Houston Street.

Capitaine est parti avec moi, son sac calé sous mon bras. Pour la troisième fois de sa courte existence, le félin a pu connaître l'ivresse des hauteurs, à trente mille pieds au-dessus des terres américaines.

Jeremy Winterbloss avait trouvé un poste à Marin County en tant que sous-fifre chez LucasArts, une entreprise ainsi nommée avec grande modestie par son fondateur, George Lucas. Leur secteur d'activité était le développement de jeux vidéo.

Chaque matin, Jeremy entamait un voyage quasi mythique à travers le pont du Golden Gate pour arriver au Skywalker Ranch, un vaste lopin de terre acheté par Lucas avec le lucre inépuisable des droits de *Star Wars*. C'était pour lui l'apprentissage non seulement de sa profession mais aussi de l'appétence américaine pour l'opulence grotesque.

De son côté, Минерва passait son temps à flotter d'un job de vendeuse à l'autre. Ses centres d'intérêt étaient ailleurs.

Elle avait rencontré deux jeunes âmes perdues, réfugiées politiques de l'ex-URSS. Les trois membres de cette troïka de *femmes** partageaient un intérêt commun, l'esthétique punk. Elles se sont rassemblées en un quasi-girl-band dénommé « Daddy Was in KGB » (« Papa était au KGB »).

La seule note masculine dans cette symphonie d'œstrogènes, c'était le batteur, un lycéen de dix-sept ans de San Rafael qui avait contacté Минерва après qu'elle eut recouvert les poteaux de la ville de petites annonces. WANTED : GROUPE CHERCHE BATTEUR.

Минерва m'envoyait un tract chaque fois que son groupe se produisait. Les noms des autres groupes m'amusaient toujours. Lilyvolt, Cheap Vegan Café, Storm and Her Dirty Mouth, Honeypot, Drunk People R Loud, Homo Holocaust, Coffee Scented Come Stain.

Elle avait illustré la plupart de ces tracts elle-même, assumant l'hommage envers Family Dog ou les affiches pour Neon Rose de Victor Moscoso. À Parsons, elle n'avait jamais fait preuve de constance dans sa ligne esthétique, et pour elle cette évolution vers un style psychédélique plus baroque représentait une excitante nouvelle direction dans son œuvre.

– Tu t'attendais à quoi ? m'a-t-elle dit au téléphone. Toutes les créatures évoluent ou meurent.

J'ai atterri à l'aéroport international de San Francisco. Jeremy et Минерва m'attendaient à la porte du terminal, leurs larges sourires faisant oublier les mauvaises ondes qui se dégageaient des intérieurs déprimants des aéroports américains. Toute cette décoration fonctionnelle, tout ce gris et ce blanc, ces moquettes bleu foncé qui agissaient comme un poison pour la constitution de l'homme.

– Jeremy ! Минерва ! ai-je crié.

– Adeline ! ont-ils crié.

Notre embrassade de groupe était gênante. J'ai tapé du front contre les lunettes de Winterbloss et accroché ma peau sur les pics métalliques du blouson en cuir de Минерва.

J'ai détaillé leurs visages lumineux, qui irradiaient. De véritables amis. À ma grande honte, mes yeux se sont mis à pleurer.

– Non mais ça va pas, a dit Минерва. Trop de démonstration, il faut pas.

– Je suis tellement désolée, ai-je dit. J'ai eu une année difficile.

Tel Dante, nous sommes descendus au niveau le plus bas de l'aéroport pour attendre dans la zone des bagages, au beau milieu des foules de fous et de folles qui avaient volé aux côtés de Votre Serviteure au-dessus de la Grande Abysse. La majorité de mes concitoyens voyageurs semblaient tous venir de Californie du Nord. J'imaginais leurs valises, remplies de doudounes et de statues de la Liberté en plastique, avec des t-shirts blancs proclamant en grosses lettres leur amour pour la ville de New York.

Installée à l'arrière de la Toyota Camry 1986 blanche de Jeremy, je m'émerveillais du simple son de leurs voix, tentant de décrypter le langage hermétique d'un couple ensemble depuis longtemps.

– Donny est un vrai opportuniste, a dit Jeremy.

– Tu rencontres Donny, m'a-t-elle dit, plus besoin de voir personne d'autre.

Il suffit de s'abandonner à la vie en Californie un tant soit peu et on s'habitue aux autoroutes vides où le seul horizon est celui des montagnes à distance et des étendues d'eau. La US 101 était une route que je ne connaissais que trop bien. Elle m'ennuyait depuis ma plus tendre enfance.

Le décor habituel s'est fondu dans la laideur industrielle puis nous sommes arrivés en ville. Un signe de désorientation s'est tout de suite manifesté au niveau de mes chers sourcils, comme si les bâtisses victoriennes avaient décidé de conspirer avec les collines et l'étrange silence des rues. Tout, absolument tout, avait l'air sinistre. De grandes bandes de brouillard s'amoncelaient à l'ouest et, à la lumière des phares, on aurait dit le spectral habit d'un fantôme venu hanter le monde. Ville sombre et décatie. Je me demandais, et ce n'était que le début, ce que je fichais là, et où j'avais bien pu tomber. D'ailleurs, le corps humain n'était pas fait pour subir une translation de quatre mille kilomètres *en moins de six heures**.

Leur appartement était situé au deuxième étage d'un ancien immeuble sur Steiner Street, dans le Lower Haight, et ressemblait aux constructions typiques de la ville. Une entrée au niveau de la rue, dotée d'un escalier ridicule amenant à un espace irrégulier, première ouverture donnant sur une explosion cancéreuse de pièces tout au long d'un couloir.

Même si Минерва et Jeremy avaient connu l'horreur de la cohabitation et travaillé à la sauvegarde du désir érotique dans ce contexte suffocant de relation amoureuse, ils n'avaient guère fait preuve de compétence en décoration et aménagement.

Ils vivaient sous une tapisserie usée de détritus de la culture pop américaine. Je n'avais aucun doute quant à ce qui appartenait à qui. Les crucifix inversés de punk-metal et les caricatures honteuses d'hommes politiques étaient pour l'une. Les affiches grand format de Wolverine et de *Maniac Mansion* étaient pour l'autre.

Un objet qui a particulièrement attiré mon attention était la petite merveille de Jeremy, un IBM compatible PC 486DX-33Mhz, doté d'un écran SVGA 1024 × 768 et d'une carte son Soundblaster 16 Pro 2. Je n'avais jamais vu un ordinateur chez un particulier.

– C'est pour le boulot, surtout, a-t-il dit. Mais je l'utilise de plus en plus. Tu as entendu parler du courrier électronique ?

– Épargne-moi les détails, ai-je dit. J'ai déjà assez de problèmes avec le courrier classique.

Nous nous sommes assis dans le salon qui donnait sur la rue, nos visages illuminés par les lumières rougeoyantes de guirlandes de Noël. Минерва est sortie de leur chambre avec un bong en plastique de couleur vive, et en voyant cet instrument d'intoxication, j'étais désormais certaine que j'avais atterri sur les terres de Californie.

Nous avons aidé Capitaine à trouver ses repères, puis avons écouté *Bricks Are Heavy* de L7. On a ensuite passé du temps à déblatérer sur ce qu'étaient devenus les anciens de Parsons.

– Tu te souviens de Janine ? a demandé Jeremy.

– Noooooon, ai-je dit. À quoi ressemblait cette Janine ?

– Longs cheveux noirs, qu'elle devait teindre, des lunettes, et elle portait toujours un vieux sac rose dégueulasse.

– Ah, elle. On l'appelait la Princesse Rose du Comté de Nassau.

– Ça doit être elle, a dit Jeremy. Tu veux deviner ce qu'elle est devenue ?

– Je déteste les devinettes. Je tombe toujours à côté.

– Princesse Rose devenue préposée chiens errants ? a demandé Минерва.

– Elle est restée à New York une année ou deux, a dit Jeremy. Je crois qu'elle bossait dans la mode, mais elle a déménagé à Hollywood, et maintenant elle travaille pour Jack Nicholson. Pour le Joker.

– Et que fait la Princesse pour M. Nicholson ? ai-je demandé.

– Personne ne sait vraiment, a dit Jeremy. Une sorte d'assistante personnelle je crois.

– J'ai adoré *Cinq pièces faciles*, a dit votre chère serviteure, mais c'est facile d'imaginer pour quelle tâche il a besoin de l'assistance d'une jolie jeune chose. Et, mes chéris, c'est exactement l'idée que je me fais d'une vision d'horreur. Imaginez leurs visages tordus et grinçants en plein orgasme. Oh, quelle horreur, quelle horreur !

Ils ont rendu les armes avant que l'horloge ne sonne minuit, se retirant dans la seule chambre de l'appartement. Il avait été décidé que j'occuperais le canapé du salon, mais dormir était au-delà de mes forces. Je suis restée assise, défoncée, en regardant fixement la rue.

Au-delà des toits, j'ai aperçu la lisière sombre et irrégulière du Buena Vista Park, s'étendant au-dessus de San Francisco comme Fangorn au-dessus de la Terre du Milieu. Les lumières clignotantes de la tour de Sutro ressemblaient à des ovnis. Tant de temps s'était écoulé depuis Jon. Je n'avais pas connu l'altérité depuis au moins six mois. Je m'étais fâchée avec ma famille. Les seuls amis qui daignaient encore me parler étaient dans la chambre d'à côté, mais ils étaient en couple, et le mystère des couples est impénétrable.

J'ai dormi tout habillée, ne retirant absolument aucun vêtement, ignorant même les couvertures empilées à côté du canapé.

MARS 1993

Adeline traîne ses guêtres à San Francisco

Tel un pèlerin sur la route pour Canterbury, j'ai passé les premières semaines à traîner mes guêtres à San Francisco, *flâneur sans privilège du pénis**.

Je me suis faufilée d'un fief à l'autre de la ville, concevant l'idée un peu folle que l'on pourrait créer une carte sonore pour les aveugles en prenant pour base les interjections sexistes de chaque quartier. Les *hola mi lindas* et les *ay gueras* de Mission, les *pssst pssst pssssst sexys* de Hayes Valley, le coup de klaxon poli et condescendant de la Marina, et le vortex de silence de Castro.

Toutes ces années à être confinée au sein de la grille urbaine rigide de New York et de Los Angeles ne m'avaient pas préparée à San Francisco. Pourquoi avait-on construit une ville ponctuée d'aberrations telles que Nob Hill ? Quel ivrogne imbibé au gin avait pu penser que Market Street serait mieux si elle était dessinée en diagonale, coupant ainsi toute construction rationnelle ? Comment expliquer California ou Geary Street ? Comment aurais-je pu comprendre la localisation inexacte et étrange du Financial District ? Et pourquoi Dieu avait-il permis Richmond et Sunset ?

Quatre années avaient passé depuis que le séisme de Loma Prieta avait secoué la ville, mais les traces des destructions engendrées étaient encore visibles partout. Les terrains vides où des immeubles résidentiels s'étaient écroulés, le vide de l'ancienne autoroute de l'Embarcadera, la zone interdite de Fell Street.

Je hantais les cafés de ma présence, j'arpentais les rues et me demandais comment les habitants pouvaient s'accommoder de vivre dans un tel ramassis d'incohérence. Tout le monde était défoncé, tout le monde avait des boulots absurdes. Tout le monde était détendu, mais ce n'était pas le côté bronzé et insouciant de Los Angeles. Les habitants de San Francisco affichaient des airs étranges, sous-tendus par l'angoisse et la tension, comme frappés par une folie mal définie. Peut-être était-ce la météo, peut-être était-ce la conséquence de cette pure hérésie qui consistait à vivre à un endroit où il y avait plus de brouillard que de soleil.

En sortant de la Marina, j'ai remarqué un grand néon Art déco annonçant METRO en lettres de néon rouge. Je me suis approchée et ai découvert que le cinéma diffusait un nouveau film intitulé *Nom de code : Nina*, avec Bridget Fonda.

J'avais déjà vu cette actrice dans un thriller ridicule du nom de *J.F. partagerait appartement*, où elle luttait contre ses désirs saphiques envahissants. Le film était horrible, mais j'avais adooooooré le côté dynastie de cette actrice au jeu nullissime. Une famille célèbre, le népotisme hollywoodien, la décadence des valeurs américaines. Je n'en étais pas certaine, mais je pensais que Papa avait œuvré au niveau de la dentition de son père.

La prochaine séance de *Nom de code : Nina* débutait dans une demi-heure seulement.

À l'intérieur du cinéma, j'ai découvert l'une de ces majestueuses institutions de la Belle Époque où le cinéma était un événement et les salles conçues pour mettre en valeur la nature monumentale de ces moments. Oui, mes chéris, ces ambitions de nouveau riche n'avaient rien à voir avec les petits films modestes qui y étaient diffusés, demandant aux millions de spectateurs de se satisfaire du maquillage épais de Gloria Swanson ; les cinémas étaient comme des petits palaces.

Le plafond était d'inspiration renouveau espagnol, les murs étaient peints avec des fées rouges et les sièges, *mes amis**, les sièges étaient à l'italienne. Les chaises branlantes en bois poussaient à une lente agonie, mais on pouvait imaginer l'époque où elles avaient été en meilleur état. J'aurais pu mourir là et, comme Claude tout à sa prière, regarder ma douce âme s'élever directement vers le paradis.

Nom de code : Nina n'était pas meilleur que *J.F. partagerait appartement*. J'ai pensé écrire une lettre aux agents de Mlle Fonda, afin de leur suggérer de mieux choisir ses rôles. À quoi bon avoir un nom connu si on n'en préservait pas un tant soit peu la dignité ?

Tout se joue dans les petits détails. Pas l'histoire, ni les personnages, mais certains moments esthétiques qui émergent de la *mise en scène**.

J'étais incapable de comprendre l'enthousiasme de Минерва pour L7, mais elle avait joué leur 33 tours tellement de fois que je pouvais désormais reconnaître « Everglade » lorsqu'il est apparu dans la bande originale du film. C'était le prélude à l'entrée sonore du Dr Nina Simone, une musicienne qui obsède le personnage de Fonda. Ce choix musical est la seule étrangeté de tout le film.

Je connaissais le nom de Miss Simone, tombant parfois sur *Little Girl Blue* dans les bacs de disques d'occasion, mais je ne l'avais jamais écoutée. En entendant « Feeling Good », j'ai compris qu'il fallait que j'achète ses disques. La chanson était tellement fabuleuse qu'elle arrivait à me faire oublier que je l'avais découverte dans le cadre d'un spectacle ultra-violent qui avait coûté des millions.

J'ai décidé de varier le trajet de mon chemin du retour, prenant Fillmore et passant par Alamo Square, croisant les inévitables attroupements de touristes photographiant les Painted Ladies. Je les observais en train d'observer les immeubles, me demandant de quelle région d'Amérique ils pouvaient bien être originaires et ce qu'ils pensaient de l'état pitoyable du quartier, s'ils arrivaient à faire le rapport entre les maisons qui apparaissaient chaque vendredi soir dans *Full House* et la réalité peuplée de malades mentaux en manque de soins et de déjections de sans-abri.

À Recycled Records, sur Haight, j'ai fait virevolter mes longs doigts sur les disques vinyles. J'ai sorti dix albums différents de Miss Simone. Me fiant aux mystères de l'osmose tactile, j'ai choisi *Nina Simone Sings the Blues* et *I Put a Spell on You*.

Une créature à l'apparence repoussante officiait derrière la caisse, prenant les albums et approchant les pochettes de son visage grêlé. J'ai eu peur qu'elle sorte sa langue pour goûter les vinyles.

– Vous prenez ça à cause du film, c'est ça ?

– C'est-à-dire ? ai-je demandé.

– Le film. *Point Break*. Ça fait la troisième fois cette semaine. Que des femmes.

– Je ne vois absolument pas ce que vous voulez dire.

– Bien sûr, a-t-il ricané. Ça fait quinze dollars.

Je suis repartie vers la maison en passant sous Buena Vista Park, tentant à nouveau d'englober d'un regard ses arbres et sa nature d'un autre monde. Jeremy et Минерва m'avaient mise en garde à propos du parc. Ils avaient évoqué des crimes inconnus et des cadavres sortis de terre.

Mais je faisais toujours preuve d'une âme d'enfant, et m'interdire quelque chose ne faisait qu'attiser ma curiosité. Au troisième jour, je suis montée tout en haut du parc. J'ai répété cette balade à plusieurs reprises, ne rencontrant jamais âme qui vive et ne tombant que sur des preuves indirectes d'une vie alentour, comme des seringues usagées et des toiles de tente au beau milieu des arbres.

Jeremy était à la maison. Минерва, au travail. Il était occupé à lire une bande dessinée.

– Il faut que tu lises ça, a-t-il dit.

– Qu'est-ce que c'est ? ai-je demandé.

– *Kid Eternity #1*. C'est sorti la semaine dernière, chez Vertigo. Ann Nocenti. C'est le truc le plus dingue que j'aie jamais lu.

– Mets-le-moi de côté quand tu auras fini. J'ai besoin d'une platine disques, là.

Jeremy est parti faire un tour du côté de leur placard rempli jusqu'à la gueule, et en a sorti une platine bon marché en plastique. Минерва l'avait achetée cinq dollars lors d'un vide-grenier, comme si elle faisait toujours partie de ces punks qui vouent une sainte passion aux 45 tours, les collectionnant et écoutant les dernières productions de ses amis. Mais ce fantasme s'était vite évaporé : elle n'avait pu résister aux sirènes du compact-disc.

Le lecteur était doté d'une prise casque. J'y ai branché le géant de plastique qui appartenait à Jeremy et me suis assise sur le plancher, à passer des disques. Je préférais *Nina Simone Sings the Blues*. Il y avait plus de cohérence dans l'album, pas une faute de goût, même si cela manquait de tubes. *I Put a Spell on You* était ponctué de titres d'une puissance incomparable. Le morceau éponyme, ainsi que « Feeling Good », « Gimme Some » et « Taking Care of Business ».

J'ai écouté des disques toute la soirée, le casque bien calé sur mon petit crâne. Je n'ai pas entendu Минерва rentrer. Ni lorsque Jeremy et elle sont repartis, ni lorsqu'ils sont revenus, ni lorsqu'ils ont rejoint leur chambre. La voix de Miss Simone comblait un vide. Cette voix maîtrisait chaque mot énoncé, mettant la musique à son service.

Aux alentours de minuit, j'ai commencé *Kid Eternity #1*. C'était tout bonnement la chose la plus étrange que j'aie jamais lue, et vous me connaissez bien, mes chéris, j'ai déjà été identifiée par plusieurs autorités judiciaires comme l'une de ces folles furieuses qui aime *Simulations* et tous les livres eeeeeeeeeeenuyeuuuuux de Semiotext(e).

Kid Eternity, le héros, a le pouvoir de ressusciter toute figure mythologique ou historique, et de les faire apparaître en chair et en os dans le temps présent. Un moine bouddhiste obèse suggère à Kid Eternity de créer un Enfant de la Lune. Le but de cet homoncule est d'aider l'humanité à atteindre son niveau supérieur de conscience. L'histoire finit par convoquer tout le panthéon grec, un groupe d'enfants démoniaques qui mangent leur propre peau et un Belzébuth symboliste en enfer. Il y a aussi une trame narrative secondaire qui traite de la discorde qui règne entre des gens avec qui Kid Eternity essaye de copuler dans sa quête de l'Enfant de la Lune.

En tout cas, c'est ce que j'avais compris. Je pouvais aussi avoir complètement faux. L'interprétation est un art délicat et Ann Nocenti une génie incomprise, une véritable *freak* cachée derrière le *prêt-à-porter** du milieu de la bande dessinée.

J'ai demandé à Jeremy de m'en dire plus au propos d'Ann Nocenti.

– Elle est incroyable. Mais le monde de la bande dessinée est trop sexiste. Personne ne fait attention à elle. On devrait lui baiser les pieds, à genoux. Vertigo est un bon éditeur pour elle. Ils publient pas mal de trucs très intéressants, au croisement du grand public et de l'alternatif. Elle ne trouverait sa place nulle part ailleurs. Tiens, puisqu'on en parle, tu as lu *Sandman* ?

MARS 1993

Nash Mac

S'il y a bien une chose de constant dans la vie, c'est l'incapacité qu'ont les autres à s'occuper de leurs affaires. Минерва et Jeremy avaient tiré des conclusions négatives à propos de mes pérégrinations à San Francisco.

Trop de déambulation sous le ciel bas chargé en brouillasse et en malheur. Ils avaient décidé que c'était mauvais pour la santé. D'où cette image ridicule de mes hôtes me traînant pieds et poings liés à Thai House, un restaurant sis sur Noe Street.

Nous avons marché dans l'ombre de Corona Heights, un rocher difforme qui projetait sa silhouette sur tout ce quartier de la ville. Jeremy a remarqué mon intérêt et demandé :

– Tu connais l'écrivain Fritz Leiber ? Il a écrit un livre génial sur Corona Heights, *Notre-Dame des ténèbres*.

J'ai marmonné dans ma barbe « Mmmmh, heu, mmmmh ».

Fritz Leiber. Bien sûr, monsieur, je me souviens de Fritz Leiber. Ce nom s'était frayé un chemin vers ma conscience en empruntant les mêmes routes que d'autres trivialités du même genre, via un certain individu qui possédait un goût peu raffiné pour la science-fiction. Je m'étais efforcée d'éviter jusque-là toute pensée me rappelant l'autre, mais cela s'était révélé impossible, comme chaque fois que notre monstre de chat sautait sur mes genoux et insistait pour être caressé jusqu'à ce que ronronnements s'ensuivent. Le visage gris de la bête, ses miaulements. Ce qui avait disparu.

Le Thai House représentait un nouveau stratagème. Jeremy avait pris sur lui d'arranger un dîner entre nous trois et l'un de ses collègues du nom de Nash Mac.

– Nash Mac ? ai-je demandé, incrédule. On dirait un distributeur de billets pour gays.

– C'est le surnom de محمود ناصر, a dit Jeremy. Sa famille vient d'Iran.

– Mais, Jeremy, ai-je chouiné, je ne veux pas que tu me présentes tes amis étranges du monde de l'informatique. Je hais les ordinateurs. Je hais la technologie. J'aimerais pouvoir vivre au XVIIIe siècle, ma robe en lambeaux souillée par la boue de la route.

– Il n'est pas comme les autres, a dit Jeremy. Il s'intéresse à d'autres choses que l'informatique.

Nous voilà devant le restaurant, la lumière de la salle illuminant le trottoir. Минерва est accrochée à son amant, les mains fourrées dans sa veste, occupée à l'embrasser dans le cou. Comment ont-ils réussi à entretenir ainsi leur flamme ? D'après mon humble expérience, la plupart des relations durent deux années avant de se dissiper dans le mépris et la haine mutuels. Là, leur amour tranquille semblait grandir bien plus que n'importe quel territoire.

– Pourquoi doit-on endurer ce froid ? ai-je demandé.

– J'ai dit à Nash Mac qu'on l'attendrait dehors, a répondu Jeremy.

– D'accord. Attends donc ce jeune homme apparemment incapable de jeter un œil à travers une devanture. Moi, je vais prendre la table. Минерва, tu viens avec moi ?

– Je préfère debout, a-t-elle dit.

Je suis entrée dans le restaurant. Il ressemblait à n'importe quel autre établissement de la ville. Design simple et quelques petites touches d'authenticité ethnique. Je me suis adressée à l'hôtesse qui m'a installée à une table. J'ai attendu, dans l'ennui le plus absolu, dix minutes de plus.

Au-dehors tout était calme, juste le flou de corps se découpant dans la pénombre. Ils sont enfin entrés avec l'invité mystère. Je devais admettre que Nash Mac était à croquer, mais vêtu si mal, avec sa chemise bleu pâle et son pantalon en toile brune. Hélas, ses fautes de goût n'y faisaient rien. Vous connaissez votre Adeline par cœur, maintenant. Elle a toujours trouvé fondamentalement attirants les hommes mal fagotés.

Nash Mac a croisé mon regard à une seule reprise, avant de vite détourner ses yeux. Il ne m'a posé aucune question, préférant parler boulot avec Jeremy, de la manière dont Ron Gilbert avait quitté la boîte, des touches finales à apporter à un projet du nom de D.O.T.T.

Минерва et moi étions gaaaaaavées. Elle a donné un coup de pied à Jeremy sous la table. Il s'est arrêté de parler. Nous avons tous arrêté de parler.

– Et toi, tu fais quoi ? a demandé Nash Mac.

– Moi ? ai-je dit.

– Oui, a-t-il insisté. Toi.

– Je suis une âme en peine destinée à errer dans la nuit sans aucune autre idée précise de ce qu'elle fait. Tu ne vois pas que je sens l'obsolescence fondre sur moi ?

– Connerie, a dit Минерва. Adeline est artiste.

– Chérie, s'il te plaît, ai-je dit. Tu sais à quel point je déteste ce terme.

– Mais c'est la réalité, a dit Jeremy. Et elle a beaucoup de talent.

– Et ce talent, Nash Mac, ai-je repris, c'est la raison pour laquelle j'ai passé ces dernières années à dessiner des femmes en soutifs. Il y a un monde, un vaste monde, entre avoir du talent et être une artiste. Le talent, c'est une curiosité qu'on développe ou qu'on gaspille. Cela ne veut rien dire du tout.

– C'est des conneries tout ça, a dit Nash Mac. Les gens se distinguent par leurs dons naturels. Certains naissent beaux. Certains naissent intelligents. D'autres ont du talent à la naissance. C'est un crime de dilapider ce don. Si tu t'accommodes d'être une criminelle, c'est juste de la bêtise. Tu le regretteras. Si ce n'est pas déjà le cas.

Le serveur nous a apporté nos plats. Nash Mac a attaqué son pad thaï, avalant son repas. Désordonné, gêné, son visage et sa fourchette ingéraient les nouilles à toute allure. J'étais assez folle pour que cela ait déclenché une certaine attirance tout au fond de moi-même.

Nous sommes ensuite allés au Mad Dog in the Fog, un pub irlandais sur Haight Street. Минерва et Jeremy ont commandé des verres avant de battre stratégiquement en retraite, feignant d'être faaaaatigués, afin de me laisser seule en compagnie de Nash Mac.

– Alors, Nash Mac, ai-je commencé. Pourquoi ne me parlerais-tu pas des rapports que tu entretiens avec ta dernière copine ? Vous êtes encore amis ?

– C'est dégueulasse, a-t-il répondu. Tu te moques de moi, ou quoi ? Qu'est-ce que t'a dit Jeremy ?

– Rien du tout. Pourquoi tu es si nerveux ? Tu l'as trompée pour partir avec une autre ? Je pose juste une question. La dernière relation d'une personne, cela en dit beaucoup.

– Elle est morte.

– Hein.

– Je préfère ne pas en parler lorsque je rencontre quelqu'un pour la première fois, a-t-il dit. Cela a tendance à jeter un froid.

Toute à mon indécence, je l'ai pressé pour en savoir plus. Il a esquivé. Je l'ai questionné sur sa vie. Son père et sa mère, tous deux médecins et bien introduits auprès du shah d'Iran, avaient fui le pays durant la Révolution, amenant le jeune محمود ناصر aux États-Unis, où il s'était adapté à cette nouvelle culture en changeant de prénom et en assumant une identité ultra-américaine. Il avait fait son lycée à Fairfax, en Virginie, puis avait atterri en fac à Bloomington-Normal, où il avait étudié l'informatique et décroché son diplôme avant de s'installer aux alentours de San Francisco. Tout le monde n'arrêtait pas de faire les éloges de l'importance de cette région, du développement de nouvelles technologies, de Steve Jobs et de NeXT. Il avait décroché un boulot et compris très vite qu'il ne pourrait supporter le monde classique de l'entreprise et passer sa vie dans un secteur insupportable. Il avait quitté son poste avec l'intention de changer totalement de domaine, mais un ami lui avait conseillé de tenter sa chance à LucasArts. Ils cherchaient des experts en qualité. Au bout d'une semaine là-bas, Nash Mac avait compris que cela le passionnait. Il avait monté l'échelle interne de l'entreprise, se posant en intermédiaire entre le département de la tech et le département du design. Au début, la frontière avait été floue, car les premiers designers étaient ceux derrière SCUMM, le langage informatique des débuts de LucasArts. Mais comme les progrès technologiques avançaient à toute allure, le design n'avait plus le temps de s'occuper du développement. Nash Mac était entre ces deux chaises. Il avait récemment été promu et travaillait désormais sous les ordres de Tim Schafer sur *Day of the Tentacle*. Nash Mac appréciait Tim, appréciait D.O.T.T., mais savait qu'il avait manqué l'âge d'or du secteur. LucasArts, sous Ron Gilbert, était un royaume incroyable. Gilbert était un maître. Nash Mac admirait même sa participation mineure dans *Monkey Island 2*.

– Certains jeux ne sont rien de plus que des jeux, a dit Nash Mac. Certains designers ne sont rien de plus que des designers. Ron Gilbert est un artiste. *Monkey Island* est du pur art. Mais le processus de création se fait à plusieurs.

– Tout cela est très intéressant, ai-je coupé, fière de me rouler dans ma fange, mais raconte-moi pour ton ancienne petite amie.

Ils s'étaient rencontrés lorsqu'il s'était installé dans la région, via des amis en commun. Elle vivait à San Francisco, lui résidait près de Menlo Park. La première année s'était si bien passée que lorsqu'elle avait dû rendre son appartement, elle avait émis la folle idée d'emménager ensemble. Nash Mac pensait que c'était trop tôt, mais s'inquiétait qu'un refus mette un terme à leur relation. Elle avait déniché un deux-pièces à la Marina. Elle allait bien. Il allait bien. Tout marchait comme sur des roulettes. Puis elle avait perdu son père. Puis sa mère s'était suicidée. Nash Mac s'était rendu aux deux enterrements, conduisant chaque fois jusqu'à Spokane, dans l'État de Washington. Elle avait été virée de son boulot. Nash Mac ne savait absolument pas comment réagir. À l'époque, a-t-il dit, il avait réalisé qu'ils avaient emménagé ensemble trop vite. Elle s'était mise à prendre du speed, tout en cachant cette activité illégale. Nash Mac était naïf. Il n'avait jamais remarqué. Il pensait juste qu'elle allait mieux. La vie avait continué ainsi. Comme il se devait. Comme à l'habitude. Elle ne travaillait pas. Il payait tout. Le speed avait commencé à l'entraîner dans des cycles d'angoisse et de paranoïa. Elle était devenue méchante. Nash Mac lui avait demandé de partir. Elle avait refusé. Il lui avait dit de garder l'appartement. Lui partirait. Elle avait dit qu'il ne pouvait pas. Il lui avait dit que si. Elle lui avait dit qu'elle aimait mieux mourir que vivre seule. Nash Mac ne l'avait pas crue. Elle s'était ouvert les veines dans la baignoire. Il avait trouvé le corps, sans vie et exsangue, au milieu de l'eau et du sang.

– Le pire, a-t-il fait remarquer, c'est qu'on se connaissait à peine.

Et voilà comment, mes chéris, j'ai déniché mon premier mec après la fac. J'avais largué un Juif non pratiquant et m'étais lancée dans une relation avec un musulman non croyant. Un microcosme de la politique étrangère américaine passant entre mes reins, la chair de ma chair, les os de mes os.

AVRIL 1993

Adeline et Jeremy vont à une séance de dédicaces à Comic Relief

Toute à mon ennui, j'ai commencé à fréquenter The Owl and Monkey Café sur la Neuvième Avenue, qui accueillait une clientèle vieillissante et fatiguée, animée par d'insatiables désirs de café et de quiche maison. À l'occasion, ces enfants de la dope se retrouvaient là pour écouter des concerts de rock acoustique.

Quant à moi, assise près du comptoir, à l'écoute de sons stéréos bon marché, évitant tout avis critique à l'encontre des tableaux accrochés sur les murs blancs ainsi que des anecdotes sur les musiciens célèbres qui s'étaient produits dans cette auguste institution. Un manant en particulier s'arrogeait le droit, chaque jour, de m'informer que la couverture d'un album de Mike Bloomfield avait été photographiée dans cet établissement. Chaque après-midi, il me promettait de m'apporter le disque pour me le montrer. Ce qu'il n'a jamais fait.

Côté disques, justement, j'aurais dû noter le jour où, alors que je revenais chez moi depuis The Owl and Monkey, j'étais tombée sur une mine de vieux vinyles, au croisement de Cole et Cart Street. Cette moisson, que j'ai moi-même récoltée avec précaution, m'a offert la bande-son de ma vie à l'époque, lorsque je n'étais pas au café ou en train de dormir chez Nash Mac, dans le Sunset District.

Mes loisirs étaient à aller chercher du côté de la collection de bandes dessinées de Jeremy. Comme on peut s'y attendre d'un ancien collaborateur des bureaux de Marvel, le garçon n'était pas pauvre en biens. Des cartons et des cartons empilés sur d'autres cartons. La réserve était sans fond. J'ai dévoré près de quarante numéros du *Daredevil* d'Ann Nocenti, une série marquée par les histoires de Noël annuelles et l'adoption du pacifisme par Matt Murdock alors qu'il résolvait tous ses problèmes via un recours perpétuel et systématique à la violence.

Jeremy m'a initiée au monde de Los Brothers Hernandez, à *Eightball*, à la reprise de *La Créature du Marais* par Alan Moore avec Steve Bissette et John Totleben, à *Hate*, au *Pays des elfes*. D'autres titres, bien sûr, que je ne me risquerai pas à mentionner. Certains horribles, d'autres ridicules. Presque aucun de ces auteurs n'était une femme.

– Si ça te branche, a dit Jeremy, passe la semaine prochaine à Comic Relief. Il y a une séance de dédicaces organisée par Vertigo. Grant Morrison sera là. Il sait à peu près qui je suis. J'ai publié quelques lettres dans *Doom Patrol*.

Минерва ne voulait absolument pas entendre parler de l'événement. Elle trouvait cela ridicule.

– Qu'est-ce que Grant Morrison fait pour toi ? a-t-elle demandé. Tu payes lui, pas le contraire. Là tu regardes son visage comme si c'était Messie. Pas logique.

Nous voilà donc en ce dimanche 18 avril, à 18 heures, en train de nous diriger vers Upper Haight. Des immeubles gris, un ciel gris, des visages gris, des gens gris. Le brouillard, sinistre, qui flotte au-dessus de Buena Vista Park, large tapis foncé s'approchant de Golden Gate Park.

Les arbres de Buena Vista Park me rappelaient les riches heures de l'époque hippie. J'imaginais comme la végétation avait dû être plus petite durant ces années et je me demandais si l'influence psychopathologique de leur hauteur retrouvée n'était pas responsable du désamour envers Luv on Haight.

La foule humaine massée à l'extérieur de Comic Relief a instantanément fait naître un sentiment de répulsion en moi, comme si on appuyait sur la gâchette de ma claustrophobie.

Jeremy a commencé à faire la queue. Je suis allée faire un tour à la boutique, afin d'examiner la scène de crime. Morrison était assis derrière une petite table de dédicace, habillé d'une casquette en cuir noir, de lunettes noires teintées en rouge, d'une chemise blanche et d'un blouson en cuir noir. Il était tout à fait San Francisco. Tout le monde ici portait des blousons en cuir noir.

À ses côtés, Jill Thompson, facilement identifiable avec ses cheveux roux en pétard. Le troisième invité, Steve Yeowell, était notable de par la normalité de son apparence.

J'ai feuilleté les livres tandis que Jeremy avançait dans la file d'attente. Et je l'ai rejoint tout sourire lorsque j'ai aperçu *mi amigo* en train de discuter avec Morrison. Jeremy s'était attiré les bonnes grâces de l'homme : ils discutaient d'*Animal Man*.

Jeremy a demandé à Morrison ce que lui et les autres prévoyaient après la rencontre. À ma grande surprise, Morrison le lui a dit. N'oubliez pas que Jeremy avait travaillé à l'édito chez Marvel. Son existence professionnelle était basée sur la manipulation des auteurs de bandes dessinées.

Parmi tous ces gens, j'ai pensé à mon regretté père. Papa avait une telle présence en notre foyer que nous finissions par en oublier son identité civile. Nous ne nous souvenions plus qu'il était un chirurgien-dentiste renommé. Sa clientèle de stars était pour nous un concept lointain, jusqu'à ces moments ridicules en public, lorsque Papa croisait Judd Nelson ou Kathleen Turner et se mettait à discuter avec eux.

Papa dominait ces échanges. Des stars mondiales s'en remettaient à lui. Il avait la bonne attitude, le calme suave qui lui permettait de faire prospérer son affaire. C'était l'homme qui leur donnait des sourires multi-primés.

– Ah, fait chier, a dit Morrison, en dialecte écossais. On est bons pour cinquante ans de rave au LSD.

– Je vois ça, oui, a dit Jeremy. Bon courage. C'était super de te revoir.

Dehors, Jeremy a annoncé :

– Il faut qu'on trouve où a lieu cette rave. Il faut qu'on y aille.

– Pourquoi n'as-tu pas demandé ? Il avait l'air détendu.

– Trop bizarre, a-t-il dit. Mais si on arrive à se pointer là-bas, pas de souci.

– Donc, explique-moi comment on trouve une rave à San Francisco ?

Jeremy a sorti un exemplaire froissé de *SF Weekly*, une feuille de chou hebdomadaire, locale et alternative qui utilisait le même genre de couverture que *Village Voice*. Ouvrant le journal sur le coffre d'une voiture garée là, Jeremy l'a effeuillé jusqu'à arriver à l'agenda culturel.

– Regarde ça, a-t-il dit en désignant une publicité affichant :

POUR TOUTE INFO RAVE

RAVE HOTLINE

1-900-844-RAVE

– Il y en a une autre, derrière, a-t-il précisé. Même principe, mais numéro différent. 900-844-4RAV. Rentrons à la maison et téléphonons à ces numéros.

À Steiner House, Jeremy a appelé et écouté le message.

– C'est sur Folsom, au sud de Market. Robert Anton Wilson y joue. Ça commence à 20 heures, on n'a qu'à y aller vers 23 heures. On peut y aller à pied, ça ne nous prendra qu'une heure.

Минерва est rentrée et a décidé de nous accompagner, tout en répétant clairement qu'elle trouvait toujours aussi ridicule la fixette que faisait Jeremy à propos de Grant Morrison et d'autres professionnels de la bande dessinée, lui demandant pourquoi il désirait cela et pourquoi il agissait aussi peu à découvert.

– Je ne sais pas, a-t-il répondu. Ça m'a l'air intéressant. Son boulot sur *Doom Patrol* était incroyable, non ?

J'ai adopté une tenue tirée de mon vestiaire et des fripes abandonnées de Минерва. Collants tigrés, sweat violet, veste militaire verte, bottes brunes montant au genou.

La marche jusqu'à Haight était eeeeeeenuyeeeeeuse. En arrivant à Market, j'étais déjà fatiguée. Emportée par l'enthousiasme de Jeremy, je n'avais pas remis en cause ma décision d'aller là-bas. Se rendre à une rave, plonger à nouveau dans un milieu que j'avais rejeté à New York, un milieu que j'avais toujours méprisé avant ma rencontre avec une certaine personne. Mais c'est tellement moi, non, mes chéris ? Une hypocrite de première bourre.

Je l'imaginais à cet instant précis, déambulant en direction du club, à écouter de la musique consternante et à papillonner avec des gens pour lesquels il n'avait pas particulièrement d'affection.

Notre voyage consistait en une dérive au beau milieu des sans-abri, des destitués et des indigents. De ceux qui hurlent des cris désespérés. Un drame miniature se déroulant à chaque coin de rue. La menace de violences était sous-jacente, mais les apparences de chacun d'entre nous s'additionnaient à un point qui dissuadait toute interférence extérieure.

Quatre-vingt-quinze pour cent du temps, il suffisait d'avoir l'air biiiiiiizzzzzzzarre. Pourquoi agresser un type étrange alors qu'une victime facile allait passer juste après ?

1015 Folsom Street était encore l'une de ces reliques indescriptibles de l'ère industrielle, un lieu converti en quatre étages de pistes de danse. J'avais été au Tunnel. J'avais été au Limelight. J'avais été au Mars. J'étais dotée d'une compréhension immédiate de ce genre d'endroits.

J'ai été traversée par l'idée lumineuse de connaître une ivresse d'une profondeur abyssale, mais j'ai finalement décidé d'avaler quelques hallucinogènes en hommage aux cinquante ans de l'enfant terrible du Dr Hoffman. Même si, je dois l'avouer, pour votre serviteure, il y avait toujours eu une sorte d'hyper-intoxication liée à la prise d'alcool – lorsque la tête tourne, lorsque les rues semblent se révolter – qui m'avait toujours rappelé la consommation d'acide lysergique diethylamide.

Mais que voulez-vous, mes chéris, à cet événement explicitement lié à la drogue, j'avais beaucoup de mal à apercevoir une réelle ingestion de ces produits. Je scrutais tout autour de moi, à guetter dégénérés et drogués. J'avais beau chercher de mon mieux, j'étais maudite, comme le protagoniste d'une ballade country à moitié connue, ne tombant jamais sur l'objet de mon désir.

J'ai changé d'approche. Au beau milieu des corps dansants, des rayons lasers, des rythmes électroniques assourdissants, de tout ce cirque, j'ai envoyé un signal psychique. Arborant ma meilleure expression de petite fille perdue, je me suis adossée à une poutre de métal et ai attendu que les hommes viennent s'adresser à moi.

Cela n'a pas tardé. Et pour parler, ils parlaient. Façon dictionnaire. Je leur ai demandé à chacun s'ils avaient un peu de MDMA, mais tous semblaient troublés par ma requête et refusaient. Enfin, le dernier, un peu trop gras et suant à mon goût, m'a proposé deux cachets dotés des lettres dorées de McDonald's.

Un tel cadeau m'engageait. Il m'avait confié sa drogue, et j'ai donc dû laisser l'homme parler, parler, parler, parler, parler, parler et encore parler, décrochant parfois de son monologue, à attendre que les drogues fassent leur effet.

– Dans une société chamaniste totalement centrée sur la danse, a-t-il dit, on se reconnaîtrait à travers nos danses individuelles, plus que par nos noms. En fait, nos noms deviendraient synonymes des manifestations externes de nos moi intérieurs. Et pour les autres, ces noms prendraient aussi un sens personnel. Des symboles individuels de notre existence individuelle.

Ne sachant quoi répondre, je me suis mise à danser, une petite danse de Saint-Guy étrange. J'avais l'impression d'entrer en fusion avec le plancher. Mes chéris, vous n'imaginez pas. Et pourtant, je n'écoutais pas la musique.

Je pensais en fait à un album que j'avais sauvé des ordures. *Lark*, de Linda Lewis. Je l'avais pris en pensant que c'était encore un digne représentant de la musique seventies, mais j'avais en fait découvert un album très calme, bien produit, construit autour de la voix à cinq octaves de Lewis. Elle pouvait passer d'un grognement rauque à des montées aiguës à couper le souffle. Le meilleur titre était « It's the Frame ». Sa voix chantait dans ma tête : *Now, Lord, well you don't wanna be alone in Heaven, do ya? Wouldn't you like me and my friends and my family for company?* (« Et à présent, Seigneur, tu n'as pas envie d'être seul au paradis, n'est-ce pas ? Que dirais-tu de ma compagnie et de celle de mes amis et de ma famille ? »)

Минерва a émergé de la foule, me tendant une bouteille d'eau.

– Bois, a-t-elle dit.

J'ai dansé, encore et encore et encore, mais j'étais ensuquée dans une sorte de boucle logique causée par les stupéfiants. L'expérience d'une idée s'imprimant sur une conscience en éveil, comme la marque d'un dealer sur un cachet. Je pouvais désormais voir les danses de chacun comme autant de signatures individuelles, des signifiants aussi clairs et puissants que des noms. À quoi ressemblerait la vie dans une société chamanique totalement centrée sur la danse ? Comment ces danses fonctionneraient-elles en tant que signatures répétables à l'envi ? Le corps humain mute, tout comme notre rapport à notre conscience. Le nom reste détaché de tout cela. Je voyais des danses changeant sans cesse. Même la mienne. J'ondulais, faisais de drôles de gestes avec mes bras, comme si je nageais le papillon. Je n'avais jamais dansé ainsi auparavant. Ni depuis. Comment pouvait-on garder un style de danse assez longtemps afin d'établir une identité sociale valable ? Michael Jackson et le Moonwalk, oui, mais en existait-il d'autres ? Comment vivraient les pauvres hères dénués de rythme dans une société chamanique totalement centrée sur la danse ? Je dansais avec la maladresse d'une Blanche. Mon incapacité à suivre le rythme me frapperait-elle du sceau d'un dialecte régional ? Ce défaut me mettrait-il en marge de la société ?

Prendre une grande bouffée de l'air saturé du club, retenir mon souffle jusqu'à ce que mon rythme cardiaque se calme. J'ai soufflé longuement, puis répété ce processus pénible. Je voulais connaître une expérience stupéfiante absolue, mais j'étais désormais touchée par cette taxonomie machiste où même la danse était détruite par le langage d'un homme, par son désir irrépressible de réécrire la société. Je soupçonnais mon bienfaiteur de se croire un parfait citoyen d'une nouvelle société, d'une alternative valable, mais il voulait détruire ce monde avec les outils de ce dernier. Les vrais changements n'arriveraient que lorsque des hordes d'Amazones puissantes éradiqueraient le mâle américain, lorsque des guerrières attaqueraient la Maison-Blanche à coups d'arc et de flèche, lorsqu'elles envahiraient les salles de réunion du patronat des grandes entreprises, lorsque les cinq cents patrons les mieux payés du monde seraient assujettis à des processus leur apprenant l'humilité.

Tout le monde parlait de CRASH WORSHIP. Chaque bouche dans cette pièce répétait CRASH WORSHIP. J'ai demandé : « Mais c'est quoi, CRASH WORSHIP ? » et ils ont répondu : « CRASH WORSHIP, c'est l'invité spécial. C'est pour ça qu'on est tous venus. »

– Je pensais que tout le monde était là pour fêter le cinquantième anniversaire du LSD.

– Ouais, aussi, mais bon, c'est surtout pour voir CRASH WORSHIP jouer.

Pardonnez-moi, mes chéris, mais le  explique que chaque être humain a le droit de vivre cinq expériences dans sa vie qui ne peuvent être décrites par des mots, et CRASH WORSHIP faisait partie de mon quintette personnel.

Des gens dans une fosse, entourés de percussions. Des incendies. Des liquides jetés. De la danse, encore et encore. CRASH WORSHIP a fini son concert. L'atmosphère s'était évaporée. On avait été dans un autre monde. Le temps et l'espace n'existaient plus.

Jeremy a parlé à Grant Morrison.

– Je travaille sur un nouveau projet, expliquait Morrison dans son dialecte écossais, plus accentué encore qu'avant. Un sacré truc. Ça va peut-être tout bouleverser.

– J'ai une idée aussi, a dit Jeremy. On devrait en discuter.

– Je vais te donner mon adresse, a proposé Morrison. Tu n'as qu'à m'écrire une lettre.

– Quelle heure est-il ? ai-je demandé.

– Quasiment 2 heures du matin, a dit Grant Morrison. J'ai l'impression d'être un dandy qui danse dans un autre monde souterrain.

– Ça fait combien de temps que je danse ? ai-je demandé à Jeremy.

– Des heures, a-t-il répondu. Минерва est rentrée en taxi.

– Tu as aimé CRASH WORSHIP ? ai-je demandé à Grant Morrison.

– Ouais, carrément.

– Je me demande si je n'ai pas vu Dieu, ai-je dit.

– Vraiment ? s'est exclamé Grant Morrison. Qu'est-ce qui te fait dire ça ?

MAI 1993

Adeline ♥ Baby

J'ai réussi finalement à m'embringuer avec Nash Mac dans une dispute ridicule à propos du taux de criminalité, votre serviteure arguant que San Francisco était du pipi de chat comparé à New York. Les gens peuvent être incroyablement bornés quant aux régions qu'ils ont élues leurs, faisant preuve d'une fierté qui frôle l'absurde, et ce garçon a donc argumenté durant des heures, insistant que sa ville d'adoption était pire que tout le reste de l'Amérique.

Lorsqu'il était question de gangs et de sans-abri, disait-il, Bagdad-sur-Baie était bien moins sûre que toute autre localité. Il m'a raconté comment il s'était fait agresser et la fois où quelqu'un l'avait frappé à la tête.

J'étais une New-Yorkaise vintage, pour ma part. La connaissance parfaite du taux de criminalité de l'année 1990, qui s'élevait à deux mille deux cent cinquante-cinq morts, avait été tatouée sur les circuits neuronaux de mon cerveau. J'avais souffert de l'arrivée du crack, navigué au beau milieu de la hargne du Lower East Side et de ses junkies, été témoin de nombreux crimes jamais déclarés. Il y avait encore et toujours de nouvelles boutiques où louer des robes de soirée. Il y avait toujours une baignoire remplie de sang quelque part.

Mes anecdotes et mes preuves statistiques semblaient ne pas parler à Nash Mac. Il savait tout. Il savait toujours tout. Après tout, mes chéris, l'homme travaillait avec des ordinateurs.

En sortant, agacée, de l'appartement de Nash Mac, de la chaleur élémentaire coulant de mes yeux, j'ai sauté dans le N Judah. En en sortant, je riais de moi-même et de ma capacité à m'emporter avec ferveur.

Croyez-le si vous voulez, mais je n'avais jamais eu une telle dispute auparavant, même pas avec mes autres petits amis. Même pas avec ce connard d'Ian Covington. J'espérais, de toutes les nervures de mon âme, que je n'étais pas amoureuse.

Je suis arrivée à Steiner House à temps pour apercevoir les musiciennes du groupe de Минерва sortir par la porte d'entrée. Je ne leur avais jamais adressé la parole, ni aux *femmes** russes, ni à l'adolescent de San Rafael. Ils ont levé les mains au ciel pour me saluer. J'ai répondu d'un petit signe de la main très royal. Ils ont disparu en direction de l'Upper Haight.

Минерва était occupée à fumer un bong dans le salon, assise à côté d'une pile de tracts à la gloire du prochain concert de Daddy Was in KGB. Imaginant les babouchkas s'affairer dans ce qui était devenue ma chambre *de facto*, je m'emportais à nouveau quant à l'indignité d'être traitée comme une simple invitée.

– Tu as vu filles ? a-t-elle demandé.

– Oui, et ton adulescent avec, ai-je dit.

– Gentil garçon. Je crois il aime Нина. Fille pas comprendre.

– Mignon.

Daddy Was in KGB devait jouer dans deux semaines au Night Break, un club de Haight à proximité d'un bowling. Les autres groupes programmés étaient The Mecies, Kill Sybil et The Bottom Feeders. Selon les inscriptions parenthétiques du tract, Kill Sybil était un groupe de Seattle.

Минерва m'avait invitée à l'accompagner à une soirée au Night Break intitulée Sushi Sundays, durant laquelle des tables étaient installées afin de créer un restaurant éphémère. Les jeunes branchés de San Francisco s'y rendaient pour dévorer tekka-makis et kappa-makis, tout en profitant de concerts de groupes de métal ou de punk de la région. J'avais préféré passer mon tour.

Après quelques tournées du bong de Минерва et de sa douce marijuana, je ne pouvais plus me retenir. J'ai craché le morceau quant à ma dispute avec Nash Mac.

– Quel sale con, ai-je dit. Tu connais New York, ma chérie, tu y as déjà été. Tu te souviens d'à quoi ça ressemble. San Francisco, ce n'est rien à côté.

– Faux, a dit Минерва.

– Quoi ? ai-je demandé.

– Faux, a-t-elle répété. San Francisco très dangereux.

– On marchait littéralement sur des cadavres de junkies ! Tu étais anarchiste à Tompkins Square !

– San Francisco, trop nouveau, a-t-elle répondu. Toi, touriste. Désolée, mais lui raison.

– Deux mille deux cent cinquante-cinq meurtres en 1990 ! ai-je dit. La ville a élu un fasciste à cause de l'explosion du crime ! San Francisco, c'est un paradis progressiste avec une poignée de bandits !

– Pas d'avis, a dit Минерва. Nous cherchons vérité comme des explorateurs. Allez, prends ton manteau, on y va.

On a descendu Steiner, dépassé la 14e Rue, traversé Market sur Church, passé devant Aardvark Books, remonté jusqu'à la 18e Rue et Dolores Park, puis pris Mission. Nos pas étaient ponctués uniquement des commentaires haut en couleur de Минерва.

– Ne mange jamais à Sparky's, a-t-elle dit. Diarrhée immédiate. Douleur immédiate. Mais ouvert tard.

Puis :

– Tu vois église là-bas ? Tourné *Vertigo*. Alfred Hitchcock. Projection à Castro. Typique fantasme domination misogyne. Kim Novak dirigée par deux hommes. Winterbloss aime. En dit beaucoup sur obsession et désespoir. Certainement.

Mission faisait partie des quartiers que je n'avais pas encore totalement explorés. Ce triste endroit ressemblait toujours trop à un terrain vague, sans aucune utilité ni sens. Là, sous l'éclairage des lampadaires et des phares de voiture, cela rappelait la désolation de East Village dans les années 1980. Les visages et les corps étaient différents mais je viiiiiibrais à la vue des trottoirs croulants et du bitume lézardé.

– On va là, a dit Минерва en désignant un immeuble au coin de la 20e Rue.

Le néon indiquait HUNT'S QUALITY DONUTS, avec des donuts en forme de lettres qui tombaient dans une tasse à café géante. Et sur l'immeuble, un slogan en énorme : « OUVERT 25H/24. » Mon cœur s'est affolé, tout émoustillé, car je me suis souvenue de Disco Donuts.

– Une heure de vie en plus, a dit Минерва.

Pas besoin de me demander de décrire le lieu, cher lecteur, pour imaginer les personnages falots qui traînaient devant l'établissement. De tous les genres, mes chers inconnus. Je m'apprêtais à faire comme si je n'entendais pas leurs sifflements, mais grâce à l'intervention de la Vierge Marie, Минерва et moi sommes passées dans le silence. Ils ne nous voyaient pas. Nous étions invisibles.

À l'intérieur du restaurant, la comédie humaine a avancé à l'acte IV. À notre gauche, le comptoir réservé aux serveurs. Les tables remplissaient le reste de l'espace, occupées par des ivrognes, des types trop maigres, des gangsters latinos, des vendeurs de drogue, des criminels, des gens brisés, des misérables, des personnes tristes, des extraterrestres. Un nuage de fumée flottait au-dessus de cette panoplie humaine, aussi épais que le brouillard accroché à Haight, pénétré seulement par un néon fluorescent. Oh, grands dieux, ai-je pensé, que mon amie russkov fasse vite.

Минерва surveillait les clients. Je me suis approchée du comptoir pour commander des beignets. Le pauvre garçon a pris ma commande avec le sourire, m'a rendu la monnaie et m'a tendu *mi donas*. Ils avaient l'air périmés et durs, mais on ne refuse pas l'aumône dans une telle église. J'ai croqué dans l'un de mes trophées, et entre la graisse et ce vil sucre, c'était comme si j'avais toute l'Amérique dans ma bouche.

Минерва a pris un donut dans mon sac.

– Lui, a-t-elle lancé en mordant dans la sucrerie bon marché.

Elle a désigné d'un petit coup de tête un individu assis à l'arrière.

Il ressemblait à un tonton junkie, le genre à venir pour Thanksgiving et à finir par se shooter aux toilettes et à piquer du nez dans le pot de sauce cranberry.

– On vient voir lui, a dit Минерва.

Elle s'est assise face à l'homme. Et moi à côté d'elle. Il a levé les yeux. La lumière fluorescente lui donnait un teint cendré, comme si son visage sortait de cette décennie inconnue d'après-guerre, où toutes les montres de gousset indiquaient sans cesse 25 heures.

– Oui ? a-t-il demandé.

– On a besoin objet, a dit Минерва. Tu m'as déjà vendu objet, souvenir, oui ?

– Je crois me souvenir de vous, oui, a-t-il dit. Je crois me souvenir de vous.

– Oui, a acquiescé Минерва. Bons amis. *Amigos*.

– Vous voulez quoi ?

– Un couteau, a-t-elle répondu. Couteau spécial.

– Quoi de spécial ?

– Je veux couteau ayant poignardé homme, a-t-elle dit. Avec sang sur lame. Pas frais. Sang séché.

– Pas facile à trouver, ça.

– Trente dollars. Ni plus, ni moins.

Il s'est levé et est parti.

– Mange donut, a dit Минерва. On attend.

– Tu es sûre que cet homme va revenir ? ai-je demandé. Il y a de grandes chances qu'il te plante et parte avec ton argent.

– Il revient, a-t-elle dit en mordant dans le gâteau brun.

Hunt's Quality Donuts. Une fête dansante où tout aurait mal tourné. Les yeux injectés d'alcool des autres clients. Le vin bon marché. Les tables souillées. Acte V. J'avais passé ma vie d'adulte à fétichiser le décor urbain outrancier, à me vautrer dans la fange que seule une ville abandonnée peut produire, mais derrière la fumée et les néons de Hunt's, j'ai connu un moment de douleur et de doute. Peu importait qui étaient ces gens, mais ils n'étaient pas de notre côté. Ces gens n'avaient pas de côté, d'ailleurs. Ils étaient aussi éloignés de nous que le Sahara.

L'homme est revenu avec une serviette enroulée. Il s'est assis face à Минерва et a déballé le paquet. Bien évidemment, il y avait un couteau, avec une lame crantée tachetée de petits points bruns sur toute sa longueur.

– Ce n'est pas moi qui t'ai donné ça, d'accord ? a-t-il dit. Je nierai.

– Bien sûr, a dit Минерва.

Et se tournant vers moi :

– Paye lui.

Ne voulant pas refuser de payer ce *gentleman* au couteau, j'ai tenté de prononcer quelques mots. J'aurais préféré qu'elle m'avertisse avant. J'aurais pu préparer l'argent. Là, je me retrouvais à fouiller dans mon sac sous les regards inquiets des criminels autour de nous. J'ai compté chaque billet.

– Mets dans sac, a dit Минерва en me tendant le couteau.

L'homme s'est levé, pour partir à toute allure.

– Putains de junkies, a dit Минерва. Aucune éducation.

J'ai fini mon deuxième donut. Nous sommes sorties de Hunt's. Oui, effectivement, c'était étonnant que l'on puisse acheter un couteau taché de sang séché dans un magasin de donuts. Et tout cela à une vitesse qui aurait fait pâlir un livreur de pizzas. Mais les junkies ne passaient-ils pas leur temps à se poignarder ? Le continent nord-américain était plein jusqu'à la gueule de couteaux doucement décorés des effluves de leurs victimes. Je ne voulais cependant pas aborder le sujet avec Минерва, car il valait toujours mieux laisser ses propriétaires croire en leurs victoires à la Pyrrhus. Laissons aux autres leurs idiosyncrasies.

Au croisement de la 17e Rue et de Church, tandis que Минерва s'adonnait au lèche-vitrine, j'ai jeté le couteau dans une poubelle. En m'éloignant, mes yeux sont passés sur le caniveau et ont aperçu un graffiti sculpté dans le bitume par un quidam qui avait dû passer par là alors que le ciment n'était pas encore dur :

BUCK ♥ bAbyDoll

Imaginez-vous à quel point j'ai été submergée par un blues digne du Mississippi ? Toute joie s'est dissipée et je me suis sentie vide.

Qui était Buck ? Qui était Babydoll ? Étaient-ils toujours ensemble ? Peut-être que oui, peut-être que la permanence de ce ciment signifiait que leurs sentiments ne connaîtraient pas de fin, qu'ils vivraient pour toujours une grande histoire d'amour.

Mais toutes les grandes histoires d'amour finissent tragiquement. Héloïse et Abélard, Bonnie et Clyde, Roméo et Juliette, Sid et Nancy, Scott Summers et Jean Grey.

Ce n'était pas Nash Mac qui me remuait le cerveau. Ni Jon de Lee. Même pas ce connard d'Ian Covington. Ne vous doutiez-vous pas, mes chéris, que je pensais uniquement à Baby Baby Baby ?

Baby ♥ aDelINE

ADELINE ♥ bAby

J'entendais sa voix. « Adeline, arrête de penser à moi, disait-il. Tu ne peux pas revivre le passé. »

– Je ne peux pas revivre le passé ? Mais bien sûr que si.

JUIN 1993

Jeremy fait une proposition

Jeremy travaillait depuis chez lui, installé devant son ordinateur, occupé à jouer à une version de travail de *Day of the Tentacle*. Des semaines passées dans la lueur bleutée de son écran. Il bossait par téléphone et e-mail. Nash Mac allait encore au bureau et ne parlait guère du projet. J'ai demandé à Jeremy de me montrer le jeu, afin de découvrir le fruit de leurs efforts.

En utilisant la souris de l'ordinateur, on pouvait diriger les personnages autour d'une demeure outrancière. D'après les commentaires de Jeremy, elle ressemblait à celle de *Maniac Mansion*, le jeu dont *Day of the Tentacle* était la suite.

Ce qui différenciait le second épisode du premier, c'était la possibilité nouvelle de découvrir la demeure à trois époques différentes, celle de la révolution américaine, celle du présent et celle d'un futur éloigné. Le joueur contrôlait trois personnages, un pour chaque période, se passant des objets par différents stratagèmes comme tirer la chasse d'eau.

Je n'irai pas jusqu'à dire que ce mécanisme n'était pas intelligent, ou que les graphismes à la Tex Avery ne m'avaient pas impressionnée, mais je n'y avais joué que le temps que je pouvais tolérer, moins d'une demi-heure.

Lorsqu'il est revenu, Jeremy a trouvé son ordinateur libre, car j'étais retournée dans le salon.

– Tu n'as pas aimé le jeu ? a-t-il demandé.

– Mon cher, je ne l'ai pas haï, ai-je dit, mais ce n'est pas mon genre. Une chose m'a surprise, par contre.

– Quoi ?

– Les tentatives humoristiques. Tous les jeux sont comme ça ?

– Tous les jeux LucasArts sont drôles, a-t-il dit. Sauf *Loom*. *Loom* était angoissant.

– Très étonnant, ai-je dit. Nash Mac est le garçon avec lequel je suis sortie qui s'intéresse le moins à l'humour. Et pourtant, il passe ses jours et ses nuits sur D.O.T.T.

– Les informaticiens sont des gens étranges, je ne sais absolument pas ce que je fais de ma vie, par exemple.

Jeremy n'était pas comme Nash Mac. La technologie ne coulait pas dans ses veines.

– Pour être honnête, a-t-il ajouté, je déteste ça.

– Pourquoi ne fais-tu pas autre chose ? ai-je demandé.

– Attends, j'ai une idée.

Il est allé dans sa chambre, revenant avec une pile de feuilles et de carnets. Il les a disposés sur le sol.

– Regarde ça, a-t-il dit, mais j'ai esquivé, lui proposant de m'expliquer tout cela : je n'avais pas envie de m'aventurer seule dans ce large corpus.

Jeremy avait imaginé une bande dessinée basée sur une société de chats anthropomorphes. Les dix premiers volumes suivraient une famille à travers l'histoire, de ses origines primitives à la fin de l'ère médiévale. Chacun de ces premiers épisodes se consacrerait à un chat se débattant dans les problèmes de leur monde. Certains seraient de l'aventure pure, d'autres des parenthèses sur la vie de famille à diverses époques. Au dixième volume, où l'on rencontrait Felix Trill, le personnage principal de la série, on comprenait que les chats précédents avaient été les incarnations du même esprit, celui qui désormais habitait le corps de Felix Trill.

À partir du volume dix, l'histoire suit Trill à travers ses aventures dans le monde médiéval. Jeremy devait encore trouver le scénario exact de cette aventure, mais s'il en arrivait jusque-là, il aurait déjà instillé quelques fils narratifs dans les neuf épisodes précédents. Les détails, il en était certain, sortiraient tout droit de ses lobes crâniens.

– Avec la façon dont fonctionne le marché indépendant, a dit Jeremy, il faut juste que je fasse parler de moi lors de la publication. Tout est imprimé en flux tendu, et il n'y a pas de retours. Je connais Dave Sim. Il m'a dit que si j'avais un truc, il ferait une prépublication en quatrième de *Cerebus*, ce qui me fera des commandes par milliers, voire plus. C'est comme imprimer des billets, sauf que c'est créatif. Je sais que je peux y arriver.

– Alors, tu attends quoi ? ai-je demandé.

– J'ai besoin d'un artiste, a-t-il dit, avec un ton déterminé qui m'a fait frissonner.

– Tu devrais faire ça en couple avec ton amoureuse. Son dessin s'est considérablement amélioré.

– Ça n'intéresse pas du tout Минерва, a dit Jeremy. Et en plus elle ne comprendrait pas tout. Je pensais à toi en fait.

S'en sont suivies une longue conversation et une âpre négociation. J'ai résisté. Je ne croyais pas en l'art. Je ne voulais pas être une artiste. Même si j'avais vécu avec joie mes quelques passades dans le monde de la bande dessinée, je ne voulais pas y consacrer ma vie à plein temps. J'avais rencontré Grant Morrison, Jill Thompson et même ce pauvre vieux Steve Yeowell. Je ne voulais pas être une rock star, je ne voulais pas être entourée d'acolytes, je ne voulais pas être harcelée à des raves par des écrivains en herbe. J'étais vieille, chers lecteurs. Tout ce que je voulais, c'était qu'on me laisse tranquille. Je voulais vieillir, obscurément plongée dans mon obscurité, et passer mes vieux jours dans une maison de retraite nimbée dans une lumière mordorée. Je ne voulais pas que l'on connaisse mon nom. Je ne voulais pas que les gens attendent quelque chose de moi.

– N'insiste pas, ai-je dit. L'art est sans intérêt.

– Je m'attendais à ta réaction, a opiné Jeremy. Mais, attends, je veux encore te montrer quelque chose.

Il est retourné dans sa chambre, et cette fois, il en a rapporté une petite brochure imprimée en A4, pliée en deux et agrafée. Immédiatement, mes mirettes ont deviné ce que c'était. Un fanzine. Jeremy me l'a tendu.

J'ai regardé la couverture, et à mon grand choc, j'ai vu. Des lettres familières entourées d'un dessin de baignoire :

ROBES DE SOIRÉE EN FEU

– Mais parbleu qu'est-ce que c'est que ça ? ai-je dit.

– Je l'ai acheté à Bound Together, a-t-il répondu.

– Ce n'est pas l'original. Ça doit être une photocopie de photocopie. De photocopie.

– J'ai demandé au magasin, a-t-il dit. De nouveaux exemplaires sont livrés chaque semestre. Tu as fait ça quand, déjà, il y a cinq ans ? Quelqu'un a été assez intéressé pour continuer à l'imprimer. Et, Adeline, crois-moi, c'est du bon. Vraiment bon. Tu gâches ton talent.

Je me retrouvais à nouveau dans la rue, à admirer du plastique en décomposition et un vieux smoking.

Je suis allée à une projection de *Sliver* au Galaxy Theatre, une monstruosité architecturale dotée d'écrans gigantesques et d'un hall inutile mais délicieusement vitré qui avait dû être construit afin de soulager l'ego de son architecte.

Lorsque j'avais décidé d'aller voir ce film, je n'avais pas la moindre idée que Sharon Stone y jouait. En la regardant se caresser dans une baignoire, je ne pouvais m'empêcher de penser à son précédent film, un autre *scandale du jour** intitulé *Basic Instinct*, qui avait mis le feu à la nation américaine à cause d'un bref plan sur les petites lèvres de Stone. La majeure partie de ce film se tient dans un club inspiré du Limelight.

Sliver m'a convaincue qu'il n'existait pas de standards de qualité dans le monde des produits culturels. La négociation de Jeremy m'avait laissée dans un état d'inquiétude quant au fait de travailler sur un projet à destination du grand public, et que si j'acceptais, nous serions obligés d'assumer ce qui était dedans.

J'avais pris l'habitude de me mesurer par rapport à ce que j'estimais comme Bien. *Sliver* m'avait fait comprendre qu'il fallait penser en sens inverse. Le problème n'est pas de faire bien. Pas besoin d'être bien. C'est l'Amérique ! Il n'existe pas de standards. Rien n'est bien. Pas besoin d'être bien, il suffit de ne pas être pire que l'autre. Il suffit juste d'être aussi mauvais que *Sliver*.

– Tu as gagné, *amigo*, ai-je déclaré à M. Winterbloss. Je suis tienne, si tu l'acceptes. Va me chercher de l'encre et du papier.

Jeremy avait décidé que la bande dessinée devrait être en noir et blanc, et qu'il nous faudrait avoir achevé au moins trois volumes avant de se lancer dans la commercialisation. Les bandes dessinées indépendantes, disait-il, marchaient mieux lorsque les volumes sortaient périodiquement, chaque mois. La route jusqu'à Rome était encombrée de projets prometteurs qui avaient achoppé car leurs créateurs n'avaient pas réussi à tenir le calendrier fixé. Si je dessinais trente-six pages et trois couvertures en avance, cela nous éviterait un faux départ.

Les scripts de Jeremy constituaient une torture toute spéciale, car ses descriptions étaient à la fois très détaillées et exceptionnellement vagues.

PAGE UNE, CASE UNE : ON VOIT UN CHAT BIPÈDE À DENTS DE SABRE EXPLORANT UN MONDE VIERGE AUX MORNES ÉTENDUES, ÉCRASANT DE PAR SON ÉNORMITÉ. L'UNIVERS TREMBLE LE LONG DE SA FAILLE MICROCOSMIQUE/MACROCOSMIQUE. ON VOIT TOUT CELA DANS LA POSTURE DU CHAT.

– Jeremy, mon cher, que veux-tu donc dire par tout cela ? ai-je demandé. Comment veux-tu qu'un être humain dessine tout cela ?

– C'est toi l'artiste, Adeline ! À toi d'imaginer !

Je passais mon temps dans la salle de lecture de la bibliothèque de Park Branch. Je marchais jusqu'à Paige Street avec mes feuilles et mes crayons, m'installais et passais en revue des livres, en quête d'imagerie de référence.

J'étais pleine d'ambition au début, développant un dessin précis avec un trait précis, mais j'ai vite compris que cette précision m'empêchait de produire des pages en temps et en heure. J'ai donc simplifié mon style, me concentrant sur la fluidité du trait, tout en maintenant un grand niveau de détail dans les décors. J'encrais avec du noir profond, afin que sa densité contrebalance l'aspect mignon du tout.

Ces semaines ont filé à toute allure, avalées par tout ce processus. Dessiner, café, bibliothèque, Nash Mac. Encore, encore et encore ! Encore ! À l'attaque, ô chère Adeline !

L'un des sans-abri de San Francisco avait pris résidence sur Steiner Street. Ce bon à rien s'installait toutes les nuits vers une heure du matin, annoncé par le fracas de son chariot de courses, et il passait des heures à hurler *non sequitur*. Il déblatérait souvent sans fin à propos de la nourriture. D'autres fois, il évoquait les infractions routières.

Je rêvais de dessin, de chats humains. Une fois, en particulier, j'ai eu un rêve spécial et je l'ai intégré au volume 2. Vous trouverez cette séquence, mes chéris, page 13, lorsque les chats sont devant un obélisque.

Dans le rêve, j'observais à distance les personnages, leurs dos tournés jusqu'à ce que l'un d'eux me remarque. Les autres se sont retournés à leur tour. Un océan d'yeux de chats, bleus et verts.

Ce que vous ne verrez pas sur la page, en revanche, c'est que le chat au centre me regardait avec les yeux de ce bon vieux Patrick Geoffrois, mon étrange Français, adepte de la magie la plus noire du Lower East Side.

Patrick était le plus grand *freak* que j'aie jamais fréquenté, et il était arrivé au moment même où j'avais besoin d'un ami totalement déconnecté de mon passé et avec qui il y aurait une absence totale de tension romantique.

Baby avait tout de suite détesté mon nouveau comparse, convaincu que je me vautrerais avec lui dans des arts occultes, écrasée par Aleister Crowley. Pauvre Baby ! Cela dépassait sa petite tête que l'on puisse entrer en communion avec l'esthétique de la magie sans en croire un traître mot.

Les personnes que l'on rencontre sont tellement ennuyeuses, non ? Quoi qu'on puisse dire de M. Geoffrois, l'homme ne décevait jamais. Il était un cirque itinérant à lui tout seul, engoncé de noir et couvert de verroterie de pacotille.

Comme il me manquait, je lui ai envoyé quelques cartes postales. Il ne m'a jamais répondu.

JUILLET 1993

Daddy Was in KGB décroche un bon papier

Un rayon de soleil a brillé lorsque le *Bay Guardian* a décerné le titre de « Cassette Démo de la Semaine » à Daddy Was in KGB. Минерва s'est précipitée dans l'appartement, son pâle visage illuminé de son rose aux joues. C'était la première fois depuis le début de notre amitié qu'elle faisait preuve d'un enthousiasme débridé. Elle avait l'air totalement américaine.

Avec la chute du mur de Berlin et l'évaporation du communisme, ce n'était plus une question de « si ? » mais de « quand ? » et « où ? ». Je suis heureux de vous apprendre que le moment, c'est maintenant, et que le lieu, c'est ici. Daddy Was in the KGB, une formation punk de S.F. fondée par quatre femmes qui ont fui les États soviétiques, propose une réponse formidable et inclassable à ces dernières années de realpolitik. Des titres comme « Sergey Kirov Makes Fuck In Karl Marx » et « Do It in Your NKVDs » retournent le cerveau et délivrent une petite leçon d'histoire, façon thèse de troisième cycle sur la Russie et le consumérisme américain. J'ai même frissonné lorsque j'ai entendu la chanteuse, Minerva Krylenko, vous glacer le sang en criant : « *Messerchmitt fire at Leningrad, made blood in ground plan, don't have cow man!* », « Tirs de Messerchmitt à Leningrad, du sang sur le plan de la ville, faut pas avoir vache, mec ! ». L'instrumentation est simple et efficace, et rappelle que ces pauvres garçons de Seattle et Portland ont peut-être « redécouvert » quelque chose qui n'avait jamais disparu.

ALEX LASH

Envoyez vos cassettes démo à *Bay Guardian*, 520 Hampshire, S.F., CA 94110.

– Je ne savais absolument pas que vous aviez enregistré une démo, ai-je dit.

– Secret bien gardé, a-t-elle répondu. Groupe pas dire. Bientôt, 45 tours.

Nous sommes tous partis nous imbiber au Mad Dog pour fêter cela. J'ai observé ces filles russes déchaînées courir dans tous les sens, comme si elles venaient de décrocher le prix Nobel d'économie. Même le batteur montrait ses bonnes joues. Il avait beau avoir encore du lait derrière les oreilles, les barmen ne lui ont pas demandé de pièce d'identité.

Deux bières plus tard, l'enfant s'est muré dans le mutisme. Минерва et moi tentions de discuter avec lui, mais c'était aussi douloureux que d'extraire une dent. Après le quatrième verre, on a compris que l'article l'avait chagriné, car il était considéré à la fois comme une fille et comme un Russe. Et il était particulièrement agacé que le journaliste ait mal écrit le nom du groupe, utilisant un article défini, une aberration pour un nom russe.

Le jeune homme a ainsi passé la nuit sous la table de la cuisine et m'a réveillée vers 4 heures du matin au son de son vomi éclaboussant les vieilles toilettes. « Cet enfant, me disais-je, n'a-t-il donc point de parents ? »

JUILLET 1993

D.O.T.T. voit le jour

Day of the Tentacle a été validé et a vu le jour. Nash Mac est devenu tout à coup une personne bien plus aimable, avec un lourd poids en moins sur ses épaules, comme s'il avait tout ce temps plié sous la pression. Afin de marquer le coup, nous sommes allés au Tonga Room, où nous avons passé la soirée incroyablement proches, avant de rentrer à pied chez lui. De Nob Hill à Sunset, en trois heures nocturnes. À respirer la ville, à se languir sous ses soucis.

Vers Van Ness, nous avons croisé une sans-abri, plutôt bien mise, de quelques années de plus que nous seulement. Elle était adossée à un immeuble, à mendier. Je lui ai glissé un dollar. La pauvre chose s'est mise à entonner une interprétation hasardeuse de « She Loves You » des Beatles.

Tout, mais pas cette chanson ! Et si Nash Mac voyait un double sens dans ces paroles ?

J'avais passé un moment si agréable, en rut à Sunset, que je l'ai appelé au téléphone à son bureau le lendemain, lui proposant de se voir à nouveau. Il m'a dit de venir vers 20 heures, ce qui était parfait pour votre serviteure, car je voulais passer la journée à The Owl and Monkey.

La maison de location de Nash Mac n'était pas très éloignée de l'océan : un deux-pièces avec un colocataire qui n'était jamais là. Je m'y suis glissée. Oui, mes chéris, nous en étions arrivés au point où j'avais ma clé à moi.

Les lumières étaient éteintes. En entrant dans le salon, j'avais pensé qu'il n'était pas chez lui. Mais lorsque j'ai entendu un souffle provenant du canapé, je l'ai aperçu en boule dessus, comme un fœtus qui aurait survécu à son avortement. Il pleurait d'ailleurs peut-être, mais je n'ai pas voulu en savoir plus, de peur de déclencher une émasculation.

– Nash Mac ? ai-je demandé.

– Toute ma vie, a-t-il dit, toute ma vie est foutue.

– Mais pourquoi, mon vieux ?

Il était arrivé tard au travail et était tombé sur ses collègues en train de jouer à une version alpha 0.5 d'un jeu à venir, *DOOM*, produit par iD Software. Le boulot qu'avait effectué ce développeur sur un jeu précédent, *Wolfenstein 3D*, était révolutionnaire, mais Nash Mac voyait avec cette première version de *DOOM* qu'un pas de géant avait été franchi. Une énorme évolution, disait-il, qui allait nous emmener dans le futur, et il était clair que son secteur chez LucasArts était dans le mauvais sens de l'histoire.

– Personne ne jouera plus à des jeux d'aventure dans cinq ans. Personne. Je n'aime pas les autres jeux. Qu'est-ce que je vais devenir ?

Votre serviteure manquait des mots adéquats pour exposer un quelconque argument convaincant. Qu'était donc une version alpha ? Qu'était un jeu d'aventures ? J'ai réfléchi pendant quelques instants, et j'ai décidé de m'en tenir aux généralités et de discuter de la vie en cette fin de siècle en Amérique.

– Tu dois bien comprendre, ai-je commencé, que tu parles avec une personne qui croit que nous vivons dans une société qui n'a rien de cohérent. Nous avons passé cinquante ans, au moins, à défendre la suprématie de la technologie. Nous n'avons eu en retour que des écrans à dévisager et des voitures polluant l'environnement. La technologie, mon doux cœur, ne sauvera aucun d'entre nous. Cela enrichira sûrement quelques-uns, mais à quoi servira donc tout cet argent ? À acheter plus de technologie. Je ne m'en ferais pas, si j'étais toi. Quel que soit le type de jeu que tu créeras, cela ne changera rien du tout. Tu continueras à distraire les gens. Tout cela est une gigantesque arnaque. L'Amérique est la plus grande des arnaques, la plus perverse. L'Amérique est une arnaque que l'Amérique s'inflige à elle-même. J'ai passé toute ma vie à entendre les gens me dire ce que je devrais vouloir et ce qui devrait compter pour moi. Mais je suis assez âgée pour savoir que tout cela, c'est du flan. Rien n'a jamais été important. Je me fiche de Harvard. Je me fiche de l'argent. Je me fiche du prestige. Je me fiche des ambitions de la grande bourgeoisie et de ceux qui rêvent d'en être. Mes héros sont les drag-queens et les drogués. Mes héros meurent à vingt-sept ans. Je suis plus vieille qu'eux désormais, chéri, alors je ne suis pas seulement une ratée, mais aussi une grande hypocrite.

Dans tout ce torrent, c'était la pire des choses que je pouvais dire. Il s'est enfoncé un peu plus dans son cocon protecteur, se roulant encore plus en boule sur lui-même.

– C'est fini, a-t-il dit. Putain, c'est fini.

La vulnérabilité a toujours été source d'excitation chez Adeline. Plus l'homme chouinait comme une fillette, plus je voulais coucher avec, et plus je voulais l'aider à garder son statut érodé de macho.

J'ai été fouiller dans la cuisine de Nash Mac, afin de lui préparer des céréales avec des framboises fraîches et une goutte de miel. Je ne le verrais plus jamais aussi désespéré jusqu'au jour où il passerait des heures à tenter d'installer Slackware 1.0 sur son 386SX, avant de découvrir que les trois dernières disquettes 3,5 pouces sur les vingt-quatre avaient des secteurs défectueux.

– Mange ça, ai-je dit. Ça va te réchauffer.

OCTOBRE 1993

Adeline reçoit une carte postale

J'aurais dû apprendre la leçon avec Emil. J'aurais dû apprendre la leçon avec Papa. J'aurais dû apprendre la leçon avec Baby. L'univers m'avait envoyé le message à trois reprises déjà, aussi clairement que possible. « Adeline, disait-il, Adeline, ne prends jamais trop de plaisir à quoi que ce soit. C'est lorsque tout semble au mieux, Adeline, disait l'univers, que je te baiserais le plus profondément. Adeline, ne sois pas arrogante. Adeline, reste toujours éloignée de l'hubris. »

J'ai préféré ignorer l'évidence et me laisser aller au bonheur. J'avais fini mes soixante-six pages et mes trois couvertures. Alors que j'arrivais à la quarantième page, Jeremy s'est mis à activer son réseau. Il a demandé à Dave Sim s'il pouvait prépublier en quatrième de *Cerebus*. Sim a dit oui, quand tu veux, envoie-moi les pages. Il nous avait même mis en relation avec un imprimeur bon marché, Preney Print and Litho, de Windsor, Ontario. Tout était sur les rails. Nous étions prêts. On avait même un titre : *Trill*.

Jeremy avait quitté LucasArts. Il vérifiait la boîte aux lettres tous les jours, à la même heure, attendant de recevoir un retour contractuel de plusieurs distributeurs. Nous avions mis en place une petite routine où il allait chercher le courrier et je l'attendais afin d'apprendre la bonne nouvelle.

Et, un soir, il est entré dans le salon.

– Je suis désolé, a-t-il lancé.

– Qu'est-ce qu'il se passe ? ai-je demandé. C'est Diamond ? De mauvaises nouvelles ?

– Non, a-t-il dit. C'est ça. Pour toi.

C'était une carte postale avec une photographie de l'Empire State Building, le genre de carte que l'on trouve pour quelques cents à Times Square. Je l'ai retournée. L'écriture était celle de la femme de Patrick.

2 octobre

Bonjour Adeline,

Ton ami Patrick est mort le 12 septembre. Il a eu une attaque.

– New York me rappelle à la maison. Il est l'heure de faire ses valises, ai-je dit en laissant ces mots terribles sortir de ma bouche.

Au revoir, Californie, au revoir.

DÉCEMBRE 1993

Dorian Corey

La soirée de Nouvel An est un détail de plus dans la grande tapisserie de mes souvenirs sous drogue, mais je me souviens que j'ai perdu ma soirée dans un club pourri. Les yeux explosés, le nez irrité, des gouttes chimiques me râpant le fond de la gorge. Pareil à Noël. Juste quelques sons flous de clochettes et des pères Noël de l'Armée du salut.

Mes souvenirs de cette période sont très vagues. Et pas seulement à cause de mon ingestion de produits chimiques. Les drogues mettaient en vrac ma mémoire, bien sûr, mais mon écriture faisait pire encore.

Plus je vomissais des mots, moins j'arrivais à garder un semblant de vie normale, et moins je me souvenais de ma vie quotidienne. Mon cerveau n'arrivait pas à jongler avec deux réalités, n'arrivait pas à rester concentré, et je plongeais plus profondément encore dans ce monde qui payait les factures, celui qui m'aidait à garder un toit.

De toute la saison de vacances, je ne me souviens que d'une chose. Un titre du *New York Post* ou de *Newsday* : « UNE DRAG-QUEEN ET SA MOMIE. »

La drag-queen en question, Dorian Corey, était morte au mois d'août. Elle était connue. On l'avait vue dans le documentaire *Paris Is Burning*. Ou pas.

Pendant près de vingt ans, Dorian avait dessiné les habits pour les autres drag-queens des *ballrooms* depuis son petit appartement de la 140e Rue Ouest. Lorsqu'elle a passé l'arme à gauche, une victime de plus du sida, son amie Lois Taylor avait hérité de sa garde-robe. La gloire et les paillettes. La rumeur voulait que si l'on cherchait des habits extravagants, il fallait voir avec Lois.

Deux hétéros ont demandé à Lois si, dans les affaires de Dorian, il y aurait une cape noire. Ils devaient se rendre à une fête d'Halloween, et l'un d'eux voulait se déguiser en Dracula. Lois a répondu, mais bien sûr, chéri, passe à la maison voir s'il y a ça. Elle les a laissés fouiller dans le placard aussi grand qu'une chambre. Lois a vu un sac par terre, caché sous une robe orange. Elle a tenté de soulever le sac. Il était trop lourd. L'un des deux visiteurs a découpé le sac avec des ciseaux, et une odeur terrible en est sorti.

– Mais c'est quoi ? a demandé le type. Un cadavre de chien ?

Et c'est alors que l'aventure a pris le tour d'une histoire typique de New York. L'un des hommes s'est présenté comme policier. Imaginez un peu. Imaginez un flic hétéro en train de fouiller dans le placard d'une drag-queen à Harlem, à chercher une cape car il voulait se déguiser en Dracula.

Et donc, à votre avis, qu'est-ce qu'il a déniché ?

Un corps momifié, embaumé. Au terme d'un processus dégoûtant, qui incluait de couper les doigts de chaque main, d'injecter une solution spéciale et de retirer la peau des os, un technicien de la police scientifique a pu identifier le corps.

Bobby Wells dit Bobby Worley, né en 1938. Arrêté pour viol en 1963. Vu pour la dernière fois en 1968. Dorian avait peut-être vécu avec ce cadavre pendant plus de vingt-cinq ans.

Les Club Kids sont devenus dingues de cette momie. Qui aurait pu leur en vouloir ? Michael Alig adorait ça et ne faisait plus que parler de Dorian. C'était l'histoire la plus dingue depuis longtemps, comme un retour du passé dans le présent, un rappel que, malgré la gentrification galopante et le règne de Rudy Über Alles Giuliani, cette ville restait tout de même l'endroit le plus étrange au monde.

Une momie dans le placard d'une drag-queen ! Parfait. Tellement New York. Tellement au-delà de mon imagination d'écrivain.

– Parle-moi de cette putain de momie, a dit Parker au téléphone. Balance-moi un scoop sur Dorian Corey.

J'ai inventé une histoire comme quoi Dorian faisait payer une entrée afin d'admirer le corps. Au début des années 1980, quand tout était encore possible. Elle demandait seulement cinq dollars. Ce mensonge a satisfait Parker. De quoi balancer à ses collègues. Un scoop bien informé. L'idéal.

J'espérais juste qu'il ne passerait pas pour un crétin qui bavassait sur n'importe quoi. Mais qui oserait le remettre en question ? Les gens de l'édition avaient peur de Parker.

Il était imposant et brutal.

Et c'était mon protecteur.

Parker transformait mes pages en billets verts et remplissait mon compte en banque. Dans ce cadre-là, rien n'avait valu l'option déposée par le réalisateur-producteur Alan J. Pakula sur *Coincé entre Jupiter et une bouteille*.

Lorsque Pakula a commencé son approche, j'ai loué plusieurs de ses films. Le meilleur était *Les Hommes du président*, avec Robert Redford alors au faîte de sa beauté. Robert Redford était canon. Je ne m'en lassais pas. J'avais fini par louer *Le Candidat*, un film un peu plus ancien où son visage irradiait la pellicule, son image s'imprimant dans le cerveau humain.

Dans *Les Hommes du président*, on retrouvait le double lauréat des Oscars, Jason Robards, dans le rôle du journaliste du *Washington Post*, Ben Bradlee. Robards me faisait penser à Adeline, à la fois où il l'avait emmenée à Serendipity III. Ce n'était pas comme si j'avais besoin d'une excuse pour penser à elle. Je pensais idiotement tous les jours à Adeline.

J'ai dit à Brickley que si Pakula voulait adapter le livre, et qu'il veuille y apporter beaucoup de changements, alors, s'il te plaît, toi Parker Brickley, prends tes vingt pour cent. Balance le contrat. J'avais besoin d'argent.

La largesse de Pakula m'a offert un luxe incroyable. J'avais du temps devant moi. J'ai quitté mon boulot à Theatre 80. Et comme j'avais été baptisé par l'*imprimatur* d'Hollywood, Parker a pu négocier une plus grosse avance pour le livre suivant.

C'est celui-là qui a failli m'achever.

JANVIER 1994

Baby assiste au lancement de The Bread of Time *de Philip Levine*

Bien que ce soit clairement un roman de science-fiction, Parker avait convaincu Michael Kandel de publier *Coincé entre Jupiter et une bouteille* dans la collection de littérature générale. Les livres sont comme des pâtisseries. Tout est dans la présentation.

Mes déblatérations typiquement science-fictionnelles sur le futur, la génétique et les robots, écrites avec la fougue naïve de la jeunesse, ont ainsi été prises, à tort, pour des métaphores fouillées à propos de la société contemporaine. J'ai arrêté d'être un geek passionné par les vaisseaux spatiaux. Je suis devenu un postmoderniste.

La plupart des critiques littéraires situaient *Coincé* dans le courant des nouveaux romans littéraires s'accommodant des littératures de genre. Les comparaisons allaient jusqu'à Robert Coover, Thomas Pynchon et Don DeLillo. Une petite minorité rejetait cette approche, trouvant le livre plus proche du nihilisme à la Bret Easton Ellis. Mon papier préféré a été publié dans *The Houston Chronicle*. Ce petit chef-d'œuvre suggérait qu'il existait un lien entre l'apparence éléphantesque de Michelle Gila et le dieu hindi Ganesha, et la lecture qu'il faisait de mon roman était celui d'un sous-texte tiré de la littérature védique. Michelle Gila était le nouveau maître du jeu, balayant tous les problèmes du monde de sa trompe incrustée de coke de synthèse.

Le *Voice Literary Supplement* a demandé à me rencontrer. J'ai accepté, ce qui était une erreur, car l'article au final n'a pas augmenté les ventes d'un iota mais disait à tout le monde que j'habitais Manhattan. J'aurais préféré garder ma ville de résidence inconnue, allant même jusqu'à prétendre dans mes notices biographiques que j'étais poissonnier dans l'East End à Londres.

Mais le secret était éventé. J'ai commencé à recevoir des invitations à des vernissages et à des lectures. Pire encore, j'ai commencé à accepter.

Le premier vernissage auquel j'ai assisté était au Nell's.

Lorsque j'avais commencé à fréquenter les clubs, Nell's était doté d'une aura quasi mystique où les yuppies et les vétérans de la nuit claquaient des sommes d'argent folles en nourriture, alcool et cocaïne haut de gamme. Aucune raison d'aller chez Nell's, donc.

Une fois à l'intérieur, après avoir indiqué mon nom qui était sur la liste des invités, je n'ai adressé la parole à personne. Je suis resté dans un coin à observer de loin un groupe de trentenaires hystériques qui riaient comme des folles.

Pour quelqu'un qui avait hanté les clubs, j'avais commis une erreur de débutant.

Première règle ? Ne jamais arriver seul.

J'ai donc invité Regina. Elle a fait comme si cela ne l'intéressait pas, au départ, mais après que je l'ai conviée à une fête où on a admiré Jay McInerney pleurer sur une pastèque gelée, elle s'est mise à aimer le concept.

Lorsque nous sommes allés au lancement du livre de Philip Levine *The Bread of Time*, j'ai rencontré pour la première fois ce gros connard de Norman Mailer. Cette vieille pédale était au bar, son regard globuleux déshabillant chaque femme qui passait, bavant de tout son stupre sénile. Chaque centimètre de sa peau exsudait le libidineux. Je l'ai observé depuis l'autre côté de la pièce, jusqu'à ce que le caquètement de Nan Talese me tire de cette torpeur.

L'année précédente, j'avais approché l'œuvre de Mailer, en commençant par un poche bon marché des *Armées de la nuit*. C'était le meilleur livre que j'avais lu depuis bien longtemps. Cela m'avait convaincu de lire tout le reste de ses livres. *Miami and the Siege of Chicago*. *Le Combat du siècle*. *Le Chant du bourreau*. *Bivouac sur la lune*. Même *Marilyn* ! Tous remarquables, tous incroyables !

Mais rien dans l'écriture de Mailer ne me donnait envie de rencontrer l'homme. S'il ne doit rester qu'une chose de moi dans le futur, ce sera ma capacité à séparer l'artiste de l'art.

Regina s'est rendue au bar, sans reconnaître le petit troll qui était à côté d'elle. Elle a commandé un verre. Mailer s'est penché vers elle. J'ai vu ses griffes se poser sur son épaule nue. J'ai poussé un petit cri et ai accouru vers elle.

– Viens, ai-je dit en prenant Regina par le bras.

– Écoute, chéri, a dit Norman Mailer, ce n'est pas toi qui vas décider si elle reste ou non.

– J'ai le plus profond respect pour votre œuvre, monsieur Mailer, ai-je dit, mais mieux vaut faire votre dernière prière si vous pensez que nous sommes toujours en 1967 et que vous pouvez vous en sortir ainsi. Vous n'avez pas devant vous un pédé de Harvard qui va détaler devant l'odeur de votre testostérone. Je suis de la lave en fusion, et vous les cendres finissantes d'un feu éteint depuis longtemps. Je suis à la fois l'abeille et le papillon.

– Baby, a dit Regina, mais de quoi tu parles ?

– Je dis juste que je vais frapper ce vieux croûton comme une vulgaire lavette.

Je l'ai amenée à l'écart. Norman Mailer n'a pas pipé mot. Je pense que cette scène échappait à sa capacité critique. Un pédé bouseux qui osait dégager un pacha new-yorkais. Le triomphe du multiculturalisme.

La rumeur a couru dans la fête que j'étais celui qui avait menacé de tuer Norman Mailer. L'esprit de cour d'école est inévitable. Même si les études sont finies depuis longtemps déjà.

Cette rumeur a attiré un contingent de personnes plus jeunes. Certains prétendaient avoir lu *Coincé*, mais je savais que ce n'était pas le cas. Les participants aux soirées littéraires ne lisent jamais les livres des autres.

Mais une personne, si. Il devait avoir la trentaine et portait un cardigan bleu foncé et des lunettes en écaille noires.

– Salut, a-t-il dit. J'ai adoré *Coincé*. Vous vous êtes inspiré de Michael Alig, non ?

– Vous êtes un ami de Michael ?

– Oh non, pas du tout, je suis bien trop ennuyeux pour ça, a-t-il répondu. Je l'ai vu au *Joan Rivers Show*. Lorsque j'ai lu le nom de Michelle Gila et découvert le contexte, je me suis dit que cela devait parler des Club Kids.

– Vous êtes la première personne à avoir compris la référence, ai-je dit.

– Je m'appelle Cecil.

– Vous avez déjà lu *Cecil Dreeme* ?

– Vous devez être la seule autre personne vivante qui connaît ce livre.

– Je suis allé à NYU.

– Moi aussi. Diplômé en 1986.

Je ne me souviens plus si j'ai démonté Cecil ce soir-là. Peut-être. Parfois, vous rencontrez quelqu'un et vous êtes condamné à entrer en lui, et lui à entrer en vous. Certaines queues sont aussi inévitables que la mort. Certaines queues sont des aimants pour votre métal.

Si nous ne nous sommes pas abandonnés au corps de l'autre ce premier soir, alors cela s'est passé à coup sûr le lendemain. Et pendant des jours ensuite. Très vite, nous étions en couple.

Nous étions parfaits ensemble. Mêmes intérêts, mêmes goûts, même niveau d'intelligence, à peu près même potentiel de séduction. Même secteur professionnel. Cecil travaillait comme assistant éditorial à Vintage. C'était l'homme le plus gentil avec qui j'étais sorti, le plus réfléchi, la seule personne à me chérir autant. Il me préparait toujours mon petit déjeuner le matin. Nos ébats étaient géniaux. On se démontait chaque jour de la semaine de sept manières différentes.

Je passais mes journées à zoner. Cecil à côté de moi, occupé à parler, à discuter concepts, à être attentionné, aimant, à s'enquérir par des gestes et non des mots si je l'aimais aussi, à parler d'emménager ensemble, de notre avenir, et moi, le regard vitreux, piquant du nez, à servir des réponses évasives, à peine des mots, à le prendre dans mes bras lorsque c'était nécessaire, à l'embrasser lorsque c'était approprié, à le démonter. Je m'en fichais. Rien de cela n'était important.

Je me souviens avoir été obsédé par Jaime, que sa présence faisait basculer l'atmosphère lorsque les murs scintillaient tout à coup de sa présence. Pareil avec Erik. Comme si toute notre relation se déroulait à Washington Square, avec lui qui regardait par la fenêtre de notre vieil hôtel, nos souffles créant de la buée dans l'air. J'aurais pu mourir là-bas.

Avec Cecil, il n'y avait qu'une seule chose. C'était réel.

Jaime et Erik étaient des merdes. En comparaison, Cecil passait pour une divinité, pour le dieu des amoureux. Jaime n'avait même jamais été mon mec. Il me démontait, mais refusait d'en parler à ses amis. Erik n'aurait jamais osé en parler à Maman Chérie. Cecil téléphonait chaque semaine à sa maman et à sa sœur à Chicago, leur parlant de moi, me les passant de temps à autre. Sa mère demandait chaque week-end quand je pensais venir les voir. Nous avions développé une relation téléphonique de bonne qualité. Elle était très drôle.

Mais je n'avais pas la force. J'avais refermé le livre de ce genre de relation, de ce genre d'obsession, de ce genre de fascination. Peut-être était-ce de la maturité. Ou pas.

– Baby, a dit Cecil, tu es le premier homme à me rendre heureux.

– Moi aussi, je suis heureux, ai-je répondu.

– Baby, a continué Cecil, tu es tellement intéressant.

– Tu n'es pas mal non plus.

– Baby, a demandé Cecil, qu'est-ce que tu préfères à New York ?

– Les Minettas. Et toi ?

– L'Aiguille de Cléopâtre. Tu y es déjà allé ?

Jamais. Cecil a poussé un petit cri très féminin, le son le plus pédé qu'il ait jamais émis, et a insisté pour y aller en métro. Tout de suite.

Nous sommes sortis de la ligne 6 au niveau de la 86e Rue et avons remonté jusqu'au Met. Je pensais que nous allions entrer dans le musée, mais Cecil a dépassé l'immeuble pour entrer dans le parc, s'engageant au beau milieu de la nature pour arriver à une route qui formait un cercle, et s'est s'arrêté devant un obélisque géant en granit.

Ses quatre faces étaient abîmées par les éléments, couvertes de pollution, comme si la pierre pourrissait à cause de l'atmosphère. Détruite par l'air acide que nous inspirions chaque jour dans nos poumons.

– Qu'est-ce que c'est ? ai-je demandé.

– L'objet le plus ancien de tout New York. Ça vient d'Héliopolis. Trois mille cinq cents ans d'âge. Égyptien, et érigé durant le règne de Thoutmosis III.

La toxicité de la ville avait effacé deux faces d'hiéroglyphes. Ceux qui restaient étaient à peine visibles. L'obélisque était monté sur un piédestal, avec des pinces de crabe en bronze qui sortaient par-dessous.

J'étais halluciné, obsédé par ce rocher. Plus vieux que New York. Plus vieux que l'Amérique. Mille cinq cents ans avant que Jésus ne naisse. Ce n'était pas vieux. C'était ancien. Les nuages tournoyaient autour de l'obélisque.

J'ai trébuché, et ai dû m'accrocher pour ne pas tomber.

– Baby, ça va ?

– Oui, oui, ça va, ai-je dit. Je ne sais pas ce qui s'est passé. Je regardais le monument, et il y a eu comme un son qui s'est déclenché dans ma tête.

– Rentrons à la maison, tu as besoin de te reposer, a dit Cecil. Je te préparerai à manger.

Mais revenons un peu en arrière.

Le Tunnel avait rouvert à Thanksgiving, un mois après que la police a découvert la momie, mais avant que les médias ne fassent le lien entre le corps et Dorian. Peter Gatien avait racheté le club et l'avait fermé pour rénovation. Le nouveau décor ressemblait à s'y méprendre à celui de l'Arena.

J'ai zappé la réouverture. J'étais occupé. J'y suis allé pour une autre soirée, quelques semaines plus tard. Pour un soir seulement, le club exposait des peintures du tueur en série John Wayne Gacy. Michael Alig devait être derrière tout ça.

Michael était devenu un drogué à temps plein, s'étant de plus découvert un penchant pour le morbide, comme c'était souvent le cas avec les junkies. Un vrai trip mortifère, un Thanatos des temps modernes. Lui et ses Club Kids portaient désormais des bandages et du maquillage simulant des blessures. J'étais convaincu que l'inspiration leur venait d'une série de photographies d'Edie Sedgwick, prises après qu'elle avait mis le feu à sa chambre du Chelsea Hotel. Mais personne ne voulait l'admettre.

Bref, j'étais donc au Tunnel, à regarder les peintures pourries d'un type qui avait tué et violé près de trente-cinq garçons. Je me demandais ce que tout cela pouvait bien signifier.

L'Amérique avait toujours baigné dans le sang, mais cette mode des tueurs en série était nouvelle. Un empire mourant médite toujours à propos de la mort. Peut-être que l'intuition de drogué de Michael Alig fonctionnait comme une antenne, une sorte de signal d'alerte, un radar annonçant l'apocalypse prochaine.

En sortant du club, un type canon aux allures de junkie m'a arrêté. Je l'avais déjà croisé, à Disco 2000, en train de discuter avec Michael.

– T'es écrivain, c'est ça ?

– C'est ce qu'on me dit, oui, ai-je répondu.

Il avait teint ses cheveux d'une couleur cuivre très déplaisante. Il avait apposé des couches grasses de khôl autour de ses yeux. Il portait une chemise Stüssy et un jean dégueulasse. Il avait l'air trop vieux pour cet accoutrement. Lorsqu'on atteignait son âge, mieux valait abandonner ou devenir totalement extravagant. Personne n'arrive à survivre dans l'entre-deux.

– J'ai lu ton livre, a-t-il dit.

– Ah, vraiment ? ai-je demandé.

– Ça m'a éclaté, mec. Michael m'avait dit que c'était top. Mais Michael dit ça de plein de choses. J'ai acheté ce putain de bouquin, et je me suis dit que ça défonçait.

– Merci, ai-je dit. Ça fait toujours plaisir.

– On peut aller discuter quelque part ?

– Tu t'appelles comment ? ai-je demandé.

– Franklin, a-t-il dit.

– Franklin comment ?

– Franklin Perkins.

– D'accord, Franklin Perkins, ai-je acquiescé. On peut aller discuter. Mais cassons-nous d'ici. Je ne supporte plus ces peintures de merde.

James St. James faisait la sécurité. Chéri, a-t-il dit, pourquoi tu pars si tôt, tu ne trouves pas ces peintures fabuleuses ? J'ai dit non, elles sont horribles, je ne les supporte pas, et elles ne t'arrivent pas à la cheville, Jimmy. Mais James St. James s'est contenté de dire chéri, ce n'est pas le cas de tout le monde, déjà ?

Nous sommes allés dans le studio de Franklin dans East Village, et nous nous sommes démontés à tour de rôle. Ce n'était pas génial. C'était mieux que moyen. J'y ai passé la nuit. Le seul problème s'est manifesté lorsque Franklin s'est mis à déballer tout un lot de godemichés et de harnais.

– Désolé, ai-je dit, mais je n'aime pas les sex-toys.

– Pas de souci, a-t-il dit. On peut le faire à la papa, j'adore aussi.

En se réveillant, il m'a demandé si je voulais prendre le petit déjeuner. J'ai dit ouais, bien sûr, allons prendre un petit déj'.

– Je connais un putain d'endroit, a-t-il dit. Ça s'appelle le Kiev.

– Ah ouais ? Allons voir ça.

Franklin s'était installé à Manhattan quelques mois plus tôt, en provenance du fin fond du Connecticut. Ne pensez pas pour autant qu'il était innocent. Il était né en banlieue et avait démonté à peu près tous les culs possibles de Hartford à New Haven, offrant son corps avec aussi peu de discernement que Jésus.

Il avait vu Michael Alig dans le *Jane Whitney Show*. L'épisode avec G.G. Allin, juste avant qu'Allin ne meure d'une overdose au croisement de la 3e Rue et de l'Avenue B.

Le comportement et l'attitude de Michael avaient frappé Franklin comme une épiphanie. La scène nocturne du Connecticut était une chose, mais c'était à New York que ça se passait vraiment. Il y avait un monde inexploré de l'autre côté de la frontière de l'État. Il est parti à la recherche de Michael. Et l'a trouvé la semaine suivante. Michael aimait la chair fraîche.

Je n'arrivais pas à savoir s'ils s'étaient démontés l'un l'autre. J'espérais que non. D'après ce que j'en savais, j'avais réussi à éviter de partager mes partenaires avec Michael. Seuls Venus et Ulysses S. Grant savaient quels bactéries et virus hantaient ce flux sanguin.

Quelques nuits après mon escapade en compagnie de Franklin, j'ai lu un article dans le magazine *New York* à propos de la gonorrhée. La maladie s'agrégeait en une poche de bactéries au fond de la gorge. Le sexe sans risque n'existait plus. La fellation ne donnait pas le sida mais trempez votre queue dans une gorge pleine de bactéries, et vous n'allez pas vivre un très bon moment.

J'étais obsédé par l'idée que Franklin m'avait refilé la gonorrhée. Chaque fois que j'urinais, j'étais terrifié à l'idée que cela ne soit pas de l'urine, que ce soit le début d'une formation de pus. Mais la maladie n'est finalement jamais arrivée.

Si j'étais quelqu'un de bien, je dirais que je n'ai plus jamais revu Franklin. Mais ce n'est pas le cas. On se retrouvait au moins deux fois par semaine. Cela a duré pendant un petit bout de temps. Je l'ai démonté tout le long de la période ou Cecil me démontait.

FÉVRIER 1994

Baby voit La Liste de Schindler

Grâce au succès relatif de *Coincé*, à l'option cinéma, à un extrait de cinq mille mots et à un synopsis, Parker avait vendu mon deuxième roman à Bill Thomas chez Doubleday. Ils étaient contents de m'accueillir. J'étais un jeune écrivain en devenir. Ils croyaient en moi.

J'ai décidé d'abandonner la science-fiction et de me concentrer sur le genre noir. Le titre provisoire de mon deuxième roman était *Elle est entrée, ses jambes aussi longues que la nuit, son derrière aussi brillant que le laiton*.

L'action se déroulait dans les années 1950 à Los Angeles, et narrait les mésaventures de Frank Fist, un ancien Marine devenu détective privé. Il avait fait ses classes à Guadalcanal, imbibé dans le sang de milliers de Japonais. Il était revenu dans son pays empreint de brutalité, la mettant en pratique pour servir ses clients.

L'habillage science-fictionnel de *Coincé* m'avait permis de m'amuser avec la place centrale de l'hétérosexualité dans le roman policier. Mais là, avec pratiquement aucune connaissance de l'anatomie féminine ou de ses sensations tactiles, j'ai sauté le pas. Les auteurs de romans noirs façon jazz, époque be-bop et néons rouges, étaient en fait ultra-*queer*. Ils essayaient tous d'être plus butch que les butchs.

J'ai écrit les scènes les plus débilement hétéros. En voici un bref extrait :

> Elle balançait son derrière à un rythme lent. Avec un cul du genre, pas besoin de savoir parler. Chaque conversation s'arrêtait lorsqu'elle s'éloignait, dos tourné. Son arrière-train captait l'attention des hommes depuis l'autre bout de la pièce et donnait envie à la proie de lui apprendre paix et volupté. « Miss Orrin, ai-je dit, les jeunes femmes comme vous viennent en ville et jouent aux dures, mais vous êtes toutes faites du même bois. Une petite gifle sur les fesses, et vous pleurez en appelant papa à l'aide. Ramenez donc vos formes généreuses par ici, Miss Orrin, et laissez-moi vous enlever ce rouge à lèvres qui barre votre visage. »

Je pissais ainsi près de vingt mille mots du même genre. Tout roulait parfaitement. J'aurais pu finir le livre, mais j'ai quitté les rails du travail en partant voir *La Liste de Schindler* dans un cinéma de seconde zone, des mois après sa sortie.

Durant les trois heures de ce film, tout le caractère brillant de ce chef-d'œuvre est amenuisé par les volontés pédagogiques du réalisateur. Près de quarante-cinq minutes sont gâchées afin de s'assurer que le public comprenne que l'Holocauste n'était pas bien, et que l'acte d'Oskar Schindler de sauver mille deux cents Juifs était bien. Pourquoi toute cette morale ? L'histoire était assez forte en soi. Pourquoi tous ces rajouts ?

Comme je l'avais compris lors de mes brefs échanges avec Alan Pakula, les scénarios sont toujours basés sur une structure en trois actes. Les questionnements apparaissent dans les vingt premières minutes du film et sont résolus dans les dix dernières. Mais, qu'est-ce qu'on pouvait résoudre à propos de l'Holocauste ? Il n'y avait pas eu dix minutes de conclusion finale, juste des décennies de souffrances psychologiques et de conséquences historiques.

Je ne cessais de penser aux Allemands et aux Polonais, à ces millions de *goyim* qui n'apparaissaient nulle part dans *La Liste de Schindler*, aux millions de bons citoyens qui avaient tracé leur route tandis que leurs gouvernements orchestraient le génocide. Le type lambda qui ne s'élevait à aucun moment contre ces crimes. Qui se fichait d'ailleurs des Juifs, des gays, des romanichels ou des malades mentaux.

Mille deux cents vies sauvées, c'est un miracle, mais six millions de morts, c'est un fait effroyable. La conséquence d'un monde tout orienté vers le capital et l'efficacité technologique. L'Europe l'a découvert à travers sa solution finale.

Mais qui étais-je pour juger ? Je ne connaissais absolument rien de l'Holocauste, de la souffrance des victimes ou du régime nazi. Ma compréhension de la Seconde Guerre mondiale se limitait à un enseignement public du plus bas niveau et aux commémorations incessantes de son cinquantième anniversaire.

J'ai atterri au Strand, afin d'acheter autant de livres que possible. Jusqu'à ce que je me retrouve sous la lumière déprimante de la librairie, occupé à fouiller du regard les étagères en métal de quatre mètres de haut, je n'avais pas réalisé combien de livres avaient été publiés à propos de la guerre.

Des livres sur toutes sortes de sujets à la con, du plus évident au plus ridicule. À propos des rations des GI. À propos des tanks allemands. Staline. Churchill. Hitler. Roosevelt. Truman. À propos d'obscurs rituels japonais. À propos des femmes au foyer tchécoslovaques. À propos de l'impact des tanks sur les mouvements migratoires des oiseaux nord-africains. Des livres, encore et encore des livres. Des contes de la Luftwaffe. Des étagères à l'infini.

Je me suis raccroché aux titres que je connaissais. *Le Troisième Reich, des origines à la chute*. *La Nuit*, d'Elie Wiesel. Les deux volumes de *Maus*. *Ces garçons qui venaient du Brésil*. *War as I Knew It*. Et, enfin, *Eichmann à Jérusalem*, de Hannah Arendt.

Le caissier chauve entre deux âges a pâli lorsqu'il a remarqué que tous les livres que j'achetais étaient à propos des nazis ou de l'Holocauste. Je m'en fichais pas mal, mais j'ai ressenti un élan de sympathie à son égard, imaginant tous les types fous qui devaient débarquer ici et acheter un nombre insensé de livres sur des sujets atterrants. Ou comment nourrir une obsession via une frénésie bibliographique.

Mais pas moi ! J'effectuais des recherches, même si, cette fois, il était en effet difficile de faire la différence entre l'écriture et la folie pure. J'avais développé ce muscle à un point où il n'avait plus besoin de pensée consciente pour s'activer. Je m'asseyais à mon ordinateur et les idées coulaient. Je pouvais m'observer en train de le faire.

S'asseoir et avoir les mots qui virevoltent autour de vous, faire parler les personnages, les bouger comme autant de pièces d'échecs. C'était ça, la folie.

Eichmann à Jérusalem. Je l'ai lu en dernier. Une erreur, vu que c'était le meilleur. Hannah Arendt l'avait écrit avec une malice assumée qui était la seule réponse rationnelle à la cruauté teutonne systémique. Inexorable, dépourvu de sentimentalisme, conscient du paradoxe qui consistait à juger Eichmann avec les lois d'un pays qui n'existait pas à l'époque de ses crimes.

Lorsque Arendt a abordé l'exemple *sui generis* du Danemark, elle m'a impressionné. Voilà ce qu'elle écrit : « C'est l'un des rares cas où l'absence d'État s'est avérée un atout, même si l'absence d'État n'a bien sûr pas été ce qui a sauvé les Juifs mais, au contraire, la décision du gouvernement danois de leur apporter protection. »

Cette phrase m'a marqué. L'histoire de l'Holocauste était celle d'une gouvernance erronée. Toute ma vie, on m'avait rabâché des histoires terrifiantes quant aux horreurs gouvernementales, aux horreurs de la bureaucratie. La haine et l'absence de confiance envers le gouvernement fédéral étaient sûrement la seule opinion commune partagée par les hipsters de East Village et les bouseux des campagnes, ce qui démontrait que la stupidité et l'ignorance sont des constantes, où que vous soyez.

La seule chose qui séparait l'Amérique du fascisme, c'était nos lois, nos cours de justice, nos contre-pouvoirs. Tout ce qui est bon dans la vie américaine, et tout ce qui est mauvais, n'est que le produit du gouvernement fédéral. En 1787, les plus fervents défenseurs de la liberté avaient écrit une Constitution qui n'offrait aux citoyens aucune protection contre leurs concitoyens qui souhaitaient les posséder. En 1860, quatre millions de personnes souffraient de la condition d'esclave. En 1865, l'ajout de trente-deux mots à la Constitution avait libéré ces esclaves de leurs chaînes. Le mythe de l'individualiste solitaire est une énorme connerie qui se retrouve à toutes les strates de la société. C'est une façon de déguiser notre complicité personnelle dans le fait que notre vie publique ait perdu tout sens, une excuse pour ce que nous nous sommes laissés devenir. Historiquement, l'ennemi est le riche et l'imbécile. Le deuxième est utilisé par le premier, enfermant la société dans un cycle mortifère, celui du grand mythe de l'Amérique qui s'épanouit malgré, au lieu de grâce à, ses lois. Un monde où le cadavre zombifié de Ronald Reagan engendre une dérégulation profonde et systémique du secteur économique, et dont le successeur à la présidence n'est autre que Bill Clinton, un politicien du Sud qui aime flatter les culs et a toujours haï la protection civile. Les deux hommes ont abandonné toute idée de probité, tout bon sens, tout raisonnement rationnel et se sont vautrés dans les monocultures jargonneuses d'Hollywood et Wall Street. Tous deux savaient parfaitement qu'en brillant devant la caméra on pouvait éblouir toute une nation. Peu importait si ces animaux enragés détruisaient la fabrique même de notre société, non ? Et peu importait si les faibles et les idiots étaient offerts en pâture aux prédateurs et aux parasites, non ? Un acteur qui jouait les cow-boys affublé d'un chimpanzé, et un coureur de jupons qui jouait du saxophone dans les émissions télévisées de fin de soirée. J'étais devenu adulte à l'exact moment où la société avait abandonné l'âge adulte. J'étais devenu un homme après que tout un chacun s'était accordé sur le fait que devenir un homme ne servait à rien. C'était mieux de s'attaquer au gouvernement. Mieux de détruire les fondements de la vie américaine, tout en pourchassant des rêves éphémères de profits maximums et de marchés autorégulés. Mieux de prétendre qu'Ayn Rand était un génie visionnaire, que ses doctrines psychopathes étaient bien connectées à la réalité. Mieux de se pogner des litres de foutre dans des exemplaires en forme d'oreille de chien d'*Atlas Shrugged*, un *cri du cœur** orgasmique envers John Galt et Howard Roark. Mieux de déguiser tous ces objectifs ignobles derrière ces slogans, ces expressions à la mode et ces interjections pop qui plaisent tant aux moins éduqués et aux plus avides. Mieux de mener en bateau ceux qui avaient besoin d'être protégés de tous ces mauvais acteurs, les plus simplets qui votent et achètent toujours à l'encontre de leurs propres intérêts, en échange de rumeurs contant quel fantasme médiatique avait pénétré vaginalement un autre fantasme médiatique. Mieux de s'en remettre à la Communauté des Affaires, une tournante de débiles mentaux qui s'engouffrent dans chaque investissement bidon et qui voient leurs concitoyens comme autant de bouches ouvertes et affamées, prêtes à recevoir diarrhée et arnaques diverses, qui voient en chaque terrain vague et chaque entrepôt une opportunité de créer des lofts bas de gamme déguisés en mode de vie luxueux, et qui sont eux-mêmes tellement aveuglés par leur propre connerie qu'ils vont avaler avec le sourire les mêmes poisons, convaincus qu'ils sont que leurs horreurs sont autant de médicaments. Le spectacle ne fait que se répéter, nos vies deviennent de plus en plus vides, il n'y a plus aucune qualité ou valeur dans la vie moderne. La populace est si mal éduquée qu'elle ne se plaint même plus lorsqu'on lui vend du plastique toxique, lorsque les objets cassent au bout de quatre jours, lorsque rien ne fonctionne. La chèvre noire des bois produit un millier de nouveaux monstres qui vont l'avaler et déferler sur le monde, leurs ventres remplis de leur lait de traître, répétant le processus à l'infini, produisant chacun leur propre nouvelle génération nourrie avec de moins en moins de substance, jusqu'à ce que l'édifice s'écroule sous la douce brise de la nature. Tout est fini lorsque le gouvernement abandonne toute responsabilité, lorsque l'appât du pouvoir et de l'argent remplace le désir de servir ses concitoyens. Il n'existe pas de droits naturels, pas de libertés humaines universelles et inaliénables. Les droits sont des protections accordées aux citoyens par leur gouvernement. Un droit commence à exister au moment même où sa violation est illégale. Pas avant. Les lois sont la réalité. Lorsqu'une nation est dotée de mauvaises lois, ses citoyens vivent dans une mauvaise réalité. Nous permettons aux pires créatures possibles d'accéder au commandement suprême. Le genre d'homme qui nous embrouille et arrive à nous convaincre que « bureaucratie » est un mot péjoratif. La bureaucratie est la seule chose qui puisse nous protéger de nous-même ! Les Américains ne voient pas la différence entre le gouvernement et l'État. Le gouvernement est composé de sales types corrompus qui ont du pouvoir sur vous. L'État est le fonctionnement bureaucratique qui vous protège, jusqu'à ce qu'il soit corrompu par le gouvernement. Sans un État en bon état de marche, nos droits sont achetés et vendus comme un vulgaire nouvel ordinateur. Et ces droits peuvent être retirés tout aussi facilement, surtout si les gens ne pensent pas à se défendre. Bienvenue dans un cycle économique de crashs permanents. Bienvenue dans un monde où l'éducation est dévaluée et sous-financée, où le pays est doté d'une population trop idiote pour encore se souvenir de la dernière catastrophe en date. Bienvenue dans un monde où personne ne se rappelle même le goût qu'a la merde. Bienvenue dans une Amérique où McDonald's est une opportunité d'investissement, et où gratter quelques dollars devient plus important que la santé des gens. Les droits civiques sont un autre de ces produits dévalués, copiés, effacés et remplacés jusqu'à ce qu'il n'en reste plus rien d'autre qu'une feuille blanche. Philip K. Dick avait tort. L'Empire finit toujours par mourir. Les gammes arrachées à la lyre de Néron constituent la bande-son de notre apocalypse. L'Amérique meurt lorsque la collusion entre son gouvernement et ses médias devient absolue, lorsque les politiciens s'ébattent sans honte au beau milieu des riches et des célébrités, lorsque la politique se base sur les opinions de P-DG dégénérés et de stars du rock lécheuses de merde. Quand les puissants pensent que le pouvoir qui leur est conféré est moins important que la célébrité la plus crasse, lorsqu'ils envisagent leur position d'homme élu comme tremplin à une autoglorification insensée. On en revient toujours au monde des clubs. L'Amérique est un club, et tout le monde veut être dans le carré VIP. Tout le monde veut être fabuleux. Andy, prends-moi en photo.

Les Juifs européens n'avaient pas besoin de la vision de Steven Spielberg d'un Américain individualiste déguisé en drag-queen de Weimar. Ils avaient juste besoin de ce dont tout le monde a toujours eu besoin.

D'un bon gouvernement.

Je suis retourné à Strand pour acheter le journal d'Anne Frank. Ce n'était pas la première fois que je le lisais. Mon professeur de littérature m'avait forcé à l'étudier au lycée, mais à l'époque j'étais encore un adolescent abruti obsédé par le sport. Je n'y avais pas prêté attention.

L'esprit désormais plus clair après avoir lu tous ces autres livres, je me suis plongé dans son *Journal*. L'histoire culturelle torturée a été arrachée. Le livre avait été rendu ennuyeux par de mauvais profs, par le consensus social, par les adaptations hollywoodiennes merdiques. Tout cela a disparu. À présent, les mots explosaient. Son âme était présente à chaque page. Cette voix drôle, cette fillette maligne coincée derrière une étagère à Amsterdam, la peur. Je ne voulais qu'une chose, la sauver.

J'ai appelé Parker et lui ai annoncé que j'avais laissé tomber mon roman policier. Je ne pouvais pas écrire un livre sur un Américain qui avait fait la guerre dans le Pacifique avant de revenir au pays. Cela ne faisait pas une histoire. La seule histoire valable, c'était l'Holocauste.

Il a tenté de me convaincre d'écrire un autre livre.

– Je respecte l'ambition, a-t-il dit, mais c'est une putain de prise de tête dont nous n'avons besoin ni l'un ni l'autre. Tu sais que j'ai chopé des hémorroïdes. C'est l'enfer, et je n'arrive plus à chier correctement. Je n'ai pas en plus besoin que tu te mettes à faire du social. Tu as vu ce qui est arrivé à Bret Easton Ellis avec *American Psycho*. Des gens ont appelé au lynchage de Dennis Cooper. Des menaces de mort, fiston. Le pays change. Aucun livre ne vaut la peine de risquer sa vie. Je veux que l'ambition suinte de ton scrotum, ça oui, mais pas comme ça. Réfléchis un peu.

– Si j'écris ce livre, tu me soutiendras ?

– Je te soutiendrai dans tous les cas, mais c'est une très mauvaise idée. Ça va foutre ta vie en l'air.

– Ça sera de bon goût, l'ai-je rassuré. Ne t'inquiète pas. Personne ne sera choqué.

– C'est l'Amérique, espèce de débile. Les gens sont outrés à la vue d'un sac en papier.

FÉVRIER 1994

Karen Spencer

Cecil m'a présenté à sa meilleure amie, une artiste du nom de Karen Spencer. Ils avaient fait NYU ensemble, tous les deux inscrits en théâtre au département des arts. Après avoir décroché leur diplôme, Cecil s'était laissé attirer par la mire de l'industrie éditoriale, tandis que Karen Spencer s'était associée aux sirènes dissolues de la scène artistique de East Village et de SoHo. Ses peintures n'avaient jamais rencontré beaucoup de succès, mais elle s'était fait beaucoup d'amis célèbres et s'était mise à vendre leur travail.

Cecil m'a convaincu de l'accompagner au loft de Karen, sur Spring Street. J'entendais la voix d'Adeline dans ma tête.

– Baby, pourquoi veux-tu aller dans le loft d'un artiste ? Tu n'as pas déjà perdu assez de temps avec ces gens horribles ? Ils passent leur temps à recouvrir les murs de leurs propres travaux. Tu supportes ça, Baby ? Tu arriveras à feindre l'enthousiasme ?

Mais les murs de Karen étaient vierges. Elle avait laissé l'espace tel quel, tout à son chic industriel, laissant les fils apparents et les vieilles fenêtres. Comme nous étions au creux de l'hiver, son loft était aussi chaud qu'une caverne de yéti.

– Viens plutôt t'asseoir près du chauffage, a-t-elle proposé.

Elle avait installé plusieurs chaises en bois autour d'un énorme radiateur. Je me suis approché le plus possible. Comment pouvais-je être devenu aussi sensible au froid ? Qu'était devenu le petit campagnard du lac Supérieur ?

Karen et Cecil se sont mis à discuter. Je n'arrivais pas à suivre ce qu'ils disaient. Boulot, ragots à propos d'anciennes connaissances et un charabia qui était basé sur une décennie d'amitié.

– Cecil dit que tu travailles à un nouveau roman, a dit Karen.

– Oui, ai-je répondu.

– Et tu écris de la science-fiction ?

– Pas cette fois, non, a dit Cecil. Un roman noir.

Je n'avais pas informé Cecil de la nouvelle direction prise. Je le laissais parler d'un livre que j'avais en fait abandonné. Le corriger me semblait constituer un effort trop grand. Et était-ce vraiment important, d'ailleurs ? C'était plus simple d'acquiescer à tout ce qu'il disait.

– J'adore les romans policiers, a dit Karen Spencer. Tu aimes David Goodis ?

– Goodis est super, ai-je dit. Quel est ton livre favori ?

– *La Blonde au coin de la rue*.

– Je ne l'ai jamais lu celui-là, ai-je dit.

– Ce n'est pas vraiment un roman. Plutôt des paumés qui baisent, se disputent et baisent à nouveau. Tu devrais aimer.

Karen est allée à la cuisine pour y faire chauffer de l'eau. Elle nous a servi du thé. La chaleur a dégelé mes mains, le liquide a réchauffé mon corps.

– Baby, a demandé Karen, tu as déjà regardé *Amour, Gloire et Beauté* ?

– Non.

Une chose à propos de la vie sans Adeline. J'avais acheté une télévision. Une grande, en couleur. Une vraie télé. J'avais regardé plus de conneries lors de mes six premiers mois que durant les sept années précédentes. Quelques programmes intéressants avaient fait leur apparition sur les chaînes. *New York Police Blues*, *The X Files*, *Lois & Clark : Les nouvelles aventures de Superman*.

De manière générale, je restais bloqué sur Channel 13, PBS. Je me tenais le plus éloigné possible de *Amour, Gloire et Beauté*. Un soap ! Mon Dieu, jamais !

– Et toi, Cecil ? a demandé Karen.

– Je bosse toute la journée, a-t-il répondu. Il faudrait que je programme un enregistrement si je voulais le regarder.

– Comme vous le voyez, je n'ai pas de télévision, a dit Karen, ce qui rend la chose difficile. Il y a quelques semaines, j'étais dans la salle d'attente de mon médecin, et comme tu ne peux aller nulle part sans qu'une télé braille, j'étais en fait juste en dessous du haut-parleur. Je n'y faisais pas attention et j'essayais de lire *Entertainment Weekly*, mais je n'arrêtais pas d'entendre mon prénom. Karen, Karen, Karen, Karen. Si vous vous appelez comme moi, on se fait à l'entendre sans cesse, donc j'ai passé outre. Mais la télévision répétait en fait mon nom en entier. Karen Spencer, Karen Spencer, Karen Spencer, Karen Spencer, et pendant un instant, je me suis dit que j'étais folle, que j'étais devenue schizo et que j'entendais des voix. Je me suis levée pour regarder la télévision, et il y avait une histoire qui se déroulait autour d'un personnage du nom de Karen Spencer. J'ai demandé à la secrétaire quelle émission cela pouvait être. Elle m'a dit, c'est *Amour, Gloire et Beauté*. Je lui ai demandé si elle connaissait ce personnage de Karen Spencer. Elle ne savait pas du tout de quoi je parlais, alors je lui ai montré l'actrice sur l'écran, et elle a dit, ah, mais oui, cela fait déjà un certain temps qu'elle est là-dedans. Cela demandait donc une petite enquête. Je suis allée dans un kiosque à journaux pour acheter le *Soap Opera Digest*, et c'était rempli d'anecdotes sur Karen Spencer ! Je suis allée en bibliothèque pour consulter les anciens numéros. Des mois et des mois de Karen Spencer.

Elle s'est allumé une cigarette. La fumée formait un nuage devant nos yeux, l'air menaçant.

– C'est là que je me suis demandé : et si l'autre Karen Spencer était la vraie ? Et si j'étais la Karen Spencer de papier, et que celle dont on parle cinq fois par semaine dans ces articles était la vraie Karen Spencer ? Et si ma vie n'existait pas ? Et si je n'existais pas, et qu'elle, si ? Peut-être que cette Karen Spencer est la seule qui compte. Peut-être suis-je une ombre projetée contre un mur. Peut-être que l'autre Karen Spencer m'observe.

Lorsque nous avons quitté le loft de Karen, Cecil m'a raccompagné jusque chez moi. Il a proposé de prendre un taxi, mais même si la marche était longue et qu'il gelait, j'aimais New York en hiver, surtout après Noël.

– Tu n'en es pas encore là, a-t-il dit, mais lorsque tu commences à avoir la trentaine, la vie est très différente de ce que tu avais imaginé. Les stars de cinéma prennent de l'âge, et tu as l'impression d'être toujours le même. Tu te demandes : comment pourrais-je vieillir ? Je ne sais rien ! Et tes amis commencent à changer d'une façon que tu n'imaginais pas non plus. Tout le monde a un ou deux amis qui évoluent exactement comme tu l'imaginais, mais la plupart des autres vont dans des directions impensables.

– Comme Karen ? ai-je demandé.

– Bizarrement, a-t-il dit, non. Karen est devenue exactement ce que je m'imaginais.

MARS 1994

Baby adopte le Roi de France

Et il y a eu cette fois où Franklin est passé chez moi et que je lui ai dit qu'il me fallait adopter un chat. Je ne voulais pas un chat, car je pensais que cela constituait une trahison envers Capitaine, mais Franklin n'arrêtait pas de parler de ce petit chaton mignon à la SPA de la 92e Rue, où il était volontaire.

– Ils ont trouvé cette petite chose avec ses frères et sœurs dans une poubelle. On pense que leur mère les a laissés là pour aller chercher à manger et qu'elle n'est jamais revenue. Un type a voulu jeter une cannette de soda, et a entendu la portée miauler. Ils devaient avoir une semaine, pas plus. Mais ce chaton, celui que tu dois adopter, c'était le plus mignon. Ils ont mis toute la portée dans la même cage, et ses frères et sœurs n'arrêtaient pas d'essayer de se nourrir sur sa bite. Ils ont dû les séparer, et l'ont placé dans une autre cage avec d'autres orphelins. Bref, maintenant il a trois mois. J'ai joué avec lui hier. C'est le plus chou, mais je ne peux pas avoir de chat chez moi. Mon proprio en chierait des briques. J'ai pensé à toi. Ce chaton, c'est le truc le plus adorable qui soit. Il a été vacciné. Il est en parfaite santé. Il est fait pour toi, Baby.

– Pourquoi ne pas le donner à Michael ? ai-je demandé.

– Arrête un peu. Michael a déjà un chat. Et ça serait carrément criminel de laisser ce chatounet dans ce repaire de drogués. Tu es différent des autres types de la nuit. Tu es normal. Tu es stable.

On ne sait jamais comment les autres nous perçoivent. J'avais l'impression de marcher sur un fil, et que des hommes en blouse blanche étaient prêts à m'interner. Tourmenté par l'écriture, hanté par les mots. L'un des rares réconforts amené par la littérature était la nouvelle respectabilité acquise auprès de mes contemporains, une certaine réputation et un statut immérités. Rappelez-vous ce gros con de Norman Mailer, qui avait entamé les années 1960 en poignardant sa femme et qui avait fini la décennie en se présentant aux élections municipales de New York.

– Allez, c'est bon, putain, ai-je dit. Allons voir ce chat.

Nous avons pris la ligne 6, direction Uptown, sommes sortis à la 86e Rue et avons marché jusqu'au croisement de la 92e et de la Première Avenue. La SPA était dans un immeuble situé non loin de la rivière. Un ensemble de logements sociaux s'élevait de l'autre côté de la rue. Franklin m'a invité à le suivre à l'intérieur et m'a guidé dans ce mini-labyrinthe.

Je n'avais vu Franklin qu'à l'intérieur de clubs, au Kiev ou dans nos appartements respectifs. Pour moi, c'était un drogué bandant qui avait éternellement vingt-cinq ans. À la SPA, il discutait avec des personnes très diverses. Tout le monde l'appréciait et semblait considérer ses avis. Il faisait naître des sourires chez tous. C'est uniquement à ce moment que je me suis demandé, pour la première fois, comment il gagnait sa vie. Je n'avais jamais pensé à lui poser la question.

Les chats étaient en cage. Certains étaient timides et tristes. D'autres terrifiés. Quelques-uns grattaient les barreaux et y passaient leur petite tête, poussant de petits miaulements pathétiques. Au moins, ils n'étaient pas en train de crever de faim dans la rue ou de se faire maltraiter. Je ne pouvais m'empêcher de penser à mes recherches. L'humanité n'arrête donc jamais de construire des cages.

Les chatons ne m'ont pas brisé le cœur. Ils trouvent toujours un foyer. Les plus âgés, si. Chacun avait une histoire personnelle triste, s'ajoutant à un poids collectif qu'on ne pouvait déjà pas supporter. Le vieux chat orange de onze ans empestait la tragédie. La mort de son propriétaire, une évasion accidentelle, un nouveau maître cruel.

Franklin a sorti le chaton en question, cette petite boule miaulante à l'œil vif. Sa tête et son cou étaient gris, avec des taches brunes. Ses flancs étaient tachetés. Son estomac tout blanc. Ses pattes rayées avec du beige. Je l'ai tenu dans la paume de ma main, lui sur le dos, et ai noté que ses coussinets étaient à la fois noirs et roses.

– D'accord, ai-je dit. D'accord. T'as gagné. Je le prends.

– Je le savais, a dit Franklin.

J'ai rempli une tonne de paperasse. J'ai montré deux pièces d'identité. J'ai aligné les billets.

Le personnel de la SPA n'arrêtait pas de me répéter que je faisais une bonne œuvre et que la vie avec un animal était un bonheur. Ils ont mis le chaton dans une boîte en carton. Je suis sorti avec lui.

J'ai hélé un taxi qui nous a déposés à l'animalerie près de chez moi. J'y ai acheté les quatre ingrédients indispensables à tout propriétaire de chat. Nourriture, réceptacle à nourriture, litière et réceptacle à litière.

De retour à la maison, j'ai libéré la petite chose miaulante. Il a couru en cercles dans l'appartement, monté sur toutes les surfaces, reniflé, renversé des objets. J'ai essayé de l'attraper, mais impossible jusqu'à ce que le bestiau comprenne que je voulais juste le toucher. Il a couru jusqu'au tapis et s'est mis sur le dos, m'offrant son petit estomac adorable.

J'ai soulevé la créature.

– Comment vais-je bien pouvoir t'appeler, toi ?

Dans ses grands yeux verts, on ne pouvait lire que de la psychose. Je n'avais pas adopté un chat. J'avais adopté un sac à problèmes émotionnels, le tout saupoudré de folie. Il a poussé un couinement de sa petite voix de chaton.

– Tu seras connu, ai-je dit, comme le Roi de France.

AVRIL 1994

Le nouveau roman de Baby

Je me suis remis à la science-fiction. Je pensais que mon public augmenterait si je faisais passer les clins d'œil éventés aux conventions du genre comme autant de réflexions post-pop culturelles profondes. En plus, cela m'est tombé dessus. D'un coup. Comme dans un rêve, alors que je passais devant Tower Records sur la 4e Rue, absorbé dans l'illumination des pochettes de disques éclairées, comme centuples de leur taille originale, brillant de tous leurs feux dans la vitrine.

Mille ans dans le futur, vers 3000 après J.-C., le voyage temporel était devenu réalité quotidienne, et son utilisation était régulée par la Commission des Voyages Temporels, une branche bureaucratique du gouvernement mondial.

Le citoyen lambda ne pouvait pas voyager dans le passé comme ça. Pas sur un coup de tête. Pas sans raison. Le voyage temporel est un outil de recherche scientifique et historique réservé à des professionnels aguerris.

Voyager vers le futur est impossible. Des essais ont été menés. Tous ont échoué, avec pour conséquence la destruction d'équipements importants et un grand nombre de victimes.

Nos vies sont des récits modelés par le passé tendant vers le présent avec une terrible imprécision. La race humaine se débat à l'ombre des fantômes, est souillée par l'ectoplasme de sa propre histoire. Le grand défaut de la biologie humaine, c'est notre incapacité sensorielle à percevoir la quatrième dimension alors que nous sommes obligés de la traverser. Il n'existe pas de vérité objective à un événement, aucune façon de capter un moment une fois qu'il est passé. Même la vidéo ne sait pas reproduire l'intégralité d'un événement.

La solution à ce paradoxe est le développement d'une technologie holographique complète qui stimule les cinq sens et qui s'étend sur les plans tridimensionnels dans un rayon allant jusqu'à six cents mètres. Le voyage temporel, ainsi, devient une technologie parallèle. Le but du voyageur temporel est d'amener son équipement holographique dans le passé afin d'en enregistrer une impression parfaitement précise.

Les implications sont énormes. Lorsqu'une personne expérimente une réplique exacte d'un événement historique, les mythes disparaissent. D'où la fin de la plupart des religions. Il devient impossible de croire en la résurrection du Christ lorsqu'une personne voit l'homme dans son actualité, simple prêcheur de rue charismatique qui finit crucifié et dont la personnalité est reprise plusieurs mois plus tard par un mendiant fou. L'islam résiste mieux, mais guère plus. Les religions qui s'en sortent sont celles d'origine asiatique et les croyances soi-disant primitives dont la foi est animiste.

Le monothéisme disparaît.

À une exception près, une grande exception même. Les Juifs. Si une culture peut survivre aux Égyptiens, aux Babyloniens, aux Romains, aux Européens, aux nazis et aux politiques de la fin du XXe siècle, alors elle peut survivre au voyage temporel.

Tous les adeptes du voyage temporel prêtent serment, comme avec Hippocrate, de ne point faire de mal. Cette charmante idée se révèle totalement incongrue. Le problème n'est pas les effets des voyageurs sur le temps, mais plutôt les effets du temps sur les voyageurs.

3000 après J.-C. est avant tout une utopie technologique. La violence existe encore, mais c'est une violence raisonnable, celle d'une planète surpeuplée plongée dans le luxe, plutôt que les bains de sang des époques précédentes. Guerres et pandémies sont des reliques du passé. L'argent est une obscénité oubliée de tous.

Les voyageurs temporels, de grands innocents, sont balancés dans des époques où ils se retrouvent à être témoins de meurtres de masse, de la mort de millions de victimes d'épidémies, de la destruction de villes entières, de la disparition de populations décimées, du chaos environnemental. La douleur insoutenable de l'histoire dépasse leur expérience personnelle, mais ils sont obligés de rester là, au beau milieu, à observer la guerre, à regarder les génocides planétaires défiler à une vitesse accélérée.

Le taux de suicide, toujours élevé depuis l'installation de centres d'euthanasie dans le monde entier en l'an 2731, a explosé chez ceux qui visitent le passé. Le plus gros de ces centres, logé au sud de Nueva Washington Square, entre Wooster Street et la Cinquième Avenue Sud, a publié un rapport sur cette hausse soudaine.

La Commission des Voyages Temporels l'a pris en compte.

De nombreuses études ont été menées. En suivant une méta-analyse, on découvre que le seul groupe démographique identifiable parmi les voyageurs temporels ne choisissant pas le suicide sont les Juifs. Des théories voient le jour, la plupart teintées d'un retour atavique d'antisémitisme, mais celle la plus partagée voudrait que les Juifs soient culturellement éduqués pour voir l'histoire comme une horreur où seule la survie compte.

Les Juifs deviennent les seules personnes à accepter ce boulot. Les Ashkénazes sont plus adaptés à l'histoire récente, tandis que les Mizrahim sont dotés d'une compréhension innée du passé lointain. Quant aux Séfarades, ils sont ultra-compétents aux époques antérieures à l'avènement de l'*Homo sapiens*.

Les scientifiques de la Commission des Voyages Temporels ont développé un département de R&D, afin d'élaborer de nouvelles technologies permettant d'améliorer cette confrontation. La plus efficace est une bactérie transgénique de super gonorrhée. Lorsqu'elle est inoculée dans la gorge, elle développe sa propre intelligence et prend le contrôle des cordes vocales, de la langue et des muscles faciaux de son hôte. La maladie, dotée de limitations spécifiques en termes émotionnels et intellectuels, parle d'une voix différente que celle, naturelle, de l'hôte.

Le premier chapitre débute par un dialogue entre le protagoniste, un voyageur temporel du nom de Boaz ben-Haim, et sa gonorrhée super-intelligente. Ben-Haim se sert un cocktail de mescaline de synthèse, d'alcool et de méthamphétamine.

– Ce boulot va me rendre accro, dit ben-Haim.

– le monde est un endroit merveilleux, dit la gonorrhée. il ne faut pas se laisser aller aux tentations de la chair, ni noyer son chagrin. il faut se réjouir de demain et se souvenir d'aujourd'hui !

– La mescaline me fait voir des formes dans les formations de nuages artificiels. Je crois que je peux y voir la fin du monde.

– le monde ne finit jamais, dit la gonorrhée. les multitudes continuent toujours. souviens-toi de walt whitman et de son poème, où le bon vieux barde grisonnant s'adresse aux générations futures.

– Ce n'est pas le poème qu'il avait écrit aux futurs habitants de Brooklyn ?

– si, a dit la gonorrhée.

– Brooklyn a été détruite en 2321.

– oui, a dit la gonorrhée. mais brooklyn vit encore dans notre cœur. pourquoi penser à la destruction ? pense plutôt à la joyeuse reconstruction qui s'est ensuivie !

Boaz ben-Haim revient chez lui à travers une pluie acide en fibres optiques. Il s'endort après avoir mélangé son cocktail avec une dose massive de Mandrax et autres barbituriques. Le lendemain matin, il est réveillé par un communiqué vidéo qui lui demande de comparaître devant la Commission des Voyages Temporels.

Lorsque Boaz ben-Haim arrive aux bureaux de la Commission, installés dans un bunker en béton armé juste à côté des Nueva Nations unies, on l'informe que certains pontes se sont penchés sur sa carrière. Ses cinq années d'effort ont prouvé ses capacités. Il est promu *de facto*. Boaz ben-Haim grogne. Les promotions ne font qu'exposer encore un peu plus le voyageur à des époques historiques à l'impact psychologique particulièrement élevé.

Sa nouvelle mission était l'une des pires possibles. Un génocide, la Shoah, et la Shoah à son paroxysme. Auschwitz au mois de mai 1944. Boaz ben-Haim doit y rester trois mois. La technologie holographique demande une discipline journalière sévère.

Boaz est habillé en SS, incarnant un gardien du camp. Il est équipé de technologies incroyables qui lui assurent de ne pas être découvert, pas plus que ses outils. Il vit dans le havre de sa bulle temporelle, caché du monde extérieur, mais le sommeil le submerge de rêves à propos de son père.

Au fil des semaines passées à Auschwitz, sa gonorrhée super-intelligente prend des aspects perturbants. Confrontée au pire de ce qu'a produit la race humaine, la maladie commence à ne plus s'exprimer qu'en utilisant des platitudes.

Boaz ben-Haim est témoin du gazage de centaines de Juifs. Sa bactérie lui dit :

– c'est la merde, là, mais souviens-toi, on vient du futur ! à mille ans de distance, tout va bien !

Boaz ben-Haim aperçoit une enfant affamée, huit ans tout au plus, qui est abattue d'une balle dans la tête. Sa bactérie lui dit :

– la mort fait partie du cycle naturel de la vie. ce n'est pas un état définitif.

Boaz ben-Haim, la pestilence des fours crématoires envahissant ses narines, tombe sur Josef Mengele. La bactérie lui dit :

– même les pires personnes sont douées de bonnes intentions ; c'est juste que l'habillage biochimique de leurs cheminements neurologiques freine leur capacité à faire le bien.

La bactérie parle depuis la gorge de ben-Haim, avec le visage de ben-Haim, avec les cordes vocales de ben-Haim. L'expérience revient à peu près à se donner soi-même un coup de poing dans la figure, puis à s'excuser auprès de son poing.

Boaz ben-Haim remet en cause le premier commandement du voyageur temporel. *Ne pas faire de mal.* Ne pas faire de mal peut être compris, si l'on fait du mauvais esprit, comme ne rien faire. Combien d'enfants doit-on laisser mourir ? Et si le principe fondamental du voyage temporel, qui édicte qu'altérer le passé pourrait empêcher le voyageur en question de naître, n'était rien d'autre que le genre de conneries soi-disant dépassées depuis l'an 3000 ? N'est-ce pas une forme de chronocentrisme de suggérer que sa vie est implicitement plus importante que celle des prisonniers d'Auschwitz ? Ou que de mourir durant un moment quelconque de l'histoire ? Si une vie peut être sauvée d'une mort certaine, alors ne faut-il pas la sauver ? Est-ce que l'autopréservation reste un argument valide pour renoncer à agir ?

– souviens-toi, dit la gonorrhée, au moment où tu vas naître, la race humaine aura résolu tous ses problèmes ! l'histoire, c'est le long processus de ton espèce qui essaie de créer le meilleur des mondes possibles !

En ne voulant pas sauver les innocents, la Commission donne donc son accord tacite à tous les crimes de l'histoire. Les voyageurs temporels ne sont pas des scientifiques. Ils ne sont pas des professionnels aguerris. Ce sont des touristes visitant les souffrances de l'humanité. Ils proviennent de la même caste colonialiste qui a tourmenté l'espèce humaine au nom de l'industrialisation. Des gens qui doivent leur existence à la souffrance lointaine des invisibles. Aucun endroit n'est plus pratique que le passé.

Six millions de morts, ce n'est pas anodin. L'histoire du peuple juif, la culmination de milliers d'années de persécution, c'est l'héritage donné à Boaz ben-Haim par ses ancêtres, mais quand la technologie peut sauver ces gens du malheur, comment pourrait-on s'empêcher d'agir ?

Boaz ben-Haim n'est pas le premier à arriver à cette conclusion. Des garde-fous sont installés un peu partout dans la technologie. Des filtres nanotechnologiques interdisent l'importation de matériau organique non autorisé dans la bulle temporelle. Le même mécanisme qui lui permet d'être un témoin renforce aussi sa complicité.

Pendant ce temps-là, la gonorrhée fait preuve d'une conscience étonnante de la réalité des pensées de Boaz ben-Haim. Ses platitudes ont évolué. Elle tente de le rassurer quant au caractère crucial de sa mission. La gonorrhée lit peut-être dans ses pensées.

– souviens-toi, boaz, dit la gonorrhée, ce genre de crises est très courant. les sentiments que tu vis ne sont pas nouveaux. ils sont connus et traités. il existe des programmes adéquats pour ça.

Tandis que Boaz ben-Haim approche de la fin de sa mission à Auschwitz, il se doute qu'on ne le laissera plus retourner dans le passé. La gonorrhée accumule peut-être un dossier bourré d'informations négatives à propos de ses doutes et de ses suspicions concernant les limites du voyage temporel. Si la Commission découvre qu'il ne croit pas aux fondements de cette activité, il sera suspendu.

Sa seule chance est d'agir maintenant, avant de revenir dans son époque. La Commission contrôle peut-être le futur, mais dans le passé, elle est à sa merci. Il a la possibilité d'aller où il veut et de faire ce qu'il veut.

Il s'arrête une première fois dans l'Amérique de 1970. Il s'introduit au Walter Reed Army Medical Center, et vole des méga-doses de pénicilline et d'ampicilline.

Lorsque la gonorrhée a été cultivée pour devenir un adjuvant pour les voyageurs temporels, la maladie n'avait pas infecté un seul humain depuis plus de quatre cents ans. Cette souche avait été sélectionnée à cause de sa vulnérabilité unique aux antibiotiques. Ses développeurs, EliGlaxoLily, avaient vu en cette faiblesse une méthode de retrait facile lorsque la maladie n'était plus nécessaire. De retour dans sa bulle, Boaz ben-Haim avale les médicaments volés.

Dans une situation idéale, on enlève la gonorrhée super-intelligente dans un cadre hospitalier, tandis que l'être humain est sous sédatif. Boaz ben-Haim subit l'opération sans la moindre anesthésie. La gonorrhée meurt, râlant de la voix de ben-Haim, implorant sa pitié, puis s'enfonçant dans le silence.

– aide-moi, aide-moi, aide-moi. aide. aide. aide. aide.

Pour sa prochaine destination, Boaz ben-Haim voyage en avant, vers le futur lointain, à l'époque où les technologies de voyage temporel ont été pour la première fois dupliquées en masse.

Il existe un danger particulier que ce voyage crée un paradoxe. La Commission a toujours averti chaque voyageur de l'interdiction et du danger d'arriver dans une époque possédant cette technologie. La mort est la seule issue. La mort et le malheur.

Décidé à prendre le risque, il tape les coordonnées temporelles et arrive sain et sauf.

Rien ne se passe. C'est comme n'importe quelle autre époque. Il interagit avec les gens, utilise ses technologies incroyables sur eux. Rien ne change. Il est toujours vivant. Boaz ben-Haim en conclut que d'autres voyageurs temporels ont déjà visité cette époque post-voyage temporel.

Peut-être que la Commission est au courant, d'ailleurs. Peut-être le sait-elle depuis le début. Personne ne l'a informé que la gonorrhée pouvait lire dans ses pensées.

Il vole l'unité centrale d'une vieille cellule de voyage temporel qui n'a pas les filtres nanotechnologiques bloquant l'importation de toute surface organique non autorisée. Il installe la puce dans sa propre bulle.

Pour sa prochaine destination, Boaz ben-Haim décide d'aller à l'île Maurice, en l'an 1534. Il y capture un dodo et l'installe dans sa bulle. La machine accepte l'oiseau. Pour continuer, Boaz ben-Haim repart en l'an 1988 et libère l'oiseau près de l'Aiguille de Cléopâtre. La créature lance à Boaz ben-Haim un regard idiot et ahuri, avant de partir se frotter contre la base de l'obélisque.

Devant la preuve que tout est désormais possible, Boaz ben-Haim décide d'aller sauver les victimes de l'Holocauste. Il espère que ce sauvetage, au dernier moment possible avant leur mort, créera le moins de chaos possible. Boaz ben-Haim veut ramener ceux qu'il a sauvés avec lui dans le futur lointain. En l'an 2700. Après la dernière grande guerre mondiale, après les dépopulations massives.

Il les sauvera du pire gouvernement que l'humanité ait jamais connu et les emmènera à l'époque du système de représentation politique le plus universellement admiré de l'histoire.

Le Néo-Doge de Nuovo Venexia. *Je suis Zion à moi seul.* La seule question, c'est : combien. L'énormité folle de tous ces morts.

Boaz ben-Haim ouvre sa bulle. Alors que le dodo le regarde, Boaz ben-Haim monte à l'intérieur. Il voyage jusqu'à Bergen-Belsen, en mars 1945. Il passe au milieu des malades, des femmes condamnées, des corps ravagés par le typhus. Ils sont cinq cents, massés dans un baraquement en bois croulant. Ni fenêtres, ni portes. Le vent siffle à travers la pièce. Il gèle. Aucun lit. Les prisonniers dorment à même le sol.

Boaz ben-Haim s'arrête devant une jeune fille affamée, délirante de maladie, à l'article de la mort, frissonnante par terre.

– Anna ? Anna ?

MAY 1994

Baby croise un fantôme

Tous les mercredis, Regina et moi allions à chaque Disco 2000. Le *freak show* avait atteint de nouveaux extrêmes. Je doute que même les Romains sous Héliogabale ou les Berlinois de la république de Weimar aient connu un tel hédonisme effréné.

Des gens habillés en costume de viande saignante, des nains anorexiques, des amputés, des amateurs de douche dorée, des lécheurs de merde, des hommes se fistant eux-mêmes sur scène, d'autres avalant leur propre vomi, du SM brutal. Le spectacle était bien sûr saupoudré de poudres blanches. Kétamine, cocaïne et héroïne. La tempête de neige ne s'arrêtait jamais.

J'adorais être aspiré par le stupre si typique des fins de siècle. Ce moment étrange avant un nouveau millénaire, lorsque la plèbe organise des orgies en offrande à un dieu anonyme.

Un soir du mois de mai, je suis tombé sur Jae-Hwa, ou Sally ou Sigh. Elle était habillée simplement, on aurait dit une jeune cadre quasi trentenaire. Ce qui, techniquement, était peut-être le cas. On aurait dit Franklin. Je ne savais absolument pas comment elle pouvait gagner sa vie.

J'étais bourré de cocaïne. Elle n'a pas réussi à placer un mot. J'ai parlé sans m'arrêter de trois clips d'Aerosmith dont la star était une actrice blonde du nom d'Alicia Silverstone. Une incarnation de la sexualité débordante qui faisait fantasmer les collégiens du monde entier. Et leurs pères.

Les clips, sortis durant l'année, étaient incroyablement populaires. Tout le monde ne parlait que de ça. Le plus récent, « Crazy », avait été dévoilé quelques semaines plus tôt.

– Il y a toute une histoire derrière cette trilogie, ai-je dit. Alicia Silverstone subit une transformation de sa personnalité via différentes réticences sexuelles à travers le temps. Les échecs de l'hétérosexualité et de la révolte de banlieue pavillonnaire du premier clip amènent, dans le deuxième clip, à un besoin d'évasion via les fantasmes et les plaisirs du monde virtuel, un simulacre qui n'arrivera ni à nourrir son intérêt, ni à cicatriser la blessure de ses échecs hétéros, culminant au final dans la crise épileptique de crime et de bisexualité du troisième clip.

– Un instant, Baby, a dit Sigh, il faut que j'aille pisser.

J'ai aperçu un revendeur de drogue du nom d'Angel Melendez. Il connaissait Michael Alig. Chacun connaissait Michael, surtout les dealers, mais la relation de Michael avec Angel était incompréhensible. Ils étaient client et revendeur, mais Angel avait laissé Michael corrompre la dynamique naturelle de ce genre de relation.

Angel était aveuglé par la célébrité de Michael. Et, à l'époque, Michael était partout.

Il était devenu un invité régulier des émissions populaires. Il avait organisé des fêtes dans toutes les grandes villes américaines et européennes. Tous les magazines de mode lui avaient consacré un article. Ses moindres faits et gestes se retrouvaient dans les torchons people, les journaux ou les magazines chics.

Angel faisait partie de ces tristes sires qui pensaient que si une célébrité abusait de lui, il deviendrait à son tour connu.

La récompense de sa naïveté ? Une fois, Michael l'avait invité à l'enregistrement du talk-show *Geraldo*, et Angel avait eu le droit de s'asseoir dans le public.

Angel portait toujours une paire d'ailes dans le dos. D'où le nom. C'était à la fois une coquetterie et un accoutrement bien utile dans le commerce de la drogue. Les acheteurs potentiels pouvaient apercevoir les ailes à l'autre bout du plus sombre des clubs. Certains le trouvaient laid, mais je le trouvais plutôt mignon, même si trop apprêté.

De toute façon, on n'a guère discuté, mais il m'a revendu ce qu'il prétendait être de la kétamine, et dès que je l'ai sniffée, j'ai su que cela ne pouvait pas être le cas. Le goût n'était pas le bon, et l'expérience chimique différente. Je n'étais pas du tout anesthésié. Je ne ressentais pas la perte de mes sens, mais plutôt leur exacerbation. Comme si j'avais pris de l'acide, mais sans me sentir confus. Tout brillait. Tout semblait hyper-réel.

J'errais, à la recherche de Queen Rex. Je ne me souvenais pas si j'étais venu avec elle. Je ne reconnaissais personne. Tous les visages semblaient fondre sur place. Chaque fois que j'essayais d'engager la conversation, aucun mot ne sortait de ma bouche, ni des leurs, seules les trépidations d'un rythme techno assourdissant se faisaient entendre.

– Boum, boum, boum.
– Boum, boum, boum.
– Boum, boum, boum.
– Boum, boum, boum.
– Boum, boum, boum.

J'ai fui l'atmosphère étouffante du Limelight pour prendre le grand air au-dehors. Les lumières des voitures créaient une ligne floue ininterrompue. Le halo et la peinture dégoulinaient du bitume. Les immeubles fusionnaient entre eux, grandes masses informes charbonneuses qui semblaient bien vivantes.

J'avais dû me mettre à marcher, car j'étais maintenant à l'opposé de West Side Highway, à admirer le plan d'eau des collines verdoyantes du New Jersey. Il n'y avait pas âme qui vive. Je voyais le ciel, le mouvement lent et aqueux des nuées, les étoiles respirant dans l'espace, comme si j'avais fait un voyage dans le temps, comme si j'étais devenu Boaz ben-Haim et que je pouvais contempler les douze heures de la soirée comme autant d'événements simultanés.

– Boum, boum, ai-je dit, boum boum boum ?

La brume semblait s'écouler de la rivière, épaisse tapisserie fangeuse, les jetées de l'océan, les rues des immeubles, les immeubles des voitures. Une couche grisâtre de plus, une situation impossible de plus. J'avais déjà pris de la mauvaise dope, j'avais déjà pris de la bonne dope, mais aucune ne m'avait jamais fait cet effet. La pseudo-kétamine avait exacerbé mon intelligence, explosé la capacité de mon cerveau. Pour moi, l'intérêt des drogues était de se défoncer, de baisser sa capacité de contrôle, pas d'améliorer ses facultés de perception, ni d'être tellement transformé qu'on perdait absolument toute sensation. Il y avait une raison pour laquelle je n'avais jamais pris de DMT.

Un son a déchiré l'air, comme un klaxon à air comprimé, le son d'immeubles s'écroulant sur eux-mêmes, le son d'une banshee annonçant la mort d'une famille, le son d'un chœur grec de chiens pleurant la tragédie de leur maître. Le brouillard s'est dissipé, un chemin en brisant le centre, et s'avançant vers moi, je le jure, une silhouette solitaire de proportions inédites.

Je tremblais.

Puis il s'est approché de moi. Un homme frêle, d'un mètre soixante-dix environ, avec une perruque Andy Warhol. Encore une de ces personnes qui pensait qu'en s'habillant comme Andy, elles pourraient être lui.

– Oh, mon Dieu, a dit le Andy, qu'est-ce que vous faites là ?

– Mauvais trip, ai-je répondu.

– Compliqué, ça, a dit le Andy. J'ai connu beaucoup de gens qui ont pris de mauvaises drogues. La plupart sont morts. Certains en ont pris trop. D'autres pas assez. D'autres encore se sont suicidés. Une fille est morte écrasée par une voiture. C'était tellement triste.

– Qui êtes-vous ? ai-je demandé.

– Vous le savez très bien.

Le Andy a retiré son blouson de cuir. Andy a remonté son pull col roulé noir, dévoilant la surface cicatrisée où Valerie Solanas avait tiré des balles de .32 dans sa poitrine de plastique.

– C'est le meilleur maquillage que j'ai jamais vu, ai-je commenté.

– Ce n'est pas du maquillage.

Il a pris ma main. Il a posé mes doigts sur le trou de la balle. Mes doigts ont plongé dans son corps, dans sa chair chaude.

– Ne soyez pas étonné, a dit Andy Warhol. Je suis déjà revenu sur cette terre, après que Valerie m'a assassiné. Si la mort n'a pas réussi à m'arrêter une première fois, pourquoi en serait-il différemment ensuite ?

– Angel m'a dit que c'était de la kétamine, ai-je dit. Vous êtes un fantôme ?

– Je suis bien pire que ça. Vous savez ce que le Pseudo-Denys l'Aréopagite dit, n'est-ce pas ? Vous ne pouvez pas définir ce que je suis, juste ce que je ne suis pas. La plupart des jeunes savent que je vais vivre à jamais, et ils ne m'ont même pas encore vu. Vous y croyez uniquement car je suis devant vous. Tous ces gens possèdent une foi qui n'est pas vôtre. N'est-ce pas génial quand les gens croient en vous ? N'est-ce pas génial lorsqu'ils vous aiment ?

– Je ne crois en rien, ai-je dit. Je n'aime personne.

– Mon Dieu, a dit Andy, quel dommage.

Mettez ça sur le compte des stupéfiants, de l'écriture ou de l'écriture sous stupéfiants. Le lendemain, au Tunnel, j'ai croisé des Kids qui avaient acheté de la kétamine à Angel et je leur ai demandé s'ils avaient connu des expériences du même genre. Non. Sa kétamine était bonne, disaient-ils. Quel était le problème ?

J'ai appelé Angel à son numéro habituel, puis chez Michael, mais pas de réponse. Je n'ai même pas laissé de message sur le répondeur de Michael.

Je suis tombé sur Franklin au sous-sol du Tunnel. Je lui ai proposé de repartir chez moi et de faire ce que font les gens lorsqu'ils sont en manque absolu d'intimité. Il m'a répondu qu'il préférait rester au club. Je lui ai rappelé qu'il n'avait pas vu le Roi de France depuis plus d'un mois, et que cela serait peut-être bien de voir ce chaton avant qu'il ne devienne adulte, non ?

Nous avons fini par quitter le Tunnel. En rentrant chez moi à pied, je ne pouvais m'enlever de la tête ce putain d'Andy Warhol. Il avait toujours été fuyant, mourant quelques mois seulement après mon installation à Manhattan, et bien avant que je ne découvre la scène nocturne de Downtown. Il avait hanté mes années à New York, son influence s'infiltrant dans tous les interstices de mon existence.

Sa mort avait laissé un vide, et puis était arrivée cette créature diabolique, Michael Alig, désespéré et assoiffé de gloire, jouant des coudes pour attirer la lumière et goûter à la renommée. Durant plus de vingt ans, ces lumières et cette gloire avaient appartenu à Andy, il était le messie de l'Amérique des paumés, des détraqués, des pédés. Il s'était transformé en l'incarnation d'une idée, comme un tulpa tibétain, une image qui se répliquait à jamais dans notre culture. Mais en plus d'être une superstar des médias, Andy avait réussi à être le plus grand artiste du XXe siècle. Je défendrai cette opinion jusqu'à ma mort. Personne ne lui arrivait à la cheville.

Quelqu'un comme Michael, ou les milliers de jeunes qui arrivaient à New York chaque année pour fournir en chair fraîche la Factory, reprenaient les extravagances d'Andy sans avoir une once de son talent.

C'est là l'une des cruelles réalités de la vie. Le talent vous touche d'une manière qui reste incompréhensible à ceux qui en sont dépourvus.

Le talent, c'était le fondement d'Andy, la base sur laquelle il avait construit tout le reste. Tandis qu'Edie vomissait de la bile, qu'Ondine s'injectait du speed dans le blanc de son œil, que Billy Name décidait de vivre en reclus dans une pièce grande comme un cabinet de toilette, demeurait toujours la stabilité du talent. Un talent qui survit à tout. Un talent qui peut amortir une balle. Un talent qui dépasse la mort. Un talent qui transcende les années 1970.

Nous arrivons avec Franklin chez moi. Je le déshabille. Puis je me déshabille. Puis je le démonte. Puis on traîne, nus, pendant des heures, à jouer avec le Roi de France.

– Tu n'es pas heureux d'avoir adopté ce bout de chou ? Il est adorable !

– C'est sûrement la meilleure décision que j'ai prise dans ma vie, ai-je répondu. Chaque fois que j'imagine sa petite tête de chaton dans une poubelle, avec des détritus sur la tête, je sais que j'ai vraiment fait quelque chose de bien.

Le Roi de France adore jouer avec les piécettes. Je lui lance des cents, des pennies et autre mitraille, et il leur court après dans l'appartement, offrant souvent le spectacle d'un petit bestiau la gueule remplie de monnaie. Parfois, mon plancher est recouvert de près de trente dollars en petites pièces.

Nous étions occupés à jouer à cela lorsqu'on a toqué à ma porte. J'entendais un homme et une femme rire derrière la porte.

– Mais il est quelle heure, putain ? ai-je demandé.

– 2 heures du matin, a répondu Franklin.

Les rires continuaient. Celui de la femme est devenu plus retentissant.

– Putain d'immeuble. Ces gens ont dû se planter, ai-je dit. Les hétéros peuvent être tellement chiants, parfois. Je n'ai pas envie de me resaper. S'ils sont assez mal élevés pour toquer à la porte d'un inconnu au beau milieu de la nuit, ils vont voir à quoi ressemble un poète dans toute sa splendeur dénudée.

J'ai ouvert la porte. Devant moi se tenaient Cecil et Karen Spencer. Ils avaient beau vivre dans le milieu artistique de East Village depuis un certain temps, ils n'étaient pas préparés à découvrir la splendeur de ma nudité, à cette explosion turgescente et jamais circoncise.

J'aurais dû m'engager dans le couloir et fermer la porte derrière moi, mais je suis resté dans l'entrée, en attendant qu'ils disent quelque chose, à attendre que passe l'étonnement de l'abrupte franchise de mon néo-paganisme hellène, restant tous trois murés dans le silence jusqu'à ce que Franklin me rejoigne, lui aussi totalement dénudé, la queue demi-molle. Il a passé ses bras autour de mes épaules et s'est niché dans mon cou.

– Salut, a-t-il lancé. Moi, c'est Franklin. Qui êtes-vous ?

– Hé bien, il faut croire que je ne suis pas la seule à vivre dans un soap opera, a commenté Karen Spencer.

J'ai tenté de calmer Cecil, de le rassurer, de tout prendre sur moi, de lui expliquer à quel point il comptait dans ma vie. Il était facile de voir ce qu'il voulait. Il voulait que je me batte pour le reconquérir. Il voulait une grande scène, une pantomime, afin de le convaincre qu'il avait le droit de me pardonner. Mais je n'en avais pas l'énergie. J'ai passé mon tour.

Cela m'a pris des années à l'admettre, mais quel gâchis. Cecil m'aurait tout pardonné. Si je n'avais pas merdé ainsi, il serait assis derrière moi à l'heure où j'écris ces lignes, à taper sur son ordinateur, heureux comme un poisson dans l'eau.

Franklin se fichait bien de tout ça.

Et moi ?

La seule chose qui m'importait, c'était d'écrire.

JUIN 1994

Baby rend son manuscrit

J'ai fini le manuscrit, et mes relectures. J'ai tapé le titre sur la première page :

SAUVER ANNE FRANK

J'ai déposé le tout sur le bureau de Parker. Il l'a saisi de ses mains épaisses. Il a lu le titre.

– Tu te fous de ma gueule, j'espère, a-t-il commenté. Comment veux-tu que j'explique ça à Bill Thomas ?

– On a signé un contrat.

– Ouh là, grande nouvelle.

– Lis-le. Et dis-moi ce que tu en penses.

Content de m'être débarrassé du manuscrit et d'en avoir fini avec les tréfonds de la noirceur humaine, je me suis baladé dans le quartier du bureau de Parker et j'ai fini à Central Park, un endroit que j'évitais la plupart du temps, si ce n'était pour ses vieux obélisques.

J'ai traversé Sheep Meadow, puis West Drive. Une grande statue sur piédestal, cachée sous les arbres, était dédiée à la mémoire du 7e Régiment de New York, une division datant de la guerre de Sécession. Elle représentait un soldat d'infanterie, en position de sentinelle, appuyé sur son fusil. À ses pieds, des dizaines de vieux os de poulets.

C'était un portrait idéalisé, mais on en reconnaissait le visage. Le visage simple et niais du brave Américain. Un visage avec lequel j'avais grandi, un visage qui était mort des centaines de milliers de fois, tout cela parce que la moitié du pays ne voulait pas accepter l'horreur de l'esclavage. J'avais passé six mois de l'année à travailler sur un manuscrit au lieu de profiter de la vie, et bientôt, moi aussi, je serais mort, aussi mort que tout le 7e Régiment. Ceux qui avaient réchappé des combats étaient morts de vieillesse, de maladie ou par accident. Il n'y avait pas d'échappatoire. Tout le monde finissait par devenir poussière. Pourquoi m'en soucier, d'ailleurs ?

J'avais l'impression que la guerre de Sécession n'avait pas pris fin. Que notre monde vivait sur les cendres d'une réalité plus ancienne et toujours bien vivante. Nous étions destinés à toujours mener les mêmes vieux combats. Il suffisait de penser à la politique américaine. Au schisme qui était toujours resté le même. Le Nord contre le Sud. Les Blancs contre les Noirs. Deux siècles de régime républicain, et rien n'avait changé. La bataille continuait, et elle continuerait toujours bien après ma mort, bien après que mes livres seraient oubliés depuis longtemps.

Alors que je contemplais ce visage américain stupide, je me suis dit : « Oh, merde, ça pourrait faire un livre génial. Ça pourrait être fort. » J'étais reparti pour un tour, cette quête sans fin de la littérature.

Oh, Ulysses S. Grant, saint patron de l'addiction, comme j'aurais aimé que tu me libères de ce lien. Comme j'aurais aimé porter un toast ! Je me suis arrêté dans un bar à touristes près de l'Empire State Building et je me suis descendu une série de vodkas soda.

De retour chez moi, mon répondeur abritait trois messages. Tous de Parker.

– Espèce de sac à merde, a répété la machine, tu ferais mieux de sortir ta teub de je ne sais quel trou à merde et de me rappeler aussi vite que possible. Je ne déconne pas, sale tafiole.

Il a tout de suite répondu au téléphone. Il s'était lui aussi enfoncé en territoire d'alcoolémie élevée. Sa voix était pâteuse à souhait.

– Parker, ai-je dit, c'est Baby.

– Petit fils de pute, a-t-il répondu. Enculé de pédé de mes deux.

– Tu as détesté ? ai-je demandé.

– Une nana obèse mal fringuée avec des pompes en lézard jaune et un froc rouge. Voilà comment j'imaginais Dieu, avant. Mais maintenant, je sais que c'est ton manus. Je veux le rhabiller, le renommer Susan et lui proposer un contrat de mariage fiscalement intéressant. Je veux ma queue entre chaque page, et même recto verso. Je veux le baiser. C'est de la bombe, mon petit. Je pourrais le vendre comme de l'eau à un putain de Bédouin qui crève de soif dans le désert du Sahel.

– Donc, tout roule ?

– Tout roule parfaitement, ouais, espèce de débile, a dit Parker. J'avais une copine qui n'arrivait pas à dire « dingo ». Elle répétait tout le temps daim goût. Comme une débile. Là ça roule pas dingo. Ça roule daim goût ! On va tout défoncer.

– Génial. Je suis totalement bourré, et il faut que je nourrisse mon chat.

– Je t'appelle demain. Ils vont nous déchirer à cause de tout ça, mais ça sera une putain de mort, crois-moi !

J'ai déposé le Roi de France sur mes genoux. Il s'est mis sur le dos, à me donner son petit ventre blanc à gratter. N'ayant jamais pu profiter de sa mère et ayant été éloigné de ses pairs, ce chaton n'avait jamais adopté les réactions normales des chats. Il n'aimait pas être caressé, il préférait qu'on lui tapote l'estomac.

Il a ronronné comme jamais. La déprime de l'alcool s'est abattue sur mon corps. Je me sentais tellement seul. J'avais réussi en tant qu'écrivain, j'étais arrivé là où je le voulais, mais au final, je n'avais personne. J'avais merdé toutes mes amitiés, toute ma vie amoureuse. Le mieux que j'avais sous la main, c'était Franklin. Je ressentais à nouveau cette terrible sensation qui m'avait assailli lors de mon arrivée à New York, cette liberté absolue et totale quand on est dépourvu de toute attache humaine. J'avais fui le Middle West mais je me sentais toujours mal. J'étais un soldat du 7e Régiment, stationné à Petersburg, qui espérait ne pas crever.

J'ai appelé Franklin.

AOÛT 1994

Retrouvailles

J'avais écouté Dion and the Belmonts. Mon titre favori était « Little Diane », un titre au rythme entraînant avec des paroles très sombres racontant comment Dion voulait prendre sa revanche sur une femme qui l'avait trompé, mais qui admettait aussi que son désir de vengeance ne servait qu'à masquer sa douleur. Le caractère unique de la chanson venait de son orchestration, puisque l'instrument principal était un kazoo. On aurait pu penser que cela tuerait la mélodie, mais cet instrument enfantin lui donnait en fait un son ultra-moderne.

La compilation *Greatest Hits* de Dion and the Belmonts était l'un des premiers CD que j'avais acheté. J'avais cédé aux sirènes de la nouvelle technologie, appréciant la clarté du son et la taille réduite de chaque album. Je possédais peu de 33 tours, mais chaque fois que je les ai déménagés, c'était comme porter des cartons d'une tonne.

Durant l'écriture de *Sauver Anne Frank*, j'avais acheté un changeur six CD afin de pouvoir écouter de la musique non-stop pendant des heures. Je ne m'étais jamais spécialement intéressé à cet art, même en tant que client assidu des clubs, un milieu où l'on est supposé avoir un DJ favori et tout ce genre de conneries, mais j'avais découvert qu'il existait un type de musique que je chérissais particulièrement. La vieille pop et la soul des années 1950 et 1960. Toutes ces chansons commençaient à être rééditées en CD, et je passais chaque samedi dans le Village à fouiller au beau milieu des rayons.

Et puis il y a eu ce jour où je pensais à Sam Cooke. Incapable de décoller « That's Where It's At » de mon cerveau, je suis allé chez Bleecker Bob's en espérant trouver d'autres chansons de lui. Je suis tombé sur un CD d'import japonais de *Live at the Harlem Club, 1963*. Je ne suis pas spécialement fan des enregistrements live, et c'était hors de prix car cela venait du Japon. Mais au diable, me suis-je dit, c'est quand même Sam Cooke. Si on ne peut même plus faire confiance à Sam Cooke pour tout déchirer, à quels saints peut-on encore se vouer ?

Sam Cooke est toujours bon. « Bring It On Home to Me » était mon titre préféré. C'est la meilleure chanson jamais enregistrée. Et la plus triste.

Le jeune caissier, qui semblait ne jamais avoir vu le loup, m'a scruté de la tête aux pieds. Il n'en revenait pas qu'un blondinet fringué comme un yuppie ait assez de goût pour acheter cet album. Je pouvais entendre la question qui lui brûlait les lèvres : « Vous êtes certain que vous ne cherchiez pas du Pearl Jam plutôt ? »

J'avais changé, j'avais transcendé le Village, et même ses disquaires. J'étais devenu autre.

Pourtant, j'aimais toujours arpenter les territoires estampillés NYU. Sur MacDougal, je buvais mon expresso glacé à Caffè Reggio, assis dans l'alcôve non loin des toilettes. Sous un buste de Néfertiti en toc. J'avais pris un livre. *Une prière pour Owen Meany*, de John Irving. J'en ai lu une centaine de pages, aveuglé par les dialogues des personnages principaux qui étaient tous imprimés EN LETTRES CAPITALES. À part cette bizarrerie typographique, j'aimais beaucoup le livre. J'aimais tout ce qu'écrivait John Irving.

J'ai traversé le parc, passant devant les clochards occupés à une partie d'échecs ultra-agressive. Il y avait encore plus de dealers que dans mon souvenir. Tous répétaient la même chose. Beuh, beuh, beuh.

L'un des plus grands mystères de la ville de New York est la fontaine de Washington Square. Impossible de prédire lorsqu'elle fonctionne ou non. Alors que je m'approchais du centre du parc, je pouvais en apercevoir l'eau voler vers le ciel. C'était jour de chance.

Une foule s'était formée autour du point d'eau. Des adolescentes à demi nues étaient assises tout autour, leurs pieds dans l'eau. Les parents laissaient leurs enfants s'y ébattre. Un type jouait un air sur une guitare désaccordée et chantait d'une voix de fausset.

J'ai observé la scène un petit moment. Puis j'ai entendu une fille crier mon nom.

– Baby Baby Baby !

Je me suis recroquevillé intérieurement, comme pour éviter d'avoir à discuter avec un oiseau de nuit au beau milieu de cette clarté aveuglante de fin d'après-midi estival. Mais je ne pouvais pas m'échapper. J'ai tourné la tête. Et elle était là. Elle était là. Elle était là. Elle. Était. Là.

Adeline.

– Adeline ? ai-je dit.

– Baby, a-t-elle répondu.

Nous nous sommes sauté dans les bras l'un de l'autre. Je l'ai gardée trop longtemps. Elle essayait de se désengager de mon étreinte. Je ne voulais pas la laisser partir. Elle avait pris du poids. Elle n'était plus du tout squelettique.

– Baby, a-t-elle dit, s'il te plaît. Je ne peux pas respirer, là.

– Si j'ouvre mes bras, tu ne vas pas partir en courant ? ai-je demandé.

– Je te rappelle que c'est moi qui ai crié ton nom.

Je l'ai laissée recouvrer sa liberté. Son visage était rouge. Elle a repris son souffle.

– Je ne viens pas souvent dans ce parc, ai-je dit. Je vis plutôt vers la 30e Rue.

– Je ne fréquente l'endroit que depuis quelques semaines, a-t-elle expliqué. C'est pas mal pour faire un peu d'exercice. On fait ce que l'on peut pour fuir l'ennui.

– Tu vis où ? ai-je demandé.

Cette question pouvait en signifier plus qu'il n'en paraissait. Cela impliquait que je savais qu'elle ne vivait plus sur la 7e Rue Est. J'avais rôdé dans le quartier à plusieurs reprises, en espérant croiser Adeline. Chou blanc. J'avais fini par croiser cette vieille Ukrainienne qui vivait au rez-de-chaussée de notre ancien immeuble, et je lui avais demandé si elle avait des nouvelles d'Adeline. L'Ukrainienne m'avait expliqué qu'elle avait déménagé.

– Comme toujours, a dit Adeline. Je suis emprisonnée à vie sur la 7e Est.

– Sans déconner, ai-je dit.

Adeline n'arrivait même pas à me regarder dans les yeux. Elle regardait du côté des enfants qui jouaient.

J'ai vu la conversation se finir dans les cinq minutes à venir, et imaginé que nous nous croiserions encore ensuite peut-être toutes les quelques années. Comme si nous n'avions jamais été amis. J'ai ravalé ma fierté, toutes mes habitudes.

– Adeline, ai-je commencé. Je suis désolé.

– Ne sois pas désolé, a-t-elle dit. C'est moi qui devrais m'excuser.

– Tout est de ma faute. J'ai tout foutu en l'air.

– J'ai passé les deux dernières années à m'en vouloir.

Je l'ai serrée à nouveau. Je m'en fichais qu'elle ne puisse plus respirer. Je l'aimais tellement.

– Mais lâche-moi ! a-t-elle crié. Grands dieux, mon vieux, contrôle un peu tes pulsions.

– Adeline, ai-je demandé, tu ne veux pas qu'on recommence tout à zéro ?

– Tu ne peux pas venir t'installer chez moi, a-t-elle répondu.

– Ce n'est pas ce que je voulais dire. Mais que l'on redevienne amis, à nouveau. Je veux que l'on soit comme avant.

– Moi aussi, a-t-elle dit.

– Mais, Adeline, tu ne peux pas revivre le passé.

– Je ne peux pas revivre le passé ? a-t-elle demandé. Bien sûr que si.

Tout serait bien à nouveau, tout serait comme avant. Mais c'était un fantasme absurde. Nous nous étions déchirés. C'était une jolie idée, un moment rassurant. Une sorte de retour en adolescence.

Un enfant a éclaté en sanglots dans sa poussette, avant d'appeler sa mère. J'allais dire à Adeline quelque chose à propos des parents irresponsables qui infligeaient aux autres leurs horribles gamins, mais elle n'était plus là.

Elle a pris l'enfant qui pleurait. Elle me l'a tendu.

– Baby, voici mon fils. Je te présente Emil Mahmoud.

AOÛT 1994

Retrouvailles, deuxième partie

J'en appelle à vos indulgences car je vais vous submerger d'information, cette nouvelle valeur d'échange du XXIe siècle. De nombreux événements se sont déroulés entre mon départ de San Francisco et la moitié de la décennie. J'ai des rumeurs à vous servir, mes chères créatures, et je suppose que vous n'attendez que cela, d'en savoir plus à propos d'Emil Mahmoud et son paternel Nash Mac, ainsi que sur mes élans procréatifs et comment votre chère Adeline s'est retrouvée embarquée dans la grande aventure de la gestation.

Comme vous pouvez l'imaginer, cela a commencé par un plaisir tout simple, avec Nash Mac qui m'a démontée. Croyez-moi si je vous dis que je ne suis pas le genre de bécasse à adopter un rôle inactif dans sa contraception. J'ai insisté, chaque fois, pour que Nash Mac emballe son Norbert dans du silicone, tandis que je m'attelais à déployer de mon côté une fontaine de femme libérée, pleine de gel spermicide.

Lorsque mes règles ne sont pas tombées, cela ne m'a pas inquiétée outre mesure. Vous vous souvenez sûrement des mois terribles qui ont suivi mon *contretemps** avec Baby. Il était tout naturel, n'est-ce pas, de penser que ce petit défaut de plomberie avait à voir avec le même genre de soucis internes. Mais il s'est révélé que je suis l'une de ces rares bienheureuses à avoir été épargnée par les nausées matinales.

J'ai ainsi vécu dans cette ignorance illuminée jusqu'au troisième mois. À ce moment-là, j'en étais arrivée à intégrer la notion étonnante que, ô grands dieux, je portais peut-être un enfant !

J'étais alors revenue m'installer sur la 7e Rue Est, éjectant par la même occasion l'ami de Luanna pour recouvrer l'usage de mes futiles possessions. J'avais imaginé que revenir à New York serait aussi agréable qu'un massacre autoroutier, alors imaginez ma surprise lorsque l'excitation a fait frémir ma peau tandis que je sortais de la ligne L, au niveau de la Troisième Avenue. En apercevant le dôme de St. George's, une pure déflagration de joie m'a envahie !

Luanna s'impatientait de plus en plus quant au fait que je devrais utiliser un ordinateur, l'une des idées les plus idiotes que l'on m'ait jamais servie.

– Le monde change, disait-elle. C'est un milieu impitoyable, et les nouvelles armes sont virtuelles.

Vous comprendrez donc aisément pourquoi j'ai abandonné l'illustration, afin de dédier mon temps à *Trill*.

Je n'attachais aucune espèce d'importance ou d'intérêt quant à la dimension commerciale des bandes dessinées, et je faisais confiance à Jeremy pour s'occuper de cet aspect-là. Winterbloss a proposé de demander à une tierce entité de s'occuper de la distribution. Il a signé un accord de dernière minute avec Image Comics, une société fondée par certaines des brutasses les plus imposantes de ce milieu connu pour ses coups bas, avec des types du genre de Todd McFarlane ou Robert Liefeld.

Ces hommes avaient imaginé Image comme une réponse aux ateliers esclavagistes qu'étaient devenus Marvel et DC, et ce nouvel éditeur publiait des projets de créateurs afin de construire un environnement où chaque individu pourrait proposer son œuvre au monde entier. La société prenait tous les risques et ne s'arrogeait aucun droit intellectuel sur les publications, une situation contractuelle absolument inédite dans l'histoire de l'humanité.

Le contact de Jeremy était Jim Valentino. Ils avaient bossé ensemble brièvement à l'époque de la conception d'un numéro de *The Official Marvel Index to the Avengers*.

Winterbloss pensait qu'avec notre prépublication dans *Cerebus* et la place de choix occupée par Image dans le catalogue de Diamond, nous pourrions profiter d'une belle exposition. Si l'accord avec Image se révélait infructueux, nous pourrions toujours changer de plateforme et nous autopublier en profitant de la qualité de notre travail et de notre beau lancement.

Tout me semblait s'annoncer comme sur des roulettes. Mais souvenez-vous, mes chéris, lorsque la vie va comme sur des roulettes, ceux qui sont destinés à la vivre arrivent toujours à tout foutre en l'air.

Mes seins gonflaient. Mon ventre grossissait. Mes émotions devenaient de plus en plus erratiques.

Tout cela me semblait particulièrement étonnant et bien différent des inconforts classiques de règles très en retard. Savez-vous que cette idée a ainsi jailli déjà toute formée, comme Pallas Athéna ? « Adeline, m'a soufflé mon cerveau, et si tu étais enceinte ? »

Ô grands dieux, non ! me suis-je dit. Comment se fait-ce ? Le seul homme qui m'ait démontée était Nash Mac, et il me semblait impossible que ce que cet homme pouvait donner, et encore moins ses spermatozoïdes chargés en ADN, puisse survivre aux barrières successives de latex et de Nonoxynol-9.

J'ai acheté deux tests de grossesse chez un épicier de l'Avenue A qui avait ouvert dans les ruines d'un vieux cinéma RKO. Je n'ai acquis aucun autre bien. La caissière m'a lancé un regard lourd de sous-entendus. Une personne plus faible aurait défailli devant cette désapprobation et connu les six formes consécutives de la honte judéo-chrétienne.

Mais vous me connaissez, mes chéris. J'avais lu quelque part qu'il existait un rite au Moyen Âge qu'on appelait l'Hommage aux Mendiants. Les rois et autres nobles ne se vengeaient pas lorsqu'un mendiant osait les insulter, car ils pensaient que la voix du mendiant était sa seule valeur marchande, et ses insultes le seul hommage qu'il pouvait rendre. Les insultes du mendiant étaient un signe de distinction pour autrui.

Cette caissière était ainsi. Laissons-la juger ma vie de traînée, laissons-la examiner la lettre A inscrite sur ma joue. C'est l'attitude qu'adoptent les mendiants face à ceux qui les dominent.

J'ai uriné sur le premier test. Sans regarder le résultat, j'ai fait de même sur le second. J'ai attendu dix bonnes minutes avant de les examiner.

+. Double +. +.+. ++. *Nec plus ultra*. Mon cocon fertile, mon bel enfant non né. +++++++++++++++++++.

Un bébé demandait tellement de travail. Tellement d'argent. Bouleversait tellement tout. La vie ne serait plus jamais la même. Ah tous ces horribles petits clichés. Je réagissais comme la plus commune des populaces !

Le débat inévitable. Garder ou non cette chose. Mais il n'y a guère de suspense, n'est-ce pas, cher lecteur ? Vous savez que le bébé est né. Emil peut être bien des choses, mais ne voyons pas en lui le seul exemple connu de génération humaine spontanée.

J'avais réussi à traverser l'existence en me promettant que si je connaissais un jour l'infortune de tomber enceinte, je mettrais un terme à tout cela plus vite qu'un claquement de doigts d'épileptique.

J'avais connu quelques jeunes étudiantes et lycéennes aux mœurs douteuses qui confondaient avortement et contraception. Combien d'amies avais-je conduites de Crossroads au planning familial ? Je ne jugeais jamais et n'avais jamais considéré cela autrement que comme une opération classique.

La plupart des filles étaient traumatisées par cet épisode médical. La rationalité de leur choix n'arrivait pas à surpasser le poids du déséquilibre de leurs émotions.

Elles vivaient dans un pays qui recouvrait leur tête de flocons de culpabilité, victimes d'une société religieuse bigote qui bloquait toute discussion sous le prétexte fallacieux que toute vie était sanctifiée. Quelle absurdité totale ! Son hypocrisie crasse saute aux yeux de quiconque passe vingt minutes à marcher dans une ville américaine, quiconque parle avec les paumés, les écorchés, les clochardisés. Des gens imbibés de leur crasse, de l'acidité de leur urine, détruits par la maladie mentale. La vie est sacrée, mon vieux, mais uniquement dans le cocon maternel. Une fois que ces créatures maudites émergent de la gaze utérine primaire, alors débute la lutte pour s'arracher chaque centime, chaque miette. En Amérique, on ne fournit pas le mode d'emploi ! À chacun de se débrouiller ! Et tout le monde applaudit en chœur pour la baisse de la surpopulation !

Et c'est sans parler des pauvres mères abusées. Des filles forcées par la société à prendre la mauvaise décision. Leurs vies fragiles ruinées par la promesse fantasmée d'une maternité sanctifiée. Celles qui n'ont pas connu d'éducation depuis leur plus jeune âge, à qui l'on vend la beauté béatifiée de la maternité, avant de les abandonner dans les entrailles de la pire pauvreté.

L'avortement est un bien social, mais jamais on ne l'aborde ainsi. Notre pays est accro à ses propres mensonges. Même les soi-disant pro-choix n'admettront jamais cette vérité dans le cadre de notre débat national. Mais il faut bien que quelqu'un énonce cette évidence, et ce sera donc votre chère Adeline. L'avortement est une richesse.

Pour moi, Adeline, j'ai pensé à cette opération au beau milieu du tumulte de mon existence. J'avais passé des années à pourchasser l'étrange, à fuir la normalité. Et cela ne m'avait pas menée très loin, n'est-ce pas ? Je dessinais une BD sur des chats anthropomorphes, et je passais des journées entières à écouter *Astral Weeks*, mais il n'y avait pas grand-chose à raconter, n'est-ce pas ? Et si le seul chemin allant de l'avant passait par embrasser l'idée d'une famille ?

La situation pouvait suggérer de ne pas m'en remettre aux affres du destin. Si ce sperme en particulier, parmi des milliards d'autres, avait survécu à tant d'obstacles, alors il devait être d'une essence spéciale, et la créature devait désespérément vouloir naître. C'était évident, l'univers me le signifiait clairement.

Vous serez assez charitables pour vous rappeler que cette maternité a duré trois mois sans se signaler. Mon corps s'était gorgé d'hormones destinées à obérer mon jugement et mes pensées. Le fœtus se protégeait de sa mère, par l'entremise d'une manipulation biochimique.

J'ai téléphoné à Nash Mac.

Je l'avais largué à San Francisco. Cette nouvelle l'a terrassé. Il était si mal qu'il a même suggéré de me rejoindre à New York. J'avais opposé un veto absolu à cette idée totalement farfelue.

– Mon cher garçon, avais-je dit, n'as-tu pas compris que tu appartiens à San Francisco ? Un pur produit de la Californie ? Tu ne peux pas venir vivre ici à New York. Cela ne marchera vraiment pas, mon vieux. Pas du tout !

Nash Mac avait fait remarquer que Fairfax, en Virginie, était clairement plus proche de New York que Pasadena, et qu'en conséquence, peut-être, il entretenait un lien plus charnel que prévu avec la côte Est. De l'acrimonie s'est ensuivie. Il m'a accusée, comme presque tous les garçons finissent par le faire, de ne pas vraiment le connaître. Comme chaque fois, que peut-on répondre lorsqu'on se sépare et qu'on s'en remet à de vieux souvenirs ? J'ai coupé le cordon et lui ai dit au revoir.

Désormais marqué par le fait qu'il allait devenir père, Nash Mac s'est installé à New York. Rien ne pouvait le séparer de son enfant et, je suppose, de moi. Il n'a pas demandé la permission mais, pour être honnête, la maternité m'avait assez bouleversée pour qu'à son arrivée à JFK je sois dans le hall de débarquement à l'attendre, afin de le rapatrier dans mes bras et dans ma couche.

Il avait pris un congé à LucasArts et joué les Balthazar à Babylone, annonçant MENE MENE TEKEL UPHARSIN. Il s'était dégotté un poste à Enteractive Inc., une boîte de troisième zone située sur la 40e Rue Ouest. Malgré ses nombreuses tentatives pour m'expliquer son travail, je n'en ai jamais compris la nature. J'en ai conclu qu'il avait été embauché grâce à son association infinitésimalement relative avec George Lucas.

Si cela avait duré un peu, je suis certaine qu'il m'aurait demandée en mariage.

J'ai réussi à tenir un mois et demi avant que ses tendres attentions me rendent folle à lier. J'ai coupé le cordon, à nouveau. Dans cette dispute sans fin, il me tenait pour coupable de son déménagement à New York et insinuait que je n'avais exprimé aucune gratitude à son endroit pour avoir agi d'une façon que je n'avais pas requise.

– Tu me vois donc comme une créature étrange et insondable, ai-je dit. Ma seule erreur aura été de penser que tu voulais connaître la réalité de l'omnipotence de tes spermatozoïdes. Ne te fais pas de fausses idées. Tu as déménagé ici car tu voulais vivre à New York. Aucunement pour moi ou pour le bébé.

J'ai promis à Nash Mac de ne rien attendre de lui. Il était atterré. Il voulait faire partie de la vie de son enfant. J'ai promis que cela serait le cas, tout en restant dans le flou. Nous ne savions rien de cet enfant. À quoi bon prévoir ?

J'étais cependant consciente que je n'arriverais pas à tenir Nash Mac à distance toute ma vie. Chaque action avait ses propres conséquences.

Son expérience à Enteractive l'a vite traumatisé, et il a rappelé en toute urgence LucasArts afin de les informer de son retour imminent. Nous étions désormais en l'an 1994. Le studio avait sorti *Sam & Max Hit The Road* et s'apprêtait à lancer *Full Throttle*.

– Aucun de ces jeux n'est génial, disait Nash Mac. Personne n'a le niveau de Ron Gilbert.

Il est reparti par la même porte du même terminal par lesquels il était arrivé. L'horreur véritable de la sexualité était étalée au grand jour, au beau milieu de la moquette bon marché du Terminal 3. Nash Mac, l'incontournable.

Il n'était rien d'autre qu'un type qui avait eu la bonne idée de me démonter à San Francisco. Je n'avais rien fait de mal, m'étais protégée, mais cela n'avait pas suffi. Pris la main dans le sac, nous avions été condamnés à la perpétuité ensemble. Oh, doux Jésus, prépare donc mon cercueil !

Au revoir, New York, a-t-il dit. Au revoir, Adeline, a-t-il dit. Au revoir, Nash Mac, ai-je répondu, en espérant que je trouverais un moyen de m'accommoder de l'étrangeté de notre relation.

Nash Mac de retour en Californie, je n'avais personne d'autre pour m'aider dans ma maternité. Luanna avait ses limites. Beaucoup de questions se posaient. Devais-je déménager ? Devais-je convertir la chambre de Baby en une chambre de bébé ? Et qu'en était-il de l'accouchement et des soins prénataux et des vitamines et de la nourriture et de toutes les autres misères dont Nash Mac s'était soucié ?

Mes chéris, j'étais au plus bas. J'ai téléphoné à Dahlia.

Ma sœur, cette abominable folle, cette délirante idiote. Elle et Charles s'étaient séparés et retrouvés à trois occasions, sans jamais divorcer et en réussissant tant bien que mal à donner naissance à deux enfants dans ce monde de mortels. Une fille et un fils. Dahlia s'y connaissait en maternité. Pour la première fois de sa vie, elle était plus calée que votre chère Adeline.

Mais Dahlia resterait toujours Dahlia, une fille incapable de se dépasser.

– Être enceinte, a-t-elle dit, c'est, genre, pire que la pire des grippes. C'est une maladie qui dure neuf mois. C'est une véritable agonie, quoi. Lorsque j'étais enceinte de Deanna, c'était, genre, le pire moment de ma vie. Mon ventre a triplé de volume, je suis devenue dégueulasse et obèse, de l'eau dans tout le corps, des hémorroïdes, malade tout le temps, des varices aux jambes, j'allais pisser toutes les trente secondes, on aurait dit une baleine, j'avais des envies de bouffe immonde, et quand j'ai, genre, accouché, ça m'a pris treize heures et j'avais l'impression de chier un baleineau. Bon courage.

Dahlia est arrivée dans le courant du dernier mois de ma grossesse, pour m'aider aux derniers préparatifs. Son rôle le plus vital était de faire tampon entre moi et Mère.

Mes finances ne suffisaient pas. Et si je refusais toujours de parler avec la vieille sorcière, il faut tout de même rendre à Mère quelque chose. Elle a allongé les biftons, de quoi rendre plus simple l'existence de son troisième petit-enfant né de mon utérus.

Emil est né au Roosevelt Hospital. L'accouchement a été aussi pénible que Dahlia me l'avait expliqué. Malgré la douleur et tous les médicaments, je continuais à entendre ses conseils ridicules. Et voilà, mes chéris, je connaissais enfin le miracle de la vie, et la seule chose qui passait à travers mon cerveau ensuqué, c'était que tout cela ressemblait à s'y méprendre à chier un baleineau.

Une fois l'opération achevée, j'avais l'enfant dans mes bras. Le visage ensanglanté et rouge d'Emil. Tout était oublié.

Dahlia est restée les deux mois suivants. Elle était tombée amoureuse de la diversité chic de East Village. Par la magie de la téléphonie, j'avais compris que ses deux enfants et Charles étaient absolument ravis de cet interlude. La vie sans la conversation et les pensées débiles de ma sœur. J'étais devenue leur chouchoute.

Son attention était dédiée entièrement à votre serviteure et à son fils. Mais là encore, je ne peux pas m'en plaindre, car Dahlia m'a appris les bases de la profession de mère et m'a permis de continuer à rendre *Trill* dans les temps. Nous n'avons jamais eu le moindre jour de retard.

Réfléchissez-y un peu, si vous le voulez bien, mes chéris. Mes deux grandes contributions à la civilisation. Emil et *Trill*. D'une atroce manière, tout cela était grâce à Dahlia.

La personne qui avait hanté mes années d'adolescence de par ses braillements incessants et son babillage maniaque. Dahlia ! Dahlia ! Ma vieille sœur déglinguée. Désormais, je lui devais tout. Elle m'avait sauvée ! Elle était mon héroïne. Elle était tout ce que je possédais !

Personne n'avait jamais osé affirmer que l'âge adulte était une promenade de santé.

J'ai aperçu Baby à côté de la fontaine centrale de Washington Square Park. Cheveux blonds, bonnes joues élevées au grain, allure légèrement abîmée par la vie urbaine.

Je n'ai pas honte d'avouer avoir alors douté. J'ai pensé à reprendre Emil et à partir pour éviter les complications. Cette vieille colère teintée d'amertume à propos de Mère, poussée par une pure hypocrisie.

Baby n'avait fait que ce que tout le monde aurait fait, c'est-à-dire vivre infusé de l'argent des coffres familiaux. C'était ce dont j'étais également coupable. Vers qui avais-je accouru lorsqu'il était devenu évident que j'allais accoucher des graines démoniaques de Nash Mac ?

Là est le souci avec des gens comme Mère, des gens avec vraiment beaucoup d'argent. Nous sommes soumis à leurs volontés.

J'ai lancé :

– Salut, Baby, comment va ?

Sans m'attendre à quoi que ce soit de précis, bien sûr, mais vous connaissez votre chère Adeline. J'aimais Baby.

J'avais toujours aimé Baby. Il m'avait manqué, même si je détestais me l'avouer.

Nous voilà donc face à face, ce vieux couple de duettistes debout à Washington Square, un enfant en plus dans mes bras. J'ai invité Baby à passer à la 7e Rue. Peut-être était-ce trop tôt. « Oh, Adeline, me suis-je dit, pas de quoi paniquer. C'est Baby. Dont le crime a été d'accepter une éducation. Aucune mauvaise fortune ne peut s'abattre sur toi. Pas de la part de Baby. »

Tout en marchant vers Cooper Square, Emil s'agitait dans la poussette. J'ai dit :

– Lorsque j'étais à San Francisco, j'ai entendu une chanson à la radio, « Detachable Penis ». Quel nom absurde ! Tu connais ?

– Je l'ai entendue à deux reprises, mais je n'y ai jamais trop prêté attention, a dit Baby. Le refrain est débile.

– Baby, ai-je glapi. Il faut toujours écouter les couplets. C'est là où le parolier cache les messages les plus diaboliques. « Detachable Penis » parle de cet habitant idiot de East Village qui arrive à une fête, se réveille le lendemain avec la gueule de bois et se rend compte qu'il a perdu son pénis, qui, comme le suggère le titre, est doté d'un mécanisme détachable. Il se lance dans un *Bildungsroman* effréné à travers son quartier, en essayant de retrouver son membre égaré.

– Et il va où ? a demandé Baby.

– Au Kiev. Il descend la Deuxième Avenue, juste à côté de Love Saves the Day, et découvre que son pénis est en vente chez l'un des brocanteurs du coin. Imagine la scène, Baby ! Je suis tranquille dans un café de Richmond et j'entends une chanson à propos de mon ancien quartier. Qui parle du Kiev ! C'est mauvais signe. Un vent cruel me ramène à New York.

Baby a fait irruption dans son ancienne demeure et ses yeux sont devenus wow-wouh-wow-wawawa-wouh-wohohoho lorsqu'il a découvert les changements que j'ai apportés à l'endroit.

Par et grâce à Dahlia, j'ai demandé à Mère un bon supplément monétaire afin de m'assurer que son petit-fils ne mourrait pas du plomb dans la peinture ou d'un clou rouillé dans la plante des pieds. Ce pauvre Emil, qu'il soit béni à tout jamais, ne pouvait pas grandir dans la folie bohème de nos vies d'avant.

Mère a assuré un flux substantiel d'argent. J'ai fait changer le parquet, repeindre les murs et remplacer les meubles. Nouvelle cuisine, nouvelles chambres. Il n'y avait rien à faire pour la salle de bains. Les toilettes, la baignoire et l'évier étaient toujours dans leur jus. Et il n'y avait pas plus de sonnette en bas.

J'avais transformé la pièce de Baby en nurserie, repeint les murs en bleu clair et l'avait remplie de jouets élégants. Je ne voulais pas qu'Emil touche tout ce qui était en plastique, j'avais donc écumé les boutiques vendant de vieux jouets en bois.

Cependant, la pièce avait fini par devenir surtout un endroit dédié au stockage. Je détestais dormir seule. Emil restait toujours à côté de mon lit. Je n'avais pas encore essayé de dormir avec lui. Je n'étais étrangement pas du genre à aimer me réveiller dans une mare d'urine ou, pire, dans une flaque marron de ses excréments.

– Tu es devenue une vraie yuppie, a dit Baby. Tu fais désormais peut-être partie du problème.

– Cet enfant, ai-je dit, ne grandira pas comme un demi-orphelin né d'une union éphémère avec un junkie. Il souffrira de toute l'affection qu'il pourra supporter. De toute la stabilité également. New York n'aura pas raison de lui.

– Où est le chat ? a demandé Baby. Capitaine me manque tellement.

– Je ne voulais pas te le dire, ai-je dit, mais l'animal a décidé de quitter notre monde de mortels.

– Comment ?

– Tumeur dorsale, ai-je expliqué. On aurait pu l'opérer mais cela me semblait bien cruel. C'est toujours le problème avec les animaux, non ? Ils finissent par te briser le cœur.

– Il faut que je m'assoie, là, a dit Baby.

New York n'aurait pas raison de mon enfant, mais la suractivité de ses intestins, sûrement. Une odeur pestilentielle a envahi l'appartement. Assis par terre, Baby a levé les yeux avec un regard amusé derrière son rideau de cheveux effilés.

– Les couches de cet enfant ont besoin d'être changées, ai-je dit. Je vais t'épargner le spectacle de cette opération et l'emmener à côté.

– Ne t'embête pas, a dit Baby. J'ai un truc à faire de toute façon. Je reviens tout de suite. Il faut toujours crier depuis la rue pour se signaler ?

– Évidemment, mon cher, ai-je dit, certaines choses ne changent pas.

Tandis que Baby descendait à toute allure les escaliers, j'ai posé Emil sur le comptoir et mené ma petite enquête. Ses selles étaient solides, ce qui changeait heureusement des jours précédents. J'avais commencé à m'inquiéter assez pour me dire que si cela continuait encore dans la matière liquide, je finirais par l'amener chez le médecin.

Croisant mon image dans la surface métallique du grille-pain tandis que je nettoyais l'enfant, j'ai éclaté de rire, me demandant ce que penserait Patrick Geoffrois de mon obsession quant aux selles d'Emil. La science des couches, c'était la cartomancie à portée des caniches, à essayer de lire des symboles et des indices dans les excréments de l'enfant, trois fois par jour.

La douleur lisible sur le visage d'Emil s'est évanouie. Je l'ai reposé par terre. Nous nous sommes assis pour attendre. Baby a crié de dehors. J'ai descendu les escaliers afin de le laisser entrer. Il avait un sac en papier dans la main.

Baby s'est penché pour s'adresser à Emil.

– Salut, beau gosse, a dit Baby. Je peux le prendre ?

Baby a déposé son sac sur la table de la cuisine et soulevé Emil de la manière la plus inhabituelle qui soit, tout en gardant l'enfant à bonne distance, ses mains sous ses aisselles.

– Je n'en reviens pas que tu aies donné la vie, a dit Baby.

– Bienvenue dans ce club tout sauf exclusif, ai-je répondu. Je suis presque certaine que c'est ce qui est arrivé, en effet.

Baby a sorti un livre du sac posé sur la table.

– J'ai acheté ça chez St. Mark's Bookshop, a-t-il dit en me tendant un volume étrange intitulé *Coincé entre Jupiter et une bouteille*.

La couverture représentait un homme doté d'une tête d'éléphant.

– C'est mon roman, a-t-il dit.

– Superbe, ai-je dit en le lui rendant. Mais pourquoi me le donner si tu ne l'as pas lu ?

– Adeline, c'est *mon* roman, a-t-il répété en le repoussant. J'en suis l'auteur.

La deuxième page portait une dédicace :

À ADELINE, OÙ QU'ELLE SOIT
SUR CE CONTINENT AMÉRICAIN.

– Je ne savais absolument pas si tu tomberais dessus. Je ne t'avais jamais donné mon pseudonyme.

– Baby, ai-je dit. Il faut que je te montre quelque chose moi aussi.

Je suis allée dans ma chambre et en ai sorti les dix volumes parus de *Trill*. On en écoulait un nombre inavouable chaque mois. Je n'avais jamais demandé les chiffres exacts, de peur que cela me mette trop de pression, mais Winterbloss disait que nous avions vendu tellement d'exemplaires que si je rencontrais tous les gens ayant acheté nos livres, je passerais le restant de ma vie à simplement les saluer.

– Et voilà, ai-je dit. Prends-les.

Baby a tourné les pages.

– Écrit par J.W. Bloss, a lu Baby. C'est Jeremy ?

– Oui, ai-je répondu.

– Mais qui est l'artiste ? M. Abrahamovic Petrovitch. Минерва ?

– Pourquoi Минерва ? ai-je demandé. C'est moi l'illustratrice, Baby. Pour vous servir.

– Pourquoi n'as-tu pas utilisé ton vrai nom ?

– Jeremy pensait que ce serait mieux de ne pas dire que je suis une femme. Le milieu de la bande dessinée est le plus sexiste de toute l'Amérique.

– Mais putain, pourquoi c'est à toi de faire semblant ? a demandé Baby.

– On fait semblant tous les deux. Pourquoi penses-tu qu'il dit s'appeler J.W. Bloss ? Son vrai nom est connu dans le milieu. Je fais semblant d'avoir un pénis, et Jeremy prétend ne pas être Noir. C'est moche, mais ça paye les factures.

NOUVEL AN 1994

Baby et Adeline regardent la télévision

Je ne vais pas vous saouler plus avant quant aux joies de la vie de mère, car je suis certaine que vous avez déjà des amis terriblement inintéressants qui sont passés par là. Vous connaissez le genre, n'est-ce pas, mes chéris ?

Ces gens qui vous téléphonent à toute heure, et qui n'en peuvent plus dès que le petit Tommy fait ses premiers pas, ou prononce ses premiers monosyllabes dénués de sens, ou atteint n'importe quel achèvement arbitraire appréciable uniquement par quelqu'un qui lui est génétiquement lié. Je ne vais pas juger ces pauvres âmes, vos amis par-dessus le marché. Je suis faite du même bois. Je me suis ridiculisée avec Emil plus de fois que je ne veux l'admettre. Mais je ne vais pas vous saouler avec cela, chers lecteurs. Je sais que vous avez mieux à faire.

Je vais vous épargner, également, tous les petits détails sans intérêt à propos de moi, Baby et notre réunification. Vous saviez aussi bien que moi que c'était inévitable. Si cela n'était pas arrivé, vous n'auriez pas continué à lire ce livre, n'est-ce pas ? Vous seriez repartis à lire le genre d'histoires déprimantes où les gens noient l'amertume de leur vie dans des bières achetées au supermarché.

Lorsque le réveillon du Nouvel An est arrivé, nous nous sommes retrouvés avec Baby chez moi, près d'Emil endormi. J'étais outrée, comme tout parent lorsque son enfant risque d'être réveillé par le brouhaha des noctambules.

– Ces mongoloïdes font la java dans la rue, ai-je dit. Ils n'ont aucun respect pour la délicatesse d'un enfant qui dort.

– Il y a une époque où c'était toi qui retournais East Village.

– Je n'ai jamais erré sans but à crier chaque fois que n'importe quelle idée prémâchée *non sequitur* me passait par mon idiote de tête. Lancer des slogans et offrir à tous le spectacle de la dégradation de la condition humaine ! C'est comme cela qu'ils comptent passer les cinq dernières années du millénaire ?

Croyez-le ou non, mais nous avions branché ma vieille télévision noir et blanc sur l'émission spéciale Nouvel An de Dick Clark. Je vivais à Manhattan, et ce, désormais, depuis plus ou moins dix années. Je n'avais jamais été tentée par les Sodome et Gomorrhe du 31 décembre à Times Square. Et pourtant, voilà que je les regardais à travers un écran télévisé.

– Il faut que tu changes de télévision, a dit Baby. Je n'en reviens pas que ce vieux truc fonctionne encore.

– Lorsqu'elle tombera en panne, je ne la remplacerai pas. La radio suffit. Emil ne va pas grandir comme ces enfants obèses dont le meilleur ami est la lumière bleutée de ce cube mortel. Si cette horreur fonctionne encore lorsqu'il sera assez grand pour en comprendre le principe, je la balancerai à la poubelle.

Même si l'émission spéciale de Dick Clark était centrée sur New York, les différents morceaux interprétés sur scène étaient enregistrés à distance et présentés par les humoristes Margaret Cho et Steve Harvey. On avait le droit à des plans de la foule massée à Times Square, puis le plan suivant était un concert à Walt Disney World.

Melissa Etheridge, The O'Jays, Jon Secada, Hootie & the Blowfish et Salt-N-Pepa. J'espérais secrètement qu'ils avaient programmé ce chanteur de reggae du nom d'Ini Kamoze. À cette époque, il avait un tube *crossover* dénommé « Here Comes the Hotstepper ». Impossible d'y échapper. Cela perçait mes oreilles depuis les postes radio, les voitures ou les bouches des gens que l'on croisait et qui le fredonnaient mal. Impossible de quitter son domicile sans tomber sur le *hotstepper*.

Si cultivée qu'était votre chère Adeline, un véritable bouddha maquillé par Aveda, je restais une créature de mon époque. Ayant grandi durant les beaux jours de la synth-pop, j'avais une approche absolument décadente de la culture pop. Le mythe du Grand Rockeur Blanc n'était plus que poussière, finalement remplacé par les sons du hip-hop.

Emil me donnait tellement de travail que je n'avais plus du tout la moindre envie de prétendre être encore au goût du jour. Occupée par mon enfant, occupée par mes dessins. Même si je n'avais pas connu l'aventure d'être mère, la dernière chose dont j'aurais eu envie était de devenir ce genre de femme trentenaire qui prétendait toujours comprendre la culture des adolescents, espérant contre toute évidence maintenir un lien direct avec les nouvelles tendances de la rue. Imaginez-moi parler de Snoop Doggy Dogg !

Quelques jours plus tôt, j'avais loué un horrible film chez Kim's Underground, sur Bleecker Street, un vidéoclub doté d'une bien meilleure sélection que le Kim's sur l'Avenue A. Le titre de cet horrible film était *Le Retour des morts vivants III*. Comme les chiffres romains le suggéraient, *III* était le troisième volet d'une série de films de zombies possédant un lien tangentiel avec le maître du genre, *La Nuit des morts vivants*. Le premier *Retour* est très apprécié pour son esthétique punk ultra-datée, un peu comme *Jubilé* de Derek Jarman si *Jubilé* de Derek Jarman était totalement idiot et doté d'une chanson-titre chantée par Dinah Cancer.

Et n'allez pas me demander pourquoi j'avais loué une telle chose. Je n'ai pas de réponse logique ou raisonnable à cela. Je suis une critique invétérée des films de zombies, à part lorsque mon petit cœur bat la chamade pour l'interprétation exceptionnelle de Bela Lugosi dans le rôle de Murder Legendre dans *Les Morts vivants*, ou que je me laisse aller à l'admiration pour *Vaudou* de Jacques Tourneur et Val Lewton. Je peux avouer une certaine affinité avec *La Nuit* également. Ces exceptions mises à part, le zombie reste le plus ridicule sujet des films d'horreur.

En y réfléchissant un tant soit peu, il est facile de comprendre ce que l'esprit américain y trouve. Nous sommes une société militariste, née dans les batailles, définissant nos périodes historiques par rapport à la guerre. Ce salaud de George Washington couronné premier président, la guerre de 1812, l'idée fixe de Baby quant à l'agonie de M. Lincoln, la Première Guerre mondiale, la Seconde Guerre mondiale, le Vietnam. Notre ridicule petite histoire est un dialogue incessant en rapport avec la guerre. La Guerre contre la Drogue. La Guerre contre la Pauvreté.

Mettez cela en rapport avec notre empire actuel en plein déclin, alors que notre apogée était en 1963, et les armées de cadavres réanimés prennent tout à coup un nouveau sens. Je ne suis pas le genre de fille à me vautrer dans l'allégorie, intentionnelle ou non, mais on ne peut ignorer l'équation. Culture de la guerre + société tournée vers la mort = une nation dopée aux images de morts vivants.

Filmée en 1992, *La Revanche des morts vivants III* s'ouvre à la culture de la jeunesse de cette époque, ou en tout cas à ce qu'on imagine qu'elle est. Des affiches couvrent les murs de la chambre du personnage masculin principal, avec tous les groupes alternatifs que l'on peut imaginer, dont mes anciens favoris, les L7. Le style vestimentaire de l'héroïne est un ramassis de clichés des années 1990. Blouson en cuir, bas résille et cheveux décolorés.

Il y a un moment où la vie du héros est totalement foutue en l'air. Sa gente dame a été trucidée, et il l'a transformée en zombie, une idée qui n'a pas fonctionné comme prévu.

Au fond du trou, tout à son désespoir, notre héros se cache dans les égouts. Il se met à discuter avec un vagabond. Le jeune homme expose à son nouvel ami tous ses espoirs et ses rêves. Il veut aller à Seattle, jouer dans un groupe, être batteur. Tout ira bien lorsqu'on sera à Seattle, dit-il.

Il faut se souvenir que ce film a été tourné durant l'un de ces moments déplorables où les médias se sont trouvé un nouveau mouvement au sein de la jeunesse. Le monde était gavé de groupes de Seattle. Nirvana, Pearl Jam, Soundgarden, Alice in Chains, Mother Love Bone, Temple of the Dog, Tad, Screaming Trees. Sub Pop Records.

O Jesu Cristo, protégez-moi de tels démons !

Le plus triste dans *III*, c'est d'imaginer sa fulmination créative, le moment où son réalisateur, Brian Yuzna, et son scénariste, John Penney, ont lu un article dans le *New York Times* à propos de la dernière mode chez les *djeuns* et se sont dit qu'ils allaient rajeunir le film avec de vraies tendances culturelles du moment. Et de quoi accouchent donc ces braves hommes ? D'un garçon qui rêve de Seattle tandis que sa petite amie zombie se met au piercing.

Rien n'est pire que le spectateur le plus vieux à un concert de punk.

C'était le cas de Baby. Le *clubbing* n'avait pas été bienveillant. Jamais, d'ailleurs. Spectacle atterrant d'un jeune auteur à succès enferré dans son désir d'être à la page, croyant qu'il doit, à tout prix, continuer à fréquenter des jeunes de dix ans ses cadets.

Depuis notre réunification, j'avais conclu que la vie était, en effet, faite de cycles répétés. Je l'avais convaincu d'arrêter de coucher avec ce mystérieux petit farfadet du nom de Franklin, mais Baby s'était retrouvé seul, et tout cela nous ramenait à nos débuts ensemble. Je passais mon temps libre à me demander comment je pourrais maquer Baby avec un gentil garçon.

AVRIL 1995

Baby et Adeline se rendent chez Norman Mailer

Durant l'une de mes phases les plus écervelées, j'avais flirté avec l'idée que l'on pouvait peut-être se lier d'amitié avec les gens qui connaissaient les mêmes expériences maternelles que votre serviteure esseulée. Je m'étais même inscrite à un groupe de soutien pour jeunes mères, suivant les recommandations du pédiatre d'Emil.

Fort étonnamment, la majeure partie des membres du groupe avaient tendance à être eeeeeeeeeennuyeuses et teeeeeellement conventionnelles. Vous auriez dû entendre leurs doléances, cher lecteur ! Elles étaient obsédées par les boulots atroces de leurs mécréants de maris. À part cela, il y avait le souci que causent des tétons irrités et l'impossibilité de trouver des jouets adéquats. Leurs braillements me tapaient sur les nerfs. J'ai abandonné après quelques mois, plus qu'heureuse d'être enfin seule avec mes chats de bandes dessinées.

La seule autre *freak* dans notre petit groupe était une femme aux cheveux de jais du nom de Frances Washington, qui venait de l'État de Rhode Island et des Plantations de Providence. Jamais vraiment satisfaite de sa condition de pauvre fille exilée dans le quartier de Smith Hill, elle avait décroché un diplôme en lettres classiques puis s'était inscrite à la Rhode Island School of Design. Elle avait obtenu un diplôme à Parsons. Son travail actuel était graphiste chez NBC, au Rockefeller Center.

Elle faisait également partie de ces mères célibataires dont les médias aimaient tant parler. Comme moi. Invraisemblable, mais votre vieille copine Adeline avait ainsi rejoint la seule couche de population que l'Amérique tout entière assumait de mépriser. Les mères célibataires ! Mais Frances avait fait pire. Au moins, mes crimes avaient eu lieu en territoire de Blancheur.

Notre statut de catins dévergondées nous liait, Frances et moi, et offrait un terreau de sujets communs à aborder. Ou « t'reau », car elle n'avait pas réussi à éradiquer toutes les traces de son accent amérindien.

Je lui avais demandé si, comme le disait Baby, les habitants de Rhode Island étaient les seules personnes, à part ceux originaires du Wisconsin, qui utilisaient le terme « barbullier » pour désigner les fontaines d'eau ou de soda. À ma grande surprise, elle a répondu par l'affirmative, oui, oui, les habitants de Rhode Island utilisent des barbulliers pour boire de l'eau.

Nous partagions la même paranoïa lorsqu'il s'agissait de laisser nos rejetons avec des inconnus. Frances déposait son enfant chez une tante bienveillante du Queens, ce qui imposait à Miz Washington deux bonnes heures de transport en commun.

La nuit, elle n'avait pas le choix.

– Je n'y arrive juste pas, disait-elle. Je préfère demeurer célibataire le restant de ma vie plutôt que de laisser Danielle à une baby-sitter.

Un soir, alors que nous étions occupées à nous gaver de pizza mal cuite, nous avons examiné nos situations parallèles et passé un pacte. Comme elle était empêtrée dans les coupe-gorges de Gramercy, pas si loin de la 7e Rue, nous mettrions nos ressources en commun afin de s'occuper de l'enfant de l'autre chaque fois que Maman avait besoin d'une nuit de débauche.

C'est ainsi qu'un vendredi, courant avril, j'escortai Emil jusqu'à la 19e Rue Est. Frances a ouvert la porte, les vêtements couverts de taches de peinture.

– Je me suis remise à peindre, a-t-elle annoncé. J'avais besoin de travailler sur un projet qui ne me rapporte pas d'argent.

– Tu devrais te mettre à la bande dessinée, ai-je dit. Personne ne gagne vraiment d'argent dans mon sale petit milieu.

Frances m'a montré sa toile. Un tableau marqué d'influences médiévistes indiscutables. Une femme dans le grenier d'une tour maure à plusieurs niveaux. Un hybride, mi-homme, mi-grenouille, attaché à une table. La femme utilise un étrange instrument afin de mesurer les membres du monstre. Sur les étagères, se trouvent des bocaux remplis de divers liquides. De la fumée bleue tourbillonne d'un candélabre en forme de main humaine en cire.

– Tu as appelé ça comment ? ai-je demandé.

– « Nagasaki/Hiroshima : Après Remedios Varo, pour le peuple Tutsi ».

J'ai embrassé et étreint Emil. Il allait passer la nuit là. J'avais beau détester le laisser, je ne m'imaginais pas le ramener chez moi à 2 heures du matin. En plus, le chéri adorait passer du temps avec Frances et Danielle.

– Tu as prévu quoi ? a demandé Frances.

– Je ne sais pas vraiment, ai-je répondu. Baby m'a invitée à l'une de ces fêtes littéraires barbantes. Dans un endroit atroce, au plus profond de Brooklyn.

J'ai pris la ligne 6 jusqu'à Grand Central, absorbée par la lecture du texte le plus bref de *La Compagnie des loups* d'Angela Carter. Dans le hall principal, j'ai fait comme à l'habitude : essayer de discerner les symboles astrologiques dessinés au plafond. J'ai remarqué de vagues imitations du zodiaque sous le goudron noir, mais impossible de voir précisément les formes.

Calant mon casque audio sur ma tête, j'ai allumé mon Walkman et lancé le dernier album de Bob Dylan, *World Gone Wrong*, conséquence directe du traumatisme de Dylan après une terrible expérience. Celle des années 1980.

Je visualise encore avec une horreur totale ce troubadour entre deux âges, avec ses jeans délavés, ses blousons en cuir, ses t-shirts blancs et ses boucles d'oreilles en forme de croix. Je frissonne de tout mon corps lorsque je pense à sa contribution indicible à « We Are The World ». Et soyons charitable, ne parlons pas de l'horreur baroque qu'est *Empire Burlesque*.

Mais il faut rendre à Bob ce qui lui appartient, et nulle âme en peine ne choisit le bon chemin sans avoir été auparavant aveuglée par les mirages. Le vieil adolescent avait abandonné la cocaïne et les néons pastel de la décennie précédente afin de renouer avec ce qui l'avait révélé dans le milieu de la musique. Les vieux vinyles et les 78 tours.

L'homme croulait sous les disques racistes et bouseux, et il a décidé d'enregistrer quelques-uns de ces vieux titres en solo. Un homme, une guitare acoustique, pas de mastering, pas de requin de studio. Le premier album du genre, *Good as I Been to You,* était un long râlement qui détruisait sa voix car, en toute honnêteté, Robert Allen Zimmerman sonnait comme s'il avait inhalé un ballon d'hélium avant chaque prise.

Au moment d'enregistrer *World Gone Wrong*, l'album suivant, sa voix s'était craquelée. Il chantait avec un instrument comme râpé par du gravier. Les années se faisaient entendre, ainsi que les coulisses de l'histoire américaine. Je ne cessais de l'écouter. Entre *World Gone Wrong* et *The Sporting Life*, une collaboration entre Diamanda Galás et John Paul Jones, j'avais passé des mois de ma vie avec cette bande-son.

Dylan allait bien avec la 42e Rue. Cet excès de néons et d'appât du gain, de chair, de désir violent et de grâce sinistre. J'ai pensé à Erik, l'ancien compagnon de Baby. Il m'avait introduite à Dylan, m'affirmant que l'image caricaturale que j'avais du chanteur ne cadrait pas avec sa musique. Il m'avait passé des copies de *Desire* et *The Freewheelin' Bob Dylan*. Maintenant, Erik s'était volatilisé, disparu dans la stupidité des relations humaines brisées.

J'ai traversé la Cinquième Avenue tout en dévisageant la grande bibliothèque publique et ses lions de plus en plus anachroniques. Un type obèse à moitié handicapé s'est traîné dans ma direction. Son visage était un territoire de déception. Il portait un t-shirt vert barré de lettres vertes qui annonçaient : « JE VAUX LE COUP. »

Baby avait passé le début de soirée à négocier âprement avec son agent. Il m'avait proposé de se retrouver au croisement de la 41e Rue et de la Septième Avenue. En arrivant vers lui, j'ai remarqué qu'il était crispé, le regard perdu dans le vague en direction de Times Square.

– C'est différent à la télévision, a-t-il commenté. Cela fait longtemps que je ne suis pas venu ici. Même pas lorsque Club USA a fermé.

– Tu sais que je ne suis pas venue ici depuis la fête du McDonald's ? ai-je dit.

– Je pense que toutes ces fêtes sont loin derrière nous, a répondu Baby. J'ai l'impression que c'était il y a vingt ans. Mon père disait que le temps s'accélère avec l'âge, mais pour moi, j'ai l'impression qu'il s'étire. Tout me semble tellement lointain.

J'ai failli lui recommander d'écouter *World Gone Wrong*. Bob Dylan était un homme sur lequel le poids du temps pesait énormément. Je me suis pourtant abstenue. Qui aurait pu deviner toutes les relations que Baby entretenait avec Bob Dylan ?

– Bref, a dit Baby, il faut qu'on chope la ligne 2 ou 3. Aucune idée laquelle des deux est la plus rapide.

La station de métro de Times Square consiste en un monde souterrain hideusement complexe. Tunnels sur tunnels sur des couches et des couches de métal rouillé. L'expérience oppresserait le plus vaillant des esprits. Nous nous sommes précipités dans le premier train qui passait. Baby et moi prenions assez rarement le métro ensemble, mais chaque fois, je constatais que son désintérêt à faire la conversation était heureusement aussi élevé que le mien.

Nous sommes sortis sur Clark Street, le premier arrêt à Brooklyn, la plus étrange des étraaaaaaaaanges stations de métro de tout New York. D'abord, mes chéris, après avoir monté une volée de marches, nous avons traversé un long couloir qui amenait à une série de trois ascenseurs. Deux d'entre eux étaient hors service. Nous pressant dans le seul appareil fonctionnel, nous avons ensuite débarqué dans un ancien hall d'hôtel reconverti, avec de petites boutiques encastrées dans les murs. Enfin, arrivés dans la rue, nous nous sommes retrouvés à l'angle de Brooklyn Heights, juste à côté de la ruine de l'ancien Hotel St. George, une bâtisse massive d'un bloc de large.

– Baby, ai-je commenté, toute cette expérience est *très outrée**.

– Attends un peu de voir où l'on va, a-t-il dit. C'est de la dynamite. Je peux t'assurer que cela va te griller les synapses.

– Tant que je n'ai pas à employer le terme *manqué**, tout ira bien.

Baby a marché en direction de l'eau.

– Tu as déjà entendu parler de « I Saw Linda Yesterday », de Dickie Lee ? a-t-il demandé.

– Non, ai-je répondu.

– J'ai découvert cela dans la biographie orale d'Edie Sedgwick, par George Plimpton. Je crois qu'Andy Warhol l'a écouté pendant huit bonnes heures. Je ne l'ai pas entendue. Warhol pensait que toutes les clés de la culture pop américaine étaient dedans. Il avait sûrement raison.

J'ai levé les yeux au ciel. Baby parlant de Warhol.

Nous sommes arrivés à une construction en grès, haute de trois étages. Baby est entré directement, après avoir poussé la porte ouverte et monté trois étages. Le bruit de la fête se faisait entendre dès le premier étage.

– Ce n'est même pas une fête de lancement, a dit Baby. C'est plutôt un after. Pas certain que nous soyons les bienvenus. Techniquement, on n'est pas invités.

– À qui appartient cette hutte ? ai-je demandé.

– C'est la maison de ce petit enculé de Norman Mailer.

Nous nous sommes introduits dans un appartement peint entièrement d'une couleur que l'on décrira comme un vert Alcatraz.

Au beau milieu du bric-à-brac d'une carrière littéraire longue de plusieurs décennies, on pouvait apercevoir le plafond de l'endroit, à la fois celui de l'appartement et de l'immeuble, dans lequel on avait pratiqué une ouverture. Une pyramide en verre s'élevait au-dessus du trou, comme une sorte de cale d'un vaisseau fait pour la haute mer, peinte en blanc, avec une imagerie nautique. Une série d'échelles amenaient à différentes plateformes contenues dans le triangle. Les gens étaient penchés par-dessus ces balcons. D'autres s'étaient installés dans ses fausses petites cabines. Tous ces gens étaient du genre très sophistiqué, issus du milieu littéraire, et la plupart avaient plusieurs dizaines d'années de plus que moi ou Baby, et pourtant, chers lecteurs, nous n'étions pas nés de la dernière pluie. J'étais maman !

– Ce petit enculé vient de sortir un livre à propos de Lee Harvey Oswald, a dit Baby. J'ai lu la critique de Michiko Kakutani à son sujet. Elle a détesté. Putain, elle a vraiment détesté, ouais.

Un groupe de quadragénaires a salué Baby, lui posant des questions quant à son prochain roman. Il allait bientôt être disponible. Je n'en savais absolument rien.

– Je veux que tu sois surprise, avait-il dit. Je veux que tu le lises sans a priori.

J'ai fait le tour du propriétaire, à regarder les livres sur les étagères, à fouiner dans les divers souvenirs. Un homme avec un fort accent anglais m'a approchée, me demandant si j'avais lu *Oswald's Ghost*. J'en ai déduit fort intelligemment que cela devait être le titre du dernier livre de Mailer. J'ai répondu par la négative. L'homme a enchaîné :

– J'ai plutôt aimé, jusqu'au dernier chapitre.

– Qu'est-ce qu'il s'y passe ? ai-je demandé.

– Mailer part dans une longue digression transhumaniste, conjecturant sur un avenir dans lequel notre race sortirait d'un processus d'évolution accéléré. Les hommes deviennent des calamars translucides et les femmes des pieuvres totalement opaques. C'est une conclusion très étrange pour un livre sur Oswald, ne trouvez-vous pas ?

– En effet, ai-je répondu en réfléchissant à quoi répondre.

Surtout que je n'avais pas lu le livre. L'homme a dévisagé votre serviteure. Votre serviteure a dévisagé l'homme.

Il est parti dans une direction opposée. Je suis restée, bouche ouverte, à observer une étagère remplie de livres écrits par Mailer. Un autre homme s'est approché, et celui-là, je dois l'avouer, était à tomber. Même s'il n'était pas exactement beau, il était incroyablement bien mis. Son allure était sans faute de goût. Ses vêtements parfaitement choisis.

– Est-ce que Danny vous a parlé des calamars ? a-t-il demandé.

– Comment avez-vous deviné ?

– Il est éditeur chez Random House, a repris l'homme. Il va aux fêtes littéraires et parle aux gens de livres qu'ils n'ont pas lus. Il dit à tout le monde, quel que soit le livre, que cela finit par un chapitre qui parle d'un avenir où l'humanité s'est vue transformée en céphalopodes. Je l'ai entendu disserter ainsi aussi bien sur *Pères et fils* que sur *Prozac Nation*.

– Très étrange, ai-je dit.

– C'est censé être de l'humour. Mais ça ne fait rire personne.

Nous avons parlé, taillé le bout de gras, échangé des ragots. Nous nous sommes exprimés. L'homme s'est présenté comme Thomas Cromwell, partageant le même patronyme que cette malheureuse figure historique du temps du règne d'Henri VIII. Lorsque je me suis enquise des origines de son nom, le nouveau Thomas Cromwell m'a suggéré que sa mère était bien trop peu éduquée pour avoir connu les grands noms de l'histoire américaine, et encore moins celui d'un assassin brutal des Tudors. J'ai continué à parler et parler et parler de tout et de rien, de la sirène du mardi à San Francisco, de ses hurlements monstrueusement agaçants chaque semaine à midi lorsque les officiels de la mairie jugent bon de nous assourdir par une alarme suivie d'un message rappelant à leurs concitoyens que, une fois encore, ce vacarme n'est qu'un test.

Thomas Cromwell était lui aussi, apparemment, éditeur. Trente ans bien tassés au compteur, avec un beau poste, et non gay. J'étais si innocente que je n'ai pas même regardé s'il portait une alliance. Je n'aurais rien trouvé pour autant. L'homme n'était pas marié.

Il m'a ensuite expliqué à quel point il adorait les tapisseries de licornes au Cloisters.

– Tout dépend de la façon dont on les regarde, a-t-il dit. Si tu les fixes en marchant, les tapisseries prennent trois dimensions. Elles vacillent et brillent.

Eh bien, eh bien, ai-je pensé, voilà un homme adulte qui s'adresse à une jeune femme dans le salon de Norman Mailer et dont les sujets de prédilection sont les licornes et les tapisseries médiévales. Eh bien, eh bien, ai-je pensé, voilà un homme à qui, peut-être, on peut dévoiler un pauvre enfant.

Ne vous méprenez pas, cher lecteur. Je ne m'étais pas abandonnée au péché de chair depuis le départ de Nash Mac. Même si l'on exclut ma crise existentielle prolongée à propos du sens de la sexualité et des relations amoureuses, cela faisait tout de même un nombre ridicule de mois d'affilée.

– Alors, ô grand seigneur Maître Cromwell, ai-je dit, vous voilà devant moi, mais n'y a-t-il point quelque part une lady Jane Grey se cachant dans l'une ou l'autre de ces cabines nautiques ?

Souvent, mieux vaut ne pas poser la question lorsqu'on ne veut pas en entendre la réponse. Thomas Cromwell m'a répondu, très gentiment, je dois l'en remercier : « Mon amie est quelque part là-haut, en effet. » Puis, horreur suprême, il m'a proposé de le suivre afin de la retrouver.

Nous avons fait le tour de tout l'appartement de Norman Mailer. Monter des échelles, descendre des échelles, entrer dans des cabines, sortir des cabines. Sur le balcon, sur le toit. À un moment, Thomas Cromwell a tendu le doigt au-dessus de la pièce et dit :

– Norman semble très excité à propos de quelque chose.

J'ai regardé de l'autre côté de la pièce et j'ai aperçu un petit vieillard avec une mèche de cheveux blancs folle, une prothèse auditive à chaque oreille, lancé dans une conversation très animée. Son interlocuteur ?

Mon vieil *amigo* Baby Baby Baby.

– On ferait mieux de trouver votre amie, ai-je dit, avant qu'on ne m'expulse d'ici.

Elle était assise à un balcon extérieur, occupée à regarder l'East River descendre vers le sud de Manhattan. On était souvent étonné d'y voir les Twin Towers, de reconnaître leur hauteur incroyable et leur laideur. Mais leur taille transcendait le tout. Peut-être y a-t-il une leçon à retenir là-dedans. Peut-être la grandeur contrebalance l'esthétique douteuse.

– Comment allez-vous ? a-t-elle lancé. Je m'appelle Aubrey.

Je voulais la détester, mais c'était impossible. Elle était charmante, notamment car elle n'était ni d'une grande laideur, ni d'une beauté flagrante. On se disait, logiquement, que ce Thomas Cromwell devait apprécier les femmes pour autre chose que leur vénusté.

Elle a expliqué à quel point elle avait insisté pour venir à cette fête. Elle était une lectrice invétérée de Mailer, mais pas forcément une *aficionado* fidèle. Elle appréciait en fait les limites de son œuvre. Elle trouvait pitoyable qu'un penseur aussi radical pense que les solutions aux problèmes des hommes étaient toujours masculines.

– C'est comme lorsqu'un chasseur qui tire sur un lapin manque sa cible, a-t-elle dit, mais que le système nerveux du lapin disjoncte. L'animal continue à courir en cercles concentriques, à n'aller nulle part et à ne rien faire. C'est un peu M. Mailer, j'en ai peur.

À la fin de la conversation, lorsque j'ai aperçu Baby en train de se balader sous la pyramide, l'air étourdi après son altercation avec le vieil homme, j'avais sympathisé avec Thomas Cromwell et Aubrey. Ils m'ont donné leur numéro de téléphone. Aubrey a suggéré qu'on se revoie. Elle a proposé que je passe à son bureau, à Chelsea, où elle était juriste. On pourrait déjeuner. Thomas a proposé la même chose.

– C'est tellement compliqué, ai-je dit. J'ai un fils, sachez-le, et je déteste le laisser à une baby-sitter.

– Viens avec, a dit Aubrey. Tom adore les enfants.

De retour dans les rues de Brooklyn Heights, j'ai demandé à Baby de quoi il avait discuté avec le vieux.

– Tu ne le croiras pas, a-t-il répondu, mais on s'est disputés à propos de boxe.

– Mais pourquoi avez-vous parlé de ça ? Tu ne connais absolument rien sur la question.

– J'ai lu son livre, *Le Combat du siècle*, a dit Baby. Je pensais pouvoir le coincer. Putain, j'avais tort. Ce petit enculé m'a vraiment remis à ma place.

– Qu'est-ce qu'il a dit ?

– Je crois qu'il avait lu mon livre, a dit Baby. *Coincé*, je veux dire. Putain, on dira ce qu'on veut de ce petit enculé, mais c'est un sacré critique littéraire.

Pauvre Baby. Il avait échangé un type de club pour un autre.

AVRIL 1995

Du rififi dans le monde de la nuit

Comme il incombe à votre chère serviteure de documenter la terrible année 1995, il faut souligner que cela a été une *annus horribilis* pour le monde des clubs et de la nuit.

Notre bon vieux maire Rudy Giuliani a débarqué en promettant haut et fort de nettoyer cette ville embourbée dans la fange. Le règne de la terreur a débuté avant l'élection, le 16 septembre 1992, lorsque Giuliani est apparu devant le Brooklyn Bridge pour faire un discours devant une foule de policiers du NYPD en civil. Les hommes en bleu s'étaient rassemblés afin de protester contre les tentatives de réforme du maire de l'époque, David Dinkins. Certains affichaient une pancarte qui disait : « Virez la Dame Pipi. » Beaucoup étaient complètement ivres.

Rudy a fait ressortir le petit fasciste qui sommeillait en lui et a livré un discours décapant, employant à deux reprises le terme de « conneries ». « Je vais ramener la loi et l'ordre, ici. Je vais agir avec une main de fer. Je vais réprimer tous ces dégénérés. » Au vu du contexte, et de ce qui a suivi, il est impossible de ne pas noter que Ces Dégénérés incluaient les pauvres, les queers et les gens de couleur.

Le nouveau maire s'est installé au pouvoir avec une liste de cibles à éliminer. Le monde de la nuit était l'une des principales.

Club USA était installé non loin du croisement entre la 47e Rue Ouest et Broadway. Propriété de Peter Gatien, qui s'en occupait lui-même. Huit millions de dollars avaient été injectés dans la construction du club. À peine deux ans plus tard, au début de l'année 1995, il a dû fermer ses portes. Une victime de plus du New Times Square.

L'homme au bandeau sur l'œil avait fait preuve de faiblesse devant une bête assoiffée de sang : elle en est devenue d'autant plus féroce. Le NYPD a déclaré la guerre. La victime suivante a été la Sound Factory, renvoyant Junior Vasquez, son DJ attitré, dans une spirale d'*ennui** et de dépression. Des victimes de plus.

Des agents en civil ont infiltré les clubs. Imaginez tous ces jeunes flics tout droit sortis de leur campagne obligés de se maquiller et de s'habiller avec un boa en plumes.

J'étais outrée par les efforts déployés par Rudy afin de nettoyer la ville. Oui, le crime était au plus haut, mais la solution qu'il avait choisie n'était qu'un pur fantasme fasciste. N'oublions pas que l'homme était un ancien procureur élevé dans une famille de catholiques fervents. Quatre de ses oncles étaient policiers. Il avait une passion, celle de la punition.

Lorsqu'il se penchait sur son vibrant domaine de New York, l'homme se disait tout simplement que quelqu'un quelque part devait commettre une infraction ridicule.

New York est la ville d'Alexander Hamilton. Les riches y ont toujours tenu les rênes du pouvoir, mais je préférais leur gant de velours. Que nos maîtres fassent preuve d'un peu de retenue et de sens des proportions.

D'un autre côté, je pensais que Baby avait tout intérêt à l'évaporation de ce petit milieu grotesque. Il pourrait s'abandonner totalement à la douce chaleur de l'âge adulte.

Je dois avouer que Baby avait commencé petit à petit à s'en dégager. Le point de bascule avait été au mois d'avril, lors de l'anniversaire de Michael Alig, lorsque ce dernier avait organisé une fête au Limelight intitulée *Bloodfeast*, d'après un horrible film de Herschell Gordon Lewis. Le tract de *Bloodfeast* représentait Alig avec la boîte crânienne grande ouverte, un marteau à la main. Un de ses Club Kids, une jeune femme totalement chauve du nom de Jenny Talia, tenait une fourchette avec un bout de matière grise au bout, à quelques centimètres de sa bouche. Elle était recouverte de sang, comme Alig. Au-dessus de son épaule droite, des lettres rouges annonçaient : « CUL-DE-JATTE ! »

Baby était allé seul à cette fête atroce. Même sa bestiale amie Regina avait refusé d'y aller. Elle avait initié son retrait de la scène nocturne après avoir décroché enfin son diplôme à NYU et s'être mise en couple avec une lesbienne du Bronx.

Le public était venu en costume souillé de sang synthétique. Des couteaux géants étaient accrochés au plafond, suspendus au-dessus de cercueils ensanglantés et de lits dans lesquels certains des représentants les moins en vue des Club Kids avaient passé toute la soirée.

Baby avait avoué avoir trouvé la soirée atroce. Même avec les drogues qu'il avait bien évidemment ingérées, il n'avait pas réussi à se détendre assez pour apprécier l'ambiance étrange de cette fête. Peu de temps après, il a commencé à moins fréquenter le milieu. Il y sortait, au mieux, une fois par mois.

Même si je rêvais que ce milieu s'évapore à tout jamais, s'en remettre à des petits dictateurs n'est pas la meilleure solution pour aider un ami. J'avais vu le NYPD tabasser les sans-abri. Comment n'aurais-je pas pu prendre la défense des gens de la nuit ? Je me lamentais quant au changement de notre ville. « Detachable Penis » passait pour un message envoyé par les dieux.

Le sentiment d'une apocalypse proche ne faisait que s'intensifier. De grands changements allaient survenir. Bientôt, la ville deviendrait un terrain de jeu pour les plus riches, et je serais l'une d'entre eux, mes chéris. Je serais condamnée à sucer la moelle jusqu'aux os.

MAI 1995

Adeline déjeune avec Thomas Cromwell, et touche le mur de Berlin (une fois de plus)

Nous sommes convenus d'un déjeuner, Thomas Cromwell et moi, près de son bureau de Midtown. Suivant à la lettre les consignes d'Aubrey, j'y suis allée avec Emil, trimbalant sa poussette sur près de quarante blocs. M. Cromwell nous attendait devant l'immeuble de son bureau, parfaitement mis. Il tenait une laisse reliée à un chien brun incroyablement ridé.

– Désolé, a-t-il dit, mais on va devoir repousser notre déjeuner. J'ai dû amener Oscar au bureau. Une société nettoie nos moquettes, à la maison.

Cela ne dérangeait absolument pas votre serviteure. J'étais plus inquiète d'amener Emil au restaurant. J'avais passé un large pourcentage de ma vie à juger les mères qui insistaient pour garder leurs braillards d'enfants dans de telles situations peu familières. Avec ma progéniture, j'étais devenue très sensible sur le fait de ne pas recréer le genre de situations qui me rendait folle auparavant.

– Allons prendre un café, a dit Thomas Cromwell. On peut aller au parc qui n'est pas loin d'ici. Peu connu, mais très beau.

Nous nous sommes arrêtés à une épicerie. J'ai laissé Emil avec Thomas Cromwell et Oscar, et commandé deux tasses de café. J'ai fait le plus vite possible, terrifiée de laisser mon enfant à un étranger et à son chien.

Mon angoisse était injustifiée. Cromwell n'avait pas enlevé mon enfant. Il était penché sur la poussette et babillait en une langue inconnue.

J'ai tendu à Cromwell l'une des tasses. Comme j'adorais ce faux bas-relief grec sur le carton ! J'ai pris une gorgée du liquide, avalant l'une des pires concoctions que j'aie jamais goûtées.

Nous avons discuté sans sujet particulier, parlant de son boulot dans l'édition, dont je ne comprenais guère les tenants et les aboutissants. J'ai parlé de *Trill* et de son succès relatif, du boulot que représentait le rendu de vingt-deux pages plus une couverture chaque mois, des offres reçues pour d'autres commandes. Dont certaines que j'aurais été idiote de refuser, car bosser pour Marvel et DC était follement lucratif, mais j'avais déjà du mal à tenir les délais et je ne voulais pas mettre en péril le rendu de mes propres créations.

Le parc consistait en un petit poumon vert entouré par deux immeubles. À l'arrière, une cascade d'eau noyait la clameur de la ville. Avec les arbres autour, une jeune femme aurait pu presque croire qu'on était dans un lieu au-delà de la ville. Si celle-ci était du genre à vouloir être autre part que dans cette ville. Ce qui n'était pas son cas.

Emil a quitté sa poussette pour pourchasser des pigeons avant de diriger son affection vers Oscar, jouant avec les oreilles du chien et prenant sa nuque dans ses bras. Cromwell a précisé que cette pauvre bête était un shar-peï de pure lignée. Je n'ai pas osé lui demander quel était le prix d'achat d'un tel chien créé par un eugénisme absurde.

Les chiens en ville font naître en moi un sentiment de pitié. Tous, Oscar compris, ont un regard perdu, comme si leur surexposition les avait vidés de toute émotion ou pensée.

Je ne pouvais pas me retenir. Je lui ai demandé comment il avait rencontré Aubrey.

– À la fac, a dit Thomas Cromwell, ce qui fait pas mal d'années, à bien y réfléchir. Nous ne sommes sortis ensemble que plusieurs années plus tard. Cela fait sept ans que nous sommes ensemble. Je crois qu'elle rêve d'un mariage, mais mes parents ont divorcé avant ma naissance. Et aucun d'eux ne s'est remarié ensuite. Je ne suis pas calé sur le mariage. Ce mot ne veut rien dire pour moi.

J'ai sifflé entre mes dents.

– Sept ans, ai-je dit. Pas mal. C'est absolument fabuleux. Et tu n'as jamais été tenté par un pas de côté ?

– J'ai déjà fauté, a-t-il répondu. Je n'en suis pas fier. Mais c'est arrivé. Il y a deux ans. J'ai commencé à fréquenter une fille de la 143e Rue à Flushing. J'aimais bien l'idée d'être un couple mal assorti. Le petit Blanc bourgeois et la Latina qui se fiche totalement de son industrie ou de sa profession.

– Aubrey est au courant ?

– Elle est au courant, a dit Thomas Cromwell. Nous avons passé une année en thérapie de couple.

– Et qu'est devenue ta maîtresse ?

– Un type l'a poignardée dans la cuisse, sur MacDougal Street. J'ai pris ça comme un message à l'encontre de mon infidélité, et le lendemain, je me suis repenti. J'ai tout raconté à Aubrey.

Emil s'est accroché à ma jambe. Je l'ai pris sur mes genoux. Durant toute cette conversation, j'ai continué à avaler mon vil breuvage. J'appréciais Aubrey, j'avais sympathisé avec elle, mais Thomas Cromwell, ah, comme je l'aimais ce monsieur. Comme il m'avait bouleversée au plus profond de moi-même avec son chien hideux et ses déboires à Flushing.

Il a parlé ensuite de l'exposition Elizabeth Murray, un peu plus haut, au MoMA. Cromwell y était allé et avait aimé. Je détestais m'en prendre à une consœur, mais je détestais sincèrement le travail de Murray. Je lui ai expliqué que j'éviterais d'y aller.

– Donne-lui une deuxième chance, a dit Thomas Cromwell. Aubrey ne l'a pas encore vue. Si tu as envie, vous pourriez y aller ensemble.

– J'adorerais, ai-je répondu.

Cromwell a jeté un coup d'œil à sa montre.

– Je n'en reviens pas que le temps ait passé aussi vite, a-t-il repris. Il faut que je retourne bosser.

– Je te raccompagne, ai-je proposé. C'est la moindre des choses.

– Avant de partir, regarde ça.

Il m'a amenée devant trois blocs de béton. Je les avais remarqués en arrivant, mais n'avais pas prêté attention à la peinture dessus. L'art public me hérissait souvent au plus haut point.

– C'est le mur de Berlin, a dit Thomas Cromwell.

– *¿Qué es?* ai-je demandé.

– Des blocs du mur de Berlin.

– Dingue, ai-je dit en passant mes doigts sur le béton.

J'avais déjà vu cette chose à l'époque où elle décorait Berlin, alors que j'étais encore adolescente et que j'avais fait le tour du continent européen avec Papa, Mère et Dahlia. Mon père avait insisté pour que ses filles touchent le mur, même si aucune de nous deux n'en comprenions l'importance. J'étais trop jeune à l'époque. Dahlia, vous vous en doutez, était déjà ailleurs.

– Il faut vraiment que j'y aille, a dit Thomas Cromwell.

J'ai attaché Emil dans sa poussette. Nous avons avancé à travers Midtown en silence, déterminés, à l'aise. Oh, tellement à l'aise, mes chéris.

Deux blocs avant l'immeuble de son bureau, Cromwell m'a lancé :

– La prochaine fois, il faudra que tu me parles de Baby. J'ai lu *Coincé entre Jupiter et une bouteille*. C'est étonnamment bien, surtout pour un bouquin avec un type qui porte une tête d'éléphant sur la couverture. Vous vous connaissez depuis combien de temps ?

– Près de dix ans, ai-je dit. On s'est fâchés un certain temps, mais là, tout est reparti comme avant. Nos vies sont liées entre elles de manière absolument honteuse. Il est autant de mon sang qu'Emil.

– Comment tu expliques cela ? a demandé Cromwell. Pourquoi votre amitié dure ?

– C'est très simple. Les deux parents de Baby sont morts. Je n'ai jamais demandé dans quelles circonstances, mais cela a été une grande tragédie. Un meurtre. Mon frère s'est suicidé. Lorsqu'on rencontre quelqu'un doté du même horrible don, on s'accroche à cette personne de toutes ses forces.

JUIN 1995

Dîner chez Tom et Aubrey

Aubrey m'a téléphoné un mercredi, afin d'inviter votre serviteure à dîner le samedi.

– Je tente une nouvelle recette, a-t-elle dit. Poulet à l'ail et au sucre roux. Tu manges de la viande ?

– Je m'épargne juste les pièces les plus vulgaires, ai-je répondu. Pas de souci avec le poulet. Tu cuisines souvent ?

– Presque jamais. Ma grand-mère m'a envoyé la recette, et je me suis dit que j'allais tenter.

Je lui ai demandé si je pouvais venir avec des invités supplémentaires, Baby et le bébé. Aubrey a confirmé que plus on était de fous… Elle était ravie de rencontrer Emil. Il avait fait bonne impression auprès de Thomas Cromwell, qui n'arrêtait pas d'en chanter les louanges.

Après avoir raccroché, je me suis demandé si Aubrey et Cromwell avaient déjà essayé de créer leur enfant à eux. Peut-être que cette option était prévue pour l'avenir.

Dès que je me serais introduite dans la chaleur de leur foyer, je pourrais mener une petite inspection rapide de leur étagère à médicaments, afin de vérifier la présence de pilules contraceptives Ortho Tri-Cyclen. Mais ce fantasme s'est vite dissipé. J'avais arrêté de fouiller dans les salles de bains des gens après le lycée, environ.

Vous vous demandez sans doute : « Oh, Adeline, mais pourquoi Aubrey t'appelle-t-elle ? » Eh bien, mes chéris, toute à ma perversité indicible, au fil des semaines, j'avais déjeuné plus de fois avec Aubrey qu'avec son homme.

D'où, une semaine auparavant, notre déjeuner dans un restaurant incroyablement aseptisé de la Septième Avenue. Le nom m'échappe, mais c'était du genre incroyablement bourgeois et ennuyeux.

Nos bouches bougeaient, les mots adéquats en sortaient, mais comme toujours la coupe de ses habits et la forme de sa coiffure m'obsédaient. J'avais vu des milliers et des milliers et des milliers de femmes comme elle, de jeunes cadres prêtes à escalader l'échelle du monde du travail, des femmes qui pensaient que New York constituait une opportunité profonde et infinie. J'avais toujours fantasmé leur vie, imaginant ce qu'elles avaient fait et d'où elles venaient. Et maintenant j'étais amie avec l'une d'elles ! Elle était là, face à moi, en train de manger de la roquette et de parler politique.

Est-ce que ces femmes étaient heureuses de travailler avec pour seul but l'accumulation d'un capital qui leur permettait un certain niveau de luxe, un niveau qui nécessitait d'accumuler encore plus de capital pour le maintenir ? Où cela menait-il ? Où cela devait-il mener ? Devons-nous tous être propriétaires ?

Aubrey parlait de sa déception concernant le président Bill Clinton.

– J'ai voté pour Jerry Brown aux primaires, a-t-elle dit, mais on a bien vu comment ça a tourné, et j'ai fait contre mauvaise fortune bon cœur pour voter Clinton en espérant qu'il serait le moins pire des deux. Ça, c'était avant qu'il ne prouve qu'il ne connaissait rien à ce boulot. Maintenant, les Républicains tiennent le Congrès avec leur « Contrat avec l'Amérique ». Aucun des sujets qui me tiennent à cœur ne sera géré avant des années.

J'ai réagi de manière neutre, mais avec le sourire. Notre conversation a dérivé dans une autre direction. Je n'étais pas assez naïve pour me laisser aller à exprimer mes opinions politiques dans une conversation convenue, surtout à une femme dont le boulot était de conseiller juridiquement des grandes entreprises.

Dans le spectre des opinions américaines, mes convictions ridiculement d'extrême gauche me faisaient passer pour une folle certifiée. Personne ne voulait entendre mes opinions. Même pas moi-même.

Nous nous étions rapprochées encore plus, passant de connaissances à amies. Lorsque la lumineuse idée d'un poulet à l'ail et au sucre roux est arrivée, elle m'a téléphoné.

Ils résidaient côté est de Manhattan, sur la 56e Rue, au vingt-septième étage d'un immeuble sans charme construit ces dernières années. Si vous êtes étonnés qu'Aubrey ait consenti à s'installer dans un endroit aussi banal, souvenez-vous que New York reste New York. Tout un chacun doit être prêt à passer un accord avec le diable en termes de lieu de vie. Même Norman Mailer.

Dans l'ascenseur, en montant vers le ciel, des questions dansaient dans ma tête, me tourmentant comme autant de visions de ballets de *Casse-Noisette*. Adeline, pourquoi vas-tu dîner chez un homme casé ? Adeline, pourquoi déjeunes-tu régulièrement avec son épouse dans le civil ? Adeline, qu'est-ce qui ne va pas chez toi ?

Je n'avais pas encore avoué l'étendue de mes sentiments envers Thomas Cromwell, pas même à Baby, mais je savais que c'était inutile. Surtout avec un jeune auteur doté d'une prédilection romanesque pour l'étude des rapports humains. Il avait été assez gentil pour ne pas me questionner quant à cette évidence.

Aubrey a ouvert la porte, un beau tablier blanc posé sur ses habits de ville. Elle a pris Baby dans ses bras, bien qu'elle ne l'ait jamais rencontré auparavant, et a examiné Emil :

– Il n'est pas mignon, franchement ? s'est-elle exclamée. Tom se prépare. Faites comme chez vous.

Comme pour le Nouveau Monde, mieux vaut ne pas explorer certains territoires. Le décor manquait de personnalité mais était tellement au goût du jour, répondant à toutes les tendances du moment. De la technologie de pointe combinée à des reproductions d'affiches style Art nouveau.

– Leur télévision est juste énorme, a soufflé Baby.

– Elle est pire que la tienne, oui, ai-je dit, ce qui est déjà dingue.

La porte de la chambre s'est ouverte et en a déboulé la bête fripée. J'ai posé Emil à terre. Mon bambin a avancé jusqu'à l'animal, enlaçant ses petits bras potelés autour du cou du chien, embrassant ses plis.

Baby semblait ravi par la scène, mais même la joie d'Emil ne pouvait faire oublier la cruauté d'enfermer un shar-peï de vingt-cinq kilos dans un deux-pièces. Nous étions tous prisonniers de nos environnements, mais pour nous, les barreaux n'étaient pas aussi visibles.

Thomas Cromwell a débarqué, avec une chemise sport et un pantalon en toile. Il ressemblait toujours au gendre parfait.

– Je me disais bien que j'avais entendu la sonnette, a-t-il lancé.

– On est arrivés il y a quelque temps déjà, a dit Baby. On était occupés à juger Aubrey et toi d'après vos étagères de livres. On adore faire ça, avec Adeline. Les livres en disent beaucoup sur les gens. La présence de livres est surtout symbolique d'une sensation d'achèvement. C'est une sorte d'outil marketing, comme si votre identité était réfléchie à travers une mauvaise interprétation de la volonté de l'auteur.

– Baby, ai-je murmuré, arrête de faire le connard.

– Si mes insécurités t'intéressent, a répondu Thomas Cromwell, alors il faut que tu examines les étagères dans l'autre pièce. Ici, il n'y a que les livres que j'ai édités.

Cela posait l'ambiance, n'est-ce pas, mes chéris ? Baby mi-agressif et autiste, tandis que lui et Tomás del Pozo parlaient boutique. J'avais passé assez de temps avec les gens du milieu littéraire pour savoir que dès que Baby se mettait à parler ragots à propos de Jay McInerney et de ses pastèques, mieux valait partir ailleurs, et je me suis installée sur le balcon qui se résumait à un rectangle minuscule d'un mètre sur deux.

De là, on apercevait l'autre rive d'East River, en direction du Queens et de Roosevelt Island, une vue inconnue des habitants de East Village. Le pont de la 58e Rue, le tram, les Nations unies, le logo Pepsi-Cola qui brillait dans la pénombre, installé en haut d'une usine qui continuait à embouteiller des sodas sans goût.

Aubrey nous a appelés pour signifier que le dîner était prêt. En ce qui concerne cette partie de la soirée, c'est-à-dire le transvasement de la nourriture de l'assiette à la bouche, c'était très réussi.

– La recette de ta grand-mère est vraiment géniale, a dit Baby.

Elle a servi du vin avec le repas, un sauvignon blanc.

Baby et Thomas Cromwell ont continué à parler boutique. Eeeeeeennuyeeeeeeux. Ils se sont jetés tête la première dans le genre de débat typique du mâle, à tenter de démêler l'avenir de leur industrie. Comment l'écriture allait-elle changer avec l'émergence d'entités comme Internet et AOL ? Comment allait évoluer le rôle de l'auteur ?

– Dans vingt ans, personne ne lira plus sur papier, a dit Baby. Tout sera virtuel, sur les écrans de nos ordinateurs. On ne peut pas lutter contre le changement, donc pourquoi ne pas s'en accommoder ?

Ce n'était pas la première fois que j'entendais Baby sortir ce genre de banalité. Je lui avais déjà demandé d'éviter de se lancer là-dedans devant moi, mais c'était plus fort que lui. Il se sentait chez lui sur le territoire de Nash Mac, abonné au magazine *Wired* et abandonnant sa machine à écrire pour un ordinateur. Il passait son temps sur les forums dédiés à son œuvre. Il recevait des e-mails de ses lecteurs, discutait avec eux de ses stratégies narratives. Cela avait le don de me faire m'étouffer dans mon propre vomi.

– Je n'espère pas, a dit Thomas Cromwell. C'est comme ce que tu disais tout à l'heure, sur le fait que le livre était une réalité idéologique. À quoi sert un livre si on ne peut pas le montrer ?

– Tu ne peux pas t'opposer au changement, a répété Baby. Tu ne peux pas revivre le passé.

– Je ne peux pas revivre le passé ? ai-je demandé. Qu'est-ce que tu veux dire par là ? Bien sûr que si. Je répète toujours à Baby que le jour où on me forcera à lire sur un écran, j'arrêterai de lire. Les livres électriques peuvent aller se faire mettre. Le papier, c'est radical. Le papier sera toujours radical. Les ordinateurs sont conservateurs. Les ordinateurs sont un outil utilisé par les riches pour enfermer les pauvres. Bien sûr qu'on va tenter de mettre des livres sur nos ordinateurs. Les géants de l'industrie adorent les ordinateurs. Mais la culture du livre imprimé ne mourra pas comme ça, pour la simple et bonne raison que personne ne démontera quelqu'un pour un ordinateur. Enfin, peut-être que si, imaginez cet horrible accouplement bestial. Imaginez leur laideur. Imaginez la nullité de leur goût. Il restera toujours des kilomètres de corps magnifiques qui auront envie de faire tomber la chemise à la vue d'un garçon charmant doté d'un exemplaire de *Franny et Zooey*. Le problème avec les types comme vous, grands mammouths imbéciles de l'édition, c'est que vous vous vendez comme si la lecture était un noble acte de culture élitiste ou un loisir. Ce n'est ni l'un ni l'autre. Vous oubliez le désir et le plaisir et l'élan. Moi, je ferais des affiches de jeunes beautés assises dans des cafés parisiens sombres, tirées à quatre épingles, le visage plongé dans un classique de la littérature, et le slogan serait : « DES LIVRES. AVEC EUX, ENVOYEZ-VOUS EN L'AIR. »

Aubrey était trop occupée avec Emil pour intervenir dans notre joute. Elle l'aidait à se nourrir. Elle lui parlait. Lui caressait la tête.

– Il est tellement mignon, disait-elle. Tom, tu ne m'avais pas dit qu'il était aussi mignon.

– Tous les bébés sont mignons, a dit Baby. Mais Emil est vraiment le plus mignon de tous.

– J'ai passé beaucoup trop de temps dans ces troupeaux de jeunes mères, ai-je ajouté, et je peux vous dire que certains bébés sont assez laids.

Nous sommes retournés au salon. À quelques mètres de là seulement. Thomas Cromwell s'est lancé dans un discours sur la gentrification et East Village. Il parlait de lieux qui existaient bien avant mon arrivée à New York, comme Colab, Mudd Club, Tier 3 et Club 57.

– Il y avait une installation à l'arrière du Mudd Club, a-t-il dit, qui s'appelait *La tête parlante d'Oliver Cromwell*. Le nom m'a accroché. Logique. Il y avait un texte de l'artiste, gravé à la main sur une plaque de bois. Après que Charles II a repris le pouvoir à la suite du bref règne de Richard Cromwell, le roi nouvellement couronné a fait assassiner et décapiter tous les régicides. Il a fait poser leurs têtes sur des piques à Westminster. Celle de Cromwell est restée là pendant près de trente ans, avant qu'une tempête ne la fasse tomber. La tête a circulé dans les cercles de collectionneurs privés pendant des siècles. Pendant une période, elle a même été dans un cirque itinérant. Elle n'a été enterrée à nouveau que dans les années 1960. L'artiste prétendait que le crâne enterré était un faux, et qu'il avait volé la véritable tête aux Templiers et l'avait exposée à East Village. Les Templiers avaient jeté un sort dessus, lui offrant vie immortelle et possibilité de parole. Les gens allaient au Mudd Club pour poser des questions à la tête. Elle répondait en donnant des avis pleins de bon sens. Il y avait quelque chose de fascinant de voir ces gamins épris de New Wave en train de demander des conseils sexuels à une tête articulée.

Nous avons continué à boire du vin, une drogue dépourvue de stigmatisation sociale, et discuté de tout et de rien. Je vous promets, mes chéris, ne pas m'être spécialement ridiculisée, et avoir adressé normalement la parole à Aubrey.

Emil s'est endormi dans mes bras. J'ai suggéré qu'il était peut-être l'heure de partir, car le pauvre enfant avait besoin de repos. Aubrey et Thomas Cromwell ont protesté, mais qu'y faire ? L'enfant passait avant tout.

Aubrey avait rangé nos manteaux dans la chambre. Elle a proposé que j'aille les prendre avec elle. Je trouvais sa requête plutôt étrange. Elle passait assez de temps à s'entretenir pour pouvoir supporter le poids de deux manteaux de taille adulte. Je n'ai pas protesté pour autant. Lorsque je suis de bonne humeur, j'ai tendance à tout laisser passer.

La chambre était principalement occupée par un lit, et rien d'autre. Un livre de poche était posé sur le bois poli d'un petit bureau. Je n'arrivais pas à me contenir. La faute à Baby ! Il avait instillé l'idée. J'ai regardé le livre. Derrière moi, Aubrey prenait les manteaux.

Intitulé *PETITES ANNONCES GRATUITES*, le livre était un exemplaire de ces vieilles publications érotiques, le genre de livre étrange qui avait fleuri des dizaines d'années avant que le milieu éditorial ne trouve comment masquer sa pornographie à l'intérieur de la fiction littéraire, avant l'avènement du XXX, avant les vidéos maison.

Le nom de l'auteur est Drew Palmer. La couverture représente un homme en costume avec les mains posées sur les hanches d'une traînée blonde. Ils sont dans un appartement et dévisagent d'un air affamé une rouquine flamboyante, debout sur le pas de la porte. Son slip blanc enserre des formes voluptueuses. Derrière les épaules costumées de l'homme se trouve un autre pas de porte d'où zyeute un couple aux yeux ahuris. Le slogan explique : « Pour oublier l'ennui qui les guette, Terry et Lou aiment se retrouver avec d'autres couples larges d'esprit. » Publié par National Library Books, 95 cents.

– Quel joli livre kitsch, ai-je dit. J'ai cru comprendre que tous ces auteurs écrivaient sous pseudonyme.

Aubrey arborait une étrange expression, donnant l'impression que ses yeux étaient perdus dans le vide.

– Tu sais, Tom et moi, cela fait longtemps qu'on est ensemble, a-t-elle dit. Ce n'est pas toujours une partie de plaisir.

– Comme pour tous les couples, ai-je répondu. Chacun a sa part d'ombre. Il faut du courage.

– Il n'est pas toujours facile, a-t-elle continué. Je ne sais pas pourquoi je suis encore là.

Cette femme demandait donc un conseil à propos de l'homme qu'elle aimait. Mais il était aussi l'objet de mon propre fantasme, un fantasme basé sur son indisponibilité, sur le fait qu'Aubrey n'était pas très portée sur la chose. J'aurais pu lui donner le pire des conseils, en lui disant de laisser tomber. J'aurais pu arriver à mes fins. Mais non.

– Est-ce grave de faire ce dont tu as envie ? a-t-elle demandé.

– Vieillir, c'est apprendre à soupeser ce que tu veux avec ce qui va à l'encontre des intérêts des autres, ai-je dit. Cela ne vaut quasiment jamais le coup de blesser l'autre.

– Tu dois avoir raison. Mais si ça ne lui faisait rien ? Ou qu'il ne sache jamais ?

– C'est là où la folie réside. Car ils savent toujours.

Elle m'a tendu mon manteau vert. La maternité avait tué dans l'œuf mon intérêt pour la mode. Quand je pense qu'à une époque ma garde-robe fascinait tout le quartier.

Aubrey a posé sa main sur mon poignet. Oh mon Dieu, ai-je pensé, que cette femme est lunatique. Nous nous connaissons à peine, et voilà qu'elle a besoin de mon soutien ?

Elle s'est penchée vers moi. « Dois-je la prendre dans mes bras ? » me suis-je demandé. Voilà la punition pour m'être immiscée dans les affaires des autres.

Elle a encore avancé, posant sa bouche sur la mienne. Ma mâchoire inférieure s'est entrouverte. Sa langue était dans ma bouche. Elle bougeait comme un robot doux.

Je me suis dégagée.

– Je crois qu'il y a maldonne, ai-je dit. Non pas que je sois contre par principe.

– Oh, mon Dieu, a-t-elle dit. Je suis tellement désolée.

Aubrey a pris le manteau de Baby et m'a laissée seule dans la pièce avec *PETITES ANNONCES GRATUITES*. J'ai repris ce qu'il restait de mes esprits, passé mon manteau, caché le livre dans l'une des poches et suis sortie retrouver nos hôtes.

Baby boutonnait son manteau. Thomas Cromwell tenait Emil. Vous devez vous demander si votre chère vieille Adeline était tourneboulée par ces intrigues de boudoir. Sûrement, mais n'oubliez pas que j'avais été élevée par des parents à la vie sociale très active. Mes premières leçons avaient été en matière de représentation sociale. Toujours prendre sur soi, toujours feindre.

Nous nous sommes salués, et Aubrey n'a pas croisé mon regard. Alors que nous prenions l'ascenseur jusqu'au rez-de-chaussée, Baby a dit :

– Drôle de soirée. Et drôles de gens.

– J'espère que ça t'a plu, ai-je dit. Car je doute très fortement qu'on les reverra un jour.

NOVEMBRE 1995

Suzanne vient à New York

Novembre s'est abattu sur nous, amenant avec lui la fin du réconfort des journées ensoleillées.

Même à New York, où l'arrogance de l'humanité illumine le ciel, la canopée n'était que pénombre. Pas d'étoiles, pas de lune, pas de nuages, rien que du noir.

On aurait dit l'Antiquité, ou des ères bien avant le luxe de la modernité. L'histoire humaine peut se réduire à une peur élémentaire du noir, une marche en avant afin de nous fournir en appareillages oculaires pourtant incapables de nous donner une vision au-delà d'un spectre trrrrrrrrès limité.

Certains soirs, je m'installais avec Emil tandis qu'il tentait d'apprendre à parler, en espérant que ce monde lui garantirait sa sécurité. Mon seul désir était d'éviter à l'enfant la douleur, de l'éloigner de toute corruption et de le protéger d'horreurs indicibles. Voilà à quoi se résumait la parentalité, à la sensation de sa propre impuissance. On finissait par espérer que son existence ne se déroulerait pas dans la pénombre la plus totale.

Au beau milieu de cette période morose, j'ai reçu un petit ding-ding-dong de cette chère vieille Dahlia. D'habitude, je préférais la laisser babiller sur le répondeur, mais cette fois, j'ai daigné soulever le combiné.

– Maman vient à New York, a-t-elle annoncé. Elle prend l'avion demain.

– Vraiment ? ai-je demandé.

– Oui, tu devrais la voir.

– Avec qui m'as-tu donc confondue ? ai-je dit. Mes sentiments envers Mère sont pourtant clairs.

– Elle a tout payé pour toi, tout payé pour Emil. Elle vieillit. Tu veux vraiment qu'il grandisse sans jamais connaître sa grand-mère ?

J'ai téléphoné à Baby et lui ai demandé son avis.

– Tu devrais peut-être accepter, a-t-il dit. Elle n'est pas si terrible que ça.

J'ai appelé Jeremy Winterbloss, avec qui je devais avoir une longue conversation quant aux dernières nouvelles concernant *Trill*. Le script pour le volume seize intégrait une intrigue dans laquelle Felix Trill connaît un moment à la *Yojimbo* et se retrouve embringué au milieu d'un conflit entre deux gangs de chats de gouttière. Winterbloss avait demandé un nombre insensé de doubles pages plein pot contenant les armes de guerre. Un des gangs employait d'énormes béliers aux allures de chiens. Jeremy avait noirci des pages entières de description. J'avais mal par avance à ma main à la seule idée de tout dessiner.

J'avais consigné mon mécontentement sur son répondeur, afin de protester contre la folie de ce projet. Il m'avait rappelée et avait laissé un message sur mon répondeur proposant de discuter ensemble de stratégies afin de simplifier le tout.

Mon dernier appel, donc, n'était pas inattendu, mais je n'avais pas envie de parler boulot, plutôt de Mère. Il m'a demandé pourquoi je ne voulais pas la rencontrer, pourquoi je voulais garder Emil loin d'elle. En lui expliquant, j'ai compris que je n'avais pas d'objection évidente, à part notre histoire familiale compliquée. Vous me connaissez, mes chéris. Je suis aussi têtue qu'une mule un jour de Pâques.

– Tu n'as pas de raison objective de l'éviter, a dit Jeremy. Et si elle mourait demain ? Comment te sentirais-tu ? Tu serais heureuse ?

– Noooooon, ai-je dit.

– Où est le problème alors ?

– Passe-moi Минерва.

J'ai répété la même histoire pour la troisième fois en une heure de temps. Quoi que l'on pense de Минерва, elle savait être bien plus patiente que Baby ou Winterbloss. Elle écoutait sans se plaindre ou couper son correspondant.

– Famille n'est pas bonheur, a-t-elle dit. Famille, c'est juste soucis. Pourquoi attendre froid du feu ? Ne pas se battre contre courant contraire. Rencontre-la. Si souci, garde fils loin de tout ça.

J'ai rappelé Dahlia.

– Dis donc à cette mégère *ad hominem* que je la verrai, ai-je dit. Je suppose qu'elle sera au Plaza ?

– Maman n'irait jamais autre part, a répondu ma sœur. Je ne pense même pas qu'elle connaisse le nom d'un autre hôtel dans tout New York.

– Informe-la que je l'attendrai au Oak Room. Dans deux jours, à midi. Et demande-lui si elle peut éviter d'arriver, dans toute sa munificence, totalement ivre.

– Je lui dirai, a dit Dahlia. Adeline ?

– Oui ?

– Je suis contente.

J'ai appelé Baby pour la deuxième fois de la soirée, afin de l'informer que j'avais accepté. Je lui ai demandé s'il pouvait garder Emil tandis que j'allais visiter la Vieille Harpie.

– Ne vendons pas la peau de l'ours avant de l'avoir tué, ai-je dit, mais si cela se passe bien, je la ramènerai à l'appartement pour qu'elle rencontre mon fils. Tu pourras rester. Elle sera ravie.

– Tu es certaine ? a-t-il demandé. Tu ne préfères pas demander à Frances ?

– Dis-moi juste une chose, ai-je dit. As-tu parlé à Mère depuis ce triste jour ?

– Pas une seule fois. J'ai appris la leçon. Tu n'imagines pas à quel point je redoutais qu'elle trouve mon numéro de téléphone et essaye de me joindre.

– Je suis si horrible que cela ? ai-je demandé.

– Tu es la personne la plus effrayante que je connaisse.

Je ne savais pas bien s'il fallait en être fière ou mortifiée.

Il a raccroché. Emil était tombé de sommeil dans mon lit, sur la couverture. Je me suis lovée à ses côtés et l'ai pris dans mes bras. Je ne laisserais pas cet enfant se faire aspirer par la folie destructive de ma famille.

Vous connaissez la suite, n'est-ce pas, mes choupinets ? Taxi jusqu'à Central Park et William Tecumseh Sherman. Mon chauffeur de taxi s'appelait Balwinder Singh. J'ai passé le trajet à rêvasser quant à son incroyaaaaaable nom. Balwinder Singh était peut-être le plus beau nom jamais entendu.

Je suis entrée dans le hall de l'hôtel avec l'estomac noué par l'angoisse. J'avais envie de tourner les talons et de rentrer chez moi, mais je n'avais pas fait tout ce chemin pour céder à la couardise.

Mère m'attendait au bar, le dos tourné. Elle avait changé de couleur de cheveux, optant pour une variante plus adaptée à son âge.

– Mère ?

– Adeliiiiiiine, a-t-elle dit, se refrénant pour ne pas agripper dans ses bras sa fille ; elle se tenait au bar des deux mains, afin de ne pas tanguer. Adeliiiiiiine, je suis tellement heureuse de te voir.

Je me suis assise à côté, et ai commandé un Cape Cod.

– Qu'est-ce que tu bois ? ai-je demandé en regardant le liquide clair dans son verre.

– Eau pétillante, a-t-elle répondu. Dahlia m'a dit que si tu me voyais en train de boire, tu ferais demi-tour.

– Ce n'est pas vraiment ce que je lui ai dit, mais parfois nos messages sont déformés par leurs messagers.

Mère avait vieilli. La torture imposée par sa chirurgie esthétique réussissait à contenir à peu près son visage, mais il arrive toujours un point au-delà duquel on ne peut plus qu'aggraver la situation. Même une femme aussi dépravée que Mère hésiterait avant d'avoir le visage totalement inexpressif d'un poisson mort.

J'avais descendu mon Cape Cod à une vitesse étonnante. Nous n'avons pas pipé mot. J'ai commandé un autre verre.

– L'alcool a toujours été le grand drame de notre famille, a-t-elle dit. Ta grand-mère avait toujours soif.

Je n'avais jamais rencontré la mère de Mère. Elle était décédée bien avant ma naissance. On ne m'avait jamais dit de quoi. De maladie inconnue. Le père de Mère avait survécu jusqu'à mes dix ans, mais je ne me souvenais absolument pas de lui, sauf de son visage cuivré de Californien né dans la poussière du Texas.

– Comment ça va, Adeliiiiiiine ?

– Pas mal, je crois, ai-je répondu. Pas de quoi me plaindre.

– Dahlia m'a montré des exemplaires de tes petits livres. Celui avec les chats ?

– Je ne savais pas que Dahlia les collectionnait.

– Elle n'arrêtait pas de parler de ça à son retour, a dit Mère. Elle a rendu Charles totalement fou. Elle m'a donné un exemplaire. Depuis, je suis obligée de me rendre chaque mois à la librairie de Melrose spécialisée dans les bandes dessinées. Les petits vendeurs de là-bas m'appellent par mon prénom maintenant.

Mère lisait *Trill*. Quelle horreur !

– Mais, Adeline, il y a un souci, a-t-elle continué. Lorsque je leur dis que M. Abrahamovic Petrovitch est ma fille, ils ont tendance à se moquer de moi. Pourquoi te caches-tu derrière un nom aussi ridicule ?

– Merde, ai-je dit. J'en ai marre d'expliquer l'intérêt d'un pseudonyme.

– Tu ne devrais pas te cacher ainsi, a-t-elle dit. Ton art est trop beau, Adeliiiiiine.

J'ai commandé encore un autre Cape Cod. Malgré ma descente, je ne me sentais absolument pas ivre. Cela m'était déjà arrivé, lorsque j'avais quinze ans et que nous étions au mariage de la fille d'une amie de Mère, Mildred. J'avais passé la soirée à boire sans discontinuer des White Russians, sans jamais sentir la moindre ivresse.

La femme à côté de moi n'avait pas encore posé une seule question quant à mon enfant.

– Mère, ai-je dit, cela t'intéresse de rencontrer Emil ?

– Mais oui, Adeliiiiiiiine, a-t-elle dit en tentant de cacher ses émotions. J'adorerais le voir.

– Il est chez moi, avec Baby, ai-je dit. Tu te souviens de Baby, n'est-ce pas ? Le jeune homme que tu as arrosé de tes largesses charitables.

– Adeline, a-t-elle dit, veux-tu vraiment revenir sur ces moments désagréables ?

J'ai réfléchi quelques instants.

– Non, ai-je affirmé.

– Tu peux me pardonner ? a-t-elle demandé.

– C'est sûrement déjà fait, ai-je soupiré. Pourquoi serais-je là, autrement ? En plus, j'étais surtout en colère contre Baby. Et nous sommes à nouveau les meilleurs amis du monde.

– Tu sais que j'ai recroisé son petit ami ? a-t-elle demandé. Il y a un ou deux ans, sur Colorado Street. Comment s'appelait-il ? Hymie ? Il ne m'a pas reconnue, ou il n'a pas voulu, et il est passé sans me saluer. Il avait l'air plutôt triste. Il a mal vieilli.

– Si j'étais de toi, je ne parlerais pas de Jaime. Baby a beaucoup changé. Il est devenu romancier. Et tout le monde se l'arrache.

– Il a déjà publié ? a-t-elle demandé.

– Cela fera quelques livres de plus pour ta bibliothèque.

Je me suis levée du bar. Il suffit souvent d'un peu de mouvement avant que l'ivresse envahisse le corps. Mais là, rien. Mes nerfs m'avaient rendue insubmersible. « Adeline, me suis-je dit, si tu voulais un jour tenter le freebase, c'est le moment. »

Le portier nous a hélé un taxi. Nous nous sommes installées à l'arrière. Mère a aboyé au chauffeur :

– Deuxième Avenue et 7e Rue !

Je sentais bien qu'elle voulait discutailler, m'abreuver de ses avis inintéressants, mais elle vivait dans la peur que je puisse lui retirer le privilège de rencontrer Emil. Il y avait eu une époque où elle était en position de force, et où je devais suivre ses ordres. Maintenant, la situation était inversée. Et un jour, la même chose arriverait pour moi, lorsque Emil se serait lancé dans sa vie et que je perdrais ma mainmise sur lui. Que Dieu me le pardonne, mes chéris, mais je ressentais de l'empathie pour cette brave femme.

Le chauffeur nous a déposées sur la Deuxième Avenue. Mère a dit :

– Eh bien, rien n'a changé dans ton quartier.

– Quelques petites choses, si. Tu connais Burp Castle ? Je n'y ai jamais mis les pieds, mais on m'a dit que les serveurs étaient habillés comme des moines et qu'on n'y servait que des bières. Cet immeuble, là, c'est une cité universitaire de NYU, étonnamment. Je vis dans cette rue depuis des années et je m'en suis rendu compte il y a quelques mois seulement.

Je me sentais de plus en plus mal. Nous avons monté les escaliers. Il y avait comme un sentiment de déjà-vu dans toute cette séquence, Mère dans cet escalier, Mère à la 7e Rue, Mère déboulant dans mon appartement. À San Francisco, lorsqu'on montait les côtes, on finissait par suer des litres de liquide tandis qu'un vent glacé transperçait nos vêtements et que du mucus dégoûtant se figeait sur notre visage. Je voulais m'arrêter, éclater en larmes, mettre un terme à toute cette folie. Voilà, mes chéris, mon terrible défaut. Adeline s'attend toujours au pire.

Baby et Emil étaient installés par terre dans la cuisine, occupés à monter un vieux cirque Fisher-Price en bois que j'avais récupéré à l'Armée du salut. Les jouets avaient l'air pitoyables. Je me suis détestée en me disant que Mère regarderait avec dédain leur pauvreté.

Elle est entrée à ma suite et a fermé la porte. La tête de Baby s'est tournée vers nous, tout sourire. Emil n'a pas levé les yeux, tout à sa girafe.

– Hello, Suzanne, a dit Baby. Très heureux de te revoir.

– Baby ! a-t-elle dit. Oh, et voilà ce petit amour !

Elle a saisi Emil et l'a soulevé du sol. Il s'est laissé faire. Elle l'a pressé contre sa poitrine, l'étouffant presque. Il n'a pas moufté.

Me voilà donc avec mon meilleur ami, que j'aimais par-dessus tout, et mon enfant, pour qui j'aurais été prête à mourir sur un bûcher fait de mes propres os, et ma mère, cet être si complexe qui faisait preuve d'une instabilité très modérée.

Mère a reposé mon fils puis s'est installée par terre à côté de lui, ses mains sur lui, ses mains sur Baby. Que pouvais-je faire, mes chéris, à part me mettre également à genoux et les rejoindre ?

– Emil, ai-je dit. C'est ta grand-mère. Comment veux-tu qu'il t'appelle ?

– Il peut m'appeler absolument comme il en a envie, a dit Mère.

MARS 1996

Baby explique comment va le monde

Ainsi va le monde.

Un jeune homme arrive à New York, espérant étudier l'architecture à Fordham University. L'architecture est la profession de choix de son père distant. Après avoir fui South Bend, dans l'Indiana, le trou du cul du monde de tous ces bouseux de blaireaux ricains, le jeune homme s'offre une excursion de rigueur dans le monde de la nuit et des clubs. Il commence tout en bas, moins que rien, serveur au Danceteria, puis monte petit à petit les échelons. Il devient célèbre. Son nom apparaît dans les journaux people, son visage dans les magazines, il devient un objet de fascination télévisuelle.

Il adopte plusieurs addictions à long terme. Il commence par le plus simple, le plus rapide, le plus inoffensif. Il passe sous l'influence d'Ulysses S. Grant. Il finit par prendre de la cocaïne cristallisée et s'injecter de l'héroïne chaque jour. Il commence à s'exprimer de façon incohérente, se perd dans la cruauté et la mesquinerie. Sa vie glamour se déforme pour adopter l'image triste d'un junkie trentenaire souffrant d'hépatite et piquant du nez dans sa bave, pissant depuis des balcons sur des gens qui assistent aux soirées qu'il organise.

Son cerveau vrille, après des années de kétamine et de Rohypnol.

Ainsi va le monde.

Un jeune garçon et sa famille quitte Colombia pour s'installer à New York. Le garçon grandit en rêvant de devenir acteur ou, peut-être, réalisateur. Il découvre son homosexualité et se met à fréquenter certains milieux. À vingt ans, il est aspiré dans le monde interlope de Downtown. Il rencontre des gens célèbres. Tout le monde est fabuleux. Tout le monde est glamour. Ce jeune garçon, devenu un homme, s'attire l'attention des célébrités en leur proposant de la drogue. Il finit par être incroyablement proche de l'un des plus grands junkies de l'époque. Il s'installe chez le junkie en question et y entrepose ses biens, dont de l'argent et un stock de drogue.

Ainsi va le monde.

Un jeune homme déménage à New York à l'âge de dix-huit ans, impatient de laisser derrière lui le Middle West américain. Il se dirige vers Alphabet City, où une vague connaissance réside dans un squat. Cela finit mal. Là-bas, le jeune homme rencontre une jeune fille. Le premier soir de son arrivée, il s'installe dans sa résidence universitaire. Ils deviennent meilleurs amis. Ils deviennent inséparables. Leur amitié change sa vie, et le jeune homme peut s'inscrire à NYU, avant de se lancer dans une carrière d'écrivain. Le jeune homme finit par être respecté et se prépare à la sortie de son deuxième roman, pour l'automne 1996.

Ainsi va le monde.

Le 16 mars 1996, Angel Melendez se dirige vers le croisement entre la 43e Rue et la Onzième Avenue. Il monte jusqu'à Riverbank West, un immeuble de luxe où Michael Alig réside dans un appartement payé par Peter Gatien. Le loyer est de 2 400 dollars par mois. Angel traverse la cour, passe devant la fontaine. Le portier le salue, et il prend l'ascenseur jusqu'à l'étage où habite Michael.

Melendez est tombé bien bas. Il a connu une brève période de gloire, à vendre de la drogue au Limelight et au Tunnel. Il était payé par Gatien. Lorsque les béliers du NYPD ont commencé à défoncer les portes des clubs, Gatien a viré Melendez. Sans domicile, Angel est passé d'un ami à l'autre. L'une de ses adresses temporaires est l'appartement de Michael Alig. Il stocke son argent et sa drogue chez un junkie.

Michael l'a arnaqué, volant quelques milliers de dollars et une bonne partie des drogues. Une rumeur de l'époque veut que lorsque Angel a compris ce qu'il se passait, il a enlevé ses chaussures et tabassé Michael Alig. C'est peut-être vrai, peut-être pas.

Angel sort de l'ascenseur et prend à partie Michael Alig. Le deux-pièces abrite une large collection de VHS. Michael possède les deux cents compilations de *Dark Shadows*. Il possède tous les épisodes de *I love Lucy*. Il possède une large collection de films d'horreur et de *slashers*. Avant que les drogues n'aient détruit sa vie, Michael Alig gagnait dix mille dollars par semaine. Il pouvait acheter ce qu'il voulait.

Dans l'une des pièces, un Club Kid du nom de Freeze dort à côté du Fils de Paul Auster. Freeze est un junkie. Le Fils de Paul Auster est aussi un junkie. Plus tôt dans la journée, le Fils de Paul Auster a fait une overdose. Michael en a identifié les symptômes. Il a pris de la cocaïne dans le stock d'Angel et l'a fourrée dans les narines du Fils de Paul Auster. Le Fils de Paul Auster est revenu de la pénombre de la mort. Les trompettes de la cocaïne ont résonné dans sa tête.

Angel et Michael se disputent. Angel étrangle Michael Alig. Michael est coincé contre un cabinet en verre, qui se casse et inflige une entaille profonde dans sa nuque et son épaule. Le vacarme réveille Freeze. Il entre dans le salon. Il découvre les dégâts, entend Michael appeler à l'aide. Angel est sur Michael. Angel mord Michael, les dents bien enfoncées dans le torse du junkie.

Le cortex saturé de dope de Freeze lui envoie des impulsions neuronales dans le corps. Il se saisit d'un marteau. Il frappe l'arrière du crâne d'Angel. À trois reprises. Le dernier coup lui casse la boîte crânienne.

Ils étouffent Angel. Ils pensent qu'Angel est mort à cause des coups de marteau, mais c'est la suffocation qui l'achève. Le corps est traîné jusqu'à la salle de bains et déposé dans l'eau de la baignoire. Michael Alig verse du déboucheur Drano dans la bouche d'Angel. Ou le lui injecte avec une seringue. Freeze demande pourquoi. Michael lui explique qu'il veut embaumer le corps. Il y a une forme indescriptible de corps humain ensanglanté et rempli de Drano dans la baignoire. Durant tout ce temps, si on peut toujours considérer comme siens les biens d'un cadavre, ils volent toutes les drogues du stock appartenant au cadavre.

Michael Alig appelle plusieurs amis. Il tente de me joindre. Je ne suis pas chez moi. Il ne laisse pas de message. Michael raconte à tout le monde qu'il a tué quelqu'un. Il dit qu'il a un cadavre chez lui. Il demande qu'on l'aide pour s'en débarrasser. Personne ne se propose de l'aider. Personne n'appelle la police.

Ils quittent l'appartement. Ils vont voir Olympia, une drag-queen. Ils se défoncent énormément.

Les jours passent. Le corps reste dans la baignoire. Il est boursouflé d'eau. Michael prend l'argent d'Angel et change les meubles de l'appartement. Des gens passent le voir, Michael fait son cirque habituel. La porte de la salle de bains reste fermée. Un souci avec les toilettes. Les invités le croient, notamment à cause de l'odeur qui se dégage de la pièce.

Au bout d'une semaine, Michael Alig raconte à Freeze qu'il va se charger du cadavre si Freeze lui donne dix doses d'héroïne. Dix doses d'héroïnes, c'est un bon marché. Freeze accepte. Michael envoie Freeze chez Macy's. Michael dit à Freeze d'acheter de bons couteaux. Freeze revient avec deux gros couteaux et un hachoir. Michael s'injecte de l'héroïne. Michael va à la salle de bains et démembre le cadavre d'Angel. Il lui coupe les jambes. Après une semaine passée dans l'eau, la chair est tendre jusqu'à l'écœurement. Il coupe les parties génitales d'Angel. Juste comme ça.

Michael et Freeze mettent les jambes dans deux sacs-poubelle. Ils jettent les jambes dans l'Hudson. Les sacs coulent.

Dans le sous-sol de Riverbank West, Freeze trouve une boîte vide. La boîte était un ancien carton de télévision. Michael et Freeze rangent le corps sans jambes d'Angel dans la boîte. Ils descendent le tout par l'ascenseur. Devant l'immeuble, ils arrêtent un taxi. Le chauffeur les aide à installer le carton dans le coffre de la voiture. Le chauffeur les amène au croisement de la 25e Rue et de la Onzième Avenue. Ils sont très proches du Tunnel. Ils attendent que le chauffeur de taxi reparte. Ils portent la boîte jusqu'à l'Hudson. Ils balancent la boîte dans l'eau.

Contrairement aux jambes, la boîte ne coule pas. Le torse d'Angel remonte à la surface.

Voilà la version officielle, qui se précisera au fur et à mesure des diverses dépositions et amènera aux inculpations. Il existe d'autres versions des faits. Le Fils de Paul Auster, envoyé bien loin d'ici par Paul Auster après le meurtre, rencontrera plus tard un ami de la famille, Robert Morgenthau, procureur général septuagénaire à New York. Le Fils de Paul Auster racontera à Morgenthau que Freeze et Michael Alig avaient prévu de voler Angel. Le Fils de Paul Auster racontera à Morgenthau que Michael avait tendu un piège à Angel à l'appartement. L'invitation à la fête du Nouvel An de l'année précédente, la *Bloodfeast*, avec un marteau et un Club Kid à la boîte crânienne défoncée, en plus du texte parlant de jambes découpées, remonte à la surface.

Le Fils de Paul Auster plaidera coupable pour le vol des trois mille dollars appartenant à Angel. Morgenthau décidera de ne pas appeler le Fils de Paul Auster à la barre pour témoigner contre Michael Alig ou Freeze, pensant que les junkies ne constituent pas des témoins fiables. En 2003, Siri Hustvedt, la belle-mère du Fils de Paul Auster, écrira un roman vaguement autobiographique à propos du meurtre d'Angel. Dans ce roman intitulé *What I Loved*, le pendant fictionnel de Hustvedt imagine que le pendant fictionnel du Fils de Paul Auster n'a jamais dit la vérité quant au meurtre.

Quatre personnes sont présentes dans l'appartement de Michael Alig le 16 mars. La plus pauvre d'entre elles reçoit quatre coups de marteau dans le crâne. Le mieux né reçoit cinq ans avec sursis.

Ainsi va le monde.

AVRIL 1996

Peter Gatien vire Michael Alig

Au mois d'avril, Peter Gatien a viré Michael. J'ai appris la nouvelle en lisant « La Dolce Musto » dans *Village Voice*. Fait n° 1 : Alig a été expulsé de son appartement de Riverside West. Fait n° 2 : Alig a mis cela sur le compte de l'épouse de Gatien, Alex. Fait n° 3 : Alex déteste Michael et pense qu'il couchait avec Gatien. Fait n° 4 : Michael est allé en désintoxication, aux frais de Gatien. Fait n° 5 : Le Limelight accueille toujours Disco 2000. Fait n° 6 : Michael lance un deuxième Disco 2000 à Expo.

Je n'avais aucune idée comment contacter Michael. J'ai appelé James St. James, chez lui à Alphabet City. Je lui ai demandé s'il avait croisé Alig.

– Chérie, a-t-il répondu, crois-moi, oublie Michael. Tu as bien eu raison de prendre tes distances. Fais-moi confiance, Baby, c'est le genre de blessure que tu n'as pas envie de raviver. Tout est si terrible en ce moment, je n'ai même pas envie d'en parler. Retourne à tes bouquins et fais comme si tu ne nous avais jamais rencontrés.

– Ils vont vraiment organiser Disco 2000 sans Michael ?

– Tu te souviens de son assistant, Walt Paper ? Cette horrible petite traînée toute chauve ? À ton avis, qui est derrière tout ça ? Anne Baxter, pour le nouveau millénaire !

– Merci, Jimmy, ai-je dit. On se voit bientôt.

– Oh, ma Belle, j'espère bien. Je suis tout pimpant.

Nous avons raccroché. Je n'ai téléphoné à personne d'autre. Lorsque James St. James se permet de vous mettre en garde, vous restez sur vos gardes.

J'ai tout de même décidé d'aller à Disco 2000. J'étais curieux de voir comment se déroulerait le spectacle, sans Michael. En plus, c'était mardi. Je n'avais qu'une journée à attendre.

J'ai tenté pour la cinquième fois de lire *L'Infinie Comédie*, de David Foster Wallace. Deux mois auparavant, ce *magnum opus* de mille pages et quelques était sorti en librairie et avait reçu des louanges de toute la critique. Principalement grâce au mécanisme postmoderne de Wallace, qui utilisait plus de trois cents notes tout au long du livre, ce qui offrait apparemment des points de rupture dans le texte.

C'était les années 1990. Le milieu littéraire avait passé la première moitié de la décennie à tenter d'incorporer des voix dissidentes dans la Littérature. Des homosexuels, des femmes de couleur, des pauvres. Lorsque les forces conservatrices ont finalement prouvé leur résilience, le milieu éditorial new-yorkais s'est mis à republier des hétéros blancs qui avaient réussi à imposer l'idée que le postmodernisme n'était qu'un retour aux mêmes conneries d'antan, mais déguisées sous un fatras de formalisme. Cinq ans à écrire des notes de bas de page et à dessiner des croquis.

L'Infinie Comédie était annoncée comme les saintes tablettes de Moïse, un chef-d'œuvre préfabriqué reconnu comme tel bien avant sa sortie, aussi inévitable que les candidats politiques produits par le bipartisme. J'admets que j'étais également un peu jaloux.

Sauver Anne Frank n'avait pas été fabriqué pour un succès de ce genre. Ce n'était pas dans mon sang. J'avais de mauvaises racines. J'étais trop pédé, trop défoncé, trop science-fiction. Et dénué d'un master des Beaux-Arts en écriture. Les seules choses qui me restaient étaient ma paire de gonades et un sacré réseau de vaisseaux érectiles.

Pour David Foster Wallace, le rôle de l'écrivain respectable était un droit arrogé à la naissance. Les gens pensent que la Littérature est une réalité naturelle révélée à travers l'honnêteté de l'expression post-Lumières. Mes couilles. La Littérature est une construction de marché bien installée depuis la fin du XIXe siècle qui détaille les progrès sociaux connus par les classes moyennes supérieures.

En Amérique, ce sont les WASP, les Blancs anglo-saxons protestants. Toute déviation à cette ligne est jugée différemment. Une femme qui écrirait *L'Infinie Comédie*, mot pour mot, virgule pour virgule, adjectif superflu pour adjectif superflu, ne connaîtrait pas le même accueil. Elle serait l'Écrivaine qui a créé cette fascinante monstruosité. Sujet de nombreuses analyses académiques de niche. Cela vaut aussi pour les écrivains noirs. *L'Infinie Comédie* aurait été classée dans les rayons Littérature afro-américaine, et aurait été ignorée de tous.

Cela reflète bien le texte de *L'Infinie Comédie*, un livre qui identifie sans cesse les minorités raciales et culturelles comme autant de déviations par rapport à la blancheur et à l'hétérosexualité. Les Noirs sont tellement noirs qu'ils deviennent bleus. Tant que David Foster Wallace se contentait d'écrire des livres gigantesques à propos de jeunes génies blancos, pratiquant le tennis métaphoriquement dans des facultés dirigées par leurs parents suréduqués, le mécanisme continuerait à fonctionner.

On m'avait demandé de faire une critique de *L'Infinie Comédie* pour *Sloat & Taraval*, une revue littéraire de San Francisco. Le rédacteur en chef était Bob Glück, un poète et romancier du courant New Narrative. Glück aimait *Coincé*. Au vu du vague vernis science-fictionnel des deux livres, il était curieux de lire mon analyse du chef-d'œuvre de Wallace.

Lorsque j'ai parlé à Parker de cette critique, il a littéralement balancé sa chaise de l'autre côté du bureau. Brickley pensait qu'un écrivain signant un article à propos de l'œuvre d'un autre écrivain ne pouvait amener que des ennuis. Publiez quelque chose de négatif, et vous allez en ressentir les conséquences sociales. Publiez quelque chose de positif, et vous êtes liés à jamais. Si Parker Brickley comprenait bien quelque chose dans la vie, c'était l'impossibilité de prédire la trajectoire d'un écrivain. Pourquoi diluer votre signature en s'associant à une valeur mal définie ?

Mais j'étais flatté que Glück me l'ait demandé. J'ai accepté. Je m'engageais à lire David Foster Wallace. J'essayais depuis le mois de février. J'avais même demandé à Adeline si elle voulait aller à une lecture à Tower Books.

– Baby, a répondu Adeline, je ne supporte pas toutes ces rencontres littéraires. C'est déjà pénible de devoir sortir de sa carapace pour ses propres moments de gêne et de honte, alors pourquoi irais-je m'embêter à aller écouter les élucubrations à moitié débiles d'un type avec un bandana ?

J'avais beau essayer, je n'arrivais pas à aller au-delà des premiers paragraphes. Je me heurtais sans cesse à cette atroce deuxième phrase : « Ma posture est congrûment adaptée à la forme de ma chaise droite. » Congrûment adaptée ! Comment allais-je tenir mille pages ? Mais je devais faire un effort.

Le mercredi matin, après deux cents pages, j'ai compris que *L'Infinie Comédie* n'était pas faite pour être lue. Cette chose devait seulement être appréhendée comme un objet, une sorte de pastiche ultra-kitsch et gigantesque de *Vente à la criée du Lot 49*.

Si vous enlevez les livres éternels, les œuvres spéciales, alors l'accueil de la production littéraire n'était guère plus évolué qu'un concours de bites. Un composant atavique de l'inconscient humain est toujours impressionné par la taille. On aime les maisons les plus grandes, les voitures les plus grosses, les immeubles les plus hauts. Et pourquoi pas le plus épais des livres ? La bite la plus longue. La qualité n'entre pas en compte. Le lectorat se résume à une bande de folles obsédées par la taille. Et je les connais par cœur. Tout ce qui compte pour elles, c'est la longueur et la circonférence.

J'ai laissé un message à Regina, afin de l'informer que j'allais à Disco 2000. Je ne l'avais pas vue depuis des mois, pas depuis qu'elle s'était installée avec cette butch du Bronx. Je pensais que Regina était gênée, soit par moi, soit par sa copine. Peut-être les deux. Queen Rex n'allait sûrement pas faire une apparition à Disco 2000, mais quel mal y avait-il à demander ?

Le Limelight ressemblait à une ville fantôme. Je n'ai même pas croisé Walt Paper. Les quelques rares personnes du public étaient des raveurs en pantalons larges. Des pantalons à jambes ultra-larges. Où étaient donc passés les bleus de travail de ma jeunesse ?

Je suis parti au bout de dix minutes, seul sur la Sixième Avenue, à attendre qu'une idée de génie me passe par la tête. Il n'y avait même pas de file d'attente. Personne ne voulait aller à Disco 2000.

– Hé, Baby !

C'était une amie de Michael, une junkie blonde surnommée Gitsie. Elle devait avoir dix-neuf ans et était originaire de Miami. Gitsi avait découvert Michael chez *Geraldo*, et s'était précipitée à New York vers 1992 environ. Elle était arrivée toute fraîche et naïve, encore un peu potelée. Une adolescente avec le rose aux joues et d'étranges blousons en cuir. Chaque ville aux États-Unis avait sa Gitsie.

Les drogues avaient eu raison de son surpoids et de sa jeunesse. J'avais entendu des rumeurs concernant la façon dont elle gagnait sa vie. Elles n'étaient pas très agréables.

– Je cherche Michael, ai-je dit.

– Cela fait des jours que je ne l'ai pas vu, a-t-elle répondu. Il vit avec Brooke, au Chelsea Hotel.

– Dommage qu'il se soit fait virer.

– C'est tellement injuste. Comment Peter a pu faire ça ?

– Cela arrive, ai-je soupiré. « Emploi » est le terme socialement acceptable que nous utilisons pour décrire la menace perpétuelle du couperet.

– Tu cherches de la dope ? a-t-elle demandé.

– Tu as quoi ?

– De la brune, a-t-elle répondu. Je peux te filer deux doses pour quarante dollars.

Je n'avais pas d'objection morale spéciale contre une drogue en particulier, mais l'héroïne m'avait toujours paru dangereuse. Et l'idée d'en acheter à une fille de dix-neuf ans couverte de traces d'injections ne calmait pas mon inquiétude. Et pourquoi pas, finalement ? Ce n'était pas comme si j'allais me l'injecter à mon tour.

Vingt dollars la dose était abuser, mais j'avais toujours été un pigeon facile à plumer.

De retour chez moi, le Roi de France avait dévoré toute sa nourriture de gourmet. Il avait été mis à ce régime particulier après avoir connu des allergies en mangeant les marques du commerce. Dès qu'il y avait trop de graines, il se mettait à vomir. Avant d'avoir trouvé une marque vendue en pharmacie qu'il pouvait digérer, il avait eu le temps de perdre un kilo. Le vétérinaire disait que c'était beaucoup.

J'ai pris la bête sauvage dans mes bras, et l'ai retournée sur son dos. Il a miaulé et mis ses coussinets sur ma bouche.

De toutes les fois où j'avais vu des gens prendre de l'héroïne, mon souvenir le plus marquant datait du film *Bad Lieutenant*. Harvey Keitel se fait des rails de poudre sur de l'aluminium. Une prostituée allume une flamme en dessous. Keitel, avec une paille, aspire la fumée dans sa bouche.

C'est vraiment un mauvais lieutenant.

J'ai traversé le palier. Je parlais rarement à ma voisine, mais lorsque cela arrivait, elle me semblait très agréable. Elle s'appelait Deborah. Je crois qu'elle travaillait pour David Letterman.

– Tu aurais de l'aluminium ? ai-je demandé.

– Tu en as besoin de combien ?

– Deux ou trois feuilles.

– Tu prépares quoi à manger ?

– Ma grand-mère m'a envoyé une recette de poulet à l'ail et au sucre roux.

Elle a refermé la porte de son appartement, avant de revenir avec trois feuilles d'alu.

– Quand sort le prochain livre ? a-t-elle demandé.

– Dans quelques mois, ai-je dit. Il faut que tu viennes à la fête de lancement.

– Avec plaisir. Tu me diras quand.

– Merci encore, ai-je dit.

J'ai posé une feuille sur mes genoux et versé la poudre dessus. J'ai recourbé l'aluminium, la paille dans la bouche, et allumé mon briquet. La fumée avait l'odeur des vendeurs de chouchous dans la rue. De l'alu brûlé.

La drogue s'est mise à faire des bulles, devenant noire. J'ai fumé la première dose.

Une montée immédiate au niveau des tempes. Rien à voir avec tout ce que j'avais connu, comme une chaude embrassade depuis l'intérieur. Je vivais à nouveau cette sensation familière qui consistait à prendre une drogue et à aimer les cinq premières minutes, avant de comprendre que cela allait durer des heures. Ne sachant pas quoi faire de moi-même, j'ai décidé de regarder un film loué chez Kim's. *Blow-Up*, de Michelangelo Antonioni.

Problèmes moteurs pour insérer la cassette dans le magnéto. Je n'étais pas aidé par le Roi de France, qui se frottait contre mes chevilles et miaulait, afin de me perturber dans ma tâche.

J'étais à la fois hors de et en moi-même. J'avais toujours pensé que piquer du nez était causé par une perte de volonté, que c'était une faiblesse. Mais maintenant, je n'arrivais pas à garder les yeux ouverts. J'apercevais des flashs du film, de temps à autre. Un mannequin par terre. D'autres mannequins. Un homme dans une voiture. Des mimes. Des pantalons très blancs. Des peintures cubistes. Des types défoncés à l'herbe dans une maison très chargée. Une brocante. Une photographie noir et blanc. Jimmy Page. Tennis dans le silence. Vent dans les arbres.

Chaque fois que j'apercevais un flash, je repartais pour piquer du nez. Je voyais tout parfaitement. Moi sur le canapé. Le Roi de France à côté de moi. La télévision allumée, mais les scénarios changeaient sans cesse. David Hemmings me dévisageait depuis l'intérieur de la télévision et disait : « Ohé, Baby, mon bébé, où est ton babillement ? » Puis j'ai vu des chiens noirs qui couraient dans l'appartement, me marchant dessus, attaquant mon chat.

Je n'ai pas réussi à aller jusqu'à la salle de bains. Je me suis penché au-dessus de l'accoudoir du canapé, et du vomi s'est projeté depuis ma bouche. Il a atterri à un endroit où le Roi de France avait déjà gerbé. Mon expulsion était congrûment adaptée à la forme de sa flaque.

Je me suis réveillé vers 11 heures du matin. Le téléphone sonnait. Ma tête me faisait terriblement mal. J'ai répondu. C'était Parker Brickley, mon agent littéraire.

– Lazare, sors de ton cercueil, a-t-il dit. J'appelle depuis ce matin.

– Je suis allé à Disco 2000, et une fille m'a vendu de l'héroïne.

– Que je sois crucifié sur place, a dit Parker. Je n'ai pas parié tout mon blé pour que tu fasses une overdose. Tu fais donc partie de ces crétins qui ne supportent pas le stress débile de rencontrer un public qui aime tes textes ? De l'héroïne ? Putain de bordel de merde.

– J'en ai juste fumé, ai-je précisé. J'ai peur des seringues. Tu peux parler un peu moins fort ? Pourquoi tu m'appelles d'ailleurs ?

– Assouvis ma soif, mon beau, et raconte-moi donc ce que tu penses de *L'Infinie Comédie*.

– Cette nuit, j'ai vomi exactement au même endroit que mon chat, ai-je dit. Je n'ai pas l'envergure nécessaire pour écrire un truc intéressant sur David Foster Wallace.

– Ah, bon Dieu, heureusement, a dit Parker. J'avais tellement peur que mes couilles m'étaient rentrées dans le scrotum. On ne peut pas te faire confiance. Je te connais, tu étais du genre à y aller sabre au clair et à écrire une mauvaise chronique. Souviens-toi que tu es un professionnel, maintenant. L'époque de l'honnêteté, c'est fini. Bienvenue chez les grands. Tous les écrivains professionnels sont des menteurs invétérés. L'illusion des écrivains qui disent la vérité à tout prix ? Du pipi de chat. Je suis un putain de menteur, aussi. Tu penses que j'aime les auteurs que je représente ? Juste toi et Jane Smiley. Un jour, Parker Brickley écrira son autobiographie et l'intitulera *Une liste de choses et de gens que j'ai fait semblant d'aimer*. Chaque chapitre parlera d'un crétin dont j'ai fait semblant d'aimer le livre. Le premier sera consacré à Mona Simpson.

AVRIL 1996

Baby et Adeline vont au Mars Bar

Après la réconciliation entre Adeline et sa mère, Suzanne est devenue de plus en plus présente dans nos vies, une réalité qui aurait été à une époque aussi improbable que le retour de la comète de Haley.

Comme l'objet de sa folie était désormais Emil, la soudaine baisse d'attention a permis à Adeline de trouver une tolérance inédite vis-à-vis de sa vieille *mère**. Elle ne mouftait même pas lorsque Suzanne noyait Emil de jouets en plastique. Le seul aspect négatif était les séjours de plus en plus réguliers de la vieille femme au Plaza.

Adeline pouvait vagabonder autant qu'elle voulait lorsque le soleil brillait, abusant de l'amour de Suzanne pour son petit-fils, qui tenait le rôle de garde d'enfant lorsqu'elle était à New York. La Grande Dame passait des heures sur la 7e Rue, tandis qu'Adeline s'aventurait au-dehors et menait, pour la première fois depuis des années, une vie d'adulte.

Avec certaines limites. Adeline ne s'éloignait jamais trop loin de chez elle, et nous avons instauré des trajets et des possibilités de sorties dans les limites de East Village. Typiquement, c'était un dîner à Around the Clock, suivi de verres au Mars Bar.

De tous les établissements datant du vieux New York miteux, c'était le Mars Bar qui avait le mieux évité les vagues de gentrification. Ils ont fini par le démolir seulement en 2011, lorsque ses murs étaient si recouverts de graffitis et de crasse qu'il ne restait même plus de plâtre. Les toilettes étaient de véritables œuvres d'art, minuscules avec des chiottes cassées, chaque centimètre carré recouvert d'encre, de peinture et d'effluves humains. J'ai rencontré un jour une femme qui disait qu'elle y avait baisé sur un flipper. Je ne sais pas si c'est vrai. Mais c'est crédible. Je prie pour son âme.

Bref, en 1996, le bar n'était pas encore le capharnaüm de ses dernières années. L'extérieur était étonnamment propre, et sa vitrine de briques et de verre était intacte. Le nom était peint en lettres blanches au-dessus de l'entrée : « MARZ ». Et juste au-dessus : « RÉFLÉCHISSEZ AVANT D'ENTRER. »

Ce qu'Adeline et moi avons fait juste avant d'entrer, après le dîner. Une partie de l'intérêt du lieu était sa clientèle, de vieux rockeurs datant de l'époque punk y passaient toujours. Cela ne nous a pris que dix minutes à peine avant qu'un fou furieux se mette à hurler quelque chose à propos de Richard Hell qui était un sale pédé, ou de Bobby Steele qui était un connard, ou de Patti Smith, cette sale putain de pute qui méritait d'aller se faire enculer.

Adeline et moi avons commandé des gin tonic. La barmaid était une jeune punkette. Toutes les barmaids du Mars Bar étaient de jeunes punkettes. Elle nous a servi notre horrible mixture. Nous nous sommes assis sur des tabourets en tentant d'en ignorer le goût et l'attaque en règle sur nos estomacs.

– Baby, a dit Adeline, au fait, tu connais le groupe The Gits ?

– Ne me parle pas de groupes, ai-je chuchoté. On ne sait pas qui peut nous entendre.

– Tu as encore peur de cet horrible type ?

La fois précédente où nous étions allés au Mars Bar, je m'étais assez saoulé pour crier à quel point je détestais Led Zeppelin. « Chaque fois qu'une chanson passe à la radio, on n'entend jamais rien, putain, avais-je crié. J'ai toujours l'impression que c'est "Good Times, Bad Times". Putain de chanson de merde ! Led Zeppelin, mais quel putain de groupe de merde ! »

Ma sortie soudaine avait réveillé le type assis à côté de moi, un quadra aux cheveux beaucoup trop longs. Il m'a expliqué qu'il détestait aussi Led Zeppelin et m'a présenté son idée à propos d'un film de vampires qui n'avait pas le moindre intérêt. Il ne tenait que la scène d'ouverture, pour le moment. La caméra est cadrée sur une flaque. Des passants l'évitent, afin de ne pas se mouiller les pieds. On voit leurs reflets et leurs pieds. Tout à coup, un pied marche dans la mare. Sans reflet. La caméra remonte et révèle LE VAMPIRE, qui porte des lunettes noires réflectives et un manteau en cuir noir.

J'ai fait l'erreur de lui répondre et de lui parler d'un type du monde de la nuit qui était une légende à lui tout seul. Un gamin de Bombay. Personne ne l'avait jamais croisé en journée. Il était censé boire du sang et dormir dans une tombe installée dans la station de métro abandonnée de la ligne 6, celle de la 18e Rue entre Union Square et la 23e Rue. Michael l'appelait le Vampire Vindaloo.

Le type du Mars Bar a adoré l'histoire. Il m'a proposé d'aller voir un spectacle à Coney Island High. Je m'apprêtais à le suivre, lorsque Adeline m'a sauvé de mon ivresse.

– J'ai encore un peu peur, ai-je dit. Ces rockeurs sont terrifiants.

– Arrête de faire ta mijaurée, a répliqué Adeline. Tu as déjà entendu parler de The Gits ?

– Hélas, non. Je n'ai jamais entendu parler de The Gits.

– J'ai acheté leur premier album à Sounds. *Frenching the Bully*. Baby, vraiment, c'est incroyablement brillant. La production est assez brute, mais l'écriture est forte, et le chanteur exceptionnel.

– Je suis content d'apprendre que tu as aimé un album, Adeline, ai-je dit.

– Je suis retournée chez Sounds et j'ai demandé à cet employé infect s'ils avaient d'autres albums de The Gits. Il m'a répondu qu'il en existait un autre, mais qu'ils ne l'avaient pas en stock. Ensuite, il m'a raconté une histoire horrible.

J'ai commandé une autre tournée. Adeline a marqué une pause avant de continuer. Un sourd-muet du nom de Felix est entré. Il s'est assis au bar, à quelques tabourets de là, a montré du doigt sa bouche et en a sorti un étrange feulement. C'était un habitué.

– Le chanteur de The Gits, a continué Adeline, était une femme, dénommée Mia Zapata. Un soir, elle traînait avec des musiciens, si j'ai bien compris. Elle leur a dit au revoir avant de repartir chez elle. Elle s'est enfoncée dans la nuit et a disparu rapidement. Le lendemain matin, un joggeur a découvert son corps. Elle avait été violée, frappée et étranglée. Elle avait été jeune et belle, désormais, elle était rouée de coups et morte. Son meurtre n'a jamais été résolu. Le mystère reste intact. Le tueur s'en est sorti. N'est-ce pas ainsi que va le monde, Baby ? Imagine les conséquences de sa mort, la douleur qui est passée de personne en personne. Je ne suis pas le genre d'idiote qui pense que c'est encore plus triste lorsque c'est une personne talentueuse qui meurt, plutôt qu'un quidam de la plèbe, mais il y a beaucoup à dire de cette Mia Zapata qui a travaillé durant des années, a fait des centaines de concerts, a écrit de la musique et a enregistré des chansons, tout cela pour se faire voler sa vie juste avant d'avoir goûté au fruit de son labeur. Ce genre de destinée paralyse totalement ta serviteure, ce côté irrévocable de la vie. Ce qui ne peut pas être repris. La plupart de ces tristes fins sont causées par la personne elle-même. Et pourtant, même une destinée d'une rectitude parfaite peut finir dans le caniveau. L'identité est poreuse. Elle n'est pas simplement définie par qui tu es. Elle dépend aussi du mal que les autres ont pu t'infliger.

Une femme violée et frappée et étranglée. Je savais où la soirée allait en venir.

– Je bosse sur une nouvelle, ai-je enchaîné. Je l'ai appelée « Murs blancs ». De la science-fiction, de la vraie littérature de genre. L'action se passe dans le futur lointain, dans une utopie néomarxiste. L'animal humain a rejeté le capitalisme, mais les distinctions sociales et de classes continuent à exister. Une loi est passée. Les gens ne peuvent pas baiser entre eux, à part dans des circonstances très spécifiques et contrôlées. Les partenaires sexuels doivent avoir leur relation intime dans des pièces blanches, totalement nus, sans maquillage ni accoutrement, si ce n'est des bonnets de bain afin de masquer leur coiffure. C'est avec une communication sexuelle dépourvue des marqueurs habituels d'identité de classe que la révolution socialiste peut se mettre en marche.

– C'est un concept, ça, a dit Adeline. Mais c'est quoi l'histoire ?

– Je ne l'ai pas encore. Je pense que ça sera une histoire d'amour. Qui sont les pervers dans une société qui régule le sexe selon un dogme néomarxiste ? Ce seront les gens qui ne respectent pas les lois sexuelles des murs blancs. Ceux qui s'habillent selon les codes de classes sociales différentes. Les pauvres habillés en riches, les riches en pauvres, et ils baisent comme des animaux. Ce sera sûrement un truc à la Roméo et Juliette. Un type pauvre et un type riche qui portent les fringues l'un de l'autre.

Felix a fait claquer ses mains sur le comptoir. Le barman a crié, afin de lui dire de se calmer ou de décamper. Il s'est calmé. Je me suis demandé comment il avait compris.

Nous sommes partis. Adeline s'est précipitée vers l'est de la Deuxième Avenue, puis est remontée vers le nord, en direction des Anthology Film Archives. Je savais où nous allions. Je l'ai tout de même suivie.

Alors que nous nous approchions de notre destination, je n'arrivais pas à me souvenir d'une seule fois où Adeline et moi y étions allés ensemble. J'avais vu son fanzine. Je l'avais entendue parler de l'Incident. J'avais assisté à sa crise de nerfs. J'étais passé devant l'adresse presque chaque jour de ma vie. Je ne me souvenais pas d'une seule fois où nous nous y étions rendus tous les deux, afin d'admirer le smoking crasseux et le néon pathétique.

Nous y étions enfin, debout dans l'immeuble. Après l'apparition de cette obsession chez Adeline, je m'étais renseigné. De nombreuses personnes affirmaient que le lieu était hanté. D'autres avaient vu des fantômes s'agiter derrière les mannequins. J'espérais qu'un spectre viendrait vers nous. Qu'au moins on ne se serait pas déplacés pour rien.

– J'ai essayé de joindre sa famille, a dit Adeline. La femme qui a été assassinée. Chaque fois, je m'arrête avant de prononcer le moindre mot. J'ai honte de penser que je me sens touchée par la douleur qu'ils ont connue. J'ai honte de connaître le nom de cette femme. Pourquoi devrais-je être au courant de ça ? De toutes les femmes du monde qui ont fini assassinées. Helen Sopolsky. Mia Zapata. Nous devons mettre un terme à notre crédulité puérile. La justice n'existe pas.

AVRIL 1996

Michael Musto a un scoop

Le mardi suivant, j'ai plongé dans la lecture de « La Dolce Musto ». On y parlait de Michael Alig. La rumeur voulait, selon Musto, que Michael avait prévu de déménager en Allemagne pour y vivre avec Rudolf, qui dirigeait le Tunnel. Musto sous-entendait que Rudolf ne savait pas que Michael était déjà en chemin.

Une semaine a passé. J'étais en période de célibat. Adeline avait trouvé les mots. Elle était passée par plusieurs phases de son côté, à éviter les arts du plaisir, et pensait qu'il serait peut-être bien que je mette pour une fois la baise de côté.

La vie est devenue très ennuyeuse, l'absurdité de l'existence soulignée par les heures nues passées à la maison sans connaître le chaos des relations humaines. Mon bref interlude héroïnomane mis à part, j'avais arrêté toutes les drogues. Je ne voyais aucune personne du monde de la nuit, donc comment aurais-je pu en trouver ? En plus, ce choix *de facto* rendait l'ennui encore plus palpable. Au moins, j'avais mon chat.

La semaine suivante, le mardi suivant, « La Dolce Musto » suivante. Le monde se délitait. 30 avril. La chronique en soi était ultra-normale, Musto y écrivait à propos de John

Waters, Billy Wilder, Madonna, Sid Caesar et Nathan Lane. Ce qui a accroché l'œil de tous les lecteurs, c'était une colonne à droite de la page :

SORTIR EN BOÎTE

Voici les dernières informations concernant ce qui s'est récemment déroulé dans le petit monde de la nuit ; Mister Défoncé s'est bagarré avec Mister Dealer à propos de l'argent que Mister Dealer voulait récupérer. La dispute a mal tourné, au point que Mister Dealer s'est retrouvé à étrangler Mister Défoncé. Jusqu'au moment où Mister Défoncé n° 2 est arrivé. Mister Défoncé n° 2, rapide à la détente, a tout de suite frappé Mister Dealer sur la tête avec un marteau. Insatisfaits du résultat, lui et Mister Défoncé ont décidé d'achever Mister Dealer en lui faisant avaler du Drano – une idée à laquelle même le couple pervers des *Diaboliques* n'avait pas pensé. Après la mort de Mister Dealer, les deux Défoncés se sont mis à découper le corps en morceaux, afin de les jeter dans une rivière. « Mais je ne l'ai pas tué », aurait affirmé Mister Plus-Défoncé-que-jamais (mais il n'a pas répondu à nos sollicitations).

M. M.

Il n'y avait aucune raison de penser qu'il parlait de Michael Alig. Mais, bien sûr, c'était lui. Personne d'autre dans le milieu de la nuit n'aurait mérité tant d'espace médiatique. Même le meurtre avait sa hiérarchie. Si Gitsie avait tué quelqu'un, cela aurait pris cinq cents mots pour évoquer son arrestation et trois cents autres quant à sa condamnation. Cela n'aurait pas été des rumeurs. Avec Michael Alig, tout était rumeur et cancanage.

Gitsie avait dit que Michael logeait au Chelsea Hotel avec Brooke. J'ai traversé la ville pour me rendre à l'hôtel. En entrant dans le hall, j'ai réalisé que je n'étais pas venu là depuis la fois où j'avais été rendre visite à Christina avec

Regina. Encore une citoyenne décédée du monde de la nuit. Cela devait faire bien six ou sept ans, mais c'était comme si cela remontait à vingt mille ans. Le rythme accéléré de la vie résonnait encore contre moi.

Lorsque j'ai informé le réceptionniste que je voulais voir Brooke, il a légèrement pâli, avant d'examiner mon allure. J'étais habillé comme n'importe quel jeune homme bien mis. Il m'a indiqué le numéro de sa chambre. J'ai pris l'ascenseur jusqu'au deuxième étage. J'ai toqué à la porte.

Je ne connaissais pas très bien Brooke. Nous n'avions échangé que quelques minutes. Mais j'étais certain qu'elle me connaissait de vue, et, sûrement, de réputation. Non pas que tous les Club Kids aient lu mon livre. Seuls Michael et Franklin lisaient des livres.

Brooke était une sacrée nana. Elle décolorait souvent ses cheveux en tout un arc-en-ciel de couleurs. Elle avait une tonne de piercings sur le visage.

– Salut, Baby, a-t-elle dit.

– Salut, Michael est dans les parages ?

– Non, a-t-elle répondu.

– Je peux entrer ?

– Bien sûr.

À part une chaise et une petite table, Brooke n'avait aucun autre meuble dans sa pièce. Huit matelas étaient alignés par terre, recouverts de piles de vêtements et des corps inconscients de deux Club Kids défoncés. Ils devaient avoir dix-sept ans tout au plus. Des cendriers éparpillés étaient remplis jusqu'à la gueule de mégots de cigarettes. Quelques sacs-poubelle étaient disposés entre les matelas. On aurait dit le squat de David.

– Assieds-toi où tu veux, a dit Brooke.

J'ai choisi le matelas le moins dégoûtant. C'était comme se poignarder soi-même avec une lame rouillée.

– Ça va, Baby ?

– Tu as lu le *Voice* ?

– Je viens tout juste de me lever.

– Michael Musto. Il a écrit un papier à propos de quelqu'un qui aurait tué un dealer avant d'en découper le corps. J'ai l'impression que cette personne est Michael.

– Oh merde, a-t-elle dit. Putain de merde. Putain de bordel de merde. Putain de Michael Musto de merde.

– Où est Michael ? ai-je demandé.

– Je ne l'ai pas vu depuis plusieurs jours. Merde. Putain de merde. Il dort chez ce mec qu'il a rencontré à Future. Merde.

– Michael est coupable ?

– Je ne sais pas du tout. C'est Michael, tu sais. Comment savoir si c'est vrai ?

– Il t'a raconté qu'il était coupable ?

– Oui.

– Qu'est-ce que tu vas faire ? ai-je demandé.

– Je ne veux pas que Michael s'attire des ennuis. Je ne serai pas celle qui va le balancer. Je ne suis pas la seule à savoir. Tout le monde est au courant. Il l'a raconté à tout le monde, Baby. Mais personne ne sait s'il faut le croire ou non.

L'un des gamins s'est réveillé.

– Ne t'inquiète pas, a rajouté Brooke. Ce n'est pas comme s'il avait tué quelqu'un d'important. C'était juste Angel.

– Le dealer ?

– Oui, si tant est qu'on peut l'appeler comme ça.

Je me suis levé.

– Je vais essayer de retrouver Michael, ai-je dit.

– Avant de partir, a demandé Brooke, tu veux acheter un peu de coke ?

MAI 1996

Baby et Parker jouent au billard

D'autres articles ont suivi. Dans des quotidiens people qui n'hésitaient pas à nommer les protagonistes. Michael a été accusé dans les médias d'être le meurtrier. Il n'y avait pas encore d'enquête de police.

En tant que victime, Angel souffrait de nombreux défauts. Peau bronzée, nom de famille hispanique, homosexuel, revendeur de drogue. Cela formait une formule mathématique équivalant à une indifférence officielle. Le NYPD se fichait bien de tout ça.

Michael est parti, se lançant dans un grand voyage à travers le Middle West américain. Denver, Chicago, et même plus au sud. Une odyssée carburant à la dope, dans une camionnette de location qui traversait ces terres désertées. Gitsie lui faisait office de copilote.

À New York, de mon côté, je me débattais avec le chaos inévitable d'une publication prochaine, obsédé par le moindre détail. Il y avait débats sur la couverture. Débats sur les coupes éditoriales. Débats sur les personnages. Débats sur les phrases promotionnelles. Débats sur jaquette ou non.

Pour la millionième fois, je remerciais cet ange tombé du ciel qu'était Parker Brickley. Il se motivait sur le moindre détail, hurlant et jurant jusqu'à ce qu'il ait fait exploser toutes les vitres de Midtown.

L'indifférence officielle ne s'est pas étendue à Peter Gatien. À l'aube du 15 mai, la DEA, l'agence fédérale de lutte contre la drogue, a fait une descente chez lui. Gatien a été inculpé pour trafic d'ectasy au Tunnel et au Limelight.

Lors de l'inévitable conférence de presse, Zachary W. Carter, le procureur fédéral de la côte est des États-Unis, a déclaré :

– Vendre de l'ecstasy constituait non seulement une activité lucrative, mais c'était aussi le centre nodal de toute l'opération. Ces clubs existaient uniquement pour vendre ces substances. Ces drogues étaient l'appât qui attirait ces jeunes dans les clubs.

Malgré l'incarcération de leur propriétaire, les deux clubs sont restés ouverts.

Je n'avais même pas envie d'aller voir à quoi cela ressemblait. Disco 2000 était dirigé par Walt Paper tandis que Michael Alig était dans le Dakota du Sud. Peter Gatien s'est morfondu en détention durant deux semaines au Metropolitan Detention Center, avant d'être libéré sous caution. C'était la définition même de l'ennui.

Quelques jours après l'arrestation de Gatien, A.J. Benza a publié un article dans le *Daily News*. Intitulé « L'étrange affaire du monde de la nuit », il passait en détail le meurtre au marteau d'Angel par Michael, mais avec une conclusion très étrange. Benza sous-entendait que Michael était devenu informateur et avait balancé Gatien, et que l'exode d'Alig n'avait pas été initié afin de fuir ses poursuites judiciaires, mais qu'il avait été averti par la DEA de la descente à venir. Cette idée s'est révélée visionnaire.

Un plumitif quelconque ou autre a découvert que Michelle Gila était inspirée de Michael Alig. En tant qu'intellectuel apparemment proche de l'affaire, je suis devenu incontournable. Je recevais des appels de nombreux journalistes.

Même Michael Musto m'a appelé. Un journaliste du *Post* m'a demandé si les rumeurs d'orgies étaient vraies.

– Les orgies ? Quelles orgies ? ai-je demandé.

– On dit, m'a expliqué le journaliste, qu'Alig organisait des orgies de drogue pour Gatien. Elles avaient lieu dans des chambres d'hôtel. Parfois, cela durait des semaines entières. Parfois, seulement quelques jours. Avec Alig, Gatien et des prostitués. Des monceaux de cocaïne, du crack, de la kétamine. Tout ce que vous voulez. Ils s'envoyaient pour des milliers de dollars chaque soir. Une source anonyme m'a raconté en off qu'Alig avait fait une overdose lors d'une de ces fêtes. Une autre source anonyme m'a dit qu'Angel fournissait les drogues. Vous me confirmez ou pas ?

– Sans commentaires, ai-je dit.

L'inculpation, et les articles qui ont suivi, visait uniquement le Tunnel et le Limelight. Je ressentais une sorte de compassion pour le Palladium. Gatien en était encore propriétaire, mais c'était tellement ringard que même la DEA s'en fichait. Je ne savais même pas qui pouvait encore le fréquenter. Pourtant, l'endroit tournait encore.

Par pure morbidité, je voulais voir à quoi il ressemblait. Je ne voulais pas y entrer, juste l'observer et voir ce qui pouvait bien se passer dans le club le moins glamour de New York, tandis que son propriétaire était en prison.

J'ai appelé Adeline pour lui demander si elle voulait faire un billard chez Julian's, le grand billard qui occupait le premier étage du même immeuble que le Palladium.

– Oh, chéri, a dit Adeline, tu sais que je meurs d'envie de te voir te faire arnaquer par des pros du billard, mais je ne peux pas. Juré craché. Je dois garder la fille de Frances. Et puis j'ai un ancien courtisan à recevoir.

– Quoi ? Qui ?

– Tu te souviens de Jon, Baby ? On s'est croisés par hasard sur St. Mark's. Je promenais Emil. Jon a toujours été d'une compagnie très agréable, et il était très touché par mon fils.

Incroyable, non ? Le petit génie punk a enfin décroché son diplôme à l'Université de la ville de New York. Il a décroché un poste dans un cabinet d'avocats, travaillant de tout son cœur à des dossiers que personne d'autre ne veut. C'est absolument fascinant !

Nous avons échangé quelques plaisanteries avant de raccrocher. La vie n'était qu'une litanie de complications. La dernière fois que j'avais vu Jon, je l'avais tabassé avec l'édition grand format du premier roman d'un pervers polymorphe tandis qu'un serveur bengali nous insultait.

Mais était-ce aussi terrible que de lancer du sang menstruel sur ses chaussures ? Au final, Adeline et lui semblaient s'être réconciliés. Ils étaient retombés dans les bras l'un de l'autre. La bonne volonté pouvait surmonter tous les obstacles. Tout est possible.

J'ai appelé Parker afin de l'inviter au billard. Lorsqu'il avait découvert l'intérêt des médias pour cette histoire, il s'était littéralement fait dessus et m'avait encouragé à fourrer la moindre miette d'information dans les gueules grandes ouvertes des journaleux. Toute publicité, disait Parker, qui arrive avant la sortie d'un livre est bonne à prendre. Fais parler de toi auprès de tes futurs lecteurs.

Je lui avais expliqué ne pas vouloir être associé à Alig. J'avais besoin de temps et de réflexion. Parker s'en fichait.

– Fonce tête la première, a-t-il dit. Si tu veux que ton livre marche, tu ferais bien de faire parler de toi dans les médias. Apprends à les manipuler, avant de te faire manipuler par eux. Autrement, ces petits enculés vont t'essorer comme une pute de rue qui n'a plus de capotes. Ils vont te laisser sur le bas-côté la rosette bien éclatée, Baby Boy.

Parker a accepté l'invitation. Je suis arrivé un peu avant lui, et l'ai attendu sous le néon JULIAN BILLIARDS à l'entrée. Le retard sempiternel de mon agent m'a permis d'observer tranquillement les has been et les *would-be* du monde de la nuit entrant au Palladium. Il n'y avait pas de physio à l'entrée. Tout était bon à prendre, notamment dans l'idée de lever assez d'argent pour payer la caution de Gatien.

Léviathan a débarqué sur la 14e Rue, descendant depuis Union Square et se frayant un chemin à travers la foule de fumeurs. Il s'est approché et a posé son bras sur mon épaule, sa grosse patte épaisse me faisant quasiment défaillir.

– Bon, on se le fait ce putain de billard ?

Julian's était l'un de ces établissements new-yorkais où le temps semblait avoir pénétré les surfaces, où le sol était jonché de mégots et où des décennies de fumée avaient noirci les peintures. Des photos de Minnesota Fats étaient accrochées aux murs. S'il existait une antiquité à New Amsterdam, nous l'avions dénichée.

Il restait une poignée de vieux de la vieille, qui devaient vivre de leurs arnaques au billard depuis les années 1950. Ils buvaient dans des récipients recouverts de sacs en papier brun, des nuages de nicotine flottant au-dessus de leur tête. La plupart des tables étaient prises par des jeunes. Pas que des hommes. Beaucoup de filles, aussi, flirtant outrageusement avec leur rendez-vous d'un soir.

Parker a payé notre table, non loin de la fenêtre. J'ai disposé les boules dans le rack, et Parker a commencé. Il a envoyé une boule rayée dans la poche. Je n'avais pas joué depuis l'époque où j'habitais dans le Middle West américain. Un type de l'équipe d'athlétisme avait alors une table dans le sous-sol de sa maison. Tout le monde allait jouer au billard après le sport. C'était même devenu une sorte d'obligation sociale.

Afin d'éviter l'ennui, je m'amusais à surjouer le symbolisme phallique de ce jeu, avec tous ces gros bâtons et ces boules, et fantasmais sur mes camarades de jeu. Oui, j'étais ce genre de type, ceux dont les Républicains nous conseillent de prendre garde. Je passais le plus clair de mon temps à mater dans la douche des vestiaires. Je fantasmais sur les queues qui surgissaient ainsi devant mes yeux.

– Je n'aime pas donner mon avis, a dit Parker, car tout avis appartient déjà au passé. Cela revient juste pour te hanter. Mais tu ferais mieux de te préparer à parer toute éventualité. Ton livre peut faire beaucoup de bruit. J'ai déjà vu de grands livres se planter et j'ai déjà vu de faux chefs-d'œuvre décoller et atterrir au paradis avec ses soixante-douze vierges. Mais si ton livre ne se plante pas ? S'il cartonne ? Alors, qu'est-ce que tu feras ? Je ne suis pas certain que tu comprennes les conséquences d'un véritable succès. Le succès peut faire bien plus de mal qu'un échec.

– Il nous reste encore quelques mois, ai-je répondu.

– Tu vas voir, ces dernières semaines vont passer aussi vite que tes espoirs et tes rêves les plus inutiles. C'est comme si c'était demain.

– Je ne sais même pas pourquoi j'ai commencé. Peut-être que l'échec ne sera pas si désagréable.

– Personne sauf un débile mental n'écrit pour autre chose que le fric, et le fric a la fâcheuse habitude de te filer entre les doigts. D'ailleurs, tu en es où sur le prochain livre ?

Je n'avais pas encore dit à Parker que je comptais abandonner mon roman à propos de la guerre de Sécession. J'avais réussi à en tirer trente mille mots à peu près, avant de planter le drapeau blanc de l'abdication.

L'idée de départ était d'écrire une histoire à cette époque, mais d'un point de vue trivial et désabusé, afin d'éradiquer les conneries habituelles à propos de la beauté glorieuse de la guerre, toute cette mystique idiote dans laquelle ce pays se vautre à chaque bataille. Le livre parlerait de la misère, celle où les soldats se chient littéralement dessus avant de monter au front, quand leurs jambes sont amputées avec des outils du XIXe siècle, quand leur sang imprègne la terre d'un pays déjà imbibé d'un autre sang. Je voulais calculer le véritable coût d'une vie humaine en 1861, au dollar près.

Je n'y arrivais pas. La recherche m'avait achevé. La Seconde Guerre mondiale n'était rien par rapport à la guerre de Sécession. Le nombre de livres que les écrivains y avaient consacré.

– Alors, tu bosses sur des nouvelles ? a demandé Parker.

– Ouais.

– On peut toujours vendre un recueil de nouvelles, comme respiration entre deux romans. Certains écrivains sont des nazes absolus en termes de formats courts. Personnellement, je m'en tape totalement. Tu bosses sur quoi en ce moment ?

Je venais de finir « Murs blancs » et j'étais en train de me lancer dans un nouveau texte intitulé « Notation décimale ». L'histoire était celle d'un imprimeur du nom de Solomon Prower qui, pendant des années, avait produit des éditions uniques du texte de Ludwig Wittgenstein, *Tractatus logico-philosophicus*. Les éditions de Prower sont des répliques parfaites d'éditions déjà existantes, avec seulement de très légères modifications sur le texte original.

En utilisant la méthode de Wittgenstein concernant les propositions en notation décimale, Prower arrive à trouver une partie particulièrement ennuyeuse du livre et à y insérer des phrases absurdes qui sapent la pensée de départ. Par exemple :

4.4662

La tautologie de toutes ces choses suggère que ce qui n'est pas le cas est constitué de faits atomiques non pensés à travers le sens intérieur d'une proposition. Ainsi, l'anti-fait devient fait.

Dans chaque volume, Prower inclut un ex-libris doté de sa propre adresse. Cela faisait dix ans que cela durait. Il n'avait jamais été contacté à ce sujet. Parfois, ses propositions inventées étaient même entrées dans le champ littéraire.

Le 8 août 1974, un jeudi, notre protagoniste reçoit une lettre. Elle dit : « Je suis au courant de ce que vous préparez. Je viens vous voir demain. » Prower s'installe le vendredi et attend l'arrivée de son mystérieux correspondant. Il est tellement nerveux qu'il loupe l'annonce de la démission de Richard Nixon. En début de soirée, quelqu'un toque à sa porte.

Je n'ai pas encore écrit la suite. J'étais certain que cela allait devenir une histoire d'amour.

– Cela m'a l'air trop littéraire pour être honnête, a dit Parker.

Nous avons joué quelques parties de plus, tandis que je gardais l'œil sur la rue, de l'autre côté de la vitrine. Des travestis grotesques sortaient des tours Zeckendorf et entraient dans le Palladium. C'était comme regarder un croque-mort mettre une tombe en terre. Tout change. Tout finit par mourir.

Parker remportait chaque partie. Le billard demandait un niveau de concentration que je n'avais jamais eu.

Lorsque nos deux heures sont arrivées à leur terme, M. Brickley a décidé d'aller faire un tour aux toilettes. Je l'ai attendu, collé à la vitrine. Si je tendais le cou, je pouvais apercevoir le toit entouré d'une barrière cuivrée du 31 Union Square West. Je me demandais si Thomas M. Disch y vivait encore, s'il avait lu *Coincé*, si ma vie était le produit indirect de son influence. Si j'avais pu lui parler à nouveau, j'aurais eu tant de questions à lui poser. Le petit garçon coincé d'un village de bouseux avait disparu depuis longtemps, effacé par une longue décennie à New York, remplacé par une créature intégralement différente. Cela m'était arrivé, j'avais connu cela, mais je ne comprenais toujours pas comment j'avais réussi à m'éloigner autant de mes racines.

Un bruit à l'autre bout de la pièce. Parker se disputait avec deux types de mon âge qui ressemblaient à des Italiens de Staten Island, habillés comme des petits mafieux, en bombers et fringues de sport. Parker hurlait sur l'un d'eux, tout rouge, à les couvrir de ses postillons. J'ai couru vers eux.

Le deuxième type a frappé Parker dans le dos avec une queue de billard.

Il y a un truc à savoir quand on chasse le Léviathan. Mieux vaut avoir un harpon capable de transpercer sa peau. Sinon, on risque de se retrouver avec la ligne autour du cou.

Parker s'est retourné pour faire face à celui qui l'avait frappé, prêtant le flanc à une autre attaque. Le premier adversaire s'apprêtait également à saisir une queue de billard.

– Ne fais pas ça, ai-je averti.

Je me suis jeté sur le premier, nous faisant valdinguer tous deux à terre. J'ai bloqué ses bras de mes genoux, et frappé son visage avec l'une des boules de billard que j'avais saisie en courant vers lui. J'avais trop combattu à mains nues. Je n'avais plus envie de connaître à nouveau ces bleus et cette douleur.

J'ai dû m'y reprendre à plusieurs fois avant que le sang ne gicle. Celui qui avait attaqué Parker a enfin plongé dans la douce pénombre de l'inconscience. Je me suis relevé, prêt à défoncer l'autre type, mais lui et Parker me regardaient avec le même air horrifié. Tout le monde s'était arrêté de jouer au billard. Tout le monde me dévisageait. J'ai laissé tomber la boule couverte de sang.

– On y va, ai-je dit à Parker.

Un des vieux de la vieille a dit à l'autre :

– Ça fait vingt-quatre ans que je viens ici, et j'ai jamais vu quelqu'un faire bouffer une Numéro 7 à un autre.

Inquiet à l'idée de l'arrivée éventuelle des flics, j'ai couru avec Parker jusqu'au côté Est d'Union Square. Il soufflait lourdement à mes côtés.

Nous sommes arrivés à la 18e Rue et avons commandé des verres au Old Town Bar. Je me disais qu'il y avait peu de chances que des marlous de Staten Island atterrissent dans l'atmosphère calme du neuvième plus vieux bar de New York.

– C'est toujours comme ça avec toi ? a demandé Parker.

– Il t’a filé un coup de queue de billard. Il fallait bien faire quelque chose. Ça a démarré comment, au fait ?

– Je les ai bousculés en sortant des chiottes. Un des types avait loupé son coup.

JUIN 1996

Baby cherche Michael

Gatien a payé sa caution, mais les clubs étaient morts. On vivait désormais dans le monde de Rudy Giuliani. Je n'étais pas la seule personne à être obsédée par la prochaine édition à venir du *Voice*. Les gens voulaient connaître les échos périphériques de cette catastrophe. C'est le dernier été frais dont je me souviens, le dernier été avant l'explosion du réchauffement climatique et sa canicule permanente. Nous n'avons jamais dépassé les trente degrés.

Le 4 juin, Musto a publié un papier à propos des escapades de Michael Alig à travers le pays. Alig avait été signalé à Chicago, puis avait échoué à Denver où il comptait organiser des fêtes Disco 2000. Les sous-entendus transpiraient de chaque voyelle et de chaque consonne, s'insinuant dans les pores du lectorat à travers l'osmose du papier.

Le 11 juin, Musto a prétendu que Michael préparait un remake de « Si j'avais un marteau ». Ces dernières rumeurs voulaient qu'Angel ait refait surface en un seul morceau. Tout cela n'aurait-il été qu'une vaste farce ?

Le 18 juin, aucune référence n'était faite.

Le 25 juin, c'était l'explosion. Une photographie en une d'Angel qui arborait ses ailes blanches. Le titre qui allait avec :

« MEURTRE DANS LE MONDE DE LA NUIT ? L'organisateur de soirées Michael Alig aurait tué Angel Melendez. Certains affirment que c'est une plaisanterie. FRANK OWEN mène l'enquête. »

Frank Owen connaissait James St. James. Je ne l'avais jamais rencontré mais il avait écrit quelques articles sur les clubs et le monde de la nuit pour *Voice*. Quelqu'un m'avait dit qu'il parlait avec un accent anglais. Je suis allé directement à la page 29.

À LA RECHERCHE D'ANGEL : EST-CE QUE LE ROI DES CLUB KIDS, MICHAEL ALIG, A VRAIMENT TUÉ ANGEL MELENDEZ ? OU EST-CE QUE TOUT CELA N'EST QU'UNE PLAISANTERIE ?

Owen débutait par le volet humain de l'affaire. Il suivait le frère d'Angel, Johnny Melendez, tandis que celui-ci explorait New York, en quête d'information à propos de son frère porté disparu. Il distribuait des tracts. Johnny avait vu Angel pour la dernière fois devant Riverbank West. Lui et Angel restaient habituellement en contact via des bipeurs. Lorsqu'il avait constaté qu'Angel ne lui répondait plus, Johnny avait passé en revue les différents clubs et demandé aux clients s'ils savaient ce qui était arrivé à son frère. Personne n'était au courant. Mais Johnny avait eu l'impression que tout le monde savait ce qui s'était passé.

L'article reproduisait le tract :

DISPARU
RÉCOMPENSE DE 4 000 $
OFFERTE PAR LA FAMILLE
AFIN DE SAVOIR CE QUI EST ARRIVÉ À ANGEL
SI VOUS AVEZ LA MOINDRE INFORMATION, MERCI
D'APPELER AU (917) 290-9012 OU (908) 629-9110

De nombreuses sources anonymes avaient raconté à Owen que Michael Alig avait tué Angel. Seule Screamin' Rachel avait témoigné en son nom. Alig était passé la voir à Chicago. Elle s'était écroulée et lui avait tout avoué.

Owen tenait l'histoire au complet. Le marteau, le corps dans la baignoire durant une semaine, le démembrement, l'ascenseur, le taxi. Et il tenait les orgies. Qu'Angel était payé par Gatien. Il avait même enregistré Freeze, qui niait avoir tué Angel. Owen avait tout, sauf Michael.

Mon répondeur téléphonique clignotait. Deux journalistes avaient laissé un message. Ce n'est qu'à ce moment précis que j'ai compris que cette histoire n'allait pas retomber comme un soufflé. Que j'allais répondre à des questions concernant Michael pour tout le restant de ma vie.

Mon téléphone a sonné. Un nouveau journaliste.

– Rien à ajouter, ai-je dit.

Le téléphone a sonné à nouveau. J'ai laissé le répondeur s'enclencher. Encore un journaliste.

Je suis parti de chez moi.

Le papier d'Owen ne s'était pas écrit en une soirée. Il avait parlé à Freeze. Alig devait être au courant. Michael devait être rentré à New York. Je ne l'imaginais pas du tout louper le moment le plus important de sa propre mythification. Faire la une, c'était bien trop fabuleux.

Un Club Kid du nom de Jenny Talia travaillait sur St. Mark's, à Trash & Vaudeville, une boutique datant du début du punk, qui était désormais réduite à vendre des fringues sans âme à des ados pseudo-rebelles en provenance de Nassau County. Les derniers arrivés, dans les deux sens du terme. Comme une vieille star du cinéma tout à la contemplation de ses plus grands rôles, dans une salle noire.

Jenny Talia faisait partie de tous ces gens que je connaissais à peine. Habillée en vintage récent. Quatre détails remarquables. Ses yeux bleus perçants. Ses photos pour une publicité des jeans Calvin Klein. Ses piercings au niveau des fossettes. Sa tête rasée intégralement.

En arrivant à Trash & Vaudeville, pas de Jenny Talia. Un gamin défoncé qui tenait la caisse m'a répondu qu'elle ne travaillait là qu'à temps partiel, et qu'elle venait assez peu souvent. Je lui ai demandé s'il connaissait Michael Alig.

– Non, a-t-il répondu. Mais on m'a dit qu'il était revenu à New York.

J'ai fait mine de partir, mais le gamin m'a rappelé.

– Hé, mec, a-t-il dit, tu veux de la dope ?

Comme j'étais à East Village, j'ai pensé à passer voir Adeline. En bas de sa fenêtre, j'ai crié.

Elle a sorti la tête, fait un signe, puis est rentrée. L'étrange sensation de ne plus avoir de clé n'avait jamais disparu, même si j'étais revenu de nombreuses fois. Elle a ouvert la porte du bas.

– Emil est dans les vapes, a-t-elle dit, donc il ne faut pas qu'on fasse de bruit.

– Tu me connais, ai-je répondu.

– Et il y a autre chose, a-t-elle continué.

– Quoi donc ?

– Jon est là-haut. Il est passé à la pause déjeuner.

– Tu préfères que je parte ?

– Il faudra bien que tu lui reparles à un moment. C'est l'occasion, non ?

Bref, j'étais coincé. Il m'avait entendu crier depuis la rue. Une pensée pas très charitable m'a traversé l'esprit, comme quoi les femmes hétérosexuelles étaient vraiment des idiotes finies. Reparler à Jon. Il avait démonté sa meilleure amie d'enfance !

Jon était assis à la table de la cuisine, la mine déconfite. Peut-être avait-il peur que je le tabasse à nouveau et lui fasse cracher sa nourriture. Peut-être était-il lui aussi dégoûté de devoir faire semblant. Allez savoir.

Jon s'est levé pour me serrer la main.

– Baby, a-t-il dit, oublions le passé.

– Ça marche, ai-je répondu.

À l'exception notable de Thomas Cromwell, les mecs d'Adeline faisaient toujours partie de deux catégories distinctes. Elle les aimait crasseux, comme la fange de East Village, ou elle les aimait étranges. Elle m'avait montré une photo du père d'Emil. Son allure n'était guère étonnante pour moi, c'était encore l'un de ces hommes mal à l'aise avec leur corps. Il était plutôt beau, cela dit. Ses mecs avaient toujours été beaux. Mais Nash Mac donnait l'impression d'avoir acheté des fringues deux fois trop petites et, avec l'usure et le temps, de les avoir déformées pour les rendre deux fois trop grandes.

Le nouveau Jon n'appartenait à aucune de ces catégories. Habillé d'un costume, c'était un nouvel homme. Le costume n'était pas de qualité, mais cela restait un costume et il était coupé à sa taille. Ses tatouages étaient cachés sous la chemise. Ses cheveux, auparavant totalement en désordre, étaient propres et coupés court, fixés en arrière par un quelconque artifice chimique.

Il s'est assis. Adeline s'est assise à côté de lui. Il a touché sa main.

– On a lu ce livre, a-t-il dit. C'est incroyablement drôle.

Un petit poche traînait sur la table de la cuisine. Un recueil érotique et kitsch, *PETITES ANNONCES GRATUITES*.

– Bon Dieu, ai-je dit, mais pourquoi ?

– Baby, a dit Adeline, tu ne trouves pas ces textes absolument hilarants ? Celui-ci est vraiment délicieux. C'est l'histoire d'un vieil homme amer du nom de Lou qui rencontre une femme divorcée qui s'ennuie atrocement, Terry. Ils se rencontrent quelques heures seulement après qu'il a envoyé des réponses à des petites annonces dans un magazine échangiste. Lou a la dalle, et Terry a de quoi becqueter. Ils s'envoient en l'air dans le sous-sol de sa garçonnière. Puis les couples se mettent à répondre à ses lettres, et Lou va faire l'amour à une femme du nom de Rita pendant que son mari soumis les observe. Rita et son mari invitent Lou à une orgie et lui proposent de faire venir Terry. Lou demande à Terry, qui accepte. Ils vont ensemble à l'orgie et, ô grands dieux, Baby, Lou a bien de la chance. Tout comme Terry. À partir de là, on devine aisément la suite.

– Raconte-lui pour les orgasmes, a dit Jon.

– Le livre possède un petit côté terroir très amusant, a repris Adeline. Chaque fois qu'un personnage arrive à l'orgasme, il « balance jusqu'au bout ». Au début, on pensait que c'était une expression codée pour parler d'éjaculation, mais en fait Terry et Rita se mettent aussi à balancer jusqu'au bout. Tous les gens qui peuplent le monde de Lou balancent jusqu'au bout.

– Et ça finit comment ? ai-je demandé.

– On n'est pas allés jusqu'au bout, a dit Jon. On en est seulement au moment où Terry et Lou s'accouplent avec un couple noir libertin.

J'ai été pisser dans les toilettes et j'ai tiré la chasse d'eau. De retour à la cuisine, je me suis assis sur la seule chaise libre. J'avais passé dix années à penser tout savoir d'Adeline, mais Jon devait savoir des choses sur elle que je ne connaissais pas. C'était étrange.

Emil a crié depuis sa chambre. Jon s'est levé plus vite que moi.

– Ne t'inquiète pas, a-t-il dit.

Il a disparu dans la chambre d'Adeline. Les murs étaient assez fins pour que je l'entende parler avec l'enfant. Le rire du gamin transperçait la porte close.

– Jon se débrouille très bien avec Emil, a-t-elle dit. Ils se sont apprivoisés. Tout se passe idéalement.

– Il t'a déjà présenté à sa famille ? ai-je demandé.

– Sa mère et son frère, a-t-elle dit. La mère était plutôt froide. Le frère a adoré mon enfant.

– Super pour Emil, ai-je dit. Entre toi, Frances et ta mère, il a dû faire une overdose d'œstrogène par exposition.

– J'espère que ce n'est pas trop étrange pour lui.

Elle a feuilleté les pages de *PETITES ANNONCES GRATUITES*.

– Quel livre débile, a-t-elle commenté.

– Adeline, tu as vu le *Voice* d'aujourd'hui ?

– Je tente d'éviter ce torchon. Cela me déprime toujours autant de me rendre compte du nombre de nouveaux films que je loupe. Avec un peu de chance, j'arrive à en voir un par semaine, mais c'est rare.

J'ai ouvert ma sacoche et en ai sorti le *Voice*.

– Mais, grands dieux, qu'est-ce que c'est que ça ?

– Lis le papier, ai-je insisté.

Elle a survolé les pages.

– Baby, a-t-elle dit, qu'est-ce que tu vas faire ?

– Je n'ai rien à voir là-dedans, ai-je répondu. Je n'ai pas vu Michael depuis plus d'un an. J'ai un nouveau roman qui sort bientôt.

SEPTEMBRE 1996

Baby et Adeline voient Freaks : La Monstrueuse Parade

L'été s'est éteint, s'écoulant comme une longue traînée de sang vers le mois de septembre, celui de la publication. J'avais passé le mois d'août totalement paralysé, soucieux de comprendre l'intérêt de publier un livre de plus. J'avais peu écrit, vu peu de gens, et même passé peu de temps à suivre l'affaire Michael Alig.

Impossible pourtant d'ignorer les mésaventures de Peter Gatien. Le 20 août, le procureur fédéral a ajouté de nouvelles poursuites à son encontre. Revente de cocaïne. Le 24 août, le NYPD est arrivé après minuit et a fermé le Tunnel et le Limelight. Lorsque la police a débarqué, les deux clubs avaient chacun moins de trois cents clients. Symbolisme policier. Lieux publics. Tout cela était familier depuis bien longtemps.

Parker m'a convaincu de m'entretenir avec Mim Udovitch à propos de Michael Alig. Udovitch écrivait un article pour *Details*. Comme je désirais entretenir mon image d'homme retiré du monde, j'ai insisté pour faire cela par téléphone. Je pensais m'en être bien sorti mais l'article n'allait pas paraître avant la fin du mois, deux semaines après *Sauver Anne Frank*. La date de sortie était fixée au 17.

Le seul soulagement à ma nervosité est venu d'Adeline, lorsqu'elle m'a proposé d'aller au Film Forum.

– Il y a quoi à l'affiche ? ai-je demandé.

– Un petit bijou que tu vas adorer, à mon avis.

– Ce n'est pas *Pink Narcissus*, hein ? Je ne vais pas pouvoir supporter de le revoir une fois de plus.

– *Nein, Fraülein*. C'est une œuvre de ton grand ennemi. Mieux connu sous le nom de Tod Browning. Ils passent *Freaks : La Monstrueuse Parade*.

– Je ne vais pas pouvoir, ai-je dit. Cela me terrifie.

– Il faut regarder ses peurs en face. En plus, Jon garde Emil. Tu ne vas tout de même pas refuser à une jeune fille le droit d'admirer ce film rare sur un grand écran avec son meilleur ami, n'est-ce pas ? Ne me dis pas que tu es ce genre de mec, mec.

J'ai abdiqué. J'abdiquais toujours avec Adeline. J'avais passé dix ans à abdiquer.

Le Film Forum avait déménagé de Watts Street pour s'installer à West Houston. Juste à côté de Varick Street, à un bloc et demi de la librairie Dover. J'avais pensé à partir une heure en avance pour en explorer les rayons, mais mon appartement débordait déjà de livres pas encore lus. Je me refusais au moins d'en racheter avant d'avoir lu un ouvrage en particulier, que je me promettais de commencer depuis des années. Une traduction en vers du *De rerum natura* de Lucrèce.

Adeline est arrivée bien avant moi. Réfléchir à *Freaks : La Monstrueuse Parade* m'avait ralenti. Ces fillettes à tête d'épingle m'avaient gâché la plus grande partie de près de quatre années. Pourquoi m'imposais-je un nouveau supplice ? Sûrement pour la même raison que je m'étais imposé nombre d'autres choses.

Adeline avait chouiné. Je n'avais pas su lui dire non.

Je suis arrivé à l'entrée de la salle.

– Heureuse de te croiser ici, a lancé Adeline.

– Quelqu'un m'a invité. Ce n'était pas mon idée.

– Arrête de faire ton coincé, a-t-elle dit. Je t'ai pris une place.

Freaks : La Monstrueuse Parade avait attiré assez de monde pour que le public se soit agglutiné du côté droit de l'entrée. Le couple quadragénaire derrière nous parlait optimisation du design langagier. Je n'avais aucune idée de ce que cela pouvait bien signifier, mais leurs voix m'évitaient de me perdre dans le ruminement de l'expérience à venir.

Le film était projeté dans la plus petite salle. Malgré mon habitude de m'asseoir en bout de rangée, Adeline a insisté pour que nous nous installions au beau milieu. On était coincés. Partir était impossible, mais je me suis rassuré en me disant que le film ne durait que soixante-deux minutes.

Les lumières du cinéma se sont éteintes. Le film a débuté. *Freaks : La Monstrueuse Parade*, de Tod Browning. Toute l'horreur que la MGM avait pu produire en cette année 1932. Je m'étais préparé à tout, mais pas à ce que j'ai vu au final, soit un mélodrame mal joué à propos d'artistes de cirque.

Le film démarre par une trapéziste de taille normale du non de Cléopâtre qui essaye de séduire un nain du nom de Hans. Hans est fiancé à Frieda, une autre naine. Cela ne refroidit pas Cléopâtre. Elle est intéressée par Hans car Hans, flatté d'être l'objet de ses attentions, la couvre de cadeaux.

La démarche du film est avant tout anthropologique, en proposant des vignettes dédiées à chacun de ses personnages. Il y a en tout une vingtaine de *freaks* différents. Les fillettes à tête d'épingle ont le rôle principal, mais il ne faut pas pour autant négliger un amputé qui s'allume une cigarette, une femme sans bras qui utilise des couteaux, un homme sans jambes à l'agilité étonnante ou Kookoo, la fille-oiseau.

Frieda prend à partie Cléopâtre et avertit la blonde callipyge qu'elle a intérêt à se tenir à distance de son homme, mais lui avoue par inadvertance que Hans est l'héritier d'une grande fortune. Cléopâtre et Hercule, le colosse avec qui elle s'envoie en l'air, complotent pour récupérer l'argent de Hans. Tout cela aboutit à un mariage hors caméra.

Nous nous retrouvons directement à la fête de mariage. Hercule, Cléopâtre, Hans et les autres *freaks* sont assis autour d'une table. Comme elle vient d'épouser Hans, les autres *freaks* décident d'initier Cléopâtre à leur monde de difformité. Un nain apporte un bol, qu'ils remplissent de vin et passent autour de la table tout en entonnant une chanson : « Glouglou, glouglou / nous l'acceptons, nous l'acceptons / elle est des nôtres, elle est des nôtres ! »

Si j'avais pu partir à ce moment, j'aurais détalé. Mais nous étions coincés.

Cléopâtre est horrifiée d'appartenir à ce monde. Elle prend le bol et balance le vin à la figure des *freaks*. Et s'en va en courant.

Ensuite, cela finit en film d'horreur.

En quittant le Film Forum, nous sommes passés devant le Gilda Club, un établissement doté d'une très large porte rouge. Je n'en comprenais pas l'utilité. J'ai demandé à Adeline. Elle n'en avait aucune idée, mais pensait que c'était peut-être une sorte de cercle privé pour nouveaux riches.

– C'était bien moins traumatisant que je l'imaginais. Les têtes d'épingle m'ont donné des remontées de trip sous acide jusqu'à ce que je les voie pour ce qu'elles sont. Des innocentes. Mais, bon Dieu, cette chanson, ce glouglou, glouglou.

– Tu as déjà entendu le titre « Pinhead », des Ramones, en leur honneur ?

– Depuis quand je m'intéresse au punk ?

– Si par quelque étrange destinée tu commences à t'y intéresser de façon maladive, écoute « Pinhead ». Les Ramones reprennent le glouglou, glouglou, mais ils le prononcent mal.

– Je verrai, ai-je dit. J'ai déjà assez mangé de têtes d'épingle pour le reste de ma vie.

– Tu as compris, a demandé Adeline, que la fillette à tête d'épingle qui s'appelle Schlitzie est en fait un homme, n'est-ce pas ? Ils l'ont habillé d'une robe parce qu'il n'arrivait pas à se retenir, mais c'était un homme. On pouvait le voir danser parfois à MacArthur Park en faisant la manche.

On est arrivés aux alentours des trois tours brutalistes qui abritaient les dortoirs de NYU. C'est là qu'Adeline m'a appris la nouvelle.

J'étais occupé à regarder les immeubles et à penser à quel point il était ironique que cette bonne vieille *alma mater* ait poussé ses professeurs à vivre au beau milieu de ces expériences modernistes avortées. Ils vivaient sûrement très bien à l'intérieur, mais de l'extérieur, on aurait pu penser que l'université les avait logés dans des HLM. Ils avaient en fait été construits par I.M. Pei.

Bref, c'est à ce moment-là, donc, qu'Adeline a lâché l'information.

– Baby, a-t-elle dit, j'ai demandé à Jon de s'installer avec moi et Emil. Techniquement, ça a déjà eu lieu. Techniquement, il s'est installé depuis une semaine sur la 7e Rue.

– S'il te plaît, ne me dis pas que tu vas te marier en plus.

– Grands dieux, non, a-t-elle répondu. Je ne me soumettrai jamais à ce rite barbare.

– Tu vas vivre dans le péché ?

– Jon et moi n'allons pas simplement vivre dans le péché, a-t-elle dit. On va s'y vautrer jusqu'à s'y noyer.

Lorsque nous avons approché l'Angelika, j'ai observé les affiches et remarqué que *Trainspotting* y était programmé. Tout New York parlait de *Trainspotting*. Dans la rue, dans la presse, à la télévision. Je ne l'avais pas encore vu.

– Donc, Jon garde Emil ?

– Oui.

– Allons donc voir *Trainspotting*.

– Mon enfant attend sa mère.

– *Freaks : La Monstrueuse Parade* ne durait qu'une heure ! À quoi cela sert, autrement, d'avoir son mec à la maison ?

On est allés voir *Trainspotting.* Un film à propos de junkies en Écosse qui chient dans les draps et font une overdose. Ces junkies finissent par tuer accidentellement un bébé, se défoncer et foutre du sang partout. J'ai compris pourquoi cela rendait fous les gens. Le film était atroce, mais atroce à sa manière. Une nouvelle vague de réalisation, un style hyper agité, parfaitement rythmé par de la musique soigneusement choisie dans la culture populaire blanche de ces trente dernières années, qui parlait de préoccupations fondamentalement ouvrières à travers le regard écrasant de la classe dirigeante en mal de sensations. Une sorte de film pour ados déguisé en expérience documentaire. Un sermon sur la montagne servi non pas par un prêcheur radical mais depuis la bouche d'un baby-boomer persuadé de savoir séparer le bon grain de l'ivraie.

– Quel fatras que les années 1990, a dit Adeline. Et après on s'étonne que Michael Alig ait buté son dealer.

SEPTEMBRE 1986

Baby participe à une rencontre avec ses lecteurs au Barnes & Noble d'Union Square

J'ai accepté de partir en tournée promotionnelle pour mon livre. Doubleday m'a demandé si je voulais une fête de lancement, à quoi j'ai répondu que je voulais bien, mais uniquement s'ils s'assuraient de la venue de ce petit enculé de Norman Mailer. J'imaginais déjà une grande table de banquet où l'on se passait une coupe de vin tout en chantant à propos de l'entrée de ce grand homme dans notre cercle d'estropiés.

Des invitations ont été lancées. Mailer a refusé. J'ai donc annulé la fête de lancement mais accepté l'idée d'une tournée promotionnelle.

Le premier événement a eu lieu au troisième étage du Barnes & Nobles d'Union Square, à une centaine de mètres seulement de la porte d'entrée du 31 Union Square West. Invariablement, ma vie repassait par Union Square.

L'attachée de presse de Doubleday m'attendait à l'entrée. Elle m'a présenté aux personnes de Barnes & Noble qui avaient aidé à l'organisation. Toutes ont commencé à discuter de Jay McInerney et de l'histoire avec ses pastèques glacées.

Je suis resté au troisième étage, à traîner du côté du rayon biographie, angoissé à l'idée que personne ne viendrait à la présentation. Puis j'étais angoissé car il y avait trop de monde. Une horde de gens attendaient mon intervention. J'avais réussi à me convaincre que personne ne viendrait. Je n'avais absolument rien préparé. Je n'avais même pas choisi de passages à lire.

L'un des organisateurs m'a poussé devant la foule. J'ai vécu ce moment gênant d'entendre ma fausse biographie lue à voix haute. J'ai saisi le micro. Une marée de visages roses étaient là, les yeux braqués sur moi, plongés en moi. La seule chose que je pouvais faire, c'était de parler, alors j'ai parlé. Encore et encore. Sans m'arrêter. Interminablement. Parler. Encore.

J'ai tellement parlé que je ne me souviens plus vraiment de ce que j'ai bien pu dire. Quarante minutes plus tard, je me suis dit que c'était assez. Adeline était au premier rang. Elle est passée de la fierté à la fascination, de la fascination au désintérêt et enfin du désintérêt à l'ennui le plus total.

J'ai demandé au public s'il avait des questions. J'étais prêt à répondre à tout. Un grand silence s'est emparé de la foule qui regardait ses pieds. Quelqu'un a tout de même levé la main.

– Oui ?

– J'ai adoré *Coincé entre Jupiter et une bouteille*. Avec toute cette actualité, j'ai réfléchi à propos de Michelle Gila. J'ai repris le livre et l'ai relu, et j'ai compris qu'en fait vous aviez écrit une allégorie à propos des Club Kids.

– Est-ce que c'est une question ? ai-je demandé.

– Oui, ce que je veux vous demander, en fait, c'est à quel point vous avez fait des recherches sur le sujet ? Connaissez-vous vraiment Michael Alig, et si c'est le cas, savez-vous s'il a vraiment tué Angel Melendez ?

Adeline a relevé la tête. J'ai dit quelques mots sur Michael Alig. J'ai dit quelques mots sur Angel. J'ai raconté un peu n'importe quoi, pour finir sur une blague, ou au moins une pirouette, car les gens ont ri. Peut-être était-ce de gêne.

J'ai remercié le public. Les gens ont applaudi.

Un employé m'a accompagné jusqu'à une table de dédicaces. Adeline s'est assise à côté de moi. Jon travaillait tard. Frances gardait Emil. La moitié du public est restée. Assez pour que j'aie envie d'éclater en sanglots.

La plupart étaient adorables et m'ont posé des questions légèrement idiotes. D'autres parlaient de science-fiction ou d'Anne Frank ou du monde de la nuit, cherchant une approbation que je n'arrivais pas à leur offrir. J'ai pourtant essayé du mieux possible.

Au bout d'une heure, il ne restait plus que trois personnes.

J'aurais aimé pouvoir dire que je l'avais remarqué dans la foule, ou dans la file d'attente, mais ce n'était pas le cas. Il n'était qu'un visage brun de plus dans cette marée de Blancs qui avaient pour intérêt commun la science-fiction.

– Tu te souviens de moi ? a-t-il demandé.

– Je devrais ?

– Regarde-moi bien, a-t-il dit.

J'ai reconnu son sourire, même après toutes ces années, même avec toutes ces rides.

– Abe ? ai-je dit.

– Exactement.

Nous ne nous étions plus parlé depuis ce *coitus interruptus* maternel. Sa queue était alors dans ma bouche. Notre déficit de communication n'avait pas été un mince exploit, surtout au vu de la taille de notre lycée et de notre petite ville perdue du Wisconsin. En fait, j'aurais presque dû le remercier pour ne pas m'avoir *outé* et contraint à fuir dans la honte.

– Tu peux m'attendre un instant ? ai-je demandé. J'ai envie qu'on discute.

La personne suivante est arrivée avec un livre. Je ne savais pas comment j'allais tenir deux semaines à ce rythme-là. Chaque exemplaire de *Sauver Anne Frank* semblait être un poids de plus, un regret d'avoir écrit ce livre.

– Baby, a soufflé Adeline, qui est donc cet Abe ?

– Tu te souviens de ma seule expérience sexuelle au lycée, dans ma région ?

– Ce n'est quand même pas lui !

– Si, lui-même, ai-je dit.

Lorsque j'ai eu fini les dédicaces, l'employé de Barnes & Noble m'a demandé si je pouvais signer quelques exemplaires de plus pour leurs rayons. J'ai fini le travail.

Adeline et moi avons rejoint Abe.

– Mais comment tu m'as retrouvé ? ai-je demandé.

– Il y avait ta photographie dans la newsletter, a-t-il dit. Je t'ai reconnu tout de suite, malgré ton pseudonyme.

– Je n'en reviens pas. Même moi, je ne me reconnais pas.

– Tu n'as pas changé, a-t-il dit.

Abe vivait à New York, après avoir à son tour quitté le Middle West américain. Il avait pris quelques années sabbatiques avant de décrocher un diplôme en économie à Chicago. Il travaillait actuellement en tant qu'analyste à Wall Street, un boulot à l'intitulé assez nébuleux. J'avais vraiment l'impression qu'il avait dû venir ici pour pouvoir vivre tranquillement son homosexualité.

Nous avons échangé nos numéros, et promis de rester en contact. Je pensais que cela n'arriverait sûrement pas, que nous aurions au mieux plusieurs occasions de nous retrouver mais que ni l'un ni l'autre ne ferions d'efforts particuliers pour passer du temps ensemble. Avant de me revoir, il devait avoir oublié à quel point il devait m'oublier.

– Une dernière chose, a-t-il dit, avant que je parte, je suis vraiment désolé pour tes parents.

– Ne m'en parle pas, ai-je dit.

– Je me doute que ce n'était pas facile, a repris Abe. Pas avec une fin comme la leur. Pas comme ça.

– Le temps aide à panser les plaies. Je n'y repense plus souvent.

– J'ai toujours adoré ta mère.

– C'était quelqu'un de bien.

– J'ai essayé de te joindre quand j'ai appris le drame. Mais tu étais déjà parti.

– J'ai toujours couru vite.

Abe a disparu sur l'escalier mécanique. Adeline et moi avons un peu attendu, à discuter avec l'attachée de presse et les employés de Barnes & Noble, le temps d'être bien certains qu'Abe était parti.

– J'ai besoin d'un verre, ai-je dit à Adeline. Tu peux boire ?

– Toute âme à peu près humaine a besoin d'un grand verre après une telle rencontre, a-t-elle acquiescé. Où allons-nous donc ?

– Old Town.

À l'abri, dans le bar, j'ai commandé un Jean Harlow. Adeline a pris un Cape Cod. Je regardais le plafond en fer-blanc. Je savais que la question allait tomber, mais j'espérais tout de même l'éviter. Je sirotais mon verre en espérant qu'elle dirait quelque chose, n'importe quoi. Mais, silence.

– Quel est le problème ? ai-je demandé.

– Je viens juste de me rendre compte que je n'ai aucune idée de ce qui est arrivé à tes parents. Tu ne veux pas me le raconter ?

Je lui ai donc raconté.

J'ai deux frère et sœur, un frère aîné et une sœur cadette. Nos enfances se sont déroulées avec les disputes de nos parents comme bande-son. Certaines étaient ridicules, totalement absurdes. La manière qu'avait ma mère de regarder mon père dans la cuisine. La couleur de nouveaux draps. Certaines étaient plus sérieuses. Combien ma mère détestait le comportement de mon père avec ses enfants. L'argent, toujours et encore.

Chaque altercation se déroulait au même volume sonore. EXTRÊMEMENT BRUYANT PUTAIN.

Le divorce n'était pas envisageable.

Un lien incompréhensible semblait les relier, comme s'ils étaient de la même chair, une même entité. Et pour être cru, nos parents adoraient la baise.

Ils étaient obsédés par le fait de se démonter. À part les périodes d'accouchement imminent, de maladie ou de menstruation, je pense que chaque jour passé ensemble avait été consacré à la baise.

Ma découverte de la situation avait été un cas d'école freudien. Une nuit, je me suis réveillé avec une envie pressante d'uriner. En courant à la salle de bains afin de vider ma vessie, j'avais entendu les bruits causés par les ébats parentaux.

En jetant un œil à travers la porte entrouverte de leur chambre, je les ai vus nus, à la lumière de la lune. Le fantôme de mon père au-dessus de l'ombre de ma mère. Le bruit de leurs grognements, étouffés dans la pénombre, augmentés par le claquement de leurs peaux.

La lumière aurait été plus forte, j'aurais pu mieux apercevoir le décor de leur chambre. Des années plus tôt, mon père avait fixé un drapeau américain au plafond, comme pour annoncer la primauté du rouge, du blanc et du bleu sur leurs vies privées. Personne n'avait demandé pourquoi. Mon père était un homme à part. Qui sait ? Peut-être aimait-il rendre hommage au drapeau lorsqu'il balançait jusqu'au bout.

À part le lit, le seul meuble de la pièce était une énorme armoire en métal noir. Ce rectangle d'acier onyx, toujours verrouillé, était le sujet de nombreuses spéculations parmi nous autres, les enfants. On déplaçait l'armoire sur ses roulettes branlantes dans l'espoir que cette mobilité nous donne plus d'informations quant à son contenu. Mon frère en avait conclu que le plus logique, c'était qu'il abritait un fusil. Mon père menaçait de nous tirer dessus plusieurs fois par jour, mais à part le fusil à pompe utilisé pour la chasse, on ne l'avait jamais vu avec un autre type d'arme. *Ipso facto*, ses fusils devaient être dans l'armoire.

Ils gueulaient et baisaient, gueulaient, baisaient, gueulaient. L'alexandrin de nos vies. J'étais naïf et n'avais aucune idée de ce que signifiait cette activité sexuelle qui durait depuis des décennies. Je trouvais juste mes parents incompréhensibles. Leur mariage était déroutant.

Maintenant que j'ai moi-même plongé dans la débauche, que j'ai connu plusieurs relations longues, je sais que la meilleure baise ne peut arriver que lorsqu'on s'abandonne l'un à l'autre. Étrange relation qui ne peut naître que dans le terreau d'un amour familier.

Passons à l'été 1986. J'avais fini le lycée et n'avais pas de plan spécial pour l'avenir. On avait évoqué un temps mon inscription dans une université du coin grâce à une bourse sportive, mais cela ne s'était pas fait. Mes parents ne pouvaient pas payer de telles études.

Le mois de mai précédent, ma petite sœur était devenue chrétienne évangéliste, baptisée dans le sang du Christ. Cette conversion inattendue était la conséquence de son amitié avec la famille Rentmeester, un clan américain pur jus qui l'avait invitée à des classes de neige avec l'église. Elle était revenue des sommets enneigés en convertie, ayant accueilli Jésus dans son cœur.

On peut largement critiquer mes parents, mais il faut aussi leur rendre ce qui leur revient. Au moins ne nous ont-ils pas élevés dans la religion. Notre famille ne croyait en rien, une réalité qui avait mis le feu aux poussées évangélistes de ma sœur.

Elle nous en parlait. Elle prêchait la bonne parole. On la suppliait d'arrêter, mais cela ne faisait que renforcer sa foi. Elle nous a offert à chacun une bible, des copies de la version autorisée de 1611 avec la parole de Jésus à l'encre rouge. Son église était l'une de ces institutions perverses qui croyaient en l'incorruptibilité de la version du roi Jacques.

Le côté le plus désagréable de son zèle était l'intrusion de citations bibliques dans nos vies quotidiennes.

Lorsque mon père tuait une vache, elle disait : « Que soit amené le veau gras, et occis. Mangeons-le et soyons contents. »

Lorsque nos parents se lançaient dans une dispute qui finissait par ma mère affirmant qu'elle ne pardonnerait jamais à mon père, ma sœur disait : « C'est ainsi que mon Père céleste vous fera la même chose, si chacun de vous ne lui pardonne son cœur. »

Quand la récolte était décevante, elle disait : « D'autres graines tombèrent enfin sur la terre, la bonne, et elles donnèrent du fruit, pour les années des années. »

Je me renseignais quant à l'origine de telles citations. Elle m'indiquait chaque fois le chapitre et le verset. Armé du Livre, j'ai découvert que tous ses *bons mots** de sagesse biblique étaient adaptés et tronqués. Elle n'y connaissait rien en syntaxe du XVIIe siècle, et oubliait des mots ou les arrangeait à sa façon. Sans parler du contexte.

J'avais un fantasme, celui de la mettre devant son détournement des paroles du Christ en lettres rouges. Hé, petite sœur, et si tu arrêtais de nous citer à tort et à travers ta putain de Bible ? Si tu veux nous barbouiller de merde, essaye au moins de donner les vrais termes. Heureux les miséricordieux, car ils obtiendront miséricorde !

Mais je ne lui ai jamais dit cela. Parfois, il faut savoir ravaler sa hargne.

Bref, l'été de l'année 1986. Une nuit du mois d'août.

On était tous partis se coucher. Je dormais à moitié, à rêver d'un monde au-delà de mon monde, à me demander si je quitterais un jour la ferme. Mon frère aîné avait déménagé à Saint Paul. Il avait envoyé plusieurs lettres pour parler de sa nouvelle vie là-bas. Elle était moins facile que prévu. Sa famille lui manquait, et il pensait beaucoup à nous.

Ma sœur dormait à poings fermés. Si tout le monde possédait une qualité bien à soi, elle, c'était de s'endormir comme une pierre. La blague qui circulait dans la famille, c'est qu'on pouvait la déposer n'importe où et que dans les cinq minutes, elle aurait rejoint Morphée. Cela ne paraît pas drôle maintenant, mais à l'époque, si. On éclatait de rire chaque fois.

Alors que je me retournais dans la pénombre de ma chambre, un énorme bruit a retenti. Notre maison a tremblé de toutes ses fondations. À un moment, j'ai pensé que je rêvais. Puis, que c'était un tremblement de terre, même si cela n'arrivait jamais dans la région. Ma sœur a ouvert la porte de sa chambre.

Je suis sorti dans le couloir. Elle avait l'air déboussolée, dans sa chemise de nuit.

– Tu as entendu ça ? ai-je demandé.

– Je crois que cela vient de leur chambre.

J'ai toqué à la chambre de mes parents. Pas de réponse.

– Maman ? Papa ?

Pas de réponse. J'ai respiré un bon coup et j'ai poussé la porte.

Cela avait dû arriver pendant leurs ébats. Les coups de boutoir répétés. Nus comme des anges. On ne voyait plus que leurs bras et leurs jambes, les mains et les pieds.

L'armoire était tombée sur le lit, emportant avec elle le drapeau américain. Les deux portes étaient grandes ouvertes, étalées sur leurs corps comme les ailes d'un grand oiseau estropié, comme si mes parents avaient été détruits par une absurdité de l'évolution. Leurs crânes étaient écrasés et vidés, la matière grise sur le plancher.

Mes parents n'y cachaient pas de fusils.

L'armoire était vide.

Ma sœur a alors cité la Bible :

– Et vous les reconnaîtrez à leurs fruits.

OCTOBRE 1996

Baby part en tournée

Avant de partir en tournée dans toute l'Amérique, j'ai acheté un nouvel ordinateur, un IBM ThinkPad 560 doté d'un disque dur de 800mo et d'un processeur Pentium 100mhz. Au total, taxes incluses, le tout coûtait 2 300 $. J'avais réussi à avoir un prix grâce à un ami de Parker. Comparé aux modèles de même puissance, le coût était exorbitant, mais on m'avait assuré que le ThinkPad offrait une solidité bien supérieure aux autres modèles.

– Tu peux balancer ton truc dans tous les coins, avait affirmé Parker. En comparaison, le reste, c'est du plastoc.

Il faut dire que *Sauver Anne Frank* marchait bien. J'avais évité de lire les critiques. Parker les lisait avec la dévotion d'un moine lors des vêpres. Le texte le plus marquant était signé de Michiko Kakutani, la grande ennemie de ce petit enculé de Norman Mailer. Au ton blasé de Parker, je pouvais deviner que Kakutani avait aiguisé ses lames.

« Mais bordel, avais-je pensé, je suis juste un petit bouseux dont les parents sont morts écrasés sous une armoire. » Même une critique négative du *Times* accusant l'auteur de vulgariser l'Holocauste était un signe de sérieux. Je ne m'attendais pas à mériter tout cela.

Je voyageais par train. Je suis même allé sur la côte Est.

Ma meilleure rencontre avec mes lecteurs a été la première, à Boston, au Harvard Bookstore.

La suivante a été la pire. Providence, College Hill Bookstore. Trois personnes dans le public.

Juste avant la rencontre, j'ai pris le temps d'aller traîner dans l'ancien quartier de H.P. Lovecraft. Je suis resté assis une heure à Prospect Terrace, un petit square surplombant tout le centre-ville de Providence, avant d'aller marcher jusqu'au 10 Barnes Street, où ce vieux bourgeois raciste avait écrit la plus grande partie de son œuvre substantielle.

L'un des trois types présents était un gamin hétéro très bizarre, habillé tout en noir et avec le visage barbouillé de maquillage, les lèvres de la couleur d'escargots morts, les yeux entourés de khôl.

Tu voulais rencontrer ton public, ai-je pensé. Eh bien, voilà, ils sont là tes lecteurs de science-fiction. Apparemment, ils ont tous l'air de s'être fait démonter par Bela Lugosi.

J'ai parlé, lu, répondu aux questions. J'évitais de croiser le regard des autres clients gênés pour moi qui étaient présents dans le magasin pour faire leurs emplettes et se retrouvaient confrontés au spectacle d'un homosexuel élevé au grain qui parlait seul devant une assemblée de chaises vides.

Le gamin qui avait l'air d'avoir été démonté par Bela Lugosi a profité du temps des questions du public pour me demander des précisions sur Michael Alig et les émissions télévisées. Il ne parlait pas en dialecte local, ce qui était rare car toutes les autres personnes de Rhode Island avaient un accent tellement prononcé qu'on aurait dit qu'elles venaient de recevoir un coup de pied dans la mâchoire.

Et puis c'était fini. Le responsable du magasin s'est excusé platement.

– D'habitude, il y a plus de monde. Pas mal des gamins de Brown adorent la science-fiction. George Takei devait venir l'an dernier. Il a annulé à la dernière minute, mais on avait quand même cinquante personnes présentes.

– Vous voulez dire qu'un acteur qui annule sa venue a près de vingt fois plus de public que moi lorsque je me déplace ?

– On peut dire cela comme ça. Mais il ne faut pas le prendre personnellement. On vit dans la culture de la télévision. Tout le pays a des goûts de chiotte.

L'étrange gamin hétéro a fait signer son livre en dernier. Il avait sûrement dû traîner dans les rayons pendant que je signais le stock du magasin pour pouvoir ensuite me poser des questions. Principalement à propos de Michael. J'étais vraiment étonné qu'un hétéro de Rhode Island, si étrange soit-il, soit autant au courant des rumeurs et des scandales du demi-monde new-yorkais.

– J'ai lu l'article, a-t-il dit, dans *Details.*

– Je ne vous imaginais pas lecteur assidu de *Details*.

– Billy Corgan faisait la couverture. Vous avez entendu son nouvel album ? « Zero » est un super titre.

Le jour avant mon départ de New York, un nouveau numéro de *Details* était apparu en kiosque. La couverture proposait en effet une photographie étrange de Billy Corgan, aussi chauve que Jenny Talia, habillé en combi de cuir, la main entourant une étoile en verre.

Les accroches annonçaient des articles sur le point G masculin, les fous du rollerskate et le reportage de Mim Udovitch sur Michael et Angel. L'article débutait page 168. Ils l'avaient joué classe et intitulé le papier « Le Club de la mort ? »

Page 169, une photographie couleur pleine page représentait Michael en sous-vêtements, debout dans un grand carton de burger. Udovitch évoquait Michael sous le terme de génie, soulignait son innocence quasi enfantine et brodait sur le fait qu'Angel n'était peut-être pas mort. Elle citait les témoins habituels, dont Gitsie. Tout le monde affirmait que c'était impossible que Michael ait tué quelqu'un. Michael était un grand enfant, disaient-ils, et il était bien trop paumé pour se débarrasser d'un cadavre. Michael ? Pas lui !

Il y avait d'autres clichés, tout droit sortis du monde des clubs et de la nuit. Je n'étais sur aucun d'eux. C'était un miracle. Le plus triste était un portrait en noir et blanc de Michael, pris à Coney Island, debout devant Dante's Inferno. Un diable en papier mâché est penché au-dessus de sa tête. Michael porte un pyjama d'enfant. Le gras de son ventre fait un pli entre le pantalon et le dessus. Son visage déformé exsude la psychopathie. Il n'a pas vraiment l'air fabuleux.

J'étais pour ma part page 172, juste à côté de Dante's Inferno. Deux paragraphes. J'avais parlé à Udovitch pendant une bonne heure :

> Mais Disco 2000 n'était pas seulement un lieu où se retrouvaient les jeunes âmes en peine. On y croisait aussi toute l'intelligentsia démunie de New York. [Baby], un romancier remarqué, fait partie des intellectuels du premier cercle de Michael. Son dernier ouvrage, *Coincé entre Jupiter et une bouteille*, est un roman policier de science-fiction qui trace un parallèle étonnant avec le milieu de la nuit de Downtown. On y croise même un organisateur de soirées à tête d'éléphant, du nom de Michelle Gilla. [Baby] réfute que son roman parle de Michael, mais parle à cœur ouvert du temps qu'il a passé dans ce monde obscur. « C'était comme un Disneyland inversé, avec Michael dans le rôle de l'Oncle Walt. Il créait l'événement, et on était ses marionnettes. » Lorsque je demande [à Baby] s'il pense que Michael est coupable, il reste évasif. « Beaucoup de gens sont coupables de plein de choses, mais les seuls qui savent ce qui s'est réellement passé sont Michael, Angel et Freeze. Et aucun d'eux ne veut parler. D'ici là, je m'abstiens de tout jugement. En plus, que signifie la culpabilité, de nos jours ? »

J'aurais préféré me faire assassiner par Michiko Kakutani que de dire autant de bêtises dans *Details*, mais ce qui était fait était fait. Des phrases comme autant de prose non relue. Je passais pour un connard, un autre de ces Club Kids décérébrés qui ne savaient pas si Angel était mort. On aurait dit que je ne pensais pas que Michael et Freeze avaient tué Angel, alors que c'était l'exact contraire.

Oncle Walt ? Que signifie encore la culpabilité ? Mais putain, pourquoi avais-je voulu jouer au malin ?

Et voilà que je me retrouvais face à un gamin tout droit sorti du cul de Bela Lugosi, qui me questionnait à propos de Michael.

– Michael a tué Angel, ai-je dit. C'est évident.

– Truc de dingue.

– C'est toujours dingue avec Michael. Ça a toujours été dingue.

– Et vous traînez encore dans ce milieu ?

– Pas vraiment, ai-je répondu. Récemment, la chose la plus excitante que je peux vivre, c'est de sortir boire un cocktail lors des rares soirs où mon amie mère célibataire trouve quelqu'un pour garder son enfant.

– C'est parce qu'il y a une fête ce soir au Strand, et je pensais que cela pourrait vous plaire. J'ai pris une place en plus, si ça vous branche.

Je dormais au Providence Biltmore, l'une de ces monstruosités début de siècle que l'on trouve dans toutes les villes un peu anciennes. Ces constructions sont toujours belles et joliment ornées, érigées juste avant la grande crise de 1929. Ma chambre donnait sur le College Hill de Lovecraft, et lorsque j'ai regardé par la fenêtre, à l'exact opposé de Prospect Terrace, je me suis demandé combien d'argent Providence m'avait fait gagner, cette petite ville merdique avec son petit écrivain merdique qui avait peur de tout.

Lorsque l'ennui s'est installé, j'ai décidé de sortir dans les rues du centre-ville, à la recherche d'un endroit qui s'appellerait le Strand. Même si la salle était proche, je me suis perdu en errant dans le parc jouxtant l'hôtel. Ce petit détour m'a donné l'occasion de découvrir la population indigène du coin.

Leur accent était à couper au couteau. Il y avait moins de sans-abri que je n'imaginais, mais bien plus de junkies. La ville carburait à l'héroïne. J'ai hésité à en acheter, mais je me suis souvenu de la dernière fois où j'en avais fumé. Sans le Roi de France et son vomi, à quoi cela pouvait-il bien rimer ?

J'ai aperçu deux filles habillées en noir, leur visage poupin barbouillé de maquillage noir. En les suivant à distance, je finirais sûrement par trouver le Strand, me suis-je dit. Certaines choses sont immuables.

J'avais opéré de cette façon, déjà, à Los Angeles, cette nuit où nous étions allés au Scream, cette nuit où j'avais rencontré Jaime. Cela ne faisait même pas dix ans, mais j'avais l'impression que c'était une autre personne, dans une autre vie.

En arrivant au Strand, une foule de gamins habillés en noir bloquait le trottoir. Ils portaient des t-shirts floqués d'un « MARILYN MANSON » en lettres rouges et « antéchrist superstar » en jaune. Sous la typo, une photographie d'un ange devant une sorte de façade, qui avait l'air tellement surnaturel qu'on aurait dit qu'il venait d'avoir des relations intimes avec Bela Lugosi.

L'image était fondamentalement rock et électrisante, mais j'ai bloqué sur les mots. « MARILYN MANSON » et « antéchrist superstar » étaient tous deux imprimés en serif. Avec tout l'élan professionnel de quelqu'un qui avait bataillé avec Doubleday à propos de sa jaquette, je me suis demandé si une typo serif était une bonne idée pour communiquer l'idée d'un drôle d'ange occupé à démonter Bela Lugosi. Est-ce qu'une sans serif n'était pas plus inquiétante ?

La première partie était déjà sur scène, avec une fille blonde en guise de leader. Au bout de trois notes, je savais d'où ils venaient. Un groupe de East Village, une relique de cette brève époque du début des années 1990 où tous nos voisins sonnaient comme si le Velvet Underground avait fait un môme à Joey Ramone, juste avant que tous ces anonymes ne découvrent l'electronica.

Ils sont arrivés à la fin de chanson.

– Merci, a annoncé la chanteuse. Merci. La chanson qui suit parle un peu de New York. D'une fille qui saute de l'Empire State Building. À New York City.

Peu importe à quel point tu fuis, tu es toujours rattrapé.

Continue à courir, Baby.

J'ai décroché pour me balader au beau milieu de la foule remplie de quidams qui avait l'air tellement innocents. Tous ces visages poupins qui semblaient croire au pouvoir caché des t-shirts noirs.

À un moment, j'ai bousculé l'un d'eux. Il n'était pas comme les autres gamins. Pas de maquillage, un t-shirt « HOLY COW » et de longs cheveux bouclés peu soignés.

J'ai engagé la conversation en plaisantant sur le fait qu'il semblait être le seul type moins intéressé que moi par le concert.

– J'accompagne une nana, a-t-il crié au-dessus de la chanson new-yorkaise. Je ne sais pas si tu l'as vue, mais c'est la fille la plus pâle de tout le public. Elle a perdu un rein il y a six mois et elle sort tout pile de l'hôpital. Et elle n'a plus de sourcils. Enfin, elle les rase, quoi, et ensuite elle s'en colle des faux.

– Je vais ouvrir l'œil, ai-je répondu.

– Je ne suis pas son mec. Elle fréquente un type. De Boston. Il est là aussi, il a un collier de chien et des bracelets à pointes. Avec un t-shirt résille. Mais elle ne baise pas avec. Pas plus qu'avec moi. Elle ne me touche même pas. Le seul qu'elle baise, c'est Twiggy Ramirez.

– Qui ?

– Le bassiste. Du groupe. Enfin, pas de ce groupe. De celui d'après. De Marilyn Manson.

– Mais qu'est-ce que tu fous là ?

– Elle m'a demandé de l'accompagner. Alors je suis venu. Je suis son toutou. C'est peut-être à cause de son rein en moins. Ou de ses sourcils. Un vrai toutou, mec. Lorsque le groupe est dans les parages, elle les suit partout et baise Twiggy Ramirez. Et moi, je la suis comme un toutou.

– Super plan.

– Pas vraiment. Mais je survis.

– Je peux te demander un truc ?

– Vas-y, mec, a-t-il répondu.

– Tu es du coin ? De Rhode Island ?

– Ouais. De Chepachet.

– Comment tu appelles l'objet dont sort l'eau ? Dont sort le liquide que tu bois, dans les facs ou les aéroports ?

– Les barbulliers ? a-t-il demandé.

Les lumières se sont éteintes et dans un grand fracas, Marilyn Manson est arrivé. Bref, voilà, Baby, tu l'auras vu en chair et en os.

Le chanteur éponyme portait un corset qui faisait également office de camisole dont les manches étaient fixées aux hanches, assez relâchées. La moitié du groupe arborait des habits de drag-queens. Des garçons en jupes ! Et le public chantait en chœur avec Manson, hurlant : « On déteste l'amour ! On adore la haine ! », puis le groupe a fait une reprise d'Eurythmics, « Sweet Dreams », que j'avais entendu pour la première fois à une soirée piscine au Cave Canem. Des remontées d'ectasy qui traversaient le temps. Puis Manson est monté sur un podium, avec le reste du groupe habillé en nazis, et il a déchiré une bible en déclarant une diatribe contre Dieu ou Jésus ou les fanatiques juifs du genre, et je crois que c'est à ce moment que j'ai décidé de partir, me frayant un chemin à travers la foule de gamins, à travers tout ce maquillage noir, à travers ces effluves post-coïtaux qui sentaient Bela Lugosi.

Dehors, dans les rues de Providence.

J'avais écrit deux livres traitant de l'avenir, mais désormais, j'étais face à lui. Toute la culture de l'Amérique venait de ses entrailles, de tous ces gamins défoncés et queer qui se retrouvaient dans des clubs, de tous les Noirs dont les héritages intellectuels et artistiques avaient été volés depuis des décennies, et cette culture était copiée et recopiée encore et encore jusqu'à ce qu'elle soit entièrement ripolinée. Jusqu'à ce qu'elle soit un produit fade et vendable.

Découvrir Marilyn Manson, c'était comme voir le petit frère d'un ami qui décidait de se travestir. Exactement pareil. Les habits de l'autre sexe, les costumes exubérants, les détails choquants, la vague allure d'un personnage de film d'horreur, le glamour hollywoodien et la culture des tueurs en série, la tentative d'allier sacré et profane, la transgression.

Et voilà que les hétéros s'y mettaient ! Putains d'hétéros avec du noir à lèvres ! Au sous-sol du Tunnel ou à Disco 2000, il n'y avait pas de différence entre le public et les gens sur scène. Tu pouvais te pointer, boire ta pisse et devenir une star. On savait tous que Michael tirait les ficelles, mais il n'était pas seul sur scène. Tout le monde était sur scène.

Marilyn Manson a signé chez Interscope Records, un sous-label de MCA Records, qui appartenait à Seagram. Lorsqu'on connaissait ces détails, on connaissait exactement la circonférence du cercle magique qui le concernait, et qui en était exclu. Artiste. Client. Artiste. Client.

Parfois, à New York, quand tout le monde te racontait des histoires new-yorkaises de filles qui sautaient de l'Empire State Building, tu pouvais oublier à quoi ressemblait le reste du pays, oublier à quel point la plupart des gens étaient déconnectés de la réalité, même s'ils ne vivaient qu'à quelques centaines de kilomètres de distance, oublier qu'il existait un monde où les existences et les goûts étaient contrôlés par d'autres, contrôlés par des types que les gamins de Providence ne rencontreraient sûrement jamais, des gens qui n'envisageaient pas ces gamins de Providence comme autre chose que des clients, des pièces sur un échiquier, contrôlés par des gens qui bossaient dans des bureaux et créaient des expériences esthétiques qui pourraient définir des centaines de milliers de millions de vies, et que ces gens ainsi définis n'avaient aucune idée que cela fonctionnait ainsi, n'avaient aucune idée que la culture n'était pas le produit d'une génération spontanée, n'avaient aucune idée qu'ils étaient manipulés par de sombres connards de New York, par de sombres connards de Los Angeles, par de sombres connards de Washington, par de sombres connards de Londres, par de sombres connards de Paris.

Par de sombres connards comme moi.

Ces gamins de Providence, qui avaient tous l'air d'avoir connu le plus beau des orgasmes dans les bras de Bela Lugosi, ne pouvaient imaginer les processus complexes nécessaires pour ainsi transbahuter toute cette chair au Strand, ne pouvaient imaginer la manipulation globale qui dominait leurs rêves.

Au Strand, même Marilyn Manson ne buvait pas d'urine, et il n'y avait qu'une seule star, et son nom était à l'affiche, et il ramenait énormément d'argent à des types importants, tandis que son bassiste baisait une fille avec un rein en moins et plus de sourcils.

Le roi était mort. Longue vie au roi.

De retour à l'hôtel, j'ai achevé une nouvelle. Après avoir appris que je n'écrirais finalement pas de critique à propos de *L'Infinie Comédie*, Bob Glück m'a écrit, afin de me confirmer que je devrais toujours continuer à envoyer des textes. Envoie n'importe quoi, ce que tu aimes, a écrit Glück. Dans sa lettre, il avait glissé un exemplaire de *REAL : Lettres de Mina Harker et Sam D'Allessandro*, par Dodie Bellamy et Sam D'Allessandro.

Les lettres de Bellamy avaient été rédigées tandis qu'il était possédé par l'esprit de Mina Harker, le vampire du *Dracula* de Bram Stoker. Il y détaille de manière hyper-poétique ses pérégrinations psychogéographiques et sexuelles à travers San Francisco. Ma réponse à ce livre était ma nouvelle. Je l'ai intitulée « Le Trou de Dieu ». Une histoire d'amour.

Le *Daily News* a publié un article d'A.J. Benza qui révélait qu'un cadavre trouvé dans la Harlem River était peut-être celui d'Angel. Les correcteurs du journal ne s'étaient pas encombrés de vérifier si la Harlem River traversait le nord de Manhattan, séparant l'île du Bronx. Les correcteurs du *Daily News* ne s'étaient pas encombrés de vérifier la direction de l'Hudson.

L'article signait cependant la perte de Michael. La découverte du cadavre avait titillé les souvenirs d'un inspecteur qui avait pris l'appel en provenance de Staten Island. Des gamins avaient trouvé le cadavre dans un carton. L'autopsie avait démontré que la tête avait été frappée, et que l'homme était mort d'asphyxie. Il manquait les jambes.

Les chaînes de télévision ont sauté sur l'affaire.

J'ai reçu un message de Michael Alig. Il disait qu'il lançait une soirée du vendredi, dénommée Honey Trap, à Hell's Kitchen, au Mirage. Il m'avait invité à l'inauguration, le 11 octobre.

Je l'ai rappelé trop tard. Michael ne m'a pas recontacté, ce qui voulait dire que je n'avais plus besoin d'inventer des excuses. Le fait que j'ai eu besoin d'excuses illustre bien l'étrange ambiance qui régnait à New York en 1996. Michael avait assassiné Angel. Je le savais. Tout le monde le savait. La presse en avait parlé. Pourquoi donc le laissait-on organiser une putain de soirée ? Pourquoi aurais-je dû m'excuser auprès d'un meurtrier de ne pas aller à sa soirée ?

Mettons mon désintérêt sur le compte de la fatigue. Je m'étais offert aux grands espaces éreintants de l'Amérique. J'étais rincé de rencontrer des centaines de gens qui lisaient des romans.

Mes rencontres consistaient en des variations sur le même thème. Je parlais, encore et encore. Certains membres du public feignaient d'être intéressés. D'autres n'arrivaient pas à dissimuler leur ennui. Peu importait la ville, un ou deux petits malins posaient des questions sur Michael.

La tournée s'est achevée. Je suis rentré chez moi.

Je voulais être seul, et il n'y a ni meilleur ni pire endroit pour la solitude que Manhattan. J'en aimais chaque putain de rue, chaque hideux visage, chaque immeuble d'habitation dégueulasse. J'aimais le vieux New York qui surgissait du passé. J'aimais le nouveau New York qui annonçait l'avenir. Je me fichais bien que l'île de Manhattan se soit gentrifiée. Je me fichais bien que Rudy Giuliani en détruise le tissu social.

La configuration de la grille urbaine, et l'enchevêtrement sordide des rues au sud de la 14e Rue, et la folie des millions de gens serrés dans un endroit minuscule, et la cohue des jours de semaine où des millions de personnes de plus se déversaient depuis les quartiers environnants. L'étrange vision de l'Empire State Building depuis Bowery. La frénésie de tout un chacun à cramer jusqu'à son dernier dollar. Voilà les ingrédients de cette potion de sorcière, les preuves de la magie noire de Manna-hatta.

Moi aussi, je vivais. Je parcourais les rues de l'île de Manhattan et me baignais dans les eaux qui l'entouraient. Je prenais son métro. J'inventais des excuses pour aller faire des photocopies chez Kinko sur la 12e Rue et me goinfrer ensuite de burritos généreux chez Big Enchilada. Je fréquentais les bibliothèques publiques. Je hantais les parcs, m'amusant de l'allure étrange du poste de police mobile de Washington Square South. Je traînais mes guêtres à St. Mark's, à observer les jeunes faire leurs courses chez Freaks, à observer les jeunes faires leurs courses à Religious Sex. Je me plaisais à passer le long du bloc situé entre la Première Avenue et l'Avenue A, où les dealers jamaïcains obéissaient aux ordres d'un Blanc efflanqué habillé en raveur et qui répondait au surnom de

Nev. Je hantais les quatre étages d'Irreplaceable Artifacts. Je passais des heures au Met. J'allais voir des films à Kips Bay, à Times Square, sur la 19ᵉ Rue, au Cinema Village, au Quad, juste en dessous de l'ancien studio de David Wojnarowicz, sur la Troisième Avenue, à Music Palace.

Manhattan ! Mon seul et unique amour. Ne me quitte jamais !

NOVEMBRE 1996

Baby se rend à Honey Trap

Le 2 novembre, Adeline m'a téléphoné.

– Baby, a-t-elle dit, il y a un article dans le *Daily News*. Ils ont identifié le cadavre d'Angel. Page 16.

J'ai couru en acheter un exemplaire. En grosses lettres noires et blanches, en accroche de couverture, écrit par John Marzulli. « LE CORPS RETROUVÉ SUR LA PLAGE EST CELUI DU CLUB KID DISPARU. »

Je devais absolument me rendre à Honey Trap.

8 novembre. Vendredi soir. J'ai remonté la 56e Rue Ouest, entre les Onzième et Douzième Avenues. Il n'y avait quasiment pas de queue. J'ai discuté avec Kenny Kenny, à l'entrée. Michael est à l'étage, m'a dit Kenny, et la fête est au premier.

J'étais tiré à quatre épingles, avec mon costume Gieves & Hawkes et un chapeau de chasseur que j'avais acheté pour cinq dollars sur Canal Street à un type à l'odeur corporelle repoussante.

Le Mirage était comme une capsule temporelle qui vous aurait ramené dans un salon du New Jersey. Le DJ était Whillyem Ikillyou, l'un des derniers acolytes de Michael. Je n'avais jamais entendu parler de lui auparavant.

Un mélange de badauds, de curieux et de Club Kids de la dernière génération. Les habitués, qui avaient réussi à survivre à toutes ces années, n'étaient pas au rendez-vous. Un type m'a abordé, se présentant comme journaliste au *Guardian*. Je pensais qu'il m'avait pris pour un confrère, mais en fait il savait qui j'étais.

– J'ai votre petit livre à propos de Michael, a-t-il dit.

– Vous l'avez lu ?

– Pas encore.

– Ce n'est pas à propos de Michael.

– Ce n'est pas ce que sous-entend Mim Udovitch dans *Details*.

– Ce satané article finira par causer ma mort, ai-je dit. Le livre est un roman noir qui se passe dans le futur. Il y a un personnage inspiré de très loin de Michael. Le lien s'arrête là.

– Je comprends, a dit le journaliste du *Guardian*. Tout le monde préfère prendre ses distances maintenant que la justice fait son boulot. Vous saviez qu'il travaillait avec la DEA, n'est-ce pas ? Il va servir de témoin contre Gatien. C'est pour cette raison qu'ils ne l'ont pas encore arrêté. Il a passé un accord. Il va s'en sortir avec une totale immunité.

– Pauvre Peter, ai-je lâché.

– Vous le connaissez bien ? Je peux citer votre témoignage ?

– Rien à dire. Où est Michael, d'ailleurs ?

– Il se balade à droite à gauche, a répondu le journaliste du *Guardian*. La dernière fois que je l'ai croisé, il avait une bouteille de champagne en main.

La piste de danse était lugubre. Les tables étaient vides. L'activité principale était celle des agents de sécurité, occupés à jouer de la lampe de poche afin de traquer d'éventuelles doses de drogue. Peut-être était-ce ainsi qu'allait le monde, qu'il se dissolvait dans l'absurde. Tout semblait si frêle, comme si je pouvais voir à travers, comme si j'avais perdu la capacité qui m'avait permis auparavant de hanter les clubs et ne pas me soucier de tous les imbéciles qui les peuplaient. Ne pas me soucier de ces expériences sans intérêt. Le changement était peut-être la seule manière de survivre. J'avais toujours su que cela finirait ainsi.

Michael était installé dans une petite alcôve jouxtant la piste de danse, allongé sur un lit rose dégoûtant. Je ne l'avais pas vu depuis un an. On aurait dit un homme déjà mort. Une image de Martin Luther King était accrochée au-dessus du lit. J'ai pensé à la désobéissance civile non violente comme discipline de lutte sociale, j'ai pensé à King lorsqu'il a enfin compris que le problème n'était pas de nature raciale, mais plutôt une question de classe sociale, que les Blancs pauvres et les Noirs pauvres avaient plus en commun que les Blancs pauvres et les Blancs riches. J'ai pensé à la campagne Poor People ruinée par la balle de son assassin au Lorraine Motel.

Michael ne m'a même pas aperçu. Il était trop défoncé. À quoi m'attendais-je ? Qu'il me fasse un signe et que l'on discute ?

Un type disait, avec un accent anglais :

– Vous n'avez pas de commentaires à faire sur le fait que la police a identifié le cadavre d'Angel ?

Michael ne l'entendait pas. Il a sniffé un rail de drogues et s'est écroulé sur le lit, couché sur le côté.

C'est la dernière fois où je l'ai vu.

DÉCEMBRE 1996

Michael Alig est arrêté

Un mois plus tard, le 5 décembre, Michael a été arrêté pour le meurtre d'Angel Melendez. Les flics sont passés le prendre à un motel de Toms River, dans le New Jersey. Le mardi suivant, il faisait la une du *Village Voice*. Ils avaient choisi : « LA FÊTE EST FINIE. LA CHUTE DE MICHAEL ALIG. »

Je n'ai pas pris le temps de lire l'article.

DÉCEMBRE 1996

Adeline avoue tout

Adeline m'a appelé sous prétexte de prévoir un dîner à Noël. J'ai accepté de le passer avec elle, Jon et Emil. Comme pour Thanksgiving.

J'avais commencé à enchaîner de nouveau les rendez-vous galants, avec quelques types qui connaissaient des amis de Parker, mais rien d'assez sérieux pour partager ensemble la misère des vacances de fin d'année. La période était tellement déprimante que j'ai même pensé reprendre contact avec Abe et lui demander ce qu'un vieux copain né dans le Middle West américain faisait à Noël. J'étais curieux de savoir s'il rentrait encore chez ses parents.

Adeline m'a dit qu'il y avait des sujets sérieux à discuter. En tête à tête. Nous nous sommes retrouvés pour dîner à Around the Clock. J'ai commandé un hamburger. Elle, une salade César avec du poulet grillé.

– Baby, a-t-elle commencé, il faut qu'on parle.

– Je connais ce ton de voix.

– On déménage, a-t-elle déclaré.

– Où ?

– En Californie.

– Ne me dis pas que tu vas retourner à Los Angeles.

– Bon Dieu, a-t-elle dit, que tu peux être mesquin. J'ai beau avoir renoué avec Maman Chérie, je ne suis pas tombée à ce niveau.

– Alors, où ?

– San Francisco.

Winterbloss mettait la pression sur Adeline pour qu'elle revienne là-bas, avec l'espoir d'accélérer la production de *Trill*, qui se vendait toujours à l'unité et cartonnait en version reliée. Il y voyait un véritable espoir de capitalisation. Adeline avait résisté à ses appels du pied, notamment en arguant qu'elle ne voulait pas gâcher la vie professionnelle de Jon. Mais Jon avait discuté avec quelques types qu'il connaissait de sa jeunesse punk, et ils lui avaient affirmé qu'il pourrait avoir le même poste à San Francisco. Sous le règne du maire Willie Brown, la bourgeoisie judiciaire de Bagdad-sur-Baie avait toujours besoin de nouvelle chair fraîche. En plus, Jon avait passé un test d'entrée à la fac de droit et pensait peut-être intégrer la faculté d'UC Hastings.

Et puis il y avait le problème de Nash Mac, qui n'en pouvait plus de ne jamais voir son fils.

– Quand ? ai-je demandé.

– Le 15 janvier.

– Et l'appartement ?

– Je pensais que tu voudrais peut-être le récupérer, a-t-elle dit. Tu pourrais sous-louer tes quartiers actuels et revenir sur cette bonne vieille 7e Rue, où tu avais toujours voulu habiter.

– Le seul endroit où je rêve d'être, c'est le 31 Union Square West.

– Tu ne peux pas revivre le passé, a-t-elle dit.

– Tu ne peux pas revivre le passé ? Bien sûr que si.

Mais j'ai acquiescé. J'acquiesçais toujours. Bref, Adeline avait raison. Je voulais revenir sur la 7e Rue. East Village me manquait. Je déménagerais lors de la deuxième quinzaine de janvier.

DÉCEMBRE 1996

Baby se lance dans un nouveau livre

Je me suis lancé dans un récit autobiographique, à peine voilé sous un masque fictionnel, sur nos onze années à New York. Chaque chapitre couvrait une année, racontée à la première personne soit par un analogue de Baby, soit par une analogue d'Adeline, et plutôt que de raconter l'intégralité de l'année, ces chapitres étaient autant d'échantillons d'événements et de gens. Nous avions rencontré des personnages étranges durant tout ce temps, et j'avais eu la chance d'être au bon endroit au bon moment. Je pouvais décrire les choses comme elles étaient arrivées, agir en scribe *amanuensis*. J'avais même trouvé un titre.

À la recherche de la Sainte Immaculée Injection.

La sainte immaculée injection était tirée d'une nouvelle d'Oncle Bill Burroughs, « Le Noël du Junky ». Je l'avais lue dans *Interzone*, mais le texte ne m'avait pas marqué jusqu'à ce que j'en entende la version orale dans *Spare Ass Annie and Other Tales.*

J'ai couché sur le papier quelques milliers de mots à propos de mes premiers jours passés à New York. Le squat, Adeline, Bobby, le cinéma de la Deuxième Avenue, 31 Union Square West.

J'ai abandonné le projet. Si j'avais su juger *L'Infinie Comédie* pour ses défauts, alors il aurait été profondément hypocrite de penser qu'un livre à propos de ma vie, ou un livre sur Adeline, aurait pu être différent. Nous n'étions qu'une bande de riches blancs qui prenaient de la dope.

J'ai réfléchi à l'art d'écrire des romans, me demandant comment un livre soi-disant de littérature pourrait être produit sans en revenir à l'identité. Mes autres romans avaient évité le grand trou blanc grâce à la science-fiction. Mais je ne voulais pas passer le reste de ma vie professionnelle à écrire à propos de robots dépressifs qui produisaient des drogues aux noms tels que Substance D et Chew-Z.

Je pensais aux choses dont la fiction ne traite jamais. Comme le fait que la culture surgit d'en bas. Que la forme est plus importante que le contenu. Que la libre expression est la médaille en chocolat de la démocratie. Que les grandes déclarations sur l'universalité des droits de l'homme en disent beaucoup sur celui qui pense que tout est universel dans l'expérience humaine. Que le plus compliqué dans une posture politique, ce n'est pas de débattre avec ceux qui y sont opposés, mais d'assumer le soutien de ceux qui sont de votre côté. Que les interventions étrangères ne fonctionnent jamais, quel qu'en soit le but initial. Que les livres sont les armes les plus létales inventées par la race humaine. Que les voyages en avion sont une absurdité horrible qui détruit l'âme. Que le latex enlève une partie du plaisir. Que les lumières fluorescentes ont empoisonné l'expérience contemporaine. Qu'aucun acte, quel qu'il soit, accompli par un individu ou un groupe d'individus ne mène à quoi que ce soit, mais que la vie continue malgré tout. Que la société s'écroule lorsqu'elle fait face à la maladie mentale. Que la meilleure façon d'affronter le mal absolu, ce n'est pas de se draper dans l'horreur, mais plutôt d'en rire face à lui, peu importent les conséquences. Que notre façon de fétichiser la souffrance émotionnelle est une tentative d'éviter nos pulsions érotiques.

Que Jésus-Christ était un Mage Blanc de la même façon qu'Apollonios de Tyane, car tous deux ont vaincu la mort grâce à un système commun de magie rituelle qui incluait sa part de liquide séminal. Que nous avons imposé la Seconde Guerre mondiale comme Une Grande Bataille pour le Bien, dans laquelle les forces du Bien ont renversé deux régimes dictatoriaux et ont vaincu, mais qu'en fait nous n'avons fait que battre un abominable génocide antisémite en nous alliant à un autre abominable génocide antisémite, dont les conséquences ont continué à nous hanter pendant un demi-siècle. Que les valeurs auxquelles les sociétés sont le plus attachées sont aussi les moins importantes. Que la stupidité et l'ignorance peuvent être effacées par une éducation soutenue. Que le seul espoir pour notre avenir est que cette éducation rendra chaque membre de notre espèce sujet à des névroses qui bloquent notre capacité à faire du mal à notre prochain. Que l'idée même d'être une personne talentueuse, ou un génie, est une construction sociale réservée aux enfants bien nés. Qu'être traitée de génie durant l'enfance plonge la personne concernée dans un état d'incapacité profonde, incapable de comprendre les choses les plus simples que tous les autres maîtrisent à l'âge de seize ans. Que les femmes sont plus malignes que les hommes. Que le concept d'intelligence a été théorisé par les hommes pour exclure les femmes. Que toute théorie à propos du progrès humain est proférée par un type qui a de l'argent à y gagner, et ne prend jamais en compte le fait d'être en vie. Que ces théories poussent les gens à mal comprendre leur rôle dans le monde. Que l'animal humain est programmé pour payer la même attention aux grandes gueules les plus crétines et aux femmes les plus hystériques. Que tout homme de pouvoir que j'ai rencontré n'était qu'un monceau de doutes puant et transparent. Que les autres se pâment devant cette odeur, même si c'est la même que celle de la merde. Que l'homme a besoin de décideurs qui ne savent pas décider. Que la mesure de l'offense ne devrait pas être mesurée à la hauteur des sentiments de l'offusqué mais plutôt du manque de réflexion de l'offenseur. Que l'Amérique est un pays créé par une bande d'hommes très riches au service d'un régime immoral coupable de multiples génocides, et que leurs idéaux se sont retrouvés gravés dans notre Constitution fondamentalement erronée, et que cela nous permet de maltraiter le reste du monde. Que toute une société, peu importe les affiliations individuelles, peut internaliser et métastaser de mauvaises idées et les faire passer comme des vérités solides malgré l'évidence du contraire. Que s'il existe un enfer, chaque citoyen américain s'y retrouverait et à son arrivée, nous verrions ces images projetées sur des murs en pierre, en boucle aléatoire : un esclave attaché, un Indien Cherokee marchant sur ses moignons ensanglantés, la chair ravagée d'une femme sautant de l'usine Triangle Shirtwaist, une jeune Vietnamienne inspirant de l'agent orange, une grande folle tabassée au croisement de Sullivan et Houston Street et un gamin chinois de dix ans montant les pièces d'une télévision. Comme le fait que ma mère me bordait dans le lit lorsque j'avais huit ans. Comme le fait que mon père me prenait dans ses bras et m'embrassait. Comme le fait que ma famille ne m'avait pas avoué que ma grand-mère était morte, avant son enterrement. Comme le fait qu'une seule mort inattendue peut engendrer des décennies de souffrance. Comme la façon dont tu m'avais regardé la première fois que je t'avais rencontré. Comme le fait que je t'avais aimé durant huit années et que j'avais joui en toi dix mille fois et que je ne me souvenais plus de rien à ton propos. Que les chauffards ivres peuvent détruire le monde. Qu'Adeline m'avait rendu la vie et m'avait sauvé.

Et pourtant, les gens continuaient à écrire. Et pourtant, le monde continuait à tourner.

NOËL 1996

Lorsque Noël est arrivé, je me suis rendu à mon ancien et futur appartement. Ils célébraient les fêtes pour Emil. Un punk de East Village devenu assistant judiciaire et sa fiancée dessinatrice s'étaient vautrés dans l'idéal de la vie petite-bourgeoise.

J'ai appelé d'en bas. Jon m'a fait entrer. Nous nous sommes salués. Je lui ai demandé s'ils avançaient bien dans leur déménagement. Il m'a répondu que ça roulait, en tout cas de son côté, car il n'était là que depuis quelques mois.

– Je n'ai pas vraiment eu le temps de m'installer, en fait, a-t-il dit. Donc c'est facile.

– Et Adeline ?

– Adeline, c'est une autre histoire.

L'appartement était recouvert de décorations de Noël. Le tablier d'Adeline lui donnait une allure bavaroise. Emil courait partout, à s'amuser avec les horribles jouets en plastique offerts par Suzanne. Des bouts de papier cadeau déchirés jonchaient le sol comme des cadavres à la bataille de Chickamauga.

– Vraiment désolée pour tout ce cirque, a dit Adeline, mais c'est Noël. Je me souviens quand Mère et Papa nous offraient les cadeaux et qu'on recouvrait la maison d'un tel capharnaüm. Et voilà que nous faisons de même, à répéter les mêmes péchés, génération après génération.

– Baby, a lancé Emil, viens voir.

J'ai suivi l'enfant jusqu'à sa chambre, et me suis assis sur le sol. Il a saisi une poupée. On aurait dit un personnage de « Sesame Street ».

– Il s'appelle comment ? ai-je demandé.

– Elmo, a répondu Emil. Regarde.

Il a chatouillé l'estomac du jouet, qui s'est mis à rire et à trembler.

– Chaaatouillis ! s'est exclamé le jouet. Oh oui !

Emil a chatouillé à nouveau le jouet, lui causant une nouvelle salve de soubresauts violents. Je l'ai observé le plus longtemps possible, mais sa voix métallique me donnait mal à la tête. Je suis retourné à la cuisine.

– Tu vas devenir folle, avec Elmo, ai-je dit à Adeline.

– Mère l'a envoyé. J'espère qu'Elmo va bientôt se casser en deux. Il a hurlé toute la matinée.

– En vrai, ai-je affirmé, on vit dans le meilleur des mondes possibles.

Nous sommes allés dans sa chambre. Elle me reviendrait bientôt. Si je le voulais. Ou peut-être devrais-je revenir à mon ancienne chambre, et transformer celle d'Adeline en bureau. Les deux pièces étaient de la même taille. Cela n'était pas très important.

– Comme je mets en caisse toute ma vie, plein de choses étranges ont refait surface.

– Je n'en reviens toujours pas que tu partes.

– Baby, ne sois pas agaçant. Ne fais pas comme si tu étais un parvenu. Si nous te manquons, achète un putain de billet d'avion. Tu as de l'argent. Tu peux dormir chez nous quand tu veux. Je suis toujours ton Adeline. Tu seras toujours Baby. Tout cela ne change guère. La distance ne compte pas.

– Tu vas me manquer. Bon Dieu, mais pourquoi la Californie ? Il y a tellement d'endroits où vivre. Tout, sauf la Californie !

– Tu as raison, a-t-elle dit, mais nous devons tous cultiver notre propre jardin.

Composition et mise en pages
Nord Compo à Villeneuve-d'Ascq

PAPIER À BASE DE
FIBRES CERTIFIÉES

Fayard s'engage pour
l'environnement en réduisant
l'empreinte carbone de ses livres.
Celle de cet exemplaire est de :
3,200 kg éq. CO_2
Rendez-vous sur
www.fayard-durable.fr

78.9485.8/01
Achevé d'imprimer en septembre 2022
par La Nouvelle Imprimerie Laballery (Clamecy, France).
Pour les éditions Fayard, 13 rue du Montparnasse, 75006 Paris
N° d'impression : 208195